트웰브2

THE TWELVE

저스틴 크로닌 장편소설

박한진 옮김

트웰브 2

arte

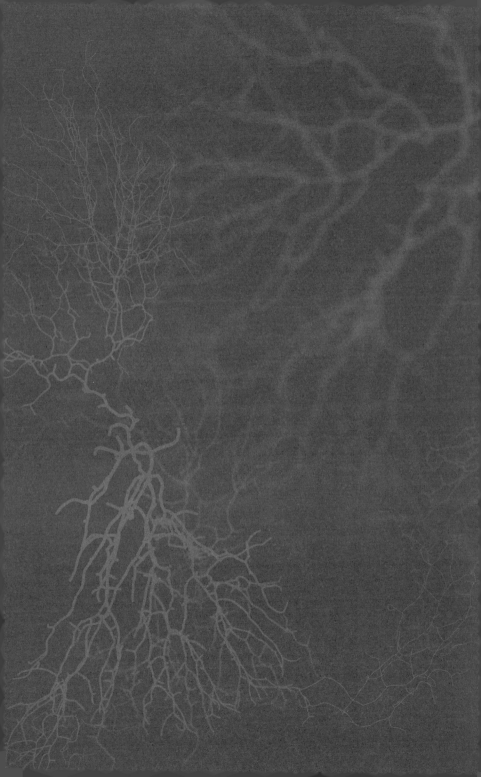

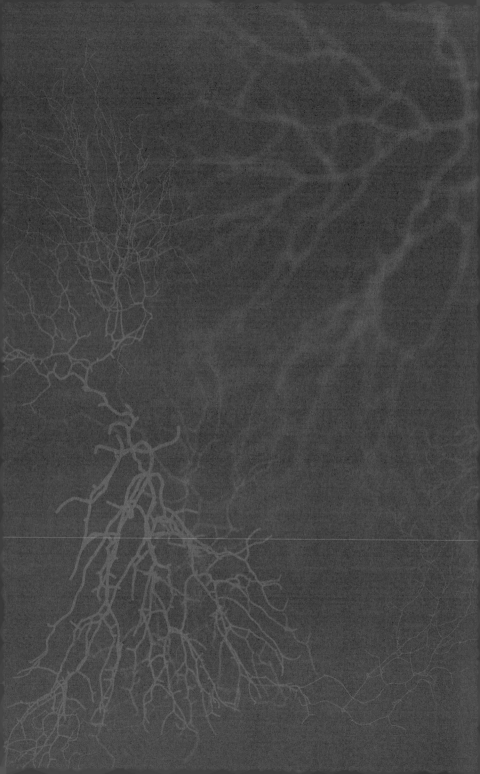

VI
반역자

포트 포웰, 아이오와

인구. 69,172

97 A. V.

밤, 당신은 당신의 어여쁜 무릎
위로 이끌어오는군요
빛나는 새벽이 저 멀리 힘껏 내던져
놓았던 것들을 말입니다,
새끼 암양을 찾아 데려오며,
무리를 벗어난 염소와도 같은,
아이를 그 어미의 곁으로 이끌어옵니다.

– 사포(기원전 612년경), 「단편 120」

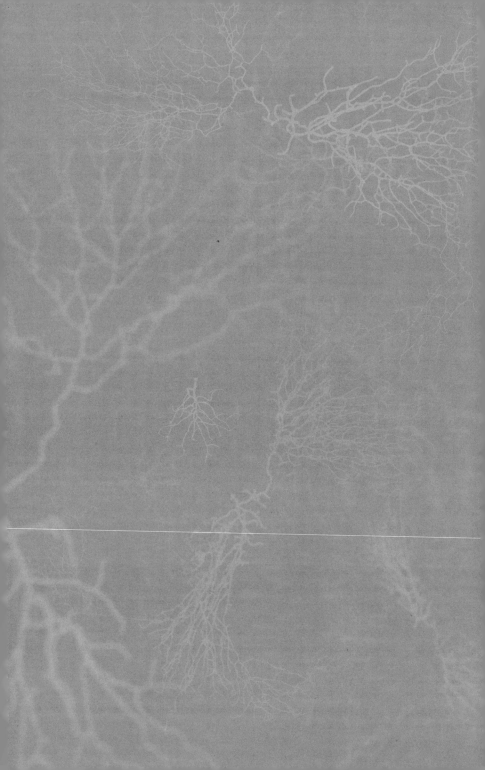

- 주의 -

국장의 전달 사항

홈랜드(The Homeland)의 시민 여러분!
우리들 중에 반역자가 있습니다!

소위 '반란'이라는 불명예스러운 행동이 새로운 위협이 되고 있습니다. 선량한 여성과 아동들을 비롯해 우리의 친애하는 시민 수십 명이 잔인한 행위를 일삼는 비겁한 반역자들에게 냉혹하게 살해됐습니다.

우리는 우리 자신을 지켜내야만 합니다!
당신의 국장과 함께해주십시오!
이 무도한 폭력적 재앙을 끝냅시다!

우리는 시민 모두에게 이 비열한 반역자들이 법의 심판을 받을 수 있도록 협조를 부탁합니다. 우리 홈랜드의 안전이 경각에 달려 있습니다.

여러분 모두 시민의 역할과 책임을 다해주세요!

- 방심하지 마세요! 바로 지금 이 순간 당신 옆에 있는 사람이 수백 명의 목숨을 앗아갈 음모를 꾸미고 있을 수도 있습니다.

- 의심스러운 행동을 발견했다면 즉시 인사담당자에게 보고해주세요.

- 당신의 숙소와 일터에서는 항상 규율을 지켜주세요.

- 준비하고 계세요. 언제라도 당신은 방어 임무에 투입될 수 있습니다.

- 반란 행위를 돕거나 홈랜드 당국의 공무 수행을 방해하는 자는 누구라도 국가의 적으로 간주될 것입니다.

살피고! 귀 기울이고! 경계를 늦추지 말기!
함께라면, 우리는 우리의 사랑하는 홈랜드의
평화와 안전을 회복할 수 있습니다!

36

여기저기서 사람들이 속닥거리고 있었다. 시장에서 또 다른 폭발 사고 가 있었다고.

겨울이 다가오고 있음을 일깨우며, 칙칙하고 추운 11월의 아침이 밝 아왔다. 요란한 경적 소리에 잠이 깬 사라의 귀에, 이어지는 기침과 하 품 소리 그리고 삶에 대한 애증 가득한 우두둑거리는 뼈 소리가 한데 어우러져 들려왔다. 그녀의 눈과 입은 바짝 마른 종이와 같이 건조했 다. 사라 자신은 거의 느끼지 못했지만, 방 안에는 인간의 생물학적 부 패 즉 씻지 않은 몸의 악취와 퀴퀴한 입 냄새 그리고 이와 서캐를 퇴치 하는 분말의 냄새가 진동했다. 사라 역시 자신에게서도 그런 냄새들이 나고 있을 것이라는 걸 알았다.

그녀는 해가 인정사정없이 또 떠오른다는 생각을 하며, 홈랜드의 시 민으로서 새 아침을 맞이했다.

그녀는 침대에서 머뭇거리며 늑장을 부리면 안 된다는 것 정도는 이 미 알고 있었다. 식사 배급에 조금이라도 늦으면, 뱃속에 음식물 찌꺼 기라고는 하나도 남아 있지 않은 채 하루 종일 고생해야만 했기 때문 이다. 한 그릇의 옥수수죽을 위해서라면, 매번 반쯤 잠에 취해 길지 않 은 몇 분 동안 힘들어하는 일 따위는 아무것도 아니었다. 배가 꼬르륵 소리를 내며 으르렁거렸다. 사라는 다 낡아 빠진 담요를 벗어 던지고, 운동화를 신은 그녀의 발을 마룻바닥에 내려놓기 위해 머리를 숙이고 몸을 이리저리 움직였다. 신발은 항상 도둑맞기 쉬웠기에, 그녀도 다른 이들처럼 항상 신발을 신고 잠을 잤다. 지금 그녀가 신고 있는 신발도 침상을 같이 쓰다가 죽은 친구가 남겨두고 간 너덜너덜해진 한 켤레의 리복 운동화였다. 아니나 다를까, "내 신발을 훔쳐간 게 누구야!"라는 고함 소리가 들렸다. 신발을 도둑맞은 피해자는 사람들에게 애원하거나 저주를 퍼부으며 숙소를 들쑤시고 다니다가, 결국은 절망하고 바닥에 구겨지듯 쓰러져 울고야 말았다. "나는 내 신발을 찾지 못하고 맨발로 죽을지도 모른다고! 제발 누가 나 좀 도와줘!"라는 그의 말은 거짓이 아니었다. 그는 신발 없이 맨발을 드러낸 채 부끄러운 모습으로 죽을 수도 있었다.

사라는 바이오디젤 공장에서 일하지만, '플랫랜드The Flatland'에는 그녀가 간호사라는 소문이 퍼져 있다. 사라는 동상에 걸린 발가락을 벌레가 파먹고 들어가 두껍게 검은 딱지가 앉은 상처를 치료한 적이 있었다. 움푹 주저앉은 가슴에 귀를 대고, 익사로 천천히 죽어가는 폐가 덜거덕거리며 들끓는 소리를 들어보기도 했으며, 손끝으로 패혈성 충수염이나 악성 또는 단순 기아로 인해 부풀어 올라 팽팽해진 배를 만지기도 했다. 펄펄 끓는 이마를 손바닥으로 어루만지거나, 썩어 문드러져 몸을 갉아 먹는 진물이 줄줄 흐르는 상처를 소독하기도 했다. 그리고 거짓말이라는 것을 알면서도, 그녀는 사람들에게 "괜찮아요, 당신은 곧 나을 거예요. 걱정하지 말아요. 며칠만 지나면 당신은 아주 건강해질 거예요, 내가 장담해요."라고 말하기도 했다. 치료를 위한 의료 행위는 아니었지만, 말하자면 사라는 사람들을 축복하는 일을 했던 것이다.

'당신은 죽을 것입니다. 그리고 그 순간은 고통스러울지도 모릅니다. 그러나 당신은 여기 당신과 같은 사람들 가운데에서 죽음을 맞이할 것이고, 마지막까지 당신을 놓지 않는 따뜻한 배려의 손길을 느끼게 될 것입니다. 왜냐하면 내가 그렇게 할 거거든요.'라는 그런 축복 말이다.

사라가 이런 행동을 한 것은, 사람들이 '빨간 눈 The Redeyes'들은 물론이고 '콜 The Cols'들이 자신이 아프다는 사실을 알아차리기를 원하지 않았기 때문이었다. 아무도 말을 하지는 않았지만, 플랫랜드의 사람들은 병원이 실제로 어떤 일을 해야만 하는 곳인지에 대해 환상이나 기대 같은 것은 갖고 있지 않았다. 남녀노소 모두에게 병원이라는 곳이 무엇을 하는 곳인지는 중요하지 않았다. 누군가 병원 문을 지나쳐 들어가고 나면, 아무도 그들을 다시 보지 못했기 때문이었다. 병원 문으로 들어간 이들은 곧장 사육장으로 보내졌다.

숙소의 크기는 각각 달랐다. 사라의 숙소는 그중 가장 큰 곳으로, 4층 침대로 된 침상이 한 줄에 10개씩 20개 줄로 배치되었다. 대략 사료 창고만 한 공간에 800명의 인간이 차곡차곡 쟁여져 있는 모습이었다. 사람들이 일어나 움직이고 있었다. 아이들의 머리를 모자에 욱여넣고, 혼잣말을 중얼거리고, 가축으로 보일 만큼 지나치게 온순한 모습으로 어기적어기적 문을 향해 갔다. 사라는 자신을 지켜보는 사람은 없는지 재빨리 주위를 살핀 후, 자신의 침대 곁에 무릎을 꿇고 앉아 한 손으로 매트리스를 들어 올리고, 다른 한 손은 매트리스 밑으로 집어넣었다. 그러고는 조심스럽게 접어 매트리스 밑에 몰래 숨겨두었던 종이 한 장을 꺼내, 자신이 입고 있던 튜닉의 주머니 속에 집어넣고 몸을 일으켜 세웠다.

사라가 조용히 말했다. "재키, 일어나요."

꽤 나이 들어 보이는 여자가 마치 갓난아기처럼 몸을 잔뜩 웅크리고 담요를 턱밑까지 끌어올린 채 누워 있었다.

재키가 말했다. "햇살이, 겨울이 온 것 같아."

사라가 재키의 이마를 짚어 보았다. 열은 없어 보였다. 만약 약간의 열이라도 있었다면, 재키는 한기를 느꼈을 것이다. 그녀가 나이를 얼마나 먹었는지는 알 수가 없었다. 재키는 플랫랜드에서 태어났지만, 그녀의 부모는 다른 곳으로부터 온 사람들이었다. 그녀는 자신의 과거에 대해 말하지 않았지만, 사라는 그녀의 세 아이와 남편이 그녀보다 일찍 죽은 것을 알고 있었다. 재키의 남편이 '콜'에게 공격당한 친구를 도우려 했던 죄로 사육장에 보내졌던 것까지도 알았다.

사람들이 빠르게 숙소를 빠져나갔다. "재키, 제발요." 사라가 재키의 어깨를 흔들었다. "당신이 피곤하고 힘들어한다는 건 알아요. 하지만 우리 이제 정말 가야만 한다고요."

사라는 그녀의 눈을 뚫어지게 쳐다봤다. 재키는 마른기침을 하며 몸을 떨었다.

기침이 멎자, 재키가 말했다. "자기야, 미안해. 내가 자기를 힘들게 하려는 건 아냐."

"난 그냥 아침 식사를 놓치고 싶지 않은 것뿐이에요. 당신도 아침을 먹어야만 하고요."

"그래, 언제나처럼 나를 챙기네. 이 망할 늙은 여자를 좀 도와줄래?"

사라는 재키가 균형을 잡을 수 있도록 어깨로 부축해 그녀를 바닥에 내려놓았다. 그녀의 몸은 현실감이 없을 정도로 마치 한 자루의 막대기, 한 줌 공기처럼 무게감 없이 가볍기만 했다. 그녀는 다시 기침을 했고, 그녀의 가슴을 훑고 지나간 기침은 자루 속의 자갈들이 흔들리는 것 같은 소리를 냈다. 재키가 몸을 일으켜 세웠다.

"이제 됐네." 재키가 침을 삼키기 위해 잠시 멈칫했다. 그녀의 얼굴은 빨개졌고, 이마에는 축축한 땀방울이 송골송골 맺혀 있었다. "한결 나은걸."

사라는 재키가 침상 한구석에 밀어놓은 담요를 걷어 올려 그녀의 어깨에 둘러주었다. "바깥은 추울 거예요. 그러니까 내 옆에 붙어 있어요, 알았죠?"

"이것 봐, 예쁜이, 내가 달리 어디를 가겠어?" 재키가 이가 다 빠진 잇몸을 드러내 보이며 웃어 보였다.

사라는 단지 순간순간 언뜻 지나가는 장면들만 기억이 났다. 모든 것이 끝나고 멈춘 것 같은 죽음이라는 부정할 수 없었던 느낌, 그리고 무자비하고 거대한 힘이 자신을 낚아채 움켜쥐고 있던 것. 바이럴이 그녀를 공중으로 던져 올리자 확 멀어지던 땅 – 바이럴은 왜 나를 죽이지 않았던 거지? – 그리고 곧 다시 무언가가 자신을 잡아채는 듯 엄청난 충격이 느껴지고, 그렇게 계속 두 번째 세 번째 바이럴의 손에 잡초가 뽑혀 나가듯 공중으로 튕기고, 허공으로 던져질 때마다 부대 막사의 벽과 불빛으로부터 멀어져 짙은 어둠이 자신을 꽁꽁 둘러쌌던 기억들 말이다. 사라는 자신의 몸이 아이들이 갖고 노는 공처럼 공중에서 이리저리 던져지고 있는 상황을 도저히 이해할 수가 없었다.

마지막으로 그녀가 트럭 안으로 내동댕이쳐지고 머리가 방망이에 얻어맞은 것 같은 충격에 크게 울렸다. 그 후에 의식이 되돌아오는 끔찍한 과정은 마치 지옥에서 지옥으로 이어지는 사다리를 타고 오르는 것만 같았다. 물도 음식도 먹지 못하고 며칠이 지났다. 뼈를 깎아내는 듯

한 고통스러운 시간들이 흐르고, 답을 알 수 없는 의문들이 속삭이듯 꼬리에 꼬리를 물고 이어졌다. 어디로 가고 있는 거지? 이게 다 무슨 일인 거야? 군인들도 몇몇 보이기는 했지만, 납치된 사람들의 대부분은 로즈웰에서 민간인 군무원으로 일하던 여자들이었다. 숨 막히는 어둠 속에서 다치고 겁먹은 사람들이 비명을 질러대고 있었다.

트럭이 어딘가에 도착해 멈춰 설 때까지도 사라의 의식은 온전히 돌아오지 않았다. 트럭의 문이 열리고 햇빛이 어지럽게 쏟아져 들어오자, 마치 그 여정 내내 한없이 늘어져 있던 시간이 비로소 제 모습을 갖추어 되돌아오는 것만 같았다. 눈앞에 드러나 보이기 시작한 것은…… 뭐였을까? 트럭에 실린 인간 화물의 절반은 죽어 있었다. 몇몇은 출발할 때부터 이미 죽은 듯 화물칸을 음침한 썩은 내로 가득 채웠고, 다른 이들은 납치될 때 입은 상처로 그리고 나머지는 굶주림과 갈증과 숨 막히는 절망으로 죽었다. 짐칸에 실려 있던 죽은 자와 산 자가 모두 비슷비슷한 모습을 하고 있었다.

온몸의 기력을 잃은 사라도 혀가 마르고 혓바늘이 잔뜩 돋은 채 등을 벽에 기대고 누웠으며, 갑작스러운 밝은 햇빛이 익숙지 않은 듯 눈을 질끈 감고 있었다. 또, 몸의 신체적 비율에 역전이라도 일어나 살덩어리 대부분이 머리로 가 때려 박힌 듯 움직일 수 없을 정도로 머리가 무겁기만 했다. 살아오면서 많은 사람들이 죽어가는 모습을 본 그녀였지만, 자신이 죽은 사람들 가운데 드러누워 있어 보기는 처음이었다. 시체들과 사라를 구분 짓는 경계라고 할 수 있는 것은 거즈처럼 비쳐 보이는 얇은 세포막 하나 정도인 것 같았다.

따끔거리는 실눈으로, 그녀는 너덜너덜한 카키색 옷에 쿵쾅거리며 바닥을 울릴 정도로 무거운 부츠를 신은 무표정한 남자 여섯 명이 화물칸에 올라 이골이 난 듯 죽은 자들의 시체를 끌어 내리기 시작하는 것을 보았다. 사라는 그 남자들이 제각각 다른 시체의 무게 따위는 아랑곳하지 않고 작업할 만큼 이 일에 익숙해져 있다는 것을 알아차렸다. 죽은 사람의 시체를 배려하는 일 따위는, 사람이 몸에 반드시 지니고 다녀야 하는 익숙하지 않은 다른 물건에 신경 써야 하는 것에 비하면 전혀 쓸모없는 일이라고 생각하는 것처럼 보였다. 시체가 하나씩 차례대로, 인정사정없이 끌려 나갔다. 그리고 남자들이 그녀에게 다가왔을 때, 사라는 그들을 저지하기 위해 한 손을 들어 올려 막았다. 어쩌면 그 순간 '제발' 혹은 '멈춰' 아니면 '이러지 마'라고 소리를 질렀는지도 모르겠다. 하지만 그 보잘것없는 노력도 그녀의 뺨을 세차게 후려갈기는 손길에 곧 조용해졌다. 그녀가 본능적으로 자신을 방어하기 위해 몸을 둥글게 말지 않았다면, 뒤이어 날아온 부츠를 신은 난폭한 발길질에 복부마저도 거세게 걷어차이고 말았을 것이다.

"입 닥치고 조용히 있어."

그랬다. 사라는 조용히 입을 다물었다. 나중에 알게 되었지만, 사라의 뺨을 때린 남자는 소드라고 불리는 '콜'이었다. 플랫랜드의 시민들 사이에서 모든 콜들은 별명으로 통했다. 소드가 소드 Sod (남색자 男色者, 동성애자―옮긴이)라고 불린 것은 그가 강간하는 것을 즐겼기 때문이었다. 사실 대부분의 콜들이 그랬다. 그들에게 그것은 게임과 같은 것이었다. 단지 소드가 유별나게 악명이 높았던 것은 그는 상대를 가리지 않았기 때문이다. 여자, 남자, 어린아이, 가축. 만약 산들산들 불어오는 바람에 성기를 삽입할 만한 구멍이라도 보였다면, 서슴지 않고 바람이라도 강간하겠다고 용을 쓰고 덤빌 인간이 소드였다. 차례가 되면 사라도 헛간에 끌려가게 되고, 모든 게 가혹할 만큼 간결하게 끝나게 될 것이다. 잠시 뒤, 소드가 휘두른 폭력이 가져다준 고통은 사라가 자신을 추스르는 데에 그녀의 경험이나 예상과는 전혀 다른 영향을 미쳤다. 순식간에 머릿속에 전략이 떠오르고, 우선순위들이 정리되었다. 냉정하게 생각하면, 결국 살아남아야만 했고, 그러자면 입 닥치고 가만히 있는 것이 최선이었다. 그녀는 자신에게 입 다물고 가만히 있으라고, 튀지 말고 녹아들어 눈에 띄지 말라고 되뇌었다. '보이지 않지만 알 수 있는 것을 보도록 해봐, 사라. 그들이 너를 죽이고 싶다면, 그들은 언제라도 그렇게 할 거야.'

그리고, 배 속의 아기 얘기는 하지 마.

햇빛 속으로 발을 내딛자, 곤봉들이 나타나 몸을 쿡쿡 찌르고 재촉해대기 시작했다. 그들은 녹음이 우거진 어딘가에 와 있었다. 그 무성한 녹음은 마치 사라를 조롱하고 있는 것 같았다. 농담이었다면 가장 잔인한 장난이었으리라. 타고 온 트럭은 일종의 대기 구역 같아 보이는 곳에 주차되어 있었다. 반짝이는 금속 지붕이 얹어진 나무 그루터기처럼 땅딸막한 콘크리트 건물들을 철조망으로 둘러쌓은 구역이었다. 그 옆으로 수백 미터 떨어진 곳에는 여러 층의 거대한 구조물이 있었는데, 여태까지 사라는 그런 건물을 본 적이 없었다. 그 건물은 거대한 욕조 같은 모습이었는데, 둥그스름하게 이어진 벽을 따라 불빛이 공중으로 족히 수백 미터는 솟구쳐 오르고 있었다. 그녀가 건물을 바라보고 있는 동안, 그들이 방금 내린 것과 똑같은 반짝이는 은색의 세미트럭이 건물 바로 근처까지 다가왔다. 트럭 옆으로는 여러 명의 남자들이 소총을 들고 잰걸음으로 트럭을 따라 뛰어왔다. 그들은 두꺼운 보호구를 입고, 새장 같은 마스크로 얼굴을 가리고 있었다. 트럭이 건물의 벽까지 가까이 왔을 때, 갑자기 트럭이 땅속으로 빨려들어 가는 것처럼 보였다. 사라는 지하로 이어지는 램프가 있다는 걸 눈치챘다. 문이 열리고 트럭이 사라졌다.

"눈 깔아! 모든 대화는 금지한다. 두 줄로 서. 여자는 왼쪽, 남자는 오른쪽."

막사 중 한 곳으로 들어간 후, 그들은 입고 있던 옷을 모두 벗어 한 곳에 쌓아두어야만 했다. 모두 실오라기 하나 걸치지 못한 채 발가벗은 몸이 되었고, 스물세 명의 여자들은 하나같이 반사적으로 자신을 지키기 위해 한 팔은 들어 올려 가슴을 가리고, 다른 한 팔은 아래로 뻗어 생식기 위를 가리는 똑같은 모습을 하게 되었다. 유니폼을 입은 세 명의 남자가 건들건들 발뒤꿈치를 까닥거리며 노골적으로 음흉하거나 역겹게 웃는 얼굴로 번갈아 가며 여자들을 쳐다보았다. 막사 바닥에는 배수구들이 있었고, 빗장으로 잠긴 채 지붕 선을 따라 길게 늘어선 창문들에서는 비스듬히 빛이 들어왔다. 스물세 명의 벌거벗은 여자들 대부분은 눈물을 흘리며 말없이 바닥만 바라보았다. 뭐라고 입이라도 뻥긋한다면, 그것은 목숨을 부지할 수 있는 묵시적인 계약을 깨는 일이 될 것 같았다. 그들 앞에 무슨 일이 기다리고 있든지, 그때까지는 시간이 좀 걸리는 것 같아 보였다.

그리고, 호스.

얼음 덩어리가 날아오기라도 하듯, 세찬 물줄기가 그들을 향해 뿜어져 나왔다. 물이 무기인 걸까. 세찬 물줄기가 마구 날아드는 주먹다짐 같았다. 모두가 비명을 지르고, 자빠진 여자들의 벌거벗은 몸뚱이가 막사 바닥에서 이리저리 밀려다녔다. 호스를 쥐고 있던 남자는 질주하는 말을 탄 기수처럼 괴상한 소리를 지르며 이 상황을 몹시 즐기고 있었다. 그는 한 여자를 고르고 난 후 다시 다른 여자를 찾아 골랐고 또 다른 여자를 골라냈다. 그리고 여자들을 한 줄로 세우고는 호스의 거센 물줄기로 쓸어버렸다. 남자는 호스를 이리저리 지그재그로 흔들며 거센 물줄기를 여자들의 얼굴에서 가슴으로 그리고 더 아래 그곳까지 뿜어댔다. 여자들을 괴롭히던 강한 물줄기가 잠깐 멈췄다 싶으면 어느새 다시 되돌아와 이곳저곳 여자들을 괴롭혔다. 도망칠 곳도 숨을 곳도 없었다. 할 수 있는 건 참고 버티는 것뿐이었다.

어느 순간 쏟아지던 물줄기가 멈췄다.

"모두 일어서."

그들은 발가벗겨진 몸 그대로 벌벌 떨며 다시 막사 밖으로 이끌려 나갔다. 머리에서 물이 개울물처럼 주르르 흘러 얼굴을 타고 떨어졌다. 물기가 마르자 피부가 오그라들었다. 철조망으로 둘러싸인 단지 한가운데에 나무의자 하나가 놓여 있었다. 경비원 한 명이 의자 옆에서 가죽숫돌(면도칼의 날을 세우는 데에 쓰이는 두툼한 가죽 패드, 혁지革砥라고도 함—옮긴이)에 면도칼을 느릿느릿 갈았다. 네 명의 경비원이 더 오는 것이 보였고, 각자 커다란 플라스틱 통을 하나씩 끌고 왔다.

"옷 입어."

그들 앞에 옷이 던져졌다. 허리춤에 끈이 달린 헐렁한 바지와 엉덩이까지 내려오는 긴소매의 튜닉 모두 독한 화학 약품 냄새가 나는 거친 털실로 만든 것들이었다. 뒤이어 운동화, 플라스틱 샌들, 밑창이 갈라진 부츠 같은 여러 종류의 신발들이 아무렇게나 순서 없이 주어졌다. 끈으로 묶는 가죽신을 신은 사라는 자신의 발이 큰 신발 속에서 따로 노는 것을 느꼈다.

"거기 너, 이리 앞으로 나와."

면도칼을 만지작거리고 있던 남자가 사라를 가리키자, 사라 주위에 있던 여자들이 그녀만 남겨두고 뒤로 물러났다. 똑같은 상황이었다면 사라 자신도 그들과 같은 행동을 했을지도 몰랐기에, 그 여자들을 비난하기는 어려웠다. 그래도 분명 배신감이 드는 것은 어쩔 수 없었다. 피할 수 없는 불길함이 가슴을 짓누르는 가운데, 그녀는 의자로 가서 앉았다.

이제 사라는 의자에 앉아 다른 여자들을 바라보았다. 무슨 일이 벌어지든 간에, 사라는 그녀들의 눈에서 먼저 읽어내게 될 것이다. 남자는 그녀의 머리카락에 그의 손아귀를 집어넣고 쓸어 넘기는가 싶더니 움켜쥐고 홱 잡아당겼다. 무심한 면도질 한 번에 잡혀 있던 머리카락 한 줌이 깨끗이 잘려 나갔다. 남자는 사정을 봐주지 않고 면도칼을 두피에 바짝 갖다 댄 다음 나머지 머리카락도 깨끗이 밀어내기 시작했다. 그의 손은 일말의 망설임도 없이 기계적으로 움직였다. 이 정도의 솜씨라면 숲속을 헤치고 나아가 길을 내는 일을 해도 좋을 것 같았다. 발치에 떨어져 있는 머리카락들이 꼭 금빛 리본들 같아 보였다.

"끝났으니까 제자리로 돌아가 서 있어."

사라는 자신의 차례를 기다리고 있는 여자들의 무리로 돌아가, 손끝으로 자신의 두피를 만져 보았다. 손끝에 아직 덜 굳은 끈적끈적한 피가 묻어 나왔다. '피네. 그래도 이건 내 피니까, 아직 나는 살아 있는 게 맞구나.'라는 생각이 들었다.

다시 두 번째 여자가 의자에 앉았다. 사라가 기억하기로 그녀의 이름은 캐롤라인이었다. 로즈웰 수비대의 의무실에서 잠깐 만났던 적이 있었다. 사라처럼 그녀도 간호사였다. 건강하고 명랑하고 자신감 넘치던 골격이 단단해 보이는 큰 키의 그녀가, 남자가 머리카락을 잘라내는 내내 손으로 얼굴을 가리고 울었다.

한 명씩 차례대로 머리카락이 말끔히 잘려 나갔다. 그리고 깨끗하게 잘려 나간 건 머리카락만이 아니라는 걸, 사라는 깨달았다. 흉하게 밀린 그들의 머리와 함께, 취향이나 개성 같은 그들의 개인적인 특성들도 같이 사라져 마치 떼를 지어 다니는 구별할 수 없는 한 무리의 짐승들과 같아졌다는 걸.

그녀는 허기에 머리가 어지러워져서 얼마나 더 서 있을 수 있을지 알 수가 없었다. 그들에게는 먹을 것이라고는 뭐 하나 조그마한 것도 없었다. 그들이 고분고분 말을 듣게 하려는 수작인 게 틀림없었다. 음식을 받았을 때 그들을 납치한 자들에게 감사하도록 만들려고 말이다.

이발이 다 끝나자, 그들은 대기 구역을 가로질러 '처리반'이라고 불리는 두 번째 콘크리트 건물로 이동했다. 그리고 그들은 긴 테이블 앞에 한 줄로 늘어섰다. 그곳에는 책임자로 보이는 경비원 한 명이 얼굴에 화가 잔뜩 난 표정으로 앉아 있었다. 한 명씩 앞으로 불러 세우고, 경비원은 클립보드에 종이를 한 장씩 다시 끼웠다.

"이름?"

"사라 피셔."

"나이?"

"스물하나."

남자가 그녀를 위아래로 훑어봤다. "읽을 줄 알아?"

"네, 글을 읽을 수 있어요."

"특별한 기술이라도 있어?"

사라는 대답하기가 망설여졌다. "탈 줄 알아요."

"탈 줄 안다고? 뭘?"

"말요."

그가 의외라는 듯 눈을 약간 굴렸다. "도움이 될 만한 다른 건?"

"잘 모르겠어요." 사라는 무언가 안전한 일을 생각해내려 애썼다. "바느질?"

남자가 하품을 했다. 그의 치아 상태가 아주 나빠 보였는데, 마치 이빨들이 그의 입속에서 꿈틀거리고 있는 것처럼 보였다. 그는 클립보드의 종이에 뭐라고 적더니, 종이의 아래쪽 절반을 찢어냈다. 그러고는 책상 아래의 통에서 지저분한 담요와 금속 접시 1개 그리고 오래 써서 낡은 컵과 숟가락을 꺼내 사라에게 주었다. 그 위에는 방금 찢어낸 종이 한 장이 얹어져 있었다. 사라는 잽싸게 종이를 훑어보았다. 그녀의 이름과 다섯 자리 숫자로 된 일련번호 그리고 '막사 216'이라고 쓰여 있고, 그 밑에는 '바이오디젤 3'이라고 적혀 있었다. 글씨가 어린아이 필체처럼 뭉툭하고 고르지 않았다.

"다음!"

경비원 한 명이 그녀의 팔을 잡고 잠긴 문들이 늘어서 있는 복도로 끌고 갔다. 작은 상자 같은 방에 의자가 하나 있었는데, 사라가 여태껏 봐온 어떤 의자와도 달랐다. 갈라진 붉은 가죽과 강철로 된 위협적인 기구의 모습이었다. 등판은 45도 각도로 뒤로 젖혀져 있고, 가슴과 발 손목을 묶을 끈들이 달려 있었다. 그 위로는 반짝이는 금속 장치의 전기자電機子들이 비단실을 타고 내려오는 거미의 다리처럼 늘어져 있었다. 경비원이 사라를 의자 쪽으로 밀었다.

"앉아."

그는 사라를 의자에 묶어두고 나갔다. 방 바깥 어딘가에서, 두꺼운 벽에 갇혀 있던 소리가 기분 나쁠 정도의 높은 고음으로 폭발하는 것같이 들려왔다. 방금 이 소리 비명이었어? 속이 뒤틀려 오는 것 같았다.

그녀의 위장 속에 뭐라도 남았다면 정말 그랬을지도 모른다. 그녀를 지
탱하고 있던 마지막 의지마저 무너져 내렸다. 그녀는 간청할 거다. 애원
할 거다. 그녀에게는 더 이상 저항할 힘이 남아 있지 않았다.

그녀의 뒤에서 문이 열렸다. 회색 작업복을 입은 한 남자가 그녀의
시야에 들어왔다. 배가 약간 둥글게 나왔고, 코끝에 렌즈가 뿌연 안경
을 썼다. 그리고, 숱이 많은 눈썹 끝은 새의 날개처럼 휘어져 올라갔다.
왠지 그의 얼굴은 친절해 보였는데, 마치 할아버지 같은 느낌이었다. 테
이블에 앉아 있던 경비원처럼, 그는 클립보드를 보고 있었다. 그가 눈
을 치켜뜨더니 웃었다.

"사라 맞죠?"

사라는 고개를 끄덕였고, 쓴 물이 올라왔다.

"나는 벌린 박사입니다." 그가 사라를 묶어둔 끈들을 쳐다보더니, 인
상을 쓰며 고개를 저었다. "경비원들은 모두 멍청한 바보들이랍니다. 지
금 배가 많이 고프겠죠. 어디 여기서 나갈 수 있을지 봅시다."

사라는 벌린이 그녀를 방에서 내보내 주려고 한다는 생각에 아주
잠깐 희망을 품었지만, 그가 그녀가 묶여 있는 의자 옆에 스툴을 당겨
앉고 양손에 고무장갑을 끼는 걸 보면서 그의 말은 다른 의미였다는
걸 깨달았다. 그는 한 손을 그녀의 턱 아래에 대고 입을 벌렸다. 입안을
들여다보더니, 그녀의 얼굴 앞에 손가락 두 개를 들어 보였다.

"눈으로 내 손가락을 따라와 봐요."

사라의 눈이 8자를 그리며 멀어지는 그의 손가락들을 쫓아갔다. 그
는 사라의 맥박을 재고, 작업복 주머니에서 청진기를 꺼내 사라의 심
장이 뛰는 소리를 들었다. 그는 몸을 세워 똑바로 앉고서는 안경 너머
로 눈을 가늘게 뜨고 클립보드로 시선을 돌렸다.

"혹시 건강에 다른 문제는 없나요? 기생충, 감염, 식은땀이나 소변을 보기 힘들다거나 하는?"

사라는 고개를 저었다.

"생리는 어때요?" 벌린이 클립보드 위 종이의 칸에 표시하고 있었다. "문제는 없어요? 예를 들면, 지나치게 생리량이 많다든지?"

"아뇨."

"여기 보면 당신 나이가……." 그가 말을 멈추고 종이를 앞뒤로 뒤적였다. "스물하나군요. 맞나요?"

"네"

"임신한 적은?"

몸 안에서 뭔가가 그녀를 꽉 움켜쥐는 것만 같았다.

"간단한 질문입니다만."

사라는 고개를 저었다. "아뇨, 없어요."

만약 벌린이 그녀가 거짓말하는 것을 알아차렸다면, 어떤 기척도 하지 않았을 것이다. 그가 클립보드를 자신의 무릎 위에 내려놨다. "당신은 아주 건강한 것 같군요. 치아 상태도 훌륭하고요. 내 생각에 딱히 이의가 있는 게 아니라면, 내 판단은 그래요. 여기서 달리 조치할 것은 없군요."

그에게 고맙다고 말하기라도 해야 하는 건가? 그녀의 얼굴 위에서는 아까 본 거미같이 생긴 것이 여전히 기분 나쁘게 반짝이며 아른거리고 있었다.

"자, 이제 우리가 빨리 마무리하고 당신을 보내줄 수 있을지 한번 봐야겠군."

갑자기 모든 게 변했다. 벌린의 얼굴 표정이 순식간에 경직되는 것을 보고 알 수 있었다. 하지만 표정만이 아니었다. 방 안의 공기도 미묘하게 바뀌고 있는 것 같았다. 벌린이 사라가 앉은 의자 밑의 페달을 윙윙거리는 소리가 날 만큼 빠른 속도로 힘차게 밟아댔다. 그러고는 손을 뻗어 사라의 얼굴 위로 거미의 다리처럼 생긴 것 하나를 끌어 내렸다. 그 끝에는 벌린의 발놀림에 맞춰 벌 떼같이 시끄러운 소리를 내며 돌아가는 드릴 조각이 달려 있었다.

"네가 움직이지 않는다면 쉽게 빨리 끝날 거야."

몇 분 후, 사라는 자신의 보잘것없는 소지품들을 품에 꽉 끌어안은 채 방 밖에 서 있었다. 그녀가 비명을 지르기 시작하자 벌린은 그녀의 입에 가죽끈 하나를 물려 놓았다. 그녀의 팔뚝 안쪽의 창백하게 하얀 피부에 빛이 나는 금속 꼬리표 하나가 덧대어졌다. 구멍을 뚫고 불로 지져놓은 꼬리표 위에는 그녀가 종이에서 본 숫자와 똑같은 숫자 94801이 새겨져 있었다. "이제 너의 치아에 새겨진 표식과 함께 이 숫자가 바로 너야." 사라를 묶어놓았던 끈을 풀며 벌린이 말했다. 그는 장갑을 벗고 손을 씻기 위해 개수대로 걸어갔다. "너 자신을 누구라고 생각하든 간에, 너는 더 이상 그 사람이 아닌 거지. 너는 플랫랜더Flatlander 94801번일 뿐이야."

그녀를 싣고 온 세미트럭은 어디론가 가버리고 대신 화물칸이 덮개 없이 개방된 5톤 트럭이 기다렸다. 운전석 쪽 문에 아이오와주 방위군이라고 쓰여 있는 것이 사라의 눈에 들어왔다. 그녀가 지금 어디에 있는지를 짐작할 수 있는 첫 번째 단서였다. 경비원 한 명이 사라에게 탑승하라고 손짓했다. 또 다른 경비원 한 명이 운전석에 등을 기대고 화물칸 앞쪽에 서 있었는데, 가죽끈에 달린 자신의 곤봉을 한가롭게 돌리는 중이었다. 이미 몇몇의 남자와 여자가 화물칸에 올라가 있었다. 모두 화물칸의 의자에 쓰러질 듯 주저앉았는데, 그들의 얼굴에는 좀 전에 일어났던 일에 크게 충격을 받은 기색이 역력했다.

사라도 화물칸에 올라 자리를 잡고, 남자들 중 한 명의 옆에 앉았다. 남자는 젊은 장교 유스터스 중위였다. 바로 사라의 일행을 구출해 로즈웰로 데려온 그 정찰병이었다. 사라가 의자에 앉으려 몸을 숙이자, 그가 그의 맨들거리는 머리를 사라의 얼굴 가까이에 갖다 댔다.

"대체 이 엿 같은 곳은 뭐죠?" 그가 속삭였다.

미처 그녀가 대답하기도 전에, 경비원이 곤봉으로 유스터스를 가리키며 소리를 질렀다. "야, 거기 너, 입 다물고 조용히 해."

"너희들 대체 뭔데? 왜 아무것도 말 안 해주는 거야?"

"입 다물고 있으라고 했을 텐데."

무슨 일이 벌어질지 사라는 알 수 있었다. 그건 그날 하루를 되돌아보면 예견된 거나 마찬가지인 일이었다. 아직 드러나지 않은 자신들의 무력함을 증명해 보이는 일 말이다.

"어, 그래?" 유스터스의 얼굴이 분을 못 이겨 붉게 달아올랐고, 그의 입술은 마지막 남은 기운을 쏟아내는 것 같았다. 그는 자신이 무슨 짓을 하고 있는지 알았지만, 조금도 신경 쓰는 것 같지 않았다. "너희 모두 다 지옥에나 가서 처박히라고."

경비병이 성큼성큼 걸어와서는, 완전히 지겹다는 얼굴로 유스터스의 무릎을 곤봉으로 내리쳤다. 그의 몸이 앞으로 크게 흔들렸다. 유스터스는 엄청난 고통을 간신히 참아내며 이를 악물었다. 아무도 꿈쩍 못 하고, 모두가 화물칸 바닥만 바라보고 있을 뿐이었다.

"개…… 새끼." 유스터스가 헐떡거리며 내뱉은 그 말 한마디가 전부다.

경비원이 곤봉을 빙그르 한 바퀴 돌려 거꾸로 잡고서는, 곤봉의 두 꺼운 끝을 유스터스의 코에 밀어 넣었다. 발에 벌레가 밟혀 바스러지는 것처럼, '으드득' 연약한 외골격이 으스러지는 소리가 났다. 진홍색 핏줄기가 공중으로 흩뿌려지더니 사라의 얼굴에 튀었다. 유스터스의 머리가 뒤로 휙 넘어가고, 그의 두 눈은 튀어나올 것처럼 눈구멍에서 펄떡거리고 있었다. 그가 윗입술 안쪽을 혀로 길게 훑더니 부러진 이 조각을 뱉어냈다.

"너에게 해줄 말이 있는데 말이지…… *집에 가서 엿,이,나…… 처먹어.*"

경비원은 해머를 휘두르듯 곤봉을 계속 맹렬하게 휘둘러댔다. 유스터스의 얼굴과 머리 그리고 손의 관절들, 다 엉망진창이 되었다. 그가 정신을 완전히 잃고 나가떨어지자, 비로소 그의 두 눈이 두개골 속으로 제자리를 찾아 들어갔다. 그의 얼굴은 마치 짓이겨진 과육처럼 엉망이었고, 눈, 코, 입 모두에서 피가 줄줄 흘렀다.

"익숙해지라고." 경비병은 잠시 말을 멈추고는 바지에 곤봉을 닦고서, 사라와 그 일행에게 시선을 돌려 쳐다봤다. "우리가 일하는 방식이 다 이렇거든."

트럭이 출발하자 사라는 유스터스를 끌어당겨 그의 망가진 얼굴을 자신의 무릎에 올려놓았다. 그는 의식이 거의 없었다. 호흡은 헉헉거리며 불안정했다. 어쩌면 그는 죽을지도 모른다. 꼭 그럴 것만 같았다. 그럼에도 그가 벌인 일은 승리했다는 일종의 희열 같은 성취감을 느끼게 했다. 사라는 고개를 숙여 그의 귀에 속삭였다.

"고마워요."

그렇게, 그곳에서의 생활은 피 흘리는 것에서부터 시작됐다.

"하나 된 우리! 한 명의 국장! 우리는 홈랜드!"

사라는 이 구호를 대체 얼마나 외쳐야 했던 거지? 아침 점호와 홈랜드 국가를 부르고 나자, 모두가 각각 자신들의 수송 차량에 오르기 위해 흩어졌다. 사라는 재키가 차량에 오를 수 있도록 도운 후 자신도 올라탔다. 새로운 얼굴이 보였는데 낯익은 얼굴, 올드 슈의 아내인 콘스탄스 슈였다. 그녀도 사라를 알아보았다. 하지만 서로 긴장한 듯 굳은 표정으로 마주 보며 고개를 끄덕인 것이 전부였다.

지난 몇 년간 콜로니에서 일어났던 일들이 조각조각 조금씩 사라에게 들려왔다. 정도의 차이는 있었지만, 사라가 알고 있는 다른 곳들의 이야기나 로즈웰에서 벌어졌던 일들과 크게 다르거나 차이가 나지는 않았다. 솔직히 말하자면, 홈랜드에 납치되어 온 후 살아 있는 인간이 존재하던 지역들이 그렇게나 많았다는 사실을 알게 된 것이 그녀에게는 여러 측면에서 더 큰 충격이었다. 사라가 납치되어 오기 전에 이미 콜로니의 생존자들이 홈랜드 여기저기에 흩어져 있었다. 사라가 듣기로는 콜로니의 생존자는 56명이었다. 56명의 콜로니 생존자들이 그곳의 대중 속에 파묻히는 게 그렇게 쉬운 일이었다니……. 똑같이 밀려나간 머리와 똑같은 옷, 모두가 똑같아 보였지만 말이다. 그리고 이따금씩 아는 얼굴들을 마주쳤다. 페니 대럴이라고 생각되는 여자를 얼핏 본 것 같았다. 레이의 아내인 벨라 라미레스는 분명히 봤다. 벨라를 봤을 때 그녀의 이름을 불렀는데, 그녀는 모른 척 대답도 하지 않았다. 어느 날 아침 식사 대기 줄에 서 있었을 때는, 이때까지 몇 번이나 자신의 그릇을 채워준 사람이 바로 사촌인 러셀 커티스인 줄조차 못 알아봤던 적도 있었다. 사라와 러셀의 눈이 마주쳤을 때 그는 그녀가 기억하고 있던 것보다도 훨씬 더 늙어버린 모습을 하고 있었기에, 그를 알아보는 데에는 시간이 걸렸다. 한 1년 동안은 지미의 미망인인 캐런 몰리노 그리고 그녀의 두 딸 앨리스와 에이버리와 같은 막사에서 살기도 했었다. 사라가 얻은 정보는 대부분 캐런을 통해서였다. 그중에 죽은 콜로니 주민들의 이름도 있었다. 이안 파탈은 발전소를 지키다 죽었다. 홀리스의 형수인 리와 그녀의 아기 도라는 홈랜드로 끌려오던 중간에 죽고 말았다. 캐런도 이유를 알지는 못했지만, '다른 샌디'는 홈랜드에 도착한 직후에 죽었고, 글로리아와 산제이 파탈도 마찬가지로 도착 직후에 죽었다. 알게 된 콜로니의 소식들은 우울하기만 했지만, 그래도 캐런 그리고 그녀의 두 딸과 보낸 1년은 사라에게 그녀가 아직 자신의 과거를 잃어버리지 않고 연결되어 있다고 느끼게 해준 휴식과도 같았다. 하지만 경비원들은 항상 사람들을 이리저리 다른 막사로 거처를 옮기도록 이동시켰으며, 캐런과 두 딸도 다른 막사로 가버리게 되었다. 세 모녀가 1년 동안 누워 잠자던 침상에는 낯선 사람들이 와 누워 있었고, 그 이후로는 다시 세 모녀를 볼 수가 없었다.

바이오디젤 공장으로 가는 수송 차량은 미로 같은 지저분한 막사들 사이를 지나 강을 따라 플랫랜드 북쪽 끝단에 있는 공업지대로 사람들을 데리고 갔다. 그날도 다른 날보다 나을 것은 별로 없어 보였다. 매서운 바람과 옥수수 알갱이같이 굵은 빗방울들이 사람들의 얼굴을 때리고 있었다. 대기는 짐승의 배설물과 억눌린 더러운 인간들로 가득 찬 플랫랜드의 고약한 악취로 가득했고, 플랫랜드의 뒤로는 냄새가 장막을 이룬 것 같은 어두운 흙빛의 강이 보였다. 그들은 울타리가 열리고 닫히는 커다란 검문소를 통과했다. 클립보드와 펜을 들고 서류작업과 권력 구조를 향한 지칠 줄 모르는 욕구를 가진 콜들이 손을 휘저으며 사람들을 통과시켰다. 강 먼 곳에는 황폐하고 생기 잃은 광활한 범람원이 펼쳐졌고, 겨우내 수확해놓은 작물들이 보였다. 강 위로 층을 이루며 지대가 높아지는 동쪽으로는 빨간 눈들이 사는 힐탑The Hilltop 이 우뚝 솟아 있고, 그 꼭대기 의회의 돔Dome 지붕은 금으로 덮여 있었다. 힐탑과 그 주변 건물들은 옛날에 대학이라고 불리던 일종의 학교 같은 것이었다고 했지만, 비교를 위해 머릿속에 떠오르는 것이라고는 성소뿐이었던 사라는 그 사실을 이해하기가 어려웠다. 돔 안은 말할 것도 없고, 사라는 언덕 위까지 올라가 본 적도 없었다. 정원사와 배관공 그리고 주방 도우미 같은 일꾼들은 안으로 들어갈 수 있었다. 국장과 그의 빨간 눈 부하들을 돕도록 선발된 시종들은 물론 안으로 들어가는 것이 허락되었다. 좋은 음식과 뜨거운 물 그리고 편안히 잠들 수 있는 푹신한 침대의 호사를 누릴 수 있는 시종들은 운이 좋은 자들이라고 사람들이 말했지만, 시종들의 생활에 대한 그런 이야기들은 모두 출처를 알 수 없는 소문일 뿐이었다. 시종으로 뽑혀간 사람들 중 플랫랜드로 돌아온 사람은 아무도 없었다. 한번 돔 안으로 들어가고 나면, 돔이 그들의 삶이 되었다.

"저것 좀 봐." 재키가 중얼거렸다.

너무 추운 날씨 탓에, 사라의 정신은 다른 데 팔려 있었다. 그들은 진입로의 강으로부터 멀어지는 중이었다. 홈랜드 너머 북쪽으로, 나무들 꼭대기 위로 삐죽 튀어나와 있는 크레인들의 모습이 그녀의 눈에 들어왔다. 뼈만 있는 거대한 한 쌍의 새 같은 모습이었다. 그냥 프로젝트라고 불렸다. 목적은 비밀에 부쳐진 채, 철근 콘크리트 구조를 세우는 데만 수십 년이 걸린 일이라고 했다. 그곳에서 일하는 사람들은 거의 모두 플랫랜드의 남자들이었는데, 일하러 현장에 가고 올 때마다 매일 몸수색을 받았다. 심지어는 그곳에서 그들이 무슨 일을 하고 있는지에 대한 이야기를 하는 것조차도 반역죄로 간주되어 사육장으로 보내질 수도 있었다. 돌고 있는 소문이 많았음에도 그랬다. 첫 번째 소문이 그럴싸한 두 번째 소문에 밀려나기 전까지 한동안 퍼져 나가다가, 결국 세 번째의 다른 소문이 나타나 번졌다. 그러다가는 다시 첫 번째 소문이 돌기 시작하고 그렇게 소문들이 새롭게 돌고 돌았다. 자신들의 이야기를 해도 괜찮다고 생각되는 상황에서도, 그곳에서 일하는 남자들조차 자신들이 무엇을 만들고 있는지 모르는 것 같았다. 미로 같은 복도들이라든가, 어마어마한 크기의 방들, 30센티미터 두께의 견고한 강철 문들에 관한 이야기가 있었다. 어떤 사람들은 그것이 국장을 위한 기념물이라고 했고, 다른 사람들은 그것이 공장이라고 했다. 몇몇은 그 구조물이 플랫랜드 사람들을 놀리지 않고 부려먹기 위해 빨간 눈들이 고안해낸 속임수일 뿐 아무것도 아니라고 하기도 했다. 네 번째의 소문은 최근 몇 달 동안 사람들의 입에 가장 많이 오르내린 것으로 프로젝트의 목적은 비상시에 대비한 벙커라는 것이었다. 국장이 자신의 신비한 힘으로도 궁지에 몰린 바이럴들을 보호하지 못할 경우, 그 건물이 바이럴들을 위한 피난처로 사용될 것이라는 이야기였다.

건물의 목적이 무엇이든 간에 완성까지는 얼마 안 남은 것으로 보였다. 매일 아침 건설 현장으로 가는 수송 차량에 오르는 남자들의 숫자가 점점 더 줄었고, 일하러 가는 남자들은 모두 이미 그곳에서 여러 해 동안 일을 해온 비교적 나이가 많은 이들이었다.

하지만 재키의 이목을 끈 것은 그 건설 현장의 크레인들이 아니었다. 그녀가 타고 있는 5톤 트럭이 마지막 경비 초소를 향해 가고 있을 때, 경계를 둘러막고 있는 담벼락에 흘러내리는 페인트 자국을 남기며 붓질로 써놓은 하얀색의 두꺼운 두 단어가 눈에 들어왔다.

세르지오는 살아 있다!

플랫랜드의 주민 둘이 비눗물 양동이에 긴 자루 끝에 달린 솔을 적시며 글자를 지울 준비를 하는 중이었다. 콜 한 명이 가슴팍에 총을 껴안고서는 그들 옆에 서 있었다. 트럭이 지나갈 때 사라와 눈이 마주치자 콜의 눈이 싸늘하게 번뜩였고, 사라는 고개를 돌려버렸다.

"어이 피셔, 뭐 흥미로운 거라도 본 거야?"

수송 차량 뒤에 타고 있는 두 명의 콜 중 하나의 목소리가 들렸다. 베일이라고 불리는 25살 안팎의 비교적 말끔해 보이는 남자의 목소리였다.

"아뇨."

수송 차량을 타고 가는 마지막 5분 동안 줄곧, 그녀의 눈은 화물칸 바닥에 꽂혀 있었다. 세르지오. 사라는 생각했다. 세르지오라니 누구지? 공개적으로 말할 수 없는 그 이름에는 사람을 움직이는 주술과 같은 힘이 있었다. 세르지오, 그는 경비 초소와 경찰서 그리고 시장을 습격하고 폭파하는 반란군의 지도자였다. 그는 그의 보이지 않는 동지들과 함께 유령처럼 홈랜드로 숨어들어 와 파괴적 무기에 불을 댕겼다. 담벼락의 낙서가 조롱과 비웃음이라는 것은 그녀가 보기에도 너무 빤한 것이다. 우리가 여기 있어. 네가 있는 바로 그곳에 있다니까. 우리는 너희 가운데 곳곳에 함께 있다고. 그들은 그렇게 말하고 있는 거였다. 세르지오의 전술은 상상을 뛰어넘는 잔인함이 특징이었다. 콜들이 모일 만한 장소는 어디나 반란군의 타깃이 되었고, 암살과 혼란의 촉발이 프로그램처럼 정확히 실행되었다. 플랫랜드의 주민 누군가가 우연히 예정된 시간에 그리고 목표물이 된 장소에 콜들과 함께 있게 되었다고 해도 반란군은 개의치 않고 그들의 임무를 수행하고 타깃을 날려버렸다. 남자 혹은 여자가 코트의 앞섶을 젖혀 자신의 가슴에 여러 줄의 다이너마이트가 주렁주렁 달려 있는 것을 드러내면, 그걸로 끝이었다. 그리고 마지막 순간에 그들의 엄지손가락이 기폭 장치의 방아쇠를 당기고 폭파 반경 안에 있는 모두를 자기 자신과 함께 저승으로 보낼 때면, 그들은 항상 이 단어를 외쳤다. "세르지오는 살아 있다!"

수송 차량이 공장 앞에 멈춰 섰다. 일꾼들 모두가 차에서 내렸다. 공기 중에 퀴퀴한 효모 냄새가 맴돌고 있었다. 그들 뒤에 일꾼들을 태운 차량 4대가 더 와서 멈췄다. 대부분의 여자들이 그렇듯 재키와 사라도 분쇄 과정에 배정되었다. 왜 여자들은 분쇄 과정에 배정되는 거지? 이 일이 다른 일들보다 덜 힘든 것도 아닌데 말이야. 사라는 이해할 수가 없었다. 어쨌든 공장의 작업 방식은 그랬다. 으깬 옥수수를 곰팡이 효소와 섞어 발효시키면 연료가 됐다. 돼지우리나 폐기물 처리 공장과 슬러리Slurry(동물 배설물에 점토, 분탄, 시멘트 따위를 섞은 걸쭉한 물질-옮긴이) 저장소처럼 많은 사람들이 이보다 훨씬 더 열악한 일을 하고 있다는 것을 알기는 했지만, 냄새가 너무 강해서 마치 사라의 몸에서 나는 냄새가 원래 그런 듯 그녀의 일부가 된 것 같았다. 그들은 현장 감독에게 확인을 받기 위해 줄을 섰다. 확인받고 나면, 얼굴에 수건을 뒤집어쓰고 동굴 같은 곳을 지나 각자의 작업대로 갔다. 옥수수는 바닥에 홈통이 있는 큰 저장용 통에 쌓여 있었다. 이 홈통을 통해 한 번에 한 부셸Bushel(36리터에 해당하는 곡물이나 과일의 중량 단위-옮긴이)씩 옥수수를 받아서 분쇄기에 넣었고, 그러면 분쇄기 안에서 돌고 있는 칼날이 알갱이들을 가루로 만들었다. 옥수수에서 수분이 빠지면서 만들어진 끈끈한 반죽이 분쇄기의 벽에 들러붙으면, 그 반죽을 떼어내는 일이 작업자의 일이었다. 칼날의 회전이 멈추지 않았기 때문에, 상당한 손재주와 민첩성이 필요한 일이었다. 추위 때문에 어려움이 한층 더해졌다. 아주 간단한 동작도 느리고 부정확하게 만들었기 때문이다.

사라가 일을 시작했다. 오늘 하루도 무아지경에 빠진 듯 정신없이 지나갈 것이다. 그녀는 자신의 생각과 마음을 비우기 위해 최면에 걸린 듯 자신만의 리듬을 타며 작업했는데, 그녀가 지난 몇 년간 일을 해오면서 터득한 기술의 하나였다. 생각이란 걸 하지 말자, 그게 목표였다. 생물학적인 기능을 완전하게 사용하기 위해서, 그녀의 감각들은 바로 눈앞에 놓인 가장 시급한 정보들만을 받아들이고 처리했다. 윙윙거리며 돌아가는 분쇄기의 칼날, 옥수수가 발효되는 고약한 냄새, 아침 식사라고 먹기는 했지만 이미 오래전에 소화되어 버린 얼마 안 되는 묽은 죽 한 그릇이 그녀의 위장 속에 남겨놓은 알싸하고 싸늘한 허기 같은 것들이 그녀가 처리해야만 하는 정보들이었다. 공장에서 일하는 12시간 동안, 사라는 플랫랜더 94801 그 이상도 이하도 아니었다.

생각하고 느끼고 기억이란 걸 갖고 있는 존재 그리고 콜로니의 시민이자 수간호사이며, 조 피셔와 케이트 피셔의 딸이자 마이클의 누나, 많은 이들의 친구이고, 홀리스가 사랑하는 여인이자 한 아기의 엄마인 진짜 사라는 부적을 숨기듯 그녀의 주머니에 넣어둔 접힌 종이 한 장 속에 감추어진 채 사라지고 없었다.

사라는 재키를 챙기기 위해 최선을 다했다. 재키의 건강이 걱정됐는데, 그녀의 기침이 예사롭지 않았기 때문이었다. 플랫랜드에서는 사라가 알고 있는 우정이라는 의미에 걸맞은 친구를 갖는 일은 불가능했다. 플랫랜드에서도 익숙한 얼굴들이 생기고, 그들을 다른 사람보다 아주 조금은 더 신뢰할 수는 있었다. 하지만 거기까지였다. 플랫랜드에서 사람이란 존재는 아무것도 아니었기에 사람들은 자신에 대해 아무 말도 하지 않았고, 희망이란 걸 가질 수 없었기에 자신의 희망에 대해 말하지 않았다. 하지만 재키에게는 경계심을 늦췄다. 사라와 재키 사이에는 서로를 돌봐주겠다는 무언의 약속 같은 것이 있었다.

정오가 되자 15분의 휴식 시간이 허락되었다. 쪼그려 앉을 수 있도록 배수로 위에 구멍 뚫린 나무판자들이 덩그러니 걸쳐져 있는 게 전부인 변소로 달려가 볼일을 보고, 점심이라고 죽 한 그릇을 게걸스럽게 먹어치우고 나면 그만인 시간이었다. 앉을 곳이 없어서 그냥 서서 먹거나 땅에 털버덕 앉아 죽을 먹었다. 숟가락 대신 손가락으로 그릇을 훑어 죽을 먹고 나면, 다시 줄을 서서 물을 마셨다. 국자 하나로 따라주는 물을 마시기 위해 모든 여자들이 길게 줄을 서 차례를 기다려야만 했다.

휴식 시간 내내 여자들은 옆에 서서 곤봉을 빙빙 돌리고 있는 콜들에게 감시를 당했다. 콜들의 공식 직함은 인사 담당관이었지만, 플랫랜드에서 누구도 그들을 그렇게 부르지 않았다. 콜이란 말은 '부역자Collaborator'를 줄여 부르는 말이었다. 거의 다 남자들이었지만 여자들도 좀 있고, 사실 대개 가장 잔인한 건 여자 콜들이었다.

휘슬러라는 여자 콜이 있는데, 그녀의 윗입술에는 깊게 쪼개진 틈이 있었다. 선천적인 기형이었는데, 그 때문에 그녀의 목소리는 바람에 흔들리는 갈대 같은 매우 독특한 소리가 났다. 그녀는 사람을 괴롭히는 새롭고 교묘한 방법들을 고안해내는 것에 특별한 즐거움을 느끼는 것 같았다. 휘슬러는 마치 실험이라도 하는 것처럼 누군가 한 사람을 골라내 괴롭히는 습관을 갖고 있었다. 대개 여자를 골라냈다. 재수 없게도 휘슬러가 누군가를 뚫어지게 쳐다보면, 그 사람은 막 그의 차례가 되었을 때 화장실 대기 줄에서 뽑혀 나와 몸수색을 당하거나 혹은 불가능하거나 쓸데없는 일을 해야만 했다. 또는 그 사람이 쉴 차례가 거의 다 되었는데도, 다른 작업자로 대체되어 정작 당사자는 휴식 시간마저 잃어버리게 되는 일도 있었다. 휘슬러의 관심이 곧 다른 사람에게 옮겨가리라는 것을 알았기에, 피해자는 방광의 통증이나 허기진 배나 빠져버릴 것 같은 팔다리의 고통을 참고 이를 갈며 상황을 받아들일 수밖에 없었다. 폭압에 굴종하는 것이 상황을 더 나쁘게 만들었고, 사람들을 비굴하게 만드는 것이 휘슬러가 하는 모든 행동의 핵심인 것처럼 보였음에도 말이다. 사람들은 그들의 고통이 빨리 다른 누군가에게 옮겨가기를 바라고 있는 자신의 모습을 깨닫고, 결코 멈추지 않는 고통의 쳇바퀴 톱니처럼 그 시스템의 일부 즉 공범이 되었다.

사라가 휴식 시간에 재키를 찾았다. 하지만 재키는 어디에도 보이지 않았다. 사라가 자신의 친구를 찾아 분쇄기들 사이를 급히 뒤지고 다녔다. 현장 감독의 호루라기 소리가 언제 다시 사람들을 일터로 불러들일지 알 수 없는 일이었다. 코너를 돌아 공장 바닥에 주저앉아 있는 재키를 발견하지 못했다면 사라도 그만 포기하고 말 뻔했다. 얼굴이 땀에 흠뻑 젖은 채, 재키가 스카프를 둥글게 말아 입에 물고 있었다.

"미안해." 재키가 가까스로 입을 열었다. "도저히 기침을 멈출 수가 없었어."

옷에 핏자국이 얼룩져 있었다. 사라는 무슨 일이 일어나고 있는지 알아차렸다. 전에도 본 적이 있었으니까. 수년간 폐에 먼지가 쌓여온 결과였다. 잠시 괜찮았다가, 다음 순간 폐가 익사하는 것처럼 발작을 일으켰다.

"여기 있으면 안 돼요, 나가야 해요."

호루라기가 울리자마자 사라는 재키를 일으켜 세웠다. 사라는 한 손으로 재키의 허리를 둘러 감싸고 그녀를 출구 쪽으로 데리고 갔다. 그녀의 목표는 누군가가 눈치채기 전에 밖으로 나가는 것이었다. 출구 밖으로 나가고 난 뒤 무슨 일이 벌어질지 알 수 없었다. 감시를 담당하고 있는 콜은 베일이었다. 최선의 상황은 아니지만, 최악의 상황도 아니었다. 적어도 한 번 이상 베일이 사심을 품고서 사라를 쳐다본 적이 있다는 것을 그녀도 알았다. 그렇다고 그가 그의 생각을 행동에 옮긴 적은 없었지만 말이다. 아마도 지금 그것이 필요한 때인 것 같았다. 생각만 해도 소름 끼치는 메스꺼움에 정신이 혼미해졌지만, 그녀는 자신이 감당해낼 수 있다는 것을 알았다. 그녀는 해야만 하는 일을 하려 했다.

사라와 재키가 출구에 거의 다 이르렀을 때 누군가가 둘의 앞길을 막아서고 나섰다.

"둘이 대체 어디를 가는 거야?"

베일이 아니었다. 소드였다. 열린 문 사이로 들어오는 빛을 등지고, 소드가 그의 모습을 드러냈다. 사라의 가슴이 철렁 내려앉았다.

"재키가 바깥바람을 좀 쐬어야 해요. 옥수숫가루 때문에요."

"정말 그래, 할망구? 옥수숫가루 때문에 힘들어?" 소드가 뭉뚝한 곤봉의 끝으로 재키의 가슴을 툭툭 쳤고, 간신히 참고 있던 기침이 터져나왔다. "자리로 돌아가서 일해."

"괜찮아, 사라." 재키가 쌕쌕거리며 말했다. 그리고 자신을 부축하고 있던 사라의 팔을 밀어냈다. "나 괜찮아."

"재키……."

"정말이라니까." 사라를 바라보는 그녀의 눈이 그만하라고 말하고 있었다. "사라는 왜 이렇게 남의 일에 참견하기를 좋아하는지 모르겠어요. 내게 가장 필요한 것이 무엇인지 안다고 생각한다니까요."

소드의 눈이 잽싸게 사라의 몸을 훑고 지나갔다. "그래, 맞아. 네 얘기를 들은 적이 있어. 네가 뭐 의사라도 되는 줄 아는 거야?"

"그런 적 없어요."

"물론 아니겠지." 소드가 아무것도 들지 않은 손으로 자신의 사타구니를 움켜쥐더니, 엉덩이를 앞뒤로 흔들어댔다. "오우 이런, 의사 선생님, 여기가 너무 아파요. 좀 더 가까이 와서 진찰해주시겠어요?"

순간 시간이 멈추고, 모든 게 얼어붙었다. 사라는 트럭에 같이 있던 유스터스를 생각했다. 얼굴을 뒤덮던 피와 산산조각이 난 손과 이빨 그리고 승리에 도취해 있던 그의 일그러진 미소. 그녀도 소드 앞에 당당하게 서서, 그가 자신에게 덤벼들어 무시무시한 폭력을 휘두르게 할 저주를 내뱉어 주고 싶었다. 정떨어질 만큼. 정말 아주 간단한 일이었다. 사라의 마음속에 그다음에 벌어질 일들이 하나하나 펼쳐졌다. 단 두 마디면 족했다. 그러면 소드의 눈이 분노에 끓어오르고 뒤이어 자신을 후려갈기는 육중한 곤봉 소리가 들릴 것이다. 그것으로 그녀의 삶도, 매일 감수해내야만 했던 굴욕도 종지부를 찍게 될 것이다. 그들, 홈랜드는 그녀의 모든 것을 주저 없이 빼앗아 버렸다. 최악의 결말을 받아들이는 것 – 아니, 기꺼이 포용하는 것 – 그것이 저항할 수 있는 유일한 방법이었다.

"사라, 제발 그만." 재키가 그녀를 뚫어지게 보았다. 이렇게는 아냐, 나를 위해서 그러는 건 더더욱 안 되고. 그렇게 말하고 있는 것처럼 보였다. 모두가 사라를 보고 있었다.

"알았어요."

사라는 돌아서 자리를 떠났다. 걸어가는 그녀의 주변이 이상할 정도로 조용해지고, 자신의 심장 뛰는 소리만이 들렸다.

"이것 봐 피셔, 걱정 말라고." 소드가 조롱 섞인 웃음과 함께 그녀의 이름을 불렀다. "네가 어디에 숨어 있든 찾아낼 거야. 다시는 나 같은 남자를 경험할 수 없을 정도로 기분 좋게 해줄게, 믿어도 돼."

나중에, 사라는 침상에 누워 이 모든 사건들을 처음부터 끝까지 다시 되짚어봤다. 그녀 안에서 뭔가 변했다. 머릿속에 벼랑에 올라가 서 있는 모습이 떠올랐다. 그녀는 마치 벼랑 끝에 서서 뛰어내리기만을 기다리고 있는 것 같았다. 5년이라는 긴 시간, 마치 천년이 흘러간 것만 같았다. 그녀 안에서 지난 과거가 사라지고 있었다. 시간이 씻어 내리고 있었다. 꽁꽁 얼어버린 가슴과 반복되는 동일한 일상만이 남았다. 사라는 너무 오랫동안 자기 자신 안에 갇혔다. 겨울이 오고 있었다. 겨울의 냉랭한 햇살이.

사라는 어떻게든 재키가 하루를 이겨내게 했고, 이제 그녀는 사라의 머리 침상에서 잠을 자는 중이었다. 재키가 가만있지 못하고 몸을 뒤척일 때마다 그녀 침대의 끈이 축축 늘어졌다. 결국 피할 수 없는 순간이 다가왔을 때, 재키는 힘겹게 죽음을 맞이하게 될 거다. 긴 시간 동안 고통스럽게, 마침내 모든 것이 끝나 잠잠해지기 전까지 그녀의 호흡은 안에서부터 옥죄어 와 질식하게 될 것이다. 사라의 운명도 재키와 같을까? 사는 목적도 피붙이도 하나 없는 존재로, 여러 해 동안 생각 없이 마구 헤매고 비틀거리며 살다가 남은 빈껍데기?

사라는 대충 임시로 만든 봉투를 원래 숨겨놓았던 매트리스 아래에 다시 갖다 놓지 않았다. 갑작스러운 외로움에 사로잡힌 채 그녀는 베개로 쓰던 누더기 천 더미 아래에서 그것을 꺼냈다. 출산 병동에 있는 산파의 조수가 그녀에게 준 것인데, 피가 흥건한 채 조산이 되어 아기가 죽었다고 말해준 그 여자였다. 그 여자가 말했다. 아이는 딸이었어요, 유감이에요. 그러고는 그 봉투를 사라의 손에 쥐어주고 사라졌다. 헤어날 수 없는 슬픔과 고통 속에, 사라는 딸을 안고 싶어 미칠 것만 같았지만 그런 기적은 일어나지 않았다. 아이는 어디론가 다른 곳으로 보내졌던 것이다. 진실은 그랬다. 사라는 그 여자도 다시는 볼 수 없었다.

사라는 바스라질 것만 같은 봉투 끝을 손끝으로 조심스럽게 열었다. 안에는 동그랗게 말린 머리카락이 들어 있었다 – 곱슬곱슬한 아기의 머리카락이었다. 방은 깊은 어둠에 잠겼지만, 그녀의 눈에는 옅은 황금빛이 선명했다. 사라는 아기의 머리카락을 얼굴로 가까이 가져와 조금의 냄새라도 맡기 위해 숨을 깊게 들이쉬었다.

사라는 다른 것들은 가질 수가 없었다. 피해가 너무 컸다. 유일하게 케이트만 가능했다. 케이트. 사라가 아기에게 지어준 이름이었다. 얼마나 간절히 홀리스에게 임신 소식을 이야기하고 싶어 했던가. 그에게 둘이 함께 만든 선물을 줄 완벽한 때를 찾기 위해, 임신 소식을 입 꾹 다물고 아껴뒀을 뿐이었다. 대체 얼마나 어리석었던 걸까. 사라는 생각했다. 사랑하는 홀리스, 네가 잘 지내고 있다는 건 알아. 그곳이 어디든, 네가 햇빛과 하늘과 사랑이 찬란한 곳에 있기를 바라. 내가 널 얼마나 사랑하는지 알려줄 수 있도록, 한 번만 너를 안을 수 있으면 좋겠어.

37

세르지오와 관련된 일은, 그야말로 너무 오랫동안 계속되었다.

전에도 폭동이 일어나지 않았던 건 아니었다. 31년이었나, 그렇지? 그리고 68년에 또? 여러 해 동안 수백 번의 작은 소요들이 계속되어 온 건 말할 것도 없다. 그리고 필연적으로 핵심을 이해하지 못하는 한 사람, 외로운 변절자가 문제가 된다는 건 사실 아닐까? 즉 이 남자(항상 남자였다)가 제거될 때, 저항의 불길도 그것에 없어서는 안 되는 산소가 사라진 것처럼 스스로 소멸될까?

하지만 세르지오, 이 남자는 다른 사람들처럼 생각하지 않았다. 큐폴라Cupola 아래 창가에서 그의 시선은 플랫랜드의 더러운 지붕들과, 그 너머 호레이스 길더 국장이 관리하는 음침한 겨울 들판을 향하고 있었다. 우선, 이 남자의 방식은 그 양뿐만이 아니라 질적으로도 달랐다. 사람들은 스스로 자폭했다! 실제로 가슴에 다이너마이트 막대기들이나 혹은 유리 파편과 깨진 나사로 가득 찬 파이프 폭탄을 두르고, 자기 자신과 주변의 모든 사람들을 피비린내 나는 뿌연 안개로 만들어버리는 용기를 가지도록 했다! 그것은 세르지오 그가 누구이든 간에, 이전의 어떤 인물들보다도 추종자들에게 더 심오한 심리적 영향력을 행사했다는 것을 의미하는, 광기를 넘어선 완전한 정신병이었다. 플랫랜드의 주민들은 안전했다. 그들의 배를 따뜻하게 데워줄 음식도 있고, 밤에 바이럴들 때문에 두려움에 떨지 않고 잘 수도 있었다. 달리 말하면 사람들은 그럭저럭 그들의 삶을 살 만했다. 그리고 이게 길더가 받은 감사의 표시였을까? 그들은 그가 한 일, 그가 그들을 위해 한 모든 것들을 알아보지 못하는 걸까? 길더가 인간들을 위한 터전을 마련했다고 해서, 그 터전이 역사의 거대한 바람을 거스르고도 계속될 수 있을까?

사실이다. 모든 것에 어떤…… 일종의 불공평함이 있었다. 균등하지 않은 일방적인 자원의 분배, 말하자면 노동과 경영 관리, 가진 자와 갖지 못한 자, 우리와 그들을 분리하는 것이다. 사다리를 자신의 뒤로 끌어 올릴 수 있는 인간의 능력과 그리고 얼음처럼 차가운 샤워, 기다리기 위해 끝없이 이어지는 줄, 고유 명사의 과도한 사용, 지각없는 언행을 끊임없이 요란하게 울려대는 확성기처럼 사회적 순응에 의해 오랜 세월 동안 검증된 도구들에 대한 유쾌하지 못한 의존성. "하나 된 우리! 홈랜드는 하나! 한 명의 국장!" 그 구호는 그를 깜짝 놀라도록 만들기는 했지만, 일정 부분 연출된 선동 행위는 홈랜드와 잘 어울리고 필요했다. 새로운 것은 아무것도 없었다. 다르게 말하자면, 이 모든 것이 지금의 여건에도 잘 맞아떨어지고 있었다. 하지만 지금처럼 가끔씩, 겨울의 첫 북극 한랭 전선이 폭주하는 탈주 열차처럼 홈랜드를 덮치고 있는 아이오와의 얼어붙은 아침에는 길더도 그의 열정을 유지하는 게 쉽지 않았다.

그의 숙소이기도 한 거대한 사무실은 지난 200년 동안 여러 번 아이오와 주지사의 사무실, 주립 역사 박물관의 본부와 창고로 사용되었다. '지난 역사' 중 그 사무실의 마지막 사용자는 어거스트 프라이(문구류에 새겨져 있는 이름으로 보아 그랬다)라는 이름을 가진 미드웨스트 주립대학교의 교무처장이었다. 그는 사무실의 큼지막한 창문 앞에 서서, 관리가 잘된 아이오와의 잔디밭을 걸으며 정신 나간 것처럼 시시덕거리며 장난치는 쾌활하고 훈훈한 학부생들의 정겨운 모습에 마음을 뺏긴 채 많은 시간 동안 행복했을 것이다. 길더가 그 사무실을 쓰기 시작한 날, 그는 놀라지 않을 수 없었다. 교무처장 어거스트 프라이는 모형 배가 들어 있는 유리병, 큰 뱀이 그려진 지도, 등대와 바다 풍경을 과장해 그려놓은 유화 그림, 닻 같은 항해와 관련된 테마로 사무실을 꾸며놓았던 것이다. 아이오와주가 지구상에서 가장 큰 면적의 육지로 둘러싸인 중서부의 주라는 점을 고려하면 (이겨라 베어캣!) 충격적일 만큼 전혀 어울리지 않는 선택이었다. 거의 100년이 지난 지금도, 길더가 인테리어 장식을 위해 조금도 허락하지 않을 것들이었다.

특이한 식단의 문제는 그렇다 치더라도, 불멸의 존재가 된 것에 따르는 중요한 문제는 모든 것이 지루해지기 시작했다는 것이다.

그럴 때 그의 기분을 북돋아주는 것은 지금까지 그가 이루어놓은 성과를 되짚어 보는 것이었다. 그 성과는 실로 대단한 것이었다. 문자 그대로 허허벌판에서 도시를 만들어냈기 때문이다. 그때는 그도 얼마나 흥분을 했었는지. 끝없는 망치질 소리. 인간이 사라진 대륙을 가로지르는 여행에서 돌아오는 트럭들은 지난 과거의 세계가 남겨놓은 보물들로 가득 차 있었다. 매일같이 수백 가지의 전술적인 결정들이 이루어졌다. 의욕에 찬 참모들의 에너지도 멈추지 않고 들끓었다. 참모들은 전문적 지식을 갖춘 자들로 생존자들 가운데에서 선발되어 왔다. 간단히 말해, 그들은 대재앙 중에 인간이 남겨놓은 잔재들로부터 인간 지성에 대한 신뢰를 다시 쌓아 올렸다. 화학자들, 엔지니어들, 도시 계획가들, 농업 과학자들, 심지어 천문학자(놀라울 정도로 쓸모가 있었다)와, 시카고 미술관에서 가져온 어마어마한 양의 명작들의 보존과 전시에 관해 길더에게 조언했던 미술사학자. (솔직히 말해서, 포커를 치는 개들과 모네의 수련을 구분조차 하지 못했다.) 그 작품들은 현재 길더의 사무실과 돔의 벽을 장식하고 있다. 얼마나 큰 즐거움이었던가! 그들이 남학생 사교 클럽의 아이들처럼 행동했다는 것은 인정한다. 물론, 성적인 이슈들은 빼고 말이다. (바이러스는 심술궂은 노파처럼 인간의 뇌에서 성과 관련된 부분을 게걸스럽게 먹어치워 버렸고, 그의 참모들은 여자를 쳐다볼 때면 인상을 썼다.) 그러나 대부분 예의와 전문성을 망각하는 일은 없었다.

그런 행복한 날들이 있었음에도 지금에 이르러 세르지오. 이제 와 파이프 폭탄. 마침내 핏빛 안개라니.

어디가 끝인지 종잡을 수 없이 이어지던 길더의 생각들이 문을 두드리는 소리에 멈춰 섰다. 그는 지친 한숨을 내쉬었다. 매일 또다시 작성해야 할 양식들, 나눠줘야 할 일거리들, 높은 자리에서 반포해야 할 칙령들. 사랑받는 홈랜드의 국장으로서 그의 지위에 걸맞은 대략 탁구대 크기의 광택이 번쩍이는 넓은 18세기 마호가니 책상에 앉아, 길더는 끊임없이 그의 의견을 갈구하는 또 다른 아침에 대비했다. 그 때문인지 그의 창자에서 솟구쳐 오르는 시큼한 허기와 더불어, 더 육체적이며 절실한 자연적인 식욕의 첫 번째 조짐이 지체 없이 바로 나타났다. 이렇게 빨리? 벌써 이번 달의 그날이 된 건가? 유일하게 트림보다 더 나쁜 것은 뀐 사람도 즐길 수 없는 지독한 양파 냄새가 나는 가스로, 방 청소를 한 후에 나오는 방귀였다.

"들어와."

문이 열릴 때, 길더는 넥타이를 조여 매고 책상 위의 서류들을 옮겨 놓으며 서둘러 바쁜 척했다. 그는 아무거나 서류 하나를 집어 들었다.

하수처리시설 수리 보고서, 말 그대로 똥에 관한 거였다. 그리고 30초 동안 보고서를 검토하는 척하다가 눈을 들어 종이가 잔뜩 끼워진 두툼한 클립보드를 들고 사무실 입구에 서서 기다리고 있는 검은 정장을 입은 사람을 봤다.

"시간 좀 있으세요?"

길더의 비서실장인 프레드 월크스가 방으로 들어왔다. 힐탑의 모든 주민들과 마찬가지로 그의 눈도 대마초 흡연 중독자처럼 충혈된 것 같은 빨간 눈을 하고 있었다. 그 역시 미끈하고 날렵한 스물다섯 살 청년의 외모였는데, 길더가 처음 본 마르고 꼿꼿한 70대 노인의 모습과는 전혀 다른 것이었다. 월크스는 길더의 무리에 들어온 첫 번째 인간이었다. 월크스는 공격이 있은 후 첫 며칠 동안 대학 기숙사 중 한 곳에 숨어 있다가 길더에 의해 발견되었다. 그는 아이오와 열기 속에 3일 동안 썩으며 가스가 차오르기 시작한 죽은 아내의 육중한 시신을 꼭 붙들고 있었다. 아니 안고 있었다.

월크스의 이야기에 따르면, 부부는 버스가 오지 않자 걸어서 난민 수속센터를 빠져나왔다. 그리고 그의 아내가 가슴을 움켜쥔 채 하늘을 향해 얼굴을 들고 눈동자가 돌아가며 쓰러져 심장 마비로 죽기 전까지, 찌는 듯한 무더위에 5킬로미터를 걸어왔다고 했다. 아내를 뒤에 남겨두고 갈 수 없었던 월크스는 손수레 하나를 찾아내 산더미 같은 그녀의 시신을 싣고 대학으로 왔고, 그곳에서 그는 평생 함께했던 기억을 공유하며 아내의 시체와 같이 숨어 있었던 것이다. 그 끔찍한 냄새에도 불구하고(월크스는 알아차리지 못했거나 크게 신경 쓰지 않았다), 그 부부의 모습은 뭐라 말할 수 없이 가슴 아픈 광경을 연출하고 있었다. 길더가 감수성이 예민한 그런 사람이었다면 눈물을 흘렸겠지만, 그가 한때 그랬을지라도 지금은 아니었다.

"이것 봐," 길더가 슬픔에 잠긴 남자 앞에 무릎을 꿇고 말했다. "당신에게 제안하고 싶은데……."

그렇게 시작됐다. 바로 그날, 바로 그 시간, 월크스가 혐오스러운 첫 한 모금을 마시는 것을 지켜보는 동안 길더가 그 목소리를 들었다. 그가 아는 한, 아직까지 자기 하나였다. 참모들 중 누구도 제로의 정신적인 영향력을 경험하고 있다는 낌새는 보이지 않았다. 그리고 그 여자, 그녀의 머릿속에서 무슨 일이 일어나고 있는지 누가 알 수 있을까?

하나의 온전한 인간 그리고 또 반쪽짜리 인간으로서 살아가고 있는 그의 웅장한 계획이 이제야 결실을 맺게 되었고, 마지막 인류가 그의 발아래에 모이게 되었는데 (세르지오의 일들, 커빌 같은 것들은 사소하지만 계획에 있어서 매트리스 아래의 완두콩처럼 아주 짜증스러운 일이었다.) 지금 여기 월크스가 그의 클립보드를 들고 알 수 없는 표정을 짓고 서 있다. 분명 좋지 않은 소식일 것이다.

"채집팀이 돌아왔는데 아셔야 할 것 같아서요. 그리고 다른 일도."

월크스는 그렇게 미적미적 불안하게 말문을 열고서는, 클립보드에서 맨 위의 종이 한 장을 꺼내 길더의 책상 위에 올려놓고 마치 그 물건을 없애버려 속 시원하다는 듯이 뒤로 물러섰다.

길더는 종이를 빠르게 훑어 봤다. "프레드, 이게 대체."

"일이 계획대로 되지 않았어요."

"아무도? 그들 중 한 명도? 이 인간들 도대체 제대로 할 줄 아는 게 뭐야?"

월크스가 종이를 향해 손짓했다. "최소한 석유의 공급이 일시적으로라도 중단된 거죠. 그건 우리에게 유리한 거고요. 많은 가능성이 열려 있다고 볼 수 있죠."

하지만 길더에게 위로가 되지 않았다. 처음에는 키어니, 이젠 이거야. 인간 생존자들을 찾아 데려오는 것이 비교적 깔끔한 작업이었던 때도 있었다. 여자가 나타났다가, 문이 활짝 열리고, 금고의 바퀴가 돌아가기 시작했고, 도개교가 해자 위로 내려졌다. 여자는 서커스의 사자 조련사처럼 일을 했다. 그리고 그다음에 알게 되는 것은, 트럭들이 화물칸에 사람들을 가득 싣고 아이오와로 돌아오고 있다는 것이었다. 켄터키의 동굴들. 미시간호의 그 섬. 노스다코타에 있던 버려진 미사일 격납고들. 더 최근의 일로, 56명의 인간을 포획한 캘리포니아 습격은 정말 대성공이었다. 그들 대부분은 전기가 끊기고 조건이 명확해지자, 어린 양처럼 트럭으로 조용히 걸어 들어갔다. (들어가지 않으면 너희는 고깃덩어리에 지나지 않아.) 운송 도중에 일부가 죽고, 또 어떤 이들은 새로운 환경에 적응하는 데에 실패했지만, 그래도 일반적 자연 감소율은 안정적으로 유지되고 있었다.

그러나 그 이후 로즈웰을 시작으로 통제 불능의 대량 학살 사태가 잇따랐다.

"분명했던 건, 협상의 여지가 별로 없었던 것 같습니다. 수송대가 상당히 중무장하고 있었거든요."

"아니, 나는 그들이 핵미사일을 가졌다고 해도 상관없어. 우리는 그럴 줄 알고 있었다고. 이자들은 텍사스인들이라고."

"어떻게 보면, 사실 그렇기도 하죠."

"여기서 우리는 이제 막 온라인으로 전환되려고 하는데, 그게 당신이 내게 할 수 있는 말이야? 우리는 사람들이 필요하다고. 살아서 숨 쉬고 있는 인간들. 그 여자는 이 상황을 더 이상 관리 못 하겠대?"

"우리는 고전적인 방식으로 가도 문제가 없어요. 처음부터 그렇게 말씀드렸잖아요. 우리에게 약간의 사상자가 발생하는 정도의 피해가 있겠지만, 우리가 그들의 석유 공급 라인에 계속 타격을 가하면 조만간 그들의 방어력이 약화될 거라고요."

"우리는 사람을 수집 중인 거라고, 프레드. 사람을 빼앗기는 게 아니라. 이해가 돼? 그냥 간단한 산수잖아? 사람이 핵심이라고."

윌크스는 방어적으로 어깨를 으쓱했다. "그 여자와 이야기를 해보실래요?"

길더는 그의 두 눈을 문질렀다. 그는 그런 제스처를 꼭 취해야만 할 것 같았다. 하지만 라일라와 얘기한다는 건 혼자서 핸드볼을 갖고 노는 것 같았다. 공을 아무리 세게 휘갈겨도, 공은 바로 튀어 돌아왔다. 그녀와의 대화에서 가장 심각하리만큼 도저히 참을 수 없는 것은 그 여자의 특이한 환상들을 깨야만 한다는 것이다. 그것들은 길더가 가장 거칠고 고집스러운 주장을 통해서만 깨버릴 수 있는 망상의 벽이었다. 수년간 수많은 전문가들을 끌어모으면서도 도대체 나는 왜 정신과 의사를 구해 올 생각은 하지 않은 거지? 그녀는 아기들과 있으면 진정이 됐다. 그녀의 재능은 주의와 관리가 필요한 필수품 같은 거였다. 하지만 모성애의 극심한 고통에 시달리고 있는 그녀에게 다가가기는 사실상 어려웠고, 길더는 그녀의 연약한 심리적 상태가 더 손상되지 않을까 걱정했다.

그게 라일라에 대해 신경 쓰이는 부분이었으니까. 피를 맛본 모든 사람들 중에서 오직 그녀만이 바이럴들을 통제할 수 있는 능력을 부여받았다.

그건 통제 이상이었다. 라일라와 있으면, 바이럴들은 애완동물들 같왔고, 온순하고 심지어 사근사근 다정해졌다. 그건 그녀와 바이럴 상호 간에 이루어지는 교감이었다. 라일라가 사육장에서 200미터 내의 거리에 있을 때면, 그녀는 한배에서 난 새끼 고양이들과 함께 가르랑거리는 고양이가 된 것 같았다. 그건 길더가 흉내 낼 수 있는 것이 아니었다. 그의 주인은 그가 시도해봤다는 걸 알고 있었지만.

초창기를 떠올려 보면, 그는 이 일에 완전히 집착했었다. 여러 차례 길더는 두꺼운 방호복을 입고서 사육장으로 들어갔다. 자신이 올바른 정신적 요령을 찾아내거나 바이럴들의 호감을 얻을 수 있는 몸동작을 발견하거나 그들을 진정시킬 수 있는 목소리의 톤을 알아낸다면, 바이럴들이 라일라에게 하듯 주인이 귀를 긁어주기를 기다리는 개처럼 그의 무릎에 와 기댈 것이라고 생각했었다. 하지만 그런 일은 일어나지 않았다. 바이럴들은 무려 3초 동안이나 길더의 우스꽝스러운 짓을 참아주다가 그들 중 하나가 그를 공중으로 던져버렸다. 먹이로 등록되어 있지 않은 길더는 인간 크기의 장난감에 더 가까웠다. 다음 순간 길더는 자신이 사육장에서 바이럴들의 손에 이리저리 공중으로 날아다니고 있다는 걸 깨달았고, 그건 누군가 그를 구하기 위해 그곳의 불을 환히 밝히기 전까지 계속되었다.

물론 오래전에 길더는 그 짓을 그만뒀다. 비치볼처럼 이리저리 날아다니는 노리개가 된 모습은, 그가 보여주고 싶어 하는 이미지 즉 자신감을 불어 넣는 홈랜드의 국장인 호레이스 길더의 모습과는 전혀 다른 것이기 때문이었다.

길더의 의료진 중 누구도 왜 라일라만 다른지 만족할 만한 설명을 내놓지 못했다. 그녀의 홍선은 보다 더 빨리 순환했고, 그래서 라일라는 7일마다 피를 마셔야만 했다. 그리고 그녀의 눈도 달랐다. 고위 참모임을 알아볼 수 있는 망막의 얼룩이 그녀의 눈에는 하나도 없었다. 그러나 빛에 대한 그녀의 민감도는 뚜렷했고, 수레시가 아는 한 그녀의 혈액 속 바이러스는 그들의 바이러스와 똑같았다.

결국 길더는 두 손을 들어 포기했고, 라일라만이 특이한 능력들을 갖게 된 이유를 그녀가 여자라는 아주 미묘한 차이의 탓인 것으로 돌렸다. 그녀가 무리 중 유일한 여자였기에, 길더는 그게 이유라고 해두고 싶었다.

수레시도 아마 그게 이유의 전부일 거라고 말했다. *어쩌면 바이럴들은 그녀가 엄마라고 생각하고 있는지도 모르죠.*

길더는 윌크스가 여전히 사무실에서 자기를 빤히 쳐다보고 있다는 걸 알아차렸다. 뭐에 관해 얘기하고 있었던 거지? 라일라? 아냐, 텍사스 건이었어. 잠깐만, 윌크스는 다른 것도 얘기할 것이 있다고 했어.

"음, 말씀드려야 할 또 다른 건……." 윌크스가 꺼낸 이야기들은 마켓에서 발생한 폭발 사건에 대한 거였다.

젠장! 이런, 엿 같은!

"알아요, 저도 그렇게 생각해요." 윌크스가 그의 특유의 방식대로 고개를 저으며 말했다. "최상의 상황은 아니죠."

"그 녀석은 자신 하나뿐이라고, 한 놈!"

길더는 얼굴과 온몸이 아파올 정도로 분노를 참을 수 없었다. 다시 울컥하고 큰 소리의 트림이 폭발하듯 치밀어 올랐다. 그는 복수하고 싶었다. 이 넌덜머리나는 상황을 정리할 방법이 필요했다. 세르지오를 잡아야 했다. 그가 누구이건 그의 머리를 날카롭게 갈아놓은 창끝에 꽂아놓아야만 직성이 풀릴 것 같았다.

"우리 쪽 사람들이 계속 찾고 있어요. 인력 관리팀에서 수소문하고 있고요. 확실한 단서를 제공하는 사람에게는 누구나 식사 배급량을 두 배로 늘려주기로도 했고요. 힐 밖의 인간들이 모두 세르지오에게 포섭 당한 건 아니에요."

"그럼, 도대체 왜 세르지오 그 새끼가 플랫랜드를 녀석의 전용 고속도 로라도 된 것처럼 온통 들쑤시며 활보하고 다닐 수 있는지 설명할 수 있는 작자가 한 명도 없냐고? 우리 순찰대도 있고, 검문소도 있잖아? 그런데 이 작은 일 하나 설명할 수 있는 자가 하나도 없다고?"

"그것에 대해 설명 가능한 가설은 있어요. 지금까지의 증거로 보면 전형적인 셀 조직인 것은 확실해 보입니다. 느슨하게 운영되고 있는 소 수 인원으로 구성된 활동 단위들인 거죠."

"프레드, 나도 테러리스트 셀이 뭔지는 아주 잘 알고 있다고."

길더의 비서실장 프레드가 당황한 듯 손을 내저었다. "제가 하고 싶 은 말은 남자 하나를 찾아낸다고 문제가 해결되는 게 아니라는 거죠. 우리가 맞서 싸우고 있는 건 세르지오 그놈 하나가 아니라, 세르지오 그놈의 신념이라고요. 이해하실지 모르겠지만요."

그도 알고 있었다. 그렇다고 해도 그건 유쾌할 수 없는 일이었다. 그 는 이미 이와 같은 경험들을 한 적이 있었다. 처음에는 이라크와 아프 가니스탄 그리고 쿠데타 이후의 사우디까지. 머리를 제거한다고 해도 몸통이 죽지 않았다. 몸통은 또 다른 머리를 길러냈다. 이런 상황에서 쓸 수 있는 유일한 전략은 심리적인 것이다. 몸통을 죽이는 것으로도 절대 충분하지 않았다. 신념을 죽여야만 했다.

"지금 몇 명이나 잡아두고 있지?"

읽어야 할 보고서가 더 있었다. 길더는 보고서를 전부 다 읽었다. 목 격자들의 증언에 따르면, 마켓 폭파범은 30대의 여성 농업 노동자였다.

그녀에게는 전혀 문제가 없어 보였고, 여러 면에서 양처럼 유순한 편이었다. 당혹스러운 일이지만, 그 점이 바로 다른 자살 폭탄 테러범들의 특성 및 자질과 일치하는 부분이었다. 그녀에게는 자매 한 사람을 제외하고는 가족도 없었다. 6년 전 살모넬라균이 유행했을 때 그녀의 아들과 남편이 죽었다. 그녀가 콜의 제복을 입고 변장한 채 검문소를 통과한 것은 분명했다. (원래 제복 주인의 시신은 대형 쓰레기통에 버려진 채 발견이 되었는데, 목이 잘렸고 한쪽 팔이 알 수 없는 방법에 의해 팔꿈치 부분에서 절단되어 있었다.) 그녀가 어디에서 폭발물을 구했는지 알 수도 없었다. 전체 재고 조사가 끝나지는 않았지만, 무기고나 건설 현장에서 분실된 것은 없었다. 그녀의 막사 동료 9명과 조카 두 명을 포함한 자매의 가족들도 조사를 위해 구금되어 있었다.

"그들은 아무것도 모르는 것 같아요." 월크스가 손을 꽥 내저으며 말했다. 길더가 보고서를 읽는 동안 월크스가 그의 책상 반대편에 앉았다.

"자매를 빼고는, 막사에서 같이 지내던 이들도 그녀에 대해 아는 건 별로 없는 것 같아요. 심문 강도를 더 높일 수는 있지만, 그런다고 쓸모 있는 정보가 나올 것 같지도 않고요. 지금쯤이면 이미 못 견디고 나가떨어졌을지도 모르죠."

길더는 보고서를 다른 서류 뭉치 옆으로 밀어 넣었다. 멈추지 않고 계속되는 트림 때문에, 그의 입안이 월크스 부인의 시신 썩은 내와 다를 바 없는 동물 사체의 썩는 냄새로 온통 뒤범벅되었다. 자신의 비서실장인 월크스의 반지르르한 청년 같은 얼굴에 조금이라도 불쾌해하는 표정이 보였다면, 아마 절대 놓치지 않았을 것이다.

"아냐, 그럴 필요 없어." 길더가 말했다.

월크스가 의외라는 표정을 지었다. "풀어주자고요? 바보짓 같은데요.

적어도 그냥 며칠 더 지치게 만들어보죠. 쇠사슬을 몇 개 더 달아주고, 무슨 일이 생기는지 보면 되잖아요."

"너도 그들이 뭐라도 알고 있다면, 이미 뱉어냈을 거라고 했잖아."

길더가 선을 넘을 뻔했다는 걸 깨닫고, 말을 멈췄다. 강제 수용소에 있는 그 13명의 플랫랜드 주민들은 결국 모두 사람, 인간이고 아마 아무 혐의도 없을 것이다. 더 중요한 건, 그들은 모든 것이 희소한 플랫랜드의 경제에 있어 의미 있는 유형의 물리적 자산이라는 점이었다.

그러나 번쩍이는 대평원 같은 자신의 거대한 책상 반대편에 앉아 있는 월크스를 마주하고, 세르지오로 인한 상황이 불러온 짜증스러운 좌절감이나 텍사스에서의 대실패 그리고 오랜 시간 끝에 쉽지 않은 결실을 맺게 된 길더의 원대한 계획이 시간에 쫓기고 있는 점을 고려하고 있는 순간에도, 거대한 생물학적 의무감이 그의 안에서 저속 촬영 영상 속 꽃처럼 꽃망울을 터뜨리고 있었다. 길더는 매우 빠른 속도로 커져가는 자신의 육체적 필요에 사로잡혔다. 그는 길게 생각하지 않았다. 길더가 결론을 내리고, 월크스를 한 번 쳐다본 후 뒤로 의자를 물렸다.

"내가 보기에는 말이지," 국장 호레이스 길더가 말문을 열었다. "이제 이걸 팔 때가 된 것 같군."

길더는 월크스가 출발 준비를 하러 나간 후 몇 분 정도를 기다렸다. 그 자신이 여러 번 되새겼듯, 그가 가진 권한의 상당 부분이 그의 대중적 행보에서의 권위로 이어졌기에 이런 혼란스러운 상황에서는 사람들의 눈에 띄지 않는 편이 더 나았다. 그는 책상에서 열쇠고리를 챙겨 사무실을 나섰다. 이상한 일이었다. 어떻게 이렇게 빨리 허기질 수 있는 거지. 보통 허기는 며칠에 걸쳐 천천히 찾아오곤 했었다. 몇 분 사이가 아니라.

큐폴라 아래 바닥에서 지상까지 굽이치듯 돌아가는 계단이 이어졌고, 아래로 이어지는 계단 벽에는 당시의 의복을 입고 턱이 넓고 큰 얼굴에 근엄한 표정을 짓고 있는 왕국의 여러 공작과 장군, 남작과 왕자를 유화로 그린 초상화가 줄줄이 걸려 있었다. (적어도 그는 자신의 그림을 그려놓으려 하지는 않았다 – '안 될 건 없잖아'라고 생각하기에 이르렀지만) 그는 계단 난간 너머 아래를 내려다봤다. 15미터 아래에 제복을 입은 보안 특무대원들의 모습이 작게 보였다. 검은 정장에 넥타이를 매고 과해 보이는 서류 가방과 클립보드를 든 채 빠른 걸음으로 오가는 수뇌부의 참모들도 보였고, 몇몇 시종들이 수녀복 같은 복장으로 종이배처럼 광을 낸 바닥 위를 왔다 갔다 하는 모습도 보였다.

길더가 찾고 있는 월크스의 모습도 보였다. 그는 대초원에서 흔히 볼 수 있는 시시한 문양들(밀을 움켜쥐고 있는 주먹이라든가 아이오와의 비옥하고 두터운 표토층을 갈고 있는 쟁기 같은 것들)을 다양하게 새겨 넣은 커다란 정문 옆에 서 있었다. 그의 충직한 비서실장은 수뇌부의 장관인 호펠과 치와 함께 뭔가를 의논하기 위해 잠시 시간을 낸 것 같았다. 길더는 월크스가 벌써 그날 하루의 업무를 할당하고 속도를 높이라고 채근하고 있다고 생각했지만, 호펠이 그의 머리를 뒤로 크게 젖히고 두 손으로 박수를 치고, 잠수함 속을 날아다니는 총알처럼 대리석으로 된 로비와 복도가 울려댈 정도로 크게 웃는 것으로 보아 분명 그건 아니었다. 빌어먹을, 대체 뭐가 그렇게 우스운 건지 궁금했다.

그는 난간에서 몸을 돌려 두 번째의, 지극히 평범하고 눈에 잘 띄지 않아 그가 혼자 사용하는 계단을 이용했다. 그 계단을 이용하면 눈에 띄지 않을 수 있었다. 지금 그의 속은 들끓는 중이었다. 한 번에 계단을 세 개씩 오르내리지 않는 것이 그가 할 수 있는 전부였다. 지금 그의 상태라면 아마도 뼈가 부러지는 난처한 실수를 범했을지도 모른다. 그런다 해도 몇 시간만 지나면 낫기는 했겠지만, 그래도 여전히 지독하게 아팠겠지.

잔에 담긴 포도주가 언제라도 쏟아질 것 같은 수정 성배라도 된 듯 자신의 몸을 조심스럽게 가누며, 길더는 한 번에 계단 하나씩 내려왔다. 침이 잔뜩 고이기 시작했고, 그는 진짜 폭포와 같이 쏟아지는 침을 이빨 사이로 다시 빨아들여야 했다. 뱀파이어 턱받이, 길더는 빈정대고 싶은 생각이 들었다. 봐, 이제 그게 돈벌이가 될 거니까.

마침내 지하실까지 내려왔다. 금고와 같이 무거운 문이 보였다. 길더는 양복 외투의 주머니에서 열쇠를 꺼냈다. 그는 기대감에 손을 떨며 열쇠를 넣고 무거운 바퀴를 돌려 문을 열고 어깨로 밀었다.

홀을 반쯤 지나쳐 왔을 때 그는 허리까지 옷을 벗었고 신발을 걷어차듯 벗고 있었다. 스치듯 아슬아슬 파도를 타고 내려오는 서퍼처럼, 지금 그의 흥분은 최고조에 달했다. 이 물건을 타고 파도를 스치듯 내려가고 있었다. 문을 지나고 또 문, 문을 지나갔다. 안에서 들려오는 저주받은 울음소리들이 그의 귀에 울렸다. 그 소리들이 길더의 마음속에 겨자씨 한 알만 한 연민조차 불러일으키지 못한 지 이미 오래였다. 그랬던 적이 있기나 했는지 알 수 없었다.

그는 경고 문구를 쏜살같이 지나쳤 – 에테르 주의, 화기 엄금. 무서운 속도로 냉동실을 통과하고 마지막 모퉁이를 돌았다. 그리고, 실험실 가운을 입은 기술자와 부딪히는 걸 가까스로 피했다. "길더 국장님!" 실험실 기술자가 숨을 헐떡이며 말했다. "저희는 몰랐……!" 하지만 그의 말은 곧 끊겼다. 길더가 필요 이상으로 과격하게 온 힘을 다해 왼쪽 팔뚝으로 그 기술자의 머리 옆을 가격해 그를 벽에다 내던졌다.

그가 원하는 건 피였다. 특별한 피였다. 그곳에 피가 있었다. 피가 있었다.

그는 마지막 문에 이르러 미끄러지듯 멈춰 섰다. 더듬더듬 바지를 벗어 멀리 던졌다. 그리고 열쇠로 문을 열었다.

"이거 봐, 로렌스. 안녕."

38

아침에 깨어보니, 재키가 보이지 않았다.

사라가 눈을 떠보니 그녀의 침상이 비어 있었다. 사라는 겁에 질려 막사를 이리저리 뒤지고 다녔다. 바보같이 그렇게 깊이 자다니, 자신을 저주했다. 침상 이 층에서 잠자던 노파가? 그녀를 본 사람은 있을까? 하지만 본 사람은 아무도 없었다. 아니 어쩌면 모두 그렇게 말하고 있을 뿐인지도 모를 일이었다. 아침 점호 시간, 사라는 재키의 번호가 불리는 대신 단지 아주 짧은 침묵이 그 자리를 채우고 지나갔다는 것을 알아차렸다. 모두 고개를 숙이고 땅만 보고 있었다. 그렇게 사라의 친구는 수면 아래로 사라졌다. 마치 재키는 존재하지도 않았던 사람인 것 같았다.

사라는 절망적인 희망과 완전한 절망 사이의 면도날같이 얇은 경계를 휘청거리며, 안개 속을 걷듯 하루를 보냈다. 아마도 그녀가 할 수 있는 건 아무것도 없었을 것이다. 사람들이 사라졌다. 그곳에서는 일상적인 일이었다. 하지만 사라는 재키가 아직 병원에 있는 거라면, 아직은 사육장으로 보내진 게 아니라면, 그녀를 구해낼 가능성이 있다는 생각을 떨쳐버릴 수가 없었다. 하지만 재키가 어떻게 내 눈앞에서 그렇게 감쪽같이 사라질 수 있었던 거지? 혹시 내가 무슨 소리를 들었던 건 아닐까? 재키가 저항했을 수도 있잖아? 모든 게 말이 안 됐다.

그때 갑자기 모든 게 이해가 됐다. 사라가 아무 소리도 못 들은 것은, 아무 소란도 없었기 때문이었다. 이렇게는 아냐, 나를 위해 그러지 마. 재키는 스스로 막사를 떠났던 거였다.

재키는 사라를 보호하려 했다.

정오가 되자 사라는 뭐라도 해야겠다고 생각했다. 죄책감에 견딜 수가 없었다. '나는 재키를 공장 밖으로 데리고 나가려고 하지 말았어야 했고, 소드에게 그렇게 맞서지 말았어야 했던 거야. 내가 한 짓이라고는 재키의 등짝에 커다란 과녁을 그려 넣은 것뿐이었어.' 시간이 계속 흘러갔다. 사육장의 바이럴들은 땅거미가 지면 바로 식사를 시작했고, 그 트럭들이 사라의 눈에 들어왔다. 가축들을 실어 나르는 트럭에 가득 채워진 소들이 울고 있었다. 강제 수용소에서 죄수를 이송하기 위해 쓰이는 창문 없는 밴들도 보였다. 한 대는 항상 병원 뒤편에 주차되어 있었는데, 그 이유는 분명했다.

분쇄팀을 감독하고 있는 콜은 베일과 휘슬러였다. 베일은 어떻게 해 볼 수 있을 것 같았는데, 휘슬러가 지켜보고 있었기에 사라는 방법을 찾아야만 했다. 그녀가 생각해낼 수 있는 방법은 한 가지뿐이었다. 그녀는 부셸 바구니를 가득 채운 뒤, 땅에서 들어 올려 분쇄기 쪽으로 세 걸음쯤 걸어가다 멈췄다.

"앗," 사라가 비명을 지르며 바구니를 떨어뜨리고는 배를 움켜잡았다. "아이고, 아이고."

그녀는 털썩 넘어져 신음했다. 분쇄기의 소음에 사라의 소리와 행동이 묻혀버린 것 같았다. 자신의 다리를 가슴의 횡격막까지 오므려 붙이고서는 신음 소리를 더 크게 냈다.

"사라, 왜 그래?" 다른 여자들 중 한 명, 콘스탄스 슈가 몸을 숙여 물었다.

"아파요! 너무 아파요!"

"일어나, 안 그러면 콜들 눈에 띌 거야!"

또 다른 목소리가 들렸다. 베일이었다. "무슨 일이야?"

콘스탄스가 뒤로 물러났다. "모르겠어요, 사라가 갑자기…… 주저앉았어요."

"피셔, 뭐가 잘못된 거야?"

사라는 대답은 하지 않고, 계속 앓는 소리를 내며 허리를 흔들고, 좀 더 그럴듯해 보이기 위해 경련을 일으키듯 발을 몇 번 걷어찼다. 주변에 구경꾼들이 모여들었다.

"맹장인 거 같아요." 그녀가 대답했다.

"뭐라고?"

사라는 아픈 척 얼굴을 찡그렸다. "아무래도 내 생각에는…… 맹장염인 거 같아요."

휘슬러가 곤봉으로 사람들을 밀치며 구경꾼들 사이를 뚫고 나왔다. "무슨 일이야?"

베일이 머리를 긁적였다. "그녀의 망당(맹장을 잘못 알아들음-옮긴이)…… 인가 뭔가가 잘못되었다는데요."

"너희는 뭘 보고 있는 거야? 이게 재밌는 구경거리라도 돼?" 휘슬러가 소리를 질렀다. "제자리로 돌아가서 일해." 그러고는 베일에게 말했다. "이 여자 어떻게 할 거야?"

"피셔, 걸을 수 있어?"

"제발요," 사라가 숨을 헐떡였다. "의사를 보게 해줘요."

"의사를 보게 해달라는데요."

"맙소사, 그 얘기는 나도 들었다고, 베일." 휘슬러가 한숨을 몰아 내쉬었다. "좋아, 일단 이 여자를 여기서 데리고 나가자."

둘은 사라를 부축해 공장 뒤편에 주차되어 있는 픽업트럭으로 데려가 짐칸에 눕혔다. 사라는 아픈 척 계속해 몸을 뒤틀고 신음 소리를 냈다. 베일과 휘슬러 중 하나가 운전해 그녀를 병원으로 데리고 가야 할지 아니면 운전할 사람을 따로 요청해야 할지 둘 사이에 짧은 실랑이가 있었다.

"빌어먹을, 젠장, 내가 데리고 갈게." 휘슬러가 말했다. "내가 너란 놈을 아는데 네가 가면 온종일 걸릴걸, 됐어."

병원까지 가는 데에는 10분 정도가 소요됐고, 가는 동안 사라는 계획을 세웠다. 가는 내내, 병원에 도착해서 밴이 재키를 태우고 출발하기 전에 그녀를 찾아내야 한다는 생각만 했다. 그다음 일은 생각하지 않았다. 지금 자신이 들고 있는 쓸 만한 패는 단지 두 개뿐인 것 같았다. 첫 번째, 그녀는 실제로 아픈 게 아니었다. 일단 기적처럼 정상을 회복하고 나면, 병원에 있는 사람들이 팔다리가 온전한 자신을 사육장에 먹잇감으로 보낼 것 같지는 않았다. 두 번째, 그녀는 간호사였다. 이걸 어떻게 활용할 수 있을지는 확실하지 않았지만, 현장에서 즉흥적으로 써먹어야만 할 것이다. 잘만 하면 자신의 의학적 지식을 이용해 병원의 책임자에게 재키가 겉으로 보이는 것만큼 그렇게 아픈 것은 아니라는 것을 이해시킬 수 있을 것이다.

아니면 그녀가 뭘 어떻게 하든 아무 의미가 없을 수도 있었다. 일단 자신이 병원 문을 지나쳐 안으로 들어가고 나면, 다시는 결코 밖으로 나오지 못할 수도 있다. 이런저런 상황들을 고려해보면, 이게 반드시 나쁜 일만은 아닌 것으로 보였다. 어쩌면 자신이 쓸 수 있는 세 번째 카드인 것 같았다. 자신이 죽게 되건 살게 되건 더 이상 신경 쓰지 않아도 됐다.

휘슬러가 병원 입구에 차를 세우고, 짐칸으로 걸어와 뒷문을 내려서 열었다.

"알아서 나와, 들어가게."

"못 걸을 것 같아요."

"그래? 걸어야만 할걸. 내가 너를 안아 들고 가는 일은 없을 거니까."

사라는 일어나 앉았다. 구름 뒤에서 태양이 얼굴을 내밀고 나왔다. 싸늘한 햇살에 주변 풍경이 또렷하게 드러나 보였다. 병원은 삼 층짜리 벽돌 건물로, 플랫랜드 남쪽 끝에 있는 낮고 평범한 구조물들의 일부였다. 20미터쯤 떨어진 곳에 세 개의 주요 인사 관리팀 분소들 중 하나가 있었고, 십여 명의 콜들이 콘크리트 바리케이드들이 놓여 있는 정문을 지키는 중이었다.

"뭐야, 내가 여기서 혼잣말이라도 주절거리고 있는 거야?"

그랬다. 사라는 휘슬러의 말에 전혀 귀를 기울이고 있지 않았다. 그녀는 콜들이 막사들 사이를 이동할 때 사용하는 작은 승용차처럼 보이는 차량을 뚫어지게 쳐다보고 있었다. 차량은 뒤로 커다란 먼지 기둥을 일으키며 엄청난 속도로 그들을 향해 질주했다. 사라는 짐칸을 기어 내려왔다. 그리고 동시에 누군가 뒤에서 빠르게 그녀에게 달려드는 것을 느꼈다. 차량은 속도를 줄이지 않고 미친 듯 달려왔다. 차량이 속도를 줄이지 않는 것만 이상한 것이 아니었다. 뭔가 수상했다. 창문은 모두 검게 칠해져 있어 운전자의 모습조차 보이지 않았고, 차의 후드에 뭔가 글자가 쓰여 있었다. 붓질로 휘갈겨 쓴 하얀 글자였다.

세르지오는 살아 있다!

차량이 바리케이드를 향해 쇄도할 때 누군가 뒤에서 강하게 사라를 떠밀었고, 다음 순간 그녀는 땅바닥에 납작하게 엎어졌다. 그때, 트럭이 폭발하며 실제로 이 세상에 존재한다고는 상상할 수도 없는 엄청난 굉음과 타버릴 것 같은 뜨거운 열기로 가득 찬 압력이 들이닥쳤다. 질식해 죽을 것만 같았다. 그녀의 폐에서 공기가 빨려 나갔다. 하늘에서는 파편들이 떨어졌다. 불붙은 육중한 파편들이 마치 유성처럼 공기를 가르며 그녀의 주변으로 떨어지고 있었다. 파편들이 땅에 충돌하며 커다란 충격음이 들려왔다. 금속이 긁히고 꺾이는 소리가 들리고, 반짝이는 유리 조각들이 비처럼 쏟아졌다. 온갖 소음과 열기가 사라의 몸 위를 덮었고, 또 다른 한 사람의 몸무게가 느껴졌다. 그리고, 갑자기 모든 것이 조용해지더니 한 줄기 더운 숨결이 그녀의 귓가를 훑고 지나갔다. 사람의 목소리가 들렸다.

"정확히 내가 시키는 대로만 하고요, 따라와요."

사라가 일어섰다. 처음 보는 여자가 너무 놀라 넋이 나간 사라의 손을 잡아당겼다. 사라의 귀에 문제가 생긴 것 같았다. 뿌연 연기 속에 잠긴 주변의 모든 것들이 비현실적으로 보였다. 형체를 알아볼 수 없게 된 인사 관리팀의 분소도 마치 연기를 내뿜고 있는 분화구처럼 보였다. 병원 정문과 나란히 주차해놓았던 픽업트럭도 사라졌다. 아니, 병원 정문이 있었던 자리에 나란히 세워놓았었는데?

사라의 손과 얼굴에 뭔가 축축한 것이 묻어 있었다. 피다. 그녀의 몸이 피에 흠뻑 젖은 상태였다. 그리고 뭔가 끈끈한 것들, 생물학적 잔해들이 몸에 붙어 있었다. 반짝이는 미세한 보석 먼지 같은 것들은 아주 작은 유리 조각들이었다. 문득 그런 생각이 들었다. 정말 놀랍지 않아? 모든 게 너무 신기하고 경이로웠다. 특히, 휘슬러에게 일어난 일이 그랬다. 더 이상 온전한 한 덩어리가 아닌 사람의 몸, 형체를 알아볼 수 있는 육신의 조각들이 넓은 지역에 여기저기 흩어져 버린 모습은 충격적이었다. 사람의 몸이 조각조각 찢겨 나갔을 때, 누가 그런 광경을 짐작이나 할 수 있겠는가. 하지만 폭발이 있었던 것이 분명한 것처럼, 사람의 몸이 조각조각 찢겨 나간 것도 사실이었다. 정말 사람의 몸이 찢겨 나가, 여기저기 흩뿌려졌다.

사라는 도망쳤다. 그녀의 시각이 먼저 돌아왔고, 다른 나머지 감각들이 돌아왔다. 그 여자가 뛰고 있었다. 사라도 뛰었다. 아니 뛰면서 끌려가고 있었다. 사라의 구원자, 그녀의 힘이 맞잡고 있는 손을 통해 사라의 몸을 타고 흘렀다. 사라는 이 여자가 폭발로부터 자신을 보호하고 구해줬다는 것을 이해했다.

그들 뒤로 정적을 깨는 비명과 고함이 한데 어우러져 기묘한 합창처럼 들려오기 시작했다. 그리고 여자는 한 건물 뒤에서 미끄러지듯 멈춰섰다. 어떻게 된 영문인지 건물은 여전히 무너지지 않고 온전한 모습으로 서 있었다. (아니, 세상의 모든 건물이 폭파됐던 거 아니었어?) 여자가 땅에 무릎을 꿇고 앉았다. 손에는 갈고리 같은 것이 들려 있었다. 그녀가 갈고리로 맨홀 뚜껑을 옆으로 끌어당겼다.

"들어가요."

사라가 움직였다. 맨홀 안으로 들어갔다. 몸을 낮춰 구멍 안으로 들어가자 사다리가 있었고, 악취가 났다. 배설물 냄새가 가득했는데, 그럴 수밖에 없었다. 사실 그랬으니까.

사라가 바닥까지 내려오자 그녀의 운동화가 더러운 물속에 푹 잠겼다. 여자는 머리 위로 손을 뻗어 맨홀 뚜껑을 철커덩 닫았다. 사방이 깜깜해졌다. 그제야 사라는 자신이 조금 전까지 수많은 죽음과 대량 파괴가 일어난 폭발 현장 한가운데에 있었고, 그 직후 아마도 1분도 채 안 되는 시간 사이에, 처음 보는 여자에게 자기 자신을 완전히 내맡겼으며, 이 여자가 자신을 일종의 존재하지 않는 사람으로 만들었다는 것을 깨닫게 되었다. 사라는 사실상 사라지게 된 것이다.

"기다려요."

작고 푸른 불꽃이 타올랐다. 여자가 들고 있던 라이터를 횃불 머리에 갖다 댔다. 불길이 일어나며 여자의 얼굴을 비췄다. 길고 가느다란 목과 검은 눈동자, 강렬한 인상을 가진 20대쯤 되어 보이는 여자였다. 여자의 모습이 왠지 낯익어 보였지만, 무엇인지 콕 집어 말하기가 어려웠다.

"더 이상은 대화 금지, 뛸 수 있어요?"

사라가 고개를 끄덕였다.

"따라와요."

여자는 하수관을 따라 빠른 걸음으로 움직이기 시작했고, 사라는 여자의 뒤를 따랐다. 한동안 그렇게 계속 갔다. 수많은 갈림길에서, 여자는 망설임 없이 길을 선택해 나아갔다. 사라는 자신이 입은 부상을 확인하기 시작했다. 폭발이 일으킨 충격의 흔적들이 느껴졌다. 다양한 통증이 느껴졌다. 어떤 것들은 찌르는 듯 꽤 날카로운 느낌이었고, 다른 것들은 일반적으로 온몸 곳곳에서 느껴지는 것들로 몸을 쿵쿵 때리는 것 같았다. 하지만 여자의 빠른 걸음을 따라잡기 어려울 만큼 심한 통증이나 부상은 없었다. 시간이 좀 더 흐르자 사라는 깨달았다. 하수관을 따라 이동해 온 거리로 미루어 보건대 그들은 철조망이 둘러

쳐진 홈랜드의 경계선을 넘어선 것이 틀림없었다. 그들은 탈출했다! 그들은 자유였다! 그들 앞에 둥근 빛의 고리, 출구가 보였다. 그 너머에는 위험한 세상이 있다. 바이럴들이 멋대로 휘젓고 다니는 무시무시한 세상이지만, 그럼에도 불구하고 그것은 황금빛 약속처럼 그녀 앞에 나타났고, 사라는 빛 속으로 발을 들여놓았다.

"이렇게 할 수밖에 없어요, 미안해요."

사라의 뒤에 있던 여자가 한 손으로 사라의 허리를 감싸더니, 그녀를 꼼짝 못 하게 한 채 다른 한 손으로 들고 있던 천을 사라의 얼굴에 갖다 댔다. 도대체 이게 무슨 일이지? 그러나 사라가 저항하는 비명 한 번 지르기도 전에 천이 그녀의 입과 코를 틀어막았고, 질식할 것 같은 지독한 화학 약품 냄새가 몸으로 밀고 들어왔다. 머릿속에서 수백만 개의 작은 별들이 폭발하는 것처럼 느껴지고, 그게 끝이었다.

39

라일라 카일, 그녀의 이름은 라일라 카일이었다.

물론, 거울 속 얼굴에게는 다른 이름들이 있다는 것도 알았다. 광기의 여왕, 미치광이 폐하, 고귀하게 미친 전하. 오, 당연히 라일라는 그이름들을 모두 들어봤다. 라일라 카일의 신경을 거스르지 않고 하루를 무사히 넘기려면 아침에 상당히 일찍 일어나야만 했다.

막대기와 돌Sticks and Stones (남들이 아무리 말로 떠들어 봐야, 말로는 사람 몸에 상처를 내지 못한다는 뜻의 비유—옮긴이), 그녀는 항상 (그녀의 아버지가 얘기해준) 막대기와 돌을 말했다. 하지만 그녀를 분통이 터지도록 화나게 하는 건 뒤에서 속닥대는 험담들이었다. 사람들은 항상 그녀의 험담을 했다! 마치 그들은 철든 어른이고 그녀는 철부지 아이인 것처럼, 그녀가 언제 터질지 모르는 폭탄이라도 되는 것처럼. 이 얼마나 이해가 안 되는 이상한 일이야! 이상하고 무례하기 짝이 없는 일이라고. 왜냐면 첫째, 나는 전혀 미치지 않았기 때문에 그들이 100% 틀린 거라고. 둘째, 내가 미친 거라고 해도 말이지, 그래 쉽게 설명해서, 내가 옷 하나 걸치지 않고 벌거벗은 채로 개(불쌍한 로스코)처럼 울부짖는 것을 좋아한다고 해도 그게 그들과 무슨 상관이 있지? 내가 미쳤든 안 미쳤든 말이야. (그녀가 고백해야만 하겠지만, 작은 봉투 하나에 가을 낙엽

한 아름을 어떻게든 쑤셔 넣으려고 했던 것처럼, 그녀의 생각들이 조화를 이루지 못하고 어지러웠던 날들이 있었던 것은 사실이었다.) 이건 전혀 옳은 일이 아니라고. 그것은 경우를 벗어난 일이었다. 누군가의 뒤에서 험담하는 것, 그런 비열한 암시를 만들어내고 주입하는 것은 상식을 벗어난 일이었다. 도대체 무슨 짓을 했다고 그런 대접을 받는 걸까? 그녀는 혼자 지냈고, 뭔가를 요구하지도 않았고 쥐처럼 조용했다.

그녀는 지금 브러시로 머리를 다듬으며 앉아 있는 화장대에서 그녀의 작고 사랑스러운 물건들, 작은 병들과 빗 그리고 브러시들을 만지작거리며 시간을 보내는 것에 매우 만족해했다. 지금도 역시 화장대 앞에 꽤 오래 앉아 있는 중이었다.

그녀의 머리. 그녀가 시선을 옮겨 거울 속의 자신의 얼굴을 바라보자, 훈훈한 자기만족이 그녀의 온몸을 타고 흘렀다. 거울 속 그녀의 얼굴은 항상 그녀 자신마저 놀라게 하는 것 같았다. 모공의 흔적마저 없는 장밋빛 피부, 이슬처럼 반짝이는 눈, 촉촉하고 탱탱한 뺨, 섬세한 조화를 이룬 이목구비를 빤히 쳐다봤다. …… 놀랍구나! 가장 놀라운 건 그녀의 머리카락이었다. 얼마나 보드랍게 윤기가 흐르고, 손끝에 닿는 느낌은 얼마나 풍성한지, 당밀같이 검고 굵은 모발이 그 숱은 또한 얼마나 많은지. 아니, 당밀보다 초콜릿에 가까워 보였다. 아버지가 항상 책상에 넣어두었던 사탕처럼, 아마도 스위스처럼 멋지고 특별한 곳이나 다른 나라들로부터 온 다크 초콜릿처럼 말이다.

라일라가 착하게 아주 착하게 굴거나 혹은 때때로 특별한 이유 없이 단지 아버지가 그녀를 사랑하기에 그리고 딸에게 그 사실을 일깨워주고 싶었기에, 아버지는 그의 남성적인 학구열로 가득 찬 신성한 방으로 딸을 불러 자신의 사랑의 징표로 딸에게 사탕을 주고는 했다. 아버지는 그 방에서 중요한 논문을 쓰고, 수수께끼 같은 책을 읽고 대개 비밀스러운 아버지로서의 일들을 하고는 했다. *지금은 딱 한 개만이야.* 아버지는 그녀에게 그렇게 말하고는 했다. 딱 하나라는 아버지의 말은 오히려 그 특별함을 더욱 크게 했는데, 그건 앞으로도 아버지의 서재를 방문하게 될 거라는 걸 의미했기 때문이었다. 황금빛 상자 뚜껑을 들어 올리는 긴장된 순간, 그녀의 작은 손이 수영장 가장자리에서 물에 뛰어들 완벽한 각도를 계산하며 준비하고 있던 다이버처럼 상자 안에 수북이 쌓인 물건들 위를 더듬었다. 안에는 초콜릿들이 있었다. 견과류가 든 것도 있었고, 체리 시럽을 곁들인 것들도 있었다. (체리 시럽이 있는 것들은 라일라가 유일하게 싫어하는 것으로, 먹으려 입에 넣었다가도 곧 휴지에 뱉어버렸다.) 하지만 가장 좋아하는 건 아무것도 들어 있지 않은 순수한 초콜릿 덩어리였다. 그녀가 갈급히 찾고 있는 것도 그거였다. 다른 모든 것들과 달리 고귀하다고 여기는, 부드럽게 녹아내리는 달콤한 단 하나의 보물. 이건가? 아니면 이거?

"욜랜더!"

대답이 들리지 않는다.

"*욜랜더!*"

펄럭이는 치마와 베일 그리고 치렁치렁 바람을 일으키는 옷을 입은 여자가 서둘러 방으로 들어섰다. 설마, 라일라가 보기에는 정말 우스꽝스러운 옷차림이었다. *내가 그렇게 좀 더 실용적인 옷을 입으라고 했는데도?*

"욜랜더, 어디 있었던 거야? 내가 몇 번을 불렀는데."

여자는 정신이 나간 듯 라일라를 바라봤다. *그들이 욜랜더에게도 손을 댄 거야?* "욜랜더 부르셨어요?"

"내가 다른 누구를 부르겠어?" 라일라가 크게 한숨을 쉬었다. 욜랜더가 너무 멍청한 것일 수도 있었다. 그녀가 영어를 썩 잘하지 못하기도 했지만. "내가 뭐가…… 좀 필요한데, 해줬으면 좋겠어. Por favor.(해줬으면 좋겠어)"

"네, 부인, 물론이죠. 책을 읽어드릴까요?"

"책을 읽어준다고? 아니." 책을 읽어주겠다는 욜랜더의 말이 구미가 당기기는 했다. 어쩌면 작은 베아트릭스 포터가 그녀를 진정시켜줄지도 몰랐다. 작은 파란색 재킷을 입은 피터 래빗, 다람쥐 너트킨과 그의 동생 트윙클 베리. 그 두 녀석이 그런 장난을 칠 수 있다니! 그러다가 다시 기억이 났다.

"초콜릿 말이야, 우리 초콜릿 있지?"

욜랜더는 여전히 제정신이 아닌 것처럼 보였다. 어쩌면 욜랜더는 술에 취해 있는 건지도 모르겠어.

"부인, 초콜릿요?"

"핼러윈 캔디 남은 거라든가, 아마도? 내 생각에는 분명 어딘가에 있을 것 같은데. 아무거라도 괜찮아. 허쉬 키세스, 아몬드 조이, 킷캣, 뭐라도 괜찮을 것 같아."

"음……."

"응? 작은 초코―라―테이? 싱크대 위의 캐비닛을 확인해봐."

"죄송해요, 뭘 원하시는지 모르겠어요."

맙소사, 이렇게 짜증 나는 일이 있을 수가. 욜랜더가 초콜릿이 무엇인지 모르는 척하다니!

"뭐가 문제인지 모르겠네, 욜랜더. 네 태도가 나를 화나게 하고 있다고. 그것도 아주 많이 말이야."

"제발 화는 내지 말아주세요. 저도 그게 뭔지 안다면 기꺼이 찾아서 가져다드리고 싶어요. 어쩌면 제니는 알 수도 있어요."

"봐, 욜랜더 알겠어? 정확히 그게 내가 말하고 있는 거야." 라일라가 크게 한숨을 내쉬었다. 안타깝지만 정말로 할 수 있는 게 더는 없었다. 어렵게 시간을 질질 끄는 것보다는 힘든 일은 그만두는 것이 현명했다.

"욜랜더, 유감스럽지만 이제 너를 그만 놔줘야 할 것 같아."

"놔줘요?"

"그래, 가라고. 더는 안 돼. 이제 더는 네 도움이 필요 없어."

욜랜더의 눈이 말 그대로 튀어나올 것처럼 보였다. "안 돼요!"

"나도 정말 미안해. 모든 게 잘돼서 괜찮아지기를 바랐어. 하지만 너에게 해줄 수 있는 게 이제는 정말 없다니까."

욜랜더가 라일라의 무릎에 몸을 던져 매달렸다. "제발요! 뭐든지 할게요!"

"욜랜더, 정신 차려."

"이렇게 빌게요." 욜란다는 라일라의 치마에 얼굴을 파묻고 울었다. "그들이 어떻게 할지 아시잖아요. 제가 더 열심히 일할게요, 맹세해요!"

라일라는 욜랜더가 이 일을 기분 좋게 받아들일 수 없으리라는 것은 알고 있었지만, 이렇게 막무가내일 거라고는 전혀 생각하지 못했다. 정말 당황스러웠다. 등이라도 쓸어서 위로해주고 싶은 충동이 강하게 일었지만, 일을 질질 끌고 싶지 않아 자신의 두 손을 공중에 어색하게 든 채 자제하고 있었다. 아마도 데이비드가 집에 돌아올 때까지 기다렸어야만 했던 것 같았다. 그는 이런 종류의 일을 더 능숙하게 잘했으니까.

"물론, 좋은 추천서도 써 줄 거야. 그리고 2주 치 급여도 더 줄 거고.

이렇게 힘들게 받아들일 일이 아니라고."

"이건 사형 선고라고요!" 그녀가 마치 구명 뗏목에라도 매달리듯 필사적으로 라일라의 무릎을 끌어안았다. "그들은 나를 지하실로 보내버릴 거라고요!"

"나는 이게 대체 왜 사형 선고인지 모르겠어. 욜랜더, 지금 완전 과민 반응을 하는 거야."

그러나 욜랜더는 이성에 호소해 진정시킬 수가 없는 상태였다. 걷잡을 수 없이 흐느끼는 바람에 더는 말을 이을 수 없었던 그녀는 애원하기를 포기한 채 콧물과 뒤범벅이 된 눈물로 라일라의 치마를 적시고 있었다. 라일라는 오직 이 상황을 빨리 벗어나고만 싶었다. 나는 이런 걸 싫어한다고. 나는 이러는 게 싫단 말이야.

"이게 다 무슨 일이야?"

라일라는 눈을 들어 문 앞에 서 있는 사람을 발견하고서 안도의 한숨을 내쉬었다. "데이비드, 정말 다행이야. 좀 안 좋은 일이 있었어. 그게, 욜랜더가 좀 화가 난 것 같아. 내가 그만두라고 했거든."

"맙소사, 또? 당신 도대체 문제가 뭐야?"

뭐지, 이건 아니잖아. 이러는 건 데이비드답지 않아. "당신은 그렇게 말할 수 있겠지. 나는 여기 집안에 처박아두고 하루 종일 밖에 나가 있어서 아무것도 모를 테니까. 나는 당신이 나를 도와줄 거라고 생각했는데 말이야."

"제발요, 이러지 마세요!" 욜랜더가 고함을 질렀다.

라일라가 손으로 '이 여자를-내게서-떼어내-주지-않을래'라는 몸짓을 했다. "좀 도와주지 않을래?"

하지만 그게 생각만큼 쉬운 일이 아니었다. 데이비드(데이비드일 리가 없지)가 흐느끼고 있는 욜랜더(욜랜더일 리가 없지)를 라일라의 무릎에서 떼어내려고 몸을 숙이자, 욜랜더는 라일라를 한층 더 힘껏 붙잡고 믿기지 않을 정도로 날카롭게 비명을 지르기 시작했다. 정말 엄청난 소동이었다! 제발 좀, 욜랜더가 이렇게 난리를 치는 걸 누가 보기라도 한다면 가사 도우미 자리에서 해고되는 것을 정말 사형 선고라고 생각할 수도 있을 것 같았다. 데이비드는 욜랜더의 허리를 있는 힘껏 잡아당겨 그녀의 몸을 공중으로 들어 올렸다. 그녀는 그의 품 안에서 미친 사람처럼 날뛰고 발길질하며 비명을 질러댔다. 그가 그녀를 가까스로 제압할 수 있었던 것은 오로지 남성으로서의 우월한 힘 때문이었다. 데이비드에게서 눈에 띄는 한 가지는, 그가 흔들림 없이 몸을 가누고 있다는 것이었다.

"미안해, 욜랜더!" 데이비드가 욜랜더를 데려가자 라일라가 소리쳤다. "급여 수표는 이메일로 보내줄게!"

나가는 그들 뒤로 문이 쾅 소리를 내며 닫혔다. 라일라는 긴 숨을 내뱉고 나서야, 자신이 숨도 제대로 못 쉬고 있었음을 깨달았다. 그래, 별거 아니었어. 그게 그녀가 견뎌내야 하는 가장 불편한 일 아니었던가. 속이 울렁거리기는 했지만, 죄책감을 느끼지는 않았다. 욜랜더는 우리와 몇 년이나 함께했었는데, 모든 게 너무 안 좋게 끝났어. 라일라의 기분이 씁쓸했다. 다 아는 사실이지만, 욜랜더는 최고의 가사 도우미도 아니었고, 최근에는 정말 일을 건성건성 했다. 어쩌면 개인적인 문제들이 있었는지도 모를 일이었다. 라일라가 그녀의 집을 방문해본 일도 없었지만, 라일라는 욜랜더의 삶에 대해 아는 것이 아무것도 없었다. 정말 이상한 일이잖아? 지난 몇 년 동안 욜랜더가 일하기 위해 오가며 함께했는데, 라일라는 자신의 가사 도우미에 대해 아는 게 전혀 없다니.

"후우, 욜랜더는 갔어. 축하해."

다시 머리 손질을 하기 시작한 라일라가 거울로 잠시 입구에 서서 넥타이를 고쳐 매고 있는 데이비드를 찬찬히 살펴봤다.

"이 일이 어떻게 내 잘못이 될 수 있는 거지? 당신도 봤잖아. 욜랜더가 완전히 제정신이 아니었던 거."

"올해만 세 번째야. 좋은 시종들은 그냥 저절로 나무에서 열리는 게 아니라고."

라일라가 다시 천천히 우아하게 머리를 빗어 내렸다. "그러니까 서비스에 전화해. 별일 아닌 거 알잖아."

데이비드는 더 이상 아무 말도 하지 않았다. 그냥 이 문제에 대해서는 얘기하지 않기로 했다.

그는 다이븐 베드 Divan(등받이와 팔걸이가 없는 긴 의자─옮긴이)로 가 양복바지의 무릎을 끌어 올리며 앉았다.

"우리 얘기 좀 해."

"나 바쁜 거 안 보여? 다시 병원으로 돌아가 봐야 하는 거 아니야? 안 바빠?"

"나는 병원에서 일하지 않는다니까. 이미 골백번을 얘기해줬잖아."

그랬었나? 가끔 그녀의 기억은 가을 낙엽처럼 바래 있었고, 가끔은 항아리 속에서 윙윙거리는 꿀벌들처럼 시끄럽고 종잡을 수 없었으며, 제자리에서 맴돌았다.

"라일라, 텍사스 일은 어떻게 된 거야?"

"텍사스?"

그가 짜증스럽게 한숨을 내쉬었다. "수송대 말이야, 오일 로드. 내 지시 사항들은 명확했던 것 같은데."

"무슨 말을 하는 건지 전혀 알아들을 수가 없네. 나는 평생 텍사스에는 가본 적이 없다고." 라일라가 빗질을 멈추고 거울로 데이비드의 눈을 쳐다봤다. "브래드는 텍사스라면 늘 혀를 내두르며 싫어했는데. 당신은 그 얘기를 듣고 싶어 하지 않겠지만 말이야."

라일라는 그녀가 내뱉은 말이 데이비드를 한 방 먹이는 것을 봤다. 그러면 안 된다는 것을 알기는 했지만, 브래드라는 이름은 그녀의 비밀 무기 같은 거였다. 자신이 브래드라는 이름을 꺼낼 때마다 일어나는 데이비드의 표정 변화에서 심술궂은 희열 같은 것을 느꼈다. 자신이 도저히 그 이름의 주인에게 필적할 수 없다는 것에 기분이 상한 남자의 공허함이랄까.

"당신에게 많은 것을 원하는 게 아니야. 나는 당신이 과연 이 상황들을 관리할 수 있는지 의심스러워지기 시작했다고."

"그래, 뭐. (웅얼웅얼)"

"내 말 듣고 있는 거야? 더 이상 이런 문제가 있으면 안 된다고. 특히, 일이 이렇게 성공을 코앞에 두고 있을 때는 말이야."

"나는 당신이 뭐 때문에 그렇게 화가 났는지 모르겠어. 그리고 솔직히 말하면 당신이 나에게 그딴 식으로 말하는 것도 마음에 안 들어."

"제기랄, 그 지랄 맞은 브러시 좀 그만 내려놓으라고."

그러나 라일라가 브러시를 내려놓기도 전에, 그가 그녀의 손에서 브러시를 낚아채 방의 반대편으로 휙 내던져 버렸다. 그러고는 그녀의 머리카락을 한 주먹 집어 쥐더니, 라일라의 머리를 뒤로 있는 힘껏 잡아채고는 자신의 얼굴을 그녀의 코앞에 들이댔다. 그의 얼굴이 사람의 얼굴처럼 보이지 않았다. 괴물처럼 일그러져 민달팽이 같은 흉물스러운 모습이었다. 그의 입에서 나는 박테리아 썩은 내가 라일라의 얼굴을 뒤덮었다.

"너의 그 빌어먹을 헛소리들에 신물이 나도록 질려버렸다고." 그의 침이 그녀의 뺨과 눈에 튀었다. 라일라의 얼굴로 비위가 상할 정도로 많은 침방울이 마구 튀었다. 그의 치아 가장자리들이 어두운 색의 뭔가로 빼곡히 메꿔져 있어, 무시무시해 보일 정도로 이빨들이 더욱 또렷해 보였다. 피였다. 그의 이빨들이 피범벅이었던 것이다. "너의 이런 어이없는 행동과 멍청한 장난질 말이야."

"제발," 그녀가 숨을 헐떡였다. "너무 아파!"

"그래? 아파?" 그는 그녀의 머리를 더욱 거세게 비틀어 쥐어짰다. 그녀 머리의 수천 개 모공들이 날카로운 비명을 질러댔다.

"데이비드," 라일라가 울며 애원했다. "이렇게 빌게. 지금 나에게 무슨 짓을 하고 있는지 좀 생각해봐."

민달팽이의 얼굴이 분노로 벌겋게 달아올랐다. "나는 데이비드가 아니라니까! 나는 호레이스야! 내 이름은 호레이스 길더라고!" 그가 쥐고 있던 머리채를 한 번 더 세게 쥐어틀었다. "말해!"

"무슨 말인지 모르겠어, 모르겠다고! 당신 지금 나를 혼란스럽게 만들고 있다고!"

"말하란 말이야! 내 이름을 말해보라고!"

그 일이 일어나게 만든 건 고통이었다. 격렬한 고통의 폭발로 그녀의 의식이 저절로 무너져 내렸다.

"너는 호레이스야! 제발, 이제 그만해!"

"다시 말해! 제대로 다 다시 말해보라고!"

"호레이스 길더! 넌 호레이스 길더, 홈랜드의 국장이야!"

길더가 한 걸음 물러서며 그녀를 놓아주었다. 라일라는 화장대에 뒤로 누워 흐느끼며 몸을 떨고 있었다. 돌아갈 수만 있다면 돌아가, 그녀는 생각했다. 두 눈을 꼭 감았다. 그녀의 시야에서 호레이스 길더라는 이 남자에 대한 공포를 감추기 위해. *라일라, 돌아가. 너를 다시 과거 속으로 돌려보내라고.* 라일라는 육신이 아닌 영혼의 통증, 깨어진 자아의 근원적 중심, 이름도 알 수 없는 저 깊은 곳에서부터 올라오는 메스꺼움에 몸을 떨었다. 그리고 무릎을 꿇고 앉아, 구역질을 하고 숨을 헐떡이고 캑캑거리며 바로 그날 아침에 마셨던 더러운 피를 토해내고 있었다.

"좋아, 그럼," 길더는 양복 외투에 그의 손을 닦았다. "그거 하나는 확실해졌군."

라일라는 아무 말도 하지 않았다. 삶을 포기하고 싶은 그녀의 갈망이 너무 강했기에, 말을 하려 했더라도 내뱉을 수가 없었다.

"라일라, 우리는 지금 중요한 일들을 앞두고 있다고. 나는 당신이 나와 함께 보조를 맞추며 협조하고 있는지 알아야만 해. 더 이상의 헛소리는 받아줄 수 없어. 그리고 제발 시종들을 해고하는 일 좀 그만둬. 그 여자들은 나무에서 저절로 열리는 게 아니라고."

라일라가 손목 뒤쪽으로 그녀의 턱에 묻은 썩은 내 나는 침을 닦아냈다.

"그건 이미 말했잖아."

"내가 미안해하기라도 해야 하는 건가?"

"당신이 이미 말했다고 했을 뿐이야." 그녀의 목소리가 전혀 그녀답게 들리지 않았다. "나무에서 열리지 않는다는 시종들 얘기."

"내가 그랬나?" 그가 슬쩍 웃었다. "그래, 내가 그랬군. 생각해보면 재밌군. 먹이 사슬과 다른 여러 필요들을 고려하면, 그와 같은 말들이 확실히 쓸모가 있겠어. 아마 너의 친구 로렌스도 동의할 거야. 사실 말이야, 그 친구는 *식사*를 할 수 있다고." 길더는 잠시 말을 멈추고 그런 생각들을 즐기더니, 라일라를 바라보는 눈빛이 다시 무섭게 변했다.

"이제 너 몸 좀 씻어야겠어. 망신주려는 건 아닌데, 머리에 네가 토한 찌꺼기들이 묻어 있다고, 더럽게."

40

"사라? 내 목소리 들려요?"

그녀 위에 목소리가 떠돌고 있었다. 누군가의 목소리와 얼굴, 꼬집어 말할 수는 없었지만 아는 사람이었다. 자신이 꾸었던 꿈속에서 본 얼굴이 틀림없는 것 같았다. 사람들의 몸뚱어리 그리고 찢겨져 나간 사람 몸의 조각들, 주위의 모든 것들이 불타고 있었고 자신은 그 속을 미친 듯 달리는 무서운 꿈이었다.

"아직 정신을 못 차리네요."라고 말하는 목소리가 들렸다. 목소리가 아주 멀리서 들려오는 것 같았다. 대륙 너머, 그 너머 대양에서, 저 하늘 위 꼭대기 별에서 들려오는 것 같았다.

"양을 얼마나 사용한 거야?"

"세 방울, 어쩌면, 네 방울요."

"네 방울? 너 사라를 죽이려고 한 거야?"

"서둘러 끝냈어야 했다고요, 됐어요? 사라를 꺼내 오라고 해서 꺼내 왔잖아요."

무거운 한숨 소리가 들렸다. "양동이 좀 가져다줘."

사라는 생각했다, 양동이라고? 저 목소리의 주인은 양동이로 뭘를 하려는 거지? 양동이가 무슨 상관인 건데? 하지만 사라가 이 생각을 하자마자, 얼어붙을 것 같이 차가운 물기가 그녀의 얼굴로 쏟아져 내렸다. 그리고 그녀는 번뜩 정신을 차렸다. 물을 들이마신 사라는 숨이 막혀 겁에 질린 채 그녀의 팔을 마구 휘저었다. 그녀의 코와 목이 얼음장 같이 차가운 물로 가득 채워졌다.

"괜찮아요, 사라."

사라가 번개같이 벌떡 일어나 앉았다. 머릿속의 뇌는 술 취한 듯 어쩔어쩔하고 시야는 빙글빙글 돌고 있었다.

"워우어," 그녀가 신음했다. "어우우."

"두통은 심하겠지만, 오래가지는 않을 거예요. 자, 숨을 쉬어요."

사라가 눈을 깜박여 눈에서 물기를 떨어냈다. 유스터스?

그랬다. 그의 앞쪽 윗니들은 뿌리마저 잘려 나간 채 모두 없어졌고, 오른쪽 눈은 실명하였는지 구름이 낀 것처럼 뿌옜다. 마디마디 뒤틀려 옹이 지고 오그라든 손으로 철제 컵을 내밀었다.

"이렇게 다시 만나게 되니 좋군요, 사라. 니나는 이미 봤죠. 인사해, 니나."

유스터스 뒤에 같이 하수관을 통과해 나온 여자가 서 있었다. 가슴에 소총을 가로질러 메고, 그 위로 편안하게 팔짱을 끼고 있었다. "안녕, 사라."

"걱정하지 않아도 돼요." 유스터스가 말했다. "알아요, 궁금하고 묻고 싶은 게 많을 거라는 것. 곧 다 알게 될 거예요. 그보다 지금은 이것부터 마셔요."

사라는 컵을 받아 들고 벌컥벌컥 물을 마셨다. 물이 소스라칠 만큼 차가웠고, 마치 강철 막대기를 핥는 것처럼 약간의 쇠 맛이 맴돌았다.

"나는 당신이……."

"죽은 줄 알았다고요?" 망가져버린 입을 드러내며 유스터스가 씨익 웃었다. "사실 여기 있는 모든 사람들은 이미 죽은 자들이죠. 니나, 너는 어떻게 죽었는지 정확히 다시 한번 설명해줄래?"

"폐렴이었던 것 같은데요. 폐렴이나 그런 중병으로 사망 선고를 받은 것 같아요. 서류 작업을 어떻게 했는지는 전혀 알 수가 없고요."

폭발과 하수관을 미친 듯이 달려 나온 것, 그 모든 기억이 돌아오고 있었다. 사라는 컵의 물을 들이켜 마시고 잠시 주위를 살펴보았다. 창문이 하나도 없기는 했지만, 자신이 있는 곳은 일종의 벙커 같은 곳인 듯했다. 땅 밑 어딘가에 있는 게 느껴졌다. 방안의 조명이라고는 깜박이고 있는 횃불들 몇이 전부였다.

"우리가 있는 곳은 어디죠?"

"빨간 눈들이 찾지 못할 곳이죠." 유스터스가 사라를 쳐다보는 데에는 일정한 방식이 있었다. 실명하지 않은 눈으로 보기 위해 얼굴을 비스듬히 틀어 돌렸는데, 그 모습이 어쩐지 통찰력이 있는 진지함을 더해주는 듯 보였다. "그거 이상은 말해줄 수가 없어요. 중요한 건 여기서 당신이 안전하다는 거죠."

"당신이…… 세르지오예요?"

그가 또다시 깨져 없어진 치열을 드러내며 웃었다. "그렇게 생각해주다니, 영광이군요. 하지만 나는 세르지오가 아니에요. 당신이 생각하고 떠올리는 그런 모습의 세르지오는 없어요."

"하지만 내가 생각했……."

"그래요, 그렇게 생각했을 거예요. 그 이름은 '반란'이라는 말의 줄임말 같은 거죠. 니나, 내가 잘못 알고 있는 게 아니라면, 그건 네 아이디어였지? 안 그래?"

"그랬던 것 같네요."

"사람들에게는 이름이 필요하죠. 뭔가 집중할 수 있고, 생각을 연결시킬 수 있는 얼굴 같은 것. 세르지오, 그게 우리의 얼굴인 셈이죠."

사라는 자신을 덤덤하게 바라보는 여자를 쳐다보고는 다시 유스터스를 보았다.

"그 폭발, 그건 당신의 작품이었죠?"

유스터스가 고개를 끄덕였다. "우리의 최초 보고에 따르면 17명의 콜들이 죽었다더군요. 당신의 친구 휘슬러와 점검을 위해 방문 중이었던 참모 둘도. 하루의 수고치고는 나쁘지 않은 결과였죠. 하지만 진짜 성과는 그게 아니었어요."

"그게 아니었다고요?"

"네, 진짜 성과는 사라 당신이죠."

유스터스는 그녀를 뚫어지게 바라보았다. 둘 다 그랬다. 사라가 추위에 몸을 떨었다. 대화의 기운이 뒤바뀌는 반전이 일어났고, 그는 좀 더 사라를 끌어내 말을 하도록 유도하고 있었다. 그들이 사라를 믿을 수 있을까? 그보다 중요한 건, 사라가 그들을 믿을 수 있을까?

"이 대목에서 나에게 그 이유가 뭔지 물어봐야 하는 것 아닌가요."

너무 많은 것을 인정하고 양보하고 싶지 않은 생각에, 사라는 고개를 끄덕였다.

"오늘 아침 현재, 사라 피셔는 더 이상 세상에 존재하지 않습니다. 사라 피셔, 플랫랜더 94801은 사랑하는 홈랜드의 충성스러운 경비대원 19명의 목숨을 앗아간 자살 폭탄 테러에 같이 희생되고 말았죠. 사라 피셔를 식별할 수 있게 했던 건, 상황에 딱 들어맞는, 비교적 양호한 모습으로 잘려져 나와 있던 팔에 붙어 있던 당신의 꼬리표였어요. 그 팔?

그건 젖소 축사에서 여자들과 아이들에게 폭력을 휘두르던 여성 콜의 팔을 가져온 거예요. 아마 아직 24시간도 채 안 됐죠. 우리는 그 팔이 보다 쓸모 있고 상황에 딱 맞게 사용되었다고 생각하고 있죠. 그 여성 콜은 그렇게 생각하지 않겠지만. 니나, 그녀와 몸싸움 좀 하지 않았어?"

"그 여자, 상당한 싸움꾼이었죠. 그건 인정해주려고요."

유스터스가 다시 사라를 보았다. "표정을 보니 우리의 방식들이 좀 충격적이었나 보군요. 하지만 그렇지 않아요."

그녀에게는 모든 이야기가 너무 빨리 지나갔다. "당신들은 사람들을 죽이고 있어요. 콜뿐만 아니라 선량한 행인들까지도요."

그는 조용히 고개를 끄덕였다. 그의 표정을 읽을 수 없었다. 거의 어떤 감정도 드러나 있지 않았다.

"그건 사실이죠. 우리의 자랑스러운 국장이 당신에게 알려줄 숫자보다는 훨씬 적기는 하지만, 이런 일은 희생 없이는 할 수가 없어요."

사라는 그의 무심한 말투에 깜짝 놀랐다. "그렇다고 정당화되는 건 아니에요."

"이런, 나는 그렇다고 생각하는데요. 질문 하나 할게요. 오늘 공격 후에 빨간 눈들이 뭐 할 거라고 생각하죠?"

사라는 아무 대답도 하지 않았다.

"그래요, 좋아요, 내가 말해주죠. 앙갚음이에요. 가혹한 탄압에 나설 거예요. 보기 좋은 광경은 아닐 겁니다."

사라는 유스터스를 물끄러미 쳐다본 뒤, 니나를 그리고 다시 그를 바라봤다. "그런데도 왜 그걸 원하는 거죠?"

그가 길게 숨을 들이켰다. "내가 아는 한 가장 간단하게 설명하도록 하죠. 이건 전쟁이에요. 그 이상도 이하도 아니죠. 그리고 이 전쟁에서 우리는 아주 말도 안 되게 수적으로 열세에 있죠. 우리가 가까스로 그들의 거의 모든 활동 단계에 잠입해 들어갈 수는 있었지만, 그래도 항상 그들이 수적으로 우세했어요. 그들과 직접 얼굴을 드러내놓고 싸운다면, 우리는 절대 그들을 이길 수 없죠. 우리 전술의 장은 심리적인 거예요. 그들의 리더십을 흔들고, 그들을 꾀어서 떠들어대게 하는 거죠. 강제 수용소로 보내지는 사람들은 모두 다 누군가의 아버지이거나 부인이거나 아들과 딸이죠. 빨간 눈들이 사육장으로 보내는 사람 한 명마다, 두 사람이 우리 편에 서게 될 겁니다. 잔인해 보이겠죠. 하지만 상황이 그래요." 유스터스가 더 쏟아내고 싶었던 말들을 삼키는 듯 잠시 말을 멈췄다. "아마도 이 모든 게 당신에게는 전혀 말이 안 되어 보일지도 모르죠. 만약 당신에 대한 나의 생각이 맞는다면, 머지않아 이해가 될 거예요. 어쨌든, 지난 오후 공격의 결과로 당신은 더 이상 홈랜드에 존재하지 않는 사람이 됐어요. 그리고 그건 당신이 우리에게 매우 중요한 사람이 되었다는 의미입니다."

"지금 그 말은 이 일을 당신이 계획했다는 말이에요?"

그는 그 질문에 대한 대답은 사라가 원했던 것보다 훨씬 더 복잡하다는 듯 어깨를 으쓱해 보였다. "계획이 없을 수는 없어요. 언제나 계획은 있죠. 우리가 하는 일은 많은 부분이 타이밍과 운에 달려 있기는 해요. 하지만 사라 당신의 경우는 당신을 빼 오기 위해서 정말 어마어마하게 많은 생각과 계산을 했죠. 우리는 절호의 기회를 기다리며 한동안 당신을 계속 지켜봐 왔어요. 이 일의 모든 퍼즐 조각들을 꿰맞추고 일을 진행하기로 결정한 건 재키였고요. 바이오디젤 공장에서 일어난 일도 다 연출된 거였죠. 지난밤 재키가 갑자기 사라진 것과 마찬가지로. 재키는 알았어요. 당신이 그녀를 찾아 병원으로 올 거라는 걸요.

솔직히 나는 계획 전체가 지나치게 복잡하고 정교하다는 생각이 들어 과연 성공할 수 있을지 의심을 갖고 있었죠. 하지만 당신에 대한 그녀의 믿음이 결국 오늘 승리하게 된 거예요. 재키가 옳았다고 말할 수 있어서 나도 기쁠 뿐입니다."

도저히 믿겨지지 않는 말에 사라의 마음이 이리저리 떠밀려 다니고 있었다. 아니, 잠겨 죽을 것 같았다. "재키가…… 당신들 중 하나였다고요?"

유스터스가 고개를 끄덕였다. "재키는 처음 시작부터 우리와 함께했습니다. 상급 정보원이었죠. 그녀가 얼마나 많은 작전들을 기획했었는지 다 말할 수도 없을 정도죠. 그녀의 마지막 임무가 당신을 데려오는 거였고요."

사라는 머릿속에 떠오르는 단어들을 더듬더듬 뒤져보았지만, 적당한 말을 찾을 수가 없었다. 그녀는 그야말로 유스터스가 설명하고 있는 그 여자가 자신이 아는 사람과 같은 인물인지 알아낼 방법이 없었다. 재키가? 반란군의 일원이었다고? 일 년도 넘는 시간 동안, 재키는 사라의 시야를 벗어난 일이 거의 없었다. 둘은 서로 1미터 내의 거리에서 잠을 잤고, 나란히 옆에서 일했고, 서로의 동료들과 어울려 식사를 해왔다. 둘은 서로에게 감추는 것 없이 모든 걸 얘기하기도 했다. 말이 안 되는 일이었다. 도저히 불가능한 얘기였다. 그리고…………

"마지막이라는 말이 무슨 뜻이에요?"

뭔가 분위기가 달라졌다. "미안해요," 유스터스가 말했다. "재키는 죽었어요."

그의 말이 뺨을 후려치는 것 같이 느껴졌다. "아냐! 그녀가 죽었을 리 없어요!"

"사실이에요. 그녀가 당신에게 많은 것을 의미했다는 것은 알아요."

"그들은 어두워지기 전에는 병원에서 사람들을 끄집어내 이동시키지 않는다고요! 나는 기다리고 있던 밴도 봤어요! 재키를 구하러 가야 한다고요!"

"내 말 좀 들어봐요."

"아직 시간이 있어요! 뭔가 해야만 해요!" 사라는 니나를 쏘아봤다. 니나는 여전히 무표정한 얼굴로 그녀의 소총 위에 팔짱을 끼고 서 있었다. 그리고 다시 부릅뜬 눈으로 유스터스를 바라봤다. "왜 아무것도 안 하려는 거죠?"

"이미 너무 많이 늦었으니까요, 사라." 그의 표정이 누그러졌다. "재키는 절대 병원에 자신의 발로 걸어 들어간 적이 없어요. 내가 당신에게 말해주려던 게 그거예요. 재키가 폭발물을 싣고 있던 그 차의 운전자였어요."

뭔가 바스러지는 느낌이었다. 그렇게 느껴졌다. 사라 안의 뭔가가 산산조각 나는 느낌. 되돌릴 수 없는 최종적인 분리. 사라를 그녀가 알고 있는 지금까지의 삶에 붙들어 매어놓던 마지막 실 한 가닥마저 잘려 나갔다. 사라는 표류했다. 둥실둥실 떠내려갔다.

"재키는 자신이 얼마나 아픈지 잘 알고 있었어요. 기껏해야 콜들이 그녀를 사육장으로 보내기 전에 몇 달 정도 더 살았겠죠." 유스터스가 좀 더 가까이 몸을 숙였다. "그게 그녀가 원하는 방식이었어요. 영예로운 경력의 마지막 최고의 순간. 재키는 다른 방법을 선택하지는 않았을 겁니다."

"그녀가 죽었다고요?" 사라가 힘없이 혼자 말을 내뱉었다.

"그녀는 자신이 해야만 하는 일을 했어요. 재키는 반란군의 영웅이었죠. 그리고 여기 당신이 와 있고요. 그녀가 떠나간 빈자리를 메꾸기 위해서."

사라는 울 수가 없었다. 자신이 왜 이러는지 알 수 없었다. 그러나 곧 깨달았다. 자신의 마지막 눈물은 이미 흘린 지 오래라는 것을. 그녀에게는 더 이상 남아 있는 눈물이 없었다. 울 수 없다니 얼마나 이상한 일이야. 재키를 사랑했듯 누군가를 사랑하고 애도하는 마음을 찾을 수 없다는 게.

"왜 나인 거죠?"

"당신은 그들을 증오하니까요, 사라. 그들을 증오하고 두려워하지도 않죠. 나 역시도 그날 트럭에서 당신 안에 있는 그 증오를 봤으니까요. 기억해요?"

사라가 말없이 고개를 끄덕였다.

"증오에는 두 가지 종류가 있죠. 하나는 힘을 더해주는 것, 다른 하나는 마지막 남은 힘까지 빼앗아 가버리는 것. 당신의 증오는 첫 번째의 것이죠. 내가 당신에게서 항상 봐왔던 것이었고, 재키 역시도 그걸 알아본 거예요."

사실이었다. 사라는 그들을 증오했다. 그녀는 잔인함을 쉽게 웃으며 즐기는 음흉한 눈빛의 그들을 증오했다. 그들이 주는 물밖에 안 보이는 묽은 죽과 살을 에는 차가운 샤워장의 물줄기를 증오했고, 그녀로 하여금 악을 쓰지 않고는 견딜 수 없게 만드는 그들의 거짓말을 증오했고, 그들이 인정사정없이 휘둘러대는 곤봉을 증오했고, 그들의 잘난 체하는 얼굴의 미소를 증오했다. 사라는 그들의 얼굴을 자신의 뼈에 새기며 온 힘을 다해 증오했다. 그녀의 신경 마디마디마다 증오로 폭발할 지경이었고, 그녀의 허파는 뜨거운 증오를 들이키고 내뱉었으며, 그녀의 심장은 증오라는 영생의 묘약을 혈관을 통해 온몸에 뿜어댔다. 그들을 증오했기에 사라는 살아 있을 수 있었다. 무엇보다도, 그들이 그녀의 딸을 빼앗아 갔기에 그들을 미치도록 증오했다.

사라는 유스터스와 니나가 자신이 뭐라도 말하기를 기다린다는 걸 깨달았다. 그들이 한 모든 노력 그리고 그 모든 것이 이 한 가지의 이유 때문이라는 걸 이해했다. 조심스럽게 한 걸음씩, 그들은 사라를 깊은 나락의 끄트머리로 이끌어온 거였다. 한 걸음만 더 내디딘다면, 사라는 더 이상 지금까지의 자신의 모습으로 남아 있을 수 없었다.

"그래서, 내가 무엇을 하면 되는 거죠?"

VII
무법자

신들에게 인간은,
음란한 사내들에게 꼬여드는 파리 떼 같은 것.
그들은 재미 삼아 인간을 죽인다네.

- 셰익스피어, 『리어 왕』

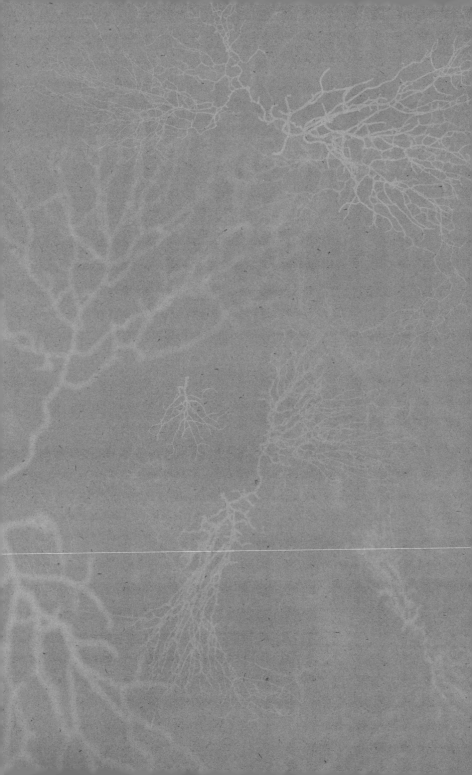

41

세 사람은 다음 날 오후 DS 순찰대에 의해 구조됐다. 유조차들이 커빌에 나타나지 않자 DS 순찰대가 그들을 찾아 나섰던 것이다. 이때쯤 피터, 마이클, 로어 세 사람은 하드박스를 나와 공격당했던 현장에 돌아왔다. 폭발로 약 50미터 정도의 커다란 구멍이 생겼고, 근처의 들판에는 뒤틀린 잔해 더미들이 여기저기 흩어져 있었다. 아직도 타고 있는 휘발유가 고여 생긴 웅덩이들은 기름 검댕이 가득한 연기를 내뿜으며, 시체를 노리고 공중을 떠도는 청소부들에게 이미 뒤덮여버린 하늘을 마구 더럽혔다. 검게 그을린 땅 위에는 시체들이 잔해들과 뒤섞여 누워 있었다. 그 끔찍한 시체들 중 대체 어느 것이 그들을 공격한 자들의 것인지 구별해내는 것은 아예 불가능한 일이었다. 기이하게 반짝이던 트럭에서 남겨진 거라고는 아연 도금이 된 철판 몇 장뿐이라서 아무 도움도 되지 않았다.

마이클은 만신창이가 되었다. 탈구된 어깨는 하드박스의 벽에 기대어 제자리에 끼워 맞춰놓았고, 오른쪽 귀 위의 상처는 아무래도 꿰매어야 할 것 같았다. 하지만 그의 육체적 부상들은 그의 상처들 중 사소한 것에 지나지 않았다. 11명의 정유공들과 10명의 DS 간부들, 함께 일하며 생활했던 남자와 여자들. 마이클은 그들이 신뢰하던 책임자였다.

그런데 그들은 지금 죽고 없다.

"너는 그가 왜 그런 거 같아?" 피터가 물었다. 그는 셉스 얘기를 하고 있는 거였다. 하드박스에서 보낸 긴 지난밤 동안, 마이클은 피터에게 사이드 미러에 보였던 것들에 대해 얘기해줬다. 둘은 강 가장자리 흙바닥에 앉아 있었고, 로어는 상류 쪽으로 자리를 좀 더 옮겨갔다. 피터의 눈에 그녀가 물가에 쭈그리고 앉아 있는 것이 보였다. 울음 때문에 어깨가 들썩였다. 그녀는 마이클과 피터에게 우는 모습을 보이기 싫었던 것이다.

"그것 말고는 다른 방법이 없다고 생각했던 것 같아." 마이클이 하늘을 빙빙 돌고 있는 새들을 보는 듯 눈을 가늘게 위로 치켜떴다. 사실 아무것도 쳐다보지 않는 듯했지만 말이다. "너는 나만큼 그를 알지는 못하겠지. 녀석은 많은 걸 갖고 있었어. 절대 누구라도 납치되는 걸 용납할 수 없었을 거야. 내게 그럴 배짱과 용기가 있어야 했던 건데."

피터는 마이클의 얼굴에서 고통과 의심을 읽을 수 있었다. 살아남은 자의 부끄러움과 회한 말이다. 피터는 그 감정이 어떤 것인지 스스로 잘 알았다. 그건 쉽게 떨쳐낼 수 있는 그런 종류의 것이 아니었다. "이건 네 실수가 아니야, 마이클. 누군가 비난받아야 할 사람이 있다면 그건 나겠지."

그의 말이 조금이라도 위안이 되었을지 피터는 알 수 없었다. "너는 우리를 공격한 그 인간들이 어떤 자들인지 짐작이 가?" 마이클이 물었다.

"나도 내가 알 수 있었으면 좋겠어."

"제기랄, 피터 뭐야? 바이럴들이 트럭 한가득 있었는데? 그것도 애완견이나 되는 듯 얌전히? 게다가 그 여자는 또 뭔데?"

"나 역시도 이해가 안 된다고."

"만약에 그들이 노리는 게 기름이었다면, 그들은 그냥 쉽게 가져갈 수도 있었어."

"그들이 원했던 건 기름이 아니었던 것 같아."

"그래, 내 생각에도 그건 아닌 것 같다." 물결처럼 일어나는 분노로 그의 몸이 바싹 긴장되어 굳는 것이 보였다. "이거 하나는 확실히 알지. 내가 그 새끼들과 다시 마주친다면, 아주 똑같이 갈기갈기 찢어 죽일 거야."

그들은 수색대와 함께 샌 안토니오 동쪽에 있는 하드박스에서 그날 밤을 보내고, 다음 날 아침 커빌에 도착했다. 일단 커빌 안으로 들어서자 그들은 각각 다른 지휘 계통을 따라 흩어졌다. 피터는 사단 본부로, 마이클과 로어는 텍사스공화국 행정국Domestic Authority으로 소환되어 갔다. 행정국은 프리포트 정유 단지를 포함해 벽 너머의 모든 자산을 관리 감독하는 기관이었다. 피터에게는 보고 전에 씻을 시간이 주어졌다. 한낮이었고 막사들은 대부분 텅 비어 있었다. 그는 발끝에서 기름진 검댕들이 작은 소용돌이를 일으키며 하수구로 내려가는 것을 보며, 샤워기 앞에 한참을 서 있었다. 피터는 사고로 인한 모든 정서적 충격이 아직 다 가라앉지 않았다는 것을 자신도 잘 알았다. 그것이 자신에게 불리할지 유리할지도 그는 판단할 수가 없었다. 자신이 큰 곤경에 빠져 있다는 것을 알았지만, 이런 염려는 사소하게 느껴졌다. 무엇보다도 마이클과 로어가 불쌍하다는 생각이 들었다.

피터는 가장 깨끗한 군복을 꺼내 입고 시청 건물 옆 예전 업무 단지에 있는 사령부로 향했다. 회의실에 들어서면서 아는 얼굴이 보이자, 그는 당황했다. 군나르 아프가 있었다. 하지만 피터가 그로부터 어떤 위로의 말이라도 듣기를 기대했을지라도, 그런 말은 한마디도 없을 거라는 것이 곧 분명해졌다. 그가 차렷 자세를 취하자, 아프가 대령은 그를 냉정하게 쏘아본 후 그의 앞에 놓여 있는 긴 테이블 위의 보고서들로 고개를 돌렸다. 틀림없이 DS 순찰대의 보고서였을 것이다.

그러나 피터를 가장 긴장하게 만든 것은 앉아 있는 세 사람 중 두 번째 사람이었다. 아프가의 오른쪽에 위풍당당하게 앉은 인물은 육군 장성 아브라함 플리트였다. 피터는 그와 딱 한 번 눈을 마주친 적이 있다. 전통적으로 모든 원정대원의 입대 선서를 육군 장성이 집행하도록 되어 있다. 장군의 외모에 유독 눈에 띄는 신체적 특징 같은 것은 없었다. 보이는 그대로의 그의 모습은 완벽하게 평균에 가까워 보였다. 그럼에도 그가 누구인지는 분명했다. 그의 존재만으로도 방의 분위기를 바꿔놓았다. 공기 중에 떠다니는 먼지조차도 전혀 다른 진동수로 떨리는 것 같았다. 테이블에 앉아 있는 세 번째 사람은 피터도 잘 모르는 사람으로, 잘 다듬어진 회색 수염에 밀대같이 빗질해놓은 머리를 한 민간인이었다.

"앉게, 중위." 장군이 말했다. "자 그럼 시작하도록 하지. 아프가 대령은 자네도 알테고, 여기 체이스 씨는 대통령 참모진의 대표 자격으로 와 있는 거네. 대통령의 눈과 귀의 역할을 하게 되는 셈이지. 이……," 적절하고 정확한 표현을 찾기 위해 잠시 생각을 하더니 "불행한 사건의 발생에 대해서 말이지."

2시간이 넘는 시간 동안, 세 사람은 피터에게 질문을 퍼부었다. 대부분 장군이 질문했고, 체이스가 거의 나머지의 질문을 했다. 아프가는 가끔 메모를 하고, 피터의 답변 내용을 명확하게 정리하기 위한 질문 정도를 하며 대개 침묵을 지켰다. 질문의 의도가 마치 피터를 자기 모순에 빠뜨리려는 것인 듯, 그 질문의 내용들이 불안할 정도로 독단적이고 강압적이었다. 그 기저에 감춰진 의도는 피터의 이야기가, 그와 수송대의 우두머리 정유공을 포함해 단지 세 명밖에 안 되는 생존자들이 책임져야 하는 인위적인 재난을 감추기 위한 거짓말이라는 것처럼 보였다. 그러나 질문 공세가 계속 이어지자, 피터는 겉으로 드러나 보이는 그들의 의심은 빈껍데기에 불과하고 그 뒤에 뭔가 더 큰 우려가 자리 잡고 있다는 것을 느끼기 시작했다.

그들의 질문은 거듭해서 수송대 습격 현장에 갑자기 등장했던 그 여자의 문제로 되돌아왔다. 그 여자가 무엇을 입고 있었지? 뭐라고 말했지? 그녀가 어떻게 생겼어? 그녀의 생김새 중에 이상한 건 없었어? 계속되는 이런 심문에 피터는 그가 할 수 있는 한 최대한 정확하게 사건의 발생 순서를 따라 대답했다. 그 여자는 망토를 입고 있었습니다. 그녀는 이루 말할 수 없이 아름다웠습니다. 그 여자는 말했습니다, 너는 *지쳤어*라고요. 또 이런 말도 했습니다. *우리는 너희가 어디에 있는지 알고 있어. 이제 시간문제일 뿐이야*라고요. "우리," 장군이 질문을 반복했다. "우리가 누구를 말하는 거지?" 저는 잘 모르겠습니다. "자네가 기억하지 못하기 때문에 모른다는 건가?" *아뇨, 틀림없습니다. 그녀는 다른 말은 어떤 것도 하지 않았어요.* 질문은 피터가 자신의 대답들을 긴가민가 의심할 지경이 될 때까지 돌고 돌아 계속되었다.

심문이 끝날 때쯤이 되자, 그는 정서적으로만이 아니라 육체적으로도 완전히 녹초가 되었다. 그리고 심문은 위협적인 어조로 이어지는 몇 마디와 함께 갑자기 끝나게 되었다.

"이건 경고일세, 중위." 플리트 장군이 마무리를 짓고 나섰다. "자네는 오일 로드에서 일어난 사고와 이 심문 과정에 다루어진 내용들에 대해서 누구와도 의견을 나누거나 이야기해서는 안 되네. 이에는 수송대의 생존자와 자네를 구출해 데려온 수색대 요원들도 포함된다는 것 기억하고. 우리의 결론은 알 수 없는 원인불명의 이유로 수송대의 유조차 중 한 대가 폭발했고, 그 때문에 샌마르코스 다리뿐만 아니라 수송대의 인력과 차량까지 모두 파괴되었다는 거네. 이해됐나?"

진실은 그랬다. 오일로드에서 벌어진 일이 다가 아니었던 것이다. 그 습격은 이 세 사람이 파헤치려는 더 큰 수수께끼의 한 조각인 것이었다. 피터는 슬쩍 아프가의 얼굴을 훔쳐보았다. 그의 표정에는 상관의 명령에 복종하는 군인의 획일적인 무덤덤함만이 엿보일 뿐이었다.

"네, 장군님."

플리트가 잠시 멈칫하더니 다시 경고를 이어갔다. "잭슨, 마지막으로, 이 사안은 또한 절대적인 일급비밀로 관리된다는 것을 기억하게. 자네의 친구 루시어스 그리어가 감옥을 탈옥한 거 같으니까."

피터는 자신이 장군의 말을 제대로 들은 건지 잠시 의심했다.

"네? 장군님?" 그의 눈이 아프가와 체이스를 향했다. "그가 어떻게……?"

"지금으로서는 확실한 게 없어. 그리어가 누군가의 도움을 받았을 가능성이 매우 크다는 것 말고는. 그리어가 사라진 그날 밤 수녀들 중한 명도 고아원을 나가 돌아오지 않았지. 그리어가 사라지고 300시간 후에, 서부 전초 기지 중 한 곳에서 말을 타고 가는 두 사람을 발견했다는 보고가 있었지. 남자는 분명 그리어일 테고, 다른 하나는 수녀복을 입고 있는 십 대 소녀였다고 하더군."

"에이미를…… 말씀하시는 건가요?"

"그런 것 같군." 플리트가 몸을 테이블 위로 쑥 내밀었다. "그리어는 내게 아무 걱정거리도 되지를 않아. 그는 탈옥한 죄수이고, 나는 그를 그렇게 다루면 그만일 뿐이야. 하지만 에이미는 다른 문제라고. 그동안 내가 에이미에 대한 자네의 주장을 매우 비관적으로 의심해온 것은 사실이지만, 그럼에도 그 아이는 군의 중요한 자산이란 말이야." 플리트가 전혀 다른 강렬한 눈빛으로 피터를 노려보았다. "우리는 자네가 정유 단지로 떠나기 전에 두 사람 모두를 만났다는 것을 알아. 뭔가 알고 있다면 지금 털어놓는 게 좋을 거야."

피터가 플리트의 이 말을 이해하는 데는 잠시 시간이 걸렸다. "장군님은 제가 이 일에 대해 알았다는 말씀인가요?"

"알고 있었잖아, 중위?"

에이미는 루시어스가 감옥을 탈옥하도록 도왔고, 도시를 탈출한 그들의 목적지는 알 수가 없고, 장군은 그를 공범으로 의심한다는 생각들이 동시에 한데 어우러져, 피터는 마음이 어지러워졌다. 여기 있는 인물들은 모두 자신을 망가뜨리기에 충분한 힘을 가진 인간들인 동시에 지금 당장 자신의 눈앞에 닥친 문제를 방어해내는 데 모든 생각을 집중하게 만드는 사람들이기도 했다. 한편, 피터의 마음 한구석에서 새로운 의문이 생겨나기 시작했다. 에이미가 사라진 게 오일 로드의 그 여자와 무슨 상관이 있는 거지? 분명히 앞의 세 인간들도 똑같은 것을 궁금해하고 있음이 틀림없었다.

"절대 아닙니다, 장군님. 그들은 저에게 아무 말도 하지 않았습니다."

"확실해? 군이 상기시켜주자면, 이 모든 건 자네의 공식적인 진술로서 기록될 거라는 거야."

"네, 확실합니다. 저도 장군님처럼 당혹스러울 뿐입니다."

"그 두 사람이 혹시 어디로 갔는지 짐작이라도 가는 게 있어?"

"저도 뭐라도 아는 게 있으면 좋겠습니다."

플리트가 피터를 잠시 응시하더니, 그의 얼굴이 굳어졌다. 그가 체이스를 돌아봤고, 체이스가 고개를 끄덕였다.

"좋아, 잭슨, 자네 말을 믿어주지. 아프가 대령이 자네가 가능한 빨리 포트 보히스로 돌아가고 싶다고 했다더군. 나는 자네의 그 요청을 승인할 걸세. 수송부에 있는 당직 장교에게 보고하게. 그럼 다음 수송편에 자네 자리를 내어줄 거야."

뜬금없이 포트 보히스로의 전속이 피터가 원하는 마지막 부탁이 되어버렸다. 장군의 의도는 분명했다. 피터가 조용히 입 다물고 있도록 그를 사라지게 만들려는 것이었다.

"장군님, 괜찮다면 다시 정유 단지로 돌아가고 싶습니다."

"자네에게는 선택의 여지가 없어, 중위. 이건 명령이라고."

피터의 머릿속에 한 가지 생각이 떠올랐다. "장군님, 제가 편하게 얘기할 수 있도록 허락해주십시오."

플리트가 길게 한숨을 내쉬었다. "내가 보기에는 자네는 이미 그렇게 하고 있는 것 같은데, 중위. 이제 그만하는 게 낫지 않을까 싶은데."

"마르티네스는 어떻게 되는 겁니까?"

"그를 뭐 어떻게 하는 거냐?"

순간 아프가가 피터의 눈을 바라봤다. *신중하게 말해.*

"동굴 안에 있던 남자 말입니다. 그가 말하기를 '그는 우릴 떠났어'라고 말했습니다."

"그건 나도 알고 있네, 잭슨. 나도 보고서를 읽었어. 그래서 자네가 말하고 싶은 게 뭔가?"

"마르티네스는 그가 있어야 할 곳에 있지 않았습니다. 어쩌면 그리어와 에이미는 그를 찾아 나선 건지도 모릅니다." 피터는 테이블에 앉아 있는 세 사람을 각각 순서대로 한 번씩 쳐다본 후, 다시 그들 모두를 한 번에 응시했다. "둘은 마르티네스가 어디에 있는지 알고 있을지도 모릅니다."

얼어붙은 듯 정적이 흘렀다. 그리고 플리트가 말문을 열었다. "재미있는 생각이군, 중위. 말할 게 더 남아 있나?"

그렇게, 별거 아니라는 듯 피터의 아이디어는 없던 일처럼 무시되었다. 아니면 정반대일 수도. 어느 쪽이건 피터는 자신의 말이 의도한 목적을 달성했음을 직감했다.

"없습니다, 장군님."

장군의 눈빛이 경고하는 듯 어두워졌다. "이미 말했듯이, 자네는 여기서 다루어졌던 문제들에 대해서 누구와도 이야기를 나누어서는 안 되네. 어떠한 경솔한 행동도 간과되지 않을 거라는 건 더 말해두지 않아도 될 거라고 생각하네만. 이제 가도 좋네, 중위."

"죄송해요, 페그 수녀님이 오늘 하루 종일 자리를 비우셔서요."

페그 수녀는 오늘 자리를 비운 적이 한 번도 없었다. 출입구를 막고 서 있는 수녀의 방어적인 자세로 보아 이는 더욱 분명해졌다. 피터는 그녀를 지나쳐 들어가지는 않을 것이다.

"그럼 적어도 케일럽에게 삼촌이 왔다고 전해주시겠습니까?"

"물론이죠, 중위님." 감시당하고 있다는 걸 의식한 듯, 수녀의 눈이 피터의 등 뒤를 잽싸게 휙 훑고 지나갔다. "그럼, 실례지만 괜찮으시다면 이제 그만……."

피터는 부대로 돌아와 그의 침대에 누워 천장을 바라보며 불안하게 오후를 보냈다. 그는 다음 날 아침 6시에 출발해야만 했다. 이렇게 신속한 이동 조치가 사전에 계획되었을 것이라는 사실에는 의심의 여지가 없었다. 남자들이 방안을 무거운 군화 소리로 가득 채우며 들락날락거렸다. 그러나 그는 그들의 존재조차도 의식하지 못했다.

에이미와 그리어, 그들은 어디로 간 걸까? 왜 그 둘만 함께 움직인 거지? 에이미는 어떻게 그리어를 탈옥시켰으며, 정문의 경비병들을 어떻게 무사히 통과할 수 있었던 거야? 그는 에이미와 그리어 중 하나가 혹시라도 그들의 탈출 계획을 암시하는 말을 한 적은 없었는지 자신의 기억을 샅샅이 뒤졌다. 생각나는 것이라고는 그리어 소령에게서 느껴지던 낯선 평온함 뿐이었다 — 마치 그를 가두고 있는 벽들의 실체는 허상에 지나지 않는 하찮은 거로 생각하고 있는 것 같았다. 어떻게 그럴 수 있었던 거지?

지난 30일 동안 벌어진 다른 일들과 마찬가지로 알 수 없는 일이었다. 모든 일들이 그곳에 있으면서도 거기에 있지 않은 것처럼 짙고 무거운 안개의 경계 너머를 떠다니는 물건들같이 느껴졌다.

무료한 시간이 계속되자, 피터의 생각은 수녀들과 함께 보냈던 그날 저녁으로 흘러갔다. 케일럽과 보낸 시간들, 그 아이의 생기 넘치는 기운과 영리함, 오븐이 있던 주방에서 돌아와 기다리고 있던 자신을 보고 기뻐하던 에이미의 얼굴. 자신이 수녀원을 떠나던 순간 잠시 둘만이 함께했던 고요한 순간 맞닿았던 손길. 그 손길은 주저함이나 거리낌 없는 무의식적인 반응으로 온전히 자연스럽게 느껴졌었다. 무언가가 그의 안에 있는 깊은 우물과 아주 먼 곳 어디에서인가부터, 그가 즐겨 바라보던 파도를 해변으로 몰아 밀어오는 힘처럼 솟아오르는 것 같았다. 지난 며칠간 일어났던 일들 가운데, 문 앞에 서 있던 그 순간이 그의 기억 속에 가장 생생했다. 피터는 눈을 감고 그 장면을 계속 떠올려 보았다. 그의 가슴에 닿은 그녀의 뺨의 온기 그리고 그녀의 포옹에서 느껴지는 해맑은 기운, 에이미가 둘이 맞잡은 손을 바라보던 눈길. *제가 키스했던 거 기억나요?* 피터는 잠든 순간에 마음속으로 그 말을 되뇌었다.

그는 깜깜한 어둠 속에서 잠을 깼다. 그의 입안은 마르고 먼지가 잔뜩 낀 것처럼 느껴졌다. 그는 자신이 그렇게 오랫동안 깨지 않고 잠을 잤다는 것에 놀랐다. 아니, 어쨌든 잠을 잤다는 것이 놀라웠다. 피터는 마룻바닥에 있는 그의 물통을 집기 위해 손을 뻗다가 옆 침대에 누군가 앉아 있다는 것을 눈치챘다.

"대령님?"

아프가가 발은 마룻바닥을 디디고 손은 무릎에 얹어놓은 채 피터의 얼굴을 들여다보고 있었다. 그가 말을 시작하기 전 숨을 길게 들이마셨다. 피터는 그의 인기척 때문에 자신이 깨었다는 것을 알아차렸다.

"이거 봐, 잭슨. 나도 오늘 그 방에서의 일이 바람직하다고 생각하지는 않아. 그래서 지금 내가 하려는 이야기들은 우리 둘만 아는 것으로 했으면 좋겠어, 알아들었나?"

피터가 고개를 끄덕였다.

"자네가 말한 그 여자 말이야, 전에도 나타난 적이 있었어. 여러 해 전에 말이지. 내가 직접 봤던 건 아니고, 다른 사람들이 봤었지. 자네, 필드 대학살에 대해서 알고 있나?"

피터가 얼굴을 찌푸렸다. "대령님이 그 현장에 계셨었나요?"

"나는 그냥 어린애였지. 16살 먹은 애송이. 자네나 나나 그 얘기를 하려는 건 아니지만, 그날 나는 부모님과 여동생, 내 가족을 모두 잃었다네. 내 어머니와 아버지는 아주 처참하게 돌아가셨지. 그런데 여동생은 어떻게 됐는지 알 수가 없었어. 추측하기로는 납치당한 것 같았지. 지금까지도 나는 그날 일에 대한 악몽을 꾸고 있다네. 여동생은 당시 네 살이었어."

피터는 아프가 대령이 이렇게 개인적인 얘기를 꺼내는 것을 한 번도 본 적이 없었다. 그는 자신의 개인적인 얘기는 절대 하지 않는 사람이었다. "대령님, 뭐라고 말씀을 드려야 할지."

자신의 기억에 대한 아픔 그리고 그 기억을 끄집어내 얘기하려고 애쓰는 고통이 대령의 얼굴에서 고스란히 읽혔다. "그래, 아주 오래전 일이야. 잃어버린 내 가족들을 애도하기는 하지만, 그것이 자네를 찾아온 이유는 아닐세. 나는 자네에게 해줄 이야기가 있어서 내 목을 걸고 여기에 온 걸세. 플리트가 이 일을 안다면, 나를 파면시키거나 아니면 영창으로 보내버릴 거라네."

"절대 다른 사람에게 누설하지 않고 비밀을 지키겠습니다."

아프가는 잠시 숨을 고르고 다시 이야기를 이어갔다. "28명의 사람들이 그날 사라졌지. 그들 중 내 여동생과 비슷한 16명의 생사는 어떻게 된 건지 알 수도 없었지. 그날 개기 일식이 있었다는 건 모두가 아는 사실이야. 하지만 사람들이 모르는 건, 그날 개기 일식이 있을 거라는 걸 미리 알았다는 듯이 바이럴들이 하드박스에 숨어 있었다는 거지. 바이럴들의 습격 바로 직전에, 감시탑에 있던 한 젊은 DS 간부가 자네가 봤다는 그 트럭과 같은 큰 트럭이 수목 한계선 너머에서 대기하는 걸 봤다는 보고를 한 기록이 있어. 내 얘기가 뭘 의미하는지 알겠나?"

"필드 대학살의 침입자들과 제가 본 그자들이 같은 자들이라는 말씀이시군요."

아프가가 고개를 끄덕였다. "남자 두 명이 여자 하나를 봤었지. 한 명은 내가 이미 얘기한 DS 간부고, 다른 한 명은 북부 농경 단지의 현장 감독인 농업 근로자였지. 그의 아내와 딸들도 그날 실종된 사람들 명단에 있었다네. 그의 이름이 커티스 보히스였어."

또다시 놀라지 않을 수 없었다. "보히스 장군님요?"

"특별히 보히스와 그리어 사이의 끈끈한 우정을 생각한다면, 자네는 이 모든 게 흥미롭다고 생각할 수도 있겠지. 보히스는 대학살이 있은 직후에 군에 입대했다네. 제2 원정대의 지휘관들 중 반은 그날 대학살을 직접 겪었던 이들 중에서 나왔지. 네이트 크룩섕크도 감시탑에 있던 또 다른 DS 간부고. 자네도 그 이름은 들어서 알고 있으리라고 생각하네만, 그가 보히스의 처남이었던 것도 알았나?"

크룩섕크는 로즈웰의 사령관이었다. 관련 인물들의 관계가 갑자기 명확하게 정리되는 모양새가 마치 흩어져 있던 그림 조각들이 찰칵찰칵 소리를 내며 맞춰지는 것 같았다. 피터는 콜로라도 기지에서 그리어 그리고 보히스와 함께 지냈던 날들을 기억해냈다. 보히스와 그리어 사이의 훈훈하고 편안해 보이던 우정. 그리고 보히스 장군이 죽은 뒤 그리어가 보여준, 보히스가 목탄으로 똑같은 모습을 반복해서 그려놓았던 그림들. 어린 두 소녀와 한 여자의 모습이 그려져 있었다.

"첫 번째 목격자인 DS 간부는 어떻게 되었나요? 그는 누구였죠?"

"그게, 모두가 너무 잘 아는 인물이지. 티프티 라몬트."

말이 안 되는 소리처럼 들렸다. "티프티 라몬트가 DS 간부였다고요?"

"그래. 사실 티프티는 DS 간부 그 이상인 인물이었어. 나 역시도 그에게 내 목숨을 여러 번 빚졌다네. 그런 사람이 나 혼자가 아니야. 티프티도 그 대학살 사건 후에 원정대에 입대했지, 정찰저격병으로. 아마 당시 정찰저격병들 중에 최고였을걸. 탈영하기 전에 대위까지 했었을 거야. 보히스, 크룩섕크 그리고 티프티는 아주 어릴 때부터 알고 지내던 사이였어. 나도 아는 건 별로 없지만, 떠도는 이야기가 하나 있지."

티프티 라몬트가 원정대원이었다니, 그것도 장교. 피터가 여태껏 그에 대하여 알고 있던 모든 이야기들을 생각해보면, 그가 원정대의 장교였다는 사실은 전혀 앞뒤가 맞지 않는 것처럼 보였다. "대체 그에게 무슨 일이 일어났던 거죠?"

"누구? 티프티?"

"티프티는 범죄자잖아요?"

아프가의 얼굴 표정이 바뀌었다. "그건 나도 잘 모르네, 중위. 알고 싶다면, 아마 자네가 직접 그에게 물어봐야 할 걸세. 그것도 자네가 그를 찾을 수 있다면 말이지. 즉, 자네가 그 누군가를 아는 누군가를 안다면 가능한 일이겠지."

긴 침묵이 흘렀다. 아프가가 뭔가 기대하는 듯한 눈빛으로 피터를 쳐다봤다. 그러고는, "자네가 살던 캘리포니아의 콜로니에 사람이 몇 명이나 있었다고 했지?"

"92명입니다."

"92명의 사람들이 흔적도 없이 사라진 거군. 도대체 어떻게 그럴 수가 있냐고 내게 묻는다면, 나 역시도 어찌 된 영문인지 알 수 없기에 당혹스러울 수밖에 없어. 바이럴들의 전형적인 공격 방식에 도무지 맞지도 않아. 로즈웰 기지에 있던 67명까지 더한다면 거의 200명의 사람이 허공으로 사라진 거지. 게다가 문제의 여자가 다시 나타나 우리의 정유 보급선을 효과적으로 끊어놓은 그 시간에 에이미가 없어졌어. 플리트가 왜 걱정하고 있는지 이유를 알 것 같기도 해. 더욱이 문제의 여자를 본 유일한 또 다른 생존자가…… 자네가 사용한 단어가 뭐였지?"

"범죄자입니다."

"그래, 정확히 그거. 감사할 줄 모르는 작자야. 또 다른 생존자가 범죄자인 점을 고려한다면 아무리 상황을 긍정적으로 평가한다 해도 정치적으로 민감할 수밖에 없는 상황에 놓인 거지. 군은 그 남자와 얽히기를 원치 않고, 민간 정부는 적어도 공식적으로는 그 남자와 아무것도 할 수가 없고. 자네 내 말을 이해하겠나, 중위?"

"저는 정치는 잘 몰라서 말입니다."

"그건 나도 마찬가지일세. 수많은 사람들이 핑계를 대고 발뺌하지. 그 때문에 사람들은 자신이 어떤 상황에 놓여 있는지 깨닫게 되는 거라네. 딱, 제삼자로부터 도움을 받아야 하는 상황 말일세. 말하자면 개인적인 결단력이 있는 사람들이지. 곤경을 빠져나가며 생각이라는 걸 할 수 있는 사람들 말이야. 이런 생각을 갖고 있는 사람은 나 혼자가 아닐세. 고위층들 사이에서 어떤 은밀한 논의가 있었다네. 군인들은 아니고 민간인들 사이에서. 분명한 건 자네의 상관이 된다는 건 자네의 성격에 대해서까지 전문가가 되는 느낌이라니까. 자네뿐만 아니라 도나디오의 경우도 마찬가지이고."

피터가 얼굴을 찡그려 보였다. "알리시아는 이 일과 무슨 관계가 있습니까?"

"그건 나도 알 수가 없다네. 하지만 자네에게 두 가지는 말해줄 수가 있지. 첫째, 지난 3개월 동안 키어니 요새로부터 아무런 소식이 없다는 것과 둘째, 도나디오가 두 종류의 명령을 받았다는 거야. 나는 사단 본부로부터 온 첫 번째의 명령에만 접근할 수 있었고, 그건 자네에게 말한 그대로야. 두 번째 명령은 봉투에 봉인되어 산체스 대통령의 집무실로부터 전해졌어. 어떤 종류의 유출이나 발설도 금지된 극비 문서로, 눈으로 확인한 후 없애야 하는 거였지."

"이해가 안 되는데요. 왜 그들은 도나디오에게 내려진 명령이 무엇인지 대령님이 알기를 원하지 않은 거죠?"

"좋은 질문이군. 그 명령의 핵심이 무엇인지 누가 알 수 있겠나. 기밀 유지에 상당히 주의를 기울이고 있는 것만은 틀림없는 것 같고, 자네만 그 대상이 되는 것은 아니야. 그래서 플리트가 자네를 아예 모든 가능성으로부터 배제시키고 싶어 했던 거지. 나는 자네에게 자네가 아예 모르는 이야기들을 하는 게 아니라네. 그리고 자네와 나 사이의 비밀이지만, 플리트와 산체스의 생각이 항상 일치하는 건 아니야. 지휘 체계도 자네가 생각하는 것처럼 명확하지도 않아.

정부의 발표는 많은 해석의 여지를 남기고, 상황이 어려워질 수도 있어. 오일 로드에 다시 나타난 정체불명의 여자 문제는, 이를테면 군대와 민간 정부 사이의 일반적 합의의 문제가 아니야. 자네가 간단명료하게 지적했듯이, 에이미가 무슨 수를 썼는지 모르지만 그리어를 감옥에서 빼내어 탈출했을 때, 마르티네스도 그가 있어야 할 곳에 있지 않았지. 모두 아주 흥미롭다고."

"대령님은 마르티네스가 이 일에 관련이 있다고 생각하시는 거군요?"

아프가가 어깨를 으쓱했다. "나는 단지 메신저일 뿐이야. 하지만 플리트는 의심이 많은 사람이야. 그에게 에이미는 그의 주의를 산만하게 만드는 방해꾼일 뿐이고, 트웰브에 관한 이야기는 믿기 어려운 신화 같은 거지. 도나디오의 경우는 플리트도 이견이 없어. 그녀는 분명히 우리와 다르니까. 그럼에도 그의 의견은 다르다는 게 뭔가 의미 있는 것은 아니라는 생각이지. 플리트가 사냥을 참고 봐줬던 것도, 대통령인

산체스가 싸우는 게 의미가 없을 정도로 난리를 쳐대니까 그랬던 것뿐이고. 그리고 칼즈베드에서 일어났던 일은 플리트가 사냥을 중단시킬 빌미가 되었던 거지. 우리와 생각이 다른 사람들이 많아."

이 모든 이야기들을 이해하기 위해 피터는 잠시 조용히 있었다. "그래서 산체스는 플리트를 속이려는 거군요."

아프가 얄궂게도 아니라는 듯 눈살을 찌푸렸다. "내가 그런 얘기를 한 적은 없는 것 같은데. 그런 이야기는 나보다 계급이 높은 사람들이나 할 법한 이야기지. 그럼에도 불구하고 말이야, 내가 자네에게 여기 있는 몇몇 사람들과 연락을 주고받을 만한 적당한 재주가 있는 사람을 찾는 걸 도와달라고 부탁하고 싶네. 아, 물론 이건 개인적인 부탁일세. 이 일에 어울리는 사람을 알고 있나, 중위?"

대령의 의도는 분명했다. "제가 가장 알맞은 인물인 것 같습니다, 대령님."

"좋아, 아주 좋아." 아프가가 잠시 말을 멈췄다 다시 이어갔다. "자네가 타고 가기로 한 차량 편에 어처구니없는 실수가 있었다더군. 정말로 이런 빌어먹을 우연들이 일어난다니까. 서류가 엉뚱한 곳으로 전달된 것 같네. 자네도 이런 일들이 어떤 건지 알잖아. 정리해서 처리하는 데에 대략 48시간 정도 걸리게 될 거야. 많이 걸려도 72시간 정도면 될 걸세."

"괜찮습니다, 대령님."

"나는 자네가 동의해줄 거로 생각했었다네." 대령은 자신의 무릎을 탁 내리쳤다. "제기랄, 다른 곳에서 나를 찾고 있는 것 같군. 나는 이…… 불행한 사태를 수습하기 위한 대통령 특별 대책위원회에 배속되었다네. 내가 뭘 얼마나 기여할 수 있을지 모르겠어. 하지만 가라고 하는 데로 가야겠지." 그가 침대에서 일어났다. "자네가 좀 더 쉴 수 있게 되었다니 다행이군, 중위. 앞으로 많이 바빠질 거야."

"감사합니다, 대령님."

"그런 말 말게. 나는 있는 그대로 말하는 것뿐이니까." 아프가가 다시 한번 피터를 쳐다봤다. "부디 그를 만나거든 조심하게, 잭슨. 라몬트는 자네가 길을 가다가도 마주치고 싶지 않은 그런 사람이니까."

그들은 밤새워 말을 타고 다른 곳으로 이동했다. 그들은 지금 룰링의 동쪽에 있었고, 지도는 갖고 있지 않았다. 지도는 크게 필요한 것은 아니었다. 10번 주간고속도로를 따라가면 정글화된 휴스턴의 심장으로 들어가게 되기 때문이었다. 그리어는 휴스턴에 딱 한 번 가본 적이 있었다. 하지만 그때도 외곽 지역만을 돌았을 뿐이었고, 사람들은 그에게 그것만으로도 충분하다고 말했었다.

도시는 도저히 뚫고 들어갈 수 없는 늪지대였다. 나무에 들러붙은 배설물과 각종 오물의 불쾌한 악취와, 물에 흠뻑 젖은 폐허로 가득 차 있는 데다 바이럴들이 우글거리고 있는 곳이었다. 용케 바이럴들을 피해 간다 해도, 악어 떼들이 기다리고 있는 곳. 그들은 반쯤 물에 잠긴 배처럼 더러운 물을 헤치고 나아갔다. 수많은 악어들이 거대한 크기로 자라나 있었고, 그들의 무시무시한 턱은 끊임없이 무언가를 갈구했다. 거대한 모기 떼가 구름처럼 대기를 뒤덮었다. 모기들은 항상 사람의 눈과 코와 입처럼 몸으로 숨어 들어갈 만한 틈을 찾고, 부드럽고 연약한 살갗을 찾아다닌다. 지금 휴스턴의 모습은 인간이 살 수 있는 곳이 아니었다. 그리어는 궁금했다. 왜 애초에 사람들은 이곳이 살 만한 곳이라고 생각했던 걸까.

그들은 곧 그 이유를 알게 되었다. 이제 그들은 바다를 향해 키 큰 풀들이 기울어진 채 수 킬로미터씩이나 빼곡히 이어지는 드넓은 초원 지대에 들어온 것이다. 저 멀리 동쪽으로는 고속도로가 끊겨 있었다. 그것은 구조적으로 그렇게 만들어졌던 게 아니라, 표면이 금이 가 깨지고 무거운 점토 흙더미에 쓸려가 묻혀버린 것 같았다. 고대의 자동차 묘지가 자꾸 가는 길을 막아섰다.

그들이 커빌을 떠난 이후로 그리어와 에이미 사이에 오고 간 말은 몇 마디도 안 됐다. 그냥 대화가 굳이 필요하지 않았다. 며칠에 걸쳐, 그리어는 에이미의 체력이 저하되고 있는 것을 눈치챘다. 에이미는 비 오듯 땀을 몹시 많이 흘렸고, 때때로 고통스러운 듯 얼굴에 인상을 쓰기도 했다. 하지만 그리어가 걱정된다고 말을 꺼내자, 그녀는 단호하게 부정했다. 난 괜찮아요. 에이미가 고집을 피웠다. 아무것도 아니에요. 그녀의 목소리는 마치 화가 난 것처럼 들렸다. 그녀는 그에게 물어보지 말라고 하는 것이다.

어두워지자 그들은 폐허가 된 모텔이 보이는 공터에 야영할 준비를 했다. 하늘은 맑았고 기온이 떨어지고 있었다. 공기 중에 이슬이 만져지는 것 같았다. 그리어는 한밤중에도 그들이 안전하리라는 것을 알았다. 에이미가 옆에 있다는 건 그가 보호 구역에 들어와 있다는 걸 의미했다. 그들은 침낭을 펴고 잠을 청했다.

얼마 뒤, 그리어는 소스라치게 놀라며 잠에서 깼다. 뭔가 잘못됐다. 그는 에이미가 괜찮은지 보기 위해 옆으로 돌아누웠다. 그런데 에이미의 침낭이 비어 있었다.

그는 당황하지 않고 침착했다. 그들이 잠든 동안 보름달처럼 한껏 부풀어 오른 달이 떠올라, 주위의 어둠을 빛과 그림자로 나누어놓았다.

주위의 풍경이 칼처럼 위협적인 모습으로 밝고 길게 늘어서 있거나, 컴컴한 주머니 속에 가둔 것처럼 시커먼 그림자 속에 갇혀 있었다. 말들은 아무것도 신경 쓰이지 않는 듯 들판에서 잡초를 뜯어 먹는 중이었다. 그리어는 자신의 짐에서 브라우닝 소총을 꺼내 조심스럽게 어둠 속으로 들어갔다. 그는 주변의 지형지물을 파악하기 위해 눈을 이리저리 돌렸다. 에이미가 어디를 간 거지? 에이미 이름이라도 불러봐야 하는 걸까? 그러나 너무나도 고요한 주위에 도사리고 있는 위험 때문에 그럴 수가 없었다.

얼마 안 가 그리어는 에이미를 찾았다. 에이미는 그들의 야영지에서 몇 미터 떨어지지 않은 곳에서 등을 돌린 채 앞을 보고 서 있었다. 대화하는 말소리가 그의 귀에 들리는 것 같았다. 에이미가 누구와 얘기라도 하고 있는 건가? 그런 것 같았지만, 에이미 말고는 누구도 보이지 않았다.

그리어가 뒤에서 조심스럽게 에이미에게 다가갔다. "에이미?"

대답이 없었다. 그녀는 중얼거리는 걸 멈춘 것 같았지만, 꼼짝 않고 제자리에 가만히 서 있었다.

"에이미, 어떻게 된 거야?"

그녀가 조금은 놀란 표정으로 그리어에게 얼굴을 돌렸다. "아, 그렇군요."

"도대체 누구와 얘기하는 거야?"

그녀는 아무 대답도 하지 않았다. 에이미의 반쪽만이 이 세상에 있는 것 같았다. 에이미에게 몽유병이 있었나?

그랬는데 갑자기.

"내 생각에 우리 돌아가야만 할 것 같아요."

"이런 식으로 나를 놀라게 하지 말라고."

"미안해요, 그러려고 한 게 아닌데." 에이미가 그의 손에 들려 있는 소총을 내려다보며 눈을 깜박였다. "그걸 들고 뭐 하시는 거예요?"

"네가 어디로 갔는지 알 수가 없어서 걱정 되니까."

"소령님, 제가 분명히 말씀드렸던 것 같은데요, 총은 안 된다고요. 지금 당장 저리 치우세요."

에이미는 그리어를 지나쳐 야영지로 걸어갔다.

42

시간은 끝이 없다. 끝을 알 수 없는 시간. 그의 존재는 그가 깨어날 수 없는 악몽이었다. 그가 바라보는 곳마다, 반짝이는 먼지 티끌처럼 생각들이 쏜살같이 튀어나와 둥둥 떠 지나가고 있었다. 그들은 매일 찾아왔다. 남자들의 진한 핏빛의 눈은 불타올랐다. 그들은 가득 차 빵빵하게 부풀어 오른 봉지들을 떼어내, 그들의 덜거덕거리는 카트에 싣고서는 스탠드에 새 봉지들을 걸어놓았다. 끊임없이 공급되어야만 할 그 봉지들은 똑, 똑, 똑, 한 방울씩 떨어지는 그레이의 피로 계속해서 채워지고 있었다.

그들은 자신들의 일을 즐겼다. 그들은 시답지 않은 농담을 하며 즐거워했다. 동물원의 동물을 조롱하는 아이들처럼, 그레이를 괴롭히며 즐거워했다. 이번에는 그의 입에 향기로운 냄새가 나는 스포이트를 갖다 대며 장난스럽게 속삭인다. 우리 아기 젖병이 필요해요? 우리 아기 배고파요?

그레이는 그들에게 저항하려고 했다. 자신을 묶고 있는 사슬들을 끊기라도 할 듯 온몸의 근육에 한껏 힘을 주고 고개를 돌렸다. 그들을 거부하기 위해 그의 모든 의지를 쏟아부었지만, 그는 언제나 실패했다. 그의 안에서 허기가 거대한 검은 새처럼 솟구쳐 올랐다.

—엄마를 위해서 말해보렴. 자 말해봐, 나는 젖병이 필요한 아기예요, 말 잘 들을게요. 착한 아기가 되렴, 그레이.

그들이 유혹이라도 하듯 스포이트의 끝을 그레이의 코 밑에 흔들어 대자, 피 냄새가 그의 머릿속에서 폭발하는 것처럼 느껴지고, 감출 수 없는 욕망이 격렬한 뇌우처럼 몰아쳐 수백만 개의 뉴런들이 동시에 불을 내뿜어댔다.

—이건 아주 마음에 들 거야. 아주 품평 높은 뛰어난 포도주랄까. 젊은 피를 좋아하잖아, 안 그래, 그레이?

그의 눈에서 눈물이 솟구쳤다. 갈망과 혐오의 눈물. 한 세기 동안 벌거벗겨져 사슬에 묶인 채 누워 있는, 그의 모진 목숨이 흘리는 눈물. 그레이이기에 흘릴 수밖에 없는 눈물.

—제발.

—따라해봐. 나는 젊은 피가 좋아.

—제발, 이렇게 애원할게. 나를 가만히 좀 내버려 둬.

—아냐, 아냐. 내 말을 따라해야지, 그레이. 시큼한 냄새의 숨결이 그레이의 귀에 밀려 들어왔다. 내가 들을 수 있게…… 말…… 해보라고.

—씨발! 그래, 나는 젊은 피가 좋다! 제발! 그냥 맛이라도 보게 해줘! 뭐가 됐든지 간에!

마침내, 스포이트 끝에서 대지의 풍성함을 그득 머금고 있는 핏방울들이 그의 혀 위로 뿜어져 나왔다. 그레이가 입맛을 다셨다. 그리고 그의 두툼한 혀를 돌려가며 입안을 훑어 내렸다. 그는 그들이 말한 대로, 아기처럼 쪽쪽 빨아 먹었다. 그럴 수 없다는 걸 알고 있었지만, 그레이는 이 기분이 영원히 계속되기를 바랐다. 자신도 모르게 그의 목구멍이 꿀렁이더니, 흘러 들어오던 피가 멈췄다.

-더 줘, 조금만 더 줘.

-이거 봐, 그레이 너도 알잖아, 안 된다는 거. 하루에 한 스포이트, 그거면 의사를 볼 일도 없지. 네가 계속 바이럴을 위한 건강식을 만들어내기에 정확히 충분한 양이야.

-딱 한 모금만 더, 그게 전부야. 약속해, 아무에게도 말 안 할게.

사악하게 낄낄거리는 웃음소리가 들렸다. 그래, 내가 그렇게 하면? 내가 너에게 한 스포이트를 더 주면? 그러면 너는 어떻게 할 건데?

-아무 짓도 안 할게. 맹세할게. 나는 단지…….

-네가 뭘 하고 싶은지 내가 대신 말해줄게. 이거 봐 친구, 너는 말이야, 너를 묶고 있는 그 사슬들을 당장 바닥에서 뜯어내고 싶을 거야. 내가 네 상황이라면 틀림없이 미치도록 그러고 싶을 거야. 나라면 항상 그런 생각을 하고 있을 것 같거든. 나를 여기에 가둔 녀석들을 모두 죽이고 싶을 거고. 잠시 말이 멈췄다. 그리고 더 가까이서 목소리가 다시 들려왔다. 그게 네가 원하는 거지, 그레이? 우리 모두를 죽이는 거, 그렇지?

그랬다. 그레이는 그들 전부의 뼈 마디마디를 찢어 끊어놓고 싶었다. 그들 모두의 피를 한 방울도 남기지 않고 벌컥벌컥 마셔버리고 싶었다. 그렇게 그들이 마지막으로 울부짖는 비명 소리를 즐기고 싶었다. 죽음보다도 더 간절히 원하는 게 바로 그거였다. 죽음보다 조금 더. 라일라, 그는 그녀를 생각했다. 라일라, 나는 당신을 느낄 수 있어. 당신이 가까이 어딘가에 있다는 걸 알 수 있지. 라일라, 기회가 온다면 내가 당신을 구해줄게.

-내일 보자고, 그레이.

그리고 계속 이어졌다. 빈 봉지들이 전달되어 오고 다시 가득 채워진 채 실려 나갔다. 스포이트는 제 역할을 다 했다. 그레이의 피가 붉게 타오르는 눈을 가진 그들의 목숨을 지탱해주고 있었다. 그들은 그레이가 죽지 않게 피를 먹이고 사육했다. 그는 영원히 살 수 있는 존재였으니까. 사슬에 묶인 영원불멸의 그레이.

그는 가끔 그에게 제공되는 피들이 어디에서 오는 건지 궁금했다. 하지만 그건 굳이 그가 떠올려 생각해보고 싶지 않은 문제였으니까 아주 자주 그런 것은 아니다.

그레이는 여전히 가끔씩 제로의 목소리를 듣고는 했다. 제로가 더 이상 예전처럼 그에게 말을 걸어오는 것 같지는 않았지만, 제로와의 거래, 그의 목소리를 듣는 것에 관한 거래는 이미 오래전에 끝난 일이었다. 마치 그레이가 벽 반대편의 대화를 엿듣기라도 하는 듯 제로의 목소리가 멀리서 들려오는 것처럼 작게 들렸다. 모든 상황을 고려해보면, 제로가 그의 친구 그레이에 대한 생각을 얘기하기만 할 뿐 그를 그대로 내버려두는 것은 그나마 작은 자비와 같은 것이었다. 제로에 관한 생각이나 그의 말들은 더 이상 머릿속에 남아 있지 않았다.

길더는 피의 원천源泉 그레이로부터 직접 피를 취해 마시는 유일한 사람이었다. '원천.' 그들은 그레이를 그렇게 불렀다. 그레이 자신도 그럴 거라 짐작은 했지만, 그들은 그가 심지어 인간이 아닌 물건인 것처럼 그렇게 불렀다. 항상 그런 것은 아니었지만, 가끔 그가 유난히 허기를 느끼거나 혹은 그레이가 짐작하기 어려운 다른 이유로 길더는 자신의 정장에는 피를 묻히지 않기 위해 속옷 차림으로 문 앞에 나타나고는 했다. 길더가 관으로부터 봉지를 분리해내면 끈적이는 액체가 그를 향해 뿜어져 나왔다. 그러면 그는 정맥 주사를 자신의 입에 갖다 대고,

빨대로 탄산음료를 빨아 먹는 아이처럼 그레이의 피를 쪽쪽 빨아 마셨다. 그러고 나서 길더는 이렇게 말하는 것을 즐겼다. 로렌스, 너 별로 섹시해 보이지 않는데. 저 녀석들이 너에게 먹을 거는 충분히 주고 있는 거야? 난 여기 혼자 있는 네가 걱정된다고. 아주 오래전에 한 번, 아마도 수년 아니 수십 년 전에 길더가 그레이에게 거울을 하나 들고 온 적이 있었다. 여성용 콤팩트라는 물건에 붙어 있던 거였다. 길더는 뚜껑을 열고 그레이의 얼굴에 거울을 비췄다. 너도 네 얼굴을 한번 보는 게 좋을 것 같은데? 거울 속에서 나이 든 노인의 얼굴이 그를 바라보고 있었다. 말린 자두처럼 주름이 자글자글한 얼굴이었다. 죽음의 울타리 위에 앉아 있는 누군가의 얼굴이었다.

그는 영원히 죽어가고 있었다.

그리고 언젠가 하루는 그가 눈을 떴을 때 길더가 의자에 걸터앉아 자신을 바라보고 있는 것을 발견하기도 했다. 길더의 목에 넥타이는 풀어졌고, 머리도 헝클어진 상태였고, 구겨진 양복은 얼룩져 있었다. 그레이는 길더가 평소 그의 주기보다 늦게 찾아왔다는 걸 알았다. 그는 길더에게서 나는 썩은 내를 맡을 수 있었다. 커다란 대형 쓰레기통이나 시체 같은, 약간의 과일 향이 나는 악취였다. 하지만 길더는 자신의 배를 채우려고 들지 않았다. 그레이가 짐작하기로 그가 그 자리에 꽤 오래 앉아 있었던 것 같았다.

"내가 뭐 좀 물어볼 게 있는데, 로렌스."

길더는 어떻게든 묻고 싶은 걸 묻고야 말았으리라. "그러든지."

"너…… 말이야, 어떻게 물어보는 게 좋을지 모르겠군." 길더가 어정쩡하게 어깨를 으쓱거렸다.

"누군가를 사랑해본 적 있어?"

저 녀석의 입에서 그런 말이 나오다니, 완전히 생경하게 들릴 뿐이었다.

사랑이란 다른 시대의 전유물 같은 것 아니던가. 분명 그건 지난 역사의 일 같은 거였다.

"네가 뭘 묻고 싶은 건지 잘 모르겠는데."

길더의 얼굴이 잔뜩 찌푸려졌다. "정말이지, 내 생각에 이건 아주 간단한 질문인 것 같은데. 천상에서 천사들이 떼로 합창을 하고, 네 발은 땅에서 10센티미터쯤 공중에 떠서 둥둥 떠다니는 기분이라는 그거 말이야. 알잖아, 사랑에 빠져있다는 게 뭔지."

"나는 그런 적이 없는 것 같은데."

"이건 예, 아니오의 문제라고, 로렌스. 이거냐 저거냐 둘 중의 하나의 문제."

그레이는 라일라를 생각했다. 그가 그녀에게 느낀 건 사랑이었다. 하지만 길더가 말하는 그런 건 아니었다. "아니, 나는 누구를 사랑해본 적이 없어."

길더는 그에게서 고개를 돌리고 있었다. "그래, 그런데 나는 한 번 사랑에 빠진 적이 있었지. 그녀의 이름은 쇼나였어. 물론 그녀의 진짜 이름은 아니었지만. 그녀의 피부는 진짜 버터 같았다고. 나 정말 진지하게 말하는 거야. 버터 같은 그런 맛이었다고. 그녀의 눈에는 왠지 좀 동양인의 느낌이 있었어. 그게 뭔지는 알지? 물론 그녀의 몸도 그랬고." 그는 얼굴을 문지르더니 우울한 듯 한숨을 내쉬었다. "나는 그걸 더 이상 못 느껴. 섹스에 관한 것 말이야. 바이러스가 성욕의 대부분을 죽여버리고 있다고. 넬슨은 네가 복용하고 있던 스테로이드제가 네놈의 바이러스를 다르게 만든 이유라고 생각했었지. 그 말이 어느 정도 사실일지도 모르지. 하지만 어쨌든 사람은 불행을 자초하게 되면, 그 안에 갇혀 지내야만 하지." 길더가 우습다는 듯이 낄낄거리며 웃었다. "'불행을 자초하다'라니, 재미있군. 진짜 웃기는 일이야."

그레이는 아무 말도 하지 않았다. 길더의 기분이 어떻든지 그건 자신과 상관없는 일이었다.

"그래도 나는 이게 크게 보면 그렇게 나쁜 일은 아니라고 생각한다네. 나는 솔직히 섹스가 나에게 어떤 도움이 되었는지 잘 모르겠어. 하지만, 단지 그 많은 시간이 흐른 뒤에도 나는 여전히 그녀에 대해 생각하게 된다는 거지. 사소한 것들 말이야. 그녀가 한 이야기들. 그녀의 침대 위로 해가 지던 모습이라든지 그런 것들. 나는 그때 그 태양이 좀 그립기는 하거든." 그가 잠시 말을 멈췄다. "나도 그녀가 나를 사랑하지 않았다는 것은 알아. 모든 게 나름대로는 성공한 연기였던 셈이지. 나 자신이 인정할 수 없었다고 하더라도, 나도 처음부터 그걸 알고 있었으니까. 하지만 그게 그렇다고."

"나에게 이런 이야기를 왜 하는 건데?"

"왜냐고?" 그가 눈을 가늘게 뜨고 그레이의 얼굴을 쳐다봤다. "이유는 너무 분명하잖아. 이렇게 말해서 미안하지만 자네 너무 둔한 거 같은데. 당연히 우리는 친구이기 때문이지. 나도 알아, 로렌스. 아마도 너는 내가 너에게 일어난 일 중 최악이라고 생각할 테지. 분명 그렇게 보일 수도 있어. 이 모든 게 조금 불공평해 보일 수 있을 거야. 하지만 너는 정말 내게 어떤 선택의 여지도 남겨주지 않았었다고. 솔직히 그렇잖아, 로렌스? 이상하게 들리겠지만, 너는 내게 가장 오래된 친구라고."

그레이는 말문이 막혀버리고 말았다. 이 새끼는 완전 미친놈이었다. 그레이는 무의식적으로 자신을 묶고 있는 사슬들을 무릅쓰고 몸을 일으켜 세우려고 하고 있었다. 죽지 못하는 그의 삶에서 가장 큰 행복은 길더의 머리를 그의 몸통에서 깨끗하게 뽑아내 버리는 것일 듯했다.

"라일라는 네게 뭐지? 꼬치꼬치 캐물으려는 것은 아니지만, 내가 보기에 너희 둘 사이에는 뭔가 있는 것 같거든. 너의 과거 전력들을 생각해보면 상당히 놀라운 일이라서 그래."

그레이는 속이 뒤틀리는 것 같았다. 그는 지금이건 나중이건 그 얘기는 하고 싶지 않았다. "날 그냥 내버려 둬."

"그러지 말라고. 그냥 물어보는 것뿐이잖아."

"가서 뒈져버리는 건 어때?"

길더는 그레이에게 얼굴을 좀 더 들이밀고는, 은밀하다는 듯 목소리를 낮췄다.

"말 좀 해봐. 너 아직도 그놈의 목소리가 들리나, 로렌스? 당장 사실대로 말해."

"난 네가 누구를 얘기하는 건지 모르겠는데."

길더가 그레이의 잘못을 지적하듯 눈살을 찌푸렸다. "제발, 이게 뭐 대단한 거라고 안 되는 거야? 이럴 거야? 내가 네게 묻고 있는 건 그가 진짜냐는 거야. 내 머릿속에 있는 헛소리가 아니고." 그가 그레이를 뚫어져라 쳐다보고 있었다. "너는 그가 나에게 뭐라고 하고 있는지 알고 있잖아, 안 그래?"

그걸 부정할 수는 없어 보였다. 그레이가 고개를 끄덕였다.

"그럼 전체적으로 고려해볼 때, 너는 그게 좋은 생각이라고 생각해? 나는 네 의견이 필요하다고 생각되거든."

"내 의견이 왜 중요한데?"

"너 자신을 과소평가하지 마. 너는 여전히 그가 제일 좋아하는 놈이니까, 로렌스. 그건 의심할 여지가 없어. 아 물론, 내가 모든 것의 책임자이기는 하지. 내가 배의 선장인 셈이지. 하지만 나는 모르겠다고."

"안 돼."

"뭐가 안 돼?"

"안 돼, 그건 좋은 생각이 아니야. 정말 형편없는 생각이라고. 세상 최악의 아이디어일 거다."

길더의 눈썹이 공기를 한껏 품어 안은 한 쌍의 낙하산들처럼 치켜올라갔다.

"네 꼴을 보라고." 아주 오랜 세월이 지난 후 처음으로, 그레이가 실제로 웃음이라는 걸 터뜨렸다. "너는 그가 네 친구라고 생각되는 거지? 설마 너 그들 중 누구 하나라도 너의 친구라고 생각하는 거야? 길더, 너는 그들의 노리개일 뿐이야. 나는 그들을 다 알아. 제로가 어떤 놈인지 안다고 나는. 나는 *거기에 있었으니까.*"

그레이가 분명 길더의 신경을 건드렸다. 길더가 그의 주먹을 쥐었다폈다 하기를 계속했다. 그레이는 느긋하다 할 만큼 서서히 그가 자신을 한 대 후려칠 건지 궁금해졌다. 그레이에게 그런 상황은 전혀 걱정거리가 되지도 않았다. 아마 대화의 단조로움이나 깨고 말겠지. 길더가 무슨 짓을 한다면 좀 색다른 것이 되겠지. 새로운 종류의 고통이 될 만한 것으로 말이야.

"말을 안 할 수가 없군. 로렌스, 자네의 반응은 실망스러운 것 이상이었어. 나는 자네에게 조금의 도움을 얻을 수 있기를 기대했는데 말이야. 하지만 내가 너처럼 수준이 낮아질 수는 없지. 그러면 너만 좋은 일 아니겠어. 나는 더 큰사람이 되려고 네게 조금의 정보를 나눠주는 건데, 프로젝트는 오늘 이미 성공적으로 완성됐어. 정말 놀라운 새 장을 열게 된 거지. 그동안 깜짝 선물로 아껴왔던 건데, 나는 네가 이 소식을 들으면 기뻐할 줄 알았거든. 네가 원한다면 너도 이 일에 함께할 수 있었을 텐데 말이지. 하지만 내가 자네를 확실히 잘못 판단하고 있었어. 할 수 없지."

길더가 일어나 문으로 걸어갔다.

"길더, 네가 원하는 게 뭔데?"

길더가 핏빛 붉은 눈동자를 치켜뜨며 돌아섰다.

"무슨 꿍꿍이속인 거지? 나는 네 말이 이해가 안 되는데."

긴 침묵이 흘렀다. 그리고 "그들이 어떤 존재들인지 제대로 알고는 있는 거야, 그레이?"

"물론, 나는 알고 있지."

그러나 길더는 고개를 저었다. "아니, 너는 모르고 있어. 네가 정말 제대로 알고 있다면, 내게 물어보지 않았겠지. 이제 내가 말해줄게. 그들은 이 세상에서 가장 자유로운 존재들이야. 그들에게는 후회도 연민도 사랑도 없지. 세상 무엇도 그들을 건드릴 수 없고 해칠 수도 없어. 그게 어떤 건지 상상해보라고, 로렌스. 절대적 자유 말이야. 얼마나 근사할지 상상이라도 해봐."

그레이는 아무 대답도 하지 않았다. 대꾸할 것이 아무것도 없었다.

"친구, 내가 원하는 것이 뭐냐고 물었지? 대답해주지. 나는 그들이 갖고 있는 것을 원해. 나는 그 재수 없는 조그마한 창녀를 내 머릿속에서 지워버리고 싶다고. 아무것도…… 느끼고 싶지 않아."

꽃병이 벽으로 날아가 만족스러울 만큼 기분 좋은 소리를 내며 깨졌다. 차량 폭탄 테러는 더 이상 참을 수 있는 한계를 넘어서는 도발이었다. 이 일도 이제 끝내야만 한다.

길더는 그의 비서실장 윌크스를 사무실로 불렀다. 윌크스가 사무실에 들어설 때쯤은, 길더가 간신히 그의 화를 누그러뜨리고 난 뒤였다.

"하루에 열 명씩 더 체포하게 해."

윌크스가 당황한 것 같았다. "어, 음, 염두에 둔 특별한 누구라도 있는 건가요?"

"그런 건 없어!" 맙소사, 이 남자는 가끔 구제불능일 정도로 멍청해진다. "이해가 안 돼? 그런 건 중요하지 않아, 상관없다고. 그냥 아침 점호 때 아무나 잡아 끌어내라고."

윌크스는 주저했다. "그러니까 말씀은, 말하신 대로, 그냥 임의대로 10명을 더 잡아내라는 말씀인 거네요. 꼭 우리가 반역자들과 관련이 있다고 의심하는 자들이 아니더라도."

"프레드 만세. 내 말뜻은 정확히 그런 거였어."

윌크스는 잠시 어리둥절한 표정으로 길더를 바라보며 그 자리에 그대로 서 있었다. 단순히 당황했다기보다는 충격을 받은 모습이었다.

"알아들었어? 내가 또 혼잣말하고 있는 거야?"

"그렇다면 제가 명단을 작성해서 인사 관리팀으로 보낼 수 있을 것 같습니다."

"이거 봐, 나는 네가 그 일을 어떤 식으로 하건 상관없어. 그냥 집행하기만 해." 길더가 손으로 문을 가리켰다. "이제 그만 가봐. 그리고 이 쓰레기들을 치우게 시종 한 명만 좀 보내줘."

43

홀리스를 수소문해 만나러 가는 건 피터가 생각했던 것보다 훨씬 더 어렵고 시간이 걸리는 일이었다. 단서를 따라간 길에서 처음 만나게 된 사람은 로어의 친구였다. 말하자면 그가 그 누군가를 알고 있는 그 누구인 셈이었다. 그들이 찾고자 하는 목표물과는 한 발자국 정도 떨어진 멀지 않은 곳에 있는 것처럼 보였지만, 항상 목표물은 이미 다른 데로 이동하고 없었기에 허탕만 칠뿐이었다.

그들이 갖고 있는 마지막 단서는 그들을 불법 도박장이 운영되고 있는 반원형 막사로 이끌었다. 그들이 쓰레기로 뒤덮여 있는 H타운의 어두운 골목을 걷고 있던 건 자정이 넘은 시각이었다. 통금 시간이 지난 지 오래였지만, 그들 주변에서는 고함지르는 소리, 유리가 깨지는 소리 그리고 짤랑짤랑 피아노 치는 소리 같이 흔하고 사소한 소음들이 들려왔다.

"그래도 조용한 동네네." 피터가 말했다.

"너 여기 한 번도 와본 적 없지?" 마이클이 물었다.

"그렇지, 사실 한 번도 안 와봤지."

그림자 하나가 문간에서 튀어나와 그들 앞을 막았다. 여자였다.

"거기 자기, 귀여운 군인 아저씨 말이야. 오늘 밤에 좋은 계획이라도 있

으려나?"

어둠 속에서 여자가 앞으로 걸어 나왔다. 젊지도 나이 들어 보이지도 않는 그녀는 거의 사내아이처럼 보일 정도로 상당히 마른 몸매의 여자였다. 하지만 그녀의 목소리와, 짧고 좁은 치마를 입고 한 발에서 다른 발 쪽으로 골반을 부드럽게 밀어붙이고 서 있는 모습에 담겨 있는 관능적인 자신감이 마치 피터의 몸을 훑어 내리듯 내리깔고 있는 그녀의 눈꺼풀과 어우러져, 성적인 매력을 더해주었다.

"어떻게 도와 드릴까요, 중위님?"

피터는 침을 꿀걱 삼켰다. 자신의 얼굴이 빨개지는 것을 느낄 수 있었다. "우리는 사촌의 집을 찾고 있어요."

여자가 누렇게 얼룩진 치열을 드러내며 웃었다. "우리 모두는 누군가의 사촌 아닌가요. 당신이 원하면 난 당신의 사촌이 되어줄 수도 있어요." 그녀의 시선이 로어에게로, 그리고 마이클에게로 옮겨갔다. "그리고 거기 잘생긴 아저씨는 어때? 친구를 한 명 데려올 수도 있는데. 당신의 여자 친구가 원한다면 와도 괜찮아요. 어쩌면 여자 친구가 보는 걸 좋아할지도 모르잖아요."

로어가 마이클의 팔을 잡아당겼다. "내 남자 친구는 그런 거에 관심 없어."

"우리는 정말로 사람을 찾고 있어요." 피터가 말했다. "당신 시간을 뺏어서 미안합니다."

여자가 음울한 웃음소리를 냈다. "아니에요, 아무 문제 없어요. 마음이 바뀌면 다시 와요. 이제 나를 어디에서 찾을 수 있는지 아니까요. 중위님."

그들은 계속 함께 걸었다. "착한 녀석이네." 마이클이 말했다.

피터가 뒤로 지나온 골목을 살펴봤다. 그 여자, 여자일 거로 생각했던 그 여자는 다시 어느 집 문간의 그림자 사이로 사라지고 보이지 않았다.

"젠장, 나는 정말 놀랐다고. 확실해?"

마이클이 씁쓸하게 웃으며 고개를 저었다. "넌 정말 바깥바람 좀 자주 쐬어야겠어, 녀석아."

그들 앞에 반원형 막사가 보였다. 뚱뚱한 남자 둘이 지키고 서 있는 문의 가장자리 틈새로 불빛이 새어 나오고 있었다. 셋은 온갖 것이 넘쳐 흘러나오는 쓰레기통이 있는 쉼터에서 멈춰 섰다.

"내가 가서 얘기하는 게 낫겠어." 로어가 말했다.

피터가 고개를 저었다. "이건 내 아이디어였어. 내가 가는 게 맞아."

"그 군복 차림으로? 웃기지 마. 마이클과 여기에 있어. 그리고 너희 둘말이야, 성전환자나 여장 남자에게 걸려들지나 말아."

마이클과 피터는 로어가 문으로 걸어가는 모습을 지켜봤다. "좋은 생각이었을까?"

피터가 조용히 물었다.

마이클이 한 손을 들며 말했다. "일단 기다려보자."

로어가 다가가자 문을 지키고 있던 두 남자가 긴장하며 그녀를 막아서기 위해 가까이 다가섰다. 짧은 대화가 오갔지만, 거리가 먼 탓에 피터는 아무 소리도 들을 수 없었다. 그리고 그녀가 돌아왔다.

"됐어. 우리 들어가도 돼."

"뭐라고 한 건데?"

"너희 둘은 오늘 월급을 탄 거야. 그리고 너희는 취한 거고. 그러니까 그럴듯하게 연기해."

막사 안은 사람들로 가득 찼고 시끄러웠다. 내부 공간은 카드가 오가는 커다란 육각형의 테이블에 맞춰 나누어져 있었다. 실내는 누런 담배 연기가 구름처럼 자욱하게 껴 있는 탓에 숨 쉬기도 어려울 지경이었고, 근처에 증류주 양조장이 있기에 가축용 삶은 곡물 사료의 새콤달콤한 냄새까지 한데 어우러져 미칠 지경이었다. 방 주위로는 옷을 반쯤 벗은 여자들이 – 피터는 적어도 그들이 여자일 거로 생각했다 – 의자에 앉아 있었다. 그들 중 가장 젊어 보이는 여자는 이제 16살을 갓 넘긴 지 하루도 지나지 않았을 듯 보였고, 가장 나이 들어 보이는 여자는 50대쯤으로 광대 같은 화장을 한 초췌한 모습이었다. 더 많은 여자들이 뒤에 있는 커튼을 사이에 두고 들락거렸는데, 대부분 한눈에 봐도 만취한 남자 손님의 팔에 안겨 있었다. 피터가 이해하는 한, H타운에 대한 궁극적인 아이디어는 어느 정도의 불법적인 행위들을 눈감아주는 대신 그 행위들을 특정한 지역 범위 내에서 차단하고자 하는 것이었다. 그도 그 논리는 이해할 수 있었다 – 사람은 결국 사람이니까 – 하지만 그 현장을 직접 눈앞에서 보는 것은 다른 문제였다. 피터는 마이클의 그에 대한 판단이 옳았는지 의심이 들었다. 어떻게 그렇게 단정할 수 있었던 거지?

"저 사람들 고-투 게임을 하고 있는 건 아니겠지, 그렇지?" 피터가 마이클에게 물었다.

"텍사스 홀덤일 거야, 모양새로 봐서는 첫 판돈이 20달러일 거고. 나에게 좀 많이 과하지." 피터와 마찬가지로 마이클의 눈도 홀리스를 찾기 위해 방을 훑고 있었다.

"우리도 저들 사이에 섞여 들어가는 게 좋겠어. 갖고 있는 돈이 얼마나 있어?"

"한 푼도 없어."

"한 푼도 없다고?"

"그게, 전부 페그 수녀에게 줬어."

마이클이 한숨을 쉬었다. "물론 그랬겠지. 너도 참 한결같구나, 대단하다. 그건 인정해줄게."

"너희 둘," 로어가 말을 걸었다. "진짜 눈 뜨고 못 봐줄 한 쌍의 찌질이들이네. 잘 보고 배우라고, 친구들."

로어가 가장 가까운 테이블로 걸어가 의자에 앉았다. 그녀의 청바지 주머니에서 지폐 뭉치를 꺼내더니, 두 장을 챙겨 냄비 안으로 던져 넣었다. 그리고 그녀는 지폐 한 장을 더 꺼내어 샷 글라스에 담긴 술 한 잔을 시키더니, 햇빛에 탈색된 자신의 머리를 뒤로 확 젖히며 술잔을 비워냈다. 딜러가 플레이어들에게 각각 두 장씩을 깔아줬다. 그리고 베팅이 시작되었다. 첫 네 판 동안, 로어는 다른 플레이어들과 수다를 떨고, 눈을 굴려 자신의 카드를 재빨리 뒤집는 등 자신의 카드에 별 관심을 두지 않는 듯 보였다. 그렇게 다섯 판째가 되자, 그녀가 뚜렷한 태도의 변화도 보이지 않은 채 판돈을 끌어올리기 시작했다. 테이블에 쌓인 돈더미가 커졌다. 피터가 짐작하기로 누군가 가져가 주기를 기다리는 돈이 족히 300오스틴은 쌓여 있는 듯 보였다. 마지막 한 참가자가 남을 때까지 플레이어들이 하나씩 나가떨어졌다. 마지막 남은 플레이어는 얼굴에 마맛자국이 있고 하이드로 점프 슈트를 입고 있는 마른 체격의 남자였다. 마지막 카드까지 나눠지자, 로어가 무표정한 얼굴로 지폐 다섯 장을 더 올려놓았다. 그러자 마지막 플레이어였던 남자가 고개를 흔들더니 그의 카드들을 접었다.

"좋았어, 인상적인데." 냄비를 뒤적거리는 로어를 보며 피터가 말했다.

피터와 마이클은 다른 이들이 눈치채지는 못할, 그러나 로어를 지켜보기에는 충분할 만큼 가까운 거리에서 옆으로 비켜 서 있었다. "로어가 어떻게 저럴 수가 있지?"

"머리를 써서 영악한 장난을 좀 쳤지."

"정말? 나는 전혀 모르겠는데."

"실제로는 꽤 간단해. 저 카드들은 모두 표시가 되어 있어. 눈에 안 띄게 교묘하게 되어 있기는 하지만 너도 알아낼 수는 있어. 게임 참가자들 중 한 명은 늘 도박장 측을 위해 도박을 하고 있고, 그래서 그 플레이어는 항상 게임에서 이기게 되지. 로어는 첫 몇 판을 이용해 누가 도박장을 위해 게임을 하고 있는지 그리고 표시가 된 카드를 어떻게 구별해낼지 알아낸 거야. 로어가 여자라는 것도 문제가 되지 않고, 게다가 그녀의 실력을 아는 사람도 없지. 그러니까 사람들은 그녀가 좋은 패를 쥐었을 때는 베팅을 하고 그렇지 않을 때는 게임을 포기한다고 생각하게 되는 거지. 로어는 게임을 하는 시간의 4분의 3 정도는 허세를 떨고 있었다고."

"사람들이 로어가 그렇게 게임을 하고 있었던 걸 알게 되면 어떻게 되는 거야?"

"바로 알 수는 없을걸. 로어가 한 판이나 두 판을 져줄 거니까."

"그러고는?"

"그만 여기를 떠나야지."

그때 갑작스러운 소동이 그들의 시선을 방의 뒤쪽으로 이끌었다. 드레스가 어깨부터 찢어진 채, 검은 머리의 여자가 고스란히 드러난 가슴을 두 팔로 가리고 뭐라고 하는지 알아들을 수 없는 비명을 마구 지르며 커튼을 뚫고 뛰쳐나왔다. 곧이어 한 남자가 뒤따라 나타났는데,

남자의 바지가 그의 발목에 우스꽝스럽게 걸쳐져 있는 모습이었다. 게다가 그의 한 발은 공중에 붕 떠 있는 것처럼 보였는데, 피터가 보기에도 다른 남자가 뒤에서 그를 붙잡아 들어 올렸기 때문이라는 걸 알 수 있었다. 첫 번째 남자가 공중으로 날아오르자, 피터는 그의 얼굴을 알아보았다. 그는 캠프 보히스에서 수송 차량을 몰고 왔던 새츠 분대의 젊은 일병이었다. 얼굴의 반이 희끗희끗한 수염에 파묻힌, 덩치가 산만한 두 번째 남자는 바로 홀리스였다.

"아하." 마이클이 작게 탄성을 질렀다.

인상적일 정도로 태연하게, 홀리스는 그 남자의 멱살을 잡고 끌어 올려 일으켜 세웠다. 그리고 그는 그 남자를 반은 밀치다시피 반은 집어 던지다시피 하며 문을 향해 몰아가고 있었다. 이를 보며 여자는 두 남자를 향해 삿대질하고, 악을 쓰며 쌍욕을 해댔다 ― 그 개새끼 죽여버려! 이딴 건 참을 필요 없어! 내 말 듣고 있어? 넌 이제 죽었어, 새끼야!

"이게 우리 신호군." 피터가 말했다.

빠른 걸음으로 그와 마이클이 문을 향해 걸었고, 그들이 문을 나설 때쯤 로어가 그들 뒤에 따라붙었다. 쫓겨난 일병은 울먹울먹 절박하게 사과하며, 동시에 한편으로는 바지를 추어올리며 들입다 내빼려고 했다. 홀리스가 일병의 사과에 감동이라도 했는지, 아무 내색 없이 가만히 있었다. 반면 문을 지키고 있던 경비 둘은 와자지껄 떠나갈 듯 큰 소리로 웃으며 지켜보았다. 홀리스가 일병의 허리춤을 잡아채 올리더니 골목 저 멀리로 집어 던졌다. 그가 일병을 다시 일으켜 세웠을 때, 피터가 그의 이름을 불렀다.

"홀리스!"

순간 당황해서인지, 덩치 큰 녀석은 피터와 마이클을 알아보지 못했다. 그러다가 놀랍다는 듯 작은 목소리를 내뱉었다. "안녕, 피터."

일병은 여전히 홀리스의 손아귀에 잡혀 버둥대며 몸부림치고 있었다. "중위님, 제발 뭐라도 좀 해보세요! 이 괴물 같은 놈이 저를 죽이려고 한다고요!"

피터가 홀리스를 쳐다봤다. "그럴 거야?"

덩치 큰 녀석이 익살스럽게 어깨를 으쓱거렸다. "내 생각에는 말이야, 이 녀석이 네 부하 중 하나라니 이번 한 번만은 그냥 보내줄 수도 있을 것 같은데."

"바로 그거죠! 날 그냥 보내줄 수 있잖아요, 그러면 다시는 여기에 발을 들여놓지 않을게요. 맹세해요!"

피터는 겁에 질려 있는 일병에게로 시선을 돌렸다. 그의 이름, 기억을 더듬었다. 그의 이름은 '유달'이었다. "일병, 너 지금 원래 있어야 하는 곳이 어디야? 헛소리는 하지 마."

"서쪽 막사입니다, 중위님."

"그러면 가."

"감사합니다, 중위님. 후회하지 않으실 겁니다."

"이미 후회하고 있으니까, 당장 내 눈앞에서 꺼져."

그는 자신의 바지춤을 붙잡고서 부리나케 줄행랑쳤다.

"내가 저 녀석을 뭐 진짜로 어떻게 하려던 건 아냐." 홀리스가 말했다. "그냥 겁먹게 하려던 것뿐이지."

"녀석이 무슨 짓을 했는데?"

"여자에게 키스하려고 했어. 여기서는 금지된 거거든."

큰 잘못을 저지른 건 아닌 것으로 보였다. 지금까지 피터가 본 걸 떠올려 보면, 그건 잘못도 아닌 것 같았다. "정말 그게 잘못이라고?"

"그게 규칙이야. 그것만 빼고 거의 뭐든 다 허용되는 편이지. 대개 여자들에게 달려 있는 문제지만." 홀리스가 피터의 어깨 너머를 봤다. "마이클, 만나서 반가워. 오랜만이네. 너 좋아 보인다."

"나도 마찬가지야. 이쪽은 로어야."

홀리스가 그녀를 보며 웃었다. "이런, 나 그쪽이 누군지 아는데. 이제야 서로 제대로 된 인사를 하게 됐지만 말이에요. 오늘 밤 카드 게임은 어땠어요?"

"그렇게 나쁘지는 않았어요." 로어가 대답했다. "3번 테이블에 있는 타짜는 정말 멍청하더라고요. 막 크게 따려던 참이었는데 말이에요."

홀리스의 얼굴이 눈에 띄게 확연히 굳어졌다. "피터, 이 일로 나를 판단하지 않았으면 좋겠어, 부탁이야. 여기에도 일이 돌아가는 나름의 방식이 있어, 그것뿐이야."

"알았어, 믿어도 돼. 우리 모두……." 피터는 뭐라 해야 할지 적절한 말들을 찾았다. "그래, 네가 어떤 일을 겪었는지 알잖아."

잠깐 대화가 끊기고 홀리스가 목을 가다듬었다. "그래, 내가 보기에 그냥 날 보러 온 건 아니고 할 말이 있는 것 같은데."

피터가 그의 어깨 너머로 출입구에 서 있는 경비 두 명을 슬쩍 쳐다봤다. 경비 둘은 그들의 대화를 엿듣고 있다는 걸 굳이 감추려고도 하지 않았다.

"홀리스, 우리끼리만 조용히 얘기할 수 있는 곳이 있을까?"

두 시간 뒤, 홀리스는 그들을 H타운 변두리에 있는 그의 집에서 만났다. 그의 집은 타르를 바른 두꺼운 종이로 만들어놓은 오두막이었다. 겉은 특색 없이 초라했지만, 내부는 창문마다 커튼이 있고 천장 들보에는 마른 허브들이 걸려 있는 놀라울 정도로 안락한 집이었다. 홀리스는 난로에 불을 붙이고, 찻물을 끓이기 위해 냄비를 올려놓았다. 다른 이들은 작은 탁자에 앉아 그를 기다렸다.

"이거 내가 레몬 밤으로 직접 만든 거야." 홀리스가 김이 모락모락 나는 머그잔 네 개를 테이블 위에 내려놨다. "레몬 밤도 뒤에 있는 작은 텃밭에서 직접 키웠다니까."

피터는 오일로드에서 일어났던 일을 홀리스에게 설명했다. 물론 아프가 그에게 들려줬던 이야기들도. 홀리스는 차를 마시는 중간중간에 자신의 수염을 쓰다듬으며 생각에 잠겨 이야기를 들었다.

"그래서 말인데, 우리가 그를 만날 수 있게 도와줄 수 있어?" 피터가 물었다.

"그게 문제가 아니야. 티프티는 네가 섞이고 싶을 그런 사람이 아니야. 그건 네 상관의 말이 맞다고. 내가 너를 보증해줄 수는 있지만, 그 사람들은 속일 수 있는 사람들이 아니야. 내 말은 그러니까 거기까지라는 거야. 한계가 있다고. 군인은 결코 환영받지 못해."

"선택의 여지가 별로 없어. 내 예감이 맞는다면, 그가 아마도 에이미와 그리어가 어디로 갔는지 가르쳐줄 수 있을 거야. 이 모든 것들은 다 연결되어 있어. 아프가가 내게 말해준 것도 바로 그거고."

"별로 설득력은 없어 보여."

"그럴지도 모르지. 하지만 아프가가 맞다면, 로즈웰에서 일어났던 일역시 동일한 인물들이 꾸몄던 일이었을 수도 있어." 피터는 홀리스를 압박하기 싫었지만, 이 질문은 꼭 해야만 했다. "너도 기억하고 있는 게 있지?"

갑자기 고통스러운 표정이 홀리스의 얼굴에 드리워졌다. "피터, 이러는 건 아무런 소용이 없다고, 알겠어? 나는 그날 아무것도 보지 못했어. 나는 그냥 케일럽을 잡아채 달렸을 뿐이야. 어쩌면 나는 다른 선택을 해야 했는지도 모르지. 정말이야, 계속 생각해봤다고. 하지만 아기는……"

"모두 너와 같은 생각이야."

"그럼 그냥 내버려 둬, 제발. 내가 아는 건 일단 문들이 열리자 그것들이 쏟아져 들어왔다는 게 전부야."

피터가 마이클을 힐끗 쳐다봤다. 그 둘은 모르고 있던 일이었다. 퍼즐의 새로운 조각이었다.

"문들이 왜 열렸던 거야?"

"문들이 어떻게 열리게 된 건지 아는 사람은 없을 거야." 홀리스가 말했다. "누가 명령을 내렸든지, 문을 열었던 군인들은 그 습격으로 모두 다 죽고 말았을 거니까. 그리고 나는 어떤 여인이 있었다는 얘기는 한 번도 들어본 적이 없어. 그 여자가 정말 있었더라도 나는 보지 못했어. 아니면 너희 그 트럭들." 홀리스가 숨을 몰아쉬었다. "팩트는, 사라는 죽었다는 거야. 만약 내가 한순간이라도 사라가 살아 있다고 생각한다면, 난 미쳐버릴지도 모르지. 이렇게 말해서 미안하지만 정말이야. 그렇다고 해서 내가 평온을 되찾고 괜찮아진 척하지는 않을 거야. 그러나 현실을 받아들이는 게 최선인 건 마찬가지야. 너도 마찬가지야, 마이클."

"사라는 내 누나야."

"내게는 아내가 될 여자였어." 홀리스가 마이클의 놀란 얼굴을 조용히 바라봤다. "너 모르고 있었구나, 그렇지?"

"이런 젠장, 홀리스. 몰랐어, 난 모르고 있었다고."

"사라와 나는 네가 커빌에 오면 말하려고 했었어. 사라는 너를 기다리고 싶어 했었으니까. 미안해, 서킷."

아무도 무슨 말을 해야 할지 모르는 것 같았다. 침묵이 길어지자, 피터는 방안을 이것저것 둘러보았다. 처음으로 자신이 보고 있는 것들이 무엇을 의미하는지 이해할 수가 있었다. 난로와 허브와 아늑한 가정의 느낌으로 가득 채워진 이 작은 오두막. 홀리스는 사라와 함께 살았을지도 모르는 집을 만들어놓았던 것이다.

"내가 가진 전부야." 홀리스가 입을 열었다. "너도 납득할 수 있을 거로 생각해."

"아니, 난 못 하겠어. 네 집을 좀 보라고. 너는 지금 사라가 집으로 돌아오기를 기다리고 있는 거라고."

눈에 보일 정도로 머그잔을 붙잡고 있는 홀리스의 손에 힘이 잔뜩 들어갔다. "그만하자, 친구야."

"어쩌면 네가 옳을지도 모르지. 어쩌면 사라는 이미 죽었고. 하지만 만에 하나라도 사라가 저기 어디엔가 아직 살아 있다면?"

"그럼 사라는 납치당해 잡혀 있는 거지. 정중하게 부탁할게. 우리의 우정이 너에게 조금이라도 의미가 있는 거라면, 자꾸 내가 그 일에 대해 생각하게 하지 마."

"아니 그래도 나는 얘기해야겠어. 우리 역시 사라를 사랑했어, 홀리스. 우리는 가족이었다고, 사라의 가족."

홀리스가 의자에서 일어나 개수대로 자신의 머그잔을 들고 갔다.

"우리를 티프티에게 데려다주기만 해. 그거면 된다고. 그게 전부야."

홀리스가 그들에게 등을 돌린 채 말했다. "그는 너희가 생각하는 그런 사람이 아니라고. 그리고 나는 그 사람에게 신세를 졌어."

"무슨 신세를 졌는데? 뭐? 사창가에서 일하게 해준 거?"

홀리스가 마치 얼굴을 한 대 얻어맞기라도 한 것처럼, 머리를 숙이고 개수대 가장자리를 힘껏 움켜쥐고 있었다. "빌어먹을, 젠장, 피터 너는 절대 안 변하는구나."

"너는 잘못한 거 아무것도 없어. 너는 네가 해야만 했던 걸 했을 뿐이야. 그리고, 네가 케일럽을 구해냈어."

"케일럽. 그래, 케일럽." 홀리스가 무거운 한숨을 내쉬었다. "아이는 어때? 계속 보러 가야지라고 생각만 하고 있었어."

"직접 가서 보도록 해. 그 아이는 너에게 목숨을 빚졌어. 그건 좋은 일이잖아."

홀리스가 고개를 돌려 그들을 봤다. 그의 심경에 변화가 일어난 게 분명했다. 피터는 그의 눈을 보고 알 수가 있었다. 작은 희망의 불씨가 일었다. "마이클, 너는 무슨 생각인 거야? 피터는 무슨 생각을 하는지 알겠는데."

"오일 로드에서 죽은 사람들은 내 친구들이었어. 방법만 있다면 그대로 갚아주고 싶어. 그리고 누나가 살아 있을 가능성이 눈곱만큼이라도 있다면 가만히 있지는 않을 거야."

"우리는 커다란 대륙 하나를 염두에 두고 얘기하고 있는 거라고."

"언제는 안 그랬나, 항상 그랬지. 나에게는 아무 문제가 안 돼."

홀리스가 로어를 봤다. "그래서 그쪽 생각은?"

로어가 조금 당황했다. "나에게 뭘 바라는 거예요? 나는 단지 여기 같이 온 것뿐이라고요."

덩치 큰 녀석이 어깨를 으쓱했다. "나는 잘 모르겠어요. 당신은 카드 게임을 상당히 잘하는 편이니까요. 말해봐요, 이 모든 것의 확률이 얼마나 될지."

로어가 시선을 옮겨 마이클을 보고는, 다시 홀리스에게 시선을 돌렸다. "이건 확률의 문제가 아니에요. 사라는 세상의 모든 남자 중에서 당신을 선택했죠. 만약 그녀가 아직 어딘가에 살아 있다면, 지금도 당신을 기다리고 있을 거예요. 당신이 찾으러 올 때까지 사라는 어떻게든 살아남으려고 애쓰고 있을걸요. 그게 중요한 거예요."

모두 홀리스가 뭐라고 할지 그의 입만 쳐다보고 있었다.

"당신은 진짜 위협적인 여자예요, 그거 알죠?"

로어가 씨익 웃었다. "유명하죠."

또다시 침묵이 흘렀다. 그리고,

"내가 몇 가지 짐을 챙길 시간을 좀 줘."

44

알리시아가 도시의 변두리를 정찰한 지 사흘째 되던 날 밤, 먹빛 하늘에 제법 큰 눈송이들이 소용돌이치며 첫눈이 내렸다. 투명하도록 차디찬 겨울 추위가 대지에 내려앉았다. 공기는 깨끗하다 못해 코끝이 찡해질 만큼 매섭게 느껴졌다. 들이마신 공기는 그녀의 폐 안에서 차가운 얼음처럼 선명하게 알알이 터지며, 마치 작은 탄성들이 이어지는 것처럼 그녀의 몸 곳곳으로 퍼져 나갔다. 알리시아는 불을 지피고 싶었지만, 그러면 자신의 존재를 노출하게 될 것이다. 입김으로 손을 녹이고, 발끝의 감각이 둔해진다 싶으면 얼어붙은 대지에 발을 굴러댔다. 이 상황을 설명할 수 있을 것 같은 말이 떠올랐다. 추위의 습격. 전투의 맛과 향이 느껴졌다.

이제 그녀의 옆에 솔저는 없었다. 알리시아가 가고 있는 그곳에 솔저는 따라올 수 없었다. 항상 솔저에게는 뭔가 신성한 것이 깃들어 있는 것 같은 느낌이 들었다. 마치 영혼들의 세계에서 그녀에게 보내진 것처럼 의식 깊은 곳에서 솔저는 알리시아에게 일어나고 있는 일들을 지켜봐 왔다. 어둠의 진화를. 그녀가 산등성이에서 수사슴의 가슴에 칼날을 깊게 박고, 살아 꿈틀대는 심장을 꺼냈던 날 이후로 그녀의 안에서는 사납고 거친 미각이 똬리를 풀고 고개를 쳐들고 있었다. 그 안에는 그녀를 취해 들뜨게 만드는, 차고도 넘치는 힘이 있었다. 하지만 그에는 대가가 따랐다. 알리시아는 궁금했다. 그 힘이 자신을 압도해 뒤덮어버리기 전까지 남아 있는 시간이 얼마나 되는지. 그녀를 감싸고 있는 인간의 허물이 걷히고, 오직 하나의 실체만이 남겨질 때까지. 더 이상 원정대의 정찰저격병 알리시아 도나디오가 아니게 될 때까지.

이제 가, 알리시아가 솔저에게 말했다. 나와 있으면 위험해. 그녀의 두 눈에 눈물이 글썽글썽했다. 알리시아는 돌아서서 솔저를 외면하고 싶었지만, 그럴 수가 없었다. 사랑스럽고 멋진 이 녀석아, 나는 너를 절대 잊지 못할 거야.

마지막 몇 킬로미터는 강을 따라 걸어갔다. 아직 강물은 얼지 않아 막힘없이 흘렀지만, 이도 오래가지는 않을 것이다. 강의 가장자리로 얇게 얼음이 얼기 시작했다. 주변 풍경은 나무 한 그루 보이지 않고 황폐했다. 해 질 녘이 되자 지평선으로부터 도시가 그 모습을 드러내기 시작했다. 알리시아는 그 냄새를 벌써 몇 시간째 맡는 중이다. 냄새가 얼마나 넓은 지역에 퍼졌는지 그녀는 놀랄 뿐이었다. 알리시아는 누렇게 바랜 손으로 지도를 짐에서 꺼내 주변 지형을 살폈다. 언덕 위에 솟아 있는 돔, 그릇처럼 생긴 스타디움, 수력 발전 댐이 있는 둘로 갈라지는 강, 크레인이 있는 거대한 콘크리트 구조물, 철사로 둘러싸인 채 줄지어 서 있는 막사들 – 모두 15년 전에 그리어가 그려놓은 그대로였다. 그녀는 RDF(무선 방향 탐지기)를 꺼내고 게인Gain(증폭기의 진폭 이득-옮긴이)을 얼어 감각이 없어진 손으로 조정했다. 그리고 RDF를 앞뒤로 쓸었다. 정전기가 한 번 일더니, 바늘이 1인치 정도를 가리키고 있었다. 수신기는 돔을 향해 있었다.

그녀가 마침내 목표물을 찾아내는 데 성공했다.

그녀는 한낮의 가장 밝은 몇 시간 동안을 빼고는 더 이상 안경이 필요하지 않았다. 어떻게 이런 일이 일어난 거지? 내 눈에 무슨 일이 일어난 거야? 알리시아는 자신의 얼굴을 강에 비춰 살펴보았다. 눈의 오렌지색 빛이 계속해서 흐려지고 있었다. 무슨 일이지, 어떻게 되는 걸까? 그녀는 거의…… 정상으로 보였다. 평범한 인간 여자로 보였다. 정말 그런 것인지 잠시 생각했다.

첫 이틀 동안은 도시의 방어력을 파악하기 위해 도시 주변을 돌며 보냈다. 차량, 인력 그리고 무기 등의 요소들을 고려의 대상에 넣었다. 정문에서 시작되는 정기적 순찰은 피하기 쉬운 편이었다. 마치 실제적인 위험은 없다는 듯 그들의 행동은 형식적이었다. 우선 소형 트럭들이 막사로부터 출발해 도시의 구석구석으로 흩어졌다. 그러고는 사람들을 태우고 공장과 농장 그리고 들판으로 실어 나른 후, 날이 어두워지면 다시 돌아왔다. 며칠을 도시를 관찰하며 파악하고 나자, 도시가 일종의 감옥이라는 것이 알리시아의 눈에 들어왔다. 노예와 노예 주인으로 이루어진 인간의 군락. 그 통제의 구조는 그다지 보잘것없어 보였음에도 말이다. 울타리의 인력 배치는 엉성해서 많은 경비원들은 심지어 무장도 하지 않은 것처럼 보였다. 사람들을 통제하고 있는 힘이 무엇이든, 그건 도시의 더 깊은 내부로부터 나오고 있는 것이었다.

그녀의 이목은 두 개의 구조물로 좁혀져 집중되었다. 첫 번째 것은 크레인들이 있는 커다란 구조물이었다. 하나의 거대한 덩어리와 같은 요새의 모습을 한 건물이었다. 쌍안경으로 알리시아는 하나의 출입구를 확인했는데, 여러 개의 금속 문으로 밀폐된 거대한 출입구였다. 크레인들이 가동되지 않는 것으로 보아, 건물의 건축은 완성된 것으로 보였으나 외견상 보이는 모습과는 달리 아직 사용되고 있지는 않은 것 같았다. 저 건물의 용도는 뭐지? 바이럴들을 피해 숨기 위한 피난처, 마지막 은신처 같은 건가? 그럴 수도 있을 것 같았다. 도시에서 그런 종류의 위기감은 어떤 것도 느껴지지 않았지만 말이다.

다른 하나는 스타디움이었다. 스타디움은 울타리가 쳐진 인접한 단지에 있는 도시의 남쪽 경계 바로 너머에 있었다. 벙커 같아 보이는 첫 번째 구조물과는 달리, 스타디움에서는 일상적인 활동들이 관찰되었다. 차량들이 들락거렸다. 거의 항상 땅거미가 질 때쯤 혹은 땅거미가 지고 난 직후에, 택배용 트럭Step Van(북미에서 우편이나 소품 배달에 사용하는 트럭-옮긴이)이나 그보다 좀 더 큰 트럭들이 오더니 아마도 지하로 이어지는 것으로 보이는 경사로 아래로 사라졌다. 트럭들이 싣고 있는 화물의 정체는 알리시아가 지켜본 지 나흘째가 되던 날까지는 알 길이 없었다. 나흘째가 되던 날 가축 운반차가 소들을 가득 싣고 와서는 램프 아래로 사라졌다.

저 아래에서 뭔가가 사육되고 있었다.

그리고 5일째 되던 그날 정오가 막 지난 시각, 자신의 야영지로 삼은 수로에서 쉬고 있던 알리시아는 멀리서 들려오는 강력한 폭발음을 들었다. 그녀는 쌍안경을 들고 도시의 중심부를 살폈다. 언덕 아래에서 자욱한 검은 연기 기둥이 솟구쳤다. 최소한 건물 하나 이상이 불길에 휩쓸려 타고 있었다. 남자들과 차량들이 현장으로 달려가는 모습이 보였다. 소방 자동차도 불길을 끄기 위해 현장으로 가는 중이었다. 알리시아는 이제 노예들과 그들의 감시자 정도는 구별할 수 있었다.

그런데 이 사건에서 새롭게 제삼 부류의 사람들이 나타났다. 그들은 모두 세 사람이었다. 그들은 폭발 사고 현장에서 구조된 마약 중독자 같은 행색의 사람들과는 완전히 다른 모습이었다. 그들은 날렵하게 잘

빠진 검은 차를 타고 사고 현장에 들이닥쳤다. 차에서 내려 겨울 햇살 가운데 그 모습을 드러내고는 넥타이를 고쳐 매고, 입고 있던 정장의 주름을 펴느라 부산을 떨기까지 했다. 저들이 입고 있는 이상한 복장은 대체 뭐지? 그들은 모두 눈을 무거워 보이는 짙은 색의 안경으로 가리고 있었다. 한낮의 강한 햇살 때문인 건가 아니면 다른 이유라도 있는 건가? 현장에 나타난 그들의 존재는 마치 돌 하나가 잔잔한 연못 수면에 물결을 일으키는 것처럼 즉각적인 반응을 일으켰다. 현장에 있던 다른 사람들에게서 불안해하는 기색이 역력히 드러났다. 양복을 입은 사람들 중 한 명은 클립보드 위의 종이에 뭔가 열심히 기록했으며, 다른 두 사람은 손을 마구 거칠게 휘두르며 큰 소리로 사람들에게 명령을 내렸다. 내가 뭘 보고 있는 거지? 그건 지배력의 계급 제도인 게 확실했다. 이 도시에 대한 모든 것들은 하나의 존재를 의미하고 있었다. 그럼 대체 폭발 사고는 뭐지? 단순 사고인가 아니면 의도된 무엇인 건가? 아마도 치명적인 약점?

알리시아가 받은 명령은 분명했다. 도시를 정찰하고, 위협을 평가하고, 60일 후에 커빌로 돌아와 보고하라. 그것이 그녀가 수행해야 할 명령이었다. 어떠한 경우에도 도시의 주민들과의 교전은 할 수가 없었다. 그러나 철조망 바깥에만 머물러 있으라는 지시는 없었다.

좀 더 가까이에서 도시를 파악해봐야 할 때가 된 것이다.

알리시아는 스타디움을 선택했다.

그녀는 이틀 동안을 더 트럭들이 오가는 모습을 관찰했다. 울타리는 문제가 안 되었다. 하지만 지하로 침투하는 것은 까다로운 일이었다. 출입구는 요새의 정문처럼 뚫고 들어가는 것이 불가능해 보였다. 출입구는 오직 트럭이 램프의 꼭대기에 도착해야만 열렸으며, 트럭이 통과하자마자 재빨리 닫혔다. 모든 것이 완벽하게 타이밍에 맞춰 조율되어 있었다.

셋째 날 해 질 녘이 되자, 우거진 관목 뒤에 있던 알리시아는 권총집에 꽂혀 있는 브라우닝 한 자루와 칼집에 넣어 자신의 등 뒤에 매고 있는 칼 한 자루를 빼고는 모든 무기를 벗어서 내려놓았다. 그녀는 이미 사용되지 않는 몇 개의 건물들 중 하나에서 철조망을 기어오르는 자신의 모습을 가려줄 만한 장소를 물색해 둔 터였다. 이 건물들과 램프 사이에는 90미터 정도 거리의 탁 트인 공터가 자리하고 있었다. 트럭이 일단 모퉁이를 돌아 나오기 시작하면, 알리시아에게는 그 거리를 가로질러 갈 시간이 6초 정도 허락되었다. 쉬운 일이야, 알리시아가 자신에게 속삭였다. 아무것도 아닌 일이야.

알리시아는 울타리 위에 발을 지탱할 만한 위치를 찾아 선 다음, 건물의 뒷벽에 기댄 채 종종걸음으로 서둘러 움직여 모퉁이 주변을 집중해 살폈다. 정확한 시간에 맞춰 트럭이 스타디움을 향해 달려오고 있었다. 운전사는 굽은 길이 가까워오자 기어를 저속으로 바꿔 넣었다.

출발.

트럭이 램프의 꼭대기 부분에 이르렀을 때, 알리시아는 겨우 8미터 남짓 트럭 뒤에 따라붙어 있었다. 사슬들이 덜커덕거리는 소리가 들리며, 출입구 문이 올라가기 시작하더니 끝까지 올라가 멈췄다. 그녀가 껑충 공중으로 뛰어올라, 트럭의 지붕 위에 내려앉더니 문 아래를 지나가는 1초도 안 되는 순간에 얼굴을 아래로 떨구었다.

맙소사, 내가 해냈어.

이미 알리시아는 그들의 존재를 느끼고 있었다. 그녀의 피부를 따라 너무나도 익숙한 오싹함이 느껴지고, 두개골 깊숙한 곳에서는 저 먼 해변을 어루만지고 쓸려 나가는 파도 소리와 같은 침을 흘리며 중얼대는 소리가 들려왔다. 속도를 줄인 트럭은 터널을 지나고 있었다. 알리시아의 눈앞에 두 번째 문이 보였다. 운전사가 경적을 울리고 문이 올라가더니 트럭이 통과했다. 또다시 3초 정도가 흐르고 트럭이 멈춰 섰다.

그녀는 한쪽 면의 길이가 15미터쯤 되어 보이는, 넓고 뻥 뚫린 공간에 들어와 있었다. 트럭의 앞 유리창 꼭대기 너머로 슬쩍 주위를 엿보자, 알리시아의 눈에 여덟 명의 남자가 들어왔다. 6명은 소총으로 무장하고 있었으며, 나머지 둘은 물탱크와 긴 강철 막대기가 달린 무거운 배낭을 메고 있었다. 저 멀리 보이는 공간의 끝에 3번째 문이 있는 것이 보였는데, 그 문은 다른 문들과는 달라 보였다. 문틀에 두꺼운 빗장이 설치된 무거운 강철 기계 장치 같아 보였다.

남자들 중 하나가 트럭을 향해 어슬렁어슬렁 걸어왔다.

"얼마나 신고 왔어?"

"평소에 신고 오던 거 그대로지 뭐."

"그냥 무리 하나라고 해도 되려나?"

"아 이런 진짜, 알게 뭐야. 발주서에 뭐라고 되어 있는데?"

서류를 뒤적이는 소리가 들렸다. "글쎄, 안 보이는 것 같은데." 두 번째 남자가 대답했다. "무리 하나라고 하면 되겠지, 뭐."

"아직 내기 판에 돈 걸 수 있어?"

"네가 원한다면, 뭐."

"나는 7초에 걸게."

"7초는 소드가 이미 걸었는데. 너는 다른 데에 걸어야 해."

"그럼, 6초." 운전석 문이 삐걱 소리를 내며 열렸고, 알리시아는 그가 콘크리트 바닥에 발을 내딛는 소리를 들었다. "나는 소들이 더 좋다. 시간이 더 걸리거든."

"넌 완전 미친 새끼야, 알아?" 잠시 대화가 끊겼다.

"네 말이 맞기는 하는데, 꽤 멋지잖아." 그가 트럭이 아닌 다른 쪽을 향해 소리를 질렀다. "됐어, 자 모두, 이제 쇼를 시작해야지! 불빛을 어둡게 하라고!"

'탁' 소리와 함께 불이 모두 꺼지고, 대신 땅거미가 질 때 볼 수 있는 푸른색의 불빛이 천장을 따라 달린 새장을 닮은 보호망 안에 있는 전구로부터 뿜어져 나오기 시작했다.

모든 남자들이 저 멀리 보이던 그 문으로부터 계속 뒤로 물러나고 있었다. 그 문 반대편에 무엇이 있는지 의심의 여지가 없었다. 알리시아는 그 뒤에 무엇이 있는지 뼛속까지 확실히 느꼈다. 천장에서 철문 하나가 내려오기 시작하더니, 갑자기 덜컥하고 멈췄다. 등에 배낭을 멘 남자들이 그 문 근처에 자리를 잡고 섰다. 그들이 들고 있는 막대기 끝 심지에서는 일렁이는 불길이 춤추고 있었다. 트럭 운전사가 뒤로 가 짐칸의 문을 열었다.

"자, 이제 너희 다 나와."

"제발요," 어떤 남자가 애원했다. "이러지 않아도 되잖아요! 당신은 저들과 다르잖아요!" "괜찮아, 네가 생각하는 그런 거 아냐. 이제 얌전히 굴기만 하면 돼."

이번에는 여자의 목소리가 들렸다. "우리는 아무 짓도 안 했다고! 나는 이제 겨우 서른여덟이라고!"

"정말? 내가 보기에 너는 확실히 그거보다는 훨씬 늙어 보여." 딸깍, 하고 리볼버 권총의 공이치기를 당기는 소리가 들렸다. "너희 모두 다

어서 움직여."

손목과 발목에 족쇄가 채워진 채, 남자 여섯과 여자 네 명이 하나씩 차례로 트럭에서 끌려 내려왔다. 그들 모두 목숨을 구걸하며 흐느껴 울고 있었다. 몇몇은 제대로 서 있지도 못했다. 두 명의 남자가 자신들의 소총을 겨누고 있는 동안, 운전사가 열쇠 꾸러미를 들고 다니며 족쇄의 사슬들을 풀어줬다.

"족쇄는 왜 풀어주는 건데?" 다른 경비원들 중 하나가 물었다.

"제발, 이러지 마요!" 좀 전의 그 여자가 울부짖었다. "이렇게 애원할게요! 나에게는 아이들이 있다고요!"

운전사가 손등으로 여자를 후려쳐 땅바닥에 넘어뜨렸다. "내가 닥치라고 했지?" 그러더니 족쇄 한 쌍을 집어 들어서는, 자신에게 족쇄를 왜 풀어주냐고 물었던 경비원에게 건넸다. "너라면 일이 다 끝나고 난 뒤에 이것들을 네 손으로 닦고 싶어? 나는 절대로 싫거든."

도시 주민들과는 교전하지 말 것, 알리시아는 그 말을 되뇌기 시작했다. 도시 주민들과는 교전하지 말 것. 도시 주민들과는 교전하지 말 것.

"소드?" 운전사가 누군가의 이름을 불렀다. "그쪽은 준비된 거야?"

돼지같이 생긴 남자 하나가 제어 패널 옆으로 물러섰다. 그가 레버 하나를 움직이자, 문이 조금 들썩이다 멈췄다. "잠깐만 기다려. 꽉 끼어서 움직이지 않아."

교전하지 말 것, 교전하지 마, 교전하지 말라고…….

"자, 이제 됐어."

이런 빌어먹을, 젠장.

알리시아는 어느새 자신이 트럭 지붕에서 몸을 굴려 내려와 운전사와 얼굴을 마주하고 있다는 걸 깨달았다. "안녕."

"이런 씨발…… 너 누구야?"

알리시아는 자신의 칼을 뽑아 운전사의 갈비뼈 사이에 꽂아 넣었다. 급한 숨을 몰아 내쉬며, 운전사가 휘청휘청 뒷걸음질을 쳤다.

"모두," 알리시아가 소리를 질렀다. "바닥에 엎드려!"

그녀는 브라우닝 권총을 빼 들고는 앞으로 나아갔고, 그녀의 손에 들린 권총은 흔들림 없이 한 발, 한 발 불을 내뿜었다. 경비원들은 너무 놀란 나머지 아무런 반응도 보이지 못한 채 서 있었다. 한 명, 한 명 알리시아는 그들을 차례대로 겨냥해 쐈고, 그들은 썩은 내 나는 더러운 피를 내뿜으며 쓰러졌다. 머리, 심장, 그리고 다시 머리. 그녀의 뒤에 있던 끌려 온 사람들이 미친 듯 비명을 질러대기 시작했다. 알리시아의 정신은 유리처럼 맑고 또렷했다. 공기 중에 피의 달콤하고 중독성 강한 향기가 가득 차기 시작했다. 알리시아는 어쩔 줄 모르고 있는 그들에게 총을 겨누었고, 번개처럼 그들을 소멸시켰다. 그녀의 탄창에는 총알 아홉 발이 들어 있었다. 이제 한 발만을 남겨둔 채 경비원들을 모두 끝낼 참이었다.

그녀를 사로잡은 건 화염 방사기를 메고 있던, 경비원들 중 한 명이었다. 그 경비원은 분명 그럴 의도는 아니었지만 말이다. 알리시아가 방아쇠를 당기는 순간, 그는 단지 자기 자신을 방어하려고 했을 뿐이었다 – 고개를 숙이고 알리시아에게 등을 돌리는 본능적인 행동이었을 뿐인데.

45

"서류."

손가락을 떨지 않으려고 애쓰며, 사라는 위조된 통행증을 경비원에게 내밀었다. 사라의 심장이 갈비뼈를 망치로 두들겨 때리듯 마구 뛰고 있었기에, 어떻게 이 여자가 그 소리를 듣지 못하는지 의아하기만 했다. 여자는 사라의 통행증을 낚아채 재빨리 훑어보고는, 마지막으로 한 번 더 확인하기 전에 눈을 들어 사라의 얼굴을 보더니 아무 표정 없이 통행증을 내밀어 돌려줬다.

"다음."

사라는 회전식 철망 문을 밀고 통과했다. 마지막 하나가 남아 있었다. 일단 반대편에 들어서게 되면, 그녀는 이제 혼자였다. 그 너머에는 도살장에 있는 것 같은 울타리가 쳐진 활송 장치(사람들이나 자재들을 미끄럼대로 이동시키는 장치–편집자)가 있었다. 한 무리의 주간 노동자들이 뒤섞여 할당된 일들을 힘겹게 해내고 있었다. 관리인, 주방 노동자, 기계공들이 보였다. 활송 장치 양쪽에는 더 많은 콜들이 으르렁거리는 개들의 목줄을 움켜쥔 채 뒤에서 감시하고 있었다. 플랫랜더들 중 누구 하나라도 깜짝 놀라 움찔할 때마다 콜들이 웃는 모습도 보였다. 가방들은 수색을 당했고, 출입하는 이들은 누구나 몸수색을 받았다. 사라는 숄을 머리에 두르고 시선을 피했다. 진짜 위험한 상황은 그녀를 아는 누군가를 마주치게 되는 일이었다. 그가 콜이든 플랫랜더이든 그건 중요하지 않았다. 시종들의 머릿수건을 쓰고 난 후에야, 그녀는 자신의 진짜 신분을 숨긴 채 안전해질 수 있었다.

유스터스가 어떻게 그녀를 돔에 들여보낼 수 있었는지, 사라는 알 길이 없었다. 그가 '우리는 어디에든 있어요.'라고 말한 것이 전부였다. 안에 들어가게 되면 그녀의 접선책이 그녀를 찾아오기로 되어 있었다. 속뜻을 숨긴 일상적인 대화, 암호를 주고받고 나면 그들은 서로 상대의 정체를 확인할 수 있게 된다. 사라는 눈에 띄지 않으려고 고개를 숙인 채 땅만 바라보며 언덕을 걸어 올라갔다. 하지만 다시 생각해보니 정말 그럴지 의심이 들었다. 주위를 둘러보기라도 하는 것이 좀 더 자연스러운 것 아닐까? 심지어 이곳은 공기조차 달랐다. 좀 더 깨끗한 공기가 느껴졌다. 하지만 정작 여기에 감도는 기운은 위험이 북적거리며 가득한 느낌이었다. 눈을 내리깔고 가던 그녀의 시선 주위에서 두셋씩 짝지어 오가는 인사 관리팀 소속 인원들이 느껴졌다. 아마도 차량 폭탄 테러 때문에 경비 인력이 늘어났는지도 모를 일이었다. 하지만 누가 알겠어? 어쩌면 항상 이런 건지도 모르지.

돔은 콘크리트 바리케이드들로 둘러싸여 있었다. 사라는 검문소에 통행증을 보여주고 청동 문틀에 한 쌍의 거대한 문이 있는 출입구로 이어지는 넓은 계단을 걸어 올라갔다. 문 앞에 서서 그녀는 한껏 숨을 들이마셨다. 그녀가 생각했다. 자 이제 시작이군.

그때 문이 활짝 열리고, 사라는 옆으로 급히 비켜섰다. 빨간 눈 둘이 스치듯 지나갔다. 추위에 그들이 입은 정장의 깃은 올려 세워져 있었고, 그들 손에서 가죽 서류 가방이 흔들렸다. 사라는 자신이 그들의 시선을 피했다고 생각했지만, 그때 왼쪽에 있던 빨간 눈이 맨 위 계단에서 멈춰서더니 몸을 돌려 그녀를 바라봤다. "다닐 때 앞을 보고 조심해서 다녀, 플랫랜더."

사라는 그들의 눈을 피하기 위해 뭐든 하며, 계속 바닥만 내려다보았다. 까만 안경 뒤에 숨겨진 그들의 모습마저도 그녀의 속을 뒤틀리게 만드는 힘이 있었다. "죄송해요, 제가 잘못했어요."

"내가 너에게 말하고 있을 때는 내 얼굴을 봐."

함정인 것 같았다. "일부러 그런 게 아니에요." 그녀가 중얼거렸다. "통행증도 있어요." 사라가 통행증을 내밀었다.

"나를 보라고, 내가 말했잖아."

모든 본능적인 저항을 무릅쓰고, 사라는 천천히 얼굴을 들었다. 그녀가 걱정으로 어쩔 줄 몰라 하는 동안, 빨간 눈은 통행증을 받아들려는 생각은 않고 표정을 전혀 읽을 수 없는 그의 안경 뒤에서 사라를 살펴보았다. 또 다른 빨간 눈의 관심은 다른 데에 있었다. 그는 그들의 일과 중 갑자기 일어난 예기치 않은 일에 매달려 있는 자신의 동료를 달래주려고 했다. 사라는 그들에게 확실히 어린아이 같은 유치한 부분이 있다는 생각이 들었다. 부드러운 피부의 흠잡을 데 없는 얼굴과 소년 같은 유연한 몸을 가진 그들은 마치 '잘 차려입기' 놀이를 하는, 덩치만 불쑥 자란 어린아이들 같았다. 그들에게는 모든 게 게임이었다.

"우리들 중 누가 너에게 뭔가를 하라고 하면, 너는 그냥 해야만 하는 거야."

다른 빨간 눈이 짜증이 난 듯 참지 못하고 볼에 바람을 잔뜩 불어넣어 부풀어 올렸다. "너 오늘 대체 뭐가 잘못된 거야? 이 여자는 아무것도 아니라고. 우리 그냥 좀 가면 안 될까?"

"마무리 짓기 전에는 안 돼." 그러더니 사라에게 물었다. "내 말 알아들었어?"

사라는 그녀 몸의 혈관 속 피들이 모두 얼어붙는 것 같았다. 고개를 돌리지 않기 위해 그녀는 안간힘을 썼다. 저 악마 같은 눈, 입꼬리까지 비틀어 올린 비웃음. "네," 사라가 말을 더듬었다. "정확히 알아들었습니다."

"말해봐. 너는 어떤 일을 담당하고 있지?"

"뭘 담당하냐고요?"

잡은 쥐를 발로 억누르고 있는 고양이처럼, 빨간 눈의 얼굴에 기분 나쁜 미소가 잠깐 스쳐 지나갔다. "그래, 네가 하는 일. 너에게 주어진 일이 뭐냐고."

사라가 비굴하게 어깨를 으쓱해 보였다. "저는 그냥 청소를 해요." 그가 반응을 보이지 않자 "저는 시종이 되려고 왔어요."라고 말을 덧붙였다.

빨간 눈이 그녀의 대답이 만족스러운지 아닌지 결정이라도 하는 듯 사라를 좀 더 살펴봤다. "그래, 내가 좋은 조언을 하나 해줄게, 플랫랜더. 너 저 문을 지나 안으로 들어가거든 최선을 다해 조심하는 게 좋을 거야. 많은 게 필요하지는 않아."

"네, 그렇게 하겠습니다. 감사합니다."

"그럼 당장 가서 일해."

사라는 몸의 긴장이 풀릴 때까지, 그 빨간 눈 둘이 계단을 완전히 내려가는 것을 지켜보았다. 젠장, 그녀는 생각했다. 오 오 제발, 정신 바싹 차려. 사라 너는 지금 저런 것들이 우글거리고 있는 이 건물 안으로 걸어 들어가려고 하고 있잖아.

사라는 용기를 내어 문을 열었다.

그녀는 문을 열자마자 실내의 거대한 크기에 바로 압도되고 말았다. 특히 그녀의 공간 감각이 미처 가늠할 수 없는 공간의 수직적 거리감에 의해 왜곡되는 것 같았다. 반짝이는 대리석 바닥과 여러 층으로 이어지는 발코니들, 그리고 굽어 돌아가는 웅장한 계단들. 사라는 여태까지 이런 규모의 장소를 본 적이 없었다. 천장마저도 머리 꼭대기 한참 저 위에 있었다. 큐폴라의 커튼이 쳐진 높은 창문으로 빛이 감소된 햇살이 스며 들어와 실내를 마치 황혼이 깃든 것처럼 어둡게 밝히고 있었다. 모든 것들이 요란하면서도 고요해 보였다. 가장 작은 소리마저도 텅 빈 공간 속으로 사라지기 전까지 계속 울려 퍼졌다. 콜들이 방들 주위와 계단에 일정한 간격으로 배치돼 경비를 서고 있었다. 한가운데에서는 수속 테이블에 10명의 노동자들이 한 줄로 서 차례를 기다리는 중이었다. 사라는 어깨에 연장 가방을 메고 있는 남자의 뒤에 가 섰다. 남자의 어깨 너머로 앞에 무슨 일이 기다리고 있는 건지 보고 싶은 마음이 굴뚝같았지만, 그 때문에 안절부절못할 정도는 아니었다. 앞사람의 통행증에 스탬프가 찍힐 때마다 줄이 조금씩 앞으로 움직였다. 그녀의 차례도 다섯 번째, 세 번째 그리고 두 번째가 되었다. 연장 가방을 메고 앞에 서 있던 남자가 옆으로 비켜서자, 수속 테이블에 앉아 있는 사람의 모습이 보였다.

베일이었다.

사라의 심장이 아드레날린 때문에 미친 듯이 마구 뛰었다. 그녀는 한 발자국도 떼어놓을 수가 없었다. 숨도 쉴 수 없었다. 맡은 임무를 시작하기도 전에 모든 게 끝장이 날 판이었다. 그녀의 명령은 분명했다. 사라는 살아서 잡히면 안 됐다. 니나는 사라가 잡힐 경우 빨간 눈들이 그녀에게 무슨 짓을 할지 아무런 망설임도 없이 설명해줬다. 당신이 여태껏 절대 한 번도 경험해보지 못한 것들일 거예요. 차라리 죽여달라고 애원하게 될 거예요. 망설이면 안 돼요. 내가 뭘 할 수 있지? 그냥 뛰어달아나며 그들이 총으로 나를 쏴 죽이기를 기도해야 하는 거야?

"아가씨, 괜찮은 거예요?"

베일은 사라의 통행증을 받기 위해 손을 뻗으며, 기대에 찬 눈빛으로 그녀를 쳐다봤다.

"뭐라고 했어요?"

"당신…… 괜…… 찮…… 은 거냐고요?"

마치 절벽 끝에서 떨어지려는 자신을 누군가 뒤로 휙 낚아채 살려준 것 같았다. 사라는 알맞은 대답을 찾으려고 말을 더듬거렸다. "그냥 좀 긴장이 돼요."

만약 베일이 사라를 보고 놀랐다면, 그의 얼굴에 분명 티가 났을 거였다. 베일은 그야말로 그녀보다 훨씬 능숙한 배우였던 셈이었다. 사라가 베일을 알고 지낸 지난 몇 년 내내, 그녀는 아무것도 눈치채지 못하고 있었던 거였다.

"돔에 처음 들어와보는 거라면 좀 당혹스러울 수 있어요. 당신이 새로 일하게 된 여자, 다니인 것 같은데, 맞아요?"

사라가 고개를 끄덕였다. 다니, 이제 그게 그녀의 이름이었다. 사라가 아니라.

그녀는 소매를 걷어 올리고 팔을 뻗었다. 이미 유스터스가 기록 보관소의 내부자를 이용해 사라의 새로운 가짜 신분에 번호가 부여되도록 조치해놓은 것이다. 베일이 그 번호를 서류에 기록하는 척 또 다른 작은 연기를 했다.

"당신은 윌크스 부국장에게 출근 보고를 하게 되어 있는 것 같군요."
그가 다른 콜에게 그의 테이블 업무를 대신 맡아달라고 손짓했다. "저
를 따라오세요."

사라는 그 이름을 몰랐다. 그러나 부국장이라니 – 그는 고위 참모들
중 한 명임에 틀림이 없었다. 베일이 그녀를 데리고 짧은 복도를 지나
반짝이는 거울처럼 매끈한 금속 문이 달린 엘리베이터가 있는 곳까지
갔다. 엘리베이터를 기다리며 둘은 아무 말 없이 앞만 바라보고 있었다.
"자, 안으로 들어가요."

사라의 뒤를 따라 타며, 베일이 6층 버튼을 눌렀다. 엘리베이터가 위
로 올라가기 시작했다. 베일은 여전히 그를 쳐다보지 않고 있었다. 사
라는 과연 그가 무슨 말이라도 할지 궁금해졌다. 그리고 그들이 4층을
지나자 그가 다시 팔을 엘리베이터 조작판으로 뻗더니 스위치 하나를
젖혔고, 엘리베이터가 갑자기 멈췄다.

"우리 지금 아주 짧은 시간밖에 없어요." 베일이 말했다. "당신은 라
일라라는 여자에게 가게 될 거예요. 이건 정말 우리가 생각해오던 그
어떤 것보다 좋은 기회죠."

"라일라가 누군데요?"

"그 여자가 바이럴들을 조종하고 있는 유일한 사람이에요. 우리의 주
요 타깃이에요. 그녀는 엄청나게 삼엄한 경호를 받고 있고, 거의 자신
의 방을 나오지도 않아요."

베일의 말을 하나라도 놓치지 않으려고 사라의 마음이 조급해졌다.
"내가 뭘 하면 되죠?"

"지금 당장은 그냥 라일라를 지켜보세요. 그녀의 신임을 얻도록 노력
하고요. 더 이상은 당신과 내가 이렇게 직접 얘기할 기회가 없어요. 전

해야 할 메시지가 있다면, 당신에게 식사를 전해주는 도우미 소녀를 통해 전달될 거예요. 만약 당신 쟁반의 숟가락이 위가 아래로 거꾸로 엎어져 있다면, 당신 접시 밑에 종이가 있다는 신호입니다. 우리에게 메시지를 전달할 때도 같은 방법으로 하면 돼요. 하지만 오직 긴급한 사항이 있을 때만 연락해야 해요. 알았죠?"

사라가 고개를 끄덕였다.

"나는 항상 당신을 좋아했어요, 사라. 나는 당신을 보호하기 위해 내가 할 수 있는 일을 했다고 생각하고 싶어요. 그러나 이제 그런 건 아무것도 중요하지 않아요. 만약 빨간 눈들이 당신의 정체를 알아차린다면, 나는 당신을 도울 수가 없어요." 그가 자신의 허리끈 뒤로 손가락을 집어넣어 사각형의 작은 금속 호일을 꺼내 사라의 손에 쥐어주었다. "이건 항상 들키지 않게 조심해요. 안에 압지押紙가 한 장 들어 있어요. 니나가 당신을 기절시키기 위해 썼던 것과 똑같은 화합물에 적셔둔 거예요. 단 농도가 훨씬 높죠. 그걸 당신 혀 밑에 넣어요. 몇 초 밖에 안 걸릴 겁니다. 지하실로 끌려가는 것보다 그게 훨씬 나으니까 내 말대로 해요."

사라가 받아든 포장을 자신의 바지 주머니 속에 넣었다. 이제 죽음이라는 녀석이 항상 그녀와 붙어 다니게 됐다. 때가 닥치는 경우, 그럴 배짱이 생겼으면 좋겠다는 생각이 들었다.

베일의 손이 스위치 위에 올라가 있었다. "준비됐죠?"

엘리베이터가 한 번 울컥 요동치더니 다시 위로 움직이기 시작했고, 그들이 가야 하는 6층에 도착하자 층수를 알리는 번호판에 숫자가 떴다. 순식간에 자신의 본래 역할로 돌아온 베일은 한 손을 올려 사라의 팔꿈치 바로 위를 잡고 있었다. 엘리베이터 문이 양쪽으로 열리자 검은 이빨의 몸집이 큰 콜 하나가 엉덩이에 손을 올려놓은 채 그들을 노려보고 있었다.

"이 엘리베이터 도대체 어떻게 된 거야?" 그러더니 그가 사라를 발견하고서 "이 여자는 여기 무슨 일인데?"

"새로 온 시종이에요. 제가 윌크스 씨에게 데려가는 길이고요."

그 콜이 사라를 위아래로 살펴보더니, 그의 눈썹을 외설스럽게 씰룩거렸다. "안됐군, 예쁜 년이."

베일은 사라를 육중한 나무 문들이 늘어서 있는 복도로 데려갔다. 각 문의 옆 눈높이 정도 되는 곳에는 이름과 직함이 새겨져 있는 황동판이 있었는데, 그들 중 일부는 플랫랜드 여기저기에 붙여놓은 선전 벽보에서 본 기억이 있었다. "에이든 홉펠, 선전부 장관", "클레이 앤더슨, 공공사업부 장관", "데릴 치, 소재자원재활용부 장관", "바이크람 수레시, 공중보건부 장관". 둘은 마지막 문까지 갔다. "프레드릭 윌크스, 비서실장 겸 홈랜드 부국장"

"들어와."

사무실의 주인은 책상 위의 서류 더미 위로 몸을 숙이고 만년필로 뭔가를 마구 끼적거리는 중이었다. 그의 등 뒤, 커튼이 쳐진 창문을 통해서 음침할 정도로 약해진 겨울 햇빛이 들어오고 있었다. 잠시 시간이 흐르고, 그가 고개를 들어 쳐다봤다.

"다니라고 했었나, 맞지?"

사라가 고개를 끄덕였다.

빨간 눈이 베일을 보고 말했다. "밖에서 기다리시오."

문이 딸깍 소리를 내며 닫혔다. 윌크스가 의자에 기대어 몸을 뒤로 젖혔다. 그에게서 피곤한 기색이 느껴졌다. 그는 서류 더미에서 종이 한 장을 꺼내어 읽었다.

"젖소 축사라. 그곳에서 일했나?"

"네, 부국장님."

"육친은 아무도 없고."

"없습니다, 부국장님."

월크스가 책상 위의 종이로 시선을 돌렸다. "그래, 오늘 자네 운이 좋은 날인 것 같군. 자네는 앞으로 라일라의 시중을 들게 될 거야. 그 이름이 자네에게 어떤 의미가 있을까?"

사라가 가볍게 고개를 저었다.

"소문은 들어봤겠지, 아마? 우리는 모든 것에 보안이 항상 가능하다는 환상은 갖고 있지 않다네. 들어본 적이 있으면 말해도 돼."

엄청난 노력 덕택에, 사라는 가까스로 그의 눈을 보며 마주할 수 있었다.

"아뇨, 저는 들어본 적이 없어요."

말을 이어가기 전에 월크스가 잠시 뜸을 들였다. "그래, 라일라는 좀 특이한 부류의 사람이라고 말해두면 되겠군. 일 자체는 꽤 간단한 편이지. 기본적으로는 그녀가 말하는 건 뭐든 해주면 돼. 자네도 그녀가 – 이걸 뭐라고 하는 게 좋을까? 그래, 예측하기 힘들다는 걸 알게 될 거야. 라일라가 자네에게 부탁하는 일들 중 어떤 것들은 이상해 보일 거야. 자네가 감당할 수 있을까?"

사라가 사무적으로 고개를 끄덕였다. "네, 할 수 있어요."

"자네가 꼭 해야 하는 일 중 하나는 라일라가 식사를 할 수 있도록 도와주는 거야. 그녀를 좀 구슬리고 달래야 할 거야. 그녀는 고집이 아주 세거든."

"저를 믿으셔도 돼요, 부국장님."

윌크스가 양손을 무릎에 포개 올려놓으며 다시 의자에 등을 기대고 앉았다. "자네도 여기 돔에서의 생활이 플랫랜드의 삶과 비교도 안 될 정도로 안락하다는 것을 알게 될 거야. 하루 세 번 질 좋고 넉넉한 양의 식사를 할 수 있어. 몸을 씻기 위해 뜨거운 물을 사용할 수도 있고. 내가 설명해준 일들 외에는 해야 할 일도 거의 없지. 일을 잘 해낸다면, 앞으로 여러 해 동안 우리가 베푸는 관대한 혜택들을 계속 누리지 못할 이유도 없을 거고. 아이들과는 잘 지내는 편인가?"

"아이들요?"

"그래. 애들을 좋아하나? 애들과 잘 지내는 편인가? 개인적으로는 말이야, 나는 아이들이 사람을 힘들고 지치게 만든다는 걸 알고 있거든."

사라는 갑작스럽게 익숙한 고통이 자신을 파고드는 것을 느꼈다. "네, 부국장님. 아이들을 좋아합니다."

그녀는 윌크스가 뭔가 더 설명해주기를 기다렸지만, 더 이상의 설명은 없었다. 그는 책상 반대편에서 얼마간 좀 더 사라를 뜯어보고 있을 뿐이었다. 그리고 그가 전화 수화기를 집어 들었다.

"그들에게 우리가 간다고 전해주게."

대략 한 시간쯤 지나고, 사라는 자신이 시종의 옷을 입고 어느 한 방의 문턱에 서 있는 것을 깨달았다. 방은 매우 호화롭게 꾸며져 있었는데, 도대체 그 방에 얼마나 많은 정성을 쏟아부은 건지 이해하는 것마저도 어려웠다. 창문들 위에는 무거운 커튼이 드리워져 있었고, 방안을 밝히고 있는 유일한 빛은 방을 돌아가며 세워둔 커다란 나뭇가지 모양의 은색 촛대가 전부였다. 점점 방안이 또렷이 보이기 시작했다. 엄청난 양의 가구와 장식품들은 방을 누군가 사는 곳이라기보다는 오히려 잡동사니들을 모아둔 창고처럼 보이게 했다. 방 한쪽에는 똑같이 속을 두툼하게 채워 넣은 의자 한 쌍과, 술이 달린 빵빵한 베개들로 뒤덮여 있는 널찍한 소파가 광을 낸 나무로 만들어진 정사각형의 낮은 테이블을 바라보고 놓였는데, 테이블 위에는 책들이 잔뜩 쌓여 있었다. 화려한 무늬의 양탄자가 깔린 바닥에는 더 많은 다양한 색상의 베개들이 흩어져 있었다. 벽은 금테를 두른 무거운 액자 안에 끼워진 유화들로 뒤덮였는데, 훌륭한 솜씨로 그린 궁금증을 자아내는 이상한 옷을 입고 있는 여자들과 그 자녀들의 초상화들이 많을 뿐만 아니라, 풍경화와 말과 개들을 그린 그림들도 있었다. 그림들은 불안한 반쪽짜리 현실을 담아내고 있는 듯했다. 특별히 그중 한 그림이 사라의 눈길을 끌었는데, 파란 드레스에 오렌지색 모자를 쓴 한 여자가 정원에서 어린 소녀 옆에 앉아 있는 그림이었다. 사라는 그림을 좀 더 자세히 보기 위해 가까이 다가갔다. 액자 밑 작은 명판에 "피에르 오귀스트 르누아르, 테라스에서, 1881."이라고 쓰여 있었다.

"그래, 여기 있었구나. 그들이 누구라도 보내줄 때가 되기는 했어."

사라는 뒤로 돌아섰다. 여자 하나가 자신의 가슴 위로 팔짱을 낀 채 침실 출입구에 서 있었다. 그녀의 모습은 사라가 베일과 윌크스의 이야기로부터 상상해본 모습 이상이기도 했고 이하이기도 했다. 사라가 상상했던 모습은 적어도 상당한 풍채를 지니고 있는 사람이었는데, 지금 자신 앞에 서 있는 여자는 오히려 상당히 허약한 모습이었다. 여자는 육십 세 정도 되어 보였다. 그녀의 얼굴에는 주름이 깊은 골을 이루며 이목구비 사이사이에 경계를 만들었고, 그렁그렁한 눈 밑에는 초승달 모양으로 늘어진 피부가 해먹처럼 매달려 있었다. 입술은 유령처럼 창백해서 사실상 얼굴에 입술이 없는 것처럼 보였다. 그녀는 얇고 반짝이는 천으로 만들어 반짝이는 가운을 입고, 머리에는 두꺼운 타월을 터번처럼 두르고 있었다.

"영어 할 줄 알아?¿Hablas inglés?"

사라는 여자를 멍하니 바라봤다. 이 이해할 수 없는 질문에는 어떤 대답을 조합해낸다는 것이 불가능했다.

"너…… 영어…… 할 줄 알아?"

"네," 사라가 대답했다. "영어 할 줄 알아요."

여자가 대화를 이끌어가기 시작했다. "오, 그래. 영어를 할 줄 아는구나. 정말 놀라운 일인데. 내가 대체 얼마나 많이 서비스에다 아주 조금이라도 영어를 할 줄 아는 사람을 보내달라고 부탁했는지 알아? 진절머리가 나서 말도 꺼내기가 싫어." 여자가 산만하게 손을 휘저어댔다. "그러고 보니, 미안하네. 이름이 뭐라고 했지?"

그녀에게 이름을 얘기한 적이 없었는데, 신경 쓰지 말자. "다니예요."

"다니," 여자가 그 이름을 받아 말했다. "정확히 어디 출신이지?"

가장 평범한 대답을 하는 것이 제일 현명할 것 같았다. "저는 여기 출신이에요."

"그래, 물론 여기 출신이겠지. 내 말은 원래 어디 출신이냐는 말이야. 너의 부족, 너와 같이 살던 사람들, 너의 무리 말이야." 여자가 또다시 손을 떨며 흔들었다. "있잖아, 그래, 너의 가족."

대화를 주고받을 때마다, 사라는 자신이 여자가 감추어놓은 기괴함의 모래 늪 속으로 점점 더 깊이 끌려 들어가고 있는 것처럼 느껴졌다. 그럼에도 그녀에게서 뭔가 사랑스러움 같은 것이 느껴졌다. 새장에 갇혀 지저귀고 있는 새처럼 아주 무력해 보였다.

"그렇게 물어보신다면, 실제로는 캘리포니아에서 왔어요."

"아하, 이제야 우리가 뭔가 통하기 시작하는군." 잠시 말을 멈췄다. 그러더니 뭔가 이해가 된다는 표정으로 "오 이런, 알겠어. 너 일하면서 학교까지 다니고 있구나. 왜 그렇다고 말하지 않았어?"

"네? 저, 부인."

"아냐, 괜찮다면," 그녀가 재잘거리기 시작했다. "나를 라일라라고 부르렴. 그리고 그렇게 겸손하지 않아도 돼. 네가 하고 있는 건 훌륭한 일이야. 네 성품을 잘 보여주는 일이지. 물론, 그렇다고 해서 내가 다른 여자들보다 너에게 더 많은 보수를 지급할 거라는 의미는 아니야. 나는 이미 서비스에 분명히 해뒀거든. 시간당 시급은 14달러, 싫으면 그만두는 거야."

14 뭐라고? 사라는 의아해졌다. "14면 괜찮아요."

"그리고 물론 근로자 퇴직 연금 계약, 그것도 우리가 지불할 거야. 그리고 세무 양식 1099도 접수할 거고. 데이비드가 이런 문제에 매우 까다롭게 굴어. 그이야말로 원칙주의자라고 부를 만한 사람이거든. 정말 엄청나게 보수적인 사람이지. 의료 보험 가입은 해주지 않을 거지만, 그건 네가 학교를 통해서 가입할 수 있을 거야." 그녀가 격려라도 해주듯 활짝 웃어 보였다. "자, 우리 이제 다 된 거지?"

사라는 완전히 말문을 잃은 채 고개를 끄덕였다.

"아주 좋았어, 다니. 이건 말을 안 할 수가 없네." 라일라가 말을 계속 이어가며 미끄러지듯 방안으로 왔다. "아주 절묘하게 때를 딱 맞춰서 와줬어. 사실, 정말이지 정확히 마지막 순간에 맞춰 와준 거라고." 그녀가 가운에서 성냥갑을 꺼내더니 화장대 근처에 있는 커다란 칸델라브라Candelabra(나뭇가지 모양의 촛대-옮긴이)에 불을 밝히기 시작했다. "그건 그냥 저기에 놔둬."

그녀가 말한 건 월크스가 사라에게 건네준 쟁반을 가리키는 거였다. 그 위에는 금속 보온병과 컵이 놓여 있었다. 사라는 스카프들이 걸려 있는, 손으로 깎아 만든 화려한 옷장 옆 테이블에 쟁반을 올려놓았다. 라일라는 스탠딩 미러 앞에 서서 어깨를 이쪽저쪽으로 돌려보며, 거울에 비친 자신의 모습을 살펴보고 있었다.

"그래서, 어떻게 생각해?" "네? 무슨 말씀인지……."

라일라가 자신의 복부에 한 손을 올려놓고 가슴 깊이 숨을 들이마시며 배를 손으로 지그시 눌렀다. "이 끔찍한 다이어트, 정말 내가 살면서 이렇게 굶어본 건 처음일 거야. 하지만 효과는 정말 좋은 것 같아. 다니, 너라면 어떻게 하겠어? 2킬로그램쯤 더 뺄까? 솔직히 말해도 돼."

옆으로 돌아서 거울을 보고 있는 여자는 정말 가죽과 뼈만 남아 있는 상태였다. "제가 보기에는 괜찮아 보이세요." 사라가 공손히 대답했다. "저라면 더 빼려고 할 것 같지는 않아요."

"정말로? 왜냐하면 내가 이 거울을 볼 때마다 거울 속 이 뚱보는 도대체 누구지라는 생각이 들거든. 오 이런, 세상에 맙소사. 그런 생각이 들어."

사라는 월크스가 지시한 게 생각이 났다. "제 생각에는 오히려 뭘를 좀 드셔야만 할 것 같아요."

"그런 얘기 들어봤어, 정말이야. 전에 들어본 적 있다니까." 라일라가 두 손을 엉덩이에 올리며 얼굴을 찡그리더니, 목소리를 한 옥타브 내렸다. "라일라, 너무 말랐어요. 라일라, 살 좀 쪄야 해요. 라일라, 이거. 라일라, 저거. 이러쿵, 저러쿵, 블라블라." 그러더니 그녀가 갑자기 놀란 듯 눈이 커졌다. "어머나, 지금 몇 시지?"

"아마도…… 정오쯤 된 것 같아요."

"오 맙소사!" 라일라가 허둥지둥 방을 이리저리 돌아다니며 이런저런 물건들을 집어 들더니 다시 이리저리 내려놓기 시작했다. "거기 가만히 서 있지 말고 좀 도와줘." 그녀가 책 한 더미를 집어 들어 책장에 마구 밀어 넣으며 애원했다.

"뭘 하면 될까요?"

"그냥…… 나도 몰라, 아무거나, 여기……." 라일라가 사라의 손에 베개들을 가득 들려줬다. "얘네들을 저기에 좀 놔. 저기 저거, 그거 위에."

"음, 소파 말씀하시는 거예요?"

"그래그래, 소파 위를 말한 거야."

그러고는 그녀의 얼굴이 전등이라도 켜놓은 것처럼 환해졌다. 경이롭고 행복하고, 그렇게 빛나는 빛이었다. 그녀는 사라의 어깨 너머로 문을 바라보고 있었다.

"우리 예쁜 아기!"

라일라가 어린아이처럼 털썩 주저앉자, 평범한 원피스를 입은 금발의 곱슬머리 소녀가 머리를 찰랑거리며 사라를 지나쳐 팔을 쭉 뻗은 그녀의 품으로 달려가 와락 안겼다.

한 손에 색칠 놀이를 한 종이를 들고 있던 그 소녀는 라일라 머리에 터번처럼 둘린 타월을 가리켰다. "엄마, 목욕했어요?"

"왜에, 그래! 우리 아가는 엄마가 목욕을 좋아하는 걸 어쩌면 이렇게 잘 알까. 정말 똑똑하네, 우리 딸! 엄마에게 말해봐." 그녀가 아이에게 물었다. "오늘 수업은 어땠어? 제니가 책을 읽어줬니?"

"우리 오늘 *피터 래빗*을 읽었어요."

"잘했어!" 라일라의 얼굴이 빛났다. "재밌었지? 책이 마음에 들었어? 그래, 엄마가 너만 했을 때 피터 래빗을 얼마나 좋아했는지 말해줬었는데." 그녀는 아이가 들고 있는 종이로 눈길을 돌렸다. "이건 뭐야?"

여자아이가 종이를 들어 올렸다. "제가 그린 그림이에요."

"엄마를 그린 거야? 엄마랑 우리 딸이 같이 있는 걸 그린 거야?"

"새들이에요. 한 애는 이름이 마사고요, 다른 애는 빌이에요. 둘이 둥지를 만들고 있어요."

잠깐이었지만 라일라의 얼굴에 실망한 기색이 역력했다. 그러나 그녀는 곧 아이에게 웃어 보였다. "왜 아니겠어, 딱 봐도 새들이네. 너의 작고 예쁜 얼굴의 코처럼 한눈에 알아보겠어."

둘의 대화는 끊임없이 계속 이어졌다. 사라는 둘의 대화를 도저히 받아들일 수가 없었다. 강렬한 새로운 느낌이 사라를 뒤덮었다. 생물학적 경보가 울리는 것 같았다. 어린 금발 여자아이의 뒷머리에 사라의 모든 감각이 하나로 집중되면서 그 느낌의 무게와 변화의 물결, 인간 본능의 깊은 무언가가 함께 그녀를 찾아왔다. 저 머릿결들. 저 어린 소녀가 우주에서 가지고 있는 딱 하나의 의미. 사라는 그녀의 안에서, 마주 보고 있는 두 개의 거울 속에 그 무언가가 반사되어 끝없이 나타나게 되는 긴 복도가 만들어져 가는 모순적인 상황을 알아차리기도 전에 이미 깨달았다. 자신이 이미 알고 있는 사실을 말이다.

"그런데 내 정신 좀 봐." 라일라가 저 멀리 있는 행성에서 전송해 오는 것 같이 현실감 없는 목소리로 이야기하기 시작했다. "내가 너무 경우가 없었네. 에바, 너에게 소개해줄 사람이 있어. 여기는 우리의 새 친구……." 그녀가 이야기를 다 매듭짓지 않은 채 말을 멈췄다.

"다니라고 해." 사라가 가까스로 이름을 말했다.

"우리의 멋진 새 친구 다니라고 해. 에바, 인사해야지."

아이가 돌아섰다. 사라가 아이의 얼굴을 보는 순간, 시간이 붕괴되어 무너져 내리는 것 같았다. 온 우주에 하나뿐인, 아주 특별한 형태와 특징들이 어우러진 그 모습이 눈에 들어왔다. 사라에게는 조금의 의심도 들지 않았다.

작은 여자아이가 입을 꼭 다문 채 환한 미소를 지었다. "반가워요, 다니?"

사라는 자신의 딸을 보고 있었다.

다음 순간, 방의 분위기가 달라졌다. 그림자가 드리워지고, 어둠의 존재가 내려왔다. 사라의 정신이 번쩍 들며, 다시 현실의 세계로 돌아왔다.

"라일라."

사라가 뒤돌아섰다. 그는 그녀의 뒤에 서 있었다. 그의 얼굴은 비슷한 얼굴을 가진 수천 명 중 하나인 특별할 것 없는 평범한 얼굴이었지만, 그의 얼굴에서는 중력처럼 거역할 수 없는 보이지 않는 위협적인 힘이 느껴졌다. 그를 보는 것만으로도 자신이 곤두박질치고 있는 것처럼 느껴졌다.

그는 사라를 경멸하듯이 그녀의 눈을 뚫어지게 쳐다봤다. "내가 누군지 알겠나?"

사라가 침을 삼켰다. 그녀의 목이 갈대처럼 꽉 조여왔다. 처음으로 그녀의 마음이 그녀가 입고 있는 가운의 깊은 주름 사이에 몰래 숨겨놓은 호일 포장을 급히 떠올리기 시작했다. 그러나 이런 일이 이번이 마지막이 아닐 게 분명했다.

"네, 길더 국장님이십니다."

역겹다는 듯 그의 입이 아래로 일그러졌다. "제발 베일을 쓰고 있으라고. 너를 보는 것만으로도 속이 메슥거리니까."

사라는 덜덜 떨리는 손으로 베일을 내려 얼굴을 가렸다. 좀 전에 느껴졌던 그림자가 이제 문자 그대로 하나의 그림자가 되었다. 다행스럽게도 길더의 모습이 장밋빛 천 뒤에서 엷은 안개 속에 있는 듯 흐릿해졌다. 길더는 사라를 지나쳐 아직도 사라의 딸을 꼭 껴안고 있는 라일라에게로 성큼성큼 걸어갔다. 만약 길더의 존재가 자신의 어린 딸에게 어떤 의미라도 있었다면, 사라는 그 모습을 지켜볼 수 없었을 것이다. 물론, 라일라의 경우에는 달랐지만. 길더가 다가가자 그녀의 온몸이 긴장하는 것이 보였다. 방패처럼 자신의 앞에 서 있는 아이를 붙들고서 그녀가 일어섰다.

"데이비드……."

"그만 집어치워." 마음에 들지 않는다는 듯 그의 두 눈이 라일라를 빠르게 훑고 지나갔다. "지금 당신 꼴이 형편없다는 거 알고 있어?" 그러더니 다시 한번 얼굴을 돌려 사라를 봤다. "그거 어디에 있어?"

사라는 그가 자신이 갖다놓은 쟁반을 말하고 있다는 걸 알아차렸다. 손으로 쟁반을 가리켰다.

"이리 가져와."

그녀는 간신히 쟁반을 가져다 옮겨놓았다.

"다 마셔." 길더가 라일라에게 말했다.

"에바, 아가야 다니와 콧바람 좀 쐬고 오는 게 어떨까?" 라일라가 잽싸게 사라를 쳐다봤다. 그녀의 두 눈이 애원하는 듯 보였다. "오늘 정말 아름다운 날이지 않니. 신선한 공기 좀 마시고 오렴, 어때?"

"난 엄마와 가고 싶어요." 아이가 저항했다. "엄마는 한 번도 밖에 안 나가잖아요."

라일라의 목소리가 흡사 노랫소리 같아서, 그녀가 노래를 부르기 위해 태어난 것처럼 보일 정도였다. "엄마도 알고 있어, 우리 딸. 하지만 너도 엄마가 햇빛에 얼마나 민감한지 알고 있잖니. 그리고 엄마는 지금 약을 먹어야 해. 엄마가 약을 먹으면 어떻게 되는지 알잖아."

쭈뼛쭈뼛 주저하며 아이가 말에 따랐다. 라일라의 곁에서 떨어져 나와 사라가 서 있는 문 옆으로 왔다.

알 수 없는 엄청난 힘에 이끌려 여자아이가 사라의 손을 잡았다.

살과 살이 맞닿았다. 감당하기 어려운 자그마한 몸집, 따로 떨어져 있는 생기, 기억의 주입. 사라의 모든 감각들이 자신의 손안에 있는 아이의 작은 손에 담긴 아름다운 느낌을 고스란히 감아쥐었다. 하나가 다른 하나의 안에 있었던 그 시간 이후로 둘의 몸이 닿은 건 처음이었다. 지금은 그 반대가 되어 사라가 안에 머물고 있는 쪽이었다.

"두 사람, 다른 데로 멀리 가." 라일라가 침울한 목소리로 말했다. 그녀가 문을 향해 가장 고통스러운 한마디를 던졌다. "재밌게 놀아."

케이트 – 에바 – 가 잠자코 사라를 이끌고 방을 나왔다. 사라는 조심조심 얌전히 걸었다. 몸이 천근만근 무겁게 느껴졌다. 에바, 이 아이를 에바라고 부르는 걸 잊지 말아야 해. 짧은 복도를 지나 계단을 올라갔다. 바닥에 있는 한 쌍의 문을 밀자, 시소와 녹이 슨 그네 세트가 있는 울타리 쳐진 작은 마당이 나왔다. 하늘이 침통한 낯빛으로 아래 세상을 내려다보고 있었다. 눈을 가득 품은 듯 하늘이 흐렸다.

"이리 와요." 아이가 말했다. 그러고는 잡았던 손을 놓았다.

여자아이는 그네에 올라탔고, 사라는 아이의 뒤에 자리를 잡았다.

"밀어줘요."

사라는 그네의 쇠사슬 줄을 잡아당기다가 갑자기 불안해졌다. 얼마나 잡아당겨야 안전한 거지?

이 귀한 사랑하는 존재. 이 거룩하고, 기적 같은, 따뜻한 인간의 몸.

분명 1미터는 쓸데없이 높은 높이였다. 사라는 쇠사슬 줄을 놓았고, 여자아이는 호를 그리며 멀어졌다. 아이가 힘차게 발을 굴렀다.

"더 높게요." 아이가 요구했다.

"정말? 괜찮겠어?"

"더 높이, 더 더 높이요!"

모든 감각이 날카로워졌다. 모두 가슴에 고통 없이 아로새겨졌다. 사라는 뒤에서 딸의 허리 부분을 잡고 앞으로 밀어냈다. 딸의 몸이 앞으로 나아가며 위로 날아올랐다. 12월의 공기 속으로 아이의 몸이 호를 그리며 날아오를 때마다 아이의 머리도 일제히 뒤로 솟구치며 나부꼈고, 자신의 등 뒤를 몸에서 나는 달콤한 향기로 가득 채웠다. 아이는 말없이 조용히 그네를 탔다. 아이의 행복이 그네 타는 일을 온전히 즐기는 데에 달려 있었다. 작고 어린 여자아이가 겨울에 그네를 타고 있었다.

나의 사랑하는 케이트, 사라가 생각했다. 내 아기, 나의 딸. 사라는 아이의 등을 밀고 또 밀었다. 저만치 날아갔던 여자아이는 언제나 다시 그녀의 손으로 되돌아오고 있었다. *나는 알고 있었어, 알고 있었지, 변함없이 항상 알고 있었어. 너는 천 번의 외로운 밤 동안 내 입김을 불어넣은 삶의 불씨야. 나는 절대 네가 죽도록 내버려 둘 수 없어.*

46

휴스턴.

바닷물에 잠겨 액화되어 버린 도시. 거대한 진창이 되어버린 도심에는 고층 빌딩의 심장만이 남아 버티고 서 있었다. 태풍, 엄청나게 쏟아지는 열대성 호우, 만으로 빠져나가기 위해 거침없이 밀려드는 대륙의 물줄기들. 백 년 동안 바닷물이 넘나들며 더러운 늪과 오염된 삼각주를 파괴하고, 저지대를 가득 채우며 모든 것들을 없애버렸다.

그들은 도시의 중심부로부터 16킬로미터 밖에 있었다. 여정의 마지막 날은 사방치기 놀이를 하고 있는 것만 같았다. 젖지 않은 마른 곳들과 지나갈 길이 될 만한 곳들을 찾고, 가시가 많고 벌레들이 우글거리는 초목들을 헤치며 길을 내어 나아갔다. 이 지역에서는 자연이 그 사악한 의도를 그대로 드러내 보이고 있었다. 여기 있는 모든 것들은 사람을 쏘고, 떼 지어 사람에게 몰려들고, 사람을 물었다. 공기는 무거운 습기에 온갖 썩은 냄새까지 더해져 덜거덕거리는 것만 같았다. 마치 손을 꽉 움켜쥐고 있기라도 한 것처럼 옹이가 많이 진 나무들은 전혀 다른 시대로부터 온 것처럼 보였다. 나무들은 확실히 누군가 일부러 그렇게 만들어놓은 것처럼 보였다. 도대체 어떤 인간이 이따위 나무들을 발명해놓은 거지?

화학적으로 햇빛이 노랗게 약해지며 어둠이 찾아왔다. 여행은 기어갈 정도로 느려졌다. 이제는 에이미조차도 짜증을 내기 시작했다. 그녀의 아픈 기색도 나아지지 않았다. 오히려 그 반대였다. 그리어가 자신을 보고 있지 않다고 생각될 때면, 에이미가 배에 손을 얹고 천천히 고통스러운 듯 숨을 내쉬는 모습이 눈에 띄기도 했다. 그날 밤 둘은 폐허가 되어 화려함이 무색해 보이는 어느 집 꼭대기 층에서 야영하기로 했다. 물이 뚝뚝 떨어지는 샹들리에들과 강당만 한 크기의 방들 모두 악취를 뿜어내는 검은 곰팡이로 뒤덮여 있었다. 대리석 바닥 위로 1미터 위쯤에는 범람한 물이 차올랐던 듯 갈색 선이 온 벽을 돌아가며 이어졌다. 그리어는 그들이 하룻밤 묵을 방의 창문을 열어 역한 암모니아 악취로 가득 찬 방을 환기시켰다. 창문 아래로는 포도나무로 뒤덮인 정원이 있었고, 찐득찐득한 이물질로 가득 찬 수영장이 보였다.

밤새도록 그리어의 귀에는 바이럴들이 바깥 나무들 사이를 헤집고 다니는 소리가 들렸다. 바이럴들이 커다란 유인원처럼 이 가지에서 저 가지로 뛰어넘어 다니고 있었다. 그들이 나뭇잎 사이로 바스락거리는 소리를 내며 돌아다니는 소리가 들렸고, 뒤이어 쥐와 다람쥐 그리고 다른 작은 짐승이 죽음을 맞이하며 내는 날카로운 울음소리가 들렸다. 에이미의 경고에도 불구하고, 그리어는 그의 권총을 손에 쥔 채 발작하듯 자다 깨다를 반복했다. 이건 꼭 기억하세요. 카터는 우리와 같은 편이에요. 그는 그 말이 사실이기를 빌었다.

아침이 되어도 에이미의 상태는 나아지지 않았다.

"좀 더 쉬는 게 낫겠어." 그리어가 말했다.

서 있는 것조차도 에이미에게 남아 있는 모든 힘을 쏟아부어야 가능한 것처럼 보였다. 그녀도 더는 불편함을 감추려 하지 않았고 납작한 배를 움켜쥐더니 통증으로 그녀의 고개가 떨구어졌다. 에이미의 온몸에 경련이 일어나면서 그녀의 배도 몸서리치듯 경련을 일으키는 게 그리어의 눈에 보였다.

"우리 출발해요." 에이미가 이를 악물고 말했다.

그들은 계속 동쪽으로 향했다. 도심의 고층 빌딩들이 그 독특한 모양을 드러냈다. 일부 건물들은 무너져 있었는데, 점토질의 토양이 오랜 시간 팽창과 수축을 반복하며 건물들의 기초를 부숴버렸기 때문이었다. 다른 건물들은 한쪽으로 기울어진 채 바에서 집으로 돌아가는 주정뱅이들처럼 서로 기대어 버티고 서 있기도 했다. 에이미와 그리어는 잡초에 막혀 있는 두 개의 지류 사이의 좁은 모래톱을 따라갔다. 높이 뜬 태양이 밝았다. 해상을 누비고 다니던 것들의 잔해가 나타나기 시작했다. 보트들과 보트의 잔해들이 지쳐 기절한 것처럼 얕은 물가에 옆으로 드러누워 있었다. 모래톱이 끝나는 곳에 이르자, 그리어는 말에서 내려 안장의 가방에서 쌍안경을 꺼내 오염된 물 건너편을 살펴보았다. 바로 앞에, 거대한 배 한 척이 고층 빌딩에 쐐기 박힌 채 옴짝달싹 못 하게 좌초되어 누워 있었다. 배의 선미가 상상할 수 없을 정도로 공중으로 높이 떠 있어서, 거대한 프로펠러들이 수면 위로 드러나 보일 정도였다. 선체에 적혀 있는 쉐브론 마리너라는 배의 이름에는 녹물이 줄줄 흘렀다.

"저기가 우리가 그를 찾을 곳이에요." 에이미가 말했다.

그곳까지 건너갈 수 있는 길이 없었다. 둘은 타고 갈 보트를 찾아야만 했다. 다행히 운이 따라줬다. 400미터쯤 되돌아가다, 잡초 속에 알루미늄으로 만든 노 젓는 배 한 척이 뒤집혀 있는 것을 발견했다. 배의 바닥도 튼튼해 보였고, 리벳들도 아직 탄탄하게 박혀 있었다. 그리어가 석호 가장자리까지 배를 끌고 와 물에 띄웠다. 배가 가라앉지 않자, 그는 에이미가 말안장에서 내려오는 것을 도왔다.

"말들은 어떻게 하지?" 그가 에이미에게 물었다.

에이미의 얼굴은 고통을 간신히 참고 있는 듯 보였다. "제 생각에는 우리 어두워지기 전에 돌아가야만 할 것 같아요."

그리어는 에이미가 배에 오를 수 있도록 배를 잡고 흔들리지 않게 했다. 그러고는 몸을 낮춰 자신도 배에 올라 가운데 자리에 앉았다. 편평한 판자로 노를 대신했다. 배의 선미에 앉은 에이미는 화물이나 마찬가지 신세였다. 그녀는 이마에서 땀을 뚝뚝 흘리며 눈을 감고 두 손으로 배를 감쌌다. 그리어는 혹시 에이미가 자신을 배려하기 위해 그러는 것은 아닌지 의심이 들었지만, 그녀는 아무 소리도 내지 않고 가만히 있었다. 거리가 좁혀져 갈수록, 쉐브론 마리너호는 아연실색할 정도로 큰 자신의 규모를 뚜렷이 드러내 보이기 시작했다. 배의 녹슨 옆면은 석호 위로 수백 피트나 더 높이 거대하게 솟아올라 있었다. 한쪽이 기울어진 배 주위의 물은 기름 때문에 시커먼 색이었다. 그리어는 노를 저어 자신들의 배를 인접한 건물의 로비 안으로 몰고 들어가, 움직이지 않는 에스컬레이터의 측벽 옆에 정박했다.

"루시어스, 저를 좀 도와주셔야 할 것 같아요."

그리어는 에이미의 허리를 받쳐서 그녀가 배에서 내려 가장 가까운 에스컬레이터로 올라갈 수 있도록 도와주었다. 둘은 자신들이 몇 대의 엘리베이터와 까맣게 처리된 유리로 된 벽들이 있는 강당에 와 있다는 걸 깨달았다. '원 알렌 센터 ONE ALLEN CENTER'라고 적힌 표지판 아래에 사무실 목록이 있는 것이 보였다. 앞에 기다리고 있을 계단을 오르는 일이 쉽지 않을 것 같았다. 그들은 최소한 10층 높이를 걸어 올라가야만 했기 때문이다.

"할 수 있겠어?"

에이미가 입술을 꽉 물고 고개를 끄덕였다.

그들은 표지판을 따라 계단으로 갔다. 그리어가 횃불에 불을 붙이고, 다시 에이미의 허리를 잡아 부축해 계단을 오르기 시작했다. 계단실에 갇혀 있던 공기는 곰팡이로 오염돼 독성이 있었고, 한 층을 올라갈 때마다 깨끗한 공기로 폐를 다시 채우기 위해 계단실 밖으로 나와야만 했다. 12층에서 둘이 멈춰 섰다.

"내 생각에는 우리 충분히 높이 올라온 것 같은데." 그리어가 말했다.

둘은 책들이 늘어서 있는 사무실의 밀폐된 창문 아래로 3미터 아래에 단단히 박혀 있는 유조선의 갑판 널을 내려다보았다.

그리어가 에이미를 뒤돌아봤다.

에이미는 컵을 들고 있는 것처럼 오그려 쥔 손을 가만히 응시하고 있었다. 선홍색의 액체가 그녀의 손바닥에 가득했다. 그제야 그리어는 그녀가 입고 있는 옷에 묻은 얼룩을 눈치챘다. 더 많은 피가 그녀의 다리를 타고 흘러내리고 있었다.

"에이미……"

그녀가 그리어의 눈을 쳐다봤다. "당신은 지쳤어요."

그 순간 마치 끝없는 부드러움에 휩싸이는 것 같았다. 소복이 쌓여 있는 담요 위에 눕는 듯한 느낌이 들며 온몸이 마비되었다.

"오, 이런 젠장." 그가 말을 하기는 했지만 이미 정신을 잃은 상태였고, 몸이 접힌 채로 마루에 쓰러졌다.

47

피터와 그의 일행은 90번 고속도로를 타고 샌 안토니오로 진입했다. 때
는 이른 아침이었다. 그들은 무너지고 흔적만 남은 집들이 여기저기 널
린 도시의 외곽 교외 지역에 있는 하드박스에서 첫날 밤을 보냈다. 하
드박스 공간은 경찰서 아래에 있었고, 뒤쪽에 요새화된 램프가 있었다.
홀리스의 말에 따르면, 이 하드박스는 DS의 것이 아닌 티프티가 만들
어놓은 것 중 하나였다. 조잡하기는 마찬가지였지만, 여지껏 피터가 봐
왔던 어느 하드박스들보다 더 컸다. 침대가 놓인 환기가 안 되어 답답
한 방과 쓸모없어진 픽업트럭 한 대가 퍼져 있는 차고가 전부였고, 차
고 바닥에는 연료통들이 놓여 있었다. 벽을 따라서는 화물 운송용 대
형 나무상자들과 군용 금속 사물함이 쌓여 있었다. 이것들 안에는 뭐
가 있는 거야? 마이클이 묻자, 홀리스가 눈살을 찌푸리며 말했다. 나도
몰라, 마이클. 네 생각에는 뭐가 있을 거 같은데?

음산한 흐린 하늘에 첫 햇살이 비추기 시작하자, 그들은 차를 타고
하드박스를 나왔다. 홀리스가 운전하고, 피터는 그 옆에 앉았다. 마이클
과 로어는 짐칸 바닥에 타고 있었다. 도시의 많은 지역이 지난 역사 속
바이러스가 급속히 퍼지던 시절에 불에 타 잿더미가 된 상태였다. 도시
의 중심부에는 빛바랜 언덕을 배경으로 허물어진 채 쓸쓸히 서 있는

층수가 좀 더 높은 몇몇 건물들을 빼고는 남아 있는 것이 거의 없었다. 불에 탄 건물의 외벽들은 도피들이 졸며 낮 시간을 보내는 겁게 그을 리고 무너진 내부를 무심코 드러내 보였다. 사람들은 항상 "도피들일 뿐이야."라고 말했지만, 그런다고 진실이 변하는 것은 아니었다. 바이럴 은 바이럴이었다.

피터는 홀리스가 방향을 바꿔 그들을 북쪽이나 남쪽으로 데리고 갈 것이라고 예상했지만, 그 대신 그는 고속도로를 벗어나 좁고 편평한 거 리들을 달리며 그들을 마을의 심장부로 데리고 갔다. 도로는 깨끗이 치워져 있었다. 일반 차량들과 트럭들 모두 차도 옆으로 옮겨진 상태였 다. 건물들의 그림자가 그들이 타고 있는 트럭을 집어삼키자, 홀리스가 운전석 뒤 창문을 열어젖혔다. "무기 장전하고 준비하고 있어야 할 거 야." 홀리스가 마이클과 로어에게 경고를 했다. "여기를 살아서 빠져나 가고 싶어 하게 될걸."

"경계나 늦추지 마, 이 아저씨야." 그가 대답했다.

피터는 폐허를 물끄러미 바라봤다. 도시들은 그로 하여금 과거의 세 상은 어땠을까 하고 생각하게 만들었다. 빌딩과 집, 차와 거리. 한때는 이 모두가, 어느 날 자신들의 역사가 멈추게 될 미래에 대해서는 아무 것도 모른 채 그들의 삶을 살아가던 사람들로 바글거렸었다.

그들은 별다른 사고 없이 좁은 거리를 빠져나왔다. 건물 사이의 간격이 넓어지자, 초목들이 도로를 메우고 있는 것이 보이기 시작했다.

"얼마나 더 가야 해?" 피터가 홀리스에게 물었다.

"걱정 안 해도 돼. 멀지 않았어."

10분 후 그들은 울타리 주위를 따라 달리고 있었다. 홀리스가 정문에 차를 세우고, 픽업트럭의 글로브 박스에서 열쇠 하나를 꺼내 차에서 내렸다. 피터는 과거의 기억에 휩싸였다. 홀리스가 몇 년 전 발전소의 문을 열던 자신의 형 테오인 것만 같았다.

"여기가 어디야?" 홀리스가 트럭으로 돌아오자 피터가 물었다.

"포트 샘 휴스턴."

"여기 군 기지야?"

"군 기지라기보다는 군 병원이라는 게 낫겠지." 홀리스가 설명했다. "적어도 예전에는 그랬으니까. 이제는 이곳에서 더 이상 진료나 치료 같은 것을 하지는 않지."

홀리스가 계속 운전해 안으로 들어갔다. 피터에게는 마치 작은 마을을 운전해 돌아다니는 느낌이 들었다. 한때 마을의 중심이었을 것으로 보이는 안뜰이 있는 사각형 건물의 한쪽에 높은 시계탑이 서 있었다. 몇 개의 의전용 대포를 제외하고는, 어떤 군사 시설도 눈에 보이지 않았다 — 트럭이나 탱크, 어떠한 무기 배치도 없었고 요새화된 흔적도 찾아볼 수 없었다. 홀리스는 평평한 지붕의 낮고 긴 건물 앞에서 차를 세웠다. 건물의 문 위에 '수상 스포츠 센터'라고 쓰여 있는 표지판이 있었다.

"수상 스포츠라." 모두가 차에서 내리고 난 뒤 로어가 말했다. 그녀는 언제라도 사격이 가능한 자세로 가슴 위에 소총을 걸치고, 의심스럽다는 듯 표지판을 흘겨보았다. "그런 건가…… 수영 같은 거?"

홀리스가 그녀의 소총을 가리키며 말했다. "그것은 여기에 두고 가는 게 좋을걸. 처음부터 나쁜 인상을 주고 싶은 게 아니라면 말이야." 그리고 나서 피터를 보았다. "마지막 기회야. 들어가고 나면 되돌릴 방법은 없어."

"알아. 달라진 건 없어."

그들은 건물 현관 안으로 들어갔다. 모든 걸 고려했을 때, 건물의 내부 상태는 좋은 상태였다. 천장도 파손된 곳이 전혀 보이지 않았고, 유리창도 깨진 것이 없었으며, 흔히 볼 수 있는 쓰레기도 보이지 않았다.

"느껴져?" 마이클이 물었다.

마치 거대한 악기의 현을 튕긴 것처럼, 기저의 울림이 바닥으로부터 올라왔다. 건물 어디에선가 발전기가 돌아가고 있었다.

"사실 경비원들 정도는 있을 거라고 예상했었는데." 피터가 홀리스에게 말했다.

"가끔 그럴 때가 있기는 하지. 티프티가 쇼를 하고 싶을 때 말이야. 하지만 기본적으로 우리는 경비원이 필요하지는 않아."

홀리스가 그들을 한 쌍의 문이 보이는 곳으로 안내했고, 그가 문을 밀어 열자 타일로 마감된 거대한 공간이 나타났다. 천장도 위로 한참 높이 있었으며, 가운데에는 텅 빈 거대한 수영장이 있었다. 홀리스가 다시 두 번째 스윙 도어를 향해 그들을 이끌었고, 우웅거리는 형광등 불빛이 비추는 내려가는 계단들이 나타났다. 피터는 홀리스에게 티프티가 어디에서 발전기를 돌릴 연료를 얻는 건지 물어볼까 하다가, 곧 스스로 답을 찾아냈다. 티프티는 그가 다른 모든 것들을 조달하는 것과 같은 방법으로 연료를 얻고 있는 거였다. 훔치는 거였다. 계단은 파이프들과 금속 탱크로 가득 차 있는 방으로 이어졌다. 이제 그들은 수영장 밑에 있게 되었다. 모두 아직 하나 더 남은 문을 향해 좁아터진 공간을 비집고 나아갔다. 문은 다른 문들과 다르게 무거운 강철로 만들어져 있었다. 문에는 어떤 표시도 없었고, 문을 여는 방법에 대한 분명한 단서도 없었다. 매끄러운 문의 표면에는 어떤 기계적인 장치나 도구가 보이지 않았다. 문 옆의 벽에 키패드가 있는 것이 눈에 들어왔다. 홀리스가 재빨리 일련의 숫자들을 눌러댔다. 그리고 좀 더 힘주어 오래 누르자 문이 열리며 캄캄한 복도를 드러냈다.

"됐어." 홀리스가 문 안쪽으로 머리를 기울이며 말했다. "불은 자동으로 들어오게 되어 있어."

덩치 큰 남자가 안으로 들어서자, 줄지어 있는 형광등들이 깜박거리며 불이 들어왔다. 하얀색의 병원 복도 덕분에 반사되는 불빛이 더 강해졌다. 피터가 티프티에 대해 갖고 있던 인상이 급격히 변하기 시작했다. 내가 뭘 상상했던 거지? 완전무장한 유인원 같은 몸집 큰 남자들이 사는 더럽고 불결한 야영지를 생각했던 거야? 지금까지 본 어떤 것도 그런 기대에 부합하는 것은 없었다. 반대로, 지금까지 본 것들은 커빌을 훌쩍 뛰어넘는 기술적 정교함을 보여주고 있었다. 피터 혼자만 이런 생각의 변화를 일으키고 있는 건 아니었다. 마이클 역시 솔직히 얼이 빠진 얼굴로 주위를 둘러봤다. 그의 얼굴 표정이 마치 '대단한 곳인데'라고 말하는 것 같았다.

복도는 엘리베이터가 있는 곳에서 끝났다. 엘리베이터 위에는 카메라가 한 대 설치되어 있었다. 반대편에 누가 있든지, 그는 그들이 오는 걸 알고 있을 것이다. 그들은 복도 안으로 들어선 순간부터 감시당하고 있었다.

홀리스가 고개를 들어 카메라 렌즈를 쳐다보며, 작은 스피커에 인접한 벽의 버튼을 눌렀다. "괜찮아," 그가 말했다. "나와 같이 온 거야."

지지직거리는 전기적 잡음이 들리더니, "홀리스, 이게 무슨 짓이야. 젠장."

"모두 비무장인 상태야. 그리고 내 친구들이고, 내가 모두 보증할게."

"저들이 여기 왜 왔는데?"

"우리는 티프티를 만나러 왔어."

인터폰 목소리의 주인공이 다른 누군가와 상의하는 듯, 잠시 정적이 흘렀다. 그러더니, "홀리스 너 이렇게 친구들을 막 데리고 오면 안 돼. 너 미쳤어?"

"중요한 일이 아니었다면 부탁도 안 했을 거야. 그냥 문 좀 열어줘, 덩크."

다시 잠깐의 침묵이 흘렀다. 그리고 문이 미끄러지며 열렸다.

"네가 곤란해질 거야." 스피커의 목소리가 말했다.

그들은 엘리베이터에 올라탔다. 엘리베이터가 천천히 아래쪽으로 움직이기 시작했다. "좋아, 이제 말해봐." 마이클이 과감하게 물었다. "여기 뭐하는 곳이야?"

"너희는 지금 옛날 USAMRIID의 부속 건물에 와 있는 거야. 여긴 메릴랜드에 있던 본 시설의 부속 시설이고, 바이러스가 전파되던 시기에 가동되기 시작했어."

"USAMRIID가 뭘 의미하는 거죠?" 로어가 물었다.

이번에는 마이클이 대답했다. "미군 감염질환 연구센터United States Army Medical Research Institute of Infectious Diseases를 말하는 거지." 그가 홀리스를 보며 얼굴을 찡그렸다. "이해가 안 되는데, 티프티는 여기서 뭘 하고 있는 거야?"

그때 엘리베이터의 문이 열리면서, 무기가 장전되는 소리가 들렸고, 그들 각자 자신을 겨누고 있는 총신을 내려다보고 있었다.

"너희 모두 무릎 꿇고 앉아."

여섯 명이었다. 가장 어려 보이는 자는 20살 정도로 보였고, 가장 나이 들어 보이는 사람은 40대인 것 같았다. 지저분한 수염과 기름진 머리 그리고 이에는 음식물 찌꺼기가 엉겨 붙어 있었다. 이런 그들의 모습이 더 그럴듯해 보였다. 그들 중 목 아래에 연한 지방이 접혀 두툼하게 솟아 있는 큰 대머리의 남자는 얼굴 전체와 팔의 드러난 살에 푸른빛의 문신을 하고 있었는데, 그 남자가 덩크인 것이 분명해 보였다.

"말했잖아," 홀리스가 나머지와 마찬가지로 바닥에 무릎을 꿇고 머리에 두 손을 올린 채 말했다. "이들은 내 친구들이라고."

"조용히 해." 그는 군복과 DS 유니폼의 서로 다른 두 복장을 뒤섞어 입고 있었다. 그는 자신의 권총을 들고 피터 앞에 웅크리고 앉아, 강렬한 회색빛 눈으로 피터를 살펴봤다. 가까이서 보니 그의 얼굴과 팔에 새겨진 문신의 모양들이 선명하게 눈에 들어왔다. 바이럴들, 바이럴의 손, 바이럴의 얼굴, 바이럴의 이빨이었다. 피터가 보기에 옷으로 가려져 있는 그의 몸도 온통 그런 것들로 가득 차 있을 것이 분명했다.

"원정대라," 덩크가 진지하게 고개를 끄덕이며 천천히 말했다. "티프티가 좋아하겠는데. 네 이름이 뭐야, 중위?"

"잭슨."

"피터 잭슨?"

"그래."

웅크리고 앉은 채, 덩크는 신고 있는 부츠의 뒷굽을 돌려 자신의 무리를 쳐다봤다. "이거 봐, 놀랍지 않아? 우리가 매일 이렇게 유명한 방문객을 받을 수 있는 게 아니잖아." 그가 다시 피터를 봤다. "아니지. 사실 말이야, 우리는 전혀 방문객을 받고 있지 않아. 그래서 그게 좀 문제라는 말이지. 여기는 관광지가 아니거든."

"나는 티프티를 만나야 해."

"그래, 그 얘기는 나도 들었지. 유감이지만 티프티가 지금 몸이 좀 안 좋거든. 우리 티프티는 아주 비밀스러운 친구지."

"헛소리 그만해." 홀리스가 말했다. "내가 보증할 거라고 말했잖아. 그들이 티프티에게 꼭 전해야만 하는 이야기가 있다고."

"친구, 이건 네가 큰 실수를 한 거야. 내 생각에 네가 뭐를 요구할 입장이 아닌 것 같은데 말이야. 그리고 너희 둘은 뭐야?" 덩크가 로어와 마이클을 보며 말했다. "뭐라고 핑계라도 대야 하는 거 아냐?"

"우리는 둘 다 정유공이야." 마이클이 대답했다.

"재밌군. 우리가 쓸 기름이라도 가져온 거야?" 그가 로어를 빤히 응시했다. 덩크의 얼굴에 위협적으로 번득이는 미소가 번졌다. "이것 봐라, 나 네가 누군지 알아. 포커, 맞지? 아니면 주사위이겠지. 아마 너는 기억 못 할걸."

"그런 낯짝을 가진 너를 내가 어떻게 기억 못 할 수가 있겠어?"

덩크가 환하게 웃으며 일어나 살집이 많은 두꺼운 양손을 비볐다. "그래, 이렇게 너희를 만날 수 있어서 반가웠어. 진짜 즐거웠다고. 우리가 너희를 죽이기 전에 말이야. 뭐, 뭐라도 하고 싶은 말이 있는 사람 누구 있어? 어쩌면 안녕이라는 인사라도?"

"티프티에게 가서 들판에 대한 일이라고 얘기해." 홀리스가 말했다.

분위기가 변했다. 피터는 바로 느낄 수 있었다. 들판이라는 그 말이 덩크의 얼굴에 그림자를 드리웠다.

"가서 말하라고." 홀리스가 다시 말했다.

너무 놀란 나머지 아무 반응도 하지 못하고 서 있던 덩크가 권총을 뽑아 들었다.

"티프티에게 가게 일어나."

덩크와 그의 부하들이 홀리스의 일행을 데리고 긴 복도를 지나갔다. 볼 게 많은 건 아니었지만, 피터는 주위를 살폈다. 단지 더 많은 홀과 닫혀 있는 문들만 있을 뿐이었다. 많은 문 옆에는 수영장 밑에 있던 문처럼 키패드가 있었다. 덩크가 그들을 그 문 중 하나 앞에서 멈추게 하더니, 문을 세게 세 번 두드렸다.

"들어와."

위대한 조직폭력배 티프티 라몬트. 피터는 다시 한번 자신의 예상이 틀렸음을 알게 되었다. 그는 긴 매부리코 끝에 안경을 쓴 작은 체격의 남자였다. 그의 창백한 하얀 머리는, 머리 위 분홍빛 두피가 왕관처럼 드러난 채 그 아래로 가느다란 머리카락들이 목덜미까지 흘러내렸다. 그는 커다란 철제 책상 뒤에 앉아서, 나무 막대기들로 탑을 쌓는 별난 짓을 하고 있었다.

"그래, 덩크." 티프티가 얼굴을 들어 쳐다보지도 않은 채 말을 했다. "무슨 일이지?"

"대장, 우리가 세 명의 침입자를 잡았습니다. 홀리스가 데리고 들어왔습니다."

"알고 있어." 그는 끈기 있게 나무 막대기를 계속 쌓고 있었다. "그리고 너는 그들을 죽이지 않았어. 이유가…… 뭐지?"

덩크가 목을 가다듬었다. "들판에 관한 일이랍니다, 대장. 이 자들 말로는 자기들이 아는 게 있다고 합니다."

티프티의 손이 쌓고 있던 탑의 모형 위에서 움직이지 않고 멈췄다. 몇 초쯤 지나고 그가 얼굴을 들어 안경 너머로 홀리스와 그 일행들을 자세히 훑어봤다.

"그 말을 한 사람이 누구지?"

피터가 나섰다. "접니다."

티프티가 잠깐 피터를 살펴봤다. "그리고 너희들은? 너희가 알고 있는 게 뭐지?"

"제가 그 여자를 봤을 때, 우리는 모두 함께 있었습니다."

"정확히 누구를 봤다는 거지?"

"그 여자요."

티프티가 아무 말도 하지 않았다. 그의 얼굴이 앞을 못 보는 사람처럼 딱딱하게 굳었다. 그리고, "모두 나가 있어. 자네만 빼고……." 티프티가 피터를 가리키며 손가락을 흔들었다. "이름이 뭐지?"

"피터 잭슨입니다."

"잭슨 군만 빼고 다 나가 있도록 해."

"다른 이들은 어떻게 하면 좋을까요?" 덩크가 물었다.

"상상력을 좀 발휘해봐. 저 친구들 배고파 보이는데 ─ 먹을 것을 좀 주는 게 어때?"

"홀리스는 어떻게 할까요?"

"맙소사, 미안한데 말이야, 내가 네 얘기를 잘못 들었었나? 홀리스가 이들을 데리고 왔다고 하지 않았어?"

"그래서 물어보는 거예요. 홀리스가 이들에게 우리가 어디에 있는지 노출했거든요."

티프티가 크게 한숨을 내쉬었다. "그래, 좋은 지적이야. 홀리스, 내가 너를 어떻게 하면 좋을까? 규칙이라는 게 있지, 규정도 있고. 도둑끼리도 의리라는 게 있고 말이지. 도대체 내가 이걸 몇 번이나 얘기해야 하는 거지?"

"죄송합니다, 대장. 저는 대장이 제 친구가 전하겠다고 하는 이야기들을 들어보실 필요가 있다고 생각했어요."

"글쎄, 죄송하다는 것만으로는 충분하지가 않지. 네가 나를 아주 난처하게 만들어놨으니까 말이야." 그리고 티프티는 해야 할 다음 말을 마치 방안의 선반들과 파일들 사이에서 찾을 수 있기라도 한 것처럼, 진절머리가 난다는 듯 방안을 둘러보았다. "좋아, 지금 너의 서열이 어떻게 되지?"

"넘버 4입니다."

"지금부터는 아냐. 내가 달리 지시를 내릴 때까지 케이지Cage에서의 너의 모든 권한과 지위가 박탈될 거야. 네놈은 다행이라고 좋아하겠지. 나로서는 말도 안 되게 관대한 처분을 내린 거란 말이다."

홀리스는 아무런 내색도 하지 않았다. '케이지라니, 도대체 뭘 의미하는 거지?' 피터가 생각했다.

"고맙습니다, 대장." 홀리스가 말했다.

"자, 됐지. 그럼 너희 모두 당장 여기서 나가."

나가는 그들 등 뒤로 문이 잠겼다. 피터는 티프티가 먼저 말문을 열기를 기다렸다. 티프티는 그의 책상에서 일어나 물병이 놓여 있는 작은 탁자로 걸음을 옮겼다. 그가 컵에 물을 따라 들이켰다. 정적이 막 긴장감을 더해오기 시작할 때, 그가 등을 돌려 피터에게 말을 걸었다.

"그 여자가 뭘 입고 있었지?"

"검은 망토를 걸치고, 안경을 쓰고 있었습니다."

"또 뭘 더 봤지? 트럭을 봤나?"

피터가 오일 로드의 사건에서 보고 경험한 것들을 설명했고, 티프티는 그가 계속 이야기하도록 놔뒀다. 피터가 이야기를 끝내자, 티프티가 자기 책상으로 다시 자리를 옮겼다.

"자네에게 보여줄 게 있어."

그가 책상의 맨 위 서랍을 열고, 종이 한 장을 꺼내 책상 위에 펼쳐 놓았다. 목탄으로 한 여자와 어린 두 소녀를 그린 그림이었는데 종이는 뻣뻣하게 굳었고 색도 약간 탈색되어 있었다.

"이와 비슷한 그림을 전에도 본 적이 있을 것 같은데, 안 그런가? 난 알고 있네."

피터가 고개를 끄덕였다. 그림은 그가 쉽게 눈을 뗄 수 있는 그런 것이 아니었다. 그 그림에는 일반적인 시간과 공간의 한계 너머 어딘가에서 여자와 여자의 두 딸이 종이 밖을 바라보고 있는 것 같은, 견뎌내기 어려운 을씨년스러운 느낌이 있었다. 유령을 보고 있는 것 같았다. 유령 셋을.

"네, 콜로라도에서요. 보히스가 전사하고 난 후, 그리어가 제게 보여줬습니다. 그림 한 무더기가 있었죠." 피터가 눈을 들었을 때, 티프티는 그를 날카롭게 쳐다보고 있었다. 마치 학생을 시험하고 있는 선생님처럼. "이 그림, 사본은 왜 가지고 계신 거죠?"

"왜냐면 말이야, 내가 그들을 사랑했기 때문이지." 티프티가 대답했다. "보히스와 나 사이에는 문제들이 있었어. 하지만 그래도 그는 내가 그와 그의 가족들을 어떻게 생각하는지 알았지. 그들은 나의 가족이기도 했어. 그게 보히스가 내게 이 그림을 준 이유지."

"그들은 모두 그 들판에서 죽었죠."

"디, 그래 그녀. 그리고 작은 아이, 시리. 둘은 그 자리에서 죽고 말았지. 순식간이었어. 자네도 그 말을 알겠지만, '서둘러 하지만 오늘은 아니야'라는 말. 좀 더 큰 아이, 니티아는 찾지 못했다네." 티프티가 얼굴을 찡그렸다. "자네 이 모든 것에 놀랐나? 자네가 기대했던 것과는 사

184

못 달라서?"

피터는 대답하려 입을 열 수조차도 없었다.

"내가 자네에게 이 이야기를 들려주는 이유는, 자네에게 우리가 누구인지 그리고 무엇인지 이해하게 만들기 위해서야. 여기 있는 모든 사람들은 누군가를 잃은 자들이야. 나는 그들에게 집을 제공해주고 있는 거라고. 그들의 분노를 가라앉힐 곳을 말이야. 덩크를 예로 들지. 지금 덩크가 대단해 보일 수도 있겠지. 하지만 내가 볼 때, 내 눈에 뭐가 보이는지 아나? 그냥 17살짜리 소년이 보인다고. 덩크도 그 들판에 있었어. 아빠, 엄마, 누나, 다 죽었지 그날."

"저는 암시장을 운영하는 것이 그것들과 무슨 상관인지 잘 모르겠습니다."

"그건, 그게 우리가 하는 일의 아주 일부에 불과하기 때문이지. 이렇게 말하는 게 괜찮을지 모르겠지만, 청구서를 지불하는 방법이라고 해두지. 민간 정부가 우리를 참아주고 있는 건, 그렇게 해야만 하기 때문이란 말일세. 한편으로는, 민간 정부도 우리가 그들을 필요로 하는 만큼 우리를 필요로 하고 있는 거지. 우리는 자네 원정대와 별반 다르지 않다네. 동전 하나의 앞과 뒤처럼 말이야."

티프티의 논리는 너무 편의적이라고 느껴졌다. 자신의 범죄 행위를 정당화하기 위한 수단에 지나지 않았다. 반면, 피터는 그가 보여준 그림의 의미를 부정할 수도 없었다.

"아프가 대령님은 당신이 군 장교였다고 하셨습니다. 정찰저격병이셨다고."

티프티의 얼굴에 잠깐 미소가 떠올랐다 사라졌다. 그만한 사연이 있었던 것이다.

"이런, 군나르가 이 일과 상관이 있다는 걸 몰랐군. 그가 자네에게 무슨 이야기를 들려줬나?"

"탈영하기 전에 대위까지 승진하셨다는 것과, 대령님 말씀으로는 지금까지도 정찰저격병 중에 최고셨다더군요."

"아프가 그렇게 말했다고? 그가 이렇게 다정한 배려를 해주다니. 하지만 좀 인색하구먼."

"왜 그만두신 겁니까?"

티프티가 관심 없다는 듯 어깨를 움츠렸다. "이유야 많지. 전반적으로 군대라는 게 나와 맞지 않았다고 봐도 될 거야. 여기 날 보러 온 자네를 보니, 자네 역시 군대와는 그다지 잘 어울리지 않을 거라는 생각이 드는군. 내 추측으로는 자네가 위수 지역을 벗어나 있는 것 같군, 중위. 무단이탈로 며칠이 허가된 거지?"

피터는 뭔가를 들킨 기분이 들었다. "단 며칠입니다."

"무단이탈은 무단이탈일 뿐이야. 내 말을 믿어. 나는 그런 꼼수들에 대해서는 이골이 난 사람이니까. 그래도 자네의 질문에 대답을 해주자면 말일세, 나는 들판의 그 여자 때문에 원정대를 떠났다네. 더 구체적으로는, 내가 지휘부에 그 여자가 어디에서 왔는지 보고했지만, 군이 그에 대해 어떤 조치도 취하기를 거부했기 때문이야."

피터는 아연실색할 수밖에 없었다. "그 여자가 어디서 왔는지 알고 있다고요?"

"물론 알고 있지. 군 지휘부도 알고 있고. 자네는 군나르가 왜 자네를 여기에 보냈다고 생각하는 거지? 15년 전에, 나는 아이오와주 어디에선가부터 보내오는 전파 신호의 발신지를 찾기 위해 북쪽으로 파견된 3명의 특별 수색대 중의 한 명이었다네. 지직거리는 전기적 잡음 정도로 들리는 신호는 아주 약했지만, 그래도 RDF로 잡아내기에는 충분했지. 원정대는 무작위로 나타나는 모든 잡음을 추적하지는 않으니까, 우리는 그 신호를 추적해야 하는 이유를 알지 못했지. 어쨌든 신호를 추적하는 임무는 전형적으로 위의 지시에 따라 매우 은밀하게 진행되었다네. 우리의 임무는 발신지를 정찰하고 돌아와 보고하는 것뿐이었지, 다른 건 없었어. 우리가 발견한 건 적어도 커빌의 두 배 아니 어쩌면 세 배쯤 큰 도시였다네. 하지만 그 도시에는 높은 벽도 그리고 밝은 불빛도 없었지. 어떤 경우에도 절대 존재하면 안 되는 도시였어. 우리가 그곳에서 뭘 봤는지 아나? 트럭들, 공격이 있기 전 들판에서 보았던 것과 같은 트럭들을 보았단 말일세. 자네가 3일 전에 본 것과 같은 트럭들이지."

"그래서 군 지휘부는 뭐라고 했나요?"

"그들은 우리가 본 것을 아무에게도 말하지 말라고 했지."

"군이 왜 그런 거죠?" 물론 군은 피터에게도 정확히 똑같은 말을 했었다.

"누가 알겠나? 하지만 내 생각으로는 그 지시가 군이 아닌 민간 정부에서 내려왔던 거라고 짐작되네. 겁을 먹었던 거지. 그들이 누구였던지 간에, 그들이 가진 무기는 우리가 상대할 수 있는 게 아니었으니까."

"바이럴들 말씀이군요."

티프티는 차분히 고개만 끄덕였다. "손가락으로 귀를 막고 그들이 돌아오지 않기만을 바라자는 거였겠지. 아예 틀린 말이 아닐지 몰라도, 그건 내가 참고 앉아서 견딜 수 있는 일이 아니었어. 그래서 그날로 군 장교 생활을 그만 때려치운 거지."

"다시 가 보셨습니까?"

"어디? 아이오와? 내가 그럴 이유가 있었을까?"

피터는 점점 절박해졌다. "보히스의 딸이 아직 그곳에 살아 있을 수 있어요. 사라도요. 당신은 그 트럭들을 봤잖아요."

"미안하네만, 사라, 그게 누구지? 내가 아는 사람인가?"

"사라는 홀리스의 아내예요. 그의 아내가 될 뻔했던 사람이죠. 그녀도 로즈웰에서 실종됐습니다."

남자의 얼굴에 안타까워하는 기색이 역력했다. "그렇지, 내가 실수를 했군. 홀리스가 그녀의 이름을 말한 적은 없는 것 같지만, 그 얘기는 알고 있어. 그렇지만, 그렇다고 달라질 게 뭔가, 중위?"

"하지만 아직 그들이 살아 있을 수도 있습니다."

"내 생각에는 그럴 가능성이 없어 보이는데. 많은 시간이 흘렀어. 어찌 되었건, 내가 할 수 있는 건 아무것도 없었지. 그때뿐만 아니라 지금도 역시 마찬가지야. 군대가 필요하다고. 그것도 우리에게는 없다는 걸 민간 정부도 너무 잘 알고 있는 그런 정도의 군대 말이야. 그리고 자신들의 권력을 지키는 데에 있어서, 그들은 결코 이미 내렸던 결정을 돌이키는 법이 없다고. 그게 누구이든지 간에. 적어도 지금까지 자네가 한 말들이 사실이라면 말이야."

피터는 무엇인가가 빠졌다고 생각했다. 그의 의식 언저리 어딘가에 구체적인 정보 하나가 숨어 있었다. "당신 말고 또 누가 있었나요?"

"정찰대에 말인가? 담당 장교 네이트 크룩섕크. 그리고 세 번째 사람은 루시어스 그리어라는 젊은 중위."

그 말이 전류처럼 피터를 뚫고 지나가는 것 같았다.

"저를 그곳에 데려다주세요. 그곳이 어딘지 보여주세요."

"그곳에 도착해서 뭘 할 건데?"

"우리 사람들을 찾아야죠. 어떻게든 그들을 데리고 나와야죠."

"내 얘기를 듣고는 있었던 건가, 중위? 그들은 그냥 단순한 생존자들이 아니라고. 그들은 바이럴들과 함께 살고 있는 사람들이란 말이야. 아니 그 이상이지. 바이럴들을 조종하는 그 여자와 함께 살고 있지. 우리 둘 다 이미 무슨 일이 벌어지는지 다 봤잖아."

"저는 상관없습니다."

"오, 아니지, 아냐. 상관이 있지. 자네가 결국 얻게 되는 건 자네 자신을 죽이게 되는 일뿐일 테니까. 아니면 자네 역시 납치되어 끌려가거나. 그래, 내 추측으로는 그건 훨씬 더 나쁜 일일 것 같군."

"그럼 그냥 그곳을 어떻게 찾아가는지나 알려주세요. 저 혼자라도 가겠습니다."

티프티가 책상에서 일어나 코너에 놓인 탁자로 되돌아가 물 한잔을 더 따라 마셨다. 한 모금씩 천천히 들이켰다. 침묵이 길어지면서, 피터는 티프티의 생각이 자신의 주의를 다른 곳으로 이끌고 있다는 분명한 인상을 받았다. 피터는 둘의 만남이 이렇게 끝나게 되는 것인지 궁금해졌다.

"말해보게, 잭슨 군. 아이가 있나?"

"그게 무슨 상관이 있습니까?"

"대답이나 해주게."

피터가 고개를 저었다. "아뇨."

"가족이 전혀 없는 건가?"

"조카가 하나 있습니다."

"그래 아이는 지금 어디에 있나?"

티프티의 질문들이 불편할 정도로 뭔가를 캐내려는 것처럼 느껴졌다. 그런데도 그의 말투에는 사람의 마음을 누그러뜨리는 힘이 있어, 대답이 자연스럽게 술술 나오는 것 같았다. "아이는 수녀들과 함께 지내고 있습니다. 아이 부모는 모두 로즈웰에서 죽었습니다."

"둘이 가까운가? 자네가 아이에게 의미 있는 존재냐는 말일세."

"이게 다 뭐죠? 무슨 얘기를 하려는 겁니까?"

티프티는 피터의 물음을 무시했다. 그는 빈 잔을 탁자 위에 올려두고 책상으로 돌아갔다.

"아이가 자네를 대단히 우러러보는 것 같던데 말이야. 위대한 피터 잭슨. 겸손할 필요는 없어 – 나는 단지 자네가 누구인지 알고 있을 뿐이야. 그것도 공개되어 알려진 이야기들보다는 더 많이. 자네들과 함께 온 소녀, 그래 에이미 그리고 트웰브에 관한 것들. 그렇다고 홀리스를 탓하지는 말게. 홀리스에게서 들은 이야기들이 아니니까."

"그럼 누구에게서?"

티프티가 씨익 웃었다. "어쩌면 다음에 다시 만나게 되면 말해줄 수 있을지도 모르지. 하지만 우리가 지금 얘기하고 있는 건 자네의 조카지. 아이의 이름이 뭐라고 했지?"

"아이의 이름을 말씀드리지는 않았습니다. 케일럽입니다."

"내가 묻고 있는 건 자네가 케일럽에게 아빠와 같은 존재냐는 거지. 자네가 여기저기 들쑤시고 다니며 세상에서 바이럴들의 엄청난 위협을 제거하려고 하면서도, 과연 그렇다고 말할 수 있을까?"

피터는 갑자기 완벽하게 조종당했다는 느낌이 들었다. 그리고 이는 케일럽과 체스를 두던 기억을 떠올리게 했다. 잠시 그는 게임을 하던 그 순간으로 빠져들어 갔다. 다음 순간 그는 갇혀 옴짝달싹 못 하게 되었고, 끝났다.

"간단한 질문일세, 중위."

"모르겠습니다."

티프티가 그를 다시 한번 바라보더니, 마지막이라는 듯 말했다.

"나와 솔직한 대화를 나눠준 것은 고맙게 생각하네. 내가 자네에게 해줄 수 있는 말은 이 모든 걸 다 잊어버리고 돌아가 자네 조카를 돌보라는 거야. 자네 자신을 위해서 그리고 아이를 위해서, 자네와 자네 친구들이 이곳을 안전하게 나갈 수 있도록 해주겠네. 물론 우리의 소재에 대해서는 발설하지 않는다는 조건하에서지. 이걸 어떻게 얘기해주는 게 좋을까. 그래, 자네의 방식대로 행복을 찾아보게나."

외통수에 걸렸군. "그뿐인가요? 아무것도 안 하고 여기 가만히 앉아계실 겁니까?"

"내가 이러는 걸 말이야, 누군가 자네에게 베푼 호의 중 가장 큰 거로 생각해줬으면 좋겠군. 돌아가게, 잭슨 군. 자네의 인생을 살아. 나중에 나에게 고마워하게 될걸세."

피터는 다른 방법으로 티프티를 설득할 말을 찾기 위해 머리를 쥐어짰다. 그리고 손으로 책상 위에 있는 그림을 가리켰다. "저 여자들, 그들을 사랑했다고 말씀하시지 않았습니까."

"그랬었지, 지금도 사랑하고. 그래서 자네를 돕지 않으려는 거야. 나를 감상적이라고 해도 좋네만, 자네를 죽게 내버려 두는 것이 양심에 걸려."

"당신의 양심이라고요?"

"그래, 나도 양심이란 게 있기는 하지."

"저를 놀라게 만드신 거 아세요?" 피터가 말했다.

"그런가? 내가 자네를 어떻게 놀라게 했다는 거지?"

"저는 티프티 라몬트가 겁쟁이일 거라고는 생각도 못 했거든요."

피터가 그의 화를 돋우기를 기대했는지는 모르지만, 그의 기대는 빗나가고 말았다. 티프티가 의자에 기대어 몸을 젖히고, 양손 손가락들의 끝을 맞대고는 안경 너머로 냉담하게 피터를 쳐다봤다. "자네가 나를 화나게 만들면, 내가 자네가 알고 싶어 하는 이야기를 내뱉기라도 할 거로 생각하고 있는 건가?"

"네, 비슷합니다."

"그렇군. 그럼 자네는 나를 다른 사람들의 생각 따위에 신경을 곤두세우고 있는 누군가와 착각한 걸세. 시도는 좋았네, 중위."

"분명 그들 중 하나는 찾지 못했다고 말씀하셨습니다. 그녀가 살아 있을지도 모르는데, 어떻게 여기에 앉아 계시기만 하는지 이해가 되지 않습니다."

티프티가 이해한다는 듯 편안하게 한숨을 내쉬었다. "아마도 자네는 그 사고를 이해하지 못하겠지. 하지만 우리가 살고 있는 세상은 가정을 전제로 사는 곳이 아닐세, 잭슨 군. 지나치게 많은 가정은 자네를 밤새 잠 못 이루게 할 뿐이고 제대로 잠을 못 자서 돌아다니기도 힘들게 되지. 오해하지 말게, 자네의 긍정적인 태도는 존경하네. 아니, 존경하는 것은 아닐지도 모르겠군 – 그건 너무 지나친 표현일지도 모르겠어. 하지만 이해는 하지. 나도 그렇게 다르지 않았던 때가 있었으니까. 그러나 그런 시절도 다 지나갔어. 내가 가진 이 그림 말일세. 나는 매일같이 꺼내 보고 있지. 지금 나는 그것에 만족하고 있다네."

피터는 그림을 다시 집어 들었다. 보이지 않는 산들바람에 머리가 나부끼고 있는 여자의 미소가 반짝반짝 빛났고, 눈이 큰 두 어린 소녀들은 다른 아이들처럼 희망에 가득 차 자신들의 삶이 펼쳐지기를 꿈꾸고 있는 모습이었다. 이 사진이 티프티 삶의 중심인 것에는 의심의 여지가 없었다. 그림을 보면서 피터는 그 안에 복잡 미묘한 죄의식, 헌신, 다짐한 약속들이 함께 존재하고 있음을 느꼈다. 이 그림은 단순히 그녀들을 추모하기 위한 기념물이 아니었다. 그림은 티프티 자신을 벌주기 위한 수단의 하나였다. 티프티는 그날 들판에서 그들과 함께 죽기를 원했던 것이다. 티프티를 안쓰러워하다니, 얼마나 이상한 일인가.

피터는 그림을 티프티의 책상에 다시 올려놓았다. "암시장은 당신이 하는 일의 일부에 지나지 않는다고 말씀하셨지만, 다른 것들에 대해서는 말씀을 안 해주셨습니다."

"내가 말을 안 했었나?" 티프티가 안경을 벗고 자리에서 일어났다. "좋아. 따라오게."

티프티가 또 다른 키패드를 조작했고, 육중한 문이 열리며 벽에 커다란 금속 우리들이 쌓여 있는 넓은 방이 나타났다. 방 안의 공기에는 피와 날고기의 뚜렷한 짐승의 냄새와 고농도의 알코올 냄새가 함께 뒤섞여 있었다. 전등은 차가운 청보라색의 빛을 내뿜고 있었다. 티프티는 그 불빛을 바이럴 블루라고 불렀는데, 그의 설명에 따르면 400나노미터의 파장을 가진, 가시광선 스펙트럼의 제일 가장자리에 있는 색깔의 빛이었다. 티프티는 피터에게 그 불빛이면 바이럴들을 진정시키기에 충분하다는 말을 해줬다. 이 시설을 지은 자들은 그들의 연구 대상을 잘 이해하고 있었던 것이다.

마이클과 로어도 그들과 합류했다. 그들은 우리로 가득 찬 방을 지나 짧은 계단을 걸어 올라갔다. 그들을 기다리고 있는 것이 무엇인지는 분명했다. 다만 그것들이 어떻게 모습을 드러낼 것인지가 문제일 뿐이었다.

"그리고," 티프티가 패널을 열어 버튼 두 개를 보여주며 말했다. 하나는 초록색, 하나는 빨간색이었다. "여기는 관찰 데크야."

그들은 캣워크가 금속 선반 위로 돌출되어 쭉 이어진 기다란 발코니 위에 서 있었다. 티프티가 녹색 버튼을 눌렀다. 기어와 체인이 덜거덕거리는 소리와 함께 금속 선반들이 벽 끝 쪽으로 물러나기 시작하자, 강화 유리로 된 바닥이 나타났다.

"건너가 보게." 티프티가 권했다. "직접 봐야지."

피터와 마이클 그리고 로어가 캣워크에 올라섰다. 곧바로 바이럴들 중 하나가 강화 유리 바닥을 향해 뛰어 올랐다. 하지만 쿵 소리와 함께 유리에 부딪치더니, 팅겨 나가 갇혀 있는 우리 구석의 자리로 되돌아갔다.

"미치…… 겠네." 로어가 숨을 헐떡였다.

티프티도 캣워크로 올라와 그들과 함께했다. "이 시설은 오직 하나의 목적만 염두에 두고 만들어졌지. 바이럴들을 연구하는 거. 더 정확하게 말하면, 저것들을 죽이는 방법을 찾기 위해서."

셋은 아래에 있는 우리들을 빤히 바라보았다. 피터는 바이럴들의 숫자를 세었다. 모두 열아홉 마리였다. 스무 번째 우리는 비어 있었다. 대부분은 도피들로, 그들의 인기척에도 반응하지 않았다. 다만, 좀 전에 그들을 향해 뛰어 올랐던 그 녀석만은 달랐다. 완전히 다 자란 암컷 드랙이었다. 허기진 눈빛으로 캣워크를 따라가는 그들을 뚫어지게 응시하고 있는 암컷 드랙은 몸은 잔뜩 긴장한 채였고 갈고리 모양의 발톱도 한껏 구부러져 있었다.

"이들을 다 어떻게 잡아 오신 겁니까?"

"함정을 놓아 잡았지."

"뭐로요? 빙글빙글 도는 미끼로요?"

"빙글빙글 도는 미끼는 아마추어들이나 쓰는 거지. 회전하는 물체들이 바이럴들을 움직이지 못하게 잡아두기는 하지만, 저것들을 현장에서 꼼짝 못 하게 만들어 잡으려는 게 아니라면 정말 도움이 안 되지. 바이럴들을 생포하기 위해서 우리는 이 시설을 만든 사람들이 썼던 것과 똑같이, 미끼를 넣어둔 함정을 사용한다네. 텅스텐 합금으로 만들어졌는데, 믿을 수 없을 만큼 튼튼하지."

피터는 암컷 드랙에게서 시선을 돌렸다. "그래서 알아내신 거라도 있습니까?"

"내가 만족할 만큼 많지는 않지. 가슴과 입천장 또 두개골 밑에 세 번째 급소가 있기는 하지만, 아주 작아. 그 부분들을 찢을 수만 있다면, 저것들은 피를 쏟아내고 죽게 되지. 하지만 그곳들을 덮고 있는 피부를 뚫고 관통해 들어가는 것이 쉽지 않네. 뜨거운 열기나 차가운 냉기도 크게 효과는 없어 보이고. 여러 가지 다양한 독들을 시험해보기도 했네만, 저것들이 귀신같이 알아차리더군. 후각이 상상 이상으로 예민하고 정확해서, 아무리 배가 고파도 우리가 독을 타놓은 것들은 절대 쳐다보지도 않았다네. 하나 확실한 건 바이럴들이 물에 빠지면 살아남을 수 없다는 거야. 익사하게 되지. 바이럴들의 몸은 밀도가 너무 높아서 물에 뜰 수가 없어. 숨도 오래 참지 못하고. 실험 대상 중 물속에서 가장 오래 생존했던 기록이 76초였으니까."

"굶기는 것은 어떻습니까?" 마이클이 물었다.

"그것도 시도해봤지. 굶기면 움직임이 확실히 둔화되더군. 그러고는 일종의 수면 상태에 들어가게 되지."

"그러고 나서는요?"

"지금까지 알아낸 건, 저것들이 수면 상태에 들어간 채로 한도 끝도 없이 버틸 수 있다는 거야. 결국은 우리도 굶겨보는 실험을 중간에 그만두었어."

문득 피터는 자신이 보고 있는 것이 무엇을 의미하는지를 깨달았다. 암시장을 운영하는 일은 단지 눈속임에 지나지 않는 것이었다. 이 늙은 남자의 진짜 목적은 바로 여기 이 방에 숨겨져 있었던 것이다.

"티프티, 당신은 정말 재수 없는 거짓말쟁이야."

모두가 돌아서 그를 봤다. 티프티는 가슴 위로 팔짱을 낀 채, 굳은 표정으로 피터를 쳐다봤다.

"자네 마음에 뭔가 걸리는 거라도 있나, 중위?"

"여태껏 평생 아이오와로 다시 갈 생각만 하고 있던 것 아닙니까? 그런데 어떻게 가야 할지 몰랐던 거잖아요. 그냥 맨손으로 갈 수는 없었을 뿐이에요."

티프터의 표정이 바뀌지 않았다. 그의 얼굴도 갑자기 삶에 지친 듯 더 늙어 보였다. "재미있는 이야기군."

5초 정도일까, 그 둘은 서로를 정면으로 뚫어지게 바라보았다. 마이클과 로어 둘은 다른 무슨 말을 꺼낼 수가 없었다. 그럼에도 둘 사이의 침묵이 너무 길어지자, 마이클이 둘 사이의 긴장을 깨고 나섰다.

"피터, 쟤가 너 좋아하는 것 같은데."

5미터쯤 아래에서, 다 자란 암컷 드랙이 짐벌Gimbal (항해 시 선박의 나침반이나 크로노미터의 수평을 유지해주는 장치, 하나의 축을 중심으로 물체를 회전할 수 있게 되어 있음-옮긴이)같이 생긴 목 위의 머리를 느릿느릿 굴리며, 그를 올려다보고 있었다. 그러더니 마치 하품하는 사람처럼 턱을 벌리고는, 입술을 뒤로 젖혀 번득이는 이빨들을 드러내 보였다. 마치 이거 다 널 위한 거야라고 말하는 것처럼.

티프티가 앞으로 한발 나섰다. "우리가 가장 최근에 잡아온 녀석이지." 그가 말했다. "우리는 저 녀석을 잡은 걸 매우 자랑스럽게 여기고 있지 – 우리는 2주 동안이나 녀석의 뒤를 쫓았다네. 이제는 더 이상 다 자란 드랙을 잡는다는 것이 흔한 일이 아니게 되었거든. 우리는 녀석에게 실라라는 이름을 붙여줬지."

"저 녀석에게는 무슨 실험을 해볼 계획이세요?" 마이클이 물었다.

"아직 확실히 정해진 건 없어. 다소 일반적인 것들이 되리라고 생각하네만. 이것 조금, 저것도 조금 그렇게. 우리 안에 가둬두기에는 성질이 너무 더럽기는 하지만 말이야."

피터의 머릿속에 홀리스의 처벌에 대한 일이 떠올랐다. "케이지는 뭡니까?"

티프티의 얼굴에 미소가 번지며 말했다. "아하."

자정. 아침이 밝아올 때까지 몇 시간 동안, 피터와 마이클 그리고 로어는 안 쓰는 작은 방에 갇혀 있었다. 티프티의 부하 한 명이 문밖을 지켰다. 마침내 피터도 가까스로 잠이 들었을 때 버저가 울리더니 문이 열렸다.

"따라오게." 티프티가 말했다.

"어디로 가는 거예요?" 로어가 물었다.

"당연히 밖으로 나가는 거지."

피터는 왜 '당연히'라고 하는 건지 궁금했다. 하지만 그게 티프티의 방식인 것 같았다. 티프티는 드라마틱한 것을 선호하는 취향을 가진 남자였다. "홀리스는 어디에 있습니까?" 피터가 물었다.

"걱정하지 않아도 되네. 홀리스도 올 테니."

구름이 낀, 별이 보이지 않는 밤하늘이었다. 계단 앞에 주차된 트럭한 대가 그들을 기다리고 있었다. 티프티가 앞의 조수석에 올라타는 동안, 셋은 뒤 화물칸에 올라탔다. 그들을 감시하는 자들도 없었지만, 그렇다고 어둠 속에서 무장을 하고 있지도 않았다. 어디로 가려는 거지?

몇 분이 지나자, 트럭은 비행기 격납고처럼 보이는 거대한 직사각형건물로 향했다. 트레일러와 함께 다른 차량도 몇 대 보였다. 권총과 소총으로 무장하고 있는 것이 또렷이 보이는 남자들이 횃불 아래에 둥글게 모여 있었고, 몇몇은 옥수수수염을 피우는 중이었다. 건물의 안쪽에서는 웅성거리는 목소리들이 들려왔다.

"자네들은 이제 우리의 진짜 정체를 보게 될 거야." 티프티가 말했다.

건물의 내부는 휑하게 뻥 뚫린 하나의 동굴 같은 공간이었고, 안은 횃불로 불이 밝혀져 있었다. 중앙에 케이지가 있었다. 지름이 대략 15미터쯤 되어 보이고 건물 꼭대기에서 바닥까지 내려오는 사슬에 걸려 있는 돔 모양의 구조였다. 그 주변에 놓인 야외 관람석은 모두 큰소리로 떠들며, 관람석 열을 오르락내리락 움직이고 있는 한 사람에게 오스틴을 절박하게 흔들어대는 남자들로 발 디딜 틈도 없이 꽉 차 있었다. 티프티의 등장에 남자들이 우레와 같이 발을 구르며 함성을 질렀다. 티프티는 이에 아랑곳하지 않고 피터와 일행을 야외 관람석 아래쪽의 빈자리로 안내했다. 십자형으로 교차되어 있는 케이지 안의 쇠막대기들로부터 몇 걸음 안 떨어진 자리였다.

"5분 뒤에 베팅 마감이야!" 누군가의 목소리가 들렸다. "5분 남았어!"

홀리스가 그들 옆에 와서 앉았다. "케이지라는 거 말이야, 내가 생각하는 거 맞아?" 피터가 물었다.

그가 고개를 끄덕였다. "거의 그런 셈이지."

"사람들은 실제로 결과에 돈을 걸고?"

"일부는 그러지. 도피들의 경우는, 시간이 얼마나 오래 걸릴지에 달려 있지."

"그리고 너도 이미 돈을 건 거고."

홀리스가 이상하다는 듯 피터를 쳐다봤다. "안 그럴 이유가 없잖아?"

순식간에 둘의 대화가 끊겼다. 남자들 사이에서 더 큰 함성이 터져나왔다. 피터가 고개를 들어보니, 금속 상자 하나가 지게차에 실려 안으로 들어오고 있었다. 다른 쪽에서도, 수컷의 냄새가 물씬 풍기는 남자가 거만한 걸음걸이로 들어왔다. 덩크였다. 그는 두꺼운 패드를 입고, 창을 들고 있었다. 철 가면 같이 생긴 헬멧을 머리 위에 올려놓은 채, 문신투성이의 얼굴을 그대로 드러내고 있었다. 그가 자신의 오른손 주먹을 들어 올려 허공에 대고 주먹질을 해대자, 관람석에 앉아 있는 남자들이 미친 듯이 쿵쾅쿵쾅 발을 굴러댔다. 지게차 운전사는 상자를 케이지의 중앙에 내려놓았고, 다른 남자가 상자의 걸쇠에 사슬을 연결하는 사이 뒤로 물러났다. 그 남자마저 밖으로 물러나자 덩크가 케이지 안으로 들어섰다. 케이지의 문이 덩크의 등 뒤에서 잠겼다.

모두가 조용해지자 피터의 옆에 있던 티프티가 확성기를 들고 일어섰다. 그는 자신을 목청을 고르고는 청중들을 향해 입을 열었다. "자 모두 일어나 국가를 부르자."

모두가 두 발을 힘차게 딛고 일어나, 자신들의 오른손을 왼쪽 가슴 위에 올리고 노래를 부르기 시작했다.

오, 밝아오는 새벽의 여명 속에, 그대 보이는가,

지는 황혼 가운데 태양이 마지막으로 번뜩이는 순간, 우리가 무엇을

그토록 자랑스럽게 큰 소리로 외쳐 불렀는가?

치열한 전투 속에, 누구의 넓은 줄무늬와 빛나는 별들이,

우리가 지키던 성벽 위로 위풍당당하게 휘날리고 있는가?

피터도 역시 일어나, 가사를 기억해내려 애를 썼다. 지난 역사로부터 전해오는 아주 오래된 노래였다. 콜로니의 성소에서 선생님이 가르쳐 줬던 노래였다. 하지만 멜로디는 어렵고 가사는 그 어린 시절의 자신이 알아들을 수 없는 말들이었기에, 결국 그는 그 노래를 익히지는 못했다. 옆의 마이클을 훔쳐봤더니, 그 역시 똑같이 놀랐는지 양쪽 눈썹이 위로 올라가 있었다.

마지막의 날카로운 고음 부분은 또다시 터져 나오는 환호 속에 묻혀 버렸다. 고막이 터질 것 같은 소란 속에서 남자들이 격렬하게 발을 굴러대는 소리에 맞춰, 구호처럼 그의 이름을 연호하는 소리가 들려왔다. 덩크 덩크 덩크 덩크……. 티프티는 이 소란이 한동안 계속되도록 놔두었다. 이윽고 손을 들어 올려 모두를 조용히 시켰다. 그가 다시 케이지를 쳐다봤다.

"덩크 위더스, 준비됐나?"

"준비됐습니다!"

"그럼…… 시간을 재!"

아수라장이었다. 덩크는 머리 위에 올려놓았던 철 가면 같은 마스크를 내려썼고, 나팔 소리가 울리자 케이지 안에 놓인 금속 상자에 걸어놓았던 사슬이 당겨졌다. 잠시 아무 일도 일어나지 않았다. 그러다 갑

자기 도피가 상자 밖으로 뛰쳐나와 벽을 기어오르는 바퀴벌레처럼 곤충 같은 움직임으로 빠르게 케이지를 기어 올라갔다. 피터가 알 수는 없었지만, 도피는 도망갈 길을 찾거나 공격하기에 유리한 위치를 찾고 있는 건지도 몰랐다. 군중들도 나름의 생각이 있었다. 곧바로 응원하던 소리가 야유와 조롱하는 휘파람 소리로 바뀌었다. 케이지 꼭대기에서 도피는 창살 하나를 발로 움켜쥐고 머리 정수리가 바닥을 향하도록 몸을 쭉 늘어뜨렸다. 팔도 옆구리에서 완전히 떼어 늘어뜨려 놓은 상태였다. 덩크는 그 아래에 서서, 겁도 없이 도피를 떨어뜨리기 위해 창을 휘두르고 있었다. 그가 뭐라고 고래고래 악담을 외치고 있는 것 같았는데, 소리는 잘 들리지 않았다. 고깃덩어리! 군중들이 다 같이 박자를 맞춰 손뼉 치며 소리쳤다. 고깃덩어리! 고깃덩어리! 고깃덩어리!

도피의 주의가 산만해진 것 같았다. 거의 멍한 상태인 것 같았다. 커다란 소음과 요란한 소동이 도피의 본능을 전기적 충격으로 끊어놓은 것처럼, 녀석이 무미건조한 시선으로 실내 여기저기를 정신없이 핵핵 둘러보았다. 도피에게 인간의 모습이 흐릿하게 남아 있을 뿐이었다. 인간 본래의 특징적 모습은 강력한 산에 의해 모두 녹아 뭉개진 것 같았다. 녀석은 매달려 있던 자리에 그대로 5초간 더 있었다. 그러다 10초가 됐다.

고깃덩어리! 고깃덩어리! 고깃덩어리! 고깃덩어리!

"이미 충분해." 티프티가 일어나 확성기를 쥐어 들었다. "고깃덩어리를 던져줘!"

케이지의 철창 사이로, 피가 뚝뚝 떨어지는 거대한 고깃덩어리들이 안으로 던져져 기름기 있는 눅진눅진한 피를 사방으로 튀기며 바닥에 떨어졌다. 보기 흉한 생명체가 매달려 있던 창살을 놓더니 가장 가까이에 있는 고깃덩어리를 향해 뛰어들었다. 소의 다리 윗부분이었다. 도피는 그것을 퍼 올리듯 집어 들더니 기름진 고깃결 사이로 턱을 쑤셔 박았다. 그러나 들이마시는 만큼 많은 양의 피가 빨려 나오지는 않았다. 2초 만에 피가 다 말라버렸다. 도피는 건조하게 말라버린 소의 다리를 멀리 휙 던져버렸다.

도피가 덩크 쪽으로 고개를 돌렸다. 이제야 덩크에게 관심이 생긴 것이다. 녀석이 몸을 잔뜩 웅크려 낮추고, 움켜쥐기에 적합하게 생긴 발가락들과 벌어진 커다란 손으로 균형을 잡았다. 확연히 곧추세워진 머리, 잠깐의 주시.

도피가 돌진했다.

바이럴이 덩크를 향해 팔을 앞으로 쭉 뻗어 그의 목을 노리고 뛰어오르자, 그는 바닥으로 주저앉았다가 창을 휘두르며 몸을 일으켰다. 군중들이 흥분했다. 피터도 느꼈다. 그의 혈관을 타고 솟구치는 싸움의 생생한 날것 그대로의 흥분을. 도피는 창을 피해 날쌔게 뒤로 물러나 케이지 벽으로 올라갔다. 이번에는 얼이 빠져 어리바리 뒤로 물러난 것이 아니었다. 녀석의 의도는 분명했다. 녀석들은 공격할 때 위에서 덮친다. 7미터 위에서 도피는 창살에서 조금 떨어질 정도로 몸을 뒤로 밀착하고서, 머리를 거꾸로 한 채 몸을 둥글게 말아 넣고서는 코르크 마개 뽑이를 빠르게 꽂아 넣는 것처럼 몸을 비틀어가며 덩크로부터 3미터 되는 거리까지 내려와 자리를 잡았다. 같은 싸움의 모습이 서로 뒤바뀌었다. 덩크가 달려들었고, 도피가 몸을 날려 내려앉았다. 덩크의 창이 그의 머리 위 텅 빈 공간을 가르고 지나갔다. 덩크가 자신의 힘을 이기지 못하고 앞으로 넘어지려 하자, 웅크리고 있던 도피가 쏜살같이 튀어나와 패드로 감싼 덩크의 몸 가운데를 앞뒤 가리지 않고 저돌적으로 들이박았다. 덩크의 몸이 케이지의 반대편으로 날아갔다.

덩크는 일어나 케이지의 창살들에 기대어 서 있었는데, 충격을 받은 것이 분명해 보였다. 창은 그의 왼쪽 바닥에 떨어졌고, 마스크는 찢겨졌다. 피터는 그가 창을 집기 위해 팔을 뻗는 것을 보았다. 하지만 그의 손짓에는 힘이 없었고, 안개 속에 있는 듯 부정확하게 바닥을 더듬거렸다. 그의 가슴은 풀무처럼 들썩거리고, 코에서는 피가 그의 윗입술까지 흘러내리고 있었다. 도피가 왜 아직 그를 끝장내지 않고 있는 거지?

그건 함정이었기 때문이었다. 도피는 쓰러뜨린 상대를 주의 깊게 살피는 것만큼이나 의심하고 있는 것처럼 보였고, 피터는 녀석의 내적인 갈등을 느낄 수 있었다. 죽이고 싶은 충동과 보이는 것이 전부가 아니라는 이제 막 들기 시작한 의심. 아마도 인간 사고 능력의 흔적 같아 보였다. 어느 쪽이 이길까? 군중들이 덩크의 이름을 연호하며, 아직 정신을 못 차린 그를 깨우려 했다. 그게 아니라면 도피를 속여 움직이게 하려는 자극이었을지도. 어떠한 죽음이라도 괜찮을 것이다. 단지 케이지 안으로 걸어 들어간 것만으로도, 덩크는 이미 가장 중요한 승리를 거둔 셈이었다. 마지막까지 인간으로 남을 수 있는 승리 말이다. 그 자신과 그의 동료들 그리고 이 세상에 대한 바이럴의 지배를 부정하는 것. 남은 자들은 자신의 때가 이를 때 죽음을 맞게 되리라.

피의 유혹이 승리했다.

도피가 공중으로 뛰어올랐다. 동시에, 덩크의 헤매고 있던 손이 창을 부여잡았다. 뛰어오른 녀석이 내려올 때, 덩크가 창을 자신의 무릎 사이에 끼고 밑동을 바닥에 고인 채 45도 각도로 들어 올려 다가오는 도피의 가슴 중앙을 겨누었다.

도피는 무슨 일이 벌어질지 알았을까? 녀석은 결과가 정해진 그 짧은 순간에 자신이 죽음을 향해 쇄도하고 있다는 걸 느꼈을까? 행복했을까? 슬퍼했을까? 다음 순간, 창끝이 자신의 표적을 찾아냈다. 창이 도피의 가슴을 깨끗하게 꿰뚫고 나아갔고, 생기가 단 한 번 찰나의 장엄한 호흡으로 죽음을 뱉어냈다.

덩크는 도피의 시체를 옆으로 밀어 치웠다. 벌떡 일어선 피터는 군중들과 하나가 되었다. 그의 에너지도 그들이 내뿜고 있는 기운들 가운데 하나가 되었다. 그들의 흐름 속으로 빨려 들어갔다. 그의 목소리 역시 군중 사이에서 울려 퍼지고 있었다.

덩크, 덩크, 덩크, 덩크!

덩크, 덩크, 덩크, 덩크!

이건 왜 다른 거지? 뇌의 또 다른 부분은 개의치 않기를 원하면서도, 피터는 예상치 못한 의기양양한 흥분에 휩싸인 와중에 궁금해했다. 피터는 그동안 성벽 위에서, 도시들과 사막 한가운데에서, 그리고 숲과 들에서 바이럴들을 마주쳐 왔었다. 구불구불한 200미터 아래 동굴 속으로도 들어가 보았다. 수백 번 죽을 뻔한 일들에 자신을 내맡기기도 했지만, 그래도 덩크의 용기는 그것 이상의 무엇이었다. 더 순수하고, 모자람을 채워주는 것이었다. 피터는 친구들을 살펴봤다. 마이클, 홀리스 그리고 로어. 피터의 생각이 틀리지 않았다. 그들도 피터와 똑같이 느끼고 있었다.

오직 티프티의 얼굴만 달라 보였다. 그도 함께 일어나 서 있었지만, 그의 얼굴에는 어떤 감정도 드러나 있지 않았다. 그의 마음은 무엇을 보고 있는 걸까? 그의 마음은 어디로 간 걸까? 그의 마음은 그날 그 들판에 가 있었다. 케이지마저도 그의 마음의 짐을 덜어주지 못했다. 피터가 노리던 기회가 바로 앞에 놓였다. 관중석에서는 내기에 건 돈들을 정산해 지불하고 있었다.

"저를 저 안에 들여보내 주세요."

티프티가 한쪽 눈썹을 치켜올리고는 피터의 얼굴을 주의 깊게 살폈다. "중위, 자네가 무슨 얘기를 하고 있는지 아나?"

"도박이죠. 당신이 나를 아이오와에 데려다주기로 약속하는 대신 내 목숨을 거는. 저에게 그 도시가 어디에 있는지 알려주는 것만으로는 안 됩니다. 저와 함께 가주셔야 합니다."

"피터, 이건 별로 좋은 생각이 아니야." 홀리스가 말렸다. "네가 느끼고 있는 감정이 무엇인지 나는 알아. 우리는 그걸 케이지 열병이라고 부르지."

"그런 거 아냐."

티프티가 그의 가슴 위로 팔짱을 꼈다. "잭슨 군, 도대체 자네에게 내가 얼마나 바보 같아 보이는 거지? 자네의 명성이 자자하더군. 자네에게 도피 한 마리쯤은 식은 죽 먹기라는 건 나도 잘 알고 있네."

"도피 말고요," 피터가 말했다. "상대는 실라입니다."

티프티가 눈으로 피터를 위아래로 훑으며 가늠해보는 듯했다. 피터 뒤에 있는 마이클과 로어는 아무 말도 하지 않았다. 아마도 그 둘은 피터가 무슨 짓을 벌이고 있는지 이해했을 것이다. 물론 아닐 수도 있었다. 어쩌면 둘은 판단 능력을 완전히 잃은 것 같은 피터의 모습에 말을 잃을 정도로 놀라 어떤 반응도 보이지 못했던 것일지도 모른다. 어쨌거나, 그런 건 중요하지 않았다.

"좋아, 중위, 오늘 자네 장례를 치르게 되겠군. 땅에 묻을 게 남아 있지도 않겠지만 말일세."

피터는 티프티와 다른 두 남자의 안내를 받으며 경기장 뒤에 있는 작은 방으로 갔다. 마이클과 홀리스도 피터와 함께 갔고, 로어는 관람석에서 기다리고 있었다. 방에는 장갑 패드와 무기들이 줄지어 놓여 있는 긴 테이블을 빼고는 아무것도 없었다. 피터는 처음에 패드가 그의 움직임을 둔하게 만들까 봐 걱정했지만, 패드는 놀라울 정도로 가볍고 유연했다. 마스크는 다른 문제였다. 피터는 이게 어떻게 도움이 된다는 건지 알 수가 없었다. 더군다나 마스크는 주변 시야를 축소해 방해가 되었다. 피터는 마스크를 옆으로 밀어놓았다.

이제 무기를 고를 차례였다. 무기는 두 가지만 허용되었다. 총기는 허용되지 않았고, 오직 도검류만을 선택할 수 있었다. 다양한 크기와 무게의 단도, 석궁, 창 그리고 검과 도끼들이 보였다. 석궁이 구미가 당기기는 했지만, 케이지처럼 그렇게 가까운 거리에서 사용하기에는 재장전에 시간이 너무 오래 걸려 유리한 점이 없었다. 피터는 강철 창날에 미늘이 있는 1.5미터 길이의 창을 선택했다.

두 번째 무기를 고르기 위해, 그는 자신의 목적에 맞는 것을 찾기 위해 방안을 쭉 둘러보았다. 구석 한쪽에 아연 도금이 된 쓰레기통이 있었다. 피터는 쓰레기통 뚜껑을 집어 들고 살펴보았다.

"누가 내게 걸레나 천을 좀 주겠어요?"

천이 왔다. 피터는 천을 침으로 적신 다음 쓰레기통 뚜껑 안쪽을 문질렀다. 그의 모습이 비치기 시작했다. 또렷한 모습은 아니었지만 알아볼 수 없게 흐릿한 것보다는 상태가 좋았다. 그 정도면 충분했다.

"이게 제가 원하는 겁니다."

티프티의 부하들이 웃음을 터뜨렸다. *쓰레기통 뚜껑! 다 자란 드랙에게 맞서는 한심하기 짝이 없는 작은 쓰레기통 뚜껑이라니! 저 친구 자살*

하려는 거야?

"자네가 한심한 건 그렇다고 치더라도," 티프티가 말했다. "내가 허락할 수가 없네."

마이클이 미심쩍은 얼굴로 피터를 쳐다봤다. "그러니까…… 라스베이거스에서처럼 그렇게?"

피터가 마이클에게 가볍게 고개를 끄덕여 보이고는 다시 티프티에게 고개를 돌렸다. "방에 있는 건 무엇이든 된다고 하셨는데요."

"그건 그랬지."

"그럼 저는 준비가 됐습니다."

피터가 경기장으로 들어섰다. 관중이 고함을 터트리고 발을 굴렀지만, 그 소리는 덩크 때와는 달랐다. 그들의 충성심은 역전되었다. 피터는 그들 중의 하나가 아니었고, 그들은 그가 죽는 걸 보기 기대하며 흥분한 상태였다. 감히 자신이 드랙과의 싸움에서 이길 수 있다고 생각하는 오만한 원정대의 군인이 죽어가는 모습을. 상자는 이미 케이지 안 중앙에 놓여 있었다. 상자와 가까워질수록, 피터는 상자가 흔들리는 것처럼 보였다. 관람석에서 소리가 들렸다. "모든 베팅이 마감됐어!"

"그만두기에 아직 늦지 않았는데." 홀리스가 말했다. "우리 필사적으로 도망칠 수 있을 것도 같은데."

"저 사람들은 내가 살아남을 확률이 얼마나 된다고 생각하고 베팅을 한 거야?"

"10대 1로 네가 30초 동안 살아 있을 거라는 쪽, 그리고 100대 1로 네가 1분 동안 살아 있을 거라는 쪽, 그렇게."

"너도 내기에 돈 걸었어?"

"45초 안에 네가 이긴다는 쪽에 걸었지. 아마 내가 평생 쓸 돈을 따게 될 거야.”

"우리가 늘 해오던 대로 해줘, 알았지?” 피터가 자세히 말할 필요도 없었다. 내가 물리고도 살아 있다면, 내버려 두지 마. 빨리 끝내줘.

"걱정 안 해도 돼.”

"마이클, 홀리스가 꼭 그렇게 하도록 만들어.”

마이클의 얼굴이 상실감에 슬퍼 보였다. "맙소사, 피터, 네가 한 번 성공하기는 했어. 어쩌면 그때 바이럴들을 움직이지 못하도록 묶어두었던 건 다른 거였는지도 모른다고. 그 생각은 해봤어?”

피터는 링 가운데 있는 상자를 쳐다봤다. 상자가 엔진처럼 떨리고 있었다. "고마워…… 지금 생각해보고 있는 중이야.”

그들은 악수했다. 중요한 순간이었지만, 그들은 전에도 이와 비슷한 일을 겪은 적이 있었다. 피터가 케이지 안으로 발을 들여놓자, 티프티의 부하 하나가 그의 등 뒤에서 문을 잠갔다. 홀리스와 마이클은 관람석 쪽으로 가 로어와 함께 자리를 잡고 앉았다. 티프티가 확성기를 들어 올렸다.

"원정대의 잭슨 중위, 준비됐나?”

야유 소리가 울려 퍼졌다. 피터는 최선을 다해 그 소리를 무시하려고 했다. 그는 지금껏 순수한 신념으로 전력을 다해왔지만, 지금 이 순간 여기 케이지 안에 들어와 있게 되자, 그의 육신이 그의 영혼에게 의문을 품기 시작했다. 심장이 빨리 뛰기 시작했고, 손바닥은 땀이 나 축축해졌다. 손에 든 창도 터무니없이 무겁게 느껴졌다. 그는 숨을 가득 들이마셔 가슴을 빵빵하게 부풀려 채웠다. "준비됐습니다!”

"그럼…… 시간을 재!”

나중에 피터는 드랙과의 싸움이 총 28초간 계속되었다는 것을 알게 되었다. 짧고도 긴 28초간이었다. 모든 게 천천히 그리고 한 번에 일어났다. 일반적인 시간의 흐름과는 맞지 않는, 뚜렷하지 않고 희미하게 잘 알아볼 수 없는 사건들이었다.

피터가 기억할 수 있는 건 이랬다.

드랙은 상자에서 마치 호스에서 거센 물줄기가 뿜어져 나오는 것처럼, 폭발적인 힘으로 뛰쳐나왔다. 암컷 드랙은 오염되지 않은 원시 그대로의 힘으로 장엄하게 공중으로 뛰어올라 곧장 케이지의 꼭대기로 올라갔다. 그러고는 양옆으로 세 번 몸을 빠르게 팅겨 물수제비뜨는 것처럼 낮게 스치듯 움직였다. 피터의 눈이 따라가기에 너무 빠른 움직임이었다. 피터는 머릿속으로 암컷 드랙의 예상되는 낙하 시점과 자신을 덮쳐올 궤적을 계산하고 있었다. 그리고, 드랙은 정확히 그가 예측한 대로 움직여 공격해왔다. 서 있는 상대를 향해 폭격하듯 날아드는 또 다른 상대. 둘의 몸이 충돌하자 엄청난 힘이 폭발하듯 터져 나왔다. 피터의 몸이 한쪽으로 기울어진 채 케이지를 가로질러 날아갔다. 그의 몸은 숨도 쉬지 못하고 부러진 채 1, 2초간 그렇게 아주 잠깐 자신의 의지대로 허우적거릴 수 있었을 뿐, 곧 바닥을 구르고, 구르고, 굴러, 계속 굴러갔다.

피터의 몸이 바닥에 배를 깔고 엎어진 채 멈춰 섰다. 쓰레기통 뚜껑과 창도 어디론가 날아가 없어졌다. 그는 몸을 돌려 등을 대고 누워, 손과 발로 몸을 밀어 뒤로 물러섰다. 그러다 부러진 창의 남은 부분을 발견했다. 창 자루는 뾰족한 강철 창끝으로부터 60센티미터쯤 되는 곳에서 부러진 상태였다. 피터는 부러진 창을 움켜쥐고 일어섰다. 그가 비틀거리다 패배를 맛보게 될 것 같았다. 적어도 두 발로 버티고 선 채 마지막을 맞이할 수는 있을 것 같았다. 저 먼 행성에서 남자들이 환호하는 소리가 들려왔다. 바이럴이 그를 향해 움직였다. 한가로이 산책이라도 하듯 여유로워 보인다고 말할 법한 그런 모습으로 그에게 다가가고 있었다. 암컷 드랙이 피터가 자신의 이빨을 오랫동안 똑똑히 볼 수 있도록 고개를 갸우뚱하고는 턱을 위아래로 벌렸다.

그때 둘의 눈이 마주쳤다.

서로의 눈동자가 정확히 딱 만났다. 진심으로 영혼을 찾고 있는 시선이었다. 시간이 멈췄다. 그리고 피터는 자신의 영혼이 그녀 안으로 뛰어들어가는 것을 느꼈다. 드랙이 되기 전 인간이었던 때의 느낌, 기억, 생각과 바람들 그리고 끔찍한 괴물이 되었을 때 그녀가 느꼈던 고통들이 모두 보였다. 암컷 드랙의 표정이 누그러졌다. 공격적인 자세도 눈에 띄게 풀어졌다. 흉포했던 녀석의 표정이 이제는 다른 무언가를 담아내고 있었다. 깊은 우울함이었다. 그 안에는 어둠 속 작은 불길처럼 아직 인간의 흔적이 남아 있었다. *시선을 돌리지마*, 피터는 자신에게 속삭였다. *무슨 일이 있더라도, 녀석의 시선을 깨지 마.* 그의 손에는 창이 있었다.

그는 한 발 앞으로 나서고, 다시 한 발자국 더 나아갔다. 암컷 드랙은 여전히 미동도 하지 않았다. 피터는 두려움이 아닌 갈망 때문에 자신 안에서 조용히 전율이 일어나는 것을 느꼈다. 녀석이 원하고 있었다. 관중석에 있던 모두가 조용해졌다. 마치 드랙과 피터 둘만이 조용하고 광대한 공간에 남겨진 것 같았다. 텅 빈 교회, 버려진 극장, 동굴 같은. 피터는 부러진 창을 뒤로 당기고, 한 손은 암컷 드랙의 어깨에 올려 균형을 잡았다. *제발, 녀석의 눈이 허락했다.*

그리고 끝이 났다.

관중들은 완전히 입을 다물고 침묵에 잠겼다. 피터는 자신이 몸을 떨고 있는 것을 느꼈다. 되돌릴 수 없는 일이 일어났다. 이해하기 어려운 일이. 피터는 죽은 녀석의 시체를 내려다보았다. 여자의 영혼이 육체를 떠나는 것이 느껴졌다. 여자의 영혼이 바람처럼 그를 어루만지며 지나가고 있었다. 그의 안에는 바람이 새겨놓고 간 한마디 말만이 남았다. *고마워요, 진심으로. 나는 이제 자유입니다.*

피터가 케이지 밖으로 나올 때, 티프티가 그를 기다리고 있었다.

"그녀의 이름은 실라가 아니었어요." 피터가 말했다. "그녀의 이름은 에밀리였습니다."

티프티는 완전히 당황한 얼굴로 아무 말도 하지 않았다.

"그녀가 전염되었을 때, 열일곱 살이었어요. 그녀의 마지막 기억은 한 소년에게 입 맞추고 있는 장면이었습니다."

"이해가 안 되는데."

홀리스와 마이클 그리고 로어가 관중석에서 내려왔다. 피터는 그들에게로 가다가 멈추고 티프티에게로 돌아왔다.

"그들을 어떻게 죽이면 되는지 알고 싶으세요?"

입을 딱 벌린 채 티프티가 고개를 끄덕였다.

"그들의 눈을 똑바로 마주 보면 됩니다."

48

에이미의 마음은 그들에 대한 생각으로 가득 차 있었다. 카터와 그 여자, 이름이 레이철이라는 여자. 레이철 우드.

에이미는 전부 다 느꼈다. 느끼고, 보고, 그리고 알았다. 그녀의 팔이 그를 감쌌고, 아래로 아래로 끌어당기고 있었다. 악마의 숨결 같은, 그 수영장 물의 맛까지도. 그들의 몸이 바닥에 닿자 가볍게 쿵 소리가 들렸고, 그들의 몸은 연인처럼 뒤엉켜 있었다.

카터가 그녀를 얼마나 사랑했던가. 에이미에게 가장 강렬하게 와 닿은 건 그의 사랑이었다. 카터의 삶은 바로 그곳 수영장 밑바닥에서 멈췄고, 그의 영혼은 계속되는 슬픔의 고리 안에 영원히 갇혀버렸다. 오, 제발, 내가 할 수 있게 해줘, 앤서니 카터는 생각했다. 당신이 원한다면 내가 죽을게, 당신이 죽으라고 하면 죽을게, 당신 대신 내가 죽을 수 있게 해줘. 그리고 여자가 물속에서 첫 번째 호흡을 들이키자 물방울들이 수면 위로 떠오르고, 끔찍한 맛과 냄새의 물이 그녀의 폐를 채우고, 그녀의 온몸에 강렬한 죽음의 경련이 일어나고, 그렇게 끝이 났다.

그의 슬픔이 세상의 중심에 있었다. 쉐브론 마리너호, 이곳이 바로 그곳이었다. 슬픔의 고동치는 심장.

에이미가 기울어진 갑판을 가로질러 고물 쪽으로 갈 때, 그녀의 몸에서는 피가 떨어졌다. 에이미는 변화가 일어나고 있는 것을 느낄 수 있었다. 위쪽 경사에서 우르릉거리는 소리가 들려왔다. 그 소리의 주인은 산사태처럼 그녀를 덮칠 것이다. 또, 에이미를 흔적도 없이 없애버리고, 그녀를 다른 모습으로 바꾸어놓을 것이다. 그녀는 미로 같은 복도들이 있고, 파이프 통로들이 줄지어 있는 배의 내부로 내려갔다. 그녀의 발이 녹슨 빛깔의 고여 있는 물을 지나며 철버덕거렸다. 어른거리는 무지개색 빛이 물 위에서 춤을 추었다. 에이미는 본능을 따라 움직였다. 그녀는 앞으로 곧장 나아갔다. 카터가 보내는 신호를 따라갔고, 그의 신호는 그녀를 쉴 새 없이 계속 아래로 아래로 아래로 이끌었다.

펌프실.

그들은 사방을 자신들이 뿜어내는 빛으로 채우며, 여기저기에 매달려 있었다. 그들은 모든 표면에 달라붙어 있었다. 아이들처럼 몸을 웅크리고 바닥에 누워 있기도 했다. 이곳은 일종의 저수지, 그들의 은신처였다. 앤서니 카터의 둥지. 슬픔에 빠진 그의 군단은 활동이 일시적으로 중지되어 움직이지 않았다. 어디 있어요? 그녀가 생각했다. 그리고 그녀의 몸이 떨리면서 마치 거대한 손아귀가 그녀를 꽉 움켜쥐는 것처럼, 경련을 동반한 발작적인 쇼크가 일어나며 복부를 엄청나게 조여왔다. 에이미는 똑바로 서 있으려 애쓰며 휘청거렸다. 그녀의 시야 너머로 검은 얼룩들이 번져갔다. 그 일이 일어나고 있어. 지금 그 일이 일어나고 있어.

나는 여기 있어요.

─어디요? 어디에 있는 거예요? 제발요, 내 생각에 나는…… 죽어가는 것 같아요.

내게 와요, 에이미. 내게 와요, 내게 와요, 내게 와요…….

그녀 앞에 문 하나가 보였다. 그녀가 문을 열었던가? 그녀는 비틀거리며 앞으로 나아가, 문 너머의 좁은 통로를 따라 내려갔다. 바닥은 미끄러웠다. 지구가 압축하고 시간이 증류시켜놓은, 대지가 흘린 피, 기름 때문이었다. 에이미는 두 번째 문으로 갔다. T1, 그렇게 쓰여 있었다. 탱크 번호 1. 그 너머에 무엇이 있는지 그녀는 알 수 있었다. 지금까지 그랬던 것처럼. 그녀는 온 힘을 다해 녹슨 둥근 손잡이를 잡고 돌렸다. 꼭 성당 안으로 들어간 것처럼 그녀의 주위로 넓은 공간이 활짝 펼쳐졌다.

그리고 그곳에 그가 있었다. 앤서니 카터, 트웰브 중 트웰브. 쭈글쭈글하고 작으며, 그가 인간이던 그리고 마음속으로는 여전히 인간인 예전의 그 모습보다 크지도 않은 연약한 존재. 거절의 존재가 육신이 되었다. 그가 세상의 쓰레기 더미에 둘러싸여 바닥에 누워 있었다. 그가 천천히 몸을 펴더니 에이미를 맞기 위해 일어났다. 카터, 슬픔에 잠긴 자. 아무것도 할 수 없었던 그는 자신이 만들어놓은 감옥에 갇혀 있었던 것이다.

"도와줘요." 에이미는 이 말을 하고는, 그녀를 집어삼키는 엄청난 마지막 전율에 카터의 품 안으로 쓰러졌다.

그리고 에이미는 다른 곳에 있었다.

그녀는 어느 고속도로의 고가도로 밑에 있었다. 에이미가 알고 있는 곳이었다. 혹은 그렇게 느껴지는 것 같기도 했다. 그곳의 전경과 소리 그리고 냄새에 대한 기억이 또렷했다. 머리 위로 지나가는 자동차들의 울림, 도로의 이음새가 찰깍 찰깍 찰깍거리는 소리. 도로 위를 굴러다니는 쓰레기들과 음울하고 무겁고 연기 자욱한 공기. 에이미는 도로의 가장자리에 서 있었다. 판지 팻말 하나를 들고 있었다. **배고파요. 뭐라도 괜찮습니다. 하느님이 당신을 축복하실 거예요.** 승용차와 트럭, 차량들이 줄지어 지나갔지만 그녀의 얼굴을 쳐다봐 주는 사람조차 없었다. 그녀는 넝마를 입었고, 손은 때로 검게 더러워져 있었다. 그녀의 빈속에는 차가운 공허함만이 가득 맴돌았다. 길가에 서 있는 사람 따위는 신경조차 안 쓰는 차량이 조심성도 없이 쌩쌩 지나갔다. 왜 아무도 차를 안 세우는 거지?

그러더니, 그 차. 반짝이는 검은색 큰 SUV 한 대가 속도를 줄이고 멈춰 섰다. 도로 경계석에 그다지 가까이 붙지 않고 선 모습이 마치 커다란 검은 새처럼 보였다. 선팅을 한 유리창들은 완벽한 사각형의 반사체가 되어 두 개의 세상을 만들어내고 있었다. 윙윙거리는 부드러운 기계음과 함께 조수석의 창문이 내려갔다.

"안녕, 에이미."

울가스트가 짙은 남색의 정장에 검은색 넥타이를 매고 운전석에 앉아 있었다. 면도한 그의 얼굴은 말끔해 보였고, 샤워한 지 얼마 안 되었는지 아직 촉촉하게 살짝 반짝이는 이마 뒤로 머리를 빗어 넘긴 모습이었다. "정확히 시간 맞춰 왔구나." 문을 열기 위해 울가스트가 운전석에서 조수석 쪽으로 몸을 넘겨 뻗으며 미소를 지었다. "왜 차에 안 타고 있어?"

에이미는 들고 있던 판지 팻말을 땅에 내려놓고 조수석에 올라탔다. 가죽 냄새가 나는 차 안의 공기는 시원했다.

"이렇게 너를 보니 정말 좋은걸." 울가스트가 말했다. "안전벨트 매는 것 잊지 말고, 우리 아기."

너무 놀란 에이미는 아무 말도 할 수가 없었다. "우리 어디로 가는 거예요?"

"알게 될 거야."

그들은 고가도로를 완전히 벗어나, 뜨거운 여름 햇빛 속으로 들어섰다. 그들 주위로 상점들과 집들 그리고 자동차들이 물 흐르듯 지나쳐 갔다. 분주한 인간 사회의 모습 그대로였다. 차는 아래 충격 흡수 스프링 위에서 기분 좋게 출렁이고 있었다.

"얼마나 더 가야 해요?"

울가스트가 애매하게 어깨를 으쓱했다. "많이 멀지는 않아. 조금만 더 가면 돼." 그가 곁눈질로 에이미를 봤다. "이 말은 안 할 수가 없는걸. 에이미 정말 좋아 보여. 진짜 많이 컸어."

"여기는…… 어디예요?"

"음, 텍사스야." 그가 별로 내키지 않는다는 듯 얼굴을 찡그렸다. "여기 전체가 텍사스 휴스턴이지." 그의 표정이, 어떤 기억이 떠오르는 듯 보였다. "라일라는 텍사스에 관한 이야기를 듣는 걸 싫어했지. 언제나, '브래드, 텍사스도 다른 주들처럼 여러 주 중에 하나일 뿐이야.'라고 말했어." "그런데, 우리 여기 어떻게 오게 된 거예요?"

"여기 오게 된 이유라, 나도 모르겠어. 내 생각에는 그 질문에 대한 정답은 없는 것 같아. 이유에 대해서는……." 그가 다시 에이미를 곁눈질로 쳐다봤다. "너도 알고 있겠지만, 나도 그의 무리 중 하나야."

"카터의 무리요."

울가스트가 고개를 끄덕였다.

"아빠도 배 안에 있나요?"

"그 배 안에? 아니."

"그럼, 지금 어디에 있어요?"

그가 바로 대답해주지는 않았다. "내 생각에는 카터가 너에게 설명해 준다면 그게 가장 좋을 것 같구나." 그가 또다시 에이미의 얼굴을 쳐다봤다. "너 정말 멋져 보인다, 에이미. 항상 내가 상상해왔던 모습 그대로야. 카터도 너를 만나게 돼서 정말 기쁠 거야."

둘은 큰 집들과 잎이 무성한 멋진 나무들 그리고 관리가 잘 된 넓은 잔디밭이 있는 동네로 들어섰다. 올가스트는 콜로니얼 스타일의 하얀 벽돌집의 진입로로 들어가 차를 세웠다.

"도착했네, 여기야. 그럼, 나는 너를 여기에 내려주고 가야겠구나."

"저와 같이 가지 않으시고요?"

"음, 이번에 나는 그냥 메신저일 뿐이야. 아니지, 메신저라 하기도 그렇구나. 배달 기사에 더 가깝겠어. 그냥 뒤로 돌아가면 될 거야."

"하지만 아빠 없이는 나도 가고 싶지 않아요."

"괜찮아요, 우리 아가. 그는 너를 해치지 않을 거야." 올가스트가 에이미의 손을 잡고 살짝 쥐었다. "이제 가보렴, 그가 기다리고 있어. 나도 곧 너를 다시 보게 될 거야. 모든 게 다 잘될 거야. 내가 보장하마."

에이미가 차에서 내렸다. 나무들 속에서는 메뚜기들이 윙윙거리고 있었고, 그 소리가 왠지 고요함을 더 깊어지게 하는 것 같았다. 습도가 높은 탓에 공기는 무겁게 느껴졌고, 갓 깎은 풀 냄새가 났다. 에이미는 올가스트를 다시 한번 더 보려고 돌아섰지만, 차는 이미 어디론가 가버리고 보이지 않았다. 그녀는 이곳이 그런 부분에서 다르다는 걸 이해했다. 사물이 그냥 사라질 수도 있는 곳이었다.

에이미는 진입로를 걸어 올라가, 꽃을 피운 포도나무 덩굴로 둘러싸 놓은 격자무늬의 문을 지나 뒷마당으로 갔다. 카터는 청바지와 더러운 티셔츠를 입고 끈을 묶지 않은 무거운 부츠를 신은 채, 파티오의 테이블에 앉아 있었다. 그는 자신의 목과 머리를 수건으로 문지르는 중이었다. 근처에는 옅은 휘발유 냄새를 풍기는 그의 잔디 깎는 기계가 세워져 있었다. 에이미가 다가가자 그가 고개를 들고 미소를 지었다.

"아, 왔군요." 카터가 컵에 담긴 두 잔의 액체를 가리켰다. "방금 여기서 하고 있던 일을 끝냈어요. 와서 잠깐 앉아요. 뭐라도 마실 차가 있으면 당신이 좋아할지도 모르겠다는 생각이 들어서요." 미소가 점점 커지더니 그가 환하게 활짝 웃었다. "이렇게 무더운 6월에는 한 잔의 차보다 더 좋은 건 없죠."

에이미는 그의 반대편 의자에 앉았다. 카터는 매끄러운 피부의 작은 얼굴에 부드러운 눈매를 가졌고, 바짝 짧게 깎은 머리가 양모 모자같이 보였다. 그의 코코아색 피부에는 검은 반점들이 보였고, 팔과 셔츠에는 잔디 부스러기들이 붙어 있었다. 파티오 옆에는 매력적인 푸른색의 시원한 수영장이 보였다. 수영장의 물이 타일로 마감해놓은 수영장 가장자리를 찰랑거리며 부드럽게 넘실거렸다. 그제야 에이미는 이곳이 그녀와 그리어가 하룻밤을 묵었던 그 집이라는 것을 깨달았다.

"이곳은," 에이미가 입을 열었다. 그녀는 윙윙거리는 소리가 들리는 나무들 쪽으로 고개를 돌렸다. 풍성한 햇빛이 그녀의 살갗을 따뜻하게 비추고 있었다. "정말 아름다워요."

"정말 그렇죠, 미스 에이미."

"하지만 우리는 아직 배 안에 있는 거죠, 안 그런가요?"

"어떤 의미에서는," 카터가 차분히 대답했다. "어떤 의미에서는요."

그들은 차가운 차를 홀짝이면서 말없이 조용히 앉아 있었다. 컵에 맺힌 물방울들이 쪼르르 흘러내렸다. 이제 모든 게 점점 더 분명해지고 있었다.

"내가 왜 여기에 와 있는지 알 것 같아요." 에이미가 말했다.

"나도 당신이 그러기를 바라고 있어요."

갑자기 공기가 차가워졌다. 에이미는 몸을 떨면서, 그녀의 팔로 자신의 몸을 둘러 감쌌다. 갈색 종잇조각들처럼 마른 나뭇잎들이 파티오 너머로 날려 왔다. 빛이 색을 잃었다.

"나는 당신 생각을 하고 있었어요, 미스 에이미. 그것도 그동안 내내 계속요. 나와 올가스트, 우리는 이야기를 나눴어요. 유익한 대화였죠. 지금 당신과 내가 나누고 있는 대화처럼요."

카터가 그녀에게 어떤 얘기를 하려고 하건, 에이미는 갑자기 그 얘기가 듣기 싫어졌다. 그녀에게 그런 생각이 들게 한 건, 그 나뭇잎들 때문이었다. 에이미는 두려워졌다.

"올가스트는 그가 당신의 것이라고 했어요. 당신에게 속해 있다고요."

카터가 온화하게 고개를 끄덕였다. "그 남자는 그가 내게 빚을 졌다고 말해요. 그래요, 나도 그 말이 사실이라고 생각해요. 그러나 나는 그를 존중하고 있기도 하죠. 그가 바로 내게 생각할 시간을 준 사람이니까요. 바다만큼 많은 시간이야, 앤서니. 그가 그렇게 말했었죠. 처음에는 나 스스로 그곳에 걸어 들어갔죠. 아니라고 한 적은 없어요. 굶주림이 나를 그렇게 만들었죠. 하지만 나는 결코 준비되어 있지 않았어요. 올가스트는 내가 모든 걸 바로잡을 기회를 준 사람이에요."

"올가스트가 당신을 배 안에 가둬두었던 거군요, 그렇죠?"

"네, 맞아요. 그에게 굶주림이 극심해지면 그렇게 해달라고 부탁했어요. 아마 올가스트 그도 자신을 스스로 가둬버렸을 거예요. 당신만 아니었다면요. 내가 그에게 가서 당신을 돌봐주라고 했죠. 그 사람은요, 정말이지 당신을 그의 모든 걸 다 바쳐서 사랑하는 사람이에요."

그때, 에이미가 수영장에 다른 무언가가 있는 걸 알아차렸다. 시커먼 형체 하나가 떠올라, 수영장에 떠다니는 가을 낙엽들 사이에 자신의 자리를 잡기 위해 수면을 여기저기 헤집어보고 있었다.

"그녀는 항상 저곳에 머무르고 있죠." 카터가 그의 머리를 천천히 저었다. 슬픔이 가득 배여 있는 고갯짓이었다. "참 가여운 일이죠. 나는 매일 잔디를 깎고, 그녀는 매일 물 위로 떠올라요."

카터는 한동안 침묵했고, 그의 온화해 보이는 얼굴이 슬픔에 방황하고 있었다. 그러더니 그가 자신을 추스르고는 다시 에이미를 똑바로 쳐다봤다. "이 일이, 그러니까 이제 당신이 마주하게 될 일들이, 당신에게 부당하게 느껴질 수도 있다는 건 나도 알고 있어요. 울가스트 역시 이 점은 알고 있죠. 하지만 우리에게 기회는 그것밖에 없어요. 다른 기회는 절대 오지 않습니다."

그제야 에이미의 의심이 그녀의 안에서 껍질을 깨고 나오는 씨앗처럼 확실해졌다. 그녀는 며칠, 몇 주 그리고 몇 달 동안 느껴 왔었다. 그녀를 부르는 제로의 목소리를. *에이미, 그들에게 가봐. 그들에게 가, 피를 나눈 우리의 누이여. 나 또한 너의 존재를 알고 있었고, 느껴왔어. 너는 내 알파의 오메가. 네가 바로 그들을 지켜보고 돌봐줄 자야.*

"제발요," 그녀가 떨리는 목소리로 말했다. "나에게 이런 부탁은 하지 말아줘요."

"부탁하는 건 내 일이 아니에요. 말하는 것도 아니고요. 이건 단지 있는 그대로의 실체에 대한 문제일 뿐이에요." 카터가 의자에 앉은 채 뒷주머니에서 손수건을 꺼내 에이미에게 건넸다. "울고 싶다면 계속 울어도 괜찮아요, 미스 에이미. 적어도 그건 내게 빚진 것 같군요. 난 괜찮으니까, 울고 싶은 만큼 울어요."

그녀는 그렇게 했다. 울며 애통해했다. 에이미는 고아원에서 삶이 어떤 것인지 배웠다. 케일럽 그리고 수녀들, 피터와 다른 이들과 함께. 그녀는 가족이라고 부를 수 있는 무언가의 일부였다. 그녀도 세상에서 집이라고 할 수 있는 것을 가졌었다. 그런데, 이제 그 모두가 사라지려고 한다.

"그들은 우리 둘 다 죽일 거예요."

"그들이 그럴 거라는 걸 알아요. 그것도 처음부터 알고 있었죠." 카터가 몸을 테이블 위로 숙여 에이미의 손을 잡았다. "옳은 판단이 아닌 것 같겠죠. 나도 알아요. 하지만 이건 우리가 해야만 하는 일이에요. 우리에게 허락된 유일한 기회예요. 다른 기회는 절대 없어요."

거절할 방법이 없었다. 운명이 그녀를 선택했다. 빛이 사라지고 있었고, 낙엽들이 바람에 날려 떨어지고 있었다. 수영장에서는 영원의 물결 위로 떠오른 여자의 몸이 잠든 듯 천천히 계속 떠돌아다녔다.

"뭘 해야 하는지 말해줘요."

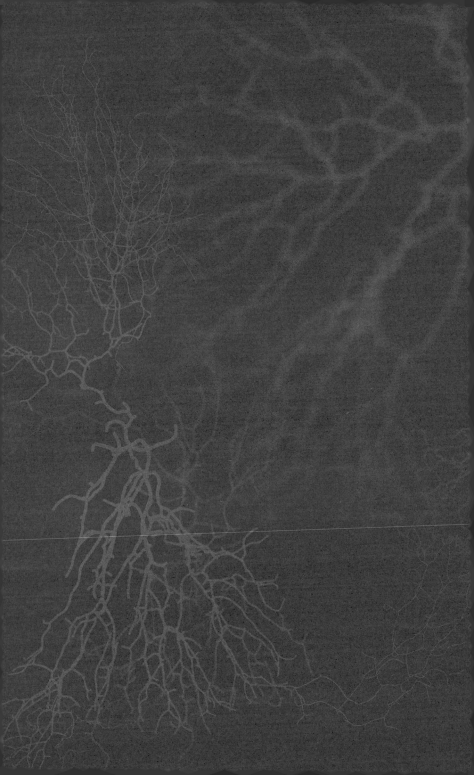

VIII
바꿔치기한
아이

나는 하찮은 사람이랍니다!
당신은 누구인가요?
당신도 – 역시 – 별것 아닌 사람인가요?
그럼, 보잘것없는 사람이 둘이 되었군요!
아무에게도 말하지 말아요!
사람들은 떠벌리고 다닐 거예요,
당신도 알잖아요.

– 에밀리 딕킨슨

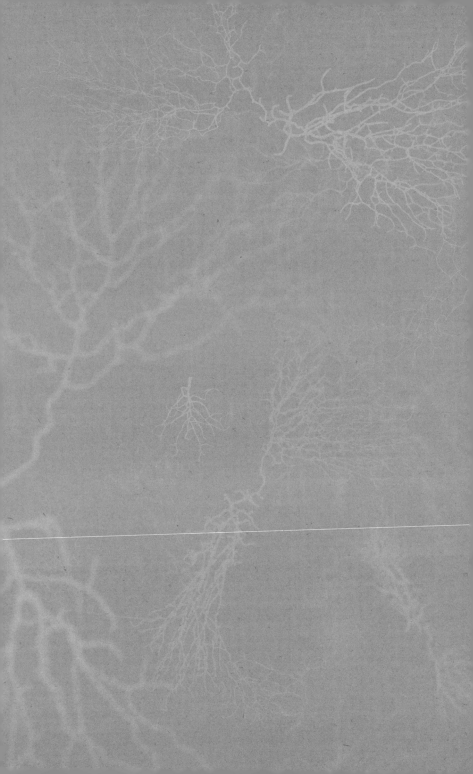

49

겨울의 진짜 첫눈은 한밤중에 내렸다. 늘상 첫눈은 그렇게 한밤중에 왔던 것처럼 여겨지듯이. 사라는 소파에서 자다가 뭔가 두드리는 소리에 깨어 일어났다. 그 소리는 잠시 사라가 꾸고 있던 꿈과 뒤섞여 들려왔다. 꿈속에서 그녀는 임신한 상태였고 홀리스에게 이 소식을 전하려고 하고 있었다. 꿈속의 장면은 당황스러울 정도로 여러 장소들이 뒤죽박죽 섞였다. (그녀가 자란 퍼스트 콜로니에 있는 집의 현관, 분쇄기들의 굉음이 끊이지 않는 바이오디젤 공장 그리고 전적으로 상상이기는 하지만 낡을 대로 낡은 보라색 커튼이 무대의 끝까지 내려져 있는 폐허가 된 극장) 또, 주위에 있는 다른 사람들의 모습이 눈에 보이기는 했지만 (재키, 마이클, 캐런 몰리노와 그녀의 딸) 그들과 동떨어져 분리된 느낌이 들었다. 사라와 홀리스 뿐이었다. 그리고 그녀의 배 속에서 꼼지락거리고 있는 아기. 사라는 이해했다. 아기가 손과 발을 움직여 자신의 배를 툭툭 건드리고 있는 건, 세상 밖으로 나오기를 기다리고 있다는 일종의 암호라는 걸. 사라가 홀리스에게 이 소식을 알리려고 할 때마다 매번 전혀 다른 말이 튀어나왔다. "나 임신했어."라는 말 대신에 "비가 오네.", "내 배 속에 아기가 생겼어." 대신에 "오늘은 화요일이네." 같은 말이 튀어나왔고, 그러면 처음에는 홀리스가 어리둥절한 얼굴로 그녀를 바라보고서는, 재미있어 하다가 마침내 크게 웃음을 터뜨렸다. "재미없어." 사라가 말했다. 홀리스가 큰 목청으로 따뜻하게 웃어대면 그녀는 왠지 짜증이 나서 눈에 눈물이 고였다. "재미없어, 재미없다고, 진짜 재미없다니까……" 그리고 또 그리고 계속, 그러다 그 상태로 꿈이 녹아 없어지고, 그렇게 그녀가 잠에서 깼다.

그녀는 잠시 가만히 누워 있었다. 뭔가 두드리는 소리가 창가에서 들려왔다. 사라는 담요를 옆으로 밀어놓고, 방을 가로질러 가 커튼을 옆으로 걷었다. 돔 주변의 땅들은 밤에도 불이 밝혀져 있었다. 어둠의 바다 한가운데에서 섬 하나가 빛을 내뿜었다. 몰아치는 바람에 휘날리는 차가운 눈발들이 불빛들 사이사이로 쏟아졌다. 눈이라기보다는 얼음 조각에 가까워 보였지만, 그녀가 창가에 머물며 바라보는 동안 변화가 생겼다. 얼음 조각들이 떨어지는 속도가 느려지는가 싶더니, 크기가 커지면서 눈송이들이 되었다. 그렇게 땅에 빈틈없이 내린 눈송이들이 결국은 땅을 뒤덮어 하얀 눈밭을 이루어놓고야 말았다.

아파트의 두 방 중 하나에서는 라일라가 자고 있었고, 또 다른 방에서는 사라의 딸이 자신의 침대에 폭 파묻혀 곤히 잠들었다. 사라는 미치도록 딸의 방으로 가 아이를 자신의 품에 안고 소파로 돌아와 껴안고 잠이 들고 싶었다. 딸의 머리카락과 살갗을 만지고, 아이의 숨결을 느껴보는 것. 그러나 이 모든 건 공허한 꿈에 지나지 않았다. 사라가 감히 상상해보는 것 중 어느 것도 가능한 것은 없었다. 소망하는 것들로 아파하며, 사라는 눈이 내리는 것을 보았다. 세상이 천천히 눈에 덮여 한 겹 두 겹 지워져 가는 것이 반갑기도 했다. 저 아래 플랫랜드에서는 지금 내리고 있는 이 눈이 전혀 다른 의미일 것을 알면서도. 꽁꽁 얼어붙은 손과 발, 추위에 괴로워하며 뒤틀린 몸뚱이들, 우울하고 비참한

몇 개월이 될 것이다. 글쎄, 사라는 몸을 떨며 생각했다. *겨울. 이렇게 시*
작되는구나. 적어도 나는 실내에 머무르게 되겠지.

하지만 아침에 그녀가 일어났을 때, 뭔가가 또 변해 있었다.

"다니, 봐요! 눈이에요!"

반짝이는 햇살이 방안으로 쏟아졌다. 어린 소녀는 잠옷을 입은 채
커튼을 젖히기 위해 의자에 걸터앉은 채 성에가 낀 창문에 코를 누르
고 있었다. 사라는 소파에서 재빨리 일어나 커튼을 휙 잡아채 다시 창
을 가렸다.

"하지만 난 보고 싶다고요!"

방 안쪽에서 자신을 부르는 목소리가 들려왔다. "다니! 어디 있어? 도
와줘야지!"

"잠깐만요!" 사라가 애원하는 눈빛을 반짝이고 있는 딸의 눈을 들여
다보았다. "미안해, 귀염둥이. 하지만 너도 규칙을 알잖아."

"엄마는 침대에 있으면 되잖아요!"

"다니!"

사라가 크게 한숨을 내쉬었다. 사람을 어찌할 바 모르게 만드는 불
안과 뭐라고 표현할 수 없는 공포에 시달리며, 라일라의 아침맞이를 돕
는 일은 힘들었다. 그녀가 혈액을 섭취한 이후로, 그 섭취의 효과는 날
이 갈수록 더 커졌다. 피가 가진 마법 같은 회복의 힘 때문에, 라일라
는 활달해지고 사라와 그녀의 딸 둘 모두에게 현기증이 나 어지러울
정도로 애정 표현도 넘치게 되었다. 그런데도 라일라의 케이트에 대한
관심이 친밀하다기보다는 추상적이고 겉돈다는 느낌이 들게 되었지만
말이다. 라일라는 아이의 나이도 정확히 알지 못하는 것 같았다. 그래
서인지 종종 마치 케이트가 아직 갓난아기인 것처럼 아이에게 말하기

도 했다. 이렇게 좋은 날들이면 라일라는 자신이 체리 크릭이라는 곳에 살고 있다고 확신하고 있는 것처럼 보였다. 자신이 데이비드라는 남자와 결혼했고 - 그녀는 브래드라는 남자의 얘기를 하기도 했는데, 그러고 보면 그 두 남자는 서로 대체 가능한 사람들인 것 같았다 - 사라는 '서비스'라는 곳에서 보낸 가사 도우미라는 생각까지. '서비스'라는 것이 무엇인지는 모르겠지만 말이다. 하지만 4일에서 5일 정도에 걸쳐 피의 회복 효과가 줄어들면, 라일라는 이런 정교한 환상을 유지하기가 점점 힘들어지는 듯 일관성이 없어지고 전전긍긍해하는 모습을 보였다.

"내가 가서 먼저 엄마가 목욕할 수 있도록 도울게. 그러고 나서 내가 너를 데리고 나가서 놀 수 있을지 알아볼게. 이제 된 거지?"

어린 소녀가 신이 나서 힘차게 고개를 끄덕였다.

"자 그럼 가서 옷부터 입어."

사라에게 라일라가 그녀의 가슴 위로 얇은 나이트가운의 깃을 여며 쥐고 침대에 앉아 있는 것이 보였다. 사라가 지금 그녀의 나이를 짐작해본다면, 그녀는 아마도 대략 50쯤 되어 보였다. 그리고 내일이면, 그보다는 조금 더 나이가 들어 보일 것이다. 얼굴의 주름도 좀 더 깊어지고, 근육도 늘어지고, 그녀의 머리도 회색빛이 되고 얇아져 있을 것이다. 때때로는 그런 변화가 눈에 띄게 급격해서 실제로 사라는 변화가 일어나는 것을 눈으로 알아볼 수 있었다. 그러면 길더가 피를 가지고 왔고, 사라는 케이트를 데리고 방을 나왔다. 그리고 둘이 돌아올 때쯤이면, 라일라는 다시 한번 풍성한 머릿결과 매끄러운 피부의 25살의 여자가 되어 있었다. 변화의 주기가 반복되기 시작하는 거였다.

"불렀는데 왜 대답을 안 해? 걱정했잖아."

"죄송해요, 늦잠을 잤어요."

"에바는 어디에 있어?"

사라가 아이는 옷을 입고 있었고, 자신은 라일라의 목욕을 준비하기 위해 아이의 곁을 떠나야 했다고 설명했다. 화장대와 마찬가지로 목욕 역시 라일라에게는 신앙과 같은 중요한 의미를 지녔다. 그녀는 사자 발톱을 닮은 다리가 받치고 있는 깊은 욕조 속에 몇 시간이고 몸을 흠뻑 담그고 있기도 했다. 사라는 수돗물을 틀고 라일라의 비누와 오일 그리고 크림이 든 작은 병들과 갓 세탁해둔 폭신폭신한 수건 두 개를 준비해놓았다. 또, 촛불을 켜놓고 목욕하는 것을 즐기는 라일라를 위해 화장대에서 나무 성냥 상자를 꺼내 칸델라브라의 불을 밝혔다. 그때 라일라가 욕실 입구로 들어왔다. 욕실은 더운 수증기로 온통 뿌옇게 습기가 가득했다. 무거운 시종의 복장을 입은 사라의 몸에 땀이 나기 시작했다. 라일라가 욕실 문을 닫고 가운을 벗기 위해 돌아섰다. 보통 흔히 말하는 의미에서의 날씬해진 모습은 아니었지만, 그녀의 상체가 가늘어져 있었다. 지난 며칠간에 걸쳐, 상체의 살덩어리들이 아래쪽 특히 엉덩이와 허벅지 쪽으로 재분배되었다. 라일라가 돌아서서 사라를 한번 보더니, 썩 내키지 않는 표정으로 욕조를 물끄러미 바라보았다.

"다니, 나 오늘 몸 컨디션이 안 좋은 것 같아. 내가 욕조에 들어가는 것 좀 도와줄래?"

사라는 라일라가 욕조의 턱을 넘어 더운 김이 모락모락 올라오는 물 속으로 몸을 담글 때까지, 그녀의 손을 잡고 몸을 지탱할 수 있도록 도와주었다. 일단 몸이 뜨거운 물속에 잠기자, 그녀 얼굴의 긴장이 풀리며 표정이 부드러워졌다. 턱까지 몸을 담근 라일라는 자신의 손을 노를 젓는 것처럼 움직여 더운물을 그녀의 몸 여기저기로 끌어당겼다. 머리를 물에 적시기 위해 고개를 뒤로 젖히더니, 이리저리 몸을 흔들어 일으켜 세우고는 욕조의 옆면에 등을 기대고 늘어졌다. 중력의 법칙을 거스른 라일라의 젖가슴이 재생된 젊음 특유의 몸짓으로 물 위로 떠올라 흔들렸다.

"나는 더운물에 목욕하는 게 정말 좋아." 그녀가 중얼거렸다.

사라가 욕조 옆 의자에 자리를 잡고 앉았다. "머리를 먼저 감겨드릴 까요?"

"으으음……." 라일라가 눈을 감았다. "그래, 그렇게 해줘."

사라가 그녀의 머리를 감기기 시작했다. 세상 모든 일이 그렇듯이, 머리를 감는 방법에도 라일라가 좋아하는 특정한 방식이 있었다. 사라는 먼저 라일라의 정수리 부분을 힘을 주어 마사지하고, 그녀의 손가락 사이사이로 라일라의 긴 머릿결을 아래로 훑어 내렸다. 그러고는 머리에 비누칠하고, 헹구어내고, 이 과정을 이번에는 향유로 한 번 더 반복했다. 가끔은 라일라가 이 머리 감는 일을 한 번 이상 반복하기를 원하는 경우도 있었다.

"어젯밤에 눈이 왔어요." 사라가 조심스럽게 말을 꺼내보았다.

"흐으음……." 눈은 여전히 그대로 감은 채, 라일라의 얼굴이 편안해 졌다. "그래, 그래야 덴버지. 날씨가 마음에 안 들면 잠깐만 기다려봐. 그러면 달라질 테니까. 아버지가 항상 그렇게 말씀하셨지."

그렇게 때에 맞춰 언급되는 라일라 아버지의 이야기들은 라일라와 사라 간의 대화의 두드러진 특징이었다. 사라는 물 주전자로 목욕물을 떠서 라일라의 이마에 묻은 비누를 씻어내고는, 오일을 섞기 시작했다.

"그러면 상점들이 다 문을 닫겠네." 라일라가 말을 이어갔다. "나 정말 마켓에 가고 싶었는데. 사실 우리 생필품이 거의 다 떨어졌잖아." 신경 쓰지 않아도 되는 말이었다. 사라가 아는 한, 라일라는 한 발자국도 아파트 밖으로 나간 적이 없었으니까. "다니, 내가 뭘 좋아하는지 알아? 난 아주 느긋하게 긴 시간 동안 예쁜 점심 식사를 즐기는 걸 좋아해. 특별한 곳에서, 질 좋은 리넨과 자기 그릇들 그리고 꽃들이 테이블에 준비된 그런 곳 말이야."

사라는 그녀의 기분을 맞춰주는 법을 알고 있었다. "멋진 일일 것 같아요."

라일라가 과거를 추억하는 긴 한숨을 내뱉으며, 욕조 안으로 더 깊숙이 몸을 담갔다. "느긋하게 멋진 점심 식사를 즐긴 지 얼마나 오래된 건지 기억도 못 하겠어."

몇 분 정도 시간이 흐르고, 사라는 라일라의 두피에 오일을 바르고 있었다. "제 생각에 에바가 밖에 나가서 놀고 싶어 할 것 같아요." 사라는 에바라는 이름을 말할 때마다 어마어마한 거짓말을 하고 있는 것처럼 느껴졌지만, 지금처럼 피할 수 없는 경우들이 때때로 생겼다.

"그렇기는 해, 내 생각에도 에바가 좋아할 것 같기는 해." 라일라가 애매하게 대답했다.

"궁금해서 여쭤보는 건데, 에바가 함께 놀 수 있는 다른 아이들이 있을까요?"

"다른 아이들?"

"네, 에바 또래의 아이들요. 에바에게 친구들이 있으면 좋을 것 같아서요."

기분이 언짢은 듯 라일라가 얼굴을 찌푸렸다. 사라는 혹시 자신이 너무 앞서간 것은 아닌지 가슴이 철렁했다.

"글쎄," 라일라가 그녀의 말이 이해는 된다는 말투로 말했다. "이웃집 아이가 있기는 한데, 그 아이 이름이 뭐였더라. 검은 머리의 아이였는데. 하지만 그 아이는 도통 볼 수가 없어. 이 주변의 가정들은 이웃과 잘 어울리지 않고 가족끼리만 생활해. 내 생각에는 다 고루한 보수적인 사람들이야." 그러더니, "하지만 자기가 에바에게 좋은 친구가 되어주 잖아. 안 그래, 다니?"

친구라니, 이런 가슴 아픈 아이러니가 어디 있어. "그러려고 노력하고 있어요."

"아냐, 자기는 그 이상이야." 라일라가 졸린 얼굴로 미소를 지었다. "자기에게는 다른 사람들과 다른 특별한 뭔가가 있어. 에바에게 자기 같은 친구가 생겨서 정말 잘된 일이라고 생각하고 있어."

"그럼, 제가 에바를 데리고 밖에 나가도 될까요?" 사라가 물었다.

"음, 잠깐만." 그녀가 다시 눈을 감았다. "먼저 내게 책을 읽어줬으면 좋겠는데. 욕조에 있는 동안 누가 내게 책을 읽어주는 걸 정말 좋아하 거든."

사라와 에바가 밖으로 나온 건 이미 정오가 다 되었을 때였다. 사라는 에바를 코트로 꽁꽁 싸매고, 신발 위에 고무 덧신까지 신기고, 머리에 모직 모자를 씌우고는 아래로 더 끌어당겨 그 작은 소녀의 귀까지 덮 어버렸다. 하지만 정작 그녀 자신은 걸칠 것이라고는 입고 있는 시종의 복장뿐이었고, 그녀의 발에 신을 거라고는 지저분한 운동화와 모직 양 말 말고는 다른 것이 없었다. 그래도 사라는 크게 괘념치 않았다. 발이 꽁꽁 언다고? 그래서 뭐? 둘은 계단을 따라, 전혀 다른 세상이 된 것처 럼 보이는 안마당으로 발을 디뎠다. 공기에서 신선하고 톡 쏘는 아린 맛이 느껴지고, 하얀 눈에 눈이 시릴 정도로 강한 햇살이 반사되어 퍼 지고 있었다. 강제로 어두운 아파트 안에서 아주 많은 날을 보내고 나온 탓에, 사라는 그녀의 눈이 적응할 시간을 갖기 위해 문턱에서 멈춰서야만 했다. 하지만 케이트에게는 그런 문제가 없었다. 아이는 솟구치는 기운을 있는 힘껏 발산하며, 사라의 손을 놓고는 문밖으로 쏜살같이 뛰쳐나가 힘차게 뜰을 가로지르며 뛰어다녔다. 그제야 사라도 눈 위를 어렵게 걸으며 아이에게로 갔다. 사라는 아이에게 운동화를 신게한 것이 실수는 아닌지 걱정됐다. 운동화가 아이가 노는 데 문제가 될 것 같았다. 아이가 솜털 같은 눈을 한주먹 뜨더니 입안으로 넣었다.

"눈이…… 차가운 맛이에요." 아이의 얼굴이 행복으로 빛나고 있었다. "좀 먹어봐요."

사라는 아이가 시키는 대로 했다. "얌, 맛있다." 그녀가 말했다.

그녀는 소녀에게 눈사람 만드는 법을 가르쳐주었다. 그녀의 마음이 달콤한 향수로 차올랐다. 마치 다시 성소의 안뜰에서 놀고 있는 어린아이가 된 것 같았다. 하지만 이거 하나는 달랐다. 이제 사라는 엄마가 되었다는 것. 시간은 거침없이 인생의 한 주기를 지나가 있었다. 자기 딸의 전염성 강한 행복한 기쁨을 느끼고, 둘 사이에 오가는 경이로움을 경험한다는 것은 놀라운 일이었다. 잠시나마 사라의 마음에서 모든 고통이 사라졌다. 사라와 케이트는 세상 어디에서라도 지낼 수 있었을 텐데. 둘이 함께라면.

에이미의 생각도 났다. 사라가 이 모든 일을 겪은 최근 몇 년만에 처음으로. 어린 소녀였던 에이미, 혹은 단지 그렇게 보일 뿐이었던. 그러나 언제나 에이미의 모습이 어린 소녀였던 건 틀림없는 사실이었다. 에이미, 문득 나타난 소녀, 그녀에게 시간은 끝이 정해진 하나의 주기를 따라 흐르고 있는 것이 아니었다. 그녀의 시간은 한 세기를 손안에 감싸 쥐고 있는 것처럼, 멈춰서 기다리고 있는 그 무엇이었다. 사라는 갑자기

에이미에게 예상치 못한 연민을 느꼈다. 사라는 항상 에이미가 농장에서 그날 밤 왜 바이러스가 들어 있던 유리병들을 다 불 속에 던져 깨버렸는지 궁금했었다. 사라도 그 유리병들이 몹시도 싫었다. 그 유리병들이 의미하고 있는 선택의 진실 때문이 아니라, 그런 바이러스를 담고 있는 유리병들이 존재한다는 사실 자체가 싫었다. 물론 사라도 알았다. 그 유리병들이 트웰브(트웰브, 그들의 이름마저도 내 머릿속에 다시 떠오른 게 대체 얼마 만인 거지?)에 대항해 싸울 수 있을 만큼 강력한 무기 즉 인간 구원의 희망이었다는 것을. 그동안 사라는 그날 에이미의 결정을 어떻게 생각해야 하는 건지 전혀 알 수가 없었다. 그러나 이제는 에이미의 생각을 이해할 수 있을 것 같았다. 에이미는 그 유리병들에 담겨 있던 바이러스가 오직 하나뿐인 그녀의 인간으로서의 진짜 삶을 파괴해버렸다는 것을 알았던 것이다. 사라의 딸, 자신이 빚어낸 이 의기양양하게 살아 숨 쉬는 작은 아이가 가장 불가사의한 미스터리인 죽음에 관한 비밀과 그 이후의 일에 대한 해답을 보여줬다. 너무나도 분명했다. 죽음은 아무것도 아니라는 것. 죽음이라는 것은 없으니까. 케이트가 존재한다는 단순한 사실 하나만으로도 사라는 영원한 그 무엇인가가 되었다. 아이를 갖는다는 것은 – 에이미의 경우처럼 시간이 멈춰버리는 것이 아닌 – 시간이 이어지고 영원히 계속되는 진정한 영생의 선물을 받는 것이었다.

"우리 눈 천사를 만들어보자." 사라가 말했다.

케이트는 해본 적이 없는 일이었다. 둘은 옆에 나란히 누웠고, 둘의 몸은 서로의 손끝이 맞닿은 채 새하얀 눈 속에 파묻혔다. 그들 위의 하늘과 태양이 두 사람의 증인이라도 된 양 내려다보고 있었다. 사라가 케이트에게 눈 천사가 무엇인지 설명해주었다. 그게 바로 우리야, 하고 속삭여 주듯이.

"재밌어요." 케이트가 웃으며 말했다.

도우미 소녀 제니가 곧 점심을 가지고 올 시간이 되었고, 눈 속에서 뒹굴던 둘의 놀이도 끝났다. 사라는 나머지 하루 일과를 그려보았다. 라일라는 사라와 케이트를 내버려 둔 채 공상에 빠지고, 불가에 젖은 옷을 옷걸이에 걸어 말리며, 사라와 자신의 딸은 소파에 파묻혀 살이 맞닿은 채 온기를 나눌 거다. 그리고 아이에게 몇 시간 동안 책을 읽어준다 – 피터 래빗, 다람쥐 너트킨, 제임스와 거대한 복숭아를 읽어줄 수 있을 거야 – 둘이 서로의 꿈이 이렇게 저렇게 연결되는 잠속으로 빠져들기 전에. 사라는 이보다 더 행복할 수가 없었다.

둘은 문 쪽으로 걸어 돌아오고 있었다. 사라가 눈을 들어 창문을 올려다보았을 때, 커튼이 옆으로 젖혀져 있는 것이 눈에 들어왔다. 라일라가 그녀의 두 눈을 까만 유리창 뒤에 숨긴 채 둘을 지켜보고 있었다. 라일라가 저곳에 얼마나 오랫동안 있었던 거지?

"엄마가 뭐 하고 있는 거예요?" 케이트가 물었다.

사라는 얼른 얼굴에 미소를 지었다. "내 생각에는 엄마가 우리가 노는 걸 보고 계셨던 것 같아." 하지만 그녀는 마음속에 공포의 불씨가 이는 것이 느껴졌다.

"그런데 내가 왜 엄마를 미라Mummy라고 불러야 하는 거예요?"

사라가 발걸음을 멈췄다. "뭐라고?"

아이가 잠시 말이 없었다. 나뭇가지에서 눈이 녹아 떨어지고 있었다.

"다니, 나 힘들어요." 케이트가 말했다. "나 좀 안아줄래요?"

참을 수 없을 만큼 기뻤다. 케이트를 안은 팔에 아이의 몸무게 따위는 아무것도 아니었다. 사라가 잃어버린 것 중 하나였다. 그것이 제자리

로 돌아오고 있었다. 라일라가 여전히 창가에서 지켜보았지만, 사라는
상관하지 않았다. 케이트는 팔과 다리로 사라의 몸을 꼬옥 감쌌다. 그
렇게 사라는 아이를 눈밭에서 꺼내어 아파트로 돌아왔다.

사라에게 전달된 메시지는 아무것도 없었다. 접시 밑에 숨겨놓은 쪽지
가 있는지 보기 위해, 매일 숟가락이 뒤집혀 있는지 확인했지만 아무것
도 없었다. 제니도 오가기만 했다. 쟁반에 빵과 콘밀 그리고 수프를 갖
고 들어와 자리에 놓고는 아무 말도 없이 도망가듯 서둘러 가버렸다.
케이트를 안마당에 데리고 나가는 경우를 제외하고는, 사라가 아파트
를 떠나는 일도 사실상 거의 없었다. 베일도 라일라가 수챗구멍을 뚫
을 관리 직원을 찾아오라고 사라를 보냈을 때, 단 한 번 흘깃 보았을
뿐이다. 그때 베일은 다른 콜 두 명과 함께 복도를 걸어오고 있었다. 사
라가 돔에 오던 첫날 엘리베이터에서 마주쳤던 목살이 처진 콜도 그중
에 있었다. 베일은 그녀 바로 옆을 지나갔다. 언제나 그랬듯이, 그의 위
장술은 — 자신의 신분에 어울리게 자신감 넘치는 어슬렁거리는 걸음걸
이는 정말로 자신의 역할을 다하려는 방법의 하나였을 뿐이기는 했지
만 — 완벽하게 흠잡을 데 없이 매끄러웠다. 베일과 사라 둘은 서로 아
는 사이라는 어떤 기미도 내보이지 않았다.

긴급한 상황이 아니라면 사라는 어떤 메시지도 보내지 않기로 되어
있었다. 하지만 오랫동안 연락이 전혀 없자 사라는 불안해졌고 마침내
위험을 감수하고 메시지를 보내기로 결정했다. 아파트에는 자유롭게
쓸 수 있는 여분의 종이는 없지만, 대신 책들이 있었다. 어느 날 밤
라일라가 잠든 뒤, 사라가 곰 *아저씨 푸* 책 뒤에서 작은 종잇조각 하나
를 찢어냈다. 더 큰 문제는 글씨를 쓸 수 있는 도구가 없다는 것이었다.

아파트에는 펜이나 연필도 없었다. 그러나 그 와중에 라일라의 화장대 맨 밑의 서랍에서 바늘들이 쿠션에 꽂혀 있는 바느질 키트를 찾아냈다. 사라는 그중 가장 날카로워 보이는 바늘을 집어서, 자신의 집게손가락 끝에 찔러 넣어서 피 한 방울을 쥐어 짜냈다. 바늘을 펜으로 임시변통하여, 종잇조각 위에 급하게 자신의 메시지를 적었다.

면담 요청. D.

다음 날, 사라는 제니가 점심 쟁반을 가지러 올 때를 기다리고 있었다. 이번에는 제니가 늘 그랬듯이 쟁반을 서둘러 가져가게 놔두는 대신에, 사라 자신이 직접 테이블에서 쟁반을 들어 그녀에게 넘겨주며, 눈을 맞춘 다음 전달할 메시지가 있다는 걸 놓치지 않게 하려고 시선을 아래로 힐끗 내렸다.

"고마워요, 제니."

이틀 후 회신이 왔다. 사라는 자신에게 온 쪽지를 입고 있는 옷의 주름 사이에 숨기고, 혼자만 있게 될 시간을 기다렸다. 라일라가 낮잠에 든 오후가 되어서야 비로소 혼자 있을 시간이 났다. 라일라가 또다시 그녀의 변화 주기의 끝에 다가가고 있었기에, 어느 때라도 길더가 피를 가지고 올 수도 있었다. 사라는 욕실에서 종이쪽지를 펼쳐 보았다. 만날 시간과 장소 그리고 한 문장의 지시가 적혀 있었다. 사라의 가슴이 철렁했다. 면담하기 위해서는 자신이 돔 밖으로 나가야 한다는 것을 미처 생각하지 못했던 것이었다. 사라는 그럴듯한 핑계로 라일라의 허락을 받아놓아야 했다. 만약 라일라의 허락을 받지 못한다면, 어떻게 해야 할지 알 수가 없었다. 또 하나, 불완전한 상태에 있는 라일라가 과연 사라의 부탁을 이해할 수 있는지조차 알 수가 없었다.

바로 다음 날, 라일라의 머리를 감기는 동안, 사라가 얘기를 꺼냈다.

몇 시간 쉬고 싶다고, 그렇게 얘기를 꺼냈다. 마켓으로 바람을 쐬러 가고 싶다고 말했다. 새로운 사람들도 보고, 마켓에 있는 동안 특별한 오일들과 비누들도 찾아볼 수 있을 거라고 그렇게. 사라의 부탁은 라일라에게 명백한 불안감을 일으켰다. 사실 라일라는 사라가 그녀의 눈앞에서 사라지지 못하게 할 정도로, 최근 들어 사라에게 더 붙어서 떨어지지 않으려고 했다. 하지만 라일라는 결국 사라의 온화한 주장의 힘에 양보하고 말았다. 그럼, 너무 오래 걸리지는 않도록 해. 라일라가 말했다. 나는 *자기*가 없으면 뭘 해야 할지 알 수가 없으니까, 다니.

　베일이 미리 모든 준비를 해놓았다. 프론트 데스크에서 콜이 그녀에게 단 두 시간 동안만 허용된다는 형식적인 경고가 적혀 있는 출입증을 건네주었다. 사라는 마켓 쪽으로 부는 바람 속으로 발걸음을 내디뎠다. 마켓에서는 오직 콜들과 빨간 눈들만이 물건을 거래하는 것이 허용되었다. 화폐는 작은 플라스틱 칩 모양인데, 빨강과 파랑 그리고 하양의 세 가지 색으로 구분되었다. 사라의 옷 주머니에는 색깔별로 5개씩의 칩이 들어 있었다. 그 칩들은 라일라가 7일마다 사라에게 지급하는 보수의 일부로, 사라가 급여를 지급받는 피고용인이라는 그녀의 환상을 더욱 강화하고 있는 것이기도 했다. 눈은 한때 마을의 작은 상업 지역이었던 대학에 인접한 벽돌 건물들이 늘어선 세 블록 거리의 인도에서 모두 치워졌다. 도시의 대부분 지역은 사용되지 않고 버려진 채, 천천히 부식되어 사라져가고 있었다. 빨간 눈들 중 고위 간부들을 제외한 나머지들은 거의 모두 도심의 남쪽에 있는 중층 아파트 단지에서 살았다. 마켓은 도시의 중심에 있었으며, 마켓의 양쪽 끝에 검문소가 있었다. 건물들 중 일부는 여전히 그들의 원래 기능을 알려주는 과거의 간판들이 그대로 달려 있기도 했다. 아이오와 스테이트 뱅크, 포트 포웰 육군-해군, 윔피스 카페, 프레리 북스 앤드 뮤직. 심지어, 입구에 차양이 쳐진 작은 극장도 있었는데, 사라도 콜들이 허가를 받고 영화를 보러 간다는 이야기를 들은 적이 있었다. 상영되는 영화의 수는 몇개에 불과해, 반복적으로 상영되는 것들뿐이었다.

사라는 검문소에서 통행증을 보여주었다. 순찰대와 무거운 고급 코트를 입고 선글라스를 쓴 채 거리를 거닐고 있는 빨간 눈 몇이 눈에 띄는 것 빼고는, 거리는 비어 있는 거나 마찬가지였다. 베일로 얼굴을 가린 채, 사라는 자신의 정체를 가려주는 보호막 속에 있는 것처럼 움직였다. 이런 안전에 대한 확신은 위험한 착각이라는 걸 그녀도 알고 있었지만 말이다. 거리와 건물들 모퉁이 주변에서 거칠게 솟아오르는 차가운 돌풍 때문에 고개를 숙인 채, 그녀는 빠르지도 느리지도 않은 속도로 걸었다.

사라는 약재상으로 갔다. 그녀가 가게 안으로 들어서자 벨이 울렸다. 안은 따뜻했고, 장작을 땐 연기와 허브의 냄새가 났다. 카운터 뒤에서, 회색빛 머리와 주름진 얼굴에 이가 다 빠진 얼굴의 여자가 저울눈 위로 몸을 숙이고 아주 작은 양의 엷은 노란색 가루의 무게를 재며 그것을 작은 유리 약병들에 넣고 있었다. 사라가 들어오자 그녀가 눈을 들어 보더니, 향유 전시대를 어슬렁거리며 돌아보고 있는 콜에게 시선을 던졌다. 조심해요. 당신이 누구인지 알아요. 내가 저 녀석을 쫓아낼 때까지 내게 오지 말아요. 그녀의 눈이 그렇게 말하고 있었다. 그러더니 목소리 톤을 높인 상냥한 목소리로 돕고 싶다는 듯이, "선생님, 아마도 특별한 걸 찾고 계신가 보군요?"라고 콜에게 말을 걸었다.

콜은 비누의 냄새를 맡고 있었는데, 30대 중반쯤으로 보이는 잘 생기지도 않은 얼굴에 허영심이 고스란히 드러나 보였다. 그는 비누를 진열대에 다시 올려놓았다. "두통에 효과가 있는 걸 찾고 있는데."

"아하." 정답을 알고 있다는 듯, 여자가 확신의 미소를 지어 보였다. "잠깐만요."

여자는 자신의 뒤에 있는 허브들을 쌓아놓은 진열장에서 단지 하나를 꺼내더니, 마른 잎들을 숟가락으로 떠서 약 포장지에 올려 카운터 너머로 남자에게 건네주었다. "따뜻한 물에 타서 녹여 드세요. 손끝으로 한 번 꼬집을 정도의 양이면 충분할 거예요."

남자가 불안한 듯 약 포장지를 살펴보았다. "이거 뭐야? 당신 나를 독살하려는 건 아니지, 할망구?"

"흔한 딜론위드일 뿐이랍니다. 저도 쓰고 있어요. 원하신다면 기꺼이 제가 먼저 시범을 보여드릴게요."

"됐어."

그는 파란색 칩 하나를 지불했고, 여자의 시선이 그가 문을 열고 나가며 종이 울릴 때까지 그를 놓치지 않고 쫓았다.

"따라와요." 그녀가 사라에게 말했다.

여자는 사라를 뒤에 있는 창고로 쓰는 방으로 데리고 갔다. 방 안에는 테이블 하나와 의자들이 있고, 좁은 뒷골목으로 이어지는 문이 하나 있었다. 여자는 사라에게 기다리라는 말을 남기고 가게로 돌아갔다. 몇 분이 지나 뒷골목으로 이어지는 문이 열리더니, 플랫랜더의 튜닉을 입고 검은색 웃옷을 걸친 니나가 안으로 들어왔다. 얼굴도 긴 스카프로 반쯤 감아 가리고 있었다.

"사라, 이건 정말이지 어처구니없는 멍청한 짓이라고요. 이게 얼마나 위험한 짓인지 알기나 해요?"

사라는 니나의 냉정한 눈을 뚫어지게 쳐다보았다. 이 순간까지도 사라는 자신이 얼마나 화가 나 있는지 깨닫지 못했다.

"당신들 내 딸이 살아 있다는 거 알고 있었죠, 안 그래요?"

니나는 얼굴을 가리고 있던 스카프를 벗고 있었다. "물론 알았죠. 그게 우리의 일이니까요, 사라. 우리는 무슨 일이 벌어지고 있는지 알고 있죠, 그리고 정보를 활용해요. 나는 당신이 딸이 살아 있어서 기뻐할 줄 알았어요."

"내 딸이 살아 있다는 걸 안 지는 얼마나 됐어요?"

"그게 중요해요?"

"맙소사. 네, 중요해요."

니나가 사라를 냉정한 표정으로 빤히 쳐다봤다. "좋아요. 우리가 당신 딸에 대한 걸 처음부터 쭉 알았다고 치고, 우리가 당신에게 그 사실을 알려줬다고 가정해보죠. 당신이 과연 어떻게 했을까요? 망설이지 말고 대답해봐요. 당신은 분명 반쯤 정신이 나간 채 뛰쳐나가, 기어이 어리석은 짓을 저지르고야 말았겠죠. 당신의 정체가 다 탄로 난 채, 돔 안으로는 열 발자국도 들여놓지 못했겠죠. 이 이야기가 위로가 될지 모르겠지만, 당신의 딸에 관해 상당히 많은 논의가 있었죠. 재키는 당신이 딸에 대해 알고 있어야 한다고 생각했죠. 하지만 다수의 지배적인 의견은 작전의 성공이 우선이라는 거였어요."

"다수의 지배적인 의견, 그건 당신의 생각이죠."

"나와 유스터스의 생각이에요." 잠시 니나의 표정이 부드러워졌다. 하지만 아주 잠깐이었다. "너무 어렵게 생각하지 말아요. 당신은 당신이 원하던 걸 찾았어요. 행복해해야죠."

"내가 원하는 건 내 딸을 돔에서 빼내는 거예요."

"우리도 당신 딸을 꺼내오는 문제에 대해 생각하고 있어요, 사라. 우리는 당신의 딸을 제때 구해낼 거예요."

"언제요?"

"내 생각에 그건 분명히 해둬야 할 것 같네요. 이 작전이 모두 다 끝났을 때가 되겠죠."

"지금 나를 협박하는 건가요?"

니나는 사라의 비난을 대수롭지 않게 여겼다. "나를 오해하지는 말아요. 내가 협박하는 걸 특별히 싫어하지 않기는 해요. 하지만 이 경우에는 내가 그럴 필요가 없어요." 니나가 사라를 조심스럽게 쳐다봤다. "그 소녀들이 다 어떻게 되었을 것 같아요?"

"소녀들이라니요? 내 딸은 하나뿐이에요."

"지금은 그렇죠. 하지만 당신 딸이 처음은 아니에요. 돔에는 언제나 또 다른 에바가 있었죠. 당신 딸 말고도 다른 소녀들이 있었어요. 라일라에게 어린 여자아이를 안겨주는 것이 길더가 그녀를 조용하게 만들 수 있는 유일한 방법이었으니까요. 아이들이 일정한 나이가 되면, 라일리가 흥미를 잃어버리거나 혹은 아이가 그녀를 거부하게 되지만요. 그러면 그들은 라일라에게 또 다른 새로운 아이를 찾아다 주었죠."

사라의 머리에 어지럼증이 한꺼번에 밀려드는 것만 같았다. 몸이 휘청거리는 것 같아 의자에 앉아야만 했다. "아이가 몇 살쯤 되면 그런 일이?"

"다섯 살이나 여섯 살쯤. 일정하지는 않아요. 하지만 언제나 그렇게 되고 말죠. 사라, 내가 당신에게 말해줄 수 있는 건 그것뿐이에요. 지금도 시곗바늘은 멈추지 않고 움직이고 있어요. 아마 오늘은 아니겠죠, 내일도 아닐 거예요. 그러나, 머지않아 곧, 당신 딸은 지하로 끌려가게 될 거예요."

사라가 힘겹게 다음 질문을 했다. "지하에 뭐가 있는데요?"

"지하가 바로 빨간 눈들을 위한 피가 만들어지는 곳이에요. 우리도 자세한 건 몰라요. 빨간 눈들을 위한 피가 만들어지는 공정은 인간의 피에서부터 시작돼요. 하지만 인간의 피에 뭔가 변화가 일어나게 되죠. 그들이 뭔가를 조작해서 변하게 만든 거예요. 지하에는 일종의 바이럴과 비슷한 남자가 하나 있어요, 그렇다는 얘기일 뿐일 수도 있지만. 그들은 그 남자를 소스 Source 라고 불러요. 그 남자는 증류된 인간의 피를 마시고, 그의 몸 안에서 인간의 피가 변하게 되면, 변화된 뭔가 다른 걸 얻게 되는 거죠. 사라 당신도 라일라에게 일어나는 변화를 본 적이 있죠?"

사라가 고개를 끄덕였다.

"그게 빨간 눈들 모두에게 일어나는 일이에요. 다만 남자들에게는 그 속도가 좀 느리죠. 소스라고 불리는 남자의 피가 그들을 다시 젊어지게 만드는 거예요. 계속 살아 있게 만드는 거죠. 하지만 당신의 딸이 일단 지하로 끌려가게 되면, 다시는 밖으로 나올 수 없어요."

분노와 무기력함, 그리고 딸을 지키고자 하는 강한 충동 같은 감정들이 한데 어우러져 사라의 안에서 폭풍우처럼 마구 휘몰아쳤다. 감정의 격랑이 너무 강렬했던 탓에 사라 자신이 아픈 건 아닌가 하는 생각이 들기까지 했다.

"내가 뭘 하면 되는 거죠?"

"때가 되면 우리가 알려줄 거예요. 우리가 당신의 딸도 구해낼 거고요. 이 약속은 반드시 지킬 겁니다."

사라는 니나가 부탁하고 있는 게 무엇인지 이해했다. 아니, 부탁하는 것이 아니라 말하고 있는 것을. 그들은 자신을 완벽히 교묘하게 속였다.

케이트는 인질이었고, 아이의 몸값은 피로 치르게 될 것이다.

"사라, 그녀를 증오하도록 해요. 그녀가 무슨 짓을 하고 있는지 생각해봐요. 재키에게 그 순간이 왔던 것처럼, 나를 포함해 우리 모두에게 그 순간이 올 거예요. 내가 필요하다고 하면, 나도 기꺼이 나설 거예요. 그리고 이 일이 성공하지 못한다면, 당신의 딸은 아이의 운명에 맡길 수밖에 없어요. 우리는 아이에게 닿을 수조차 없으니까요."

"그건 어디에 있죠?" 사라가 물었다. 이보다 더 분명하게 말할 필요도 없었다. 그녀가 의미하는 것이 무엇인지 너무 분명했으니까.

"아직은 당신이 모르고 있는 게 나아요. 당신은 평소와 같은 방식을 통해 메시지를 받게 될 거예요. 당신이 핵심이고, 타이밍이 중요해요."

"만약 내가 실패하게 되면요?"

"그렇다면, 어찌 되었건 당신은 죽게 될 거예요. 그리고 당신 딸도요. 언제 죽게 되느냐가 문제일 뿐이겠죠. 어떻게 죽게 되는지는 이미 당신에게 얘기했고요." 니나의 눈이 사라의 눈 깊숙한 곳을 들여다보고 있었다. 그 안에는 동정심 따위는 없었다. 오직 얼음처럼 차갑고 선명한 현실만이 남아 있었다.

"만약 일이 계획대로 순조롭게 진행된다면, 빨간 눈들을 끝장낼 수 있을 거예요. 길더, 라일라 그리고 그들 모두 다. 내가 하는 말 이해해요?"

사라의 정신이 완전히 마비돼버린 것 같았다. 그녀는 자신이 고개를 끄덕이고 나서, 들릴 듯 말 듯 작은 목소리로 "네."라고 대답하고 있는 걸 느낄 수 있었다.

"그럼 이제 당신이 해야 할 일을 해요. 당신 딸을 위해서요. 케이트, 그게 딸의 이름이죠?" 사라는 너무 놀라서 말이 안 나왔다. "당신이 어떻게……?"

"당신이 말해줬으니까 알죠. 기억 못 해요? 당신이 딸이 태어나던 날 아이의 이름을 내게 말해줬던 거?"

물론 그랬겠지, 사라가 생각했다. 이제야 모든 게 말이 되는 것 같았다. 니나가 바로 자신에게 케이트의 머리카락 몇 가닥을 몰래 전해주었던, 출산 병동의 그 여자였던 것이었다.

"사라, 당신은 나를 믿지 못할 수도 있지만, 나는 지금 여기서 잘못된 것을 바로잡으려고 노력하고 있어요."

사라는 웃음을 터뜨리고 싶었다. 그런 일이 여전히 가능하다면, 분명 웃음을 터뜨렸을 것이다.

"니나, 당신은 그걸 재미있는 방식으로 일깨워 주는군요."

"아마 그럴지도 모르죠. 하지만 우리가 살고 있는 시대가 그러니까요." 니나가 할 말을 생각하며 또다시 대화가 잠시 끊겼다. "당신 안에는 이 일을 해낼 수 있는 힘이 있어요. 나는 그런 힘을 가진 사람을 보면 바로 알 수 있거든요."

당신이 정말 알 수 있다고? 그러나 그런 질문도 의미가 없었다. 사라는 어떻게든 그 힘을 자기 안에서 끌어내야만 할 테니까.

"당신 딸을 위해서 해요, 사라. 케이트를 위해서 하라고요. 그러지 않으면, 케이트에게는 기회가 없어요."

50

그들이 하는 짓들은 참을 만했다. 고통이나 고통 비슷한 것이 없는 것은 아니었지만, 예상했던 일이었다. 그래도 버틸 수는 있었다. 오랫동안 그들은 그녀에게 아무것도 물어보지 않았다. 어떤 요구도 하지 않았다. 이건 분명히 그들이 좋아하는 종류의 일이었고, 자신들의 더러운 쾌락을 즐기며 이 일을 계속해 나갈 것이다. 그러나 알리시아는 쉽게 항복하지 않았다. 그녀는 비명도 지르지 않았으며, 모든 걸 태연하게 참아냈고 기회가 있을 때마다 크게 웃으며 말했다. *이거 봐 친구들, 최선을 다해 보라고. 나는 사슬에 묶여 있어야만 하니까 말이야. 너희는 이 사실 자체가 승리 비슷한 것도 안 된다고 생각하는 거야?*

그중 최악은 물이었다. 이상한 일이었다. 알리시아는 언제나 변함없이 물을 좋아해왔으니까. 그녀는 어릴 때부터 겁 없이 수영을 즐겨왔다. 콜로니의 석굴 깊숙이 다이빙해 그녀가 할 수 있는 한 끝까지 숨을 참아보기도 했고, 귀가 쿵쿵거릴 때까지 물속 깊이 내려가 바닥을 짚어도 보고 자신이 내뱉은 공기 방울들이 어둠 속에서 태양이 비추는 저 위까지 올라가는 모습을 지켜보기도 했었다. 그들은 때때로 알리시아의 입속으로 물을 부어 넣기도 했다. 또 때때로 그녀를 묶어둔 사슬에서 끌어내려 다시 판자에 묶어두고는, 머리부터 거꾸로 얼음을 가득 채운

통 속으로 집어넣기도 했다. 그럴 때마다 그녀는 자 시작이야라고 생각하고는 끝날 때까지 걸리는 시간을 세고는 했다.

날이 갈수록 그녀의 힘이 눈에 띄게 약해졌다. 전체적으로 약간 조정되었지만, 그래도 충분했다. 그들은 알리시아에게 음식을 제공하기는 했다. 콩이나 옥수수 페이스트로 만든 죽 그리고 가죽처럼 딱딱하게 굳은 과하게 훈제된 고기 조각들을 주었다. 말하지 않아도 그들의 의도는 뻔했다. 그녀를 숨만 붙어 있게 하려는 것이었다. 가능한 오랫동안 다른 이들 없이 그들만이 즐길 수 있도록 말이다. 글쎄……, 알리시아는 속으로 조용히 맹세했다. 자신의 변신을 위한 마지막 행위로서 마침내 인간의 피를 맛보게 될 때, 그녀가 마실 인간의 첫 피는 그들의 피가 될 거라고. 인간의 자격 요건을 포기하는 것은 마음이 무거운 일이었지만, 이러한 생각에 한편으로 위안되는 부분이 없는 것은 아니었다. 망나니 개자식들은 전부 피를 빨아, 말려 죽일 생각이었으니깐.

며칠이나 지났는지 가늠할 방법이 없었다. 혼자 남겨지면 자신의 기억 속을 이리저리 뒤지며 지나간 과거를 떠올려 보았다. 마치 사진들이 쭉 걸려 있는 긴 회랑을 돌아다니는 것처럼. 콜로니의 성벽에서 경계를 서던 일, 피터와 에이미 그리고 친구들과 함께 어둠의 땅들을 지나 콜로라도로 향했던 여정, 대령과 함께 보낸 그녀의 무미건조하고 이상한 어린 시절, 그런 것들의 기억을 찾아 뒤졌다. 알리시아는 언제나 그를 '대령님Sir'이라고 불렀다. '아빠'나 '나일스'라고 불러본 적이 한 번도 없었다. 그들의 시작부터 그는 그녀의 아버지나 친구가 아닌 상급 장교였을 뿐이었다. 이제 와 생각해보니 별나고 이상한 일이었다. 그녀의 삶에 대한 기억들에도 슬픔과 행복 그리고 즐거움과 외로움 또 어느 정도의 사랑과 같은 감정들에 대한 경험이 들어 있었지만, 대령과 함께 공유한 것이라고는 소속감뿐이었다. 그녀 자체가 그녀의 추억이었고, 그녀의 추억이 곧 그녀였다. 알리시아는 모든 일이 다 끝났을 때도 자신의 추억들을 잃지 않고 고스란히 간직하고 싶었다.

책임자로 보이는 사람이 등장하면서 자신의 포로 생활에 변화가 생기자, 알리시아는 그들이 그녀에 대해 마음속에 갖고 있던 생각은 그저 그들이 맡은 힘든 일을 끊임없이 반복하려는 것뿐이었는지 궁금해지기 시작했다. 책임자로 보이는 남자는 자신을 소개하지도 않았다. 적어도 1분가량은 아무 말도 하지 않고 있었다. 헷갈려서 읽기 어려운 책을 보는 표정으로 천장에 매달린 그녀를 살펴보며 가만히 서 있기만 했다. 검정색 양복을 입고 빳빳한 하얀 셔츠에 넥타이를 맨 남자는 아직 서른 살이 된 지 단 하루도 안 되게 느껴졌다. 그의 피부는 창백할 정도로 하얗고 부드러워 보였다. 마치 햇빛에 단 한 번도 나서 본 적이 없는 것처럼. 그러나 그의 눈이 진실이 무엇인지 말해주고 있었다. 왜 알리시아가 놀라야만 하는 거지?

"너는…… 다르구나." 그가 가까이 다가오며, 숨을 크게 들이쉬더니 다시 개처럼 그녀의 주위로 숨을 내뿜었다.

"그렇지. 그런 소리 많이 들어."

"네게서 나는 냄새로 알 수 있어."

"내가 씻을 수 있는 기회가 많지는 않아서 말이야." 알리시아가 가장 도발적인 모습으로 웃어 보였다. "너는 아마도……?"

"질문은 내가 하는 거지."

"너도 알겠지만 말이야, 어둠 속에서는 그런 식으로 읽어내려고 하면 안 돼. 네 눈에서 지옥이 보이거든."

남자가 뒤로 물러서며 알리시아의 따귀를 후려갈겼다.

"와우," 알리시아가 턱을 좌우로 움직여보며 말했다. "아픈데. 벌침에 쏘인 것처럼 따끔했어."

그가 다시 앞으로 나서더니 그녀의 위로 들려 올라간 팔을 난폭하게 비틀었다.

"너는 왜 팔에 꼬리표가 없지?"

"네가 입고 있는 옷 근사한 것 같은데. 여자애가 옷을 좀 덜 입은 느낌이 들게 하는 옷이야."

또다시 얼굴로 그의 손바닥이 채찍질하듯 날아왔다. 알리시아는 눈물이 고인 눈을 깜박이고, 혀로 이빨을 훑었다. 피 맛이 느껴졌다. "정말이지, 너희는 이런 짓을 많이 해왔다고. 절대 환영받지 못할 일이지. 내 생각에 나는 너를 싫어하는 것 같다."

그가 분노로 시뻘겋게 핏발이 선 눈을 가늘게 떴다. 이제 그녀는 싸움을 시작하고 있었던 거였다.

"세르지오에 대해 말해."

"생각이 안 나는데."

남자가 다시 알리시아를 때렸다. 그녀의 눈앞에서 작은 빛 조각들이 반짝였다. 알리시아는 남자가 최대한 힘을 아끼고 있다는 것을 알았다. 그는 한 번에 조금씩 강도를 천천히 높여갈 것이다.

"나를 여기서 내려주는 건 어때? 그러면 우리가 진짜 대화를 할 수 있을 것 같은데 말이야. 지금 이러는 게 너에게 도움이 안 되는 게 너무 분명하잖아."

느닷없이 그의 손이 날아오는가 싶더니 쿵 소리가 났다. 이번에는 주먹이었다. 꼭 판자로 가격당한 것만 같았다. 알리시아가 피를 뱉으며, 고개를 흔들어 떨어냈다.

"말해."

"가서 오줌이나 처먹고 와."

그녀의 배로 해머질을 하는 것 같이 강력한 주먹이 날아들었다. 횡경막이 바이스Vise(공작물을 고정시키는 도구─옮긴이)처럼 압축되면서, 그녀의 호흡이 가슴에서 얼어붙어 멈춰버렸다. 숨이 막힌 채 몇 초가 흘렀다. 그녀의 폐가 마침내 다시 부풀어 오르자, 그는 다시 그녀를 때렸다.

"세르지오…… 가…… 누구야?"

알리시아는 정신을 집중하는 데에 어려움을 겪었다. 집중하고 숨 쉬고 생각을 해. 그녀는 다시 주먹이 날아올 거라고 각오를 하고 있었지만, 더 이상 그의 주먹질은 없었다. 그리고 알리시아는 그가 갇혀 있던 방의 문을 열었다는 걸 알았다. 안으로 들어오는 세 명의 모습이 보였다. 그들은 바닥에 넓은 틈이 있는 허리 높이 정도의 벤치 같은 것을 들고 오는 중이었다.

"내 친구 하나를 소개해주고 싶은데. 이쪽은 소드. 사실 네가 이미 만나본 녀석이지."

알리시아의 시야가 조금씩 또렷해졌다. 녀석의 얼굴은 뭔가 잘못되었다. 얼굴 한쪽이 가운데는 생살 그대로인데 가장자리만 탄, 엉망으로 구워진 고깃덩어리처럼 보였다. 코는 거의 타 없어졌고, 머리도 반은 불에 타 머리카락이 없었다. 그의 왼쪽 눈도 녹아내린 것처럼 보였는데, 경화되어 젤리가 녹아 흘러내리는 모양을 하고 있었다.

"우웩." 알리시아가 간신히 내뱉은 말이었다.

"소드는 말이지, 네가 액화 프로판 가스로 가득 찬 화염 방사기를 쐈을 때, 바로 그 대기 장소에 있었던 놈이야. 그 일로 대단히 화가 나 있다고."

"늘 있는 일상적인 일인데 뭐. 만나서 반가워, 소드. '소드'라니, 대단한 이름인데."

"소드는 열정적인 남자지. 너도 녀석에게 그 이름이 잘 어울린다는 걸 알게 될 거야. 이 녀석이 너와 따져볼 게 좀 있다고 하는군." 정장을 입은 남자가 다른 두 녀석에게 지시했다. "여자를 묶인 채로 내려. 아냐 다시 생각해보니까 말이야, 잠깐만 그대로 둬."

주먹이 연달아 계속 날아왔다. 얼굴, 몸통. 남자가 지칠 때쯤, 알리시아는 거의 아무런 느낌도 없었다. 고통이라는 것이 아득하고 막연한 다른 무엇인가가 되었다. 쇠사슬이 덜컥거리는 소리가 들리고 손목을 조여오던 압박이 느슨해졌다. 그녀의 얼굴은 바닥을 향해 있고, 허리는 벤치에 걸쳐지고, 다리는 완전히 벌려진 채 발은 틀에 묶였다. 그녀의 바지가 벗겨졌다.

"그래도 여기 우리 친구들에게 조금의 사생활은 보장해줘야 하지 않겠어." 첫 번째 남자가 말했다. 알리시아에게 문이 닫히는 소리가 들렸고, 마지막 불길한 그 소리, 자물쇠가 돌아가 잠기는 소리가 들렸다.

51

에이미와 그리어가 북쪽으로 가는 내내, 매일 밤 그녀는 울가스트의 꿈을 꾸었다. 어떤 때는, 에이미와 울가스트 둘이 회전목마를 타고 있었고, 어떤 경우에는 둘이 드라이브하면서, 작은 마을들과 봄날의 푸른 시골의 전경이 물 흐르듯 지나가고, 멀리 산이 보이며, 그들의 얼굴은 얼음으로 빛났다.

오늘 밤 꿈에 둘은 오리건주의 바로 그 캠프에 있었다. 그들은 산장 오두막의 큰 방에 있었다. 인디언들처럼 다리를 접어 바닥에 앉아 서로 마주 보았다. 둘 사이의 바닥에는 보드게임 모노폴리가 놓여 있었다. 보드의 사각형 그림들은 빛이 바랬고, 게임용 지폐들은 순서내로 쌓여 있었다. 에이미의 작은 모자와 울가스트의 작은 자동차도 보였다. 울가스트가 손을 흔들며 컵 속의 주사위를 던졌다. 그리고 세인트 찰스 플레이스를 향해 자신의 말을 옮겨갔다. 세인트 찰스 플레이스! 에이미가 갖고 있는 6개의 호텔 중 하나였다. (에이미는 호텔이 6개야!) 방은 난로의 열기로 따뜻했고, 창문 밖에는 깊은 겨울 추위와 벨벳같이 부드러운 어둠 속에 수분 없는 마른 눈이 내리는 중이었다.

"오, 제발." 울가스트가 끙끙거리며 말했다.

그가 값을 지불했다. 그가 짜증 내는 모습은 거짓이었다. 그는 에이미에게 게임을 져주고 싶었다. 그는 그녀에게 운이 좋다고 말했고, 그의 말대로 되도록 만들었다. 에이미, 너는 운이 좋아.

둘의 말이 보드 위를 돌고 돌았다. 더 많은 돈이 오갔다. 파크 플레이스, 일리노이스 애비뉴, 마빈 가든스 그리고 그 재미있는 이름의 'B. & O'. 울가스트의 돈이 0원을 향해 줄어들며, 에이미 앞의 돈더미가 자꾸 높이 쌓여갔다. 그녀는 철도 사업 그리고 전기, 수도, 가스와 같은 사업들을 사들이고, 곳곳에 자신의 집과 호텔들을 지었다. 에이미는 더 많은 건물을 세울 수 있도록 해준 소유권으로 집중 공격을 해, 보드판 위를 다 점령해버렸다. 속도가 빨라지는 셈법을 이해하는 것이 게임 승패의 열쇠였다.

"에이미, 나 돈을 빌려야 할 것 같은데." 울가스트가 사실대로 털어놓았다.

"은행에 부탁해봐요." 에이미가 승리를 자신하고 환하게 웃었다. 울가스트가 돈을 빌리고 나면, 게임의 결판이 빨리 나게 될 것이다. 그가 머리 위로 두 손을 올리고 항복하게 될 것이다.

그러면 둘은 습관적으로 그래왔듯이 소파로 가, 가슴 위까지 담요를 끌어당겨 앉아서 돌아가며 서로에게 책을 읽어주게 될 거다. 오늘의 책은, H. G. 웰스의 타임머신이야.

그가 컵 안의 주사위를 보드 위에 굴렸다. 3과 4다. 그가 자신의 말로 쓰는 작은 자동차를 움직였고, 말은 작은 다이아몬드 반지 그림이 있는 '특별 소비세'라고 쓰인 칸 위에 올라가 앉았다.

"안 돼, 또 이러면 안 된다고." 울가스트가 눈을 굴리며 세금을 지불했다. "너와 여기에 함께 있어서 정말 좋구나." 그가 눈을 들어 그녀 너머 창을 보았다. "밖에 눈이 오나 보다. 눈이 온 지 얼마나 된 거지?"

"꽤 오래된 것 같아요."

"늘 눈이 오는 걸 좋아했어. 눈은 내가 아직 아이였던 시절을 기억하게 하거든. 눈이 오면 언제나 크리스마스인 것처럼 느껴져."

난로 안에서 타고 있는 장작이 탁탁 소리를 내며 갈라지는 소리가 들렸다. 울창한 숲 전체를 뒤덮으며 눈이 내리고, 또 계속 내렸다. 고운 하얀 빛줄기와 고요 속에 아침이 밝아올 것이다. 그들이 있는 그곳에는 아침이 찾아오지 않겠지만.

"해마다 나의 부모님은 나를 데리고 크리스마스 캐럴이라는 영화를 보러 가셨어. 우리가 어디에 살고 있든지, 상영 극장을 찾아서 나를 데리고 가셨지. 제이콥 말리는 항상 뭔가 끔찍한 것으로 나를 무섭게 만들었지. 그는 그가 살아 있을 때 만들었던 쇠사슬들을 몸에 두르고 있었어. 슬픈 일이지. 하지만 아름답기도 한 일이야. 많은 이야기가 그와 같지." 울가스트가 잠시 생각하더니 입을 열었다. "가끔 나는 내가 여기에 너와 함께 영원히 있었으면 좋겠다는 생각을 해. 나도 알기는 하지, 바보 같은 생각이라는 걸. 아무것도 영원한 것은 없으니까."

"어떤 것들은 영원하기도 해요."

"어떤 것들이 그렇지?" "우리가 기억하고 싶어 하는 것들요. 우리가 사람들에게 느껴왔던 사랑요."

"내가 너를 사랑하는 방식도." 울가스트가 말했다.

에이미가 고개를 끄덕였다.

"나도 그렇기 때문에, 있잖아 그게," 그가 말했다. "내가 너에게 그렇다고 말한 적이 있었던가?"

"말씀 안 하셔도 돼요. 항상 알고 있는걸요. 처음부터 알고 있었어요."

"아냐, 내 입으로 말해줬어야 했어." 그의 목소리에 후회가 가득했다.

"말로 들려주는 게 훨씬 더 좋거든."

둘 사이에 침묵이 내려앉았다. 깊은 숲처럼, 그 위에 내리는 눈처럼 깊게.

"에이미, 뭔가 달라 보이는구나." 울가스트가 에이미의 얼굴을 살폈다. "뭔가 달라졌는데."

"네, 제 생각에도 그런 것 같아요."

비단결 같은 어둠이 가장자리로부터 밀려들어 오고 있었다. 항상 이런 식이었다. 마치 무대 위에 남은 사람이 그 둘만이 될 때까지 불이 꺼져가는 것처럼.

"그래, 그게 무엇이든," 그가 환히 웃으며 말했다. "나는 마음에 든다." 그러고는 잠깐 주저하더니, "카터에게 내가 정말 많이 미안해하고 있다고 말했니?"

"카터가 알고 있어요."

울가스트가 그녀의 어깨 너머를 응시했다. "그 일은 나 자신을 용서할 수 없는 일이야. 나는 카터를 보자마자 알았어. 그가 그 여자를 그의 온 마음을 다해서 사랑했다는 걸." 그의 눈이 바닥의 모노폴리 보드게임 판을 내려다보았다. "여기서 할 수 있는 얘기는 다 한 것 같구나. 나는 네가 어떻게 이렇게 하는지 모르겠구나. 다음에는 내가 너에게 찾아갈게."

"책 읽으실래요?"

둘은 모직 담요를 덮고 소파에 자리를 잡았다. 다른 모든 것들과 마찬가지로 뜨거운 코코아가 담긴 머그잔들도 의도한 대로 자연스럽게 테이블에 놓여 있었다. 울가스트가 책을 집어 적당한 읽을거리를 찾을 때까지 페이지를 넘기며 책을 훑어보았다.

"타임머신, 제7장." 그가 목청을 가다듬고는 에이미를 돌아봤다. "나의 용감한 소녀, 나의 용감한 에이미. 나는 정말로 그래, 너도 아는 것처럼."

"나도 사랑해요." 에이미가 대답을 하고, 울가스트에게 기대어 안겼다.

그리고 그렇게 둘은 눈 한번 깜박이지 않고 한없이 많은 시간을 보냈다. 따스한 담요가 그의 자리를 주장하여 찾아가듯 밤이 그들을 덮을 때까지.

52

그들은 식량과 연료를 가지고 하드박스에서 잠을 자며, 동쪽 보급로를 따라 북쪽으로 텍스카나를 향해 갔다. 그들의 차량은 티프티의 이동이 용이한 소형 화물 트럭이었는데, 곧 그들에게 상당히 쓸모가 있을 차량이었다. 그들은 리틀 록의 북쪽 트인 들판에서 야영해야 했기 때문이다. 연료는 그들에게 문제가 안 된다는 것이 티프티의 설명이었다. 우선 트럭에 예비 연료를 750리터 정도 더 실을 수가 있었다. 게다가 티프티가 15년 전에 그리어, 크룩생크와 함께한 정찰에서, 아이오와에 이를 때까지 연료의 공급처가 될 수 있는 곳들의 위치를 모두 파악해뒀다는 것이다. 비행장, 디젤 화력 발전소 그리고 기름 탱크들이 벌판에 우후죽순 들어서 있는 대형 상업용 저장 단지 같은 곳들이다. 그들이 타고 온 트럭에는 오염물과 산화 화합물을 걸러낼 수 있는 여과 시스템이 장착되어 있었다. 빠르다고 할 수는 없었지만, 좋은 날씨와 운이 따라준 덕분에 그들은 12월 중순쯤에 아이오와에 도착할 수 있었다.

그들이 소형 트럭에서 첫날 밤을 보내게 된 건 미주리주 경계에서 160킬로미터쯤 떨어진 곳이었다. 해가 지자 티프티는 화물칸에서 커다란 플라스틱 단지를 꺼내 자신의 얼굴을 천으로 감싼 다음, 트럭의 주위로 단지 안의 투명한 액체를 끊기지 않게 쭉 부어 둘렀다.

"그게 다 뭐예요?" 로어가 물었다. 엄청나게 독한 악취에 눈물이 날 정도였다.

"가족의 오래된 요리 비법이라고나 할까. 드랙들이 이 냄새를 싫어하지 – 그뿐만 아니라 우리의 냄새를 가려 숨겨주지. 드랙들은 우리가 여기에 있는 줄 꿈에도 모를 거야."

그들은 저녁으로 콩과 건빵을 먹고, 잠자리에 몸을 뉘었다. 곧바로 홀리스의 코 고는 소리가 들렸다. 홀리스? 피터가 생각했다. 아니, 로어였다. 그녀는 그녀가 편한 대로 잠을 잤다. 어찌 되었건 그녀는 그게 좋았으니까. 피터는 왜 마이클이 그녀에게 끌렸는지 이해됐다 – 그녀는 매력이 대단한 여자였다 – 하지만 또 그의 친구가 왜 그렇게 말하지 않았는지도 역시. 누가 그토록 열망의 대상이 되는 것을 견뎌낼 수 있을까? 아무리 사냥감이 잡히고 싶어 안달이 났다고 해도, 이건 발버둥 치는 수준이었다. 정유소에 있던 동안에도, 피터는 여러 번 로어가 마이클에게 집적거리는 것은 아닌지 궁금했었다. 그의 결론은 그렇다였다. 일단 로어가 마이클의 마음속에 자리를 잡자, 마이클은 어떤 저항도 못 하고 무너진 거였다. 마이클은 로어의 것이 될 것이다.

피터는 편한 자세를 찾으려고 몸을 뒤척였다. 그는 항상 이런 이동용 침상에서 잠을 자는 데에 어려움을 겪었다. 그가 막 잠이 들 만하면, 밖에서 나는 소리에 정신이 번쩍 들어 잠을 깨고는 했다. 한번은 애머릴로 근처에서, 바이럴들이 벽을 밤새도록 두드리는 일도 있었다. 피터와 함께 있던 군인들은 침상의 틀을 들어 올리고 뒤집으려 하기도 했다. 사기를 끌어올리기 위해, 피터의 분대원들은 포커를 치고 농담 따먹기를 하며 시간을 보냈다. 마치 아무것도 아닌 일이 일어나고 있는 것처럼. 다들 *바깥이 왜 저렇게 시끄럽고 지랄인 거야*라는 말을 가장 많이 했다. 도대체 카드 게임에 집중할 수가 없잖아? 피터는 그런 군인의 삶이 그리워질 것 같았다. 그는 9일간 무단 탈영 중이었고, 홀리스 그리고 티프티와 마찬가지로 범법자가 돼버렸다. 군나르가 그를 보호하기 위해 어떤 식으로 나서게 되더라도, 그의 메시지는 분명했었다. 이 모든 일은 피터 스스로 벌인 일이 될 것이고, 피터나 이 일에 대해 알고 있었다고 말하는 사람은 아무도 없을 거라는 것 말이다.

이런 생각들 끝에, 피터가 알아차린 건 홀리스가 자신을 흔들어 깨우고 있다는 사실이었다. 그들은 차 밖 차가운 공기 속으로 발을 내디디고 섰다. 텍사스로부터 한참 북쪽인 이곳은 계절이 바뀌고 있음이 확실했다. 하늘에는 암석 덩어리들을 공중에 띄워놓은 것처럼 거대한 회색의 구름이 낮게 깔려 있었다.

"봤나?" 티프티가 트럭 주위의 땅을 가리키며 말했다. "바이럴들의 흔적이 전혀 보이지 않지."

그들은 차량을 타고 계속 이동했다. 바이럴들이 보이지 않는다는 사실이 피터의 신경을 거슬리게 했다. 심지어 그들은 하드박스 바깥에서도 바이럴들의 흔적을 전혀 볼 수가 없었다. 그들의 용변조차도 보이지 않았다. 환영할 만한 상황의 반전이었지만, 바이럴들이 그들 일행을 위해 특별한 무언가를 준비하고 있는 것만 같아 오히려 더 불쾌하고 불안한 생각이 들었다. 이렇게까지 바이럴들의 흔적이 보이지 않을 가능성은 없었기 때문이었다.

도로의 흔적이 사라지기 시작하면서, 그들의 속도도 느려졌다. 티프티가 나침반과 지도를 들고 그들의 경로를 다시 계산하기 위해 차를 세우는 일이 잦았다. 때때로 피터가 처음 보는 기구인 육분의를 사용하기도 했다. 마이클이 그에게 육분의의 작동법을 알려줬다. 태양과 지평선의 각도를 측정하여 시간과 날짜를 함께 고려하면, 다른 기준 없이도 그들의 위치를 파악할 수 있었다. 마이클의 설명에 따르면, 이 장치는 아무런 방해도 받지 않고 수평선을 확인할 수 있는 바다를 항해하는 배에서 사용되던 것인데, 육지에서도 사용이 가능하다는 것이었다. 마이클 너는 어떻게 이 물건에 대해 알고 있는 거야? 피터가 물어보고는 곧 자신의 질문에 대한 답을 깨달았다. 마이클이 바다에 있다는 장벽을 찾아보겠다고 요트를 타고 바다로 나갔던 바로 그날, 육분의 사용법을 스스로 터득했던 것이었다.

여행을 시작한 지 여러 날이 지났지만, 여전히 바이럴들은 보이지 않았다. 그들 사이의 논의가 이 비정상적인 상황에 주목하고 주의를 환기시키는 것에 머무를 뿐이기는 했지만, 이제 피터와 그 일행들은 이 문제에 대한 답을 찾기 위해 공공연하게 고민하고 있었다. 이상해, 그들 모두의 생각이 그랬다. 나는 우리가 기가 막히게 운이 좋다고 말할 수밖에 없을 것 같아. 그들의 운이 좋은 게 사실이기는 했지만, 행운은 결국 사람을 배신하는 법이었다.

11일이 지나고, 티프티는 그들이 미주리-아이오와 라인 가까이에 와 있다고 일행들에게 알렸다. 더러운 모습의 그들은 진이 다 빠져 있었다. 인내력마저 바닥난 상태였다. 그들은 아직도 강을 건널 수 있을 만큼 건재한 다리를 찾기 위해, 수 킬로미터를 거슬러 올라가며 어느 이름 모를 강에 가로막혀 앞으로 나아가지 못했다. 트럭의 연료도 점점 바닥나고 있었다. 지형도 또다시 바뀌었다. 텍사스만큼 편평한 것은 아니었지만, 꽤 흡사한 모습이었다. 허리 높이의 풀로 뒤덮인 낮은 언덕들이 완만하게 물결치며 이어지고 있었다. 운전을 하던 홀리스가 트럭을 멈춰 세운 건 정오가 거의 다 되어갈 즈음이었다.

뒤쪽에서 졸고 있던 피터는 트럭의 문이 열리는 소리에 일어나 앉았다. 몸을 일으켜 세운 그는 차 안에 혼자인 걸 알아차렸다. 차를 왜 세운 거지?

피터는 소총을 들고 차에서 내렸다. 잔디와 나무 그리고 모든 것이 옅은 하얀색의 가루로 뒤덮여 있었다. 눈? 공기 중에서 무엇인가 탄 듯한 톡 쏘는 자극적인 냄새가 났다. 눈이 아니었다. 재였다. 피터가 그의 일행들이 서 있는 언덕 꼭대기를 향해 걸어갈 때마다 발밑에서 작은 하얀 먼지구름이 풀썩풀썩 일어났다. 일행 곁에 다다른 그는 일행들이 보고 있는 광경에 돌처럼 굳어버리고 말았다.

"아 제발. 진짜," 마이클이 말했다. "대체 지금 우리가 보고 있는 게 다 뭐지?"

53

이 여자, 이 여자는 누구지?

스파이이다. 그리고 반역자다. 그것만큼은 확실했다. 인질들을 구출하려던 그녀의 행동이 이 사실들을 확실하게 뒷받침하고 있었다. 게다가, 그녀는 치명적인 실수를 하기 전까지 6명의 남자 콜들을 죽이기도 했다. 하지만, 그녀의 팔에 꼬리표가 없다는 건 어떻게도 설명이 되지 않았다. 앞뒤가 맞지 않았다. 길더는 수상한 냄새가 난다는 것을 알았다. 이게 다 무슨 의미일까? 그들은 알리시아가 갖고 있던 무기, 탄창에 총알 2개가 남은 브라우닝 반자동 권총도 회수했다. 길더는 그 권총과 같은 것을 본 적이 없었다. 자신들에게는 없는 무기였다. 반역자들이 그가 모르는 공급원으로부터 무기를 비축해 은닉하고 있거나, 여자는 외부의 완전히 다른 곳으로부터 온 것이었다.

길더는 베일에 가려진 채 풀리지 않는 수수께끼들을 싫어했다. 세르지오라는 인물보다 그 수수께끼들을 더 싫어했다.

이 여자는 깨부숴 길들이기도 힘들어 보였다. 그녀는 자신의 이름조차도 내뱉지 않았다. 심지어 소드, 역겨울 정도로 악명 높은 성욕을 가진 그 녀석조차도 작은 사소한 정보 하나 얻어내지를 못했다. 소드 그 녀석을 이용하기로 한 결정은 의아할 정도로 쉽게 이루어졌다.

사람들을 사육장으로 보내는 것도 일이었다. 바이럴들은 자비롭다 여겨질 정도로 순식간에 사람들을 먹어치웠고, 또 그 생물들에게 먹이를 공급하기는 해야 했다. 결코 좋은 일이라고 할 수 없었지만, 빠르게 끝이 났다. 그리고 감금 중에 일어나는 구타나 신중하게 물고문을 시도해보는 등의 일은, 뭐 때때로 그런 방법들을 사용하는 건 불가피한 것이었다. 지난 과거, 당시에 그 용어가 뭐였었지? 강화된 심문.

하지만 인가된 강간, 그건 새로운 것이었다. 좀 고민이 되었던 문제였다. 마체테Machete(날이 넓고 무거운 칼−옮긴이)를 든 남자들이, 싫어하는 마을에서 태어났다거나 귀 모양이 조금 다르다거나 바닐라보다 초콜릿을 좋아한다는 이유로 사람들을 주저 없이 난도질해대는 잔인한 작은 국가들에서나 일어나는 일이었기 때문이다. 그 생각은 그의 머릿속에 떠오르지도 말았어야 했다. 그는…… 그런 생각은 자신에게 걸맞지 않은, 품격 떨어지는 짓이라는 생각을 했어야만 했다. 일이 이렇게까지 된 것은 세르지오가 양보 없이 그를 밀어붙여 온 결과였다. 어떻게 어느 하루 동안은 완전히 미친 짓이라고 여겨지던 일이, 다음 날에는 온전하게 합리적이라고 생각될 수 있다니 이상하기만 했다.

이 모든 생각이 회의 테이블 상석에 앉아 있는 길더의 머릿속에 한바탕 소란을 일으키며 지나갔다. 만약 길더에게 선택의 여지가 있었다면, 그는 이 주간 회의 모임들에 참석하지 않았을 것이다. 그리고 정말 그랬다면 그건 필연적으로 '요리사로 넘쳐나는 주방'의 전형적인 예로서, 복잡한 절차들에 따르는 언쟁으로 번졌을 것이다. 길더는 명확한 지휘 체계와 권한이 분산된 피라미드형 관료 체계의 확고한 신봉자였다. 그런 조직 구조는 하부에는 시간에 쫓기는 작업들이 넘쳐나게 만들고, 서류 작업과 선례를 남기기 위한 과도한 욕구를 일으켜 모두를 스스로 궁지에 몰아넣는 경향이 있었다. 그래도 통치 권력을 나누어 갖는 것처럼 보일 필요는 있었다. 적어도 지금 당장은.

"누구 무슨 할 말 있는 사람은 없나?"

할 말이 있는 사람은 없어 보였다. 불편한 침묵이 잠시 이어지고, 길더의 바로 왼편에 앉아 있던 선전부 장관 홉펠이 목청을 가다듬었다. 그의 옆에는 공중보건부 장관 수레시, 바로 건너편에는 월크스가 앉아 있었다. 목청을 가다듬은 홉펠이 입을 열었다. "제가 생각하기에 모두가 걱정하고 있는 것은, 그러니까, 우려될 만큼 걱정하는 것은 아니고, 그리고 저는 여기 있는 모두를 대신해 이야기한다고 생각합니다⋯⋯."

"맙소사, 그냥 말해. 그리고 당신 안경은 좀 벗고."

"아, 네." 홉펠은 짙은 색의 안경을 벗어 불안할 정도로 조심스럽게 회의 테이블 위에 내려놓았다. "말한 것처럼," 그는 말을 이어가며 다시 한번 목을 가다듬었다. "어쩌면 상황이 조금은 우리의 의도와 다르게, 통제하기 어려워질 수 있지 않겠습니까?"

"제길, 자네 말이 맞아. 그래, 지금 자네 말이 내가 오늘 하루 종일 들은 말 중에서 가장 똑똑한 이야기라고."

"제 말은 지금까지 활용해온 전략이 우리가 원하는 결과를 가져오지 않을 것 같다는 말입니다."

길더가 짜증 섞인 한숨을 내쉬었다. "그래서 자네가 가지고 있는 대안은?"

홉펠이 무의식적으로 자신의 동료들을 둘러보았다. *이쯤에서 당신들이 가세해줘야 하는 거잖아 ─ 나 혼자 모든 위험을 감수할 수는 없다고.*

"아마도 우리는 압박의 수위를 조금 낮춰가야 할 것 같습니다. 잠시 동안이라도요."

"압박의 수위를 낮춘다라……, 우리는 저 바깥에서 두들겨 맞으며 피해를 입고 있다고."

"그러니까 바로 그게 문제라는 겁니다. 플랫랜드에 많은 이야기가 돌고 있고, 그 소문들이 우리에게 도움이 안 되고 있다는 겁니다. 아무래도 이런저런 일들의 속도를 조금씩 줄여가며 상황을 지켜보는 것이 좋을 것 같습니다. 우리가 처음에 어디에서부터 시작했는지 돌아보셔야할 것 같습니다."

"미쳤어? 자네들 모두 제정신이야?"

"국장님도 상황이 우리가 바라는 대로 흘러가고 있지 않다고 말씀하셨습니다."

"나는 그런 말 한 적 없어, 자네가 했지."

"어쨌든, 저희 몇 명이 말하고 있……."

"그게 바로 이 방 안에서 최악의 비밀이지."

"네, 좋아요, 알겠습니다. 저희가 내린 결론은 어쩌면 이제 우리는 지금까지 고수해온 것과는 다른 방향으로 움직여야 할 것 같다는 겁니다. 더 많은 사람들의 마음과 동의를 얻는 방향으로요. 저희 생각을 이해하신다면요."

길더가 마음을 진정시키려 숨을 들이마셨다. "그러니까 자네들의 대안이라는 것, 그걸 다른 말로 바꿔 말하자면, 우리가 겁쟁이처럼 보여야만 한다는 거군."

"길더 국장님, 괜찮으시다면," 이번에는 수레시가 나섰다. "지금까지 성공한 반역 행위들의 패턴이……."

"그 작자들이 사람을 죽이고 있다고. 그들이 플랫랜더들을 죽이고 있단 말이야. 이것마저도 모르겠다는 거야? 그놈들은 도살자들이라고."

"아무도 그렇지 않다고 하지는 않았습니다." 수레시가 무미건조한 표정으로 말을 이어갔다. "그리고 그 점이 한동안 우리에게 유리하게 작용했습니다. 그런데, 우리의 검거 활동들은 쓸 만한 어떤 정보들도 가져다주지 못했습니다. 우리는 여전히 세르지오가 어디에 있는지 그가 어떻게 이동하고 움직이는지 모르죠. 우리에게 정보를 주려고 나서는 자도 없습니다. 반면에, 우리가 보복이라고 하는 앙갚음들은 오히려 반역자들에게 유리한 효과적인 포섭 수단이 되어버렸습니다."

"자네 말이 어떻게 들리는지 아나? 내가 가르쳐주지. 미리 준비하고 연습한 것처럼 들리는군."

수레시는 길더의 가시 돋친 말 따위는 신경도 쓰지 않았다. "제가 보여드릴 것이 있습니다."

그가 테이블 위에 놓아둔 서류철에서 종이 한 장을 꺼내 길더 앞으로 밀어 보냈다. 한쪽에는 그들 자신의 선전 홍보물의 내용이 있었지만, 반대쪽에는 휘갈겨 써진 전혀 다른 메시지가 있었다.

플랫랜더들이여, 봉기하라!
마침내 빨간 눈들의 최후가 가까이 왔다!
당신의 동지들과 함께 반란에 참여하라!
모든 불복종 행위는 더러운 정권에게 타격을 준다!

같은 맥락의 메시지가 계속 이어졌다. 길더가 고개를 들자, 테이블에 앉은 이들 모두가 자신을 마치 곧 터질 폭탄이라도 되는 듯 조심스럽고 불안하게 쳐다보고 있는 것이 보였다.

"그래서? 이게 무슨 의미가 있다는 거지?" "인사 관리팀이 지금까지

쉰여섯 장의 동일한 선전 홍보물을 발견했습니다." 수레시가 대답했다. "그리고 이와 같은 문제의 예 하나를 말씀드리자면, 오늘 아침 점호 시간에 막사 하나 전체가 국가를 제창하는 것을 거부했습니다."

"그래서, 그들을 흠씬 두들겨 패주었나?"

"막사에는 300명이 넘는 사람들이 있었습니다. 그리고 그들을 체포한다 해도 우리는 그들 중 단지 반 정도의 인원만을 체포해 구금할 수 있습니다. 우리는 그만한 숫자의 인원을 가둬둘 공간이 전혀 없습니다."

"그럼 식사 배급량을 반으로 줄여."

"플랫랜더들은 이미 식사량이 상당히 부족한 상태입니다. 식사량을 다시 조금이라도 더 줄인다면, 사람들이 일을 할 수 없게 될 겁니다."

미칠 노릇이었다. 길더의 모든 주장이 즉각 반박당했다. 그는 고위 참모들의 조직적인 항명과 다름없는 상황에 직면하고 있었다.

"자네들 모두 다 이 방에서 나가."

"제 생각에는," 수레시가 정말 사람을 화나게 만들 정도의 침착한 태도로 압박해왔다. "우리는 전략에 대해서도 어느 정도 합의에 이르러야만 할 것 같습니다."

뜨거운 피가 길더의 얼굴로 솟구쳐 올랐다. 그의 머릿속에서는 혈관들이 쿵쿵거리며 요란하게 뛰었고, 거의 졸도해 쓰러질 지경이었다. 그는 앞에 그대로 놓여 있던 선전 홍보물을 집어 들어서는, 허공에 마구 흔들어댔다.

"마음과 동의라고? 자네는 자네가 무슨 말을 하고 있는지 알기나 해? 이걸 읽어보기나 한 거야?"

"길더 국장님······."

"나는 더 이상 할 말이 없네. 모두 나가."

흩어져 있던 서류들을 정리하고 각자의 가방을 챙겨 들며, 참모들은 테이블 주위에서 서로 걱정스러운 불안한 눈빛을 주고받았다. 길더는 두 손으로 머리를 감싸 쥐고 있었다. 제기랄, 그게 그에게 필요한 전부였다. 뭐라도 조치를 취해야만 했다. 그것도 지금 당장 바로 조치를 해야 했다.

"윌크스, 잠깐만."

윌크스가 나가다 말고 놀란 듯 눈썹을 치켜올리고 돌아섰다.

"자네는 남아 있어."

다른 참모들은 모두 방을 나갔다. 길더의 비서실장, 윌크스는 문 옆에서 쭈뼛거리고 있었다.

"와서 앉아."

윌크스가 자신의 자리로 돌아와 앉았다.

"이게 다 무슨 일인지 말해주지 않겠나? 나는 항상 자네를 신뢰해왔어, 프레드. 자네에게 의지해서 일을 계속 진행해왔어. 이제 와서 헛소리로 나를 바보로 만들지 말게나."

"참모들은 단지 걱정하고 있는 것뿐입니다."

"걱정하고 있다는 건 그렇다고 치지. 하지만 나는 항명이나 지휘 계통의 붕괴는 용납하지 않을 걸세. 우리가 서로 똘똘 뭉쳐 있을 때는 그러지 못하겠지만, 지금 그들은 언제든 여기로 들이닥칠 수 있어."

"그건 모두 이해하고 있습니다. 참모들은 단지…… 상황이 통제할 수 없게 나빠지는 걸 원하지 않고 있는 겁니다. 저 역시도 참모들 때문에 깜짝 놀란 게 사실입니다."

변명은 집어치워, 길더는 생각했다. "어떻게 생각해? 참모들이 말도 안 듣고 통제가 안 되고 있는 거야?"

"정말 알고 싶으신 겁니까?" 길더가 아무 말도 하지 않자 월크스가 어깨를 으쓱했다. "어쩌면, 조금은 그럴지도요."

길더가 자리에서 일어나, 재킷 주머니에서 안경을 꺼내고는 창문을 가린 커튼을 옆으로 젖혀 열었다. 이 우울한 도시, 이 빌어먹을 시시하고 별 볼 일 없는 곳의 한가운데서, 길더는 갑자기 자동차와 식당, 가게들과 세탁소 그리고 교통 체증과 길게 줄이 늘어서 기다리던 영화관이 있던 지난 과거의 세계를 그리워하고 있는 자신을 발견했다. 그는 아주 오랫동안 이렇게 우울해하지 않았었다.

"사람들은 더 많은 아이를 낳게 될 거야."

"네?"

그는 월크스에게 등을 돌린 채 말을 이어갔다. "아기들 말이야, 프레드." 너무 역설적이라는 생각에 그는 고개를 저었다. "웃기지, 나는 아기들에 대해 아는 것이 별로 없는데 말이야. 자식이 있었으면 좋겠다는 생각을 해본 적도 없어. 자네는 자녀들이 있었지, 안 그래?"

빨간 눈들에게는 과거의 삶에 대해서는 묻지 않는다는 불문율이 존재했다. 길더는 월크스가 자신의 질문에 대답하기 주저하는 것을 느꼈다. "아내와 저에게는 세 명의 자녀가 있었습니다. 두 아들과 딸 하나. 일곱 명의 손주들도 있었죠."

"지금도 그들 생각을 하나?"

길더가 창가에서 돌아섰다. 월크스도 안경을 썼다. 빛 때문이었나? 아니면 다른 무엇 때문에?

"더 이상은 생각하지 않습니다." 월크스의 한쪽 입가가 조금 일그러졌다.

"호레이스, 지금 저를 시험하는 겁니까?"

"그럴지도 모르지, 어느 정도는."

"그만둬요."

그 말 뒤에서 길더가 들은 것보다 더 강한 힘이 느껴졌다. 길더는 이쯤에서 자신이 안심해도 되는지 아닌지 알 수가 없었다.

"우리는 모두가 같은 생각을 하도록 만들어야만 할 거야. 내가 자네를 믿어도 되겠나?"

"왜 그런 것까지 물어봐야만 하시는 거죠?"

"그렇다고 해줘, 프레드."

민망한 듯 잠깐 머뭇머뭇하다, 윌크스가 고개를 끄덕였다.

정답이었다. 하지만 윌크스가 대답하기를 주저한 것이 신경을 긁었다. 길더는 왜 확인을 하고 있는 거지? 그를 신경 쓰이게 하는 건 단지 대화 속 유치한 의도 때문만은 아니었다. 그는 전에도 이와 같은 일을 겪어본 적이 있었다. 누군가가 다른 사람의 발가락을 밟는 일은 언제나 항상 일어난다. *아얏! 아프잖아! 이건 규칙 위반이야! 이거 봐, 정말이라고!* 뭔가 더 골이 깊고 골치 아픈 일이 일어나고 있는 거였다. 그건 의지의 좌절 이상의 문제였다. 반란이 준비되고 있는 느낌이 들었다. 그의 모든 본능이 그렇게 말하고 있었다. 마치 자신이 점점 틈이 벌어지고 있는 크레바스Crevasse (빙하의 깊이 갈라진 틈-옮긴이) 위에서 한 발은 이쪽에 다른 발은 저쪽에 걸쳐놓고 위태롭게 앉아 있는 것 같다고.

길더가 커튼을 닫고 테이블로 돌아왔다. "사육장의 상황은 어때?"

긴장하고 있던 윌크스 얼굴의 근육들이 눈에 띌 정도로 편안해졌다. 그들의 대화가 다시 익숙한 주제로 돌아왔기 때문이었다. "당시의 폭발이 사육장을 상당 부분 파괴해놨습니다. 출입구들과 조명을 고치려면 적어도 사흘은 더 걸릴 것 같습니다."

길더의 생각에는 수리에 너무 많은 시간이 걸렸다. 모든 것이 다 공개된 상태에서 수리할 수밖에 없었다. 어쩌면 그게 더 나은 방법일 수도 있었다. 그로서는 일석이조의 효과를 거둘지 모를 일이었다. 길더는 책상 건너편에 앉아 있는 비서실장 윌크스에게 노트를 밀어 넘겨주었다.

"내가 말하는 걸 받아 적어."

54

"진짜 너무…… 이상해."

막 피를 마시고 난 라일라는 극심한 고통에 힘들어하고 있었다. 피는, 사라와 케이트가 마당에서 놀고 있는 동안 아마도 길더가 가져다 놓았을 것이다. 이틀을 연이어 기온이 영상을 유지하고 나자, 눈은 눈덩이를 뭉치기에 완벽한 끈적이는 얇은 막과 같은 상태가 되었다. 사라와 케이트는 서로에게 눈을 뭉쳐 던지며 여러 시간을 함께 보냈다.

지금은 둘이 난로 옆 바닥에서 콩과 컵 게임을 하며 놀았다. 이 게임은 사라에게 생소한 것이었기에, 케이트가 그녀에게 게임 방법을 가르쳐주었다. 자신의 딸에게 새로운 게임을 배운다는 건 또 다른 기쁨이었다. 사라는 케이트와 이렇게 함께 보내는 시간이 얼마나 오래 계속될 수 있을지, 순식간에 사라지지는 않을지 걱정하는 일은 하지 않으려고 노력했다. 언제라도 니나로부터 전갈이 올 수 있었다.

"그래, 그게," 라일라는 마치 자신과 사라가 계속 대화를 하고 있었던 것처럼 말을 했다. "곧 심부름을 하러 가게 될 것 같아."

사라는 그녀의 말에 별 관심을 보이지 않았다. 라일라의 마음이 꿈속을 떠돌고 있는 것처럼 보였으니까. 심부름을 간다고? 어디로?

"데이비드가 그랬어. 내가 꼭 가야 한대." 거울을 보며, 라일라가 심술궂게 얼굴을 찡그렸다. 데이비드 얘기를 할 때면 그녀는 항상 그렇게 인상을 썼다. "라일라 이건 자선 행사야. 나도 당신이 오페라를 좋아하지 않는다는 건 알아. 하지만 우리 둘은 꼭 같이 가야 해, 라일라. 나는 이름 있는 큰 종합 병원의 원장이라고. 의사 부인들은 모두 다 올 거라고. 나만 혼자 가면 뭐라고들 생각하겠어?" 라일라는 체념한 듯 한숨을 내쉬며, 윤기가 흐르는 숱이 풍성한 머릿결 사이사이를 브러시로 빗어 내리던 손길을 멈췄다. "어쩌면 데이비드도 내가 뭘 하고 싶어 하는지, 나는 어디에 가고 싶어 하는지 언제가 한 번은 생각해주겠지. 이제 와 보니, 브래드는 사려 깊었던 거였어. 그는 남의 이야기에 귀 기울일 줄 아는 남자였던 거야."

그녀의 눈이 물끄러미 거울을 바라보고 있던 사라의 눈과 마주쳤다. "말해봐, 다니. 남자 친구는 있어? 자기 인생의 특별한 남자는? 내가 물어봐도 괜찮다면 말이야. 아니지, 이런, 자기는 누가 봐도 충분히 예쁜 걸. 아마 자기 방문을 두드리는 사내들만도 한 트럭은 될 거야."

사라는 라일라의 질문에 순간 당황했다. 그동안 라일라가 사라에게 개인적인 것을 물어본 적이 없었기 때문이었다. "안 그래요."

사라의 대답을 들은 라일라가 잠깐 생각을 하는 듯했다. "그래, 그게 똑똑한 거야. 자기에게는 아직 시간이 많이 있으니까 즐겨. 한 사람에게 정착하지 말고. 운명의 상대를 만나게 되면, 자기가 바로 알아볼 테니까." 라일라는 다시 조심스럽게 머리를 빗어 넘기기 시작했다. 그녀의 목소리가 갑자기 슬픔에 잠긴 듯 착 가라앉았다. "다니, 이건 기억해둬. 이 세상 어딘가에서 누군가가 자기를 기다리고 있다는 것 말이야. 그런 남자를 만나게 되면, 절대 그 사람을 자기 눈앞에서 사라지게 만들지 마. 나는 그런 사람을 놓치는 실수를 했어. 지금 내 꼴을 보라고."

그녀의 그 말은 그녀가 했던 다른 많은 말들과 마찬가지로, 이 세상의 대지 어느 곳에도 자리 잡지 못하고 대기 중에 둥둥 떠다니고 있는 것처럼 느껴졌다. 그러나 돔에 갇혀 라일라와 함께 지내는 동안, 사라는 그녀가 완곡히 돌려 말하는 것들 속에 숨겨져 있는 의미의 패턴을 알아차리기 시작했다. 그녀가 하는 말들은 현실 속의 감춰진 무언가를 은밀히 암시하고 있었다. 현실 속 누군가의 삶과 장소들 그리고 사건들. 니나가 라일라에 대해 말해준 것들이 사실이라면 – 사라도 그 말들이 사실이라고 믿고 있었다 – 라일라는 빨간 눈들과 마찬가지로 완전히 괴물이었다. 얼마나 많은 에바들이 지하실로 보내졌는지, 라일라가……했기 때문에.

니나가 뭐라고 했었지? 그래, 흥미를 잃어서. 그럼에도 사라는 라일라가 안됐다는 생각을 떨쳐버릴 수가 없었다. 그녀는 제정신이 아니었을 뿐만 아니라, 연약하고 후회로 가득 차 보였다. *가끔 한 번 라일라가 난데없이 무거운 한숨을 내쉬며, 어떻게 이런 일이 일어날 수 있는지 나는 정말 모르겠어라고 말을 하기도 했다.* 어느 날 저녁에는 사라가 그녀의 발에 로션을 발라주고 있는데, *다니, 도망가야겠다는 생각을 해본 적 있어? 지금까지의 삶은 다 내던져 놓고 다시 시작해보는 거?라고 묻기도 했다.* 라일라는 점점 사라와 케이트가 그들의 길을 가도록 밀어냈다. 마치 어린 소녀의 삶에서 자신의 역할을 포기하는 것처럼 – 마치 그녀가 진실을 조금은 알고 있다는 것처럼. *나는 너희 둘을 지켜보며 생각했어. 너희 둘이 얼마나 완벽하게 잘 어울리는지. 그 어린 소녀가 너를 너무나 좋아하더라. 다니, 네가 사라진 퍼즐 조각이었던 거야.*

"그래서 어떻게 생각해?"

사라의 정신이 다시 게임으로 돌아왔다. 눈을 들어보니 라일라가 무척이나 진지한 표정으로 자신을 바라보고 있었다.

"다니의 차례예요." 케이트가 말했다.

"잠깐만, 귀염둥이." 그러고는 사라가 라일라에게 물었다. "죄송해요. 제가 뭐에 대해서 생각하고 있던 거죠?"

라일라의 얼굴에 애써 웃음을 짓는 기색이 역력했다. "나와 같이 가면 좋겠어. 내 생각에 자기가 큰 도움이 될 거 같아. 에바는 제니가 돌봐도 되고."

"어딜 가는데요?"

사라는 라일라의 눈을 보고 알 수 있었다. 그들의 목적지가 어디이건 그녀는 절대로 혼자 가고 싶어 하지 않는다는 걸. "그게 무슨 상관이야? 데이비드의 일들…… 중 하나지. 솔직히 말해서, 보통 견디기 힘들 정도로 몹시 지루한 일들 말이야. 자기가 같이 가면, 내가 정말 그곳에 있는 일행들을 견뎌낼 수 있을 것 같거든." 라일라가 앉아 있던 의자에서 몸을 앞으로 숙여 어린아이에게 말했다. "어때, 에바? 엄마가 외출하는 동안 제니와 하룻밤을 같이 보내는 건?"

아이가 그녀와 눈을 맞추기를 거부했다. "나는 다니와 함께 있고 싶어요."

"물론 그렇겠지, 요 귀염둥이 녀석. 우리 모두 다니를 사랑하지. 다니보다 특별한 사람이 세상에 어디 있겠어. 하지만 어른들은 가끔 혼자 있거나 어른의 일을 하기 위해서 바깥을 다녀오기도 하고 그러는 거야. 가끔 그래."

"그럼, 엄마는 다녀오세요."

"에바, 너 엄마가 하는 말 안 듣고 있었구나."

어린 소녀는 사라가 입고 있는 옷의 소맷자락을 세게 잡아당기고 있었다. "엄마에게 말해줘요."

라일라가 눈살을 찌푸렸다. "다니? 이게 어떻게 된 일이야?"

"저도…… 모르겠어요." 사라는 허둥지둥 종종걸음으로 달려와 바닥에 앉아 있는 자신의 몸에 필사적으로 착 달라붙어 있는 케이트를 바라봤다. 사라는 한 팔로 아이를 둘러 안았다. "왜 그래, 에바?"

"에바," 라일라가 끼어들었다. "다니가 엄마에게 무슨 말을 해줬으면 좋겠는데? 어서 말해봐." "나는 엄마가 싫어요." 아이가 사라의 옷 주름 사이에 얼굴을 파묻고 중얼거렸다.

얼굴이 사색이 된 라일라가 뒷걸음질을 쳤다. "에바, 뭐라고 한 거니?"

"나는 엄마가 싫어요! 나는 다니가 좋다고요!"

라일라의 얼굴이 충격받은 것 이상의 표정이었다. 절대적 거부의 충격을 고스란히 드러내 보이는 자화상 같았다. 사라는 그 순간 본능적으로 다른 에바들에게 무슨 일이 일어났던 건지 모두 다 이해할 수 있었다. 바로 이거였다. 그 아이들에게 일어났던 비극이.

"그래, 그래." 라일라가 목소리를 가다듬었다. 상처받은 그녀의 두 눈이 쉴 새 없이 방안을 두리번거리며 시선을 붙들어 둘 곳을 찾고 있었다. "알았어."

"라일라, 아이가 하려는 말은 그게 아닐 거예요." 아이는 자신을 지키려는 듯 다시 사라를 꽉 껴안고 그녀의 옷에 얼굴을 파묻으며, 한편으로는 곁눈질로 라일라를 경계하며 지켜보고 있었다. "엄마에게 그게 아니라고 말씀드려, 에바."

"아냐, 그럴 필요 없을 것 같아." 라일라가 말했다. "아이가 그보다 어떻게 더 분명하게 말할 수 있겠어." 그녀가 의자에서 비틀거리며 일어났다. 이제 모든 것이 달라졌다. 입 밖으로 나온 말을 주워 담을 수 있는 방법은 없으니까. "모두 괜찮다면 나는 좀 누워 있어야겠어. 데이비드가 곧 올 거니까."

라일라는 걷기 힘든지 비틀거리며 침실로 걸음을 옮겼다. 육체적 고통까지 느껴지는지 그녀의 몸은 앞으로 숙여져 있었다.

"여전히 제가 같이 가는 게 좋겠다고 생각하시나요?" 사라가 조용히 물었다.

라일라가 옮기던 걸음을 멈추고, 몸을 지탱하기 위해 문틀을 잡았다. 그녀는 사라를 돌아보지도 않고 대답했다.

"물론이야, 다니. 왜 아니겠어?"

그들은 차를 타고 어둠이 내린 경기장으로 갔다. 차량 행렬이 보였다. 화물 트럭들이 앞쪽과 뒤쪽에 있었고, 각 트럭의 짐칸에는 무장한 콜들로 구성된 특무대들이 타고 있었다. 그 사이에는 고위 참모들을 위한 매끈한 SUV 8대가 대기 중이었다. 라일라와 사라는 두 번째 SUV의 뒷자리에 앉았다. 라일라는 모자가 목 주위를 감싸고 늘어지는 검은 망토를 입고, 방패처럼 그녀 얼굴의 위쪽 반을 가릴 정도로 큰 검은 안경을 쓰고 있었다. 운전사는 굳이 누구인지 생각해내지 않아도 사라가 알아볼 수 있는 사람이었다. 해골처럼 마르고 숱이 많은 뻣뻣하게 곧은 갈색 머리의 남자. 차가 돔을 떠나자 그 남자의 두리번거리는 창백한 눈동자가 룸미러를 사이에 두고 사라의 눈과 마주쳤다.

"당신은 이름이 뭐예요?"

"다니라고 해요."

남자가 거울을 보며 빙긋 웃어 보였다. 사라는 불안감에 가슴이 철렁했다. 혹시라도 그가 그녀를 알아본 것일까? 그의 눈이 사라의 얼굴을 가리고 있는 잘 보이지도 않는 베일을 어떻게든 꿰뚫어 보기라도 했다는 건가?

"뭐 어쨌든, 오늘 다니 당신은 멋진 경험을 하게 될 거예요."

처음에는 길더도 사라가 따라오는 것에 반대했지만, 라일라가 전혀 생각을 바꾸지 않았다. 데이비드, 당신도 내가 어떤 기분인지 알잖아. 당신의 멍청한 친구들로 가득한 우스꽝스러운 파티에 이리저리 끌려다니는 기분이 어떤지? 다니가 함께 가지 않으면 나는 아예 발도 꼼짝하지 않을 거야, 당신이 좋든 싫든 간에. 길더가 욱해서 동의할 때까지 이런 식의 실랑이가 계속되었다. "좋아," 길더가 말했다. "마음대로 해, 라일라. 어쩌면 당신의 시종들 중 한 명은 당신의 정체를 똑바로 알아야 하겠지. 많을수록 빌어먹을 기분이 더 째지게 좋겠지."

이제 그들은 겨울 얼음 아래에서 조용히 흐르고 있는 강을 따라 플랫랜드를 벗어나고 있었다. 시간이 지나며 돔의 불빛도 그들의 뒤로 희미하게 사라지고 라일라의 성격이 달라지기 시작했다. 라일라가 고양이처럼 등을 쭉 펴고, 자신의 얼굴과 머리카락을 만지며 목 뒤쪽에서 콧노래를 부르는 듯한 작은 소리를 내고 있었다.

"으으음," 거의 성적인 쾌락에 도취한 것처럼 가르랑거렸다. "그들을 느낄 수 있어?"

사라는 뭐라고 대답해야 할지 알 수 없었다.

"정말…… 놀라워."

그들은 차를 타고 정문을 지났다. 사라의 눈앞에 안쪽에 불이 밝혀져 겨울밤에 빛나고 있는 경기장이 보였다. 사라는 주위를 삼키고 있는 어둠만큼의 두려움을 느끼지는 않았다. 카라반이 램프를 따라 올라가며 속도를 늦췄고, 관람석으로 둘러싸인 환하게 불이 밝혀진 경기장으로 들어섰다. 모든 차량들은 십여 명의 콜들이 추위에 자신들의 곤봉을 만지작거리며 발을 구르며 기다리고 있는 은색 화물 트럭 뒤에 멈춰 섰다. 경기장의 한가운데에는 높다란 말뚝 하나가 땅에 박혀 있었다.

"으으음음." 라일라가 가르랑거렸다.

문이 활짝 열리고 모두가 내렸다. 차 옆에 서서, 라일라가 사라의 베일을 걷어 올리고 뺨을 부드럽게 만졌다. "나의 다니, 나의 사랑스러운 소녀. 놀랍지 않아? 나의 아기들, 나의 아름다운 아기들 말이야."

"라일라, 여기서 뭘 하고 있는 거죠?"

라일라는 관능적인 쾌감에 그녀의 머리를 사라의 목에 기댄 채 흔들어댔다. 라일라의 두 눈은 촉촉하게 젖어 있었고 초점이 보이지 않았다. 그녀의 눈 어디에서도 사라가 알고 있던 라일라는 느껴지지 않았다. 그녀의 얼굴이 사라에게 가까이 다가오더니, 놀랍게도 사라의 입술에 무미건조하게 입을 맞췄다.

"자기가 여기 나와 함께 와줘서 정말 기뻐." 라일라가 말했다.

운전사가 사라의 팔꿈치를 잡고 그녀를 관중석으로 이끌었다. 검은색 정장을 입은 남자들이 두 줄로 나누어 앉아, 주먹을 공중에 휘두르며 서로 큰 소리로 떠들고 있었다. "이거 정말 멋진데." 사라가 한 무리의 콜들 사이 네 번째 줄 자신의 자리에 갔을 때 누군가가 말하는 소리가 들렸다. "나는 이걸 절대 못 볼 것 같은데."

아래쪽 앞에서 길더가 관중들을 마주 보고 있었다. 그는 검은색 오버코트를 입었는데, 목에는 검은색 넥타이를 하고 있는 것이 눈에 띄었다. 장갑을 낀 손에 무언가를 들고 있었는데, 무전기였다.

"고위 참모 신사 여러분, 환영합니다." 그가 기분 좋은 웃음을 지으며 말했다. 그의 얼굴 앞에서 입김이 뻐끔뻐끔 맺히는 것이, 마치 말하는 단어 하나하나에 마침표가 찍히는 것처럼 보였다. "오늘 밤 여러분을 위한 작은 선물입니다. 우리의 노력이 결실을 맺게 될 날을 코앞에 두고 있기에, 열심히 수고해준 여러분들에게 감사의 마음을 전하고자 준비한 쇼입니다."

"어서 시작해요!" 빨간 눈 중 하나가 소리를 지르자 환호성과 웃음이 터져 나왔다.

"자, 자," 길더가 손을 저으며 모두를 조용히 시켰다. "여러분 모두는 이제 보게 될 광경에 익숙할 겁니다. 하지만 오늘 밤은 정말 특별히 준비한 것이 있어요. 홉펠 장관, 앞으로 나와주시겠습니까?"

두 번째 줄에 앉아 있던 빨간 눈 하나가 일어나 앞으로 나와 길더 옆에 섰다. 사각 턱에 짧게 깎은 머리, 큰 키의 빨간 눈이었다. 당황했는지 어색하게 씩 웃으며 홉펠이 말했다. "아니 뭐 이런, 호레이스, 오늘은 제 생일도 아닌데요."

"어쩌면 호레이스가 당신을 잘라버리려는 건지도 몰라!" 또 다른 목소리가 외치는 것이 들렸다.

더 많은 웃음이 터져 나왔다. 길더는 모두가 조용해지기를 기다렸다가 말했다. "홉펠, 이쪽으로." 길더가 홉펠의 등에 아버지처럼 다정하게 손을 올리며 계속 말을 이어갔다. "여러분 모두가 아는 것처럼, 홉펠은 아주 초창기부터 선전부 장관으로 우리와 함께해왔습니다. 우리의 노력을 뒷받침하는 핵심적 역할을 해왔습니다." 그러고는 길더의 표정이 갑자기 딱딱하게 굳었다. "그래서 그런 이유 때문에 너무 가슴 아픈 일이지만, 내가 홉펠 장관이 반역자들과 결탁하였다는 반박할 수 없는 명백한 증거에 주목하게 되었다는 점을 여러분에게 말하지 않을 수가 없습니다." 길더가 순식간에 흡펠의 얼굴에 손을 뻗어 그의 선글라스를 벗겨내 멀리 던져버렸다. 흡펠은 고통을 이기지 못하고 비명을 지르며 팔로 그의 두 눈을 가렸다. "경비원," 길더가 소리를 질렀다. "이 자식을 데려가."

콜 둘이 흡펠의 양쪽 팔을 움켜잡았다. 이미 그를 둘러싸고 있던 콜들이 무기까지 뽑아 들고는 길더의 신호를 기다리고 있던 참이었다. 모두가 혼란에 빠져들었다. 관중석에서 웅성거리는 소리가 들렸다. *뭐라고? 길더가 지금 뭐라고 한 거야? 흡펠이, 정말로 그런……?*

"그렇습니다, 나의 친애하는 동지들. 흡펠 장관은 배신자입니다. 지난주 우리의 동료 두 명을 죽게 만든 폭탄 테러도 그가 반역자들에게 넘겨준 정보 때문에 가능했습니다."

"이건 아니지, 호레이스." 흡펠의 무릎이 무너지며 다리에 힘이 풀렸다. 그의 두 눈은 꽉 감겨 있었다. 그는 자신을 붙잡고 있는 콜들의 손을 뿌리치려고 했지만, 그는 저항할 힘마저도 모두 다 잃은 듯했다. "길더! 너 이 개새끼! 너는 나를 알잖아! 너희 모두 나를 잘 알잖아! 수레시, 윌크스, 누구라도 길더에게 말 좀 해줘!"

"유감이네, 친구. 이 모든 건 너 스스로 벌인 일이야. 흡펠을 경기장으로 끌고 가."

흡펠이 끌려 나갔다. 흡펠이 은색 트럭 옆 말뚝에 두꺼운 밧줄로 묶였다. 콜 하나가 양동이를 꺼내 보여주더니 그 안에 든 것을 그의 머리 위에 부어버렸다. 진홍색 방울들이 튀며 그의 옷과 머리와 얼굴이 흠뻑 젖었다. 흡펠은 한없이 가엾은 울음소리를 내며 절망적으로 몸을 부들부들 떨었다. *이러지 마, 제발, 맹세해, 나는 배신자가 아니라고. 너희 이 개새끼들아, 뭐라고 말 좀 해보라고!*

길더가 그의 입 주위로 두 손을 동그랗게 모아 올렸다. "죄수가 준비됐나?"

"준비됐습니다!"

길더가 무전기를 입에 갖다 댔다. "불 켜."

잠금 장치가 돌아가는 소리가 들리고, 문이 삐거덕거리며 열리는 소리가 들렸다.

묶인 손목이 머리 위로 들려 올려진 채, 공중에서 천천히 삐걱거리며 내려앉는 몸무게를 지탱하면서 알리시아는 천장에 매달려 있었다. 알리시아는 완전히 녹초가 된 상태였다. 발가벗겨져 맨살이 드러난 그녀의 두 다리에는 흘러내린 피가 말라붙은 자국이 선명히 남아 있었다. 소드라는 그 새끼는 며칠 동안 자신의 더러운 앙갚음을 해대는 내내, 알리시아의 몸 구석구석을 한 군데도 빼놓지 않고 가만 놔두지를 않았다. 녀석은 끙끙 앓는 소리를 내며 알리시아의 귀와 코를 자신이 쏟아내는 뜨거운 악취로 가득 채워놨다. 소드는 알리시아를 할퀴고, 때리고, 물어뜯었다. 짐승처럼 그녀를 물어뜯었다. 알리시아의 가슴과, 목의 부드러운 피부, 허벅지 안쪽까지, 모두 소드의 이빨 자국이 깊이 나 있었다. 그 끔찍한 모든 일이 일어나는 중에도 알리시아는 울며 눈물을 흘리지 않고 비명을 질렀다. 그녀는 악을 쓰며 소리를 질렀다. 눈물 흘리는 모습을 보여 소드를 만족시키는 일은 하고 싶지 않아 끝까지 발버둥 치며 싸웠다. 그런데 소드가 다시 찾아왔다. 딸랑딸랑 소리가 나는 열쇠고리를 손가락에 걸어 건들건들 돌리며, 그녀 앞에 나타나 반쯤 익은 얼굴에 짐승 같은 웃음을 띠고 음흉하게 발가벗겨진 알리시아의 몸을 머리부터 발끝까지 훑어보았다.

"내가 생각해봤는데 말이야. 지금 모두 재미있는 걸 보려고 경기장에 가 있어서, 우리 단둘이 오붓하게 약간의 시간을 즐길 수 있을 것 같더라고."

무슨 대꾸라도 해줘야 하는 건가? 아무 할 말이 없었다.

"그래, 지금이야말로 우리 둘이 뭔가 새로운 걸 좀 시도해볼 수 있지 않을까 싶은데, 벤치에 얹어놓고 하는 건…… 너무 인간미가 없는 거 같아서 말이지."

소드가 버클을 풀고 옷을 벗기 시작했다. 그가 바지와 부츠를 벗어 걷어차 버렸다. 그가 거창하게 그의 몸을 다 드러낼 때까지, 알리시아는 혐오감에 조용히 지켜볼 수밖에 없었다. 마치 자신의 머릿속에는 10개의 다른 알리시아가 들어 있는 것 같았다. 각기 다른 한 조각의 정보를 지닌 각자가 그마저도 함께 나누어 갖지 못한 채로.

그럼에도 속으로, '둘만의 시간이라니 그거 참신한 정보군'이라는 생각이 먼저 떠올랐다. 그녀가 놓여 있는 상황에서 확실히 도움이 되는 조언이었다고나 할까. 보통 녀석이 그 짓거리를 할 때는 주위에 4명의 콜이 있었다. 윈치를 조작하는 놈 하나, 알리시아를 끌어내리는 놈 둘 그리고 소드. 그런데 그 나머지 놈들이 지금 어디에 있다고?

둘만 있다, 지금.

"제발 부탁이야, 이렇게 애원할게." 알리시아가 다 죽어가는 우는 목소리로 꺽꺽거리며 말했다. "내 몸에 상처 남기지 말아줘, 아프게만 하지 마. 얌전하게 굴게."

"그런다면 매우 공평하겠지."

"내려줘 그러면 내가 정말 잘해줄게."

소드가 알리시아의 말에 고민하는 것 같았다.

"말만 해, 그러면 다 해줄게."

"개수작을 부리는군."

"족쇄를 채운 이대로 놔둬도 괜찮아. 말 잘 듣는다고 약속할게. 시키는 거 다 할게."

알리시아는 소드의 얼굴을 보며, 자신의 제안에 그의 구미가 당기고 있다는 걸 알아차렸다. 자신은 벌거숭이였고, 두들겨 맞아 만신창이가 되어 있었다. 그녀와 같은 상태에서 여자가 할 수 있는 게 뭐가 있겠어? 열쇠들은 녀석의 뒤쪽 바닥에 던져진 바지의 벨트 고리에 걸려 있었다. 알리시아는 열쇠들을 쳐다보지 않으려고 애를 썼다.

"그럴 수도 있겠군." 소드가 말했다.

벽에 부착된 레버를 건드리자 천장의 콘크리트 덩어리를 뚫고 연결된 쇠사슬들이 움직이기 시작했다. 실오라기 하나 걸치지 않은 채 흥분해서 몸이 붉게 달아오른 소드가 다가오더니, 잠겨 있는 브레이크를 풀었다. 머리 위에서 사슬들이 덜컹거리는 소리가 들리고, 알리시아의 발이 땅에 닿았다.

"조금만 더 풀어줘." 그녀가 말했다. 나도 몸을 움직일 수는 있어야 하잖아."

소드가 나른한 표정으로 성적인 호기심이 가득한 웃음을 지으며 말했다. "네가 그런 생각을 한다니, 마음에 들어."

그녀의 손목을 조여오던 압박이 느슨해졌다. "조금만 더."

알리시아가 꼼수를 부리고 있는 것이 분명했는데도, 흥분한 소드의 헛된 기대가 그의 마지막 판단력까지 완전히 흐트러버렸다. 알리시아가 몸 옆으로 양팔을 편안히 내려놓을 수 있게 되었다. 이제 2미터 남짓 그녀가 몸을 자유롭게 움직일 수 있는 여유가 생겼다.

"이제, 우스꽝스러운 짓은 그만하자고."

소드의 말에 알리시아가 팔굽혀펴기를 하듯 몸을 낮추었다. 소드가 그녀의 뒤로 돌아가, 자신도 바닥에 앉으며 몸을 낮췄다.

"실망시키지 않고 정말 잘해줄게." 그녀가 말했다. "내가 약속할게."

그가 알리시아의 엉덩이에 손을 갖다 대자, 알리시아는 자신의 오른쪽 발을 가슴까지 끌어 올렸다가 소드의 얼굴을 향해 강하게 날렸다. 부스러지는 소리와 비명. 그녀는 벌떡 일어나 휙 뒤돌아섰다. 녀석이 검은 피가 손가락 사이로 줄줄 흘러나오는 코를 부여잡고 바닥에 주저앉아 있었다.

"너 이 씨발년이!"

소드가 알리시아의 목을 노리고 비틀거리며 달려들었다. 이제 문제는 누가 먼저 상대를 붙잡느냐였다. 알리시아가 뒤로 물러나며, 한 손을 옆으로 원을 그리며 휘둘러 사슬로 올가미를 만들고, 이것을 그대로 앞을 향해 던졌다.

올가미의 고리가 정확히 소드의 머리 위로 떨어지자, 알리시아가 그를 힘껏 자기 쪽으로 잡아채며 당겼다. 한쪽으로 비켜서며 그의 힘을 역이용해 녀석을 빙 돌렸다. 이제 그녀가 그를 뒤에서 붙잡고 있는 형세가 되었다. 그녀는 나머지 다른 한 손으로 다시 두 번째 사슬 고리를 만들어 소드의 목에 휘감아버렸다. 알리시아는 재빨리 뛰어올라, 그의 허리에 다리를 감아 걸었다. 녀석이 팔로 허공을 붙잡으려 애쓰며 꾸르륵 꾸르륵 목을 울려댔다. 죽어, 이 돼지 새끼야, 알리시아가 생각했다. 그냥 뒈지라고. 그리고 죽을힘을 다해 자신의 몸무게를 실어 상체를 뒤로 당겼다. 사슬이 덜컥 바닥을 때리며 녀석의 목에 감긴 올가미에 빈틈이 없어질 때까지, 사슬을 말의 고삐처럼 끝까지 당겼다. 머리 위 콘크리트 덩어리가 그들이 매달려 있는 사슬을 잡고 무게를 지탱하고 있었다.

마침내 알리시아는 자신이 미칠 듯 고대하던 소리를 들었다. 뼈가 부러지며 튕겨 나가는 그 경쾌하고 만족스러운 소리가 들렸다.

그들의 몸이 바닥에서 50센티미터가량 떠 있는 상태였다. 90킬로그램의 죽은 고깃덩어리가 그녀의 몸 위에 대롱대롱 매달려 있었다. 알리시아는 다리를 풀어 자신의 몸 아래로 밀어 넣고, 몸을 둥글게 말고는 소드의 몸을 밀어냈다. 소드의 몸이 그의 무릎 쪽으로 넘어가더니, 그녀가 사슬을 느슨하게 풀자 콘크리트 바닥에 얼굴부터 처박으며 떨어졌다. 알리시아는 바닥에서 열쇠 꾸러미를 집어 자신의 족쇄들을 풀고 손목에서 떼어내 바닥에 던졌다.

그러고는 소드의 몸을 걷어차고, 얼굴을 짓밟고, 발뒤꿈치로 그의 얼굴을 차가운 콘크리트 바닥에 있는 힘껏 뭉개버렸다. 주체할 수 없는 증오심에 그녀의 마음이 무너져 내렸다.

알리시아는 소드의 머리를 벽에 두들겨 깨버리기 위해, 그의 머리카락을 부여잡고 이제는 죽어 시체에 지나지 않는 그의 몸뚱이를 질질 끌고 방을 가로질러 가 일으켜 세웠다. "어때, 마음에 들어? 이 개자식아? 부러진 목은 만족해? 내가 너를 죽여준 게 고맙지 않아?"

어쩌면 방 밖에 누가 있을지도 모른다. 없을 수도 있고. 더 많은 놈들이 몰려와 그녀를 다시 사슬에 감아 묶고, 모든 걸 다시 시작할지도 모른다. 하지만 그런 건 중요하지 않았다. 중요한 건 오직 하나 소드의 머리였다. 알리시아는 소드가 이 세상의 역사에 가장 처참하게 죽은 시체로 기억될 때까지, 그의 머리를 벽에 두들겨 박아 박살 내버릴 작정이었다. 여태껏 세상에 나왔던 남자 중 가장 끔찍하게 죽은 남자로. 고함을 지르고, 지르고, 또 미친 듯 고함을 질러댔다. "젠장! 젠장! 젠장! 이런 빌어먹을! 젠장! 죽어! 이 개새끼야! 죽으라고!"

그렇게 끝이 났다. 알리시아가 소드의 머리를 잡고 있던 손을 놓았다. 머리가 깨져 박살 난 소드의 시체가 옆으로 기울더니 쿵 소리를 내며 바닥에 떨어졌다. 벽에는 으깨진 뇌의 번들거리는 기름지고 끈적끈적한 역겨운 얼룩과 오물이 남아 있었다. 알리시아가 무릎을 꿇고 털썩 주저앉았다. 폐가 쪼그라들기라도 한 것처럼, 엄청난 양의 공기를 들이마셨다. 끝났다, 끝났지만 끝난 것 같지 않았다. 끝이 있을 수 없었다, 여전히.

옷이 필요했다. 무기도 필요했다. 소드의 종아리에 묶여 있던 손잡이가 무거운 칼이 알리시아의 눈에 들어왔다. 균형이 잘 맞춰지지 않은 칼이었지만 쓸 만은 했다. 죽은 녀석이 입었던 바지와 셔츠를 수거했다. 녀석의 악취로 찌든 옷을 입고 나자, 그녀는 역겨움에 빈속마저 다 게워낼 것만 같았다. 소드가 자신의 몸을 만지고 있는 것만 같아, 피부에 오싹하게 소름이 돋았다. 긴 옷소매와 바지 기장은 접어서 걷어 올리고, 큰 허리는 꽉 조여 맸다. 부츠는 너무 커서 오히려 방해가 될 것 같았다. 알리시아는 한동안 맨발로 다닐 수밖에 없었다. 소드의 시체를 문에서 멀리 끌어다 놓고, 칼자루 밑동으로 금속으로 된 문을 쾅쾅 두들겨댔다.

"이거 봐!" 그녀가 목소리를 낮추려고 입을 동그랗게 오므리고 소리를 질렀다. "야! 나 여기 이 안에 갇혔다고!"

몇 초가 지났다. 어쩌면 밖에는 아무도 없는 건지도 몰랐다. 그러면 알리시아는 뭘 어떻게 해야 할까? 이번에는 누군가 오기를 간절히 빌며 문을 더 세게 두들겨댔다.

그러자 잠금 장치가 돌아갔다. 경비원이 안으로 들어서는 기척이 느껴지자 알리시아는 재빨리 문 뒤로 숨었다.

"도대체, 야, 소드, 네가 나 보고 30분 정도……."

하지만 안으로 들어선 경비원은 미처 그의 말을 다 끝내지 못했다. 그의 뒤에서 알리시아가 달려들어 한 손으로 그의 입을 틀어막고 다른 한 손으로는 그의 요추 부위에 칼을 쑤셔 넣더니, 칼끝이 위로 향해 들어갈 때 칼자루를 홱 돌려버렸기 때문이었다.

알리시아가 경비원의 몸을 붙들고 있던 팔을 풀자, 시체가 풀썩 힘없이 바닥에 떨어졌다. 그의 몸에서 흘러나온 피가 짙은 붉은색의 웅덩이를 이루었다. 알리시아는 자신이 했던 맹세가 떠올랐다. *내가 너희 피를 한 방울도 남김없이 다 빨아 마셔줄게. 너희가 말라비틀어져 죽을 때까지. 나는 내 원수의 피로 나를 씻어 정화시킬 거야.* 그녀의 맹세는 고통이 시작된 그날부터 지금까지 한시도 그녀의 머릿속을 떠난 적이 없었다. 하지만 죽어 바닥에 놓여 있는 시체 둘, 경비원의 시체와 치치한 콘크리트 바닥에 하얀 얼룩 같아 보이는 발가벗은 창백한 소드의 시체를 보고 나서 알리시아는 역겨움에 몸서리를 쳤다.

지금은 아냐, 그녀는 생각했다. *아직은 아니야,* 그리고 그녀는 복도로 걸어 나갔다.

경기장은 칠흑 같은 어둠 속에 잠겨 있었다. 잠시 모든 것이 고요했다. 그리고 머리 위 높은 곳에서, 차가운 푸른 물빛의 불빛이 경기장에 물결치며 내려와 인공 달빛으로 주위를 물들였다.

라일라가 은색 트럭 뒤에서 나타났다. 모든 빨간 눈들이 자신들의 선글라스를 호주머니에 챙겨 넣고 있었다. 홉펠도 살려달라고 애원하기를 포기하고 이제는 흐느껴 울기 시작했다. 밴 한 대가 경기장 안으로 들어왔다. 콜 둘이 밴에서 내려 차 뒤로 총총 속보로 뛰어가더니 짐칸의 문을 열었다.

11명의 사람이 비틀거리며 끌려 나왔다. 남자가 여섯 여자가 다섯이었다. 그들은 손목과 발목에 족쇄가 채워진 채 서로 사슬로 연결되어 있었다. 그들은 휘청거리며 제대로 걷지도 못하면서, 울고, 목숨을 구걸했다. 그들이 느끼고 있는 공포는 엄청난 것이었다. 저항할 의지마저 잃은 것으로 보였다.

사라는 온몸이 싸늘하게 식으며 무감각해지는 것을 느꼈다. 사라는 자신이 아픈 건지도 모른다고 생각했다. 여자들 중 한 명은 캐런 몰리 노인 것 같았지만, 확실하지는 않았다. 콜들이 사람들을 홉펠 곁으로 끌고 와 무릎을 꿇렸다.

"이거 진짜 멋진데." 근처에서 소리가 들렸다.

콜 한 명만 라일라와 함께 커다란 트럭 뒤에 남고, 나머지 콜들은 모두 빠른 걸음으로 뛰어 경기장을 떠났다. 그녀의 몸이 흐느적흐느적 나부끼고 있었다. 머리를 좌우로 까닥거리며, 마치 보이지 않는 조류에 떠다니거나 그녀만이 들을 수 있는 음악 소리에 맞춰 춤을 추고 있는 것처럼.

"나는 열 명일 거로 생각했었어." 방금 전의 목소리가 다시 들려왔다. 두 줄 아래에 있는 빨간 눈들 중 하나였다.

"그렇지, 열 명."

"하지만 지금 열 한 명이 있잖아."

사라가 다시 사람 수를 세어 보았다. 열한 명.

"그럼 내려가서 길더에게 말해봐."

"장난해? 요즘 길더가 속으로 무슨 생각을 하고 있는지 누가 안다고?"

"문에서 진작에 체크를 했어야지. 길더가 네가 얘기하는 거 다 들었을걸, 다음은 네 차례이겠는걸."

"저 녀석 실수한 거야, 정말로." 잠시 말이 끊겼다. "항상 홉펠에게 뭔가 이상한 점이 있다는 걸 알고 있기는 했지만 말이야."

그들의 대화는 먼 곳에서 불어오는 바람처럼 사라를 스치고 사라졌다. 지금 그녀의 관심은 오직 경기장에만 쏠려 있었다. 저 여자 캐런이 맞나? 여자는 더 늙어 보였고 너무 커 보였다. 끌려온 사람 대부분은 방어적인 자세를 취하고 있었다. 그들은 얼어붙은 눈 속에 무릎을 꿇고 몸을 숙여 웅크리고 손을 머리 위에 포개어 올려놓았다. 개중에는 무릎을 꿇고 몸을 똑바로 일으켜 세운 채, 푸른 불빛이 비추고 있는 얼굴을 들어 기도하기 시작하는 이들도 있었다.

경기장에 남은 마지막 콜은 장갑 패드를 몸에 두르고 있었다. 그가 머리에 헬멧을 쓰고 관중석을 향해 손을 흔들었다. 사라의 온몸 근육이 꽈악 죄어 들어왔다. 그녀는 고개를 돌리고 싶었지만 그럴 수가 없었다. 콜이 시끄럽게 열쇠 꾸러미를 만지작거리며 은색 트럭의 화물칸 문으로 다가갔다.

화물칸의 문이 활짝 열리고, 콜은 쏜살같이 달아났다. 잠시 아무 일도 일어나지 않았다. 그러더니 바이럴들이 나타났다. 트럭 안에서 사람 크기의 벌레같이 생긴 바이럴들이 튀어나와 눈 위에 네 발로 디디고 섰다. 그들의 마르고 긴 체형의 길게 쪼개진 줄무늬처럼 보이는 근육들이 생동감 있게 빛내며 불끈불끈 뛰었다. 여덟, 아홉, 열. 바이럴들이 라일라가 있는 쪽으로 움직였다. 라일라는 손바닥을 위로 하고, 양팔을 옆으로 활짝 벌리고 있었다. 환영과 초대의 몸짓이었다.

라일라의 발 앞에서, 바이럴들이 몸을 숙여 절을 했다.

라일라는 그들을 만지고 쓰다듬었다. 그녀는 바이럴의 반지르르 매끈한 머리를 어루만지고, 그들의 턱을 어린아이들의 턱이라도 만지듯 두 손을 모아 받치고는, 홀딱 반한 듯한 눈빛으로 바이럴들의 눈을 들여다보았다.

나의 사랑들, 사라의 귀에 그녀가 말하는 것이 들렸다. 나의 아름다운 아가씨들.

"저것 좀 보겠어? 저 여자는 저것들을 진심으로 사랑한다고."

끌려온 사람들 사이에서는 조용히 흐느끼는 소리만이 들렸다. 예정된 결말을 피할 수는 없었기 때문이었을 것이다. 그 끝을 받아들이는 것 이외에는 그들이 선택할 수 있는 것은 아무것도 없었으니까. 아니면, 단순하게도 그들 모두를 입 다물게 만들어버린 눈앞에서 벌어지고 있는 기괴한 장면에 놀랐기 때문일 것이다.

나의 귀여운 강아지들, 배고프니? 엄마가 너희 배를 채워줄게. 엄마가 너희를 돌봐줄 거야. 그게 엄마가 해야 할 일이란다.

"아냐, 뭔가 잘못됐어. 확실히 경기장에는 사람이 열 명만 있어야 한다고."

이번에는 다른 목소리가 오른쪽에서 들려왔다. "10명이라고 했어? 나도 그렇게 들었어."

"그럼 대체 누가 열한 번째인 거야?"

빨간 눈 중 한 명이 경기장을 가리키며 일어섰다. "지금 하나가 더 많은 거라고!"

길더까지 모두가 고개를 돌려 목소리의 주인공을 쳐다봤다.

"설마! 이럴 수가! 지금 저기 열한 명이 있다고!"

자 가거라, 나의 사랑들아.

바이럴들이 라일라에게서 돌아서 흩어졌다. 그와 동시에, 끌려온 사람들 중 하나가 벌떡 일어서서 자신의 얼굴을 드러냈다. 베일이었다. 바이럴들이 사람들을 둘러쌌다. 사람들이 비명을 지르고 있었다. 베일이 입고 있던 웃옷의 앞섶을 옆으로 열어젖히고, 자신의 가슴에 줄줄이 묶여 있는 금속관들을 드러내 보였다. 기폭 장치 위에 엄지손가락을 올려놓은 채, 두 팔을 하늘 높이 쳐들었다.

"세르지오는 살아 있다!"

IX
도착

그리고 내가 눈을 들어보니,
생기 없는 핼쑥한 말 한 마리가 보이고.
죽음이라 칭하는 자가 그 말 위에 타고 있는데,
지옥이 그를 뒤이어 따르고 있더라.

– 「요한 계시록 6:8」

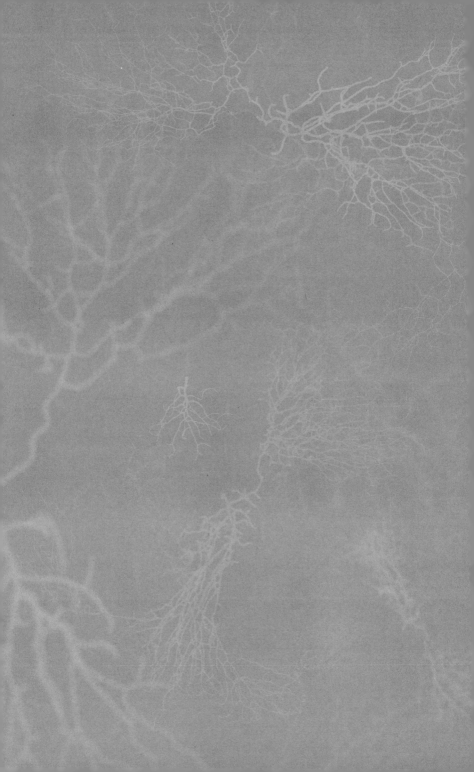

55

라일라의 화장대가 산산조각이 나며 부서졌다. 길더는 라일라를 다시 일으켜 세우고는, 손등으로 그녀의 얼굴을 가격했다. 라일라는 소파 쪽으로 몸이 날아가 떨어졌다.

"어떻게 이런 일이 벌어지도록 가만히 있을 수 있지? 어?" 길더의 얼굴이 분노로 불타오르고 있었다. "왜! 바이럴들을 다시 불러들이지 않은 거야? 말해봐!"

"나도 몰라, 나도 모른다고!"

이번에는 길더가 라일라의 목욕 가운 깃을 붙잡고, 놀라울 정도로 손쉽게 라일라의 머리가 책장을 향하도록 그녀를 집어 던졌다. 쿵, 하는 커다란 소리가 들리고, 충격에 책장의 물건들이 우르르 떨어졌다. 라일라는 비명을 지르고 있었다. 사라는 마룻바닥에 몸을 바짝 웅크렸다. 사라의 몸이 케이트를 뒤덮어 감쌌고, 어린 소녀는 두려움에 맥이 풀려 있었다.

"바이럴들 모두! 내 부하 9명이 죽었어! 지금 내 꼬라지가 어떻게 된 줄 알아?"

"내 잘못이 아니었다고! 기억이 안 나! 데이비드, 제발!"

"데이비드 같은 건 없다고!"

사라가 두 눈을 꼭 감았다. 케이트는 사라의 품에서 소리 죽여 훌쩍이고 있었다.

길더가 라일라를 죽이면 어떻게 되는 거지? 우리 둘에게 무슨 일이 일어나게 되는 거야?

"그만해! 데이비드, 내가 이렇게 애원하잖아!"

라일라는 천장을 바라보며 바닥에 똑바로 누워 있었고, 길더는 라일라의 몸 위에 올라타 한 손으로 그녀의 옷깃을 부여잡았다. 그의 다른 한 손은 주먹을 꽉 쥐고, 팔을 뒤로 당긴 채 그녀를 때릴 준비가 되어 있었다. 라일라는 두 팔로 방패처럼 눈을 가렸다. 그런 그녀의 노력이 아무 쓸모가 없게, 길더의 주먹이 파성퇴Battering Ram (성벽이나 성문을 부수는 데 사용되던 나무 기둥같이 생긴 무기–옮긴이)처럼 그녀의 얼굴을 짓이겨 놓을 것이다.

"너는…… 나를 역겹게 만들어."

그가 힘을 주고 있던 팔과 주먹을 풀고, 자신의 셔츠에 손을 닦으며 물러났다. 라일라는 걷잡을 수 없이 흐느껴 울었다. 그녀의 광대뼈를 따라서 피가 흘렀고, 머리카락을 타고 더 많은 피가 흘러내렸다. 길더가 사라를 향해 눈을 휙 돌리더니, 한 번 힐끗 보고는 곧 무시해버렸다. 너는 아무것도 아니야. 그의 눈이 말했다. 너는 너무 오랫동안 계속되고 있는 '흉내 내기' 게임 속에 있는 등장인물 중 하나일 뿐이야.

길더가 화가 가라앉지 않은 채 쿵쾅거리며 방을 나갔다.

사라는 바닥에 쓰러져 훌쩍이고 있는 라일라에게 갔다. 라일라의 옆에 무릎을 꿇고 앉아, 그녀의 상처를 살피기 위해 손을 뻗었다. 예상하지 못한 거센 힘으로, 라일라가 사라의 손을 뿌리치고는 뒤로 홱 물러섰다.

"건들지 마!"

"하지만, 다치셨어요……."

라일라의 눈이 극심한 공포에 질려 있었다. 사라가 그녀에게 다가가자, 자신의 얼굴 앞에 손을 뻗어 손을 저어댔다.

"물러서! 내 피 만지지 마!"

라일라가 벌떡 일어서 침실로 뛰어 들어가며 문을 거칠게 닫았다.

오전 6시 2분.

차량들이 동트기 전 어둠 속에서 플랫랜드로 진입했다. 차량들이 지나가는 동안 플랫랜드의 문들은 활짝 열려 있었다. 차량 행렬의 맨 앞에는 화살촉 끝처럼 매끈한 길더 국장의 SUV가 있었고, 그 뒤로는 제복을 입은 남자들을 가득 태운 덮개 없는 트럭 두 대가 뒤따랐다. 트럭들은 미로 같이 얽히고설키어 있는 막사들 사이로 들어서는 동안, 진흙투성이의 타이어에서 더러운 눈덩어리들을 털어 던지며 요란한 소리를 냈다. 아침 점호를 위해 막사에서 나와 줄지어 모여들던 일꾼들이 지나가는 차량들을 지켜봤다. 그들은 지친 얼굴, 피곤한 눈빛으로 별로 큰 관심을 두지 않고 차량들이 지나가는 모습을 보았다. 그들의 시선은 냉담할 정도로 쌀쌀맞았다. 그들은 눈에 보이는 것보다 더 많은 것을 알고 있었다. *뭔가 공식적인 일이군, 나와는 상관없어. 적어도, 안 그런 편이 낫지.*

길더는 SUV 앞 조수석에 앉아 경멸에 가득 찬 시선으로 유리창 너머로 스쳐 지나가는 플랫랜더들을 지켜보았다. 그는 플랫랜더들을 혐오했다. 반역자들뿐만이 아니었다. 자신을 거부하고 저항하는 그들 모두를 증오했다. 그들은 자신들이 갈아야 하는 사각형의 경작지 너머의 세상에 대해서는 전혀 알지 못한 채, 지친 발걸음을 질질 끌며 살아가는 보잘것없는 짐승과 같은 존재들이었다. 또 다른 하루를 축사에서, 들판에서, 바이오디젤 공장에서 보낼 뿐이었다. 부엌, 세탁소, 돼지우리에서 하루를 더 살아갈 뿐이었다.

그러나 오늘은 단지 또 다른 하루가 아니었다.

차량들이 16번 막사 앞에서 멈춰 섰다. 동쪽 하늘이 오래된 플라스틱처럼 엷은 노르스름한 잿빛으로 밝아왔다.

"여기야?" 길더가 윌크스에게 물었다.

길더 옆에 있던 윌크스가 입을 굳게 다물고 고개를 끄덕였다.

콜들이 차에서 내려 위치를 잡고, 길더와 윌크스가 차에서 내렸다. 그들 앞에는 정확히 열다섯 줄로 나누어 선 300명의 플랫랜더들이 추위에 몸을 오들오들 떨며 서 있었다. 뒤이어 트럭 두 대가 더 따라 들어와 광장의 중앙에 멈춰 섰다. 트럭의 화물칸들은 두꺼운 캔버스 천으로 가려져 있었다.

"저 트럭들은 뭡니까?" 윌크스가 물었다.

"설득을…… 조금 더 쉽게 하기 위한 것들이지."

길더는 인사 관리팀 고위 간부에게 성큼성큼 걸어가, 그가 들고 있던 확성기를 와락 잡아챘다. 확성기에서 삐익 소리가 크게 울리고 나서, 그의 목소리가 광장에 울려 퍼졌다.

"세르지오에 대해 아는 사람 없나?"

아무도 대답하지 않았다.

"이게 마지막 경고다. 나에게 세르지오에 대해 말해줄 사람이 아무도 없나?"

그러나 이번에도 나서는 사람이 없었다.

길더가 첫 번째 줄에 서 있는 한 여성을 쳐다봤다. 젊지도, 그렇다고 늙었다고 할 수도 없는, 밀가루 반죽으로 얼굴을 만들어놓은 것처럼 너무나 평범해 보이는 여자였다. 그녀는 검댕이로 더럽혀진 손가락 부분이 없는 장갑을 끼고 머리에 더러운 스카프를 두르고 있었다.

"거기 너, 이름이 뭐지?"

눈은 땅바닥을 내려 보며, 여자는 자신의 스카프 주름에 대고 뭐라고 중얼거렸다.

"안 들려, 크게 말해."

그녀가 나오는 기침을 참으며, 목청을 가다듬었다. 여자는 가래 때문에 쉰 목소리가 났다.

"프리실라입니다."

"어디서 일하고 있지?"

"직조 공장에서 일하고 있습니다."

"아이나 가족이 있나?"

여자가 보일 듯 말 듯 고개를 끄덕였다.

"그래? 가족이 어떻게 되지?"

그녀의 무릎이 떨리고 있었다. "딸 하나와 아들 둘이 있습니다."

"남편은?"

"죽었습니다. 작년 겨울에요."

"조의를 표하는 바이네. 앞으로 나오게."

"저는 어제 국가를 불렀습니다. 안 부른 건 다른 사람들이었어요, 맹세해요."

"그래. 나는 너를 믿어, 프리실라. 그렇지만 말이야. 제군들, 저 여자를 앞으로 데리고 나와 주겠나?"

콜 둘이 뛰어가더니 여자의 양팔을 붙들었다. 여자는 기절이라도 하는 것처럼, 몸에 힘이 풀려버렸다. 콜들이 그녀를 반쯤은 옆에서 안아 부축하고 반쯤은 질질 끌며 앞으로 데리고 나와, 무릎을 꿇려 앉혔다. 그녀는 아무 소리도 내지 않았다. 그녀는 완전히 포기하고 항복한 거였다.

"너의 아이들은 어디에 있지? 가리켜봐."

"제발요." 여자는 애처롭게 울었다. "저를 괴롭히지 마세요."

콜 한 명이 그의 곤봉을 그녀의 머리 위로 쳐들었다. "이 녀석이 너의 머리를 박살 내줄 거야." 길더가 말했다.

여자가 고개를 푹 숙인 채 머리를 흔들었다.

"해." 길더가 말했다.

콜이 치켜든 곤봉을 내리쳤다. 여자의 몸이 진흙 바닥 위에 앞으로 고꾸라졌다.

왼쪽에서 날카로운 비명 소리가 들렸다.

"저년을 잡아와."

엄마의 얼굴을 꼭 닮은 어린 10대 소녀였다. 소녀도 무릎을 꿇고 울며 몸을 부들부들 떨고 있었다. 코에서는 콧물이 흘렀다. 길더가 확성기를 들어 입에 댔다.

"누구 할 말 있는 사람 있나?"

정적만이 흘렀다. 길더가 코트에서 권총 한 자루를 꺼내서 장전했다.

"월크스 장관," 길더가 월크스의 이름을 호명했다. "이 영광스러운 일을 대신 해주겠나?"

"호레이스, 맙소사." 월크스의 얼굴이 사색이 되었다. "도대체 뭘 증명하고 싶은 겁니까?"

"그러면 안 될 무슨 문제라도 있나?"

"우리에게는 이런 일을 하는 사람들이 따로 있잖아요. 이런 건 거래에 없었어요."

"거래? 무슨 거래? 거래 같은 건 없어. 내가 말하는 게 곧 거래야."

월크스의 얼굴이 굳었다. "안 하겠습니다."

"안 하겠다는 거야 아니면 할 수가 없다는 거야?"

"그게 무슨 차이가 있나요?"

길더가 인상을 썼다. "큰 차이는 없겠지. 생각 좀 해봐야겠는데." 이렇게 몇 마디 하고는, 그는 소녀의 뒤로 가 총구를 그녀의 머리 뒤에 들이민 다음 방아쇠를 당겼다.

"맙소사!"

"자네 그거 아나? 늙지 않는다는 것의 가장 큰 문제가 뭔지 알아?"

길더가 피가 잔뜩 묻은 총열을 손수건으로 닦으며, 자신의 비서실장에게 물었다. "나는 이 문제에 대해 오랫동안 고민해왔다네."

"나가 뒈져, 호레이스."

길더가 창백해진 월크스의 얼굴에 권총을 겨누고는, 그의 두 눈 사이 미간을 정조준했다. "너도 죽을 수 있다는 걸 깜박했어, 월크스."

길더는 월크스도 쏴 죽였다.

모여 있던 플랫랜더들 사이에 변화가 일어났다. 그들의 두려움이 뭔가 다른 것으로 바뀌고 있었다. 그들이 서 있는 줄과 줄, 열과 열 사이로 웅성거림이 번지고, 자신들의 추측을 주고받았다. 눈앞에 다가온 마지막을 직감하며, 잃을 게 아무것도 남아 있지 않은 그들이 서로 뭉쳐 힘을 더해가기 시작했다. 상황이 길더가 원했던 것보다 오히려 더 빠르게 달라지고 있었다 – 그는 소요가 일어나기 전에 조금이라도 쓸 만한 정보를 얻고 싶었다 – 그런데 주사위가 바로 던져졌다.

"트럭 짐칸을 열어."

트럭 두 대의 화물칸을 가리고 있던 두꺼운 캔버스 천이 걷어졌다. 화산이 폭발하듯 비명이 터져 나왔다. 이제 감춰둘 이유가 없었다. 길더는 잽싸게 자신의 차로 걸어가 올라타고는, 운전사에게 떠날 것을 지시했다. 그들은 마치 오케스트라가 죽음의 교향곡 연주를 시작하는 것처럼 진흙과 더러운 눈을 사방으로 걷어차 튀기며 출발했다. 두려움에 가득 찬 높고 거친 고함과 비명의 멜로디가 울려 퍼지고, 자동화 무기 발포 소리의 당김음 리듬으로 마침표를 찍고, 쓰러진 사람들 사이를 돌아다니는 콜들이 확인 사살하는 마지막 총소리로 서서히 사그라지며, 마침내 조용해졌다.

56

아이오와. 재가 되어버린 뼈들.

　그들은 밀러스버그 부근의 마을에서 연료가 다 떨어졌고, 지붕 없는 교회 건물에서 밤을 보내고 다음 날 아침에 걸어서 길을 떠났다. 티프티의 말에 따르면 110킬로미터 정도 더 가야만 했다. 아니 어쩌면 그보다 조금 더 가야 할 수도 있었다. 도중에 그들은 첫 번째 것과 같은 뼈 무더기가 널려 있는 들판을 두 곳 더 지나치게 됐다. 상상할 수 없을 정도로 어마어마한 숫자의 죽은 바이럴들의 뼈가 들판에 널려 있었다. 죽은 바이럴들의 시체가 수천, 아니 수백만은 되어 보였다. 이게 다 뭘 의미하는 거지? 갑자기 무슨 충동이 일어났기에, 태양이 자신들의 목숨을 앗아가기를 기다리며 바이럴들이 탁 트인 대지 위에 드러누워 있게 된 거지? 아니면 무슨 이유에서인가 바이럴들이 죽게 된 후, 아침 햇살은 단지 그들의 시체를 마무리하게 된 것일까? 이론가라 할 수 있는 마이클조차도 답을 알 수 없었다.

　그들은 걸었다. 곳곳에 무릎까지 쌓인 눈 속을 더디게 터덜터덜 걸어 앞으로 나아갔다. 그들이 가져온 식량도 거의 다 떨어져가는 중이었고, 사냥감도 눈에 띄지 않았다. 입천장에 기름기를 간신히 묻힐 정도의 가느다란 말린 고기와 기름 조각 몇 개를 먹고 참아야 할 정도로 식량이 부족했다. 하얗게 얼어붙은 눈에 덮인 대지는 마치 설탕 절임을 해 놓은 것 같았고, 대기는 숨을 죽이고 있는 것처럼 미동도 없이 정체되어 있었다. 몇 시간 동안 바람도 불지 않았다. 그러다 울부짖는 소리가 들려왔다. 눈 깜짝할 사이에 햇살이 반짝이다 사라졌다. 털이 둘린 모자가 달린 무거운 방한복, 이마를 덮고 눈썹까지 내려 쓴 모직 모자, 무기를 사용할 때를 대비해 손가락 끝쪽을 잘라낸 장갑들, 피터는 이것들이 이 상황을 이겨내는 데 도움이 될지 궁금해지기는 했다. 피터는 이런 추위를 경험해본 적이 없었다. 사실 그는 이런 강추위가 있다는 것조차도 몰랐다. 이런 척박한 땅에서 티프티는 어떻게 길을 잃지 않고 움직일 수 있었던 건지, 피터는 도저히 이해가 안 됐다.

그들은 18일째 밤을 자동차 정비소에 보내게 되었는데, 기적같이 정비소에는 동석 상판이 깔린 몸통이 둥근 주철 장작 난로가 있었다. 그런데 뭘 태워야 하는 거지? 날이 계속 어두워지고 있는 가운데, 마이클과 홀리스가 옆집에서 나무의자 두 개와 책을 가슴에 한가득 들고 왔다. 1998년판 브리태니커 백과사전 전집이었다. 백과사전을 태우다니 부끄러운 일이기도 하고, 신경 거슬리는 일이기도 했지만, 그들은 추운 밤을 견뎌낼 열기가 필요했다. 마이클과 홀리스가 두 번 더 밖을 오가고 나자, 그날 밤을 견뎌낼 만큼의 땔감이 모였다.

그들은 정비소 안을 파고드는 눈부신 햇살에 잠이 깼다. 오히려 기온은 떨어져 있었지만 며칠 만에 처음이었다. 거친 북풍이 나뭇가지를 휘청휘청 흔들어댔다. 그들은 난로 주위에 모여서 마지막 불길까지 놓치지 않고, 작은 온기 하나까지도 즐기는 호강을 하고 있었다.

"허물…… 벗기라도 한 것 같군."

이 말을 한 건 마이클이었다. 피터가 자신의 친구를 향해 돌아앉았다.

"뭐라고 했어?"

마이클의 눈이 장작 난로의 문을 뚫어지게 바라보고 있었다. "죽은 바이럴이 얼마나 되는 것 같아?"

"모르지." 피터가 어깨를 으쓱했다. "아주 많다는 건 틀림없어."

"더군다나 바이럴들이 모두 같은 시간에 동시에 죽었어. 그러니까, 지금 일어나고 있는 일이 일어날 수밖에 없게 정해져 있던 일이라고 가정해보자고. 그게 바이럴들 생명 주기의 일부라고 말이야. 조류들이나, 곤충들, 파충류들도 그렇게 하기는 해. 몸에 손상된 부분이 있으면, 그 부분을 떼버리고 새것이 자라나게 하지."

"하지만 우리는 지금 바이럴 전체를 두고 얘기하고 있는 거야." 로어가 말했다.

"그건 *그렇게 보이*는 것뿐이야. 그리고 우리가 알고 있는 모든 사실들은 바이럴들이 하나의 집단으로 기능하고 있다고 말하고 있어. 각각의 바이럴들은 자신이 속해 있는 무리가 있고, 각 무리들은 트웰브 중 하나에게 연결되어 있지. 영혼이라든가 다른 것들에 대한 쓸데없는 이야기들은 신경 쓰지 말자고. 그런 것들이 사실이 아니라는 게 아냐. 그런 건 에이미만이 알 수 있는 영역이라는 거야. 내가 보기에는 바이럴들도 그냥 다른 동물들과 마찬가지로 하나의 종일 뿐이야. 레이시가 뱁콕을 죽였을 때, 뱁콕에게 속한 바이럴들이 모두 죽었어. 벌 떼처럼 말이야, 기억해?"

"물론 기억하고 있지." 홀리스가 고개를 끄덕이며 말했다. "여왕벌을 죽여라, 그러면 벌 떼를 죽이게 된다. 그게 네가 한 말이었어."

"그리고 우리가 산에서 목격한 그 일이 이 말이 맞는다는 걸 증명해냈어. 하지만 각각의 바이럴 패밀리 하나가 사실상 하나의 유기체라고 가정해보자고. 트웰브 각각은 하나의 핵심 장기이고 말이야, 심장과 뇌처럼. 나머지는 새의 깃털들과 같은 것이거나 곤충들의 껍질과 같은 것이 되는 셈이지. 낡고 쓸모없어지면, 유기체는 새로운 것을 갖기 위해 그것들을 벗고 갈아버리는 거지."

"트웰브가 아니더라도 나머지 바이럴들이 깃털 같지는 않은데." 로어가 매섭게 쏘아붙였다.

"그래, 깃털들은 아니지. 하지만 무슨 말인지는 이해하잖아. 중요하지 않고, 소모품처럼 대체 가능한 것이라는 거지. 항상 궁금했었어. 대체 어떻게 그토록 많은 숫자가 죽지 않고 살아 있을 수 있는지. 도대체 그것들이 먹어치울 게 남아 있기는 한 건지 말이야. 우리도 그것들이 아무것도 먹지 않고 아주 오랫동안 버틸 수 있다는 건 알고 있지 — 티프티, 당신이 그걸 증명해냈어요 — 하지만 먹을 것이 없는데도 영원히 생존할 수 있는 것은 없어. 종의 수명이라는 관점에서 보면, 먹이 사슬상의 먹잇감을 모두 먹어치우는 건 말이 안 되는 짓이야. 포식자로서 그들은 *지나치게* 성공적이었어. 이 점이 항상 마음에 걸렸어. 그것 외의 다른 것들에 있어서 녀석들은 완벽할 정도로 체계적이었거든."

"내가 제대로 이해하고 있는 건지 모르겠군." 티프티가 말했다. "자네는 지금 바이럴들이 죽어가고 있다는 말인가?"

"무슨 일이 벌어지고 있는 건 분명하죠. 이런 일이 한꺼번에 일어나고 있다는 사실은 그것이 그들의 생태상 매우 자연스러운 과정이라는 걸 의미하기도 하고요. 여기 이에 대한 또 다른 비유도 가능해요. 사람의 몸이 쇼크 상태에 빠지게 되면, 인체는 피를 덜 중요한 기관들로부터 끌어다 핵심적인 장기들에 재분배해요. 인체의 방어 기제죠. 중요한 것을 보호하고 나머지는 잊어라. 이제 각 바이럴 패밀리들이 하나의 동물이라고 가정해보죠. 그 동물들이 굶주림으로 인해 쇼크 상태에 빠지게 되었다고 쳐요. 논리적인 해결책은 자신의 숫자를 급격히 줄이고 먹이 사슬이 다시 복구되기를 기다리는 것일 거예요."

"그리고 그다음 어떻게 되는 거지?" 피터가 물었다.

"사이클이 처음부터 다시 반복되겠지."

잠시, 누구도 말이 없었다.

"어쨌든," 마이클이 입을 열었다. "그냥 내 생각일 뿐이야. 완전히 틀렸을 수도 있어."

그러나 피터는 그렇지 않다는 걸 알고 있었다. "그러면 왜 이곳에서 이런 일이 벌어지고 있는 거지?"

"그 점이," 마이클이 대답했다. "걱정스러운 부분이지."

출발해야 할 시간이 다 되었다. 정비소에서 시간이 너무 많이 지체되고 있었다.

모두 짐을 챙기고 문을 나서자마자 그들을 매섭게 괴롭혀댈 강한 겨울바람으로부터 자신들을 지켜줄 방한복의 지퍼를 올려붙였다.

"이런 날씨가 계속 된다면 6일은 걸릴 거야." 티프티가 짐을 둘러메며 말했다. "많이 걸려도 7일."

"누가 더 지체되기를 바라겠어요?" 로어가 말했다.

그레이. 이것 봐 그레이.

그의 눈이 번쩍 떠졌다.

그들이 느껴지나, 그레이?

"거기 누구야? 길더, 너야?"

내가 너무 오래 떠나 있었나 보군. 미안해, 너는 아직도 내가 가장 좋아하는 친구야, 그레이. 우리가 처음 만났던 바로 그 첫날부터 그랬어. 기억하지?

그의 속이 뒤틀리는 것 같았다. 목소리의 주인은 제로였다.

"그만해." 반사적으로 그의 손목이 묶여 있는 사슬을 힘껏 잡아당겼다. 그는 자신의 오물 더미 위에 누워 있었다. 몸에서는 악취가 났고, 그의 입에서 끊임없이 피 맛이 났다.

"꺼져, 나를 내버려 두라고."

너는 나에게 너에 대해 모든 걸 털어놓았어. 너는 네가 그랬다는 걸 알지도 못하겠지만, 그렇다 해도 너는 네 마음속에 있는 나를 느끼고 있잖아?

─꺼지라고, 그는 생각했다. 꺼져 꺼져 꺼지라고. 깨어나자, 그레이.

오 이런, 너는 지금 잠에 취해 있는 게 아냐. 나는 항상 여기에 있었어. 심지어 네가 백 년 동안 사슬에 묶여 있을 때도, 나는 항상 너와 함께 있었다고. 잿더미 속에 앉아 자신의 운명을 저주하던 욥의 이야기처럼, 내가 너를 시험해온 것처럼, 신은 그를 시험했지.

─나는 너를 몰라. 나는 네가 뭔지 모르겠다고.

그레이, 모르겠다고? 어떻게 모를 수가 있지? 내가 네 곁에서 너와 함께하고 있는 신이라고, 오직 하나뿐인 그레이의 진짜 하나님. 나의 사랑을 못 느끼겠어? 내 사랑의 날개가 네 위에 펼쳐져 너를 영원히 보호하고 있는 것을 못 느끼겠어?

그가 흐느껴 울기 시작했다.

─차라리 나를 죽여줘, 제발. 내가 오직 하나 원하는 건 죽음이야.

그레이 너는 그녀를 사랑하지, 안 그래?

그는 자신의 입의 악취를 고스란히 느끼며 침을 꿀꺽 삼켰다. 그의 몸은 오물과 썩은 내로 가득 찬 동굴이나 마찬가지였다.

　-그래.

　라일라, 그 여자. 너에게는 전부인 거야.

　-그래.

　그녀의 몸에 흐르고 있는 건 너의 피지. 나의 피가 네 안에 흐르고 있는 것처럼. 알겠어? 이해가 되냐고? 우리는 하나야, 그레이. 네가 사슬에 묶여 누워 있기는 하지만, 너는 혼자가 아니야. 그레이의 하나님, 그가 너와 함께하고 있거든. 존재하는 모든 것 그리고 앞으로 올 모든 것들의 주인. 새로운 다음 세상의 창조자. 그가 너를 위해 특별한 곳을 준비해뒀다고, 그레이.

　-새로운 다음 세상.

　그들을 곧 보게 될 거야, 그레이.

　-그들? 누가 온다는 거지?

　질문을 하기는 했지만, 그레이도 답을 알고 있었다.

　우리의 형제들이지.

57

그녀는 자유로워졌다. 알리시아 도나디오, 처음의 마지막인, 새로운 존재인 원정대 대위. 철책을 넘어 밤의 어둠 속으로 사라졌다.

달렸다. 알리시아는 멈추지 않고 계속 달렸다.

그녀는 가는 길에 남자 몇 명을 죽였다. 여자도 몇 명 죽였다. 그때까지 알리시아는 여자를 죽여본 적이 없었다. 그렇다고 남자를 죽이는 것과 크게 다른 것은 아니었다. 결국 모든 인간은 같은 방식으로 그들의 생을 마감했기 때문이었다. 그들의 얼굴에 떠오른 동일한 놀란 표정들, 자신의 상처 부위를 찾아 더듬거리는 부드러운 손길, 영원을 향하는 똑같은 미묘한 시선, 그 모습들에는 우아함이 깃들어 있었다.

아마도 그게 알리시아가 그 마지막 장면을 그토록 좋아하는 이유였을지도 몰랐다. 알리시아는 자신이 잡초 사이에 숨겨놓았던 자신의 물건을 찾으러 왔다. 창과 석궁, 무선 방향 탐지기, 칼들을 꽂아 둔 탄약대, 갈아입을 옷과 담요 그리고 신발. 수백 발의 탄약이 있었지만, 쏠 총은 없었다. 소드의 칼은 그녀에게 멈춰 서라고 명령하던 남자의 왼쪽 콩팥에 깊숙이 박아두었다. 마치 그녀가 실제로 이렇게까지 할 수도 있다는 걸 보여주기라도 하듯.

강제 수용소를 도망쳐 나오면서, 알리시아는 낮인지 밤인지도 몰랐다. 시간이 사라져 보이지 않았다. 그녀가 다시 찾은 세상은 전과 완전히 달라졌다. 아니, 그건 틀린 말이었다. 세상은 그대로였다. 달라진 건 알리시아였다. 그녀는 자신이 형체도 없는 유령처럼 세상과 동떨어져 있는 것 같았다. 머리 위에는 겨울밤의 별들이 얼음 조각처럼 선명하고 차갑게 빛나고 있었다. 은신처가 필요했다. 그녀는 잠을 자야만 했다. 그녀는 다 지워버리고 싶었다.

알리시아는 한때 닭들을 키웠을 것 같은 헛간을 은신처로 삼았다. 지붕의 반은 사라지고 없었다. 단지 형태만 남아 있었다. 벽 하나만 남은 채, 작은 우리들은 화석처럼 딱딱하게 굳은 배설물들로 뒤덮였고, 흙바닥은 단단하게 다져져 있었다. 담요로 몸을 칭칭 둘러 감았다. 상처투성이의 그녀의 몸이 추위에 덜덜 떨었다. 알리시아의 머릿속에 한 생각이 떠올랐다. *루이스 당신도 이랬던 거군요?* 번개처럼 그녀의 마음속 생각을 쪼개어놓는 밝고 고통스러운 섬광 같은 기억들로 가슴이 무겁게 짓눌렸다. 언제쯤 끝나게 될까, 언제 끝나게 되는 거지.

그녀가 깨어났을 때, 하늘은 아직 어두웠다. 알리시아가 천천히 정신을 차리기 시작했다. 따스한 무언가가 그녀의 목 뒤를 어루만지고 있었다. 그녀가 돌아누우며 눈을 뜨자, 그녀의 얼굴 위에 커다란 검은 형체가 보였다.

이런 착한 녀석, 그녀는 생각했다. 그리고 그 말을 내뱉었다. "이렇게 사랑스러운, 착한 녀석 같으니라고." 솔저가 그의 얼굴을 알리시아에게 갖다 대고는, 녀석의 커다란 콧구멍을 벌리고, 녀석의 숨결로 그녀의 얼굴을 적셨다. 녀석이 긴 혀로 알리시아의 눈과 볼을 핥았다. 기적이었다. 다른 말로 설명할 수 없었다. 누군가도 함께 와 있었다. 마침내, 누군가가 왔다. 알리시아는 스스로 미처 의식하지 못한 채 이런 순간을 기다리고 있었다. 이 세상에서 자신을 위로해줄 누군가를.

그리고 어둠 속에서 들려오는 가능할 것 같지 않았던 발걸음 소리, 사람의 형체, 그리고 여자의 목소리, 낯설지만 익숙한 목소리가 들렸다. "알리시아, 안녕."

그 여자가 그녀 앞에 쪼그리고 앉았다. 여자가 입고 있던 긴 모직 코트의 모자를 벗으며, 여자의 삼단 같은 긴 검은 머리가 찰랑이며 흘러내렸다.

"괜찮아요." 여자가 조용히 말했다. "내가 여기 있으니까요."

에이미? 하지만 알리시아가 전에 알던 그 에이미는 아니었다.

에이미는 이제 여자가 되어 있었다.

굵고 검은 머릿결과 황금빛 불빛이 반짝이는 것 같은 눈을 가진, 강하고 아름다운 여성이 되어 있었다. 같은 얼굴이었지만, 좀 더 깊이가 더해진 모습이었다. 그 인상은 하나의 완전함, 자아와 하나가 된 모습이었다. 알리시아의 눈에는 지혜로 가득 찬 얼굴로 보였다. 에이미의 아름다움은 외모 그 이상의 것이었다. 신체적 특징들을 모아놓은 것 이상의 것 말이다. 모든 면에서 아름다움이 풍겨 나오고 있었다.

"난…… 이해가 안 되는데."

"쉿." 에이미가 알리시아의 손을 잡았다. 에이미의 손길은 단호했지만 부드러웠다. 자신의 아이를 달래는 엄마의 손길처럼. "당신의 친구, 그 녀석이 우리에게 당신이 있는 곳을 알려줬어요. 아주 멋진 말이에요. 녀석을 뭐라고 불러요?"

알리시아의 마음이 멍하니 무거워졌다. "솔저."

에이미가 알리시아의 턱을 두 손으로 감싸며 살짝 들어 올렸다. "다쳤군요."

어떻게 이런 일이 가능한 거지? 이 상황에 어떻게 가능한 일이 있을 수 있는 거지? 헛간 뒤로 알리시아의 눈에 말들의 고삐를 잡고 있는 다른 사람의 모습이 눈에 들어왔다. 바람에 휘날리는 하얀 머릿결과 덥수룩한 흰 수염에 그의 얼굴이 가려져 있었다. 하지만 그렇게 그는 군인인 자신을 지탱해내고 있는 것이었다. 에이미가 알리시아에게 눈밭에 서 있는 그가 누구인지 말해줬다. 그는 루시어스 그리어였다.

"그들이 당신에게 무슨 짓을 한 거예요?" 에이미가 목소리를 낮춰 물었다. "내게 말해요."

그 말이 전부였다. 알리시아의 의지가 무너져 내리며, 슬픔이 파도처럼 둑이 무너진 그녀의 마음속으로 밀려들었다. 알리시아는 이 말 한마디를 하는 것마저 떨려 말을 많이 하지 않았다. "전부…… 다."

마침내 커다란 흐느낌에 그녀의 몸이 들썩이며, 처절하게 순수한 고통과 슬픔의 울부짖음이 별이 빛나고 있는 겨울밤 하늘을 향해 울려 퍼졌다. 그리고, 에이미의 품에 안겨 알리시아가 울기 시작했다.

길더. 시간이 됐어. 길더, 일어나.

하지만 길더는 자신을 부르는 이 소리를 듣지 못했다. 호레이스 길더 국장은 잠에 취해 꿈을 꾸고 있었다. 그가 요양원에서 베개로 자신의 아버지를 질식사시키는 자주 반복되는 꿈이었다. 과거 그때의 사실과는 다르게, 꿈속 아버지의 모습에는 살려는 의지가 여실히 드러나 보이고는 했다. 그의 아버지는 허우적거리며 몸을 마구 흔들어대고 있었다. 아버지는 베개 밑에서 숨 막히는 낮은 목소리로 자비를 구하며 살기 위해 허공을 손으로 할퀴어댔다. 아버지의 저항이 멈추고 나서야 비로소 길더가 아버지의 얼굴에서 베개를 치웠다. 그리고 길더는 뭔가 잘못되었다는 걸 알았다. 그가 죽인 건 그의 아버지가 아닌 쇼나였다. 아냐, 맙소사, 안 돼! 그리고 쇼나가 갑자기 눈을 번쩍 뜨고 깔깔대며 웃기 시작했다. 그녀가 얼마나 웃어댔는지 그녀의 눈에서 눈물이 흐르고 있었다. 웃지 말라고! 길더가 소리쳤다. 나를 비웃지 말라고! 이거 봐요, 길더. 쇼나가 말했다. 당신 정말 웃겨요. 당신이 지금 당신의 표정을 볼 수 있다면 좋을 텐데. 당신과 당신이 가져왔던 그 팔찌. 당신의 엄마는 창녀였어. 창녀, 창녀, 창녀였다고⋯⋯.

길더, 길을 준비해. 일어나서 그들을 만나라고. 그 순간이 왔단 말이야.

길더는 순간 덜컥 잠이 깨어버렸다.

우리의 때가 왔어, 길더. 새로운 다음 세상이 태어났다고.

이 음성들이 그의 머리를 감전시키는 것만 같았다. 그는 말도 안 되게 큰 베개와 담요 그리고 시트가 깔린 거대한 침대에서 벌떡 일어났고, 그제야 어렴풋한 당혹감과 함께 자신이 옷을 입은 채 잠이 들었다는 걸 깨달았다. 그러고는 그는 터무니없는 생각을 했다. 나는 왜 하필이면 캐노피 침대가 필요했던 거야? 이렇게 큰 침대에서 내가 인형이라도 된 기분이었던 걸까? 그러나 그는 곧 이런 쓸데없는 생각들을 털어버렸다. 그들이 오고 있어! 그들이 여기에 와 있다고! 그는 발을 마룻바닥으로 돌리고 가죽 구두 속에 욱여넣었다. 길더에게는 아직 그가 지쳐 쓰러지기 전에 쓸 정도의 기운은 남아 있었다. 셔츠 자락을 바지 속으로 쑤셔 넣으며, 그는 문을 열고 복도로 나갔다.

"수레시!"

그가 쿵쾅거리며 걷는 소리가 텅 빈 복도에 요란하게 울려댔다.

"수레시, 일어나!"

수레시의 방문이 열리며, 길더의 새 비서실장이 졸린 갈색 피부의 얼굴을 내밀었다. 폭신한 흰색 가운에 슬리퍼를 신고 있는 수레시가 동굴 밖으로 기어 나오는 곰처럼 두 눈을 껌벅였다.

"이거 참, 호레이스, 고함을 질러대지 않아도 되잖아요." 수레시가 주먹으로 입을 틀어막고 하품을 했다. "지금 대체 몇 시인데 그래요?"

"지금 몇 시인지 따위가 무슨 상관이야? 그들이 여기에 와 있다고."

수레시는 깜짝 놀라는 표정이었다. "지금요?"

일어나서 그들을 맞이해야지, 길더. 그들을 집으로 데려와.

"거기 그렇게 서 있지 말고, 가서 옷을 챙겨 입고 와."

"네, 알았어요, 곧 나올게요."

"이런 제기랄, 빨리 움직이라고."

길더는 자신의 아파트로 돌아와 욕실로 갔다. 면도를 해야 하는 거야? 최소한 세수는 해야겠지? 이게 뭐야, 왜 무도회에 가는 소년처럼 이런 생각을 하고 있어야 하는 거야? 그는 축축하게 젖은 손으로 머리를 쓸어 넘기고, 양치질하며 자신을 진정시키려 노력했다. 여기서는 이따위 게 치약이라고 통하고 있는 거야? 모래가 들어 있는 것 같은 지독한 맛의 이 끈적거리는 게? 맙소사, 왜 97년이나 시간이 지나도록 그럴듯한 치약 하나도 만들어내지 못하고 있는 거지?

길더는 옷장에서 새 양복을 꺼냈다. 파란색 넥타이, 빨간색, 녹색 그리고 노란색 줄무늬. 그는 몰랐다. 갑자기 너무 불안해진 그는 넥타이의 매듭도 제대로 매지 못했다. 그리고 허기. 그의 내장에 차가운 공허함이 돌덩이처럼 내려앉았다. 자신의 오랜 친구 그레이를 방문한다면 자신의 불안을 누그러뜨릴 수는 있겠지만, 그러려면 그 생각을 좀 더 일찍 했었어야만 했다.

거울 앞에 서서, 그는 심호흡했다. 긴장하지 마, 길더, 괜찮아. 너는 네가 무엇을 해야 하는지 알고 있잖아. 오늘 역시 사무실에서 보내는 또 다른 하루와 다를 것이 없어. 합동참모본부 회의보다도 나쁠 게 없는 일이잖아, 안 그래?

사실 그럴 수도 있었다. 그렇다고 그런 기대에 매달려 있는 것도 별로 소용이 없는 일이었다.

길더가 로비에 내려오자, 수레시가 길더의 운전사와 함께 기다리고 있었다. "트럭들이 오고 있는 중입니다." 수레시가 손에 장갑을 끼며 길더에게 말했다. "특무대 전체가 국장님을 경호하기를 원하십니까?"

길더가 거절했다. 그는 혼자 가기로 했다. 일을 복잡하게 만들지 않기 위해서는 그게 최선이었다. 길더와 수레시 둘이 악수를 나눴다.

"행운을 빕니다." 수레시가 말했다.

차가 언덕을 미끄러져 내려가자, 길더의 걱정도 함께 사라지기 시작했다. 그는 지금 그토록 기다려왔던 그 순간을 향해 가고 있는 것이었다. 그가 탄 차는 강가에서 북쪽으로 방향을 틀어 프로젝트 현장을 향해 갔다. 프로젝트의 시꺼먼 형체가 비석처럼 땅에서 우뚝 솟아 있었다. 밤하늘을 배경으로 서 있는 사각형의 건물은 훨씬 더 검고 어두워 보였다. 출입구가 열린 채 기다리고 있었다.

차는 멈추지 않고 동쪽으로 방향을 바꿔 측면 도로를 올라탔다. 측면 도로는 일찍이 공사 현장에 장비들을 옮기기 위해 사용되던 길이었다. 채석한 돌덩어리들과, 콘크리트 공장에서 나온 레미콘들, 거둬들인 철제 대들보들이 쌓여 있는 트럭들, 그런 것들이 오가던 길이었다. 하지만 이제는 완전히 다른 배달물이 오가게 될 거다. 차가 5분쯤 더 달리고 나서, 길더는 두 대의 소형 화물 트럭이 기다리고 있는 들판에 도착했다. 옥수수 그루터기가 얼어붙어 있는 벌판이었다.

길더는 자신의 운전사에게 그곳을 떠나라고 말했다. 소형 화물 트럭들의 운전석이 비어 있었다. 트럭의 운전사들도 그 자리를 떠나고 없었다. 그는 귀를 트럭 한 대의 옆에 갖다 대보았다. 안에서는 겁에 질린 한 여인의 울음소리와 함께 숨죽인 중얼거리는 소리들이 들려왔다.

머릿속에 들리던 목소리는 잠잠했다. 폭풍이 오기 전의 고요처럼 깊은 정적이 길더를 감쌌다. 그들은 서쪽으로부터 오고 있을 터였다. 그는 기다렸다.

그리고,

첫 번째가 나타났고, 또 다른, 그리고 또 다른, 지평선에 똑같은 간격을 사이에 두고 푸른빛을 발하는 11개의 점이 지평선 위에 나타났다. 마치 거대한 항공기가 다가오는 것처럼, 그들이 가까이 다가옴에 따라 그들 사이의 간격은 점점 좁혀졌다.

그래 내게 와, 길더는 생각했다. *내게 오라고.*

그들의 구체적인 모습이 드러나기 시작했다. 그렇다고 상세한 모습이 보일 정도는 아니었다. 그중 하나는 다른 놈들보다 작아 보였다. 아마도 카터일 거라고 길더는 생각했다. 알 수 없는, 특이한 카터. 하지만 다른 녀석들의 모습은 숨을 못 쉴 정도로 그를 깜짝 놀라게 만들었다. 그들의 강력해 보이는 형태와 우아한 움직임 그리고 자신들에 대한 완전한 통제력은 그들 주위의 공간마저 쪼그라들게 만들고, 차원을 구부리고, 시간의 흐름을 바꿔놓는 것처럼 보였다. 그들은 길더에게 빛이 나는 강물처럼 흘러들었고, 그를 장엄한 공포의 불빛으로 휘감았다.

내게로 와, 그는 생각했다. *내게로 와. 그렇지, 내게로 와.*

그들이 도착하는 순간 절대적 완전함을 경험하는 것만 같았다. 침례. 책을 다 읽고 표지를 닫는 느낌. 푸른 물속 깊이 뛰어드는 순간, 온데간

데없이 사라지는 세상. 그들은 길더 앞에 거대하고 무시무시한 모습으로 서 있었다. 길더는 순수한 광기의 웅덩이에 빠진 것처럼 그들 기억의 장엄하고 무서운 이미지들을 들이마셨다. 더러운 매트리스 위에서 울고 있는 소녀, 손을 들고 있는 가게 점원과 미간 주름을 뼈가 드러날 정도로 짓누르고 있는 총구, 곤드레만드레 완전히 만취한 기분, 앞 유리창을 통해 힐끗 보이는 자전거를 타고 가는 소년, 쿵하고 충돌하는 순간 소년의 작은 몸이 차의 바퀴들 사이로 빨려들어 가 구르는 갑작스러운 충격, 감칠맛 나는 맛있는 섹스의 감각과 목에 감은 줄을 조이자 믿을 수 없을 정도로 확장된 여자의 두 눈, 공포와 타락, 더러운 사악함의 합창이 울려 퍼지고 있었다. *내가 모리슨-차베스-배프스-터럴-윈스턴-소사-에콜스-램브라이트-마르티네스-라인하르트-카터다.*

길더가 트럭 화물칸의 문을 열었다. 화물칸에 있던 끌려온 사람들은 뛰어 도망치려 했다. 그는 화물칸에 있는 사람들의 움직임을 제약하기 원하지 않았기에, 그들에게 족쇄를 채우지 말라고 명령을 해두었다. 대부분의 사람들은 몇 발자국 도망가지도 못했다. 그보다 좀 더 달아난 몇 명은 어쩌면 아주 잠깐 구원의 희망을 맛보았을지도 모를 일이었다. 사람들의 무의미한 도주는 황홀한 기쁨의 일부가 되었다. 그 순간 엄청난 양의 피가 사방으로 튀며, 끔찍한 비명마저 갑자기 끊어지고 살아 있는 생명체의 조직이 산산이 찢겨 나갔다. 적막 가운데 길더가 두 번째 트럭의 뒤로 가 환영의 뜻으로 짐칸의 문을 열었다.

"환영하는 바야, 나의 친구들. 너희는 마침내 집에 온 거라고. 우리가 너희의 모든 필요를 채워줄 거라고."

X
암살범

나는 떠난다, 일을 이루었으니.
종소리가 나를 부르도다.

– 셰익스피어, 『맥베스』

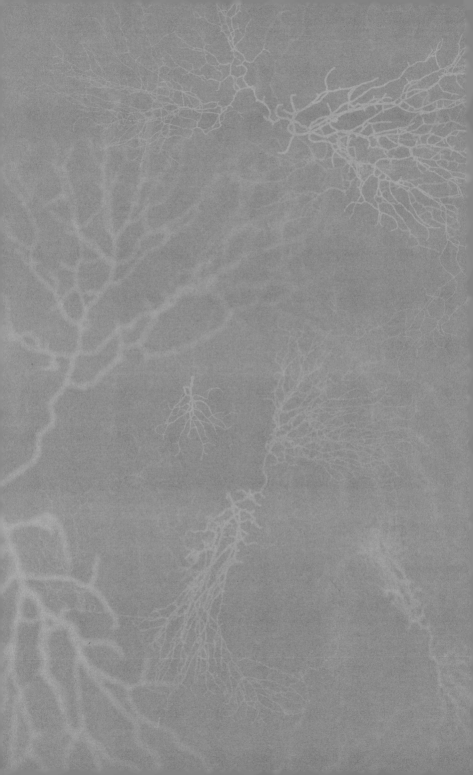

58

베일이 죽었다. 그리고 그건 오직 하나를 의미했다. 다음은 사라의 차례라는 것.

제니도 어디론가 사라지고 보이지 않았다. 경기장에서 폭탄 테러가 있은 지 이틀 후, 새로운 소녀가 제니의 자리를 대신했다. 새로 온 소녀도 한편인 걸까? 아니, 그랬다면 사라가 알아차렸을 것이다. 접시 밑의 메시지, 사람을 안심시키는 눈길의 교환. 그런 뭔가가 있었을 것이다. 하지만 창백하고 불안에 떠는 그 소녀는 조용히 왔다가 갔다. 사라는 그녀의 이름도 몰랐고, 알 수도 없었다.

라일라는 자신의 침대에 앓아누웠다. 밤늦게까지 하루 종일 침대에서 뒤척였다. 그녀는 목욕할 때만 겨우 침대에서 일어나 나왔다. 그러나 도와주려는 사라의 호의도 손을 내저으며 거절했다. 그녀의 목소리마저도 기운이 하나 없었다. 말 한마디 내뱉는 것마저도 그녀의 온 힘을 쏟아 넣어야만 하는 것 같았다. "날 그냥 내버려 둬." 라일라가 말했다.

사라 혼자 남겨졌다, 단절된 채. 시스템이 무너지고 있었다.

사라는 케이트와 둘이 며칠을 같이 보냈다. 하지만 이제 둘이 함께 있다는 건 전혀 다른 느낌이었다. 마지막인 것처럼 느껴졌다. 아이들이 그렇듯, 케이트도 역시 느끼고 있는 것 같았다. 아이들이 갖고 있는 그 통찰력은 도대체 어디에서 오는 걸까? 모든 것이 무의미해지고, 그 색채를 잃었다. 둘은 늘 하던 게임을 하며 시간을 보냈지만, 누가 이기는지 전혀 관심이 없었다. 사라는 늘 읽던 책을 읽어주기도 했지만, 아이는 건성으로 듣기 일쑤였다. 아무것도 도움이 되지 않았다. 그 둘의 끝이 다가오고 있었다. 그 며칠이 길면서도 또 너무 짧기만 했다. 밤이면 둘은 소파에서 서로 껴안은 채 하나가 되어 함께 잤다. 아이의 몸에서 느껴지는 아련한 온기가 사라에게는 고통이 되었다. 그녀는 아이의 새근거리는 숨소리를 들으며 아이의 냄새를 들이마시며 몇 시간을 잠도 들지 못한 채 깨어 있었다. 케이트, 무슨 꿈을 꾸고 있니? 아이가 무슨 꿈을 꾸고 있는지 그녀는 궁금하기만 했다. 너도 나처럼 작별하는 꿈을 꾸고 있는 거니? 우리가 다시 볼 수 있을까? 우리가 다시 만날 수 있는 그런 세상이 올까? 사라는 아이를 품에 꼬옥 끌어안으며, 니나가 했던 말을 떠올렸다. 우리가 케이트를 꺼낼 거예요. 그러지 않으면, 아이에게는 기회가 없어요. 나의 사랑하는 아가야, 나는 너를 구할 수 있다면 무슨 짓이라도 할 거야, 사라는 생각했다. 하라고 하면 나는 할 거야. 내가 할 수 있는 건 그거뿐이니까.

사흘째 되는 날 아침이었다. 사라는 케이트를 데리고 밖으로 나갔다. 바깥의 날씨는 살을 에는 듯 매서웠지만, 케이트는 즐거워했다. 사라는 잠시 케이트를 그네에 태우고 밀어준 뒤, 함께 시소를 탔다. 케이트는 라일라가 길더에게 무참하게 폭행을 당한 그날 밤 이후로는 라일라에 대해 한마디도 하지 않았다. 라일라와 케이트 사이에 어떤 유대 관계가 형성되어 있었든지 간에, 이제는 그 유대감이 단절되어 버린 게 분명했다. 날씨가 점점 더 무섭게 추워지자, 둘은 다시 안으로 돌아왔다. 둘이 막 문에 이르렀을 때, 케이트가 발걸음을 멈췄다.

"누가 이걸 내게 줬어요." 아이가 말하며 사라에게 뭔가를 보여줬다. 아이의 손에는 분홍색 플라스틱 계란이 쥐어져 있었다.

"누가 줬는데?"

"모르는 사람요. 그 여자가 저쪽에 있었어요."

사라는 안마당을 가로질러 아이가 가리키는 곳을 보았다. 그곳에는 아무도 없었다. 케이트가 어깨를 으쓱해 보였다. "좀 전까지도 저기에 그 여자가 있었어요."

5분도 안 되었을 단지 몇 분 동안, 사라는 케이트가 마음대로 마당을 돌아다니도록 놔둔 적이 있었다.

"그 여자가 이걸 다니에게 주라고 했어요." 케이트가 이 말과 함께 그녀에게 플라스틱 계란을 건네주었다.

그 여자는 틀림없이 니나였을 것이다. 물론 그랬겠지. 사라는 받은 플라스틱 계란을 옷 주머니에 넣었다. 몸이 굳어오는 것만 같았다. 제니가 사라졌을 때, 그녀는 그 무거운 짐을 덜어낼 수 있을 거라는 희미한 희망을 가졌었다. 그녀는 자신이 터무니없이 어리석게 느껴졌다.

"우리 이건 비밀로 하자, 어때?"

"그 여자도 그렇게 말했어요." 그러고는 케이트의 얼굴이 환해지며, 아이가 물었다. "그건 비밀 메시지예요?"

사라는 최선의 다해 미소를 지었다. "정확히 맞아."

겁이 난 사라는 플라스틱 계란을 바로 열어보지 않았다. 어두운 아파트로 돌아온 둘은 라일라가 기다란 성냥을 들고 칸델라브라에 불을 밝히고 있는 것을 보게 되었다. 그녀의 얼굴은 창백하고, 머릿결은 부서질 것처럼 부스스했으며 비스듬히 뻗쳐 있었다. 라일라가 두 사람을 소파로 부르더니 책 한 권을 내밀었다.

"읽어주겠어?"

'작은 아씨들'이었다. 사라가 책 표지를 열자 누렇게 바랜 책장들에 쌓인 먼지가 풀썩 일어났다.

"아주 오랫동안 이 책을 열어보질 않았어." 라일라가 한숨을 내쉬었다.

사라는 여러 시간 동안 책을 읽어 내려갔다. 마음 한편으로는 책의 내용이 흥미롭다는 생각이 들기도 했지만, 나머지 것들은 어찌해야 할지 알 수가 없었다. 글의 표현들은 어려웠고, 자주 어디를 읽고 있었는지 놓치고는 했다. 케이트가 흥미를 잃더니, 결국은 잠이 들고 말았다. 라일라는 사라가 책을 끝까지 다 읽도록 할 생각인 것 같았다.

"화장실에 다녀와야겠어요." 마침내 사라가 말했다. "곧 돌아올게요."

라일라가 뭐라고 하기 전에 사라는 재빨리 화장실로 가 문을 닫았다. 그녀는 자신의 옷을 걷어 올리고 변기에 앉아, 그녀의 옷 주머니에서 플라스틱 계란을 꺼냈다. 그녀의 심장이 마구 요동치고 있었다. 잠깐 망설여졌으나, 그녀는 계란을 열어 그 안에 든 종이를 펼쳐 보았다.

물건은 안마당 가장자리 작은 정원 헛간에 있음. 문 왼쪽 널판 아래를 볼 것. 목표는 내일 11시 30분에 회의실에서 열리는 고위 참모 회의임. 중앙 엘리베이터를 타고 4층으로 가, 오른쪽 첫 번째 복도, 왼쪽 마지막 문이 회의실임. 경비원에게는 길더가 보냈다고 할 것. 세르지오는 살아 있다.

화장실 문을 다급히 두드리는 소리가 들리자, 사라는 종이를 플라스틱 계란 속에 다시 집어넣었다. "다니! 나 좀 도와줘!"

"잠깐만요!"

문고리가 흔들렸다. 내가 문을 잠갔던가?

"다니! 나 열쇠 가지고 있어! 제발, 문 열어!"

변기에서 휘청거리며 일어서던 사라가 떨어뜨린 플라스틱 계란이 바닥을 빠르게 가로지르며 굴러갔다.

이런 제길! 라일라가 열쇠 구멍에 열쇠를 넣고 돌리고 있었다. 사라는 간신히 욕실 화장대 맨 아래 서랍에 플라스틱 계란을 집어넣고 돌아서서 활짝 열린 화장실 문 입구에 서 있는 라일라를 쳐다보았다.

"다 됐어요." 그녀가 미소를 지어 보이며 말했다. "뭘 도와드릴까요, 라일라?"

모든 게 다 혼란스러운 듯 라일라의 얼굴이 새파랗게 질려 있었다. "나도 잘 모르겠어. 나는 자기가 어디론가 사라졌다고 생각했어. 자기 때문에 놀랐잖아."

"그게, 잠깐 자리를 비우기는 했어요. 화장실에 왔으니까요."

"변기 물 내려가는 소리를 못 들었는데."

"앗, 이런, 죄송해요." 사라가 돌아서서 변기의 물을 내렸다. "제가 무례했네요."

잠시 라일라는 아무 말이 없었다. 그녀는 현실과는 완전히 동떨어져 있는 것처럼 보였다.

"내 부탁 좀 들어주겠어?"

사라가 고개를 끄덕였다.

"나…… 초콜릿이 먹고 싶어."

'초콜릿', 초콜릿이 뭐지? "제가 어디를 가면 그걸 찾을 수 있을까요?"

라일라가 믿을 수 없다는 듯 쳐다봤다. "물론 부엌이지."

"네, 너무 뻔한 얘기였는데." 아마도 부엌에 있는 누군가는 라일라가 얘기하는 것이 무엇인지 알고 있을 것 같았다. 그러나 사라는 빈손으로 돌아오는 것은 좋은 생각이 아니라는 것은 알지 못했다. "지금 바로 다녀올게요."

라일라의 표정이 조금 밝아졌다. "아무거나 괜찮아. 그냥 코코아 한 잔이라도."

라일라의 눈에는 초점이 없었다. 그녀가 나지막이 한숨을 쉬었다. "나는 겨울 오후에는 늘 코코아 한 잔 마시는 걸 즐겼어."

사라는 아파트 밖으로 나왔다. 라일라가 얼마나 많이 본 걸까? 왜 나는 변기 물을 내리는 걸 깜박한 거지? 내가 서랍은 닫아놓았나? 그녀는 기억을 되돌려 장면들을 되새겼다. 그래 서랍은 닫아놨어. 라일 라가 굳이 그 안을 들여다볼 이유는 없어 안전하기는 했지만, 사라는 도우미 소녀가 오기 전에 그 플라스틱 계란을 다시 꺼내 와야만 했다.

부엌은 건물의 반대편에 있었다. 사라는 아트리움을 가로질러 가야 만 했고, 그곳에는 언제나 콜들이 북적거리고 있었다. 여전히 요동치는 아드레날린에 떠밀려, 그녀는 바닥만을 바라본 채 홀 쪽으로 내려갔다.

로비 쪽으로 들어서던 그녀는 떠들썩한 소란이 벌어지고 있는 걸 알 아차렸다. 시종 하나가 콜 둘에게 끌려가는 중이었고, 여자의 안타까운 울부짖음은 거대한 공간이 만들어내는 음향의 반사로 인해 더 크게 울려 퍼지고 있었다.

"안 돼요! 제발, 제가 이렇게 빌게요! 저 더 잘할게요! 제발 저를 지하 로 보내지 마세요!"

여자는 캐런 몰리노였다.

"사라! 도와줘!"

사라의 발걸음이 얼어붙었다. 캐런이 도대체 어떻게 내 얼굴을 본 거 지? 그리고 나서 그녀는 자신이 치명적인 실수를 저질렀음을 알아차렸 다. 평생 결코 잊을 수 없는 실수였다. 사라는 베일을 내려 자신의 얼굴을 가리는 것을 깜박했던 것이었다.

"사라, 제발!"

"거기 너, 꼼짝 마."

다른 세 번째의 남자가 소리를 질렀다. 그가 가까이 다가오자, 사라는 그가 누구인지 바로 알 수 있었다. 살이 쪄 둥글게 나온 배, 코끝에 얹힌 뿌연 안경 그리고 날개 같은 눈썹. 벌린 박사였다.

"너." 그가 사라의 얼굴을 유심히 살펴봤다. "이름이 뭐야?"

사라의 입술이 바짝 타들어 갔다. "다니예요."

"저년은 너를 사라라고 하던데."

"저 여자가 착각한 게 분명해요." 반사적으로 사라의 눈이 입구 쪽을 잽싸게 훑어보았다.

"저는 다니예요."

"사라, 대체 나에게 왜 이러는 거야?" 캐런이 그물에 걸린 물고기처럼 몸을 뒤틀어 몸부림쳤다. "제발 내가 반역자가 아니라고 말해줘!"

벌린의 표정이 굳었다. 그리고 그의 양쪽 입꼬리가 올라갔다.

"아하, 네 얼굴이 기억이 나. 이렇게 예쁜 얼굴이라니. 너같이 예쁜 계집의 얼굴은 잊을 수가 없지."

사라는 튕기듯 문을 향해 힘껏 내달렸다. 세 걸음을 내달리고 그녀는 문밖으로 뛰쳐나갔다. 빠르게 계단을 달려 내려갔다. 그녀의 뒤에서 고함이 들렸다.

"저 계집을 붙잡아! 저년을 잡으라고!"

어디로 도망가야 하지? 하지만 도망갈 곳이 없었다. 사방에서 콜들이 사라를 향해 달려왔다. 조여들어 오는 올가미처럼 그녀를 에워싸고 있었다. 사라의 손이 그녀의 옷 주머니를 뒤져 은박지를 접어 만든 작은 봉투를 집어 꺼내 들었다. 그래 여기 있어, 이거야. 이제 끝이야. 그녀가 멈춰 섰다. 더 뛰어야 할 이유가 없었다. 그녀에게 많아야 일이 초 정도의 여유밖에 없었다. 접힌 은박지 봉투를 열어 안의 치명적인 내용물을 확인했다. 사라는 봉투를 엄지와 검지로 잡고 입가로 가져왔다. 이제 안녕, 나의 사랑하는 딸, 내가 너를 얼마나 사랑했는데. 이제 그만 안녕.

하지만 사라의 뜻대로 되지 않았다. 그녀가 봉투를 입에 갖다 대었을 때, 누군가가 뒤에서 들이박았다. 그녀의 몸이 공중으로 날아올랐다. 발에서 떨어진 땅이 멀어지며 솟구치더니 다시 천천히 그리고 빠르게 그렇게 순식간에 그녀의 머리가 도로 위로 떨어졌다. 주위가, 세상이 깜깜해졌다.

59

세 사람은 배수로의 경사면에 배를 바짝 붙이고 엎드려 있었다. 그리어가 망원경으로 주위를 살폈다. 늦은 오후, 태양이 구름 속에서 빛나고 있었다.

"이곳인 게 확실한 거죠?" 에이미가 말했다.

알리시아가 고개를 끄덕였다. 그들은 거의 세 시간째 그곳에서 꼼짝 않는 중이었다. 그들의 관심은 낮은 언덕의 비탈 아래쪽에 튀어나와 있는 넓은 입구의 배수관에 쏠린 상태였다. 입구 주위의 눈 위에는 차량의 타이어 자국이 어지럽게 나 있었다.

몇 분쯤 시간이 더 흐르고, 알리시아가 확신을 잃기 시작하려 할 때 그리어가 그의 손을 들었다. "가자."

그때, 배수관의 입구에 어두운 재킷을 입고 있는 사람의 모습이 나타났다. 남자인지 여자인지 알리시아는 구분이 안 되었다. 얼굴 아래쪽을 스카프로 가리고 있는 데다가, 모직 모자를 눈 바로 위까지 눌러 쓰고 있었다. 그가 걸음을 멈추고 한 손을 눈썹 위에 갖다 대고는 남쪽을 주시하며 살피기 시작했다.

"저 남자 누군가를 기다리고 있나 보군." 그리어가 말했다.

"저 사람이 남자인지 어떻게 알아요?" 알리시아가 물었다.

"그건 모르지." 그리어가 에이미에게 망원경을 건넸고, 에이미는 걸리적거리는 머리카락을 옆으로 쓸어 넘기고는 망원경을 눈에 갖다 댔다. 놀라운 광경이었다. 알리시아에게는 그렇게 보였다. 모든 게, 심지어 그렇게 작은 움직임조차도, 에이미는 지금까지도 변함없이 소녀의 모습 그대로이면서도 전혀 다른 사람이 되어 있었다. 그리어의 말에 따르면, 에이미는 쉐브론 마리너호의 선체의 밑바닥까지 들어갔었고, 딴사람이 되어 나왔다고 했다. 에이미 자신조차도 설명할 수 없는 일이었다. 알리시아에게 가장 기이해 보이는 것은 그런 일이 있었던 게 전혀 이상해 보이지 않는다는 것이었다.

"저도 분간이 안 되네요. 하지만 저 사람이 누구를 만나기로 했든지 간에 늦은 건 맞네요." 에이미가 얼굴에서 망원경을 내려놓았다. 그녀는 과하게 커 보이는 모직 코트 안에, 맵시라고는 찾아보기 힘든 수녀 옷을 아직도 입고 있었다. 그 아래로는 두꺼운 모직으로 짠 레깅스를 입은 그녀의 다리와, 끈으로 묶는 구겨진 가죽 부츠를 신고 있는 발이 보였다.

"우리가 세르지오를 찾기 원한다면, 지금보다 더 좋은 기회는 없을 것 같아요."

"같은 생각이야."

그들이 접근하는 것을 가려줄 것이라고는 배수관 동쪽에 늘어서 있는 덤불들과 배수로 경사면 위에 있는 벌거벗은 나무들이 전부였다. 에이미와 알리시아가 망을 보는 일을 그리어에게 맡기고 몸을 잔뜩 웅크려 낮추고 각자 배수로 반대쪽으로 움직여갔다. 에이미는 지상에서 오른쪽에 자리를 잡고, 알리시아는 위쪽에서 내려오기로 했다. 일단 둘이 자리를 잡게 되면, 그리어가 휘파람을 불어 배수구 입구에 있는 남자의 주의를 끌고, 에이미와 알리시아는 약속한 대로 남자에게 접근하는 것이었다.

모든 게 계획대로 진행되었다. 알리시아는 배수관 위에 배를 대고 포복으로 버둥대며 기어갔다. 알리시아의 바로 아래 모자를 쓴 남자의 정수리가 보였다. 알리시아가 있는 위치에서는 그리어와는 다르게 에이미가 보이지 않았다. 그리어의 신호를 기다렸다. 그런데…….

어, 이 남자 어디로 사라진 거지?

무릎을 꿇은 채 몸을 일으킨 알리시아가 때맞춰 몸을 돌려세우며 자신을 덮치는 남자의 몸무게를 전부 막아냈다. 그건 남자의 몸무게가 아니었다. 그는 여자였다. 공중에서 뒤엉킨 둘은 배수관 입구의 가장자리로 굴러떨어졌다. 알리시아가 등부터 눈 위로 떨어지자, 여자가 그녀를 덮쳤다.

"이런 씨발, 너 누구야?" 여자는 자신의 무릎으로 알리시아의 두 팔을 제압하고는 목에 칼을 들이댔다. 칼날이 알리시아의 피부를 빈틈없이 짓누르며 상처를 냈다. 알리시아는 여차하면 여자가 주저 없이 칼날을 휘두를 거라는 걸 직감했다.

"조심해, 진정하라고. 나는 같은 편이라고."

"질문에 대답이나 해."

"이거 봐, 에이미? 좀 도와주면 안 될까?"

에이미가 뒤에서 다가왔다. 정말 아무 소리 하나 들리지 않았고, 여자가 움직이기 전에, 에이미가 여자의 옷깃을 잡고 그녀를 옆으로 내동댕이쳤다. 여자가 벌떡 일어나 칼을 들고 덤벼들자, 에이미가 후려쳐 떨어뜨렸다. 그리고 나서 순간적으로 여자의 뒤로 돌아가 여자의 겨드랑이 사이로 팔을 넣어, 여자의 팔을 들어 올리며 목을 꺾어 눌러 꼼짝 못 하게 만들었다. 다른 한 손으로는 여자의 허리를 꽉 붙잡고 있었다. 알리시아에게 떠오른 생각은 하나뿐이었다. 이러다 무슨 일이 나도 나지.

"그만해요," 에이미가 말했다. "우리는 얘기를 하고 싶을 뿐이에요."

여자가 이를 악물고 말했다. "닥쳐."

"내가 원하기만 하면 당신 목을 부러뜨릴 수 있었다는 생각은 안 해요?"

"얼마든지 상대해줄게. 가서 길더에게 내가 그러더라고 말도 좀 해줘, 뒈지라고."

에이미가 여자가 떨어뜨린 칼을 집어 들고서 바지의 눈을 털어내고 있는 알리시아를 쳐다봤다. 그리어가 그들에게 걸어왔다. "그 이름이 당신에게 어떤 의미가 있는가 보군요?" 에이미가 물었다.

알리시아가 고개를 저었다.

"길더가 누군데?" 알리시아가 여자에게 물었다.

"이거 뭐지, 길더가 누구라니?"

"이름이 뭐예요?" 에이미가 물었다. "그 정도는 내게 말해줄 수 있잖아요."

잠깐 주저하더니, "니나, 됐어? 내 이름은 니나야."

"나는 지금 당신을 풀어주려고 해요, 니나." 에이미가 말했다. "대신 우리가 당신과 해야 할 얘기를 들어주겠다는 것만 약속해줘요. 내가 원하는 건 그게 다예요."

"개수작 부리지 마."

에이미가 자신의 요구를 관철시키기 위해 니나의 목을 꺾어 누르고 있는 자신의 팔과 손을 힘주어 더 조였다. "약속, 하는, 거예요."

니나가 또다시 몸부림치며 저항하더니, 이내 포기하며 수그러들었다. "알았어, 알았다고. 약속한다고."

에이미가 그녀를 옴짝달싹 못 하게 붙들고 있던 팔과 손을 풀어주었다. 쓰러질 듯 앞으로 몇 걸음 비틀거리며 가더니, 니나가 몸을 돌려 일어섰다. 앳된 얼굴이었다. 스무 살이나 되었을까. 하지만 그녀의 눈빛은 달랐다. 매우 사납고 격렬한 눈빛이었다.

"너희 대체 누구야?"

"좀 전에 멋있었어." 알리시아가 에이미에게 말했다. 검지 사이로 칼을 빙그르 돌려보더니, 알리시아가 칼을 에이미에게 건넸다. "그런 기술을 어디에서 배웠어?"

"어디서 배웠을 것 같은데요? 당신을 보면서 배웠죠."

알리시아가 눈짓으로 그리어를 가리켰다. 그리어의 긴 수염에 얼어붙은 눈이 마치 개의 입마개처럼 보였다.

"루시어스, 제가 다시 망을 봐달라고 부탁드려도 될까요? 그 차량이 다가오면 우리에게 알려주세요."

"그게 다야? 그냥 자네들에게 알려주면 되는 거야?"

"그렇게 해주실 수 있다면 그걸로 충분해요. 시간을 끌어 그들이 조금 지체되게 해주세요. 우리 얘기가 끝날 때까지요."

그리어가 비탈을 뛰어 올라갔다. 에이미는 칼을 손에 든 채 과장되지 않은 의미심장한 몸짓으로, 니나에게 다시 말을 건넸다. "앉아요."

니나가 도발이라도 하려는 듯 노려보았다. "내가 왜 그래야 하는데?"

"왜냐면 그래야 당신이 좀 편할 테니까요. 시간이 좀 걸릴 거예요."

에이미가 칼을 벨트 사이에 꽂아 넣었다. 당신이 문제를 일으키지만 않으면, 나는 이걸 쓸 일이 없어요, 그런 의미였다. "우리는 당신이 생각하고 있는 그런 사람들이 전혀 아니에요. 자, 이제 앉아요."

니나가 주저하면서 눈 바닥 위에 앉았다. "나는 너희에게 아무것도 말하지 않을 거야."

"과연 정말 그럴까요?" 에이미가 말했다. "내가 당신에게 앞으로 이곳에서 일어날 일을 설명하고 나면, 당신은 내가 알아야만 할 것들을 모두 털어놓게 될 거예요."

"나는 다니와 놀고 싶다고요!"

"에바, 우리 아기……."

화가 난 아이의 얼굴이 붉게 달아올라 있었다. 아이가 바닥에서 가죽 컵 하나를 낚아채서는 라일라에게 집어 던졌고, 살짝 빗나갔다.

"가서 자!" 라일라가 소리 질렀다. "당장 가서 자라고!"

소녀는 꼼짝하지 않았다. 아이의 얼굴이 증오심으로 타오르고 있었다. "시키는 대로 하지 않을 거야!" "나는 네 엄마야! 너는 내가 하라는 대로 해야 해!"

아이가 한 손에 마른 콩을 한 줌 집어 들었다. 라일라가 미처 피하기도 전에, 그 작은 소녀가 증오에 가득 찬 놀라운 힘으로 콩을 라일라의 얼굴에 집어 던졌다. 대부분의 콩은 라일라 뒤 바닥에 비처럼 타닥타닥 소리를 내며 와르르 떨어졌다. 소녀가 벌떡 일어나 아파트 안을 정신없이 미친 듯 뛰어다니기 시작했다. 책장의 책들을 힘껏 잡아당기고, 테이블 위의 물건들을 내치며, 베개와 쿠션들을 마구 집어 던졌다.

"당장 그만두지 못하겠니!"

아이가 커다란 도자기 화병을 집어 들었다.

"에바, 안 돼……."

소녀는 화병을 머리 위로 쳐들더니 마치 차의 트렁크를 쾅 치는 것처럼 아래로 내려 던졌다. 금이 가는 정도가 아니라 폭탄이 터지는 것 같았다. 화병이 터지며 셀 수도 없이 수많은 파편으로 튀어 올랐다.

"엄마 미워!"

뭔가 일이 벌어지고 있었다. 결국은 일어나고야 말 일. 라일라도 알고 있었다. 이 모든 것들이 예전에도 일어났던 적이 있었음을 자신의 머릿속 깊은 곳에서 느꼈던 것처럼. 하지만 거기서 생각이 끊겼다. 무언가의 둔탁한 모서리가 그녀의 머리를 때렸다. 아이가 책들을 던지고 있었다.

"엄마 보기 싫어!" 아이가 악을 썼다. "나는 엄마가—미워—나는 엄마가—밉다고—엄마가 밉단—말이야!"

하지만 그 말을 내뱉는 딸의 입을 지켜보고 있던 라일라에게, 그 말들은 아이가 아닌 다른 곳에서 들려오는 것만 같았다. 자신의 머릿속에서. 라일라는 몸을 앞으로 크게 숙이며 아이의 허리를 잡고 안아 올렸다. 여자아이가 라일라에게 붙잡힌 채 발버둥 치며 몸을 비틀어대고 비명을 질렀다. 라일라가 원했던 건 – 대체 뭐였지? 딸을 진정시키는 거? 상황을 진정시키는 거? 자신의 머릿속을 헤집어놓는 비명 소리를 멈추게 하는 거? 라일라가 힘을 줄 때마다, 친절하게도 아이는 목청이 터지도록 고래고래 비명을 질러댔다. 일종의 광기 가득한 그 장면은 기괴한 차원으로 확장되며, 라일라가 발을 헛디뎌 둘이 무게 중심을 잃은 채 뒤로 획 넘어가 화장대에 부딪힐 때까지 계속되었다.

"에바!"

아이가 그녀의 품에서 뛰쳐나가 도망갔다. 멈춰 선 소녀는 소파의 밑부분에 기대어, 화가 머리 꼭대기까지 치민 눈으로 라일라를 노려보고 있었다. 에바가 왜 울지 않는 거지? 아이가 다쳤나? 내가 에바에게 무슨 짓을 한 거지? 라일라는 두 손 두 발로 기어서 딸에게 다가갔다.

"에바, 미안해, 내가 일부러 그러려고 한 건 아니야……."

"엄마가 죽었으면 좋겠어!" "제발, 그런 말은 하지 마. 엄마가 이렇게 부탁해, 그 말만은 하지 마."

그리고 이 말과 함께 마침내 조그마한 여자아이의 눈에서 눈물이 흘렀다. 고통 때문에, 창피함 때문에, 더더군다나 두려움 때문에 흘리는 눈물은 아니었다. 나는 영원히 당신을 경멸할 거예요, 당신은 내 엄마가 아니에요, 단 한 번도 내게 엄마였던 적이 없었어요, 나보다 당신이 더 잘 알고 있잖아요.

"제발, 에바야, 나는 너를 사랑해. 내가 너를 얼마나 사랑하는지 모르겠니?"

"그런 말 하지 마! 거짓말이잖아! 나는 다니가 필요하다고!" 어떻게 저 조그마한 아이의 작은 폐가 저렇게 엄청나게 큰 소리를 내지를 수 있는 거지. "나는 엄마가-미워-나는 엄마가-밉다고-엄마가 밉단-말이야!"

라일라는 양손으로 자신의 두 귀를 틀어막았다. 그러나 무엇도 아이의 고함 소리를 막지는 못했다.

"그만해! 제발!"

"나는-엄마가-죽었으면-좋겠어-나는-엄마가-죽었으면-좋겠다고-나는-엄마가-죽었으면-좋겠단 말이야!"

라일라는 욕실로 뛰어 들어가 문을 쾅 닫았다. 하지만 그런다고 나아진 건 아무것도 없었다. 사방에서 아이의 고함 소리가 지울 수 없는 굉음같이 들려오는 것 같았다. 그녀는 주저앉아 두 손으로 얼굴을 가리고 울었다. 아이에게 무슨 일이 벌어지고 있는 거지? 나의 사랑하는 에바. 에바, 내가 뭘 어쨌다고 그렇게 나를 미워하는 거니? 고통으로 몸이 떨려왔다. 그녀의 생각들이 소용돌이치고, 뒤집히며, 산산조각이 났다. 라일라 카일이 부서져 수백만 개의 조각으로 바닥에 흩어졌다.

케이트는 에바가 아니었으니까. 라일라가 아무리 케이트가 에바이기를 소망했더라도, 에바는 영원히 사라진, 과거의 유령 같은 존재였으니까. 바꿀 수 없는 그 사실이 누군가 그녀의 목구멍 속으로 산성 용액을 들이붓고 있는 것처럼 밀려들어 와, 라일라가 붙들고 의지하고 있던 거짓말들을 말끔히 태워버렸다. 돌아가, 안 돼, 돌아가, 라일라가 마음속으로 외쳤다. 안 돼, 돌아가야 해. 하지만 그녀는 더 이상 되돌릴 수가 없었다, 더 이상은.

아악, 맙소사, 내가 무슨 끔찍한 짓들을 한 거야! 끔찍하고, 지독하고, 용서받지 못할 짓을 저질렀어, 내가! 라일라는 몸부림치며 흐느껴 울었다. 그녀의 아버지가 그의 작은 보트에 페인트칠을 하며 얘기해줬던 것처럼, 펑펑 울었다. 그녀는 가증스럽고 혐오스러운 존재가 되어 있었다. 세상에 살아 있는 악의 흔적이었다. 모든 게 그녀에게 분명하게 보였다. 모든 진실의 조각들이 그녀의 기억 속에서 시간이 깨졌다가 다시 짜맞춰진 영상처럼 이어져갔다. 그 부끄러운 이야기들을 들려주며.

나는-엄마가-죽었으면-좋겠어-나는-엄마가-죽었으면-좋겠다고-나는-엄마가-죽었으면-좋겠단 말이야.

그리고 뭔가 다른 일이 일어나고 있었다. 라일라는 자신이 욕조 가장자리에 앉아 있는 것을 발견했다. 그녀는 자신의 자유 의지를 넘어선 기이한 상태에 들어갔다. 자신이 선택할 수 있는 건 하나도 없었다. 주위의 것들이 그녀를 움직이고 있었다. 그녀는 수도꼭지를 돌려 열고는, 흐르는 물에 자신의 손을 갖다 댔다. 자신의 손가락 사이를 흘러내리는 물을 보며 생각했다. 그래 여기 있었구나. 비밀같이 숨겨 있던 해결 방법이. 마치 그녀가 항상 알고 있었던 것 같았다. 마치 그녀의 마음 가장 깊은 곳에서, 지난 백 년 동안 이 마지막 선택을 계속 반복해오던 것 같았다.

물론, 욕조가 그 수단이 될 것이다. 몇 시간 동안 라일라는 욕조의 따뜻한 물속에 몸을 담그고 있을 것이다. 그러면 지난 수십 년의 시간이 그 온기에 잠긴 채 위로를 받으며 지나가고, 기분 좋게 세상을 지워버릴 수 있을 것이다. 그러나 항상 그녀에게 속삭이듯 들리는 소리가 있었다. *라일라 내가 여기에 있어, 내가 당신의 마지막 구원이 되게 해줘.*

수증기가 조용히 느리게 원을 그리며 솟아오르고, 욕실은 그 축축한 습기로 뿌옇게 가득 찼다. 라일라는 완벽한 고요 속에 갇혀 있었다. 양초에 하나씩 불을 밝히기 시작했다. 그녀는 의사였다. 자신이 무슨 짓을 하고 있는지 잘 알았다. *Soy médico, 나는 의사랍니다.* 그녀는 옷을 벗고 거울에 비친 자신의 나체를 살펴보았다. 그 아름다움이 — 당연하지, *원래 아름다웠으니까* — 그녀를 과거의 기억으로 가득 채워놓았다. 목욕을 마치고 욕조에서 나오던, 자신이 아이였던 어린 그 시절의 기억들로.

방금 세탁해 말린 부드러운 온기가 채 가시지 않은 뽀송뽀송한 타월을 두르고 있는 자신의 젖은 머리를 말려주던 아빠는 '우리 딸은 아빠의 공주님이야'라고 놀리며 그녀를 안아주고는 했었다. 너는 이 세상에서 가장 아름다운 아이야. 그 기억들이 욕조의 물속으로 녹아들었다. 그녀는 아이였고, 그러다 어깨에 커다랗고 두툼한 코르사주를 핀으로 꽂은 파란 타페타 드레스를 입고 있는 10대 소녀가 되어 있었다. 그리고 모든 기억 속 장면들이 그녀가 마침내 엄마의 웨딩드레스를 입고 거울 앞에 서 있는 성숙하고 젊은 건강함이 넘치는 여성이 된 그 순간까지, 하나씩 차례대로 넘어가고 있었다. 섬세한 레이스로 치장된 드레스의 몸통과 길게 늘어진 반짝이는 하얀 비단의 드레스 자락. 그 모습에 얼마나 그녀 인생의 모든 것이 보장된 것처럼 보였는지. 오늘이 그날이라고, 브래드와 내가 결혼하는 날. 라일라가 그녀의 배 위에 손을 올려놓았다.

웨딩드레스는 사라지고, 대신 얇은 잠옷을 입고 있었다. 환한 아침 햇살이 물결치며 창문으로 들어왔다. 그녀는 옆으로 돌아누워, 풍만한 곡선을 그리며 솟아오른 자신의 배를 두 손으로 감싸 안았다. 에바, 그게 너의 이름이 될 거야. 그게 너야. 아가야, 엄마는 너를 에바라고 부르기로 했단다. 수증기가 계속 솟아오르고, 욕조에 물이 거의 가득 차올랐다.

브래드, 그리고 에바, 내가 곧 갈게. 나 혼자 너무 오래 떨어져 있었어. 나 이제 가족과 함께하기 위해 갈 거야.

양쪽 손목 아래쪽에 파란선 세 개가 일정한 리듬으로 뛰었다. 둥근 팔뚝 주위를 따라 위로 감아 올라가고 있는 두정맥, 척골 쪽의 뒤쪽 표면을 타고 올라가 주정중피정맥과 연결되기 전에 등정맥망에서 시작되는 척측 피정맥 그리고 팔꿈치 뒤쪽의 두정맥과 합쳐지는 지류 신경총으로부터 뻗어 나온 덧노쪽피부정맥이었다. 라일라는 날카로운 것이 필요했다. 가위들이 어디 있지? 다니 그리고 그전에 왔던 다른 여자들이 내 머리를 다듬기 위해 썼던 가위들이 다 어디 간 거야? 그녀는 욕실 화장대의 서랍 하나를 열어 봤다. 그리고 그다음 서랍 그렇게 맨 아래의 서랍까지. 맨 아래의 서랍에 그 시퍼런 예리한 날들을 번쩍이고 있는 가위들이 들어 있었다.

그런데 이건 뭐지?

계란이었다. 부활절용 플라스틱 계란. 라일라가 아직 꼬마였을 때, 잔디밭에서 찾아내고는 하던 것과 똑같은 모양의 것이었다. 그런 행사들을 얼마나 좋아했었던지, 손에 들려 있는 작은 바구니를 흔들며 들판을 마음껏 뛰어다니다 보면 발에 작은 물방울들이 잔뜩 묻어나고, 서서히 바구니 속에 보물들이 쌓여갔다. 그러면 그녀의 마음속에는 한밤중에 몰래 찾아와 이 많은 보물을 남기고 간 커다란 하얀 토끼의 모습이 그려지고는 했다. 라일라는 그 플라스틱 계란을 두 손으로 받쳐 손바닥 위에 올려놓았다. 안에 무언가 희미하게 흔들리고 있는 것이 느껴졌다. 안에 뭐가 있다고……? 그게 가능한 일이야……? 하지만 그게 아니면 또 뭐가 가능할 수 있겠어?

답은 오직 하나였다. 라일라 카일은 자신의 혀 위에 초콜릿을 올려놓고 맛보며 죽을 수 있을지도 몰랐다.

60

배신이었다. 믿기지 않는 배신.

어떻게 반역자들이 이렇게까지 가까이 와 있을 수 있었던 거지? 누가 나에게 좀 얘기해줄 수는 없는 거야? 처음에는 그 빨간 머리의 계집, 그러더니 베일 그리고 이번에는 라일라의 시종마저? 그 겁먹은 쥐새끼 같은 게? 내가 그 방에 들어설 때마다 바닥만 바라보던 그 별 볼 일 없는 아무것도 아닌 게? 반역자들이 꾸민 음모의 마수가 도대체 얼마나 돔 안 깊숙이 뻗쳐 있는 거지?

그래도 길더를 가장 짜증 나게 만드는 건, 역시 그 빨간 머리의 계집이었다. 그년이 도망치면서 열한 명을 죽였다. 어떻게 그런 일이 가능한 거지? 우리는 그년의 이름조차 알아내지 못했는데 말이야. 나? 네가 부르고 싶은 대로 불러, 그년은 그렇게 말했었다. 그래도 아침에는 나를 불러 깨우지는 말아줬으면 좋겠어. 건방지기 짝이 없는 농담이라니. 그것도 며칠을 내내 두들겨 맞은 계집의 입에서 나온. 소드에 대해서는 뒤늦게라도 자신의 실수를 인정할 수밖에 없었다. 그런 멍청한 녀석의 고삐를 풀어준 게 재앙으로 이어지는 건 당연한 일이었다.

길더는 시종의 심문을 직접 감독했다. 그 빨간 머리의 계집에게 힘을 준 것이 무엇이든 간에, 이번 심문은 훨씬 더 약한 수단들이 동원되었다. 욕조에 세 번 넣었다 뺀 것이 전부였다. 폭탄은 헛간에 있었다. 도우미 소녀 제니, 최근에 그녀를 본 사람이 없기는 했다. 반역자들이 그녀의 의식을 잃게 했기 때문에 그녀가 모르는 은신처의 위치, 그건 말이 되는 일이었다. 길더라도 그렇게 했을 테니까. 니나라는 여자, 파일 사이에서 찾은 니나라는 이름을 가진 여자는 이미 4년 전에 죽은 사람이었다. 그리고 유스터스라는 남자, 그에 관한 기록은 아예 없었다. 모두 흥미로운 사실들이었지만, 길더에게 도움이 되는 건 아무것도 없었다.

강도를 좀 더 높여볼까요? 경비원이 물었다. 아시겠지만 몇 번 더 물에 넣어도 될 것 같습니다. 길더는 여전히 판자에 묶여 있는 여자를 내려다보았다. 여자의 머리는 얼음장같이 찬 물에 푹 젖었고, 막 건져낸 여자는 물을 많이 들이켠 듯 축축한 숨을 내쉬며 몸을 떨고 있었다. 사라 피셔, No. 94801, 막사 216호의 거주자, 3번 바이오디젤 공장의 노동자, 벌린이 자신들이 로즈웰에서 잡아온 무리 중에 그녀가 있었던 것을 기억하고 있었다. 그렇다면 그 지긋지긋한 텍사스 놈들 중 하나인 거였다. 이제 11명의 바이럴도 와 있었기에, 길더는 그렇지 않아도 정말 텍사스 인간들에 대해 중대한 조치를 내려야만 하는 입장에 놓여 있었다. 이 여자는 전혀 그런 부류는 아닌 것으로 보였지만, 길더는 이 여자가 자신을 죽이려 했었다는 걸 기억해냈다. 물론 그런 부류의 인간이 따로 있는 것은 아니었지만 말이다. 그리고 그건 지난 몇 달간의 폭력적인 상황을 통해 그가 절실히 깨달은 것이기도 했다. 모두가 반역자인 동시에 아니기도 했다.

됐어, 길더가 경비원에게 말했다. 여자를 묶어둬. 내 생각에는 그레이가 이 계집의 피를 좋아할 것 같으니까. 녀석은 언제나 젊은 피를 좋아하거든.

그는 계단으로 지하실에서 그의 사무실까지 걸어 올라갔다. 자신의 안경을 쓰고 커튼을 열어젖혔다. 방금 지평선 아래로 져버린 해가 구름에 밝은 색깔의 띠를 덧씌우고 있었다. 꽤 예쁜 광경이었다. 길더는 한 세기 전쯤 언제나 자신이 즐겨 보았을 법한 광경이라고 생각했다. 하지만 인간은 평생 그렇게 많은 석양을 보고도 하나의 생각을 할 수 있을 뿐이었다. 영원히 사는 것의 문제, 그리고 기타 등등, 기타 등등.

그는 윌크스가 그리웠다. 그가 언제나 항상 최고의 동료였던 것은 아니었다 – 윌크스는 지나치게 모든 일에 열심인 사람이어서 그의 비위를 맞추기가 어려웠다 – 하지만 적어도 그는 마음을 터놓고 이야기할 수 있는 사람이었다. 길더는 그를 신뢰했고, 그에게 속마음을 털어놓았다. 그러나 시간이 지나면서 지난 몇 년 동안은, 그들 사이에 할 말도 별로 많지 않게 되었다. 길더는 심지어 그에게 쇼나에 관한 이야기도 했었다. 비록 그가 진실을 거짓말로 덮어버리기는 했지만 말이다. 그년은 *창녀였다고, 믿어져? 내가 진짜 멍청했던 거지!* 하지만 이런 젠장, 둘은 그 말에 아주 오랫동안 기분 좋게 실컷 웃었었다. 문제는, 이건 그냥 상관없는 얘기지만, 길더로 하여금 문밖으로 그의 머리를 내밀고 뭔가 핑계를 대며 자신의 친구를 사무실로 부르게 만들던, 이유 없이 막연하게 불안해지는 시간이었다 – "프레드, 당장 들어와!" – 하지만 사실은 단지 이야기를 하고 싶었던 거였다.

그의 친구. 그는 그들을 친구라고 생각했었다. 그런 시절이 없었던 건 아니었다.

캄캄하게 날이 저물었다. 길더의 시선이 언덕을 따라 프로젝트로 향했다. 이제 프로젝트가 아닌 다른 이름이 필요할 것 같았다. 이런 일에는 홉펠이 가장 적임자였다. 거기에는 이견이 있을 수 없었다. 그는 정말 말과 글에 재주가 뛰어난 사람이었으니까. 지난 역사에서 그는 시카고의 대형 광고 기획사에서 일하던 광고 전문가로, 군인들을 과장된 미사여구의 가사들에 따라 행동하게 하는 국가의 내용에 딱 들어맞는 많은 구호와 노래를 만들어낸 경험이 있었다.

홈랜드, 우리의 홈랜드, 우리는 당신에게 우리의 생명을 바칠 것을 맹세합니다. 보상과 대가가 없더라도 우리는 기꺼이 노동할 것입니다. 홈랜드, 우리의 사랑하는 홈랜드, 여기서 국가를 일구어낸다네. 안전, 희망, 안보, 대서양에서 태평양까지.

너무 뻔하기도 했고, 길더는 '보상Recompense'이라는 단어를 좋아하지 않았다 – 다소 딱딱하게 들리기도 했다 – 하지만 그 단어는 멋들어지게 운율이 맞아 떨어졌고, 노래의 장르를 고려하면 그렇게 딱딱하게 들리지도 않았다.

그래서, 프로젝트를 뭐라고 다시 이름을 붙여줘야 하는 거지? '벙커'는 너무 전투적인 느낌이 났다. '궁전'은 일반적으로 적절한 느낌을 주기는 했으나, 프로젝트에 궁궐다운 면모라고는 있지도 않았다. 그건 그냥 아주 커다란 콘크리트 박스처럼 보일 뿐이었다. 뭔가 종교적인 냄새가 나는 거? 성지? 하지만 이런 미친, 아무도 안으로 발을 들여놓고 싶어 하지 않는 성지가 세상 어디에 있냐고?

얼마나 많은 플랫랜더들이, 얼마나 자주 그 안으로 들어가야 하는지는 아직 알 수가 없었다. 길더가 아직 제로로부터 정확한 지시를 받지 못한 것이었는데, 대체적인 느낌으로는 일이 잘 풀릴 것 같았다. 트웰브는 – 혹은 일레븐은 – 흔해 빠진 보통의 바이럴들과는 다를 수도 있었지만, 그들이 어떤 존재인지는 분명했다. 기본적으로 그들은 대식가들이었다. 위에서 어떤 지시가 내려오든 한 세기 동안 맥박이 뛰는 거라면 무엇이든 먹어치우던 버릇은 고치기 힘든 것이었다. 그러나 대체로, 헌혈로 모은 인간의 피와 가축들을 적당히 조합하여 그들의 식사로 제공할 예정이었다. 적절한 비율은 세심하게 유지되어야 했고, 인간의 인구는 증가해야만 했다. 생각해보면, 세대에서 세대를 이어가며 인간과 바이럴이 공존하는 게 그렇게 나쁜 것만은 아니었다. 확실히 홉펠다운 생각이었다. 그걸 가리켜 뭐라고 하더라? 이미지 개선Rebranding? 길더가 원하는 게 그거였다. 새롭고 참신한 관점, 새로운 단어, 새로운 비전. 바이럴에 대한 이미지 개선.

홉펠이라면 정말 이 성지라고 할 수 있는 것에 걸맞은 이름을 떠올렸을 수도 있었다. 공식적인 종교처럼 비칠 수도 있는 무언가를 헛소리들과 의례적인 허세들로 시작하는 것은, 어쩌면 그런 것들이 인간의 심리적 작동 기제들이 필요로 하는 윤활유 같은 것일지도 모른다. 국가 숭배는 당근이 아닌 채찍으로만 이루어졌고, 이는 권위에 대한 무미건조한 복종만을 가져왔다. 하지만 희망은 가장 위대한 사회적 결합의 촉매 같은 것이었다. 사람들이 희망을 지니도록 하면, 사람들에게 무엇이든 하도록 만들 수 있었다. 그리고 모호한 일반적인 개념으로서의 희망이 아닌, 음식이나 옷 혹은 고통의 제거와 좋은 교외의 학교나 까다롭지 않은 대출과 낮은 계약금과 같이 매일의 삶에서 떠올리게 되는 희망. 육신과 시련의 세상 그리고 삶에서 지겹도록 끝없이 이어지는 문제들로 가득한 세상, 보이는 현실을 뛰어넘는 희망이 사람들에게 필요한 것이었다.

그리고 그런 것이 이름이었다. 얼마나 간단하고, 얼마나 명쾌한가. 성지가 아니라 성전이다. 영원히 지속되는 생명의 사원. 그리고 이 남자, 호레이스 길더가 그 성전의 제사장이 될 것이다.

결국 하루를 그렇게 쓸모없이 보낸 것은 아니었다. 어떻게 일이 이렇게 될 수 있는 것인지 재미있군. 그는 몇 주 만에 처음으로 얼굴에 미소를 지으며 생각했다. 홉펠과 그가 만든 짧은 노래들을 없애버리란 말이야. 그리고 윌크스가 그렇게 하는 동안, 그 배은망덕한 윌크스에게 엿을 먹여버렸다. 길더가 모든 것을 통제하고 있었다.

일단 주사를 맞자, 머리가 띵해지며 몸에 기운이 없어졌고, 바퀴 달린 들것에 누워 있는 사라에게 천장이 자신의 눈앞을 지나쳐 흘러가고 있는 것이 보였다.

"이…… 여차."

지금 사라는 다른 곳으로 옮겨져왔다. 방은 어두웠다. 여러 개의 손이 그녀를 들어 올려 테이블에 내려놓았고, 그녀의 팔과 다리 그리고 이마를 끈으로 움직이지 못하게 단단히 고정시켰다. 테이블이 금속으로 만들어졌는지 차가웠다. 언제였는지 모르지만 그녀가 입고 있던 옷은 벗겨져 면으로 된 가운으로 갈아 입혀져 있었다. 이런 사실들을 감정적 동요 없이 하나씩 깨달을 때마다, 그녀의 마음은 동물적인 무기력감을 느꼈다. 그녀는 그 어떤 것에도 신경을 쓰기가 어려웠다. 옆에서는 벌린 박사가 할아버지처럼 작은 렌즈의 안경을 쓰고 자신을 내려다보았다. 사라에게 그의 눈썹이 왠지 유난히 도드라져 보였다. 벌린이 손에 겸자(의사들이 쓰는 날이 없는 가위—옮긴이)를 들고, 그 끝에 갈색 용액에 적신 솜뭉치를 쥐고 있었다. 벌린이 의사였기에, 그녀는 그가 무슨 의학적인 실험을 하고 있는 거라고 생각했다.

"이게 좀 차갑게 느껴질 거야."

그랬다. 벌린 박사가 그녀의 팔과 다리를 소독면으로 닦아 내려갔고,

동시에 다른 누군가가 그녀의 코 바로 아래에 플라스틱 튜브를 갖다 댔다.

"카테테르.(체내에 삽입하여 소변 등을 뽑아내는 도관—옮긴이)"

그때부터 별로 좋지 않았다. 아니, 아주 안 좋았다. 그녀의 목에서 신음이 새어 나왔다. 다른 일들도 일어나고 있었다. 알 수 없는 다양한 것들로 찌르고 넣었다 빼는 느낌들. 이물질들이 그녀의 피부 밑으로 미끄러져 들어오는 생소한 느낌들이 그녀의 팔뚝과 허벅지 안쪽에서 느껴졌다. 삐, 하는 소리와 쉬익거리는 가스 소리가 들리고, 그녀의 코 아래에서는 아주 단 특이한 냄새가 났다. 사라는 그것이 만들어지는 과정을 본 적은 없었지만, 바이오디젤 공장에서 생산되는 디에틸 에테르였다. 그녀가 기억하는 것은 그것이 들어 있는 탱크들 옆에 빨갛게 **인화성 물질**이라는 글자가 스텐실로 박혀 있던 것과 돌리(바퀴가 달린 이동식 대—편집자)에 실려 대기하고 있는 트럭에 옮겨질 때 육중하게 들리던 털거덕거리는 소리가 전부였다.

"제발 그냥 숨 좀 쉬라고."

이게 무슨 해괴망측한 소리지? 내가 어떻게 숨을 안 쉬고 있을 수가 있겠어?

"그래 그거야."

사라는 가장 부드러운 구름 위에 누워 떠 있었다.

61

그들이 반역자들과 접촉한 지 이틀이 지났다. 누구라도 그랬겠지만, 처음에는 니나가 그들을 믿지 못했다. 사연이 너무 놀랍고, 또 복잡했기 때문이었다. 하지만 그들의 이야기가 사실임을 마침내 증명해낸 것은 알리시아였다. 그녀는 자신의 짐에서 무선 방향 탐지기를 꺼내, 니나를 데리고 언덕으로 올라가 돔을 향해 겨누었다. 그리어는 아래쪽 계곡을 살피고 있었다. 이 정도의 거리에서 무슨 신호가 하나라도 잡힐지 염려는 되었지만, 그렇게라도 하지 않으면 무엇으로 니나가 자신들을 믿도록 만들겠는가? 그러나 신호가 잡혔다. 그것도 선명하고 많은 신호가 계속 이어졌다. 알리시아는 안도했음에도 동시에 당황했다. 어떻게 된 건지, 오히려 신호가 더 강해져 있었다. 에이미가 잠시 생각하더니 입을 열었다. 우리 이제 정말 서둘러야 해요. 당신이 듣고 있는 저 신호들, 그건 트웰브의 나머지들이 이미 이곳에 와 있다는 말이니까요. 에이미가 벨트에 꽂아두었던 니나의 칼을 빼서 돌려주며, 알리시아와 그리어에게 두 사람도 모두 무기를 버리라고 말했다. 우리는 지금 당신에게 항복하는 거예요, 에이미가 말했다. 지금부터의 모든 일은 당신에게 달려 있어요.

트럭이 도착했다. 무장한 남자 둘이 타고 있었다. 알리시아와 에이미 그리고 그리어는 두 손을 머리 위로 든 채 그들을 만났다. 그들의 손목이 묶이고 얼굴에는 검은 덮개가 씌워져 눈이 가려졌다. 한동안 트럭이 멈추지 않고 달렸다. 화물칸에 실린 세 사람은 몸이 추위에 점점 더 얼어붙었다. 그리고 그들은 차고의 문이 열리는 소리를 들었다. 트럭 화물칸에서 내린 그들은 어디론가 끌려갔고, 기다리라는 말을 들었다. 몇 분이 지나고, 다가오는 발자국 소리가 들렸다.

"덮개를 벗겨." 남자의 목소리였다.

덮개가 벗겨지고, 그들 앞에 무기를 들고 서 있는 대여섯 명 정도의 남자들과 여자들의 모습이 보였다 – 한 사람만 빼고 모두.

"유스터스?"

"그리어 소령님." 유스터스가 그의 엉망이 된 얼굴을 돌려 알리시아를 보았다. "그리고 도나디오까지." 유스터스가 고개를 저었다. "대체 왜 내가 이렇게까지 놀라야 하는 거지?" 그가 몸을 돌려 주위의 남자들과 여자들을 보더니, 그들이 겨누고 있는 총구를 내리라고 손짓했다. "동지들, 괜찮아, 걱정 안 해도 돼."

"저 사람들을 알아요?" 니나가 물었다.

유스터스가 다시 셋을 보고는, 에이미에게 주목했다. "그런데 당신은 내가 본 적이 없는 것 같은데요."

"그게 말이죠," 에이미가 말했다. "정확히 그건 사실이 아니죠."

에이미와 그리어 그리고 알리시아가 유스터스를 만난 건, 유스터스와 그의 동지들이 거사를 실행에 옮기기 바로 전날이었다. 수년간에 걸쳐 공을 들여온 잠입 작전은 정점에 이르러 있었다. 우선, 지도부 참수와 함께 이루어질 인사 관리팀 거점들과 산업 기반 시설들 그리고 발전소와 강제 수용소 또 대부분의 빨간 눈들이 살고 있는 도심 가장자리에 위치한 아파트 단지와 같은 주요 목표물들에 대한 동시다발적인 공격이 이루어질 것이었다. 무기와 폭발물들은 이미 도시 전역에 은닉해두었다. 그들의 숫자는 작았지만, 유스터스와 그의 동지들은 일단 공격이 시작되면 그들의 편에 서는 사람들의 숫자가 늘어날 것이라고 믿고 있었다. 숨죽여 몸을 사리고 있던 7만 명의 플랫랜더들이 모두 깨어나 봉기할 것이라는 거였다. 그렇게만 된다면, 그들의 반란은 커다란 산사태처럼 걷잡을 수 없게 될 것이 틀림없었다. 그리고 도시는 그들의 것이 되는 거였다.

하지만 뭔가 잘못되었고, 돔에 침투해 있던 그들의 공작원이 발각되어 잡혔다. 유스터스와 그의 동지들은 그녀가 생포되어 살아 있다는 것은 알고 있었지만, 어디로 끌려가 있는지 알 수가 없었다 – 모든 걸 고려할 때, 가장 가능성이 큰 곳은 돔의 지하실이었다. "그리고 내가 여러분에게 숨김없이 알려두어야 할 사실이 있습니다." 유스터스는 그렇게 말하고는, 정체가 탄로 나 붙잡힌 그들의 공작원이 누구인지를 설명했다.

사라가 이곳에 살아 있었던 것이었다. 믿음에 상처를 주는 일이었다. 아니, 그마저도 이미 지나간 일이었다. 그리고 사라의 딸이 태어나 이곳에 있었다. 홀리스의 딸이. 그들이 맺어온 인연의 깊이를 돌아볼 때, 그 아이는 그들 모두의 자녀이기도 했다. 그들의 목적은 더 확대되었고, 그 때문에 상황 역시 더 복잡해졌다. 그들은 사라와 그녀의 딸까지 모두 구출해내야만 했다.

에이미가 니나에게 들려주었던 이야기를 다시 유스터스와 그의 동지들에게 들려주었다. 바이럴들이 현재 이 도시 어딘가에 와 있다는 사실에는 의심의 여지가 없었다. 그리고 그것이 의미하는 바도 분명했다. 이 도시가 바로 남아 있는 트웰브들이 자신들의 무리를 다시 일으킬 본거였던 것이다. 유스터스는 에이미의 이야기에 대해 회의적이었지만, 순간 뭔가가 그의 머리를 번개처럼 때리고 지나갔다.

"길더는 남은 트웰브들을 보호하고 싶을 거예요." 에이미가 말했다. "이 도시 안에 비정상적일 정도로 요새화되어 있는 곳이 있나요? 모르기는 해도 그 규모가 상당히 커야 할 거예요."

유스터스가 사람을 보내 프로젝트의 설계도를 가져오게 했다. 그는 이 설계도를 손에 넣기 위해 세 사람이 희생되었다는 말을 하며, 설계도를 테이블 위에 펼쳐놓았다.

"우리는 이 건물이 무엇을 위한 것인지 알 수가 없었죠. 떠도는 이야기는 많았지만, 말이 되는 것은 어느 것도 없었습니다. 이건 요새예요. 빨간 눈들이 몇 년간에 걸쳐 지어오고 있습니다."

에이미가 설계도를 살펴보았다. 그녀의 눈이 빠르게 움직이며 계산을 하는 듯했다.

"여기가 우리들이 그들을 찾을 수 있는 곳이 맞아요."

"나는 당신이 어떻게 그렇게 확신할 수 있는지 이해가 안 되네요."

"이 안에 있는 방들의 개수를 세어보세요."

유스터스가 설계도 위에 몸을 구부리고, 검지로 목적지까지 각 복도를 따라갔다. 그리고 고개를 들었다.

그렇게 그들의 이해관계는 맞아떨어지게 되었다. 이제 프로젝트라고 알려진 그 건물이 목표가 되었다. 건물의 설계 구조도 그들에게 유리했다. 뉴멕시코의 동굴과 마찬가지로, 조밀하게 구획된 프로젝트의 구조

덕분에 건물의 중심부에서 폭탄 하나를 터뜨리더라도 그 폭발력을 몇 배로 증폭시킬 수 있었다. 하지만 과연 그들이 그 안으로 들어갈 수 있을까 의문이었다 – 그리고 설사 그들이 그 안으로 들어가는 데에 성공했다 하더라도, 그건 마치 사자의 굴속으로 들어가는 거나 다름없었다. 그들의 피해가 클 것이고, 다른 목표물의 공격을 위해 준비된 병력을 너무 많이 빼내야만 했다.

"트웰브의 나머지들을 잡기 위해 우리가 그 안으로 들어가지는 않을 거예요." 에이미가 말했다. "우리에게 오게 만들어야죠."

"무슨 생각이라도 있는 건가요?"

에이미가 잠깐 생각을 하더니, "길더가 어떤 부류의 사람인지 내게 말해줘요."

유스터스가 어깨를 으쓱했다. 이야기를 나누는 동안 그는 그들의 존재에 대해 전혀 개의치 않았다. 그는 다시 원정대원들과 함께 있을 수 있어서 좋다고 말했다.

"그는 한마디로 괴물이죠. 잔인하고, 강박적이고, 극단적으로 편견이 심해요. 지금 그는 세르지오를 잡는 일에 완전히 미쳐 있죠."

"만약 길더가 세르지오를 잡는다면 뭘 할까요?"

"아마도 인생 최고로 즐거운 시간을 보내겠죠. 하지만 세르지오는 존재하지 않아요. 그냥 상징적인 이름일 뿐이죠."

"하지만 그래도 그가 잡는다면요?"

유스터스가 생각에 잠겨 한 손으로 그의 턱을 문질렀다. "글쎄요, 그는 쇼를 좋아하니까, 아마도 대중 앞에서 세르지오를 공개 처형하려고 할 거예요. 자신을 과시하는 거죠."

"대중 앞에서 공개 처형. 그건 이곳의 모든 사람 앞이라는 말이네요."

"그럴 거라고 생각합니다." 유스터스의 얼굴 표정이 바뀌었다. "오, 맙소사, 알겠어."

"길더가 어디서 공개 처형을 하려고 할까요?"

"경기장, 그렇게 큰 공간은 그곳밖에 없으니까. 그곳이라면 7만 명 정도는 수용하고도 남아요. 그렇게 되면……."

"홈랜드의 나머지 시설과 지역들은 무방비 상태에 놓이게 되겠죠. 홈랜드의 병력들은 흩어져 방비가 약해지고, 주요 목표물들은 공격에 취약해지겠죠."

유스터스가 이제 고개를 끄덕이고 있었다. "길더가 정말로 자신의 힘을 과시하는 데에 관심이 있다면요."

"정확히 그거예요."

테이블을 사이에 두고 당황스러워하는 눈빛들을 주고받았다. "제발 누가 이게 다 무슨 말인지 설명을 좀 해주면 안 될까." 니나가 말했다.

에이미가 의자에 앉은 채 몸을 앞으로 끌어당겼다. "이제 우리가 하려는 것은."

모든 계획을 준비하는 데에 24시간, 하루가 더 걸렸다. 니나는 다양한 셀Cell 조직들의 리더들과 연락을 취하기 위해 도시로 돌아갔다. 물론 반역자라고 불리는 그들의 은신처를 잃게 될 것이다. 그들은 유황 점화기에 연결된 디젤 연료와 질산암모늄 비료로 이루어진 커다란 트립와이어(덫으로 쳐놓은 철사─옮긴이) 폭발물 통들을 설치해두었다. 재투성이의 구멍 말고는 남아 있는 것이 없을 것이다. 운이 좋다면, 길더는 반역자들이 마지막 영광의 불길로 남기 위해 집단 자살을 감행했고 안에 있던 모두가 죽었다고 생각하게 될 것이다.

그들은 떠나기 위해 차량들을 준비해뒀다. 알리시아가 운전해 에이미를 그 배수관으로 데려다줄 거고, 유스터스의 나머지 병력과 만나 그들의 유사시 피난처로 가게 되어 있었다. 이제 그들은 모두 하늘을 바라보며 적당한 때가 오기를 기다렸다 - 그들은 그들이 타고 움직일 트럭의 바퀴 자국을 덮어 없애줄 눈이 필요했다. 그들이 기다리고 있는 눈은 내일, 아니면 일주일 후에, 그도 아니면 아예 안 올지도 몰랐다. 사흘째 되던 날 해가 지기 한 시간 전, 감질나기는 했지만 눈발이 날리기 시작했다. 오다가 멈추고 그러다 다시 눈발이 날렸다. 그러더니 점점 눈발이 커지며, 눈이 거세게 내리기 시작했다. 마치 하늘이 목청을 가다듬고 말하는 것 같았다. *자, 이제 가.*

그들은 차를 몰고 나왔다. 47명의 남녀가 아홉 대의 트럭에 나눠 타고 출발한 행렬. 알리시아는 그 행렬에서 빠져나와 북쪽으로 차를 몰았다. 차량 전조등 앞에 비치는 거세진 눈발은 소용돌이를 일으키며 앞이 보이지 않을 정도로 내렸다. 그녀의 옆에는 에이미가 시종의 옷을 입고 말없이 앉아 있었다. 알리시아는 그녀가 마주치게 될 일들에 대해 경고했었다. 하지만 이제는 그 문제에 대해 더 이야기할 이유도 없어졌다. 특히, 지금 이 순간에는.

30분 후면 그들은 배수관 앞에 도착할 것이다. 그녀의 판단력이 더 낮다는 걸 알면서도, 알리시아가 입을 뗐다. "그들이 너에게 무슨 짓을 할지 알잖아."

에이미가 고개를 끄덕였다. 잠깐 둘 사이에 정적이 흐르고, "모든 것에는 목적이 있어요. 생각이 실현되는 거죠. 당신은 그걸 믿어요?"

"잘 모르겠어."

에이미가 운전대를 붙잡고 있는 알리시아의 한 손을 가져다가 자신의 손에 올리고는 꼬옥 감싸 쥐었다. "우리는 자매예요, 당신도 알듯이. 피를 나눈 자매요. 나는 당신에게 무슨 일이 일어나고 있는지 알아요, 리시."

알리시아는 에이미의 그 말이 마치 자신의 가슴속에 쿵하고 떨어지는 것만 같았다. 왜 아니겠어, 에이미는 물론 알고 있을 거야. 어떻게 에이미가 모를 수 있겠어?

"참을 수 있어요?"

알리시아가 힘겹게 침을 삼켰다. 사실 지난 이틀 동안 욕구가 더 강렬해졌다. 더 강렬해진 욕구는 그 검은 마수를 그녀의 마음속 깊숙이 뻗어 왔고, 그녀를 장악하기 시작했다. 알리시아의 마음도 더 강해진 욕구 때문에 어지러울 지경이었다. 욕구에 저항하고 있던 그녀의 의지마저도 곧 압도당할 것만 같았다.

"그게 말이야…… 점점 힘들어지고 있어."

"그때가 오면……."

"그런 일이 일어나게 내가 그냥 놔두지는 않을 거예요."

사방이 눈보라에 가려 잘 보이지 않았다. 알리시아는 자신이 서둘러 출발하지 않으면 눈보라 속에 갇히게 될 수도 있다는 걸 알고 있었다. 그래도 마지막 한마디는 꼭 해야만 했다. 그 말을 하기 위해 알리시아는 자신의 온 용기를 쥐어 짜냈다.

"피터를 잘 돌봐줘. 그에게는 내게 무슨 일이 벌어졌는지 말하지 않았으면 해. 약속해줘."

"리시……."

"다른 건 피터에게 뭐든지 말해도 좋아. 뭔가 이야기를 그럴듯하게 둘러대. 난 상관없으니까. 하지만 그래도 난 네가 꼭 약속해줬으면 좋겠어."

두 사람은 깊은 침묵 속에 빠졌다. 알리시아는 이 사실을 너무 오랫동안 혼자 끌어안은 채 속을 끓였고, 이제야 다른 누군가와 이야기를 나누게 된 것이다. 그녀는 자신의 감정을 찬찬히 되돌아보았다. 상실감과 안도감 그리고 보이지 않는 경계를 넘어 어둠의 세계로 발을 들여놓는 묘한 기분. 알리시아는 피터를 포기하고 내려놓고 있었다.

"어떻게 보면, 나는 항상 이런 일이 일어날 걸 알고 있었던 것 같기도해. 너를 만나기 전에도 말이야. 항상 다른 누군가가 있었거든."

에이미는 아무 대답도 하지 않았고, 그녀의 침묵은 알리시아가 알아야 할 모든 대답을 대신했다.

"너 이제 출발해야 해." 알리시아가 말했다.

여전히 에이미는 아무 말도 하지 않았다. 그녀의 얼굴빛이 어두워 보였다. 그러더니,

"리시, 나 당신에게 말하지 않은 것이 있어요."

회색빛의 하늘이 계속되었다. 대륙에 거대한 날씨의 내륙 제국이 들어서 있는 것만 같았다. 눈이 올까? 태양이 다시 얼굴을 내밀기는 할까? 바람이 그들의 등으로 불어올까 아니면 얼어붙은 얼굴을 향해 불까? 배낭의 무게에 몸을 앞으로 숙이고, 그들은 걷고 걸었다. 어떤 이정표도, 지형지물도 보이지가 않았다. 도로들과 마을들이 침몰한 배처럼 눈 덮인 대초원의 파도 아래로 숨어버렸다. 티프티도 이제는 그들이 정확히 어디쯤 있는 건지 모르겠다고 털어놓았다. 아이오와 중부, 디모인의 북쪽 어디쯤, 그러나 그것 외의 더 자세한 건……. 티프티가 사과하지는 않았다. 상황이 그럴 수밖에 없었으니까. 왜 여름에 떠나기로 하지 않

은 거야? 그가 말했다.

그들은 먹을 것도 거의 다 떨어졌다. 식사량을 반으로 줄였다. 하지만 얼마 되지 않는 것의 반이라는 건 아무것도 없는 거나 마찬가지였다. 폐허가 된 농가에 들어가 옹기종기 모여 있게 되자, 로어가 그녀의 칼날 끝에 있는 얼마 안 되는 조각들을 나누어주었다. 피터도 자신의 몫을 혀 아래에 넣고, 딱딱하게 굳은 지방을 입안의 온기로 천천히 녹였다.

그들은 계속 움직여 앞으로 나아갔다.

그리고, 28일째 되는 날 오후 늦게, 눈앞에 뭔가가 어렴풋이 나타났다. 흐린 하늘 아래 천천히 모습이 선명해지기 시작했다. 높이 매달린 표지판이 바람에 흔들리고 있었다. 그들은 그것을 바라보고 계속 걸어 나갔고, 마침내 모여 있는 빌딩들의 모습이 보였다.

여기는 어떤 마을이었던 거지? 그건 중요한 게 아니었다. 잠잘 곳을 구하는 게 무엇보다 급했다. 그들은 슈퍼마켓들과 체인점들의 외벽과 편평한 지붕들이 눈의 무게를 이기지 못하고 길게 무너져 내린 외곽 상업 지역을 가로질러, 구시가지로 들어갔다. 흔히 볼 수 있는 잔해들과 자갈들. 하지만 구시가지의 중심에 이르자 두 개 블록 정도의 지역에 상태가 괜찮은 벽돌 건물들이 줄지어 있는 것이 보였다.

"여기서 먹을 수 있는 걸 찾을 거라는 생각은 하지 말자." 마이클이 말했다.

그들은 어느 한 가게 앞에 서 있었다. 놀랍게도 가게의 전면 유리가 깨지지 않은 채 온전했다. 유리 위에는 팬시 카페라고 쓰인 글자들의 색이 바래져 있었다.

홀리스가 말했다. "여기는 그냥 잠시 문을 닫은 것처럼 보이는데."

그들은 강제로 문을 열고 안으로 들어갔다. 의자들이 있는 판매대와 그 반대편에 비닐로 마감된 좌석에 금이 간 칸막이 좌석들이 있는 좁은 공간이었다. 가게 안에 두껍게 쌓인 먼지들을 제외하고는, 내부는 놀랍게도 손상된 곳이 거의 없었다. 가끔 발견되는 그런 장소들은 마치 지난 수십 년간 미처 등록을 마치지 못한 역사 박물관 같아 보이기도 했지만, 폐허들보다도 더 으스스한 게 기분 나쁜 것도 사실이었다.

마이클이 판매대에 쌓여 있는 메뉴판 하나를 집어 들어 펼쳤다.

"미트 로프Meat loaf는 뭐야? 미트는 알겠는데, 로프라니 뭐지?"

"맙소사, 마이클." 로어가 말했다. 로어는 새파래진 입술을 떨고 있었다. "이미 배고파 죽을 것 같단 말이야. 더 괴롭게 만들지 말라고."

홀리스와 피터가 가게 뒤를 살펴보았다. 뒷문과 창문들 위에 나무판자들은 덧대어진 상태였고, 바닥에는 망치와 못들이 널려 있었다.

"먹을 게 없으면 우리는 더 버티기 힘들어." 홀리스가 진지하게 말했다. "말하지 않아도 알고 있어."

둘은 카페 앞쪽으로 돌아왔다. 다른 사람들은 바닥에 깔아놓은 담요로 몸을 감싸고 있었다. 날이 어두워지는 중이었다. 가게 안은 냉골이었지만, 적어도 거센 바람만은 피할 수 있었다.

"나는 주위 좀 돌아보고 올게." 피터가 말했다. "어쩌면 우리가 어디에 와 있는지 알 수도 있잖아."

그는 힘겹게 길을 건너간 후, 도로를 따라 내려가며 가게들 안을 들여다보았다. 몇몇 가게의 문을 열어보려 했지만, 모두 다 잠겨 있었다.

글쎄, 차라리 아침에 다시 와서 몇 군데 문을 열어보고 안에 뭐가 있는지 보는 게 나을까.

두 번째 블록 끝에서, 피터가 안을 살피지도 않은 채 문손잡이를 돌리려는데 - 그는 아직 손잡이를 돌리지도 않았음에도 - 문이 활짝 열리는 바람에 깜짝 놀라 뒤로 자빠질 뻔했다. 안으로 들어서며, 그는 권총을 빼 들고, 방한복 주머니에서 성냥을 꺼내 끝을 그어 불을 밝힌 다음, 열린 문으로 들어오는 바람을 막기 위해 두 손을 오므려 성냥을 감쌌다.

제기랄, 뭐 이런 개 같은 경우가. 식겁했잖아.

안을 둘러본 피터는 그곳이 보급품 은닉처인 것을 알아차렸다. 삼베 자루들이 벽에 기대어져 쌓여 있었다. 자루들만 아니면 그냥 빈 공간에 지나지 않을 곳이었다. 그는 무릎을 꿇고 앉아, 가장 가까이에 있는 자루를 자신의 칼로 가볍게 조금 찢어냈다. 말린 콩들이 들어 있었다. 다음 자루에는 감자들이, 세 번째 자루에는 사과들이 들어 있었다. 그는 성냥을 하나 더 켜 마루 위를 비춰 보았다. 먼지가 쌓인 바닥에 발자국들이 보였다. 누구의 발자국일까? 그리고 사람이 오간 거라면 그것이 의미하는 건 뭐지?

피터 일행의 상황이 몹시 나빴지만, 적어도 굶어 죽지는 않아도 될 것 같았다. 다음 일은 배를 채우고 나서 생각해도 괜찮았다. 그는 사과 하나를 입에 넣고 베어 물었다. 아무 맛도 나지 않았을뿐더러, 얼음 덩어리처럼 딱딱했다. 피터는 사과를 입에서 떼고는 미친 듯 닦은 뒤, 자신의 주머니 속에 몇 개를 더 쑤셔 넣었다. 그러고는 일행들에게 갖고 돌아갈 음식을 담을 수 있는 것을 찾기 위해 방안을 둘러보았다. 구석에 구리선이 담겨 있는 양동이가 보였다. 그는 구리선을 바닥에 쏟아붓고, 양동이 안에 사과와 감자를 채워 넣은 후 거리로 걸어 나왔다.

피터는 바로 뭔가 이상한 낌새를 느꼈다. 분명 밤인데, 그렇게 어둡지 않았다. 달빛 때문인가? 하지만 하늘에 달은 보이지 않았다. 그의 몸에 소름이 바짝 돋아나더니, 그 소리가 들렸다. 그는 얼굴을 바람이 부는 반대편으로 돌리고 귀를 기울였다. 멀리서 우르릉거리는 소리가 들려왔다. 소리는 점점 더 가까워지고 잠깐 사이에 매우 분명하고 더 크게 들렸다.

엔진 소리였다.

그는 양동이를 그 자리에 내려놓고 일행이 있는 카페를 향해 달리기 시작했다. 한 줄로 늘어선 차량들이 으르렁거리며 그의 뒤를 쫓아왔다. 고함이 들리고, 몇 발의 총소리가 연달아 들렸다. 그의 주위로 눈덩어리들이 튀어 올랐다.

누군가 그에게 총을 쏘고 있었다.

그는 여러 개의 총이 난사되어 유리창이 산산조각이 나는 순간, 카페의 문에 몸을 날려 부수고 안으로 뛰어들었다. 엎드려! 피터가 소리쳤다. 하지만 이미 모두 바닥에 납작 엎드려 있었다. 판매대 위로 몸을 날린 피터는 두 손으로 귀를 막고 있던 로어의 몸 위로 떨어졌다. 차량들의 전조등 불빛이 날카롭게 카페 안을 빈틈없이 밝혔다. 총알이 카페의 작은 공간 안으로 빗발치듯 쏟아지며, 물건들이 깨지고 산산조각이 났다.

"마이클! 어디 있어?"

칸막이석 의자 아래쪽에서 그의 목소리가 들려왔다. "저자들 누구야? 뭘 원하는 건데?"

그의 질문들은 오히려 굉장히 점잖게 들렸다. 그들이 누구이든지 간에, 그들은 우리를 죽이고 싶어 하는 거니까.

"티프티? 홀리스?"

다시 마이클의 목소리가 들렸다. "나와 같이 있어! 총알이 티프티를 스쳤는데, 괜찮아!"

"로어는 내 옆에 있어!"

총성이 잠시 멈추는가 싶더니, 그들이 다시 총을 쏘아대기 시작했다.

"뭐가 좀 보이는 사람 있어?"

"밖에 차량 세 대가 줄지어 서 있어." 홀리스였다. "길 아래쪽에도 몇 대가 더 보여!"

"우리 항복하는 게 낫지 않을까!" 마이클이 소리를 쳤다.

"내 생각에 우리의 항복을 받아줄 놈들이 아닌 것 같아!"

카페 안으로 계속 총알이 쏟아졌다. 피터에게는 권총 한 자루밖에 없었다. 그의 소총은 카페 문 옆에 있었다. 그들이 카페 뒤쪽으로 피하는 것도 불가능했고, 뒤쪽의 창문과 문은 나무판자로 막혀 있었다. 카페가 일종의 죽음의 덫이 된 셈이었다.

"어떻게 할 생각인데?" 홀리스가 물었다.

"티프티가 혼자 움직일 수 있어?"

"난 괜찮아!"

바닥에 납작 엎드린 채 피터가 고개를 돌려 로어를 봤다. "가지고 있는 거 있어?"

로어가 피터에게 그녀의 칼을 보여줬다. "이것뿐이야."

피터가 판매대 너머로 소리를 질렀다. "우리 셋을 세고 움직일 거야! 누가 우리에게 총 하나 던져줘!"

마이클 쪽에서 총 한 자루가 날아와 그들 위로 떨어졌다. 로어가 총을 집고 장전했다. 밖에서 퍼붓던 총성이 다시 멈췄다. 밖에 있는 놈들은 아무도 서두르지 않았다.

"총을 쏘고 나가면서 길을 여는 건 그렇게 좋은 계획 같지는 않은데."

로어가 말했다.

"더 좋은 생각이 있으면 얼마든지 들어줄게." 피터가 무릎을 꿇고 몸을 일으키려고 할 때, 로어가 한 손으로 그를 잡아 멈춰 세웠다.

"들어봐." 로어가 나직이 속삭였다.

바삭거리며 눈을 밟는 발소리가 들리고, 발밑의 유리 조각들이 쨍그랑 깨지는 소리가 들렸다. 피터가 그의 손가락을 입술에 갖다 댔다. 몇 명이나 되지? 둘? 그의 머릿속에 갑자기 단어 하나가 떠올랐다, 인질. 피터 일행에게 주어진 유일한 기회였다. 마이클이나 홀리스와 소통할 방법은 없었다. 자신의 방식대로 혼자 처리해야 했다. 그는 로어를 쳐다보고는, 손으로 문에서 멀리 떨어진 판매대의 끝을 가리켰다. 그는 입모양으로 만들어 보였다. 소리를 내서 저쪽으로 주의를 끌어.

로어가 미끄러지듯 바닥을 기어갔다. 피터는 권총을 꺼내 들고 몸을 잔뜩 웅크리고 있었다. 로어가 자리를 잡자, 그녀는 피터를 보고 준비가 된 듯 고개를 끄덕였다.

"도와줘." 그녀가 신음 소리를 냈다.

피터가 판매대 위로 뛰어올랐다. 가장 가까이에 있는 남자가 돌아서자, 피터는 역광을 받고 있는 그 사람을 향해 총을 쏘고는 두 번째 남자에게로 달려들었다. 두 사람 모두 쿵 소리를 내며 바닥에 자빠졌다. 피터의 권총이 덜거덕거리며 바닥에 떨어져 미끄러졌다. 순간적으로 팔과 다리가 뒤엉키며 미친 듯이 몸싸움을 했다. 남자가 피터보다 15킬로그램은 족히 더 나가는 것 같았지만, 허를 찌른 건 피터였다. 반자동 권총 한 자루가 남자의 허벅지에 묶여 있는 권총집에 들어 있었다. 피터는 자신의 팔뚝을 상대의 목에 감고서는, 그를 뒤로 끌어당겨 안으며 그의 권총집에서 총을 꺼내, 총구를 그의 흘러내린 은발 머리 아래

턱 선에 밀어 넣었다.

"사격을 멈추라고 해!"

바닥에 등을 대고 누워 있는 피터에게, 칸막이석 테이블 밑에 숨어 있는 마이클의 얼굴이 정면으로 눈에 들어왔다. 마이클의 눈이 점점 휘둥그레 커지고 있었다.

"피터……."

"정말이야." 피터가 총구를 남자의 턱 밑에 더 깊이 박아 넣으며 말했다. "어서, 네 친구들이 모두 다 들을 수 있게 크게 말해."

자신의 팔에 감겨 있는 남자 몸의 긴장이 풀리기 시작했다. 피터는 남자의 몸이 들썩이는 것을 느꼈다. 고통 때문에 그러는 것이 아니라는 것도. 남자가 크게 웃기 시작했다.

"물러나!" 새로운 목소리가 들렸다 – 여자의 목소리였다. "모두 사격 중지!"

두 번째 남자. 남자라고 생각했던 그는 결코 남자가 아니었다. 그녀는 칸막이석 하나에 몸을 기대고, 오른쪽 팔을 가슴 위로 올려 다친 어깨를 움켜쥔 채 바닥에 앉아 있었다.

"이런 미친놈, 피터." 알리시아가 피 묻은 손을 내렸다. 이젠 그녀 역시 웃고 있었다. "루시어스, 이 녀석이 미쳤지. 나에게 총을 쐈다는 걸 믿으실 수 있어요?"

62

사다리 아래에서 에이미는 들고 있던 횃불에 지도를 갖다 댔다. 종이에 바로 불이 붙더니, 파란 불꽃을 일으키며 순식간에 타 없어졌다. 그녀는 발밑으로 천천히 흘러가고 있는 물에 횃불을 담가버리고, 사다리를 타고 올라가 맨홀 뚜껑을 옆으로 밀어 열었다. 그녀는 약재상 가게 뒤의 골목으로 나왔다. 에이미는 맨홀 뚜껑을 닫고 건물 모퉁이 주변을 살펴보았다. 도시의 중심부 위로 돔이 도도하게 우뚝 그 모습을 드러내 보였고, 망치질로 다듬어진 표면은 빛을 받아 반짝이고 있었다. 에이미는 베일을 내려 얼굴을 가리고, 골목을 힘차게 걸어 나왔다. 남자들이 개를 데리고 바리케이드를 따라 움직이고 있었다. 그녀는 남자 둘이 입김을 불어가며 손을 녹이고 있는 검문소까지 걸어가, 자신의 통행증을 꺼내 보여줬다.

"이거 좀 이상해 보이는데." 한 명이 다른 한 명에게 에이미의 통행증을 보여주며 건넸다. "네가 보기에는 괜찮은 것 같아?"

다른 한 명이 통행증을 빠르게 훑어보고는 에이미를 봤다. "베일을 올려봐."

에이미는 시키는 대로 했다. "뭐가 잘못됐나요?" 그가 에이미의 얼굴을 잠시 살펴보더니, 통행증을 돌려주었다. "별 이상 없는 것 같은데, 괜찮아."

에이미는 그들을 지나 계단을 올라갔다. 다른 남자들은 아무도 그녀에게 관심을 보이지 않았다. 입구 검문소의 경비원들이 이미 통행증에 보증된 대로 그녀의 신분을 확인했기 때문이었다. 안으로 들어간 그녀는 데스크에 앉아 있는 경비마저도 거리낌 없이 지나쳐갔다. 경비원도 그녀를 살피려 눈길 한 번 돌리지도 않았고, 에이미는 로비를 지나 엘리베이터를 타고 6층으로 갔다.

엘리베이터의 문이 열리고 건물의 아트리움을 둘러 돌아가는 원형 발코니가 나타났다. 네 개의 복도가 바퀴의 바큇살처럼 나 있었다. 에이미는 발코니를 돌아 세 번째 복도로 가, 백발에 축 늘어진 얼굴의 경비원이 접이식 철제 의자에 앉아 100년이나 된 바스라질 것 같은 잡지의 책장을 넘기고 있는 마지막 문까지 갔다. 앞표지에는 오렌지색 비키니를 입은 여자가 손으로 자신의 머릿결을 위로 쓸어 올리고 있는 사진이 있었다.

"국장님이 저를 보자고 하셨어요." 에이미가 그에게 말하며, 베일을 들어 올렸다. 경비원이 잡지에서 눈을 떼더니, 에이미를 올려다봤다. 그리고 그게 전부였다. 그녀는 그를 바닥에 내려 앉히고, 그의 등을 벽에 기댔다. 그러고는 그의 벨트에서 키를 찾아냈다. 그의 턱은 그의 가슴을 향해 끄덕거리며 흔들렸다. 에이미가 그의 귀에 입을 갖다 대고 속삭였다.

"나는 이제 안으로 들어갈 거예요. 나는 당신이 60까지 숫자를 셌으면 좋겠어요 – 할 수 있겠어요?"

그의 눈은 감겨 있었다. 그가 희미하게 고개를 끄덕이며, 알았다는 듯 뭐라고 중얼거렸다.

"좋아요. 60까지 다 세고 나면, 발코니에서 뛰어내리세요."

그녀는 문을 열고 안으로 들어섰다. 방안에는 믿을 수 없을 정도의 무언가 온화한 기운이 감돌았다. 등받이가 유난히 높은 의자 두 개가 표면이 희미하게 반들거리며 빛이 나는 거대한 책상을 향해 놓여 있었다. 바닥에 깔린 두꺼운 카펫이 모든 소음을 흡수하는 탓에 에이미의 숨소리 말고는 아무 소리도 들리지 않았다. 한쪽 벽면은 전체가 책으로 가득 찼고, 다른 쪽 벽에는 커다란 그림이 걸려 있었다. 그림에는 작은 스포트라이트가 비춰졌는데, 그림 속에는 어두운 거리의 창문을 통해 보이는 긴 카운터에 앉아 있는 세 명의 남자와 흰 모자를 쓴 또 한 명의 남자가 있었다. 에이미는 그림 액자 밑에 있는 작은 명판을 읽기 위해 잠깐 멈추어 섰다. 에드워드 호퍼, 나이트호크, 1942.

그녀의 오른쪽으로 납틀 창이 달린 한 쌍의 응접실 문이 있었다. 에이미는 문고리를 돌려 문을 열고, 조용히 안으로 들어갔다.

길더는 속옷을 입고 담요 위에 누워 있었다. 넓은 침구 위에는 마분지 폴더 더미가 흐트러져 있었다. 그가 부드럽게 바람이 부는 것 같이 코 고는 소리가 들렸다. 내가 어디쯤 서 있는 게 좋을까? 에이미는 침대 발치를 선택했다.

"길더 국장님."

길더가 깜짝 놀라 요란스럽게 깨어나며, 그의 베개 밑으로 빠르게 손을 집어넣었다. 그는 침대 머리판 위로 몸을 밀어 올리며 에이미와의 거리를 벌리고, 양손으로는 권총을 그녀를 향해 겨누고 방아쇠를 뒤로 젖혔다. 길더는 몸을 심하게 떨었고, 에이미는 그런 그를 보며 그가 실수로 자신을 쏠 수도 있겠다는 생각을 했다.

"너 여기를 어떻게 들어왔어?"

그녀는 그가 망설이고 있다는 걸 느낄 수 있었다. 시종의 복장, 하지만 모르는 얼굴이었으니까. "경비원은 아주 친절하던데요. 총은 좀 내려놓는 게 어떨까요?"

"이런 씨발, 너 대체 누구야?"

복도에서 웅성거리는 소리와 함께, 바깥쪽 문을 두들겨대는 소리가 에이미에게 들렸다.

"내가 바로 세르지오예요." 그녀가 말했다. "항복하러 왔어요."

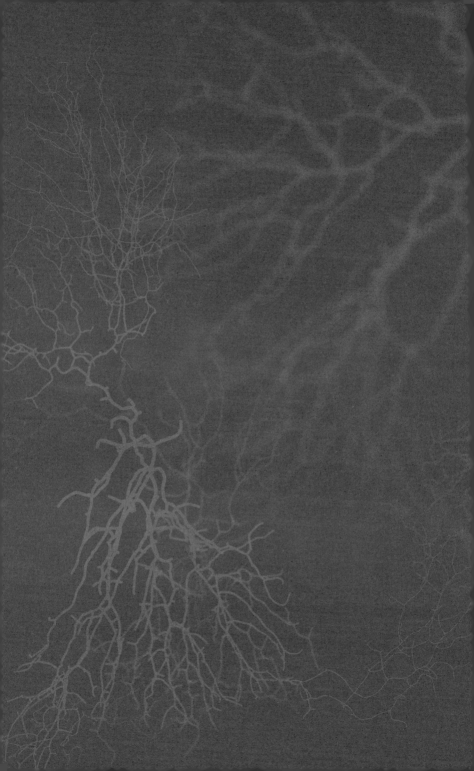

XI
그해 가장 어두웠던 밤

12월 21일, 97 A.V.

나의 영혼이 사자 무리의 한가운데에
놓였으며, 내가 굶주린 짐승들 사이에 누워
있도다 - 곧 사람의 이빨이 창과 화살과 같고,
혀가 예리한 검과 같은 자들 중에 있도다.

- 「시편 57:4」

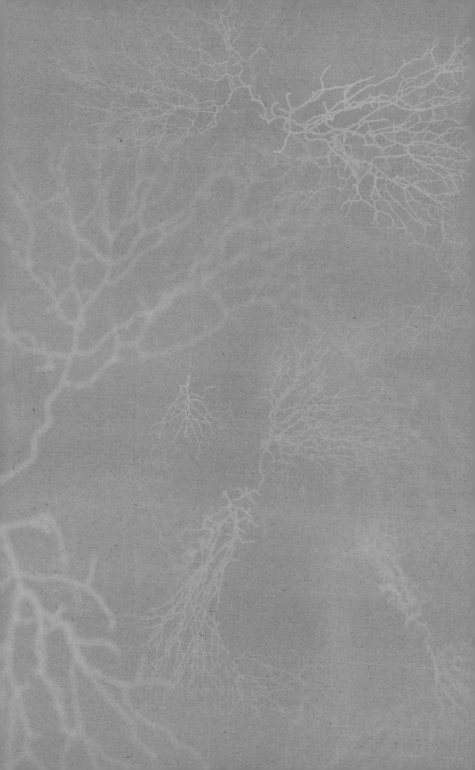

- 드디어 체포! -

국장실 공식 발표문

'세르지오'라고 알려진 비열한 살인자 구금!
반역자 집단 붕괴!
우리의 사랑하는 홈랜드에 다시 평화가 찾아왔다!

경기장에서 공개 처형을 통해
형을 집행할 예정임.

모든 노동자는
내일 21:30분까지
막사 인사 담당자들에게 보고할 것.

뭉치자, 홈랜드의 시민들이여!
이 영광스러운 정의의 날을 기뻐하라!
모든 반역자에게
이것이 그들의 운명인 것을 똑똑히 깨닫게 하자!

63

상황은 에이미가 예상했던 대로 흘러갔다. 에이미를 처형할 시간과 장소가 정해졌다. 그들의 계획에 달려 있는 구체적인 처형 방법만이 정해지지 않았을 뿐이었다. 길더가 그냥 단순하게 그녀를 총살시키고 말 것인가? 아니면 교수형? 그러나 길더가 그렇게 별거 아닌 장면을 연출하고 끝낼 생각이었다면, 굳이 그는 왜 홈랜드의 전체 인구 7만 명이 모두 빠짐없이 그 장면을 보도록 명령했을까? 에이미는 낚시 바늘에 미끼를 달았고, 과연 길더는 그 미끼를 물까?

피터는 걱정과 놀라움이라는 감정의 양극단 사이에서 갈피를 잡지 못한 채, 두 감정 모두가 불러오는 강력한 기시감 속에서 나흘을 보냈다. 모든 것이 놀라울 정도로 닮아 있었다. 마치 그들이 콜로라도의 산정상에서 뱁콕을 맞닥뜨렸던 그 순간부터 시간이 조금도 흐르지 않은 것처럼, 지금도 여기에 그들은 다시 한번 다 함께 있었다. 그것 역시도 마치 강력한 중력이 그들의 운명을 한 곳에 끌어모아 놓은 것처럼 피터, 알리시아, 마이클, 홀리스, 그리어, 그들은 다른 이유와 다른 경로로 이곳에 모여들었다. 그리고, 또다시 그들을 이끌고 있는 건 에이미였다.

그리어가 에이미의 변화에 관한 이야기를 들려주었다. 휴스턴과 카터 그리고 *쉐브론 마리너호*. 에이미는 배의 선체 깊은 곳까지 들어갔다 돌아왔다. 에이미와 카터 사이에 무슨 이야기가 오가고 무슨 일이 있었는지는, 그리어도 말해줄 수가 없었다. 그가 아는 건 카터가 그들을 그곳으로 불렀다는 것밖에 없었다. 그 이상의 것은 에이미도 말할 수 없었거나 말하려 하지 않았다.

둘이 고아원 문 앞에 서 있던 그날 밤, 둘의 늘어뜨린 손끝이 서로 마주 닿았었다. 에이미는 그녀에게 무슨 일이 일어나고 있는지 알고 있었던 걸까? 피터 자신은? 피터는 에이미의 손끝에서 말 못 할 압박감을 느꼈었다. 나는 떠날 거예요. 다음에 만날 때, 당신이 알고 있는 소녀는 여기에 없을 거예요. 정말 그랬다. 에이미라는 소녀는 사라졌다. 이제는 소녀가 아닌 여자가 있었다.

사람들은 그들의 불안감을 여러 가지 다양한 준비를 불필요하게 반복해서 하는 것으로 감추었다. 무기를 청소하고, 설계도들과 지도들을 반복해 살피며 숙지하고, 물품 체크리스트와 전쟁에 임하는 여러 정신적 무장 상태를 몇 번이고 점검했다. 홀리스와 마이클은 마지막 며칠 동안을 폐쇄된 경로를 반복해 돌고 있는 것같이 보냈다. 둘은 오직 사라와 케이트를 구해내는 일에만 몰두했다. 알리시아는 그동안 그녀가 모든 일에 대처해왔던 방식 그대로 불안감을 다스리고 있었다. 별거 아니라는 척하면서 그렇게. 피터가 쏜 총알이 다행히 알리시아의 뼈를 건들지 않고 깨끗이 뚫고 나갔다. 어쨌든, 알리시아는 하루 이틀이면 나을 거지만 그래도 그녀가 하고 있는 팔걸이 붕대는 피터가 하마터면 정말 그녀를 죽일 수도 있었다는 걸 계속 상기하도록 만들었다. 알리시아는 자신이 이런저런 지시 사항들을 외쳐대고 있을 때가 아니면, 선뜻 방해하기 어려운 그녀만의 침묵 속에 깊이 빠져 있었다. 특별히 다른 내색을 하지 않아도, 피터는 알리시아가 무언가와 싸우고 있다는 걸 느졌다. 그리어가 감방에서 그녀에게 뭔가 일이 있었고 아주 심하게 구타를 당했다는 정도의 언질을 주기는 했다. 하지만 그와 관련해 그녀에게 물어보려 한다거나, 위로한다거나 하는 것은 단호하게 거절했다. "나는 괜찮아." 알리시아는 딱 잘라 말했고, 그건 사실은 그렇지 못하다는 뜻이었다. "나에 대해 걱정하지 마. 나는 내가 지킬 수 있으니까." 분명히 알리시아는 기를 쓰고 피터를 피하고 있는 것처럼 보였다. 오랫동안 피터의 눈앞에서 사라지려는 것처럼. 만약 피터가 그녀를 잘 알지 못했더라면, 아마도 알리시아가 자신에게 화가 나 있는 거로 알았을 것이다. 몇 시간이 지난 뒤, 알리시아는 말의 땀 냄새를 풍기며 돌아오고는 했다. 그녀는 주위를 정찰하고 왔다는 말만 할 뿐이었다. 피터가 그 말을 의심할 이유는 없었지만, 설득력 있게 들리지는 않았다. 말 못 하는 뭔가를 숨기려는 것처럼.

티프티 역시 미묘하지만 중요한 변화를 겪었다. 그와 그리어의 재회는 피터가 예상했던 것 이상의 의미였다. 그들은 원정대에 함께 복무했었고 끈끈한 정으로 이어져 있었지만, 피터는 그들 사이에 깊은 우정이 있으리라고는 생각하지 않았었다. 그러나 그 둘 사이에는 진정한 온기가 흘렀다. 처음에는 피터도 이에 적잖이 당황했었다. 하지만 그 이유는 분명했다. 둘은 아주 오래전에 크룩섕크와 함께 이곳에 왔었다. 그리고 그날의 들판과 더 그리고 두 어린 소녀들. 그리어는 세상 누구보다 티프티 라몬트의 속마음을 잘 아는 사람이었다.

이렇게 시간이 하루가 지나갔다. 모든 것 위에 두 가지 질문만이 남아 있었다. 계획이 성공할 것인가? 성공한다면, 늦지 않고 에이미에게 갈 수 있을 것인가?

사흘째 되는 날 밤, 피터는 더 이상 기다림을 참지 못하고 모두가 자고 있는 경찰서 지하실을 빠져나와, 계단을 올라 밖으로 나왔다. 경찰서 건물은 앞쪽으로 넓은 돌출부가 있어, 그 아래쪽으로는 눈이 없고 깨끗했다. 알리시아가 벽에 등을 기대고 무릎을 가슴 쪽으로 당긴 채 쭈그리고 앉아 있었다. 팔걸이 붕대는 벗어놓았고, 한 손에는 아랫부분이 톱니 모양으로 된 반짝이는 긴 총검을 쥐고 있었다. 다른 쪽 손에는 숫돌을 쥐고 있는 것이 보였다. 알리시아는 조용히 숫돌을 따라 총검의 날을 고르게 갈았다. 한쪽 날을 갈고 그다음에는 반대쪽을, 그리고 한 번씩 갈고 나면 총검 가는 것을 멈추고는 제대로 갈고 있는지 살피기도 했다. 처음에는 피터가 온 줄도 모를 정도로, 그녀는 총검의 날을 세우는 일에 몰두하는 것 같았다. 그러더니, 그의 존재를 깨닫고는 눈을 들어 피터를 쳐다봤다. 알리시아가 뭐라고 말할 줄 알았는데 아무 말도 하지 않았다. 그녀의 얼굴은 무표정했고, 사소한 방해거리 정도는 신경을 안 쓰는 것 같았다.

"같이 있어도 돼?" 피터가 물었다.

"원하면 앉아."

그는 알리시아 옆에 자리를 잡고 땅바닥에 앉았다. 이제 그는 느낄 수 있었다. 알리시아 주변의 공기가 그녀가 간신히 억누르고 있는 분노로 불꽃이 튀는 것 같았다. 그녀의 몸에서 전류가 흘러나오는 듯했다.

"좋은 총검인데."

그녀는 다시 묵묵히 총검의 날을 세우기 시작했다. "유스터스가 준 거야."

"충분히 날카롭게 간 거 같은데?"

"손을 그냥 놀리기 싫어서 계속하고 있어."

피터는 말을 이어가려 했지만, 딱히 할 말을 찾지 못했다. 도대체 너에게 무슨 일이 있었던 거야, 리시?

"내가 너에게 화내야 하는 게 맞는 거 같지." 피터가 말했다. "나에게 네가 받은 명령이 뭔지 말해줄 수도 있었잖아."

"그랬으면 어떻게 했을 건데? 나를 따라오게?"

"나는 지금 말 그대로 무단 탈영 중이야. 무단 탈영 며칠 좀 더 했다고 달라질 것도 없어."

알리시아가 입으로 바람을 불어, 총검 끝에 남은 먼지를 날려버렸다. "그건 네가 받은 명령들이 아냐, 피터. 그렇다고 나를 오해하지는 마. 나는 너를 봐서 정말 반가우니까. 사실 난 그렇게 놀라지도 않았어. 좀 이상하기는 하지만, 네가 여기에 와 있다는 게 전혀 이상하지 않거든. 너는 좋은 장교이고, 우리도 네가 필요해. 하지만 우리 모두는 각자가 해야 할 일들이 있어."

피터는 당황했다. 좋은 장교? 내가 알리시아에게 그게 다였던가? "너답지 않은 말인데."

"어떻게 들리는지 전혀 중요하지 않아. 원래 다 그런 거야. 아마 누군가 말해야 할 때가 된 거겠지."

피터는 어떻게 반응해야 할지 알 수가 없었다. 이건 그가 알던 알리시아가 아니었다. 감방에 붙잡혀 있는 동안 그녀에게 무슨 일이 일어났건, 그 일은 마치 그녀가 그곳에 있던 적이 전혀 없었다는 것처럼 그녀를 그녀의 내면 깊숙이 숨겨놓은 것이었다. "나는 네가 걱정돼."

"그런가, 걱정하지 마."

"진심이야, 리시. 뭔가 잘못됐어. 나에게 털어놔도 돼."

"말할 게 아무것도 없어, 피터." 알리시아가 피터의 눈을 보며 말했다. "아마도 나는…… 꿈에서 깨어나고 있는 걸 거야, 현실을 깨달으면서.

너도 그래야 해. 쉽지 않을 거야."

피터는 벌에 쏘인 것처럼 아팠다. 그는 알리시아의 얼굴을 살폈다. 여태껏 알아온 그녀의 따뜻함이 조금이라도 남아 있는지 찾아보려 했지만, 없었다. 이번에는 피터가 먼저 얼굴을 돌렸다.

그리고 알리시아에게 물었다. "그녀에게 무슨 일이 일어나고 있는 것 같아?"

그가 자세히 말할 필요도 없었다. 알리시아도 그가 말하는 그녀가 누구인지 알고 있었으니까.

"그 문제는 생각 안 하려고 하고 있어."

"왜 그녀가 가게 내버려 둔 거야?"

"내가 그녀에게 뭘 하게 *하지*는 않았어, 피터. 그건 나에게 달려 있는 문제가 아니었다고."

차가운 정적이 내려앉았다.

"술 한잔했으면 좋겠네." 피터가 말했다.

알리시아가 조용히 웃었다. "이거 새로운데. 전에 네가 그런 말을 하는 건 들어본 적이 없었는데."

"뭐든지 처음이라는 게 있지." 피터는 계속 말을 이었다. "너 트웬티나인 팜스의 벙커에서 우리가 위스키를 찾아냈던 그날 밤 기억나?"

술병은 책상 서랍에 있었다. 험비들을 고치게 된 것과 벙커를 곧 떠나게 된 걸 축하한다고, 그들은 콜로라도를 향해 동쪽으로 출발하는 위대한 모험을 위해 건배하며 술병을 돌렸었다.

알리시아가 대답했다. "맙소사 우리 모두 엄청 취했었어. 마이클이 최악이었지. 술병 핥는 걸 멈추지 못했으니까."

"아냐, 내 생각에 그건 하이탑이었어. 하이탑이 야광 막대 하나를 열어서 안의 찐득찐득한 걸 얼굴에 발랐던 거 기억나? '날 봐, 날 보라고, 내가 바이럴이다!' 그랬던 거. 녀석 정말 재밌었는데."

하지만 피터는 바로 자신이 실수했다는 걸 깨달았다. 5년이 지났지만, 하이탑의 죽음은 아직도 아물지 않은 상처였다. 그동안 피터는 알리시아가 하이탑이라는 이름을 입 밖으로 내는 것을 들어본 적이 한 번도 없었다.

"미안해. 나는 그저……."

지평선 너머로 밝은 빛줄기가 번쩍했다. 번개? 겨울에? 잠시 후 둘은 우르릉 쾅, 하고 울리는 소리를 들었다. 낮고 작은 소리였지만 잘못 들을 수 없는 소리였다.

발자국 소리와 함께 유스터스가 나타났다. "나도 들었어. 어느 방향이야?"

남쪽으로부터 들려온 소리였다. 가늠하기 어려웠지만, 8킬로미터 정도 떨어진 곳인 것 같았다.

"그렇군." 유스터스가 고개를 끄덕이며 혼잣말을 했다. "아무래도 내일 아침에 좀 더 알아보는 게 좋겠어."

날이 밝고 얼마 안 되어 바로, 니나가 보내온 메시지가 도착했다. 그들의 은신처에 설치해두었던 폭발물들이 제대로 폭발해 원하던 목적을 다 이루었고, 더불어 그들의 계략이 성공했다는 소식이었다. 길더가 개인적으로 장관 수레시까지 보내며 반역자들의 생포 과정을 감독하게 했는데, 폭발로 인해 죽은 사망자들 가운데에 수레시가 있다는 소문이 돌고 있다고 했다. 모두가 바라고 있는, 앞으로 일어날 일을 조금 엿본 것이나 다름없었다.

하지만 가장 긍정적인 가능성을 보여준 건 메시지의 다음 두 번째 부분이었다. 전날 저녁부터 소형 화물차 한 대가 프로젝트의 밖에 계속 주차되어 있었다는 것이다. 그리고 최소 20명 정도로 보이는 대규모 보안 파견대가 트럭 주변을 지키고 있다고 했다. 그림의 마지막 조각이 맞아떨어진 셈이다. 바이럴들이 움직이고 있었다. 길더가 자신의 속셈을 드러낸 거였다.

그들의 의도가 무엇인지는 모두 알 수 있었다. 계획대로 되어가는 것 같았음에도, 성공 가능성은 아직 지켜봐야 할 일이었다. 홈랜드의 모든 사람을 경기장으로 모이게 한 길더의 명령이 의미하는 건, 도시의 다른 지역들에 대한 경비가 느슨해질 수밖에 없다는 것이다. 모든 것이 계획대로 진행이 된다면, 반역자들은 사실상 길더 일당을 모두 한 번에 참수하는 데에 성공할 것이다. 그러나 시간, 타이밍이 중요했다. 길더 일당에게 대항하는 저항군 대부분은 독립적으로 행동하게 되며 서로 간의 의사소통도 쉽지 않기 때문에, 일단 길더의 병력이 포위해 들어오기 시작하면 모든 것이 수포로 돌아가는 데는 많은 시간이 걸리지 않을 것이다. 어떤 예기치 않은 일이 벌어지건 계획을 혼란 속으로 몰아넣기에 충분했다.

가장 큰 변수는 사라였다. 그녀가 돔의 지하실에 있는 것을 가정할 경우, 구조 작전은 전략적으로 쉽지 않을 것이고, 그녀의 딸이 어디에 있는지 아는 사람이 아무도 없었다. 아이는 여전히 돔 안에 있을 수 있지만, 완전히 다른 곳으로 옮겨졌을 수도 있었다. 일단 저항군이 돔을 습격해 들어가고 나면 총격전이 벌어질 것이고, 적과 친구를 구분하는 것이 거의 불가능해질 것이다. 그들의 결정은 홀리스와 마이클이 선발대를 이끌고 지하실로 침투하는 거였다. 그들에게 허락된 시간은 5분 정도가 전부였다. 그 이후에는, 건물과 건물 안의 모든 사람이 표적이 될 수밖에 없었다.

유스터스는 경기장에 대한 공격을 이끌 예정이었다. 폭발물 패키지의 내용물은 니트로글리세린의 한 종류로, 프로젝트 건설 기간 중 공사 현장에서 훔쳐온 것이다. 그러고 나서 가공을 해 폭발력이 훨씬 더 강하면서도 매우 불안정한 물질로 바뀌어 있었다. 그것은 돔에 있는 사라에게 전달되었지만 빼앗겼을 것으로 판단되는 폭발물과 동일한 것이었다. 그 파괴력에도 불구하고, 결과를 확실하게 할 수 있는 방법은 폭발물을 11명의 바이럴들에게 직접 가져가는 방법밖에는 없었다. 유스터스는 이를 가리켜 이렇게 말했다. "다리가 달린 폭탄을, 개인적으로." 피터는 처음에는 그 말을 제대로 이해하지 못했지만, 곧 그 의미를 깨달았다. 폭탄에 달린 다리라는 말은 유스터스의 다리를 의미하는 거였다.

그들의 침투조들은 중앙 빗물 배수관과 연결되는 네 개 지점을 통해 도시 안으로 들어가기로 했다. 피터, 알리시아, 티프티, 로어와 그리어가 있는 유스터스의 침투조는 관중들 속으로 섞여 들어가기 위해 경기장의 북적이는 인파와 소란을 이용하기로 했다. 니나의 지시에 따르는 저항군의 요원들은 이미 관중들 틈에 자리를 잡고 있다가, 때가 오면 경기장의 통제권을 장악하기로 계획했다. 무기들은 화장실들과 위쪽 관중석들로 이어지는 계단 밑에 이미 숨겨뒀다. 유스터스가 경기장의 무대 가운데에 모습을 드러내는 것이 곧 공격 신호였다.

어둠이 내리자마자 그들은 출발했다. 그들의 흔적을 지우는 건 의미가 없는 불필요한 일이었다. 결과가 어떻게 되든지 그들은 결코 다시 돌아오지 않을 거였으니까. 밤하늘은 청명했다. 너른 하늘에 별이 가득 반짝이며 무심한 듯 땅을 내려다보고 있었다. 피터는 생각했다. 잘은 모르겠지만 너희도 관심이 없는 건 아닌 것 같은데. 그리어의 말처럼, 피터는 그래도 저 위에 있는 누군가가 자신들을 염려해주고 있기를 바라고 있는 게 틀림없었다. 그들이 방책에서 대화를 나누고 겨우 몇 주가 지났을 뿐이라는 게 믿기지 않았다. 그들은 배수관에 도착해 걷기 시작했다. 피터는 자신이 에이미뿐만이 아니라 레이시 수녀 생각을 떠올리고 있는 걸 깨달았다. 에이미와 레이시는 별개의 다른 존재였다. 레이시는 그 결과를 순수하게 받아들이며 뱁콕을 두려움 하나 없이 마주했던 여자였다. 피터는 자신이 가치 있는 사람인 것을 증명하고 싶었다.

경기장에 가장 가까운 맨홀 아래에서, 저항군은 마지막 인사를 나누었다. 다른 팀들은 홈랜드를 관통해 각자의 계획된 위치로 이동하게 될 거고, 공격 신호가 될 경기장의 폭발음이 들릴 때까지 땅 아래에 숨어 있을 터이다. 경기장의 폭발음이 들리면 모두가 일제히 공격에 나서게 되는 거였다. 홀리스와 마이클만이 다른 팀들의 공격에 앞서 조금 빨리 움직이게 될 것이다. 그들이 언제쯤 움직여야 할지 알려주는 신호 같은 것은 없었으며, 둘은 자신들의 본능을 믿고 따를 수밖에 없었다.

"행운을 빌어." 피터가 말했다. 세 남자는 악수를 하고, 그리고 그것으로는 성에 안 찼는지 같이 부둥켜 끌어안았다. 로어는 까치발로 홀리스의 수염이 덥수룩한 뺨에 입을 맞췄다.

"내가 한 말을 기억해요." 로어가 홀리스에게 말했다. "그녀는 당신을 기다리고 있어요. 당신은 사라를 찾아낼 거예요, 내가 장담해요."

홀리스와 마이클은 터널을 따라 그들이 갈 길을 갔고, 그들의 뒷모습이 점점 희미해지더니 결국 완전히 안 보이게 됐다. 모두가 돌아가며 악수하고 행운을 빌며, 다른 팀들도 그들을 남겨두고 떠났다. 피터와 같이 남은 사람들은 기다렸다. 추위 때문에 감각이 마비되고 있었다. 그들의 신발이 악취가 나는 물에 흠뻑 젖는 바람에 그들의 발도 모두 축축해졌다. 유스터스는 올리브색의 재킷을 입었고, 재킷 아래에는 치명적인 위험한 배달물이 감춰져 있었다. 아무도 말을 하지 않았지만, 유스터스를 감싸고 있는 침묵은 더욱 깊어지기만 했다. 잠깐 개인적으로 대화를 나누었을 때, 유스터스는 피터에게 단지 다른 방법이 없을 뿐이라는 걸 재차 확인시켰다. 사실, 그는 자신이 그 일을 맡게 된 것을 기쁘게 생각하고 있었다. 많은 사람이 그의 명령에 따라 자신들의 목숨을 희생해왔다. 그에게도 차례가 돌아오는 것이 마땅했고, 가장 적절한 때를 맞았을 뿐이었다.

티프티가 사다리 위에서 쇼가 시작된다고 알려온 건 17시가 조금 지나서였다. "시작됐어. 우리도 움직여야 해."

그들은 한 번에 한 명씩, 1분 정도의 간격을 두고 밖으로 나가 움직일 예정이었다. 맨홀 구멍은 니나의 팀원이 경기장 남쪽에 주차해놓은 픽업 트럭의 아래에 있었다. 조만간 픽업 트럭은 저들의 눈에 띄고 입에 오르겠지만 – *저게 왜 저기에 있는 거야?* – 그때까지는 주위의 이목을 피할 수 있었다. 맨홀에서 한 사람씩 빠져나와 경기장으로 들어가려고 줄을 선 사람들 사이로 섞여 들어갔다. 위험한 순간이었지만, 그마저도 앞에 놓인 여러 난관 중 첫 번째일 뿐이었다.

유스터스가 가장 먼저 움직였다. 사다리 꼭대기에서 그리어가 망을 봤다. "됐어." 그가 말했다. "유스터스가 성공한 것 같아."

로어와 그리어가 뒤를 따랐다. 일단 군중 속으로 섞여 들어간 뒤, 그들은 사전에 약속된 대로 경기장 시설 내의 특정한 장소들에서 다시 모일 계획이었다. 알리시아가 마지막에서 두 번째였고, 티프터가 맨 뒤에 설 것이다. 피터가 사다리 아래로 와 준비를 했다. 알리시아는 피터 바로 뒤에 서 있었다. 다른 모든 이들과 마찬가지로, 그녀도 플랫랜더들이 입는 튜닉과 바지를 입고 변장한 상태였다.

"네 팔 말이야, 다치게 해서 미안해." 피터가 말했다. 아마 그 말을 백 번쯤 하지 않았을까.

알리시아가 안다는 듯 미소를 지어 보였다. 피터가 지난 며칠 동안 처음 본 알리시아의 미소였다. "재수가 없었던 거지. 그때 어차피 우리 둘 중 하나는 상대를 쏘지 않을 수 없는 상황이었다고. 네 조준이 형편 없어서 얼마나 다행이었는지 모르겠어."

"이거 기가 막히게 감동적인 장면인데." 티프터가 심드렁해서 말했다. "그런데 우리 정말 빨리 움직여야 해."

그래도 피터는 주저했다. 그는 그 몇 마디가 둘 사이에 주고받는 마지막 대화가 되는 것이 싫었다.

"내가 네게 기회가 올 거라고 했잖아, 안 그래?" 알리시아가 재빨리 피터를 끌어안았다. "시키는 대로 해 – 어서 움직여. 상황이 정리되면 내가 너를 보러 갈게."

그러나 그 말을 하면서도 알리시아는 피터를 쳐다보지 않고, 눈물이 글썽한 시선을 다른 데로 돌리고 있었다.

그의 앞에 놓인 당면한 문제는 이거였다. 도대체 뭘 입어야 하는 거야?

양복 정장과 넥타이는 더 이상 호레이스 길더에게 어울리지 않는 것이 되었다. 그의 인생에서 더 이상 양복 정장과 넥타이는 끝이었다. 양복 정장이란 정부 관료들을 위한 복장이었지, 영생의 신전 대제사장에게는 절대 어울리지 않았으니까. 굉장히 신경 쓰이고 거추장스러운 일이었다. 그는 어릴 때도 교회에 가본 적이 거의 없었다. 그의 엄마가 그를 어쩌다 한 번 데리고 가기는 했지만, 그의 아버지는 한 번도 교회에 발을 들여놓은 적이 없었다. 하지만 길더는 그래도 일종의 가운 같은 예복이 표준이었다는 걸 기억하고는 있었다. 드레스와 비슷한 종류의 뭐 그런 거.

"수레시!"

수레시가 절뚝거리며 방으로 들어왔다. 그의 꼬락서니라니. 그의 얼굴은 분홍빛으로 부어올라 있었다. 그뿐 아니라, 그의 눈썹과 속눈썹 모두 불길에 타버려, 그의 두 눈을 마치 놀란 토끼 눈처럼 동그랗게 보이게 했다. 온몸은 찢어지고 멍 자국투성이였고, 피부는 일그러지고 생살이 드러나 보였다. 며칠이 지나면 다 나아지겠지만, 수레시의 모습은 일방적으로 두들겨 맞고 패한 권투 선수와 부활절 햄 덩어리를 섞어놓은 그런 몰골이었다.

"가서 시종의 옷 좀 가져와."

"그걸 어디다 쓰려고요?"

길더는 손을 흔들어 문을 가리키며 말했다. "그냥 잔말 말고 가서 가져와. 큰 거로."

부탁받은 시종의 복장이 준비되었다. 수레시는 분명 길더의 수상한 부탁에 대한 어떤 설명이나, 어쩌면 단지 길더가 시종의 복장에 몸을 이리저리 구겨 넣는 것을 보고 싶은 건지 계속 방에서 서성거리고 있었다.

"자네 가봐야 할 곳이 있지 않아?"

"저는 국장님이 시키실 일이 더 있는 줄 알고."

"맙소사, 멍청하게 굴지 좀 마. 가서 차량이나 확인해."

수레시가 다시 절뚝거리며 방을 나갔다. 길더는 커다란 전신 거울 앞에 서서 자신의 몸 앞에 시종의 복장을 갖다 대보았다. 아, 이런 제기랄. 시종 복장을 입은 그의 모습이 광대 같아 보일 것만 같았다. 하지만 시간은 그를 재촉하고 있었다. 인사 관리팀이 곧 경기장으로 플랫랜더들을 불러들이고 준비를 할 것이다. 조금 늦는다고 해서 문제가 될 것은 아니었다 – 오히려 기대감을 고조시킬 수도 있는 거니까 – 하지만 그가 너무 지체하게 된다면 그 많은 관중을 통제하는 데에 문제가 생길 수도 있었다. 문제를 정면 돌파하는 것이 최선일 것 같았다. 그는 머리 위로 시종의 복장을 입었다. 거울 속 모습이 절대 광대 같아 보이지는 않았다. 오히려 아미시Amish(문명을 거부하고 농경 생활을 고집하는 미국의 종교 집단-편집자 주) 결혼식의 신부 모습에 더 가까워 보였다. 그리고 완전히 볼품없어 보이는 것도 사실이었다. 길더는 옷장의 선반에서 넥타이 두 개를 집어 들고 둘을 매듭지어 묶고는 허리에 둘러맸다. 확실히 나아 보이기는 했지만 그래도 여전히 뭔가 허전했다. 그가 종교적 경험을 조금이라도 했던 유년 시절의 기억 속 성직자들은 언제나 숄 같은 것을 두르고 있는 모습이었다. 길더는 창가로 갔다. 창틀의 커텐들은 끝에 술이 달린 묵직한 금색 줄로 고정되어 있었다. 그는 금색 줄을 풀어 어깨에 걸쳐 보았다. 양쪽 끝의 술들은 허리춤에서 찰랑거렸다. 그는 다시 거울 앞으로 돌아와 섰다. 종교나 패션에 대해 아는 것이 전혀 없는 사람에게는 나빠 보이지 않는 모습이었다. 인간과 바이럴 사이에서 새로운 공생의 시대를 향한 여명을 밝힌 목자이자, 문명의 재건자이며, 영생의 신전 대제사장인 호레이스 길더가 한 벌의 커튼 장식띠를 갖고 자신을 신성화했다면, 미래의 역사학자들에게는 큰 충격이 될 것이 분명했다.

길더는 자신을 기다리고 있을 수레시를 찾기 위해 방문을 열었다. 눈썹이 다 타버린 수레시의 두 눈이 깜짝 놀라 휘둥그레졌다.

"아무 말도 하지 마."

"아무 말도 안 하려고 했어요."

"그래, 하지 마."

둘은 로비로 내려가는 엘리베이터를 탔다. 건물 안은 을씨년스러울 정도로 조용했다. 길더가 그의 개인 병력까지도 대부분 경기장으로 보냈기 때문이었다. 이 때문에 콜들과 빨간 눈들의 거리가 매우 멀어졌지만, 경기장을 통제 아래에 두는 일이 무엇보다 중요했다. 추운 바깥 공기 속에서 차량들이 배기가스를 내뿜으며 기다리고 있었다. 길더의 차와 엄청난 화물칸의 트럭, 한 쌍의 호위 차량과 경호용 밴이 보였다. 길더는 빠른 걸음으로 두 명의 콜이 뒤쪽에 서 있는 밴으로 갔다. 성직자의 복장에 대한 사실 하나는, 겨울밤에는 별로 따뜻하지 않다는 거였다. 그는 자신의 코트를 갖고 왔어야 했다.

"열어."

자신의 눈앞 벤치에 앉아 있는 인물이 그동안 그렇게 많은 골칫거리를 일으킨 장본인이라는 게 믿기지 않았다. 길더의 생각이 그쪽으로 흘렀다면, 그녀를 예쁘다고 생각했을지도 모른다. 하지만 그녀는 그렇게 앙증맞은 스타일이 아니었다 ─ 전혀 아니었다. 부어오르고 변색된 살갗 아래에 숨겨진 그녀의 모습은 분명 전형적인 단단한 반역자의 모습 그대로였다. 깊은 눈, 뚜렷한 이목구비, 팽팽한 근육질의 체격. 그런데도 여성스러움이 엿보였다. 하지만 길더의 상상 속의 세르지오는 언제나 남자였다. 그것도 그냥 남자가 아닌 체 게바라 같은. 그가 머릿속에 그려본 세르지오는 아주 작은 눈과 듬성듬성 자란 턱수염을 가진 바나나 공화국의 혁명가 체 게바라의 모조품 같은 모습의 남자였다. 하지만 정작 눈앞의 세르지오는 쟌 다르크였다.

"뭐 남은 할 말이라도 있나?" 사실 길더는 별로 개의치 않고 한 질문이었다. 그냥 재미 삼아 해본 거였으니까.

그녀의 손목과 발목에는 족쇄가 채워져 있었다. 그녀의 찢어지고 부어오른 입술 때문에 심한 감기에 걸린 것처럼 굵은 목소리가 났다. "미안하다고 말하고 싶네요."

길더가 소리 내어 크게 웃었다. 세르지오가 미안하다니! "그래? 어디 말해봐. 뭐가 미안한 건데?"

"이제 당신에게 일어날 일 때문에."

아주 끝까지 반항하는군. 그는 그녀의 말이 그냥 늘 벌어지는 일 중 하나라고 생각을 하기는 했지만, 그래도 짜증이 올라왔다. 그가 그녀를 좀 더 두들겨 팬다고 해도 별거 아닌 일이었을 것이다.

"마지막 기회인데." 여자가 말했다.

"너 노는 게 아주 깜찍한 것 같아." 길더가 대답했다. 그가 열려 있는 문으로 다시 차에서 내렸다. "잘 가둬봐."

라일라는 침대 가장자리에 앉아서, 아주 오랫동안 아이의 얼굴을 보았다. 아이의 금발 곱슬머리는 베개 위로 흘러내렸고, 창문으로 새어 들어온 햇빛이 잠든 아이의 얼굴을 비스듬히 비추고 있었다. 수일 동안 아이는 시무룩해져 대화를 피하거나 장난감을 내던지며 성질을 부리며, 도저히 달래거나 위로해줄 수 없는 상태를 오갔다. 오직 잠든 순간에만 아이가 세워 놓은 벽이 무너지고 다시 예전의 모습으로 돌아왔다.

믿음 속에 평안히.

네 이름은 뭐야? 라일라는 생각했다. 누구 꿈을 꾸고 있니?

그녀는 아이의 머리를 쓰다듬기 위해 팔을 뻗다가 그만 멈췄다. 아이는 깨지 않을 것이다. 하지만 그게 이유는 아니었다. 라일라의 손길이 아무 의미가 없었기 때문이었다. 지난 세월 동안 수많은 에바들이 있었다. 그럼에도 단 한 명뿐이었다.

미안하구나, 아이야. 네가 이런 대접을 받으면 안 되는 거였는데. 아니, 그 아이들 모두. 내가 세상에서 가장 이기적인 여자였어. 하지만 내가 그런 건, 사랑 때문이었어. 네가 나를 용서해줬으면 좋겠구나.

아이가 이불을 몸에 감싸며 몸을 뒤척이고, 돌아누워 얼굴을 라일라 쪽으로 돌렸다. 아이가 턱을 움직이며, 뭐라고 작은 소리를 냈다. 아이가 깬 걸까? 아니었다. 라일라가 손바닥으로 아이의 볼을 어루만졌고, 꿈 하나가 다른 꿈으로 이어지더니 곧 사라져 버렸다.

그러는 게 좋겠어, 라일라가 생각했다. 내가 어둠속으로 사라지는 게 좋겠어. 라일라가 침대에서 조심스럽게 일어났다. 문가에서 마지막으로 뒤돌아 아이를 보며, 그녀는 잠시 추억에 잠겼다. 브래드와 애정을 갖고 함께 가꾸었던 집 아이의 방 문가에서, 그와 함께 자신들의 조그마한 딸을 흐뭇하게 지켜보고 있던 때를 떠올렸다. 포대기에 꽁꽁 싸여 있는 갓 태어난 아기, 이 땅의 기적, 자신들의 딸이 아기 침대에서 잠들어 있었다. 그 아주 오래전, 라일라가 얼마나 자신이 죽기를 간절히 바랐었는지. 만약 천국이 꿈의 장소였다면, 그건 그녀가 영원히 머물고 싶어했을 꿈이었다.

안녕, 라일라는 생각했다. 아이야 안녕, 누군가의 사랑하는 자녀여.

경기장 밖은 질서가 잘 유지되고 있는 하나의 거대한 혼란이라고 말할 수 있었다. 어마어마하게 많은 사람들이 꾸역꾸역 움직였다. 피터도 그 인파 속으로 섞여 들어갔다. 그를 쳐다보는 사람도 없었다. 그도 짧게 깎은 머리에 더러운 몸에 누더기를 걸치고 있는 특색 없는 얼굴들 중의 하나일 뿐이었다.

"빨리 움직여, 멀뚱히 서 있지 말고 계속 움직여!"

네 줄로 늘어선 사람들이 줄줄이 램프를 따라 올라가, 철문을 통과해 경기장 안으로 들어갔다. 피터의 왼편으로 콘크리트 계단들이 문자가 새겨진 게이트들로 이어져 올라갔고, 앞쪽에는 더 긴 계단이 위쪽 관중석으로 올라가게 되어 있었다. 인파는 둘로 나누어져, 두 줄은 아래쪽의 관중석으로 두 줄은 위쪽 관중석으로 향했다. 경기장의 필드는 환하게 불이 밝았다. 게이트들 사이로 빛이 쏟아졌다. 피터는 로어와 유스터스를 찾아보려 했지만, 그들은 한참 앞쪽에 있었다. 아마도 그들도 이미 흩어져 각자의 위치로 갔을지도 몰랐다. 게이트에 새겨진 문자들이 P, Q, R, S 순서대로 이어져 갔다.

피터가 한쪽 무릎을 꿇고서는, 그의 신발 끈을 묶는 척했다. 그의 뒤를 줄지어 따라오던 사람이 그와 부딪치며, 깜짝 놀라 투덜거렸다. 네가 뭘 하든 멈추면 안 된다고.

"미안합니다, 먼저 가세요."

밀려드는 사람들의 줄이 피터의 주위를 돌아 틀어져 움직였다. 이리저리 뒤섞여 움직이는 다리들 사이로 피터는 가장 가까이에 있는 경비원을 훔쳐보았다. 경비원은 9미터 정도 떨어진 거리에서 피터가 있는 쪽을 별 다른 표정 없이 쳐다보고 있었는데, 아마도 무슨 문제라도 생긴 것인지 지켜보는 중이었을 것이다. 시선을 돌려 다른 곳을 보라고,

피터가 생각했다.

콜이 눈을 깜박이자, 피터는 잽싸게 계단들 밑쪽으로 몸을 날려 숨어 들어갔다. 그의 뒤에서 깜짝 놀라 소리를 지르는 사람도 없었다. 그가 정말 아무도 눈치채지 못하게 움직였거나 아니면 복종하는 습관이 몸에 밴 사람들이 신경도 쓰지 않은 것이었다. 남자 화장실 출입구가 3미터 정도 떨어진 관중석 아래에 있었다. 문이 달려 있지는 않았고, 단지 사람들의 시선을 막느라 시멘트 블록으로 각을 세워 벽을 만들어놓았다. 피터가 계단 주위를 살폈다. 시야를 방해하는 뒤죽박죽 섞인 플랫랜더들의 장벽이 지나갔다. *지금이야.*

화장실 공간이 놀라울 정도로 컸다. 오른쪽으로 소변기와 칸막이들이 길게 늘어서 있었다. 그가 마지막 칸으로 빠르게 걸어가 문을 밀어 열자, 변기 가장자리에 걸터앉아 있던 짧고 검은 머리의 사납게 생긴 여자가 그의 얼굴에 묵직한 리볼버 권총을 겨누며 그를 맞았다.

"세르지오는 살아 있다."

그녀가 총구를 내렸다. "피터?"

그가 고개를 끄덕였다.

"니나예요." 그녀가 말했다. "가죠."

니나가 피터를 데리고 화장실 뒤의 작은 방으로 갔다. 방 안에는 책상 하나와 의자, 바퀴 달린 양동이들과 대걸레들 그리고 한 줄로 세워둔 개인 사물함들이 있었다. 니나가 개인 사물함 중 하나를 열고, 피터가 전에 본 적이 없는 종류의 총 두 자루를 꺼냈다. 소총과 큰 권총의 중간쯤 되어 보이는 크기로, 탄창이 아주 길었으며 총신 아래에 손잡이가 하나 더 달려 있었다.

"이런 거 다룰 줄 알아요?" 니나가 물었다.

피터가 다룰 줄 안다는 걸 보여주려고 노리쇠를 당겼다.

"단발로만 사용하고, 허리에 대고 쏴요. 초당 12발이 발사돼요. 방아쇠를 계속 누르고 있으면 탄창이 금방 비게 된다고요."

그녀가 피터에게 탄창 3개를 더 건네주더니, 벽에 있는 서랍같이 생긴 금속판을 잡아당겼다.

"그게 뭐예요?" 피터가 물었다.

"쓰레기 배출구요."

피터가 의자 위에 올라가, 발부터 먼저 밀어 넣으며, 쓰레기 배출구 안으로 몸을 구겨 넣었다. 배출구 관은 미끄럼틀처럼 경사가 있어 그가 떨어지는 속도를 줄여줬지만 그렇다고 큰 도움이 되는 것도 아니었다. 피터가 바닥에 강하게 떨어지며, 발이 그의 몸 아래에서 미끄러져 나왔다.

"이 새끼 너 누구야?"

눈앞에 정장을 입은 두 남자가 보였다. 빨간 눈들이었다. 바닥에 등을 대고 꼴사나운 모습으로 무기력하게 누워 있는 피터는 아무것도 할 수가 없었다. 총은 그의 가슴에 꼭 안고 있었지만, 총을 쏘게 된다면 소리가 밖에까지 들릴 것이었다. 피터가 두 발로 일어서려고 허우적거리자마자, 두 남자가 허리에서 권총을 빼 들었다.

그때, 티프티가 왼쪽에 있던 빨간 눈의 뒤쪽에서 나타나 소총 개머리판을 남자의 머리를 향해 위로 휘둘렀다. 두 번째 녀석이 몸을 돌리자, 티프티가 녀석의 발을 걸어찼고, 녀석은 등을 핀 상태로 무릎을 꿇고 주저앉아 버렸다. 티프티가 재빨리 녀석의 머리카락을 움켜쥐고 머리를 위로 잡아당기더니, 남은 한 팔로 녀석의 목을 감싸고는 비틀어버렸다. 으스러지는 소리가 들리더니 조용해졌다.

"괜찮나?" 티프티가 피터를 올려다봤다. 죽은 빨간 눈의 머리가 아직도 티프티의 팔뚝에 감긴 채 부자연스러운 각도로 축 늘어져 있었다. 피터는 다른 빨간 눈을 쳐다봤다. 검은 피가 녀석의 머리에서 스며 나와 바닥을 적시고 있었다.

"예, 뭐." 피터가 가까스로 말했다.

그들 뒤에서 덜컹거리는 소리가 들리더니, 니나가 배출구에서 떨어졌다. 고양이처럼 사뿐히 착지한 그녀는 유연하게 무기를 들어 올리고는 방을 훑어보았다.

"내가 좀 늦었나 보네." 그녀가 총구를 천장을 향해 치켜들었다. "당신이 티프티인가 보군요?"

티프티가 잠시 아무 말도 하지 않은 채, 니나를 뚫어지게 쳐다보고 있었다.

"저기, 이제 그 빨간 눈 놔줘도 될 것 같은데요." 니나가 말했다. "녀석이 더 죽을 일도 없잖아요."

티프티가 시선을 돌렸다. 그리고 죽은 녀석의 목을 풀어주고는 일어섰다. 그가 조금 충격을 받은 것 같았다. 피터는 그가 뭣 때문에 그러는지 의아했다.

"이 시체들을 치워야겠는데." 티프티가 말했다. "유스터스도 경기장 안에 들어와 있는 건가?"

"그가 실패했다면, 우리가 벌써 알았을 거예요."

그들은 일종의 하역장 같은 곳에 들어와 있었다. 상당한 크기의 트럭 한 대가 지나다니기 충분할 넓이의 터널이 왼쪽으로 이어졌고, 아마도 바깥으로 나가게 되어 있는 것 같았다. 오른쪽으로는 다소 작은 크기의 복도가 있었다. 벽에는 페인트로 화살표가 그려져 있고, 방문객 탈의실이라는 글씨가 쓰여 있었다.

그들은 시체들을 나무상자 더미 뒤로 끌어다 놓고, 복도를 걸어 내려 갔다. 이제 그들은 경기장의 남쪽 필드 아래에 있게 되었다. 복도 끝에 는 위로 올라가는 계단이 있었다. 빛은 겨우 앞을 볼 수 있을 정도였다. 피터의 머리 위에서 요란한 관중들의 소리가 들려왔다.

"우리는 여기서 시작할 때까지 기다리면 돼요." 니나가 말했다.

밴의 뒤 짐칸, 에이미는 아무것도 볼 수가 없었다. 운전석과 짐칸 사이 에 작은 창이 하나 있기는 했지만, 운전사가 닫아뒀다. 그녀의 신세는 마치 도망치는 말에서 끌어 내린 것 같았지만, 그녀의 정신만큼은 또렷 했고 앞으로 다가올 그 순간에 집중하고 있었다. 밴은 언덕을 내려가 차체가 다시 수평을 회복했고, 바퀴는 열심히 돌아가며 휠 하우스에 눈과 진흙 덩어리를 뱉어냈다.

"야, 거기 뒤에 너."

운전석과 짐칸 사이의 창이 열렸다. 운전사가 사악한 기쁨의 웃음을 지으며, 룸미러로 에이미를 쳐다봤다.

"기분이 어때?"

조수석 쪽에 앉아 있던 남자가 소리 내 웃었고, 에이미는 대꾸하지 않았다.

"이 찢어 죽여도 시원찮을 것들." 운전사가 말했다. 룸미러에 비친 그 가 눈을 가늘게 떴다. "너희가 도대체 내 친구들을 얼마나 많이 죽였는 지 알아?"

"그들을 그렇게 부르나요?"

"진지하게 하는 말인데," 그가 기분 나쁘게 웃으며 말했다. "너 정말 그것들을 놓치지 말고 똑똑히 봐야 할 거야. 그것들이 너를 갈기갈기 찢어버릴 거거든."

밴이 깊이 파인 웅덩이를 지나며 덜컹거렸고, 족쇄에 연결된 사슬이 크게 요동치며 미끄러졌다.

"당신은 이름이 뭐예요?" 에이미가 물었다.

운전사가 인상을 썼다. 처형장에 끌려가는 여자에게 이런 질문을 기대했던 게 아닌데.

"그냥 말해줘." 조수석의 남자가 그렇게 말하더니, 그의 몸을 열린 창으로 돌려 말했다. "이 자식 이름은 윈이야."

"윈?" 에이미가 되물었다.

"어, 녀석의 물건이 짧아서, 모두가 그렇게 불러."

"하하," 운전사가 웃었다. "하하하."

대화는 끝난 것처럼 보였다. 그런데 운전사가 갑자기 눈을 휙 돌려 룸미러로 에이미를 봤다.

"아까 그거, 네가 길더에게 말했던 거 말이야." 그가 말했다. 에이미는 그의 목소리에서 그가 반신반의하는 것을 읽을 수 있었다. "뭔가 일어날 거라는 그거. 그러니까 내 말은, 너 그거 길더 엿 먹이려고 개소리한 거 맞지?"

에이미가 자신의 한쪽 발을 벤치 아래에 걸어 고정하고는 자기 생각을 그의 눈 속 깊이 쏘아 보냈다. 그와 동시에 운전사가 브레이크를 밟았고, 조수석에 타고 있던 남자가 얼굴부터 앞 유리창에 가서 처박으며 앞으로 튕겨 나갔다. 그들 뒤를 따라오던 차량이 유리가 부서지고 금속이 바스러지는 소리를 내며 밴의 범퍼를 들이박자, 그 충격에 조수석 남자는 다시 뒤로 내동댕이쳐졌다.

"야, 너 이 새끼 미쳤어?" 조수석의 남자가 한 손으로 자기 얼굴을 누르고 있었다. 그의 손가락 사이로 피가 뚝뚝 떨어졌다. "너 때문에 코가 부러졌잖아, 이 병신아!"

차량 행렬이 멈추어 섰다. 에이미의 귀에 운전석 쪽 창문을 두들기는 소리가 들렸다.

"무슨 일이야? 대체 왜 멈춘 건데?"

운전사가 우물쭈물 대답했다. "모르겠어. 내 발이 저렸던 것 같기도 하고 뭐 그랬던 것 같은데."

"미치겠네, 이것 좀 보라고." 조수석의 남자였다. 그가 운전석 쪽 창가에 서 있는 사람에게 자신의 손을 뻗어 보이며 말했다. "이 등신이 무슨 짓을 저질렀는지 좀 봐."

"운전할 사람을 바꿔줄까?"

이번에는 에이미가 룸미러로 운전사를 쳐다봤다. 그가 머릿속을 비우려는 듯 머리를 한 번 흔들었다. "아냐, 나는 괜찮아…… 모르겠어. 이상하네, 나는 괜찮아."

운전석 쪽 창가에 서 있던 남자가 머뭇거리더니 말했다. "그럼, 조심하라고, 알았어? 우리 거의 다 왔어. 침착하게 운전 잘하라고."

그 남자가 돌아가고, 밴도 다시 서서히 움직이기 시작했다.

"너 진짜 엄청난 병신 새끼야, 그거 알지?"

운전사가 아무 대답도 하지 않았다. 그가 눈을 돌려 에이미를 쏘아보았고, 둘의 눈이 룸미러 속에서 스치듯 마주쳤다. 잠깐의 짧은 순간이었지만, 에이미는 그의 눈에서 공포를 보았다. 운전사는 곧 눈을 돌렸다.

21시 40분. 홀리스와 마이클은 약재상 뒷골목에 몸을 웅크리고 숨어 있었다. 쌍안경으로 그들은 에이미가 밴에 실려 나가는 것과, 차량 행렬이 경기장을 향해 출발하는 것까지 모두 다 지켜봤다. 돔을 장악할 소형 화기와 파이프 폭탄으로 무장한 열 명 정도의 남녀로 구성된 돌격대는 아직 5미터 아래 빗물 배수관에 숨어 있었다.

"우리 얼마나 기다려야 하는 거야?" 마이클이 물었다.

마이클의 그 질문에는 조급함이 드러났고, 홀리스는 그저 어깨를 으쓱거려 보였다. 도시는 텅 비어 있는 듯 조용했지만, 적어도 20여 명 정도의 병력이 여전히 돔으로 들어가는 입구를 지키고 있는 것이 홀리스와 마이클이 몸을 숨기고 있는 골목에서도 보였다. 둘이 실제로 입구의 경비원들을 뚫고 안으로 들어갈 수 있다고 가정하더라도, 사라와 케이트를 어떻게 찾을 수 있을지 혹은 심지어 두 모녀가 돔 안에 있는 지조차 알 길이 없었다. 어렴풋이 극복할 수 있다고 생각했던 발생 가능한 일련의 상황들이, 이제는 그 둘의 눈앞에 엄연한 현실로 다가와 있었다.

"로어 걱정은 하지 마." 홀리스가 말했다. "그 여자 자기 자신 하나 정도는 거뜬히 지킬 수 있는 여자야. 내 말 믿어."

"내가 언제 걱정된다고 했어?" 하지만 마이클은 당연히 걱정되었다. 그녀뿐만 아니라 모두를 걱정하고 있었다.

"나는 로어가 마음에 들어." 홀리스가 말했다. 그는 여전히 쌍안경을 들고 주위를 살피고 있었다. "너랑 잘 어울려. 네게는 리시보다 나아."

마이클이 당황했다. "도대체 무슨 말을 하는 거야?"

홀리스가 쌍안경에서 눈을 떼더니, 마이클의 눈을 쳐다봤다. "이거 봐, 서킷. 너는 별로 그렇게 거짓말을 잘하지 못해. 우리가 애들이었을 때 너희 둘이 어땠는지는 기억하지? 그때도 더 이상 확실할 수는 없었다고."

"그랬나?"

"어쨌거나, 내가 보기에 확실히, 너는 로어야." 홀리스가 그의 넓은 어깨를 한 번 으쓱하더니 다시 쌍안경으로 주위를 살폈다. "티를 낸 건 주로 너였지만, 리시 마음은 나는 잘 모르겠더라."

마이클은 아니라고 하고 싶었지만, 곧 포기했다. 자신이 기억하는 한, 언제나 자신의 마음 어딘가에 항상 리시가 자리하고 있었다. 리시와 자신이 잘될 가능성이 없었기에, 마이클은 최선을 다해 자신의 감정을 억눌러왔다. 그러나 자신의 감정을 완전히 억누르지는 못했다. 솔직히 말하자면, 자신의 감정을 다스리는 데 성공해본 적이 없었다. "네 생각에 피터도 알고 있는 것 같아?"

"네가 신경 쓰고 걱정해야 할 사람이 있다면, 그건 로어 하나야. 로어도 알 만한 건 거의 다 알고 있다고. 그래도 피터와 얘기를 하기는 해야겠지, 아마도. 하지만 뭘 알려고 하지 않아도 알게 되기도 하지." 갑자기 홀리스가 긴장했다. "잠깐만."

차량 한 대가 접근하고 있었다. 그들은 골목 바닥에 납작 엎드렸다.

차량의 불빛이 골목 안을 훑어냈다. 마이클은 숨을 멈췄다. 5초, 그리고 10초, 트럭이 멀어졌다.

"너 사람을 쏴본 적 있어?" 홀리스가 조용히 물었다.

"아니, 바이럴만 쏴봤어."

"그렇구나, 내 말을 들어봐. 일단 상황이 벌어지면, 사람을 쏴 죽인다는 게 네 생각처럼 그렇게 어려운 일은 아냐."

추위에도, 마이클이 땀을 흘리기 시작했다. 그의 심장이 마구 뛰며 갈비뼈까지 때리는 것 같았다.

"무슨 일이 있어도 사라를 구해, 알았어?" 마이클이 말했다. "둘 다 구하란 말이야, 사라와 케이트."

홀리스가 고개를 끄덕였다.

"정말이야. 내가 너를 엄호할 거야. 저 문만 통과해 들어가라고."

"우리 둘이 같이 가는 거야."

"상황이 그렇지가 않아. 네가 구해야 해, 홀리스. 이해돼? 무슨 일이 있어도 멈추지 마."

홀리스가 마이클을 물끄러미 쳐다봤다.

"이해됐군." 마이클이 말했다.

다른 이들과 마찬가지로, 로어와 그리어도 군중 속으로 섞여 들어가는 데 성공했다. 플랫랜더들의 줄이 갈라지는 곳에서, 둘은 무리 속으로 조금씩 밀고 들어가 두 번째 층, 그리고 세 번째 층 그리고 마침내 관중석 제일 꼭대기 층에 이르렀다. 그들은 관제실로 통하는 계단 밑에서 만났다.

"잘했어." 그리어가 속삭였다.

둘은 무기를 찾아 회수했다. 구식 리볼버 권총 두 자루, 오직 최후의 순간에 쓸 무기였다. 그리고 강철 칼자루 끝이 둥글게 굽은 15센티미터 길이의 칼 두 자루. 마지막 관중 무리가 제자리를 찾아 들어가고 있었다. 그리어는 플랫랜더들의 질서 정연함과 무조건적인 복종심에 아연실색했다. 그들은 노예였지만 자신들이 노예라는 걸 몰랐다. 아니면 노예라는 사실은 알았지만 너무 오랜 세월 동안 사실로 인정해온 탓에 무감각해진 건지도 몰랐다. 그들 모두가 다 똑같이 그런 걸까? 어쩌면 전부는 아니겠지. 노예가 아닌 사람들이 작전의 성공 여부를 판가름 짓는 결정적인 요인이 될 것 같았다.

"나와 같이 기도할래?" 그리어가 로어에게 물었다.

로어가 회의적인 표정으로 그를 쳐다봤다. "기도라는 거 해본 지 오래됐는데. 어떻게 하는 건지도 잘 모르겠어요."

둘은 무릎을 꿇고 서로 마주하고 앉았다. "내 손을 잡아," 그리어가 말했다. "눈 감고."

"그게 다예요?"

"생각하려고 하지 마. 텅 빈 방을 떠올려. 아냐, 방도 떠올리지 마. 아무것도."

로어가 그리어의 손을 맞잡기는 했지만, 그녀의 얼굴에 당황한 기색이 비쳤다. 그녀의 손바닥은 식은땀으로 축축했다.

"나는 소령님이 뭐라고 말을 할 거라고 생각했었는데요. 수녀들이 하는 것처럼요. 거룩하신 어쩌구 그리고 뭐 이거저거를 축복하소서 하나님, 그렇게요."

그리어가 고개를 저었다. "지금은 아냐."

로어가 눈을 감은 것을 보고, 그도 눈을 감았다. 몰입의 순간이었다. 그리어는 몸에 온기가 퍼지는 것을 느꼈다. 다음 순간, 그의 정신이 생각 너머 가늠할 수 없는 에너지 속으로 흩어져 들어갔다. 오오, 주여, 그가 기도했다. 우리와 함께하소서. 에이미와 함께하여 주소서.

그런데 뭔가 잘못됐다. 그리어가 고통을 느꼈다. 끔찍한 고통을. 그러더니 어둠이 자신을 뒤덮으며, 고통이 사라졌다. 어둠이 벌판을 가로지르는 그림자처럼 그의 의식을 뒤덮어버렸다. 죽음, 공포, 사악한 악마가 빛을 삼켜 버렸다.

나는 모리슨-차베스-배프스-터럴-윈스턴-소사-에콜스-램브라이트-마르티네스-라인하르트…….

그리어가 깜짝 놀라 벌떡 일어났다. 마법이 풀렸다. 그는 다시 세상 속 현실로 돌아왔다. 내가 뭘 본 거지? 그래, 트웰브였어. 하지만 또 다른 건? 내가 대체 누구의 고통을 느꼈던 거야? 로어, 그녀는 아직도 무릎을 꿇고 손을 앞으로 뻗고 있었다. 그녀 역시 뭔가 경험한 거였다. 충격을 받은 그녀의 얼굴이 그렇게 말하고 있었다.

"울가스트가 누구죠?" 그녀가 말했다.

라일라는 아트리움을 향해 발이 보이지도 않을 정도로 회랑을 빠르게 걸어 지나갔다. 그녀의 몸짓과 걸음에는 거스를 수 없는 단호함이 있었다. 일단 결심하고 나면, 어떤 결정이고 반드시 실천해야만 하는 그녀였다. 그녀가 찾는 계단은 건물의 반대편 긴 복도의 끝에 있었다. 모퉁이를 돌아선 그녀는 갑자기 뛰기 시작했고, 쫓기는 사람처럼 문을 향해 돌진했다. 엄청난 덩치의 경비원이 그녀를 막기 위해 의자에서 일어섰다.

"야, 너 어디 가는 거야?"

"제발," 라일라가 숨을 헐떡였다. "나 배고프다고. 그런데 아무도 없단 말이야."

"이게 미쳤나, 여기서 썩 꺼져."

라일라가 얼굴을 가리고 있던 베일을 걷어 올렸다. "너 내가 누군지 몰라?"

경비원이 당황했다. "죄송합니다, 부인." 그가 말을 더듬었다. "물론 압니다."

그는 벨트에 달고 있는 고리에서 열쇠를 꺼내, 문 잠금 장치에 넣고 돌렸다.

"고마워." 라일라가 한시름 놓은 척하며 말했다. "고마워, 너는 정말 신의 선물이야."

라일라는 계단을 내려갔다. 계단 끝까지 내려간 라일라는 두 번째 경비원을 만났다. 그는 혈액 처리 시설로 통하는 철문 앞에 서 있었다. 그녀는 오랫동안 이곳에 내려오지 않았지만, 그래도 그곳에 깃들어 있는 공포는 분명하고 똑똑하게 기억하고 있었다. 테이블 위에 눕혀놓은 몸뚱이들, 어마어마한 냉장고들, 피가 든 주머니들, 혈액 채취 대상들을 영원히 환각 상태에 빠뜨려놓은 달콤한 가스의 냄새. 경비원은 그의 엉덩이 쪽에 넣어둔 권총에 손을 대고 그녀를 지켜보고 있었다. 라일라는 평생 총을 쏴본 일이 없었다. 그녀는 그게 그렇게 어려운 일이 아니기를 바랐었다.

라일라는 자신만만한 걸음걸이로 경비원에게 다가가, 마지막 순간에 얼굴을 들고 그를 눈 속 깊이 쳐다봤다.

"너는 지쳤어."

경기장 북쪽의 선수 대기석 뒤에 숨어 있던 알리시아는 갖고 있던 반자동 권총의 탄창을 빼서 특별한 이유 없이 검사도 하고, 그 위에 있지도 않은 먼지를 입으로 불어 날려보기도 하고, 그러다 다시 탄창을 손잡이에 끼운 후 자신의 손바닥으로 탄창 밑바닥을 밀어 제자리에 넣으며 기다렸다. 알리시아는 탄창을 뺐다가 다시 밀어 넣는 일을 이미 열 번이나 반복하고 있었다. 그녀가 갖고 있는 것은 손잡이에 그물 모양의 음영 패턴이 새겨진 .45구경 싱글액션 권총으로, 각 탄창에는 12발씩의 총알이 들어 있었다. 트웰브라니, 알리시아가 보기에 아이러니였다. 참 이상하고 기분 나쁜데, 이 세상이 돌아가는 꼴이라는 게.

관중들 사이에서 뭐라고 중얼거리는 소리가 들렸다. 알리시아가 무릎을 꿇은 상태로 몸을 조금 일으켜 필드 쪽을 엿보았다. 시작한 건가? 이상하게 생긴 물체가 경기장 안으로 견인되어 들어오고 있었다. 폭이 넓은 연단에 고정되어 있는, 7미터 정도 높이의 Y자 모양의 강철 골조였다. 꼭대기 활대들에는 쇠사슬이 매달린 채 흔들리고 있었다. 트럭이 필드의 중앙에 이르러 정지했다. 콜 두 명이 나타나더니 트럭의 뒤로 갔다. 그들은 타이어 밑에 나무 블록들을 밀어 넣고, 윈치로 짐칸의 앞쪽을 들어 올려 트럭과 분리하더니, 트럭을 몰고 사라졌다.

알리시아는 마지막 준비를 했다. 그녀의 허벅지에는 거칠고 굵은 노끈으로 총검이 묶여 있었다. 그녀는 총검을 풀러 그녀의 벨트 안쪽으로 밀어 넣었다.

에이미, 알리시아가 그녀의 이름을 떠올렸다. *에이미, 내 피의 자매여. 내가 원하는 건 이거 하나야.*

내가 마르티네스를 죽일 수 있게 해줘.

차량의 행렬이 경기장으로 이어지는 메인 램프 바깥에서 멈추어 서 있는 동안에도, 밴과의 충돌로 인해 길더는 여전히 신경이 저릿저릿했다. 사고가 그만했던 게 다행인 것 같았다. 그러나 길더가 그들이 경기장까지 안전하게 도착한 것에 안도하고 있었던 반면, 새까만 겨울밤에 불빛이 환하게 밝혀져 있는 경기장의 모습은 그런 그의 생각을 단박에 바꿔놓았다. 그는 인간들의 웅성거림이 만들어내는 거대한 소리에 차에서 내려 밖으로 나왔다. 응원의 환호가 아니었다. 그러기에는 이 인간들은 형편없이 주눅 들어 있는 겁쟁이들이었다. 하지만, 한곳에 모여 있는 7만 명의 인간들은 그 규모에 걸맞은 그들만의 소음을 만들어내고 있었다. 7만 쌍의 폐가 열리고 닫히고, 7만 쌍의 할 일 없는 발을 까닥까닥 움직이고, 7만 개의 엉덩이가 시멘트로 된 관중석에서 좀 더 편한 자세를 찾기 위해 움직이는 소리. 그에 더해, 기침 소리와 아기의 우는 소리 등이 한데 섞여서 들려오고 있었지만, 길더가 들은 소리의 대부분은 지진이 끝난 후의 여진과 같은, 지하 동굴의 우르르 떨리는 소리 비슷한 거였다.

"가서 계집을 준비시켜놔." 길더가 말했다.

경비원들이 밴에서 에이미를 잡아 끌어냈다. 길더는 굳이 경비원들이 그녀를 끌고 가는 것까지 지켜봐야 할 필요를 느끼지는 못했다. 그는 수레시에게 트럭을 계획된 위치로 이동시키라고 신호를 보냈다. 트럭이 앞으로 움직이며 엔드 존End Zone(미식축구장의 엔드 존을 비유—옮긴이)을 향해 램프를 올라갔다.

길더는 쇼를 진행하는 방식에 대해 다양하게 고민을 해보았고, 그럴듯한 행사가 진행되도록 지시해놓았다. 그는 군중들의 이목을 집중시킬 수 있는 적절한 방법이 우연히 생각날 때까지 골머리 썩으며 고민했다. 주요 스포츠팀이 세심하게 짜여진 계획에 따라 필드에 입장하는 모습이 떠올랐다. 수레시가 다양한 시각 및 음향 효과를 조율하는 무대 감독으로서의 역할을 다하며, 저녁 행사를 굉장한 구경거리 수준까지 끌어 올리게 될 것이다. 그들은 점검 목록상의 항목들을 함께 확인했다. 음향, 조명, 화면. 그들은 그날 오후에 리허설도 했다. 몇 가지 문제점들이 발견되었지만 다 해결될 수 있는 것들이었고, 수레시도 모든 게 차질 없이 진행될 거라고 길더를 안심시켰다.

그들은 램프를 걸어 올라갔다. 수레시, 그도 절뚝거리면서 길더와 보조를 맞추려고 최선을 다해 걷고 있었다. 인사 관리팀 병력들이 정차해 있는 트럭의 양쪽에 줄지어 지키고 서 있었다. 길더의 참모들 역시 이미 아래쪽 특별석에 자리를 잡고 앉아 있었다. 군중들의 소리가 파도처럼 그에게 밀려오는 것 같았다. 그를 그 어마어마한 에너지 속에 가둬두려는 것같이.

제설기들이 필드 위의 눈을 다 걷어냈지만, 덕분에 오히려 필드는 진흙투성이의 민낯을 고스란히 드러내놓았다. 필드 중앙에는 연단과 골조가 설치되었는데, 사실 꽤 쓸 만한 장치들로 수레시가 아이디어를 내 만든 것이었다. 반역자들은 수레시를 거의 죽일 뻔했었는데, 그런 일을 당하고 정신이 돌아버리지 않을 자가 어디 있겠는가? 의사이기도 했던 수레시는 누구보다도 사람을 죽이는 여러 흥미로운 방법들을 알고 있는 것 같았다. 에이미를 공중에 매달아 놓으면 모든 사람이 그녀 뱃속의 온갖 장기들이 흐트러지고 아래로 쏠리면서 고통스럽게 죽는 것을 볼 수 있을 것이라는 게 수레시의 생각이었다. 물론 그녀도 그 과정 하나하나를 느낄 수 있고, 시간도 충분히 오래 걸릴 거라는 것도.

길더가 수레시의 메모를 읽고 있는 동안, 수레시는 길더에게 마이크로폰을 달았다. 길더의 등 뒤로 선을 넘겨 송신기에다가 연결했고, 송신기는 길더가 즉흥적으로 만들어 허리에 두르고 있는 넥타이 허리띠에 고정시켰다. "여기 이걸 누르세요." 수레시가 길더의 시선을 아래위로 젖히게 되어 있는 토글 스위치로 향하게 하며 말했다. "그러면 연결되는 거예요."

뒤로 물러난 수레시가 이어폰을 머리에 쓰고, 마이크로폰을 조정하고는 카운트다운을 시작했다.

"음향 부스."

(확인)

"조명."

(확인)

"소방팀들."

(확인)

그렇게 계속 쇼를 위한 현장 상황들을 확인했다. 길더는 어렴풋이 들리는 그 소리들을 들으며, 꼭 링 위에 올라가기 위해 기다리고 있는 권투 선수처럼 시종의 옷을 입고 있는 자신의 팔을 휘익휘익 내저었다. 사실 그는 그런 동작들을 왜 하는 건지 궁금했었다. 마치 의미 없는 공허한 쇼맨십 같아 보였으니까. 그러나 이제는 그도 그런 동작들에 담긴 의미를 알 수 있었다.

"준비되셨으면 시작하셔도 됩니다." 수레시의 목소리가 들렸다.

그래, 마침내 때가 됐군. 군중들이 큰 충격을 받겠지. 길더가 얼굴에 선글라스를 쓰고, 마지막으로 숨을 깊이 길게 들이마셨다.

"좋았어, 모두," 그가 말했다. "정신들 똑바로 차려. 이제 시작할 시간이야."

길더가 환한 불빛 속으로 걸어 나갔다.

64

"다니, 정신 차려."

낯익은 목소리였다. 그녀가 아는 누군가의 목소리였다. 그 목소리는 어렴풋이 기억이 나는 기이한 이름을 속삭이며, 저 위 꼭대기에서 그녀의 귀로 흘러 들어왔다.

"다니, 눈을 떠야만 해. 눈을 뜨려고 노력해봐."

사라는 정신이 돌아오며, 자신의 몸의 감각들이 회복되는 것을 느꼈다. 갑자기 오싹한 한기가 느껴졌다. 목이, 숨이 막히고 목이 말랐다. 입 안에서는 단맛이 났다. 그녀는 눈을 떠야만 했다 — 그 목소리가 자신에게 그렇게 해야만 한다고 말하고 있으니까 — 하지만 눈꺼풀은 한쪽이 500킬로그램씩은 나가는 듯 무겁기만 했다.

"내가 너에게 뭘 좀 줄 거야."

어, 이 목소리는 라일라인가? 사라는 자신의 팔에 소름이 끼치는 것을 느꼈다. 그리고, 오!

사라가 벌떡 일어섰다. 허리가 심하게 앞으로 구부러지고 갈비뼈 뒤에서 심장이 거칠게 뛰었다. 공기가 거세게 그녀의 폐를 밀치며 들이닥쳤고, 바짝 말라 있는 목구멍을 날카롭게 가로질러 긁으며 마른기침이 터져 나왔다.

라일라가 사라의 입술에 컵을 갖다 대고는, 사라의 머리 뒤를 자신의 손바닥으로 받쳤다. "마셔."

사라가 맛을 봤다. 차가운 물이었다. 주위의 모습들이 서서히 눈에 들어오기 시작했다. 그녀의 심장은 아직도 새의 작은 심장처럼 쿵쾅거리며 마구 뛰었다. 생생하게 기억에 남아 있는 고통의 잔상들이 아직도 자신의 사지를 마구 찔러대고 있었다. 머리도 자신의 몸뚱이와는 따로 놀며 간신히 몸에 붙어만 있는 것 같았다. "괜찮아." 라일라가 말했다. "걱정하지 마, 나 의사야."

라일라가 의사였다고?

"우리 빨리 움직여야만 해. 힘들 건 알아, 그래도 일어설 수 있겠어?"

사라는 자신이 일어설 수 없을 것만 같았지만, 라일라가 그녀를 도왔다. 사라가 힘을 주어 들것 옆으로 다리를 힘껏 휘둘러 돌렸고, 라일라가 사라의 팔꿈치를 붙잡아 받치고 도왔다. 사라가 입고 있는 가운의 옷단 아래로, 그녀의 허벅지 위에 하얀 붕대가 둘둘 감긴 것이 눈에 들어왔다. 아래쪽 팔 양쪽으로는 더 많은 붕대가 감겨 있었다. 이 모든 게 사라가 알지도 못하는 사이에 벌어진 일이었다.

"저들이 나에게 무슨 짓을 한 거죠?"

"자기의 골수를 채취한 거야. 엉덩이 쪽부터 빼내. 그게 지금 자기에게 느껴지는 통증이지."

사라가 바닥에 발을 힘들게 내려놓았다. 그리고 그제야 사라는 라일라의 행동이 이상하다는 생각이 들었다 – 라일라는 사라의 탈출을 돕고 있었다.

"라일라, 총은 왜 들고 있는 거예요?"

사라가 알던 불안정하고 곧 깨져 바스라질 것만 같던 그 여자는 사라지고 없었다. 라일라의 얼굴은 단호했고, 긴장감이 맴돌고 있었다.

"가자."

사라는 라일라와 함께 복도로 나서자마자 실험실 복장을 한 채 얼굴을 바닥에 처박고 쓰러져 있는 첫 번째 남자를 보았다. 순식간에 죽음을 맞이한 그의 팔과 다리는 아무렇게나 흐트러져 있었다. 그의 머리 꼭대기가 폭발한 것처럼 터졌고, 머릿속을 채우고 있던 것들은 다 벽에 튀어 있었다. 근처에 쓰러진 남자 둘이 더 보였다. 하나는 가슴을 관통당했고, 다른 하나는 총알이 목을 뚫고 지나갔다 – 두 번째 남자는 아직 숨이 붙어 있는 상태였다. 가슴이 얕고 빠르게 펄떡이는 그 남자는 벽에 기대어 앉아, 그의 목을 두 손으로 꽉 감싸 쥐고 있었다. 벌린 박사였다. 목에 난 구멍으로 들리는 그의 가쁜 호흡은 딸깍딸깍 소리를 냈다. 그의 입술이 움직였지만, 말소리는 하나도 들리지 않았다. 그는 사라를 간절하게 애원하는 눈빛으로 바라봤다.

라일라가 사라의 팔을 세게 잡아당기고 있었다. "우리 진짜 서둘러야 해."

라일라가 그 말을 다시 되풀이할 일은 없었다. 더 많은 시체가 바닥에 엎어지고 널려 있는 것이 보였다. 사방으로 엄청난 양의 피가 튀어 있고, 겁에 질린 채 쓰러진 것으로 보이는 자세들 그리고 이제는 보이지 않을 눈에서마저 읽히는 놀람과 공포들. 둘은 그 시체들을 빠르게 지나쳤다. 그야말로 대학살이었다. 라일라가 이렇게까지 할 수 있었다고? 그들은 육중한 강철 문이 열려 있는 복도의 끝까지 이르렀다. 문 앞에도 콜 한 명이 머리에 총을 맞은 채 죽어 있었다.

"그 아이를 데리고 건물을 빠져나가." 라일라가 말했다. 이건 명령이었다. "이건 내가 너에게 하는 마지막 부탁이야. 네가 해야만 하는 건 뭐든지 닥치는 대로 해."

사라는 라일라가 케이트를 말하고 있다는 걸 알아차렸다. "라일라, 지금 대체 무슨 짓을 하는 거예요?"

"내가 오래전에 이미 끝냈어야 하는 일." 그녀의 안에 평온함이 가득한 표정이었다. 그녀의 눈도 온화함으로 환하게 빛나고 있었다. "이제 곧 모든 게 끝나게 될 거야, 다니."

사라가 머뭇거렸다. "내 이름은 다니가 아니에요."

"나도 아마 그럴 거로 생각했어. 내게 자기 진짜 이름을 말해줘."

"내 이름은 사라예요."

라일라가 천천히 고개를 끄덕였다. 마치 그녀에게 딱 어울리는 이름이라고 말해주는 것처럼. 라일라가 사라의 손을 잡았다.

"자기는 그 아이에게 좋은 엄마가 될 거야, 사라." 사라의 손을 꽉 쥐며 그녀가 말했다. "난 알아. 그럼 이제 뛰어."

길더가 필드에 모습을 드러내자, 경기장에 모인 사람들이 일시에 조용해졌다. 7만 명의 인간 모두가 그를 보기 위해, 그에게로 얼굴을 돌렸다. 잠시 멈춰 선 길더가, 움직이지 않고 가만히 선 채 관람석을 돌아보며 고요 속에 빠져들었다. 그는 성직자처럼, 겸허한 모습으로 걸어갈 것이다. 그가 연단으로 걸어가는 동안, 시간이 한없이 천천히 흐르는 것만 같았다. 50미터를 가로질러 가는 것이 그렇게 오래 걸릴 줄 누가 알았을까? 그가 한 걸음 내디딜 때마다, 길더 주위에 흐르고 있는 정적이 점점 더 깊어지는 것처럼 보였다.

마침내 그가 연단에 도착했다. 그의 시선이 군중들에게 꽂혔다. 처음에는 필드의 한쪽을 그리고 다시 다른 쪽을. 그는 한 손을 허리로 내려,

마이크로폰 스위치 위에 올려놓았다.

"모두 일어나서 우리의 국가를 부르도록 합시다."

아무 일도 일어나지 않았다. 내가 버튼을 잘못 눌렀나? 그가 수레시 쪽을 쳐다봤다. 필드의 사이드라인 쪽에 서 있는 수레시가 미친 듯이 그의 손을 돌리고 있었다.

"다시 한번 모두 일어나 달라고 정중히 부탁드리겠습니다."

마지못해 군중들이 일어났다. "홈랜드, 우리의 홈랜드," 길더도 노래 를 부르기 시작했다. "우리는 당신에게 우리의 생명을 바칠 것을 맹세 합니다……."

보상과 대가가 없더라도 우리는 기꺼이 노동할 것입니다. 홈랜드, 우리 의 사랑하는 홈랜드, 여기서 국가를 일궈낸다네. 안전, 희망, 안보, 대서 양에서 태평양까지…….

점점 분위기가 가라앉고 있었다. 길더는 거의 아무도 노래를 부르지 않는다는 걸 깨달았다. 노랫소리가 띄엄띄엄 들렸다. 인사 관리팀 소속 인원들과, 그의 참모들만이 50미터 떨어진 곳에서 동요하지 않고 꺽꺽 거리며 목이 터져라 국가를 부르고 있었다. 하지만 그 모습은 오직 군 중들이 항거하고 있다는 인상만을 더 뚜렷하게 부각시킬 뿐이었다.

홈랜드, 우리의 홈랜드, 자유와 공정이 넘쳐나는 곳. 천국이 당신의 풍 요롭고 귀한 아름다움에 빛을 비춰준다네. 하나의 마음! 하나의 영혼! 우리 모두 당신의 사랑을 느껴요. 우리 모두 온 마음과 힘을 다해 뭉쳐 요. 하나 된 홈랜드, 강하고 자유로운 나라!

국가 제창은 1절도 채 마치지 못하고 끝났다. 절대로 좋은 징조가 아 니었다. 그의 겨드랑이에서 땀 몇 방울이 솟더니 옆구리를 타고 주르르 흘러내렸다. 어쩌면 길더는 군중들의 분위기를 띄우기 위해, 지금 노래를 부를 누군가를 섭외해 준비해놨어야만 했는지도 몰랐다. 그러나 길더에게는 아직 군중들을 이 저녁의 변화무쌍한 축제에 완전히 동참하게 만들기 위해 준비해둔 것들이 몇 가지 있었다. 그는 목청을 고르고 수레시를 한 번 더 바라봤다. 수레시가 동의한다고 고개를 끄덕이자, 그는 이야기를 시작했다.

"내가 새로운 시대의 전야인 오늘 여러분 앞에 선 것은……."

"살인자!"

군중들 사이로 웅성거리는 목소리들이 파장을 일으키며 퍼져 나갔다. 군중들을 흔든 그 외침은 길더의 뒤, 위쪽 관람석 어딘가에서 들려왔다. 길더는 휙 돌아서서 맹목적으로 바다를 이룬 것 같은 군중들의 얼굴 사이를 뒤졌다.

"도살자!"

여자의 목소리였다. 그 여자가 난간에 서 있는 것이 길더의 눈에 들어왔다. 여자는 미친 듯 허공에 주먹질해댔다.

"너는 인간 백정이야!"

"저 미친년을 잡아 와!" 길더가 마이크로폰에다 대고 악을 썼다. 그것도 너무 크게.

사방에서 그를 조롱하는 날카로운 휘파람 소리가 터졌다. 군중들이 집어 던진 물건들이 공중을 가로지르며 날아들더니, 필드에 떨어져 럭비공처럼 튕기며 이리저리 나뒹굴었다. 관중들은 자신이 유일하게 소유할 수 있었던 물건을 내던졌다. 그들이 내던지고 있는 건 자신들이 신고 있던 신발이었다.

"괴물 새끼! 암살범! 고문 기술자!"

길더는 얼어붙고 말았다. 이런 건 전혀 생각해보지도 못했다.

"마귀 같은 새끼! 독재자! 더러운 돼지 새끼!"

"악마! 사탄! 악귀야!"

길더가 빨리 조치를 취하지 않으면, 그는 모든 통제를 잃게 될 것 같았다. 그는 수레시에게 신호를 보냈고, 스위치가 켜졌다. 색깔을 입힌 빛과 연기가 조화를 이루며 일시에 터지자, 짐칸에 그 여자를 싣고 있는 픽업트럭이 필드를 향해 움직였고 그 뒤로 트럭 한 대가 천천히 뒤따라왔다. 동시에 소방팀들이 필드의 주위를 돌며 에탄올에 푹 적셔놓은 나무통들에 불을 붙였다. 곧 불길이 어른거리는 경계가 만들어졌다. 픽업트럭이 연단 앞에 멈춰 서자, 뒤따라온 트럭이 큰 원을 그리며 후진하기 시작했다. 경비원들이 픽업트럭의 문을 열고, 짐칸에서 여자를 끌어내려 연단 아래 진흙 바닥에 내동댕이쳤다.

"일어나."

관중들이 야유하고, 휘파람을 불고 그들의 신발을 미사일이라도 되는 양 힘껏 내던지며 소란을 피우고 있었다.

"일어나라고 했어."

그는 그녀의 갈비뼈를 힘껏 걷어찼다. 그녀가 울지 않자, 길더는 다시 한번 걷어차고는 끌어 올려 일으켜 세우고 자신의 얼굴을 그녀의 코앞에 들이밀었다. 둘의 사이가 정말 서로의 코끝이 맞닿을 만큼 가까워졌다.

"당신은 이 순간 당신에게 무슨 일이 일어나게 될지 전혀 모르고 있어요."

"사실은 알고 있어. 우리 아주 오랫동안 알고 지내는 사이잖아."

길더는 여자가 이따위의 말도 안 되는 주장을 하는 걸 어떻게 이해해야 할지 모르면서도, 크게 신경 쓰지는 않았다. 그는 경비원들에게 여자를 데려가라고 신호를 보냈다. 여자는 경비원들이 자신을 골조 밑에까지 끌고 가 무릎을 꿇릴 때까지도 아무런 저항을 하지 않았다. 그녀의 볼, 입고 있는 옷 그리고 머리카락 곳곳에 진흙이 묻어 있었다. 날카롭게 비추고 있는 불빛 아래의 그녀는 인형처럼 연약해 보였지만, 길더는 여전히 위협에 굴복하지 않으려는 여자의 저항 의지를 읽어낼 수 있었다. 길더는 바이럴들이 조금 더 시간을 갖고 인내하며 기다려줬으면 하는 생각이 들었다. 그러면 저년을 좀 더 흠씬 두들겨 패줄 수 있으리라. 경비원들이 여자의 몸에서 족쇄를 다 풀어내더니, 다시 골조에 걸려 있는 사슬에 그녀의 손목을 연결해놓았다.

경비원들이 윈치로 그녀를 공중에 들어 올리기 시작했다.

골조의 사슬에 묶인 그녀의 몸이 위로 올라갈 때마다, 군중들의 소란이 점점 격해졌다. 저항인가? 아니, 기대감? 한 인간이 갈기갈기 찢겨 죽는 장면을 보는 것에 대한 순수한 정서적 흥분인 건가? 플랫랜더들은 길더를 증오했다. 그건 길더도 이해하고 있었다. 하지만 지금 그들은 이 쇼의 일부였다. 그들의 숨은 사악한 기운이 이 변화의 밤이 갖고 있는 힘과 함께했다.

위로 끌려 올라가던 여자의 몸이 공중에서 멈춰 섰다. 팔이 양쪽으로 끝까지 벌어진 채 여자의 몸이 흔들리고 있었다.

"마지막으로 한 말은?"

그녀가 잠시 생각을 했다. "뭐 안녕이라고 작별 인사라도 해야 하는 건가요?"

길더가 웃음을 터뜨렸다. "기상은 기특하군."

"내 말은 당신에게 잘 가라는 말까지 해줘야 하는 건가라는 말이었는데."

그런 말은 이미 길더가 지겹도록 들어온 말이었다. 대기하던 트럭 뒤쪽을 바라보며 그가 돌아섰다. 두꺼운 패드들로 몸을 칭칭 둘러 감은 콜 둘이 화물칸 문 옆에 서 있었다. 수레시도 필드 가장자리에서 길더를 주의 깊게 쳐다보고 있었다. 길더가 수레시와 눈을 마주치고는 고개를 끄덕였다.

어이, 라일라, 길더는 생각했다. 이 한물간 과대망상증 환자야, 이걸 좀 보라고.

그리고 갑자기 모두가 조용해졌다. 경기장이 캄캄해지자 모두가 순식간에 얼어붙어 버렸다.

파란색 불빛이 터져 나왔다.

때가 됐다. 그리어와 로어가 숨어 있던 곳을 뛰쳐나와 계단을 마구 뛰어 올라갔다. 콜 한 명이 관제실로 가는 문을 지키고 서 있었다. 그리어가 먼저 도착했다.

"뭐야?" 경비원이 그들이 칼을 갖고 있는 것을 봤다. "워우." 경비원이 놀랐다.

그리어가 경비원의 두 귀를 잡고 – 머리 양쪽에 삐쭉 튀어나온 귀가 큰 게 핸들처럼 잡기 좋았다 – 자신의 이마를 경비원의 얼굴에 있는 힘껏 들이박았다. 경비원이 나무처럼 쓰러졌다.

로어와 그리어가 관제실 문 안으로 날아들다시피 했다. 안에는 한 남자가 앉아 기다리고 있었다. 빨간 눈 하나가. 그는 마이크로폰이 달린 커다란 이어폰을 쓰고, 많은 스위치와 불빛들이 들어온 패널 앞에 앉아 있었다. 필드를 향해 나 있는 유리 벽을 통해, 경기장이 온통 푸른색 불빛으로 가득 차 있는 것이 보였다. 빨간 눈이 이어폰을 쓰고 있다는 것이 도움이 됐다. 로어와 그리어가 관제실 안으로 들어왔다는 걸 빨간 눈은 눈치채지 못했다. 그리어와 로어 사이에, 이번에는 로어의 차례라는 암묵적인 동의가 있었다.

빨간 눈이 그의 얼굴을 들었다. "야, 너희들 여기 들어오면 안 돼."

"그러네." 빨간 눈의 뒤로 미끄러지듯 다가간 로어가 그렇게 말하며, 자신의 왼손을 녀석의 이마에 올리고는 칼을 그의 목에 밀어 넣었다. 마치 종이를 자르는 것처럼.

트럭의 화물칸 문이 활짝 열렸다.

그들이 마치 왕이 된 것처럼 장엄하게 그 모습을 드러냈다. 그들의 움직임은 위풍당당하고 신중했다. 서두르지도 않았으며, 오직 그들만의 냉정함을 온전히 드러내고 있었다. 누구도 그들이 누구인지 모를 수가 없었다. 그들은 키가 컸다, 그것도 아주 많이. 그들의 웅장한 키와 덩치로 자신들의 주위를 압도했다. 그들은 여러 세대의 피를 먹으며, 자신들의 사람만 하던 몸의 크기를 거인으로 키워온 거였다. 개중에 작은 카터조차도 그의 피의 무리와 함께 그들의 장엄함을 과시하는 데에 한몫했다. 그들의 놀라운 모습에 관중들이 일시에 숨을 들이마시고야 말았다. 이를 본 길더는 플랫랜더들이 곧 비명을 지를 거라고 확신했지만, 바이럴 열하나가 등장한 그 순간, 비명보다는 깊은 고요가 경기장을 지배했다. 강력한 존재들이 그들의 모습을 숨김없이 드러내 과시하며 앞으로 나섰다. 그들의 등은 곧추서 있었으며, 무시무시한 고통의 도구 같은 그들의 강한 발톱들도 또렷하게 보였다. 그들은 거인의 면모를 지니고 있었다. 그들은 피가 흐르는 살로 만들어진 전설이었고, 세상의 위대한 지배자들이었다. 트럭 화물칸의 문을 열었던 경비원들은 또 하루를 더 살기 위해 필드 밖으로 정신없이 뛰어나갔다. 길더가 아직 아무 신호도 주지 않았음에도. 길더는 그 순간이 가져다준 영광에 도취되어 있었다.

나의 형제들이여, 길더는 생각했다. *자네들에게 맛보기로, 이 선물을 선사하겠네. 부드러운 한 입 거리의 살덩이일 뿐이지만, 이걸로 시작하지. 형제들, 함께 나아가세, 우리 같이 이 세상을 다스리자고.*

니나의 암살팀이 계단을 뛰어올랐다. 그들은 길더의 참모들이 앉아 있는 관중석 바로 아래의 선수 대기석 안에서 필드가 보일 정도로 몸을 조금 일으켜 세우고 있었다. 일단 유스터스가 필드로 달려나가기 시작하면, 그들도 필드 쪽으로 뛰어나와 적을 향해 돌아서서, 그들이 가진 짧은 총열의 자동 화기로 총알을 난사하기로 되어 있었다.

하지만 그 순간, 몸을 숨기고 있는 마지막 순간 웅크린 채로, 다른 사람들과 마찬가지로 그들도 한편으로는 공포를 다른 한편으로는 놀라움을 그리고 그들의 삶 속에서 경험해보지 못한 형언할 수 없는 다른 감정을 느끼고 말았다. 동시에 피터는 그와는 다른 눈에 보이는 세 가지의 사실들을 비교하려고 했다. 그의 앞에는 트웰브의 남은 녀석들이 있었다. 그것도 몇 미터 떨어지지 않은 곳에. 사슬에 묶여 있는 에이미는 그 녀석들을 앞으로 끌어들이는 미끼였으며, 에이미는 소녀 에이미가 아니라 다 성장한 성인 여성이었다. 그리어와 알리시아가 이런 상황에 대비해 그를 준비시키려 했지만, 그 어떤 말도 그가 대면할 현실을 준비시키지는 못했다.

유스터스는 어디에 있는 거지?

그리고 피터는 그가 있는 곳을 찾아냈다. 그는 엔드 존의 울타리 옆에 서 있었다. 그는 억지로 증인이 되기 위해 끌려온, 평범한 또 다른 한 명의 플랫랜더처럼 보였다. 바이럴 열한 명이 마치 명령을 기다리는 한 소대의 군인들처럼 길더의 앞쪽에 버티고 서 있었다. *제기랄, 피터가 생각했다, 너희들 너무 멀리 떨어져 있잖아. 서로 좀 더 가까이 모여 있으라고, 야 이 새끼들아.*

길더가 그의 팔을 들어 올렸다.

라일라는 혼자였다. 고요한 돔은 마치 거대한 동물이 숨을 참고 있는 것처럼 느껴졌다. 이곳, 그녀는 생각했다. 고통의 예배당이야. 어떻게 이런 곳이 세상에 존재할 수 있었던 거지?

총에는 더 이상 남은 총알이 없었다. 그녀는 총을 바닥에 던져버리고, 복도를 뛰어 내려갔다. 각 문 뒤의 방에는 두꺼운 널판 위에 서서히 생명을 잃어가는 사람이 하나씩 누워 있었다. 그들을 구하기에는 시간이 부족했고, 그 때문에 라일라는 안타깝기만 했다. 하지만 최소한 그녀는 그들을 고통으로부터 해방시켜줄 수는 있었다.

라일라는 경비원에게서 빼앗은 열쇠고리의 열쇠들로 차례로 방들을 뒤지고 다녔다. 붙잡혀 있는 각각의 사람들에게 몇 마디 축복의 말을 해준 뒤, 에테르 탱크의 밸브를 열었다. 역겨울 정도로 달콤한 향이 공기 중에 가득 차기 시작했다. 그녀의 움직임도 느려지기 시작했고, 라일라도 빨리 일을 마쳐야만 했다. 지나온 방들의 문을 모두 활짝 열어둔 채, 그녀는 복도를 따라 내려갔다. 경고 문구들이 복도 벽에 일정한 간격으로 붙어 있었다. 에테르 주의. 화기 사용 금지.

마지막 문 앞에 이르렀다. 그녀는 열쇠 하나를 넣어 돌려봤다. 아니었다. 다른 열쇠 그리고 또 다른 열쇠. 그녀의 손가락이 둔해졌고 움직임도 정확하지 않았다. 그녀도 이미 상당한 양의 에테르 가스를 흡입한 것이었다. 열쇠가 잠금 장치에 물려 돌아갔다.

그 남자의 모습에 라일라의 가슴이 산산이 부서지는 것만 같았다. 그들은 그를 쇠사슬로 바닥에 묶어놓았다. 그는 죽음의 벼랑 끝에 묶여 있었다. 발가벗겨져 굴욕적인 모습으로 누워서. 악마 같은 것들! 내가 어떻게 이런 고통스러운 모습을 모르고 외면해왔던 거지? 내가 그의 고통을 덜어주는 데에 어떻게 백 년이라는 시간이 걸릴 수 있었던 거지?

"로렌스, 저들이 당신에게 무슨 짓을 해온 거예요?"

라일라는 로렌스의 옆에 무릎을 꿇고 앉았다. 로렌스가 눈은 뜨고 있었지만, 그의 시선은 그녀를 뚫고 지나가 다른 세상을 바라보고 있는 것만 같았다. 라일라가 로렌스의 주름지고 늘어진 뺨과 오그라들어 버린 이마를 어루만졌다. 로렌스의 얼굴을 어루만지던 그녀가 그의 머리 위로 고개를 숙였고, 둘의 이마가 맞닿았다. "로렌스," 그녀가 나직이 그의 이름을 몇 번이나 계속해서 불렀다. "내 친구, 로렌스."

마침내 그가 몇 마디 단어를 말했다. "나를…… 구해줘요."

"물론이죠. 내가 당신을 구해줄 거예요, 로렌스." 라일라의 눈에서 눈물이 하염없이 비처럼 쏟아지고 있었다. 복도에는 이미 가스가 충분히 차고도 남았다. 그녀의 옷 주머니에서, 그녀가 성냥 상자를 꺼냈다. "우리는 서로를 구원하게 되는 거예요."

필드 저 위에서, 그리어와 로어도 열한 놈의 바이럴들이 움직이기를 기다리고 있었다.

"젠장," 그리어가 쌍안경을 눈에 바짝 갖다 대며 말했다. "저것들이 왜 아무것도 안 하고 가만히 있는 거지?"

길더는 여전히 양팔을 위로 치켜들고 있었다. 뭐야, 무슨 일인 거야, 왜 아무 반응이 없어? 길더가 자신의 팔들을 양옆으로 내렸다가 다시 치켜들기를 반복하며, 화가 난 듯 마구 흔들어대기 시작했다. 여전히 아무 반응이 없다.

"저 빌어먹을 개새끼!"

로어가 자신의 손을 스위치 위에 올려놓았다. 그녀의 목소리도 제정신이 아닌 것처럼 들렸다. "내가 뭘 해야 되는 건데? 내가 뭘 해야 하는 거냐고?"

"나도 몰라!"

그리고 그때 그리어는 필드 위를 움직이는 무언가를 보았다. 사람 하나가 엔드 존에서 달려나가고 있었다. 유스터스였다.

"그냥 해! 불들을 켜!"

하지만 그것마저도, 이미 때늦은 뒤였다.

사라는 미친 듯 뛰었다. 아트리움을 쏜살같이 가로질렀다 – 밖에 총소리였어? – 그리고 복도를 지나 라일라의 아파트로 가, 문을 박차고 번개같이 들어갔다.

"케이트!"

아이는 자신의 침대에서 자고 있었다. 사라가 아이를 안아 들어 올리자, 아이의 눈이 휘둥그레졌다. "엄마?"

"그래, 엄마 여기 있어. 아가야, 엄마 여기 있어."

이제는 사라가 확신할 수 있었다. 밖에서 총격전이 벌어지는 중이었다. (사라가 이건 알 길이 없었겠지. 자신의 동생 마이클이 폭발하는 아드레날린 덕분에, 오른쪽 허벅지에 총을 맞았음에도 그딴 고통쯤은 아무것도 아니라는 듯, 계단을 다급하게 뛰어 올라오고 있다는 거 말이야. 홀리스의 말도 거짓말이 아니었어. 일단 일이 벌어지자, 사람을 쏴 죽이는 거? 그거 정말 전혀 힘든 일이 아니었어. 총을 맞은 다리가 풀썩 주저앉아 내리기 전에도 경비원 두 명을 더 죽였지. 총도 손에서 미끄러져 빠지더군 – 어쨌든 그 물건도 총알이 다 떨어져서 뭐 – 그리고 참 눈앞에 수많은 별이 번쩍였어.) 사라가 자신의 딸을 데리고 복도를 쏜살같이 내달렸다. 내 아기, 내 아기. 그들은 살 수도 죽을 수도 있었지만, 무엇이 되었건 그들은 함께하게 될 거였다. 둘이 헤어지는 일은 다시 없겠지. 한 남자가 앞문을 뚫고 들이닥쳤을 때, 사라도 아트리움에 막 들어섰다. 그의 셔츠에는 피가 묻었고, 총을 들고 있었다. 수염이 난 그의 얼굴은 비장한 단호함으로 불타오르고 있었다. 사라가 뛰던 걸음을 멈추고 섰다.

홀리스?

매달린 채 땅 위에 떠 있는 그녀의 위치에서, 에이미는 그 모든 장면을 지켜보았다. 수천 명의 군중이 격렬하게 소란을 일으켰고, 길더는 엉뚱하게도 양팔을 높이 치켜들고 있었다. 니나와 그녀의 암살팀은 선수 대기석에서 나와 모습을 드러내더니, 정장을 입고 앉아 있는 남자들에게 총을 난사해대기 시작했다. 정장을 입고 있던 남자들은 비명을 지르며 몸을 던져 숨을 곳을 찾았다. 때때로 아무것도 하지 않은 채 멍하니 앉아 있는 남자들도 보였는데, 총에 맞은 자신들의 몸에서 죽음의 장밋빛 피가 화려한 곡선을 그리며 뿜어져 나오자, 상황을 파악도 하지 못한 채 정신 줄을 놓았던 거였다. 무기를 꺼내 들고 필드에 모습을 드러낸 알리시아도 돌격할 준비를 했다.

유스터스가 엔드 존에서부터 에이미와 길더 그리고 열하나의 바이럴들이 있는 곳을 향해 쇄도해 들어오고 있었다. 폭탄은 그의 가슴에 고정되어 달려 있고, 그의 뒤에서는 콜 한 명이 무릎을 꿇고서 소총으로 유스터스를 겨냥해 조준했다. 피가 튀어 오르고, 유스터스가 빙글 돌더니 땅에 구르며 폭탄이 그의 가슴에서 튕겨 떨어져 나왔다. 이 모든 일이 회전하고 있는 우주의 활동이라도 되는 듯, 제각각 자신들의 궤도를 돌고 있는 행성들처럼 에이미의 주위를 돌며 벌어지고 있었다. 그렇다 해도, 그녀에게 그 모습들은 그저 그녀의 의식들을 건드리고 지나가는 산들바람처럼 느껴지기만 했다.

—나의 형제들, 안녕. 오랜만이에요.

우리는 모리슨-차베스-배프스-터럴-윈스턴-소사-에콜스-램브라이트-마르티네스-라인하르트……

—나는 에이미예요. 당신들의 자매.

에이미가 그의 존재를 느낀 건 그때였다. 악의 한가운데에, 빛나는 불빛이 있었다. 에이미가 두 눈을 크게 뜨고 카터를 찾았다. 그는 조금 떨어져 서 있었다. 그의 종족 특유의 자세대로 몸을 웅크리고서.

카터가 아니었다.

—아빠.

에이미, 그래. 아빠도 여기에 와 있어.

물밀 듯 들이닥치는 사랑에 에이미의 가슴이 잠겨버렸다. 눈물이 울컥 치밀어 올랐다.

—아, 아빠, 미안해요. 저를 보지 마세요. 저를 외면하시라고요.

필드에 환하게 불빛이 쏟아지자, 에이미는 두 눈을 감았다. 마치 어떤 문 하나를 여는 것과 같을 것이다. 그녀가 그동안 머릿속으로 그려오던 것과 같았다. 의지의 행동이 아니라, 이 세상에서의 삶을 포기하고 이 세상을 버리는 항복의 행위였다. 생각보다도 빠르게 그녀의 마음속에 여러 장면들이 지나쳐갔다.

에이미의 엄마가 그녀를 안아주기 위해 무릎을 꿇고 있었고, 엄마의 포옹에서 따뜻하고 밝은 기운이 느껴졌다. 그러더니 갑자기 엄마가 뒤돌아 걸어가는 모습이 보였다. 울가스트, 그의 큰 손이, 환한 전구들과 노래가 들리는 가운데 회전목마를 타고 있는 그녀의 등을 받치고 있었다. 별들이 빼곡하게 가득 찬 겨울 하늘이 보이고, 그날 밤 에이미와 울가스트는 눈 천사를 만들었다. 케일럽, 수녀원에 있는 피터의 조카. 에이미가 아이를 재우려 침대로 밀어 넣을 때, 아이가 알고 있다는 듯이 그녀를 바라보며 물었다. "수녀님을 사랑해준 분이 있었나요?" 피터, 그는 고아원 문 옆에 서 있었다. 둘의 손이 닿았고, 맞닿은 손끝은 말로는 할 수 없는 많은 이야기를 대신하고 있었다. 많은 날이 두 눈을 감고 있는 그녀의 앞에서 지나쳐갔다. 에이미는 작별 인사를 하며, 그런 자신의 마음을 그녀가 아끼고 사랑하는 이들에게 흘려보냈다.

에이미가 마침내 문을 열었다.

필드의 가장자리에서는, 탄약이 다 떨어져가는 피터와 함께 있던 이들이 재장전하기 위해 그들이 다 써버린 탄창을 빼내고 있었다. 그들은 아직 유스터스가 총에 맞은 것도 모른 채, 오직 계획대로 필드에 불이 환히 켜지자 유스터스가 뛰기 시작했을 거라는 것만 알았다. 그들은 곧 언제라도 그들의 뒤에서 폭탄이 터지는 굉음이 들려올 것으로 생각하고 있었다.

그러나 시간이 흘러도 여전히 폭발의 굉음은 들려오지 않았다.

피터가 연단을 향해 돌아서 뛰었다. 바이럴들은 대낮같이 밝은 불빛에 정신을 못 차리고 자기 자신을 지키기 위해 온갖 다양한 자세들을 취하고 있었다. 일부는 팔꿈치에 얼굴을 파묻어 가리고 뒷걸음질 쳤다. 다른 녀석들은 땅바닥에 엎드려 유아용 침대에 누운 갓난아기처럼 몸을 잔뜩 웅크려 얼굴을 빈틈없이 가렸다. 피터가 평생 하루도 빠짐없이 기억할 것 같은, 굉장한 장관이었다. 그러나, 연단의 저 위에서 일어나고 있는 일 때문에 그 의미를 잃어가고 있었다.

에이미에게 뭔가 일이 벌어지는 중이었다. 에이미가 쇠사슬에 묶인 채 몸을 부들부들 떨며 경련을 일으켰다. 그렇게 격렬한 발작을 당장 멈추지 않으면, 에이미가 산산조각이 날 것만 같았다. 경련이 이어질수록, 그 강도가 점점 더 거세졌다. 그리고 뼈가 부러지는 듯한 마지막 충격과 함께 에이미가 축 늘어져 매달렸다. 피터가 실낱같은 희망을 품고 있던 그 순간에, 끝이 났다.

아니 아직 끝난 게 아니었다.

깊은 곳에서부터 솟아오르는 짐승의 울부짖음과 함께, 에이미가 그녀의 머리를 뒤로 젖혔다. 이제 피터도 자신이 무엇을 보고 있는지 알 수 있었다. 수 시간은 족히 걸렸어야 했던 일이 단 몇 초 아니 아주 짧은 시간 동안 일어나고 있는 것이었다. 얼굴의 눈, 코, 입이 녹아내리며, 뱃속 태아의 얼굴처럼 이목구비가 희미하게 사라져버렸다. 척추도 길게 늘어나고 있었고, 손가락과 발가락 모두 무엇이든 놓치지 않고 꽉 움켜쥘 수 있도록 발톱이 길게 자라난 짐승의 발이 되어갔다. 이빨도 죽 늘어선 피켓들처럼 앞으로 돌출해 튀어나오고, 그녀의 피부도 수정처럼 맑고 두꺼운 껍질로 딱딱하게 바뀌고 있었다. 마치 공기마저도 그녀의 변화의 힘에 의해 가속되며 타는 듯, 에이미의 주위가 밝게 빛나기 시작했다. 폭발적인 몸부림과 함께, 에이미가 자신의 가슴 위에 걸쳐 있는 쇠사슬을 잡아당겨 연결되어 있던 골조에서 깨끗하게 떼어내 버렸다. 그녀가 땅에 착지하던 순간에는, 충격을 흡수하기 위해 유연하고 우아한 동작으로 몸을 웅크리고 있기까지 했다. 필드에는 더 이상 바이럴이 열하나가 아니었다. 열둘이 되어 있었다.

다시 트웰브가 되었다.

그녀가 몸을 일으키고, 으르렁거렸다.

그때쯤, 돔의 지하에서는, 라일라 카일과 로렌스 그레이가 그들의 운명을 모른 채, 서로 손을 맞잡고 셋을 센 다음 성냥을 상자 옆 적린에 가져다 그었다. 그리고, 모든 불이 꺼졌다.

65

1.5톤의 고압축 디에틸 에테르 흡입제의 맹렬한 불길과 함께 일어난, 지하실의 폭발은 대략 소형 여객기 한 대의 추락과 맞먹는 에너지를 방출해냈다. 어디로 새어 나갈 틈이 없던 폭발의 충격은 급속도로 산소를 공급해, 폭발이 가져온 팽창을 수용할 수 있는 수직 공간이나 복도 혹은 환기구 같은 통로를 찾으며 그대로 로켓처럼 위로 솟구쳐 오르다가, 순간적으로 수축하고는 무시무시한 힘으로 다시 팽창해 바닥을 뚫고 나가버렸다. 일단 폭발의 충격이 건물 밖으로 방출되고 나자, 남아 있는 것이라고는 한 줌도 안 되었다. 창문들도 다 사라졌다. 가구들은 산산조각이 나고, 벽들은 더 이상 흔적조차 보이지 않았다. 하늘로 솟아오른 폭발의 충격은 역회전하는 토네이도처럼 빙빙 돌며 완벽한 파괴의 잔재들을 어지럽게 뿜어냈고, 모든 파편들은 그 뜨겁고 하얀 중심부로부터 내팽개쳐져 튀어 오르고 멀리 날아갔다. 개척자들의 시대부터 아이오와의 대초원 위에 지붕을 떠받치고 있던 공들여 깎아낸 석회암 덩어리들과 철제 대들보들로 된 돔의 구조물들이 드러날 때까지, 그리고 그것들마저도 다 조각조각 날려버릴 때까지 폭발의 충격에 따르는 여파는 계속 이어졌다.

돔이 무너지기 시작했다.

5킬로미터 정도 떨어진 경기장에 모여 있던 관중들도 연속적으로 전달되는 감각의 자극을 통해 돔의 붕괴를 느낄 수 있었다. 번쩍하는 섬광이 가장 먼저 보이더니, 엄청난 폭발의 굉음이 이어지고, 마지막으로 땅속 깊은 곳에서 지진이 일어나는 것같이 발밑이 흔들리며 도시의 전력 공급망이 붕괴되어 칠흑 같은 어둠 속에 갇히게 된 것이다. 모두 그 자리에 얼어붙어 버렸다. 그리고 다음 순간 뭔가 일이 벌어지기 시작했다. 사람들 안에 숨어 있는 생명력에 생기가 돌기 시작했다. 누가 시작한 건지 어떻게 알겠어? 관중석 곳곳에 잠복해 있던 저항군은 이미 경비원들을 공격하기 시작했고, 이제는 그들만의 싸움이 아니게 되었다. 관중들이 불같이 일어났다. 맹렬하게 봉기하여 일어난 사람들. 사람들의 맹렬한 분노가 너무 불같이 걷잡을 수가 없어, 자신들을 억압해온 자들을 향해 분노한 그들의 모습은 마치 그들 모두가 하나의 거대한 동물로 융해되어 버린 것처럼 보였다. 무리를 이루고 쇄도하며 굴레를 벗어던졌다. 그들은 그들 위에 군림하던 자들의 적이 되었다. 마땅히 그러해야만 했다. 그들은 더 이상 노예이기를 거부했고, 갇혀 있던 그들의 생명이 살아났다.

필드에서, 길더는…… 녹아내리고 있었다.

처음에는 그의 두 손등의 피부가 갑자기 수축되는 것을 느꼈다. 마치 자기 자신이 수축 포장되고 있는 느낌이었다. 양손을 눈앞까지 들어 올려 확인했다. 몸의 변화가 이해되지 않은 채 망연자실한 그는 – 아직 고통이 느껴지지는 않았지만 – 자기 손의 살들이 오그라들며, 피도 흐르지 않은 채 길게 갈라져 벌어지는 모습을 지켜봤다. 같은 느낌이 온몸에 퍼져갔다. 춤추는 물결처럼 그의 살갗마다 느껴졌다. 손가락 끝으로 얼굴을 더듬었다. 꼭 해골을 만지고 있는 느낌이었다. 머리카락들과 치아들이 빠져 떨어지고 있었다. 등이 안으로 접히면서, 자세도 노인처럼 구부정해졌다. 길더가 진흙탕 속에 무릎을 꿇고 주저앉았다. 뼈들이 주저앉으며, 바스라지고 먼지가 되는 것까지 느껴졌다.

"그레이, 너 무슨 짓을 한 거야?"

그의 앞에 그림자 하나가 드리워졌다.

길더가 얼굴을 들어 위를 봤다. 바이럴들의 거대한 모습이 그의 어두워지고 있는 시야를 가득 채웠다. 그들을 보며 생각했다. 나의 형제들, 나를 도와줘. 내가 죽어가고 있어, 형제들. 하지만 그들의 눈에서는 어떤 유대감도 찾아볼 수가 없었다.

배신자

배신자

배신자 배신자 배신자…….

플랫랜더들의 봉기는 멈추지 않고 계속되었다. 총성이 들리고, 고함을 지르고, 어둠 속에서 사람들이 뛰어다니고 있었다. 그러나 이러한 상황에 대한 길더의 인식도 이제 곧 그에게 닥칠 더 큰 냉정하고 최종적인 결말에 대한 직감에 의해 묻혀버리고 말았다.

쇼나, 길더는 그녀를 떠올렸다. 쇼나, 내가 원한 건 그 자그마한 여자 하나뿐이었는데. 내가 정말 바란 건 혼자 쓸쓸하게 죽지 않는 거였단 말이야.

그리고 그들이 그에게 달려들었다.

그곳에 있던 사람들의 일생 중 겨우 37초 만에 끝나버린 결정적인 사건들의 전개는, 중심을 향해 무너져 내리는 동시적인 움직임과 중첩되는 흐름 속에서 발생했다. 주변에 놓인 통에서 계속 타오르고 있는 불길과 바이럴들이 내뿜는 인광성 빛만이 필드를 밝히고 있는 가운데, 그 모습은 역한 지옥의 냄새를 물씬 풍기고 있었다. 시체라기보다는 먼지에 가까운 말라비틀어진 조각들로 흩어져 있는 길더의 몸. 그를 끝장낸 바이럴들이 간격을 넓게 유지하고 한 줄로 서 있었다. 그들은 에이미를 경계했다. 아마도 바이럴들은 아직 그녀의 존재가 무엇을 의미하는지 모르고 있었을 것이다. 어쩌면 그들은 에이미가 두려웠을 것이다. 거대한 형상의 그들을 향해 피터는 자신의 재장전한 총을 마구 쏘아대고 있었다, 아무런 효과는 없었지만. 그가 쏜 총알들은 장갑 같은 그들의 몸에 맞은 뒤 환하게 불꽃을 튀기며 의미 없이 튕겨 나갔다. 심지어 바이럴들은 피터를 쳐다보지도 않았다. 필드의 다른 쪽에서는, 알리시아가 그녀의 권총을 들고 앞으로 나오고 있었다. 니나와 그리어도 측면에서 바이럴들을 공격하기 위해 필드를 질주해 달려오고 있었다. 그들의 계획은 이제 의미가 없었다. 오직 자신들의 본능에 따라 움직일 뿐이었다.

연단 위에 똑바로 선 채 에이미가 두 팔을 들어 올렸다. 양 손목에는 긴 쇠사슬이 매달려 있었다. 에이미가 쇠사슬을 낚아 당기며 휙 공중으로 던져 올려, 손목에 걸려 있는 채로 돌리기 시작했다. 아주 넓은 원을 그려가며 점점 더 속도를 높여 갔다. 스피너Spinner, 피터가 눈치챘다. 회전하는 쇠사슬이 바이럴들을 꾀기 위한 미끼라는 걸. 에이미는 쇠사슬을 빠르게 돌리며 바이럴들의 주의를 끌어모으고 있었다. 그녀의 머리 위에서 윙윙윙 소리를 내며 점점 더 빠르게 돌아가는 쇠사슬이 최면에 걸려 흐느적거리는 것처럼 흐릿하게 왜곡되어 보였다. 바이럴들이 넋을 잃고 얼어붙은 듯 쇠사슬을 쳐다보고 있었다. 새총을 겨누는 것처럼 에이미가 머리를 옆으로 슬쩍 기울였다. 그녀의 눈이 공격할 각도를 계산하며 가늘어졌다. 무슨 일이 벌어질지 피터가 모를 수가 없었다. 에이미 하퍼 벨라폰테, 그녀 자신이 스스로 완벽한 무기가 되었다. 문득 나타난 소녀, 에이미, 그녀가 그들의 비밀 병기였다.

한 쌍의 채찍을 다루듯 에이미가 쇠사슬을 짧고 빠르게 잡아채 날카로운 창처럼 던지자, 쇠사슬이 총알처럼 쏜살같이 앞으로 날아갔다. 동시에 머리를 가슴까지 밀어 넣더니, 뛰어올라 가장 가까이에 있는 녀석의 가슴을 먼저 발로 가격할 수 있도록 날아가며 자세를 조정해 바꿨다. 충돌하는 순간, 그녀의 물리적인 신체는 죽기 살기로 돌진해 들어가는 6미터의 강철 날개를 가진 숫양이 된 거나 마찬가지였다. 트웰브 중 남은 일레븐 바이럴들에 비하면 그녀의 몸집이 작은 것이 사실이었지만, 가속에 의해 증가된 운동량이 그녀의 파괴력을 무시무시하게 키웠다. 에이미는 첫 번째 목표물에게 폭탄처럼 날아들어, 녀석을 뒤로 멀리 날려버렸다. 그리고 땅에 착지하는 동시에, 그녀는 눈 깜짝할 사이에 바로 다음 목표물들을 향해 쇠사슬을 휘둘러 바이럴 둘의 목에 감아버렸다. 한쪽 쇠사슬을 힘껏 잡아당겨 왼쪽에 있던 녀석을 자신에게 당긴 에이미는, 자신의 얼굴을 녀석의 턱 아래에 쑤셔 넣고는 개가 헝겊 조각을 물어뜯는 것처럼 녀석의 목을 물고 거칠게 흔들어댔다.

녀석이 짐승처럼 울어댔다.

그리고, 녀석의 목에서 소화전이 터진 것처럼 굵은 핏줄기가 솟구쳐 오르고, 뼈가 으스러지는 소리가 나더니 끝이 났다.

에이미가 손목의 스냅으로 녀석의 목에 감겨 있던 쇠사슬을 풀자, 녀석의 몸이 팽이처럼 빙그르 돌면서 넘어가 진흙 바닥에 떨어졌다. 그녀가 바로 쇠사슬에 감겨 있는 두 번째 녀석을 노렸지만, 힘의 균형은

이미 깨져 있었다. 기습의 이점은 이미 사라졌다. 공중에서 빙빙 돌아가던 쇠사슬의 최면 효과가 사라지고 없었다.

두 번째 바이럴이 그녀를 향해 달려들었고, 서로 전혀 준비되지 않은 채 격렬하게 충돌하자 둘은 연단 위를 뒤로 빠르게 굴러가 연단의 양 끝 밖으로 날아가 떨어졌다. 에이미가 쇠사슬을 비틀어 풀기는 했지만, 완전히 정신을 차리지는 못하고 방향 감각을 잃은 것 같았다. 그녀는 진흙 바닥 위에 손과 무릎을 대고서 웅크리고 있었다. 남은 바이럴들 사이에서 무리 전체에게 전해지는 파장 같은 것이 지나가고, 그들이 공유하는 의식이 재조합되며 집중력을 회복했다. 눈 깜빡하는 사이에 그들이 짐승 떼처럼 에이미를 덮칠 것만 같았다.

에이미가 그들에 비해 그렇게 작지만 않았다면, 그들은 그녀를 먹어 치우려고 할 수도 있는 일이었다.

피터는 아직 그들이 하나의 집단으로 움직이고 있는 것으로 이해하고 있었다. 그로서는 아직 그렇게 생각할 수밖에 없었다. 그런데 바이럴 하나가 달라 보였다. 그 녀석의 몸집과 신장은 성인 남성보다 그렇게 커 보이지 않았다. 다른 바이럴들이 에이미에게 달려들려고 하자마자, 그 녀석이 다른 녀석들에게 주먹을 날리며 막았다. 크지 않은 동작으로 공중제비를 돌더니, 녀석이 에이미와 다른 바이럴들 사이에 끼어들었고, 다른 바이럴들을 향해 몸을 돌려세웠다. 날카로운 발톱을 드러내 보이는 녀석의 몸짓, 그 의미는 분명했다. 녀석은 다른 바이럴들에게 경고하고 있었다, 결투 말이다. 녀석은 숨을 한껏 들이켜 가슴을 부풀리며, 입술을 뒤로 까뒤집어 날카로운 이빨을 드러내 보였다.

녀석이 터뜨리듯 몰아 내쉰 크고 거친 숨소리는 상대적으로 보잘것없는 녀석의 체구에서 나오는 것이라고는 믿어지지 않을 정도였다. 망설임 없는 순수한 분노가 만들어낸 울림이었다. 숲 하나를 통째로 날려버릴 만한, 산 하나를 납작하게 깎아버리고 이 행성을 그 궤도에서 밀어낼 만한 짐승의 울부짖음이었다. 피터 자신도 녀석의 소리에 말 그대로 흠칫 뒤로 물러나고 말았다. 그의 고막이 고통을 이기지 못하고 터지고야 말았다. 하지만 작은 그 녀석이 에이미를 지킬 수 있는 건 잠시뿐이었다. 그러나 그것으로 충분했다. 에이미가 일어섰고, 다른 바이럴들도 앞으로 나섰다.

아수라장이었다.

어떻게 된 건지도 모르는 사이에 갑자기 그들 사이에 싸움이 벌어지고, 피터는 도대체 어디를 겨누고 총을 쏴야 할지도 갈피를 잡을 수가 없었다. 그들의 움직임은 인간의 눈으로 예측하고 계산하기에는 너무나 빨랐다. 피터는 자신이 마지막 한 알까지 탄약을 다 써버렸다는 사실을 깨달았다. 총은 어쨌거나 무용지물이었다. 알리시아가 필드의 측면 저 멀리서 아직 탄창이 떨어지지 않은 권총을 쏘며 다가오고 있는 것이 그의 눈에 보였다.

티프티와 니나는 어디에 있는 거야?

피터가 다운필드Downfield(미식축구에서 공격자 측이 달려나가는 방향-옮긴이) 쪽을 바라봤다. 니나가 연단 쪽을 향해 달려오는 중이었고, 그녀의 가슴에 폭탄이 달려 있었다. 티프티는 그녀 뒤를 따라왔다. 니나가 한쪽 손을 들어 그녀 머리 위로 흔들며 소리를 질렀다. "야 이 개새끼들아! 이쪽을 봐! 야!"

바이럴 하나가 니나를 발견했다 ─ 녀석이 그녀의 의도를 알아차린 걸까? 니나가 갖고 있는 것이 무엇을 의미하는지 녀석이 알고 있는 걸까? 니나를 향해 빠르게 뛰어오른 것과는 달리, 비단 위의 거미처럼 팔과 다리를 쭉 뻗은 채 내려오고 있는 녀석의 모습은 그렇게 빠르지 않았다. 티프티가 그런 녀석을 먼저 발견했다. 그는 자신의 총을 들어 올리며, 니나를 옆으로 밀어내려고 했다. 하지만 그런 그의 노력은 헛수고가 되고 말았다. 낙하하는 모든 것이 그렇게 보이듯, 바이럴의 동작이 느려 보였던 것은 착각이었다. 바이럴은 티프티와 니나 둘 모두와 충돌했고, 티프티가 가장 큰 충격을 받았다. 피터는 폭탄이 터질 것으로 생각했지만, 아무 일도 일어나지 않았다. 바이럴이 니나의 팔을 움켜쥐고는 던져버렸다. 내동댕이쳐진 니나는 진흙 바닥 위를 데굴데굴 구르며 미끄러졌다. 그러고는 녀석이 티프티를 향해 돌아섰다. 티프티가 총을 겨누었지만, 녀석이 그를 집어삼켰다.

비명과 총성.

선택할 수 있는 문제가 아니었다. 찬반이 있을 수도 없는 일이었다. 피터가 자신의 총을 버리고, 자신의 모든 것을 걸고 진흙 바닥 위에 떨어져 있는 폭탄을 향해 달렸다.

이 모든 것을 전부 지켜본 사람은 로어와 그리어 둘뿐이었다. 그리고 그 모든 것을 이해할 수 있었던 건, 기도를 통해 그 장면을 보다 더 깊이 들여다보고 통찰할 수 있었던 그리어 하나뿐이었다.

관제실에서 내려다보이는 필드의 전투는 하나의 평면으로 전개되어 보였으며, 거리가 떨어져 있었기에 해석해내기가 좀 더 용이했다. 정신을 잃었거나 죽었을 수도 있는 유스터스가 필드의 한쪽 끝에 누워 있었고, 그와 연단 사이에는 티프티 라몬트의 시체가 있었으며, 니나는 어둠 속으로 굴러가 사라졌다. 그리고 그 반대편에 있는 알리시아가 아직도 총을 쏘며 싸우고 있는 유일한 사람이었다. 필드 가운데에 있는 연단에는, 아수라장을 비집고 빠져나온 에이미가 골조의 꼭대기로 뛰어 올라가 있었다. 그녀가 입고 있는 튜닉은 갈기갈기 찢어졌고, 검고 축축한 핏자국으로 얼룩졌다. 에이미가 날카로운 발톱이 자라난 한쪽 손으로 옆구리를 움켜쥐고 있었는데, 상처에서 나오는 피를 지혈하려는 것처럼 보였다. 그렇게 멀리 떨어진 거리에서도, 그녀가 호흡하기 힘들어한다는 것을 한눈에 알아볼 수 있었다. 그녀의 신체적 변화는 완전히 끝났지만, 그럼에도 인간의 흔적 하나는 남았다. 그녀의 머리카락. 헝클어진 검은 머리가 그녀의 얼굴 위로 아무렇게나 흘러내렸다. 언제라도 곧 적들이 압도적인 기세로 그녀를 공격해올 수 있었지만, 그녀는 물러설 뜻이 전혀 없어 보였다. 에이미에게는 아무도 꺾을 수 없는 왕과 같이 위풍당당한 그 무언가가 있었다.

그리고 다음 순간 다운필드를 질주하고 있는 피터가 그리어의 눈에 띄었다. 피터가 어디를 가는 거지? 트럭을 찾으러?

아니. 그럴 리가 없었다.

그리어가 관제실을 뛰쳐나와 계단을 미친 듯 뛰어 내려갔다. 그는 주먹을 써서라도 군중을 헤치고 갈 것이다. 필요하다면, 그가 갖고 있는 칼을 휘둘러서라도. 에이미 조금만 더 버텨, 에이미, 곧 갈게.

알리시아의 존재가 부인되는 일은 없을 것이다. 알리시아는 그 지독한 사실 하나에 이미 자신의 모든 것을 걸었었다. 그녀는 그 동굴에 갔던 그날 이후로 계속 그걸 느껴왔다. 마치 자신이 터널 속 깊이 끌려 들어가고 있는 것처럼, 단 하나의 열망이 그녀를 앞으로 끌어오고 있었다. 필드의 바이럴들을 향해 가면서, 계속 총을 쐈다. 그녀도 알고 있었다. 총알이 바이럴들에게 아무런 타격도 주지 못할 거라는 걸. 단지 녀석들의 주의를 돌릴 수 있기를 원했다. 알리시아는 오로지 하나의 생각뿐이었다. 유일한 목표이며 소망인 그것.

루이스, 내가 복수해줄게요. 당신을 잊지 않았어요. 루이스, 당신 역시 나의 피의 자매예요.

"숨지 말고 이리 나와 네 모습을 드러내. 이 쓰레기 같은 새끼야!"

그녀가 쏜 총알들이 바이럴들을 맞추고는 튕겨 나가며 번쩍 불꽃을 일으켰다. 텅 빈 탄창을 빼고 새 탄창을 갈아 끼우며 다시 사격을 시작했다. 꽉 아문 치아 사이로 악에 받친 자신의 기도를 중얼거리며, 알리시아가 계속 앞으로 나아갔다. 너는 나를 알아볼 거야. 나의 존재를 느끼고 있을 거야. 너 이 새끼, 네가 모를 수가 없어. 그건 운명 같은 것이었다. 그녀가 그를 죽일 사람이란 건. 이 땅 위에서 그 새끼를 영원히 지워버릴 거라는 건.

그 새끼는 변호사 훌리오 마르티네스, 트웰브 중 열 번째였다. 그 쓰레기는 벤치에서 끙끙거리며 숨을 몰아 내쉬던 소드이기도 했다. 그 개자식은 그와 유사한 비열한 방식으로 여성을 겁탈한 역사 속 시간에 존재하는 모든 남자들이기도 했다. 알리시아는 기필코 녀석의 흉악한 심장 한가운데에 자신의 섬뜩하고 예리한 칼날을 쑤욱 깊숙이 밀어 넣고, 쓰레기가 죽어가는 것을 느끼고 싶었다.

바이럴 중 하나가 그녀를 향해 휙 돌아섰다. 그렇지, 알리시아는 생각했다. 나는 네가 어디에 있든지 너를 알아볼 수 있어. 놈의 체격은 다른 바이럴들과 비슷했다. 그러나 놈에게는 알리시아만이 알아볼 수 있는 오만하고 건방진 구석이 있었다. 놈이 지루하다는 듯 나른하고 비열한 눈빛으로 그녀를 바라봤다. 이전에는 바이럴의 얼굴에 이렇게 표정이 드러나는 것을 본 적이 한 번도 없었다. 그러나 이번에는 달랐다.

나 너 알아, 놈의 무미건조하고 오만한 얼굴이 그렇게 말하고 있는 것 같았다. 내가 어떻게 너를 모를 수가 있겠어? 아무 말도 하지 말고 가만 있어봐, 내가 맞춰볼 테니까. 분명히 내가 너를 어디선가 봤어.

그럼 당연하지, 네가 어떻게 나를 모를 수가 있겠어, 알리시아는 생각했다. 그리고 그녀는 자신의 벨트 사이에서 시퍼렇게 날을 세워둔 총검을 꺼내 들었다.

둘은 동시에 서로를 향해 뛰어올랐다 – 알리시아는 바짝 날이 선 총검을 머리 위로 높이 치켜들었고, 마르티네스는 길고 커다란 손톱들을 칼끝처럼 그녀를 향해 앞으로 쭉 내뻗고 있었다. 멈춰 세울 수 없는 힘과 미동의 여지도 없는 상대가 충돌했다. 날아오른 둘이 서로 마주 지나치며 바닥으로 곤두박질쳤다. 격렬한 충돌이었다. 알리시아와는 상대도 안 되게 엄청나게 훨씬 더 큰 덩치의 마르티네스가 그녀의 아래쪽으로 파고들어 지나치고 있었다. 무서운 기세로 날아온 속도 때문에, 놈의 몸이 바람개비처럼 바람을 일으켰고, 그 바람은 알리시아의 머리 위쪽으로 불어 올랐다. 놈을 향해 날아올라 몸을 제어하지 못한 채 녀석에게 달려들던 그 순간, 미처 열상裂傷의 고통을 느끼지는 못했지만 알리시아는 알았다. 마르티네스의 발톱이 자신의 얼굴과 팔을 살 속 깊이 찢어놓았다. 그녀는 진흙 바닥에 떨어져 굴렀다. 한 번, 두 번, 세 번, 구를 때마다 속도가 줄었고, 알리시아는 반동을 이용해 몸을 일으켜 세웠다. 몸은 휘청거리며 부들부들 떨렸고, 머리는 충격으로 골이 띵하니 정신을 차리기 어려웠다. 그래도 그녀는 어떻게든 총검을 꽉 움켜쥐고 있었다. 총검을 놓치는 건 패배를 받아들이는 것이고, 상상하기 싫은 일이었다.

마르티네스는 6미터 정도 떨어진 곳에 착지해, 그의 손을 노처럼 진흙 바닥 위에 펼치고 개구리처럼 쪼그리고 앉아 있었다. 놈의 웃음이 즐거움이 가득한, 좀 더 장난기 넘치는 다른 무엇인가로 바뀌었다. 녀석이 마치 큰 웃음이라도 터뜨릴 것처럼 보였다.

재수 없게 웃고 있는 그 얼굴 집어치우라고, 알리시아가 다시 한번 자신의 총검을 머리 높이 치켜들었다.

뭔가가 둘의 머리 위로 떨어지고 있었다.

폭탄, 폭탄 말이야, 폭탄이 어디 있는 거지?

피터가 폭탄을 찾았다. 폭탄은 티프티의 시체에서 불과 몇 미터 정도 떨어져 있었다. 그는 진흙 바닥에 몸을 날려 미끄러지며, 폭탄을 가슴에 떠안았다. 기폭 장치도 이상이 없었고, 연결된 선들도 그대로였다. 어떤 느낌일까? 아무 느낌도 아닐 거야, 그는 생각했다. 그 어떤 느낌도 없을 것 같았다.

그의 뒤에서 뭔가가 무거운 벽처럼 강하게 덮쳤다. 순간 모든 것이 그에게서 아득히 멀어졌다. 호흡도, 생각도, 중력도, 폭탄도 바닥에서 빙글빙글 돌며 미끄러져 멀어졌다. 그의 아래에는 끝없는 진흙 바닥이 펼쳐졌고, 정신도 까맣게 아득하기만 했다. 그리고 피터는 자신의 얼굴이 진흙탕 속에서 들려 있는 것을 알아차렸다.

그의 눈앞에 서서히 바이럴의 얼굴이 보였고, 바이럴과 피터의 얼굴은 단지 몇 인치 정도 떨어져 있을 뿐이었다. 그 모습에 피터는 해거름을 맛보거나 천둥 번개가 치는 소리를 들은 것처럼, 그의 몸속을 흐르는 전기에 모든 신경이 다 타버리는 것 같았다. 바이럴이 옆으로 머리를 살짝 기울이자, 피터도 이게 그의 마지막 몸짓이 될 것으로 생각하며, 그가 생각할 수 있는 마지막 동작을 했다. 피터도 바이럴과 같이 그의 머리를 비뚜름히 기울였다. 그리고 자신의 마음을 흐트러짐 없이 온전히 집중해 바이럴의 눈을 똑바로 들여다봤다.

내가 울가스트야.

그리고 피터는 봤다, 그가 폭탄을 들고 있는 것을.

나를 도와줘.

알리시아, 나의 자매 알리시아, 녀석은 당신 거예요.

마르티네스는 그녀가 다가오고 있는 것을 보지도 못했다. 놈이 잔뜩 말아 쭈그리고 있던 그 커다란 몸을 풀어 세우려는 불과 1초도 안 되는 극도로 짧은 순간에, 에이미가 그의 뒤에 내려앉았다. 에이미가 손목에 스냅을 주자 쇠사슬이 앞으로 날아가 올가미처럼 놈의 몸을 휘감으며, 녀석의 양팔을 옆구리에 움직이지 못하게 묶어버렸다. 놈은 웃음기가 사라지고, 당황하는 기색이 역력했다.

지금이에요, 에이미가 말했다.

에이미가 쇠사슬을 힘껏 잡아당겨 마르티네스를 일으켜 세우자, 놈 가슴의 넓고 연한 살 부위가 바로 드러났다. 놈이 뒤로 넘어갈 듯 휘청거리자, 알리시아가 점프해 녀석의 허리 위에 양다리를 걸치고 올라타, 놈을 진흙 바닥 위로 아예 쓰러뜨려 버렸다. 알리시아가 두 손으로 꽉 쥐고, 한껏 높이 치켜든 총검이 그녀의 머리 위에서 날을 번뜩이고 있었다. 그러나 알리시아는 아직 총검을 내리치지 않고 있었다.

"말해!" 알리시아가 마르티네스의 귀에 고래고래 고함을 질렀다. "그녀의 이름을 말해!"

놈의 눈동자가 흔들리며 초점을 잃지 않으려고 애쓰고 있었다.

루이스?

그 말과 함께, 알리시아는 온 힘을 다해 자신이 조용히 공들여 날을 바짝 세워놓은, 서슬 시퍼런 총검을 내리쳐 녀석의 연한 가슴살에 박고 천천히 밀어 넣기 시작했다. 아주 오래전, 고대의 방식 그대로 녀석을 죽였다.

필드에서 벌어지고 있는 전투의 마지막 몇 초가, 관중석에 있는 군중에게는 이해가 안 되는 애매모호한 사건으로만 보였다. 루시어스 그리어에게는 그렇지 않았을지라도. 다른 사람들은 알 수 없었지만, 그리어는 이제 무슨 일이 일어날지 알았다. 에이미가 마르티네스의 몸을 옴짝달싹 못 하게 묶어두려고 썼던 쇠사슬이, 이제는 그녀가 놈의 시체에서 벗어나지 못하게 발을 묶어버린 꼴이 되었다. 놈의 시체에 얽매여 있는 에이미를 풀어주기 위해, 알리시아가 녀석의 시체를 뒤집어 보려고 애쓰고 있었다. 에이미와 알리시아는 풀밭에 앉아 있는 오리처럼 손쉬운 먹잇감이었고, 필드에는 여전히 남은 바이럴들이 있었다. 마르티네스의 죽음이 어쩌면 그들의 집단 사고의 전달 체계를 단절시켰을지도 모른다. 어쩌면 자신들 무리 중 하나가 인간의 손에 죽는 모습을 보고 충격에 얼어붙은 건지도 모른다. 혹은 그들은 자신들이 가하는 마지막 일격에서 최대의 만족감을 끌어내기 위해, 최후 승리의 순간을 조금 뒤로 미루어두고 기다리고 있는 것일 수도 있었다. 아니면, 전혀 다른 이유였을 것이다.

그래, 다른 이유 때문이었다.

그리어가 필드를 가로질러 마구 뛰어가고 있을 때였다. 그의 오른쪽에서 다른 누군가가 갑자기 미친 듯 뛰어나오고 있었다. 그리어는 자신의 짐작이 맞는지 확인하기 위해 슬쩍 눈을 돌려 달려 나오는 그를 봤다. 피터였다. 피터가 손을 흔들며 소리를 지르고 있었다. 하지만 뭔가 달랐다. 바이럴들 역시 그걸 알아차렸다. 바이럴들이 번뜩 정신을 차리고는, 코를 기민하게 움직여 공기를 맛보기 시작했다.

"야, 이 새끼들아, 여기를 봐, 여기를 보라고!"

피터는 허리 위로 입고 있는 옷이 없었다. 그의 상체가 피로 번들거렸다. 따뜻하고 신선한 살아 있는 핏줄기가, 그가 아직 손에 움켜쥐고 있는 칼로 구불구불 그어낸 상처를 따라 팔과 가슴을 타고 길게 흘러내리고 있었다. 피터의 의도는 분명했다. 그는 바이럴들의 이목을 자신에게로 끌어서 에이미와 알리시아로부터 멀리 떼어놓으려는 거였다. 피터는 미끼였다. 그럼 함정은 대체 뭔인 거지?

그리고 그리어에게 한 목소리가 들렸다.

나 울가스트야.

나 울가스트.

나 울가스트.

그리어는 멈추지 않고 계속 뛰었다.

알리시아도 피터의 그 모습을 봤다.

에이미는 여전히 마르티네스의 시체에서 벗어나지 못하고 있었다. 에이미에게 묶여 있는 쇠사슬들이 서로 감긴 채 엉켜 있어서, 힘을 쥐어당길 때마다 더 옥죄어 왔다. 알리시아는 좌절감에 울부짖으며 피터가 바이럴들을 향해 질주하는 것을 봤다. 바이럴들이 그를 향해 몸을 돌리고, 머리를 곧추세우며, 그들의 눈이 동물적 충동에 이끌려 살육의 희열로 타오르는 것까지 모두.

피터, 안 돼, 그녀는 생각했다. 너는 안 돼. 뭐가 어찌 되었건, 너는 안 된다고.

알리시아는 에이미가 쇠사슬을 어떻게 풀고 나왔는지 도저히 알 수가 없었다. 한순간 에이미가 보이더니, 다음 순간 사라져버렸다. 에이미가 풀어버린 족쇄들은 그녀가 던져놓은 그 자리에 그대로 놓여 있었다. 여전히 마르티네스의 몸에 대책 없이 휘감겨져 있는 쇠사슬들과 연결된 채. 아마도 이후 며칠 동안은, 이 사건의 의미에 대해 고민하는 이들 사이에서 의견이 분분할 것이다. 어떤 이들에게는 이런 의미였고, 다른 이들에게는 또 다른 의미였다. 그건 미스터리였다. 에이미 자신이 미스터리인 것처럼. 여느 미스터리들이 다 그런 것처럼, 목격된 사람만큼이나 목격자에 대한 말들이 많았다.

하지만 그런 일도 나중의 일이었고, 그 얼마 안 되는 찰나의 순간에 알리시아가 알 수 있었던 건 에이미가 사라졌다는 게 전부였다. 별똥별이 지나가는 것처럼 한 줄기의 빛이 보이는 것 같더니, 다음 순간 에이미가 피터 위로 떨어지고 있었다.

"에이미……."

그게 알리시아가 한 말의 전부였다.

울가스트가 에이미를 사랑했기 때문이었다.

그에게는 에이미가 집이었기 때문이었다.

자신이 에이미를 구해냈었기 때문이었고, 에이미가 그를 구했기 때문이었다.

그리고 원정대의 중위, 피터 잭슨은 그 모든 걸 보고 느꼈다. 마침내 그 모든 걸 알게 되었다. 단 한 번 마주친 둘의 눈길에서, 울가스트의 전 생애가 피터에게로 쏟아져 들어왔다. 감당하기 버거운 슬픔들. 쓰디 쓴 상실감과 고통스러운 후회들. 잊힌 소녀에 대한 사랑과 백 년 동안 지새워온 긴 밤들. 그는 과거의 얼굴들과 모습들과 사진들을 모두 다 보았다. 요람에 갓 난 여자 아기가 있었고, 한 여자가 아기를 자신의 품 속에 들어 안으려고 팔을 뻗고 있었다. 아기와 여자는 거의 성스러워 보이는 불빛 속에 감싸져 있었다. 피터는 조그만 어린아이인 에이미를 보았다. 이상할 정도로 강렬한, 세상에 혼자 남겨진 아이. 회전목마의 불빛들과 겨울 밤하늘의 별들 그리고 눈 위에 남겨놓은 천사들의 형상도. 이 모든 장면이 가장 최근에도 기억에 남아 반복되는 꿈처럼, 울가스트의 삶의 일부였던 것만 같았다. 울가스트는 그 장면들을 누군가에게 보여줄 수 있었던 것에, 자기 생의 마지막 순간에 그 장면들을 기억할 또 하나의 증인을 갖게 된 것에 대해 진심으로 감사하고 다행이라고 생각하는 것 같았다.

내게 와, 그는 생각했다. *나에게 오라고.*

그는 앞뒤를 살피지 않고 마구 달렸다, 자신의 운명은 신에게 맡긴 채. 피터는 미처 고개를 돌려 볼 틈은 없었지만, 그리어가 그를 쫓아 오고 있다는 것을 느끼고는 있었다. 그리고 자신의 뒤에서 울가스트도 가슴에 폭탄을 꽉 끌어안은 채 바이럴 무리의 한가운데를 향해 쏜살같이 뛰어오고 있다는 것도. 그 마지막 순간, 피터에게 목소리들이 들려왔다.

에이미, 뛰어.

그리고 : *아빠…….*

그리고 : *난 널 사랑해.*

그리고 울가스트가 바이럴 무리의 한가운데로 뛰어들 때, 그의 긴 손톱이 난 엄지손가락이 폭탄의 기폭 장치 위에 놓였다. 동시에 에이미가 피터를 향해 급강하해 그를 급하게 잡아채 멀리 던져버렸다. 그녀는 피터 대신에 폭발의 거센 충격에 타격을 입고 말았다. 그리고 분노에 휩싸인 트웰브의 마지막 바이럴들이 울가스트를 덮칠 때 – 진실된 자 울가스트, 모두의 아버지 그리고 모두를 사랑했던 사람 – 그가 멈춰선 자리 그곳, 허공에 큰 구멍이 벌어지며 포효하는 소리가 들렸다. 칠흑같이 어두운 밤이 폭발하며 눈을 뜰 수 없을 만큼 밝은 대낮이 떠오르고, 아우성치는 천둥소리에 하늘이 찢겨 나갔다.

66

그 후 이어진 몇 분 동안, 마치 두 개의 도시가 존재하고 있는 것 같았다. 혼란이 휩쓸고 있는 관중석과 폭발의 여파로 갑자기 정적 속에 묻혀버린 관중석 아래쪽의 필드. 그렇게, 시작과 끝이 함께 이웃하고 있지만, 동떨어져 있는 모습. 그러나 곧 두 세상은 하나가 되었다. 저항의 거센 기운이 가라앉자, 군중들은 자신들이 자유라는 놀라운 사실을 받아들이기 시작했고 흩어져 나갔다. 자신들이 향하고 싶은 대로 나아가며, 필드까지도.

자신들의 육체가 느끼는 자유를 따라 주저주저 움직이고 몰려다니다 하나씩 깨닫게 될 것이다. 자신들이 자유를 얻었다는 걸. 하지만 지금 당장, 산 자와 죽은 자를 파악하고 조치를 취하는 일은 필드에 있는 전사들의 몫이었다.

정신이 든 피터가 본 건 알리시아였다. 그녀는 검게 그을리고, 멍들었고 피투성이였다. 그녀의 머리카락 대부분도 타 없어졌고, 아직도 머리에서 연기가 나고 있었다. 피터, 알리시아가 그의 이름을 불렀다. 그의 눈 위로 알리시아의 울고 있는 얼굴이 보였다. 그녀의 뺨을 타고 눈물이 흘러내리고 있었다. 피터.

피터는 말을 해보려고 애를 썼다. 그의 혀가 입속에서 무겁게 움직였다. 에이미? 에이미는?

알리시아는 조용히 흐느끼며 힘없이 고개를 저었다.

그리어도 겨우 살아남았다. 폭발이 그를 멀리 날려버렸던 것이다. 여러모로 보아, 그는 죽었어야만 했다. 그런데 사람들이 땅에 등을 대고 누워 하늘의 별들을 보고 있는 그를 발견했다. 그의 옷은 갈기갈기 찢겨 나간 채 그을려 있었다. 그것 말고는 그는 다친 곳이 하나도 없었다. 폭발의 후폭풍이 그를 정면으로 강타한 것이 아니라, 그의 주위로 비껴 나간 것처럼 보였다. 그의 목숨을 보이지 않은 손이 지키기라도 한 건지. 오랫동안 그는 말도 할 수 없고, 움직일 수도 없었다. 뭔가 확인하는 듯한 몸짓으로, 그가 한 손을 들어 가슴에 대고 조심스럽게 토닥거렸다. 그러고는 손을 얼굴로 옮겨, 뺨과 이마 그리고 턱을 더듬거렸다.

"무슨 이런 일이 다 있어." 그가 말했다.

유스터스 역시 죽지 않았다. 처음에는 모두가 그가 죽었다고 생각했다. 그의 얼굴은 피범벅이 되어 있었다. 다행히 경비원이 쏜 총알이 비껴갔고, 피는 그의 왼쪽 귀에서 흘러나온 거였다. 그는 왼쪽 귀를 잃었다. 문자 그대로 없어졌다. 흙에서 잡초를 뽑아낸 것처럼 왼쪽 귀가 사라지고 대신 쭈글쭈글 주름진 구멍만이 남았다. 유스터스는 폭발에 대한 것은 아무것도 기억하지 못했다. 혹은 일련의 고립되었다는 느낌들 이상의 것은 완전하게 기억해내지 못하는 것 같았다. 두개골이 깨질 듯한 소음의 폭발과 머리 위를 지나가는 열기의 물결이 느껴지더니, 뭔가 자신의 몸 위로 쏟아져 내리고 연기와 먼지의 텁텁하고 쓴 불쾌한 맛이 느껴지던 것 이상의 것은 기억하지 못하는 것 같았다. 그래도 유스터스는 이미 전쟁의 많은 상흔이 남아 있는 자신의 얼굴에 또 하나의 손상과 영구적인 이명을 선사한 이 밤을 괘념치 않게 될 것이다. 사

444

실은 그가 화가 난 것이 아닌데도 사람들이 그가 화났다고 생각할 만큼, 그로 하여금 과하게 큰 목소리로 말하게 만든 이명은 전혀 나아지지 않게 되더라도 말이다. 시간이 흘러, 그가 커빌로 돌아가 대령으로 승진한 후, 대통령 참모들의 군사업무 연락 장교로서 근무하게 되면, 그는 이명이 엄청나게 유용한 권한의 확대에 비하면 사소한 불편함에 지나지 않는다고 생각하게 될 것이다. 그리고 전에는 왜 그 생각을 못 했었는지 의아해지겠지.

오직 니나만이 필드를 벗어나 부상을 입지 않았다. 티프티를 죽인 바이럴이 그녀를 집어 던졌던 것인데, 덕분에 폭발 반경으로부터 완전히 벗어나게 되었다. 폭발이 일어났을 때, 그녀는 상대팀 진영의 끝에서 움직이며 다가오고 있었는데, 폭발의 여파로 지진이 난 것처럼 크게 흔들리는 땅 때문에 발이 붕 뜬 채 뒤로 날아가고 말았다. 하지만 그에 앞서 눈부신 둥근 불덩어리 속에 갇힌 트웰브들의 몸이 전소되며 흩어져 죽는 것을 본 유일한 사람이 그녀 하나이기도 했다. 그러나 다른 것에 대한 기억은 불분명했다. 에이미에 대해, 그녀는 본 것도 기억하는 것도 없었다.

전혀. 아무것도.

하지만 그들 중 하나가 전사했다.

그들은 아직도 한 손에 총을 꽉 쥐고 있는 티프티를 발견했다. 그는 뼈가 부서지고 사지가 절단된 채, 눈은 피투성이가 되어 진흙탕 속에 누워 있었다. 그의 오른팔이 잘려 나가 사라졌지만, 그 정도는 아무것도 아니었다. 티프티의 주위로 사람들이 모여들자, 그는 뭐라고 말을 하려 잠깐씩 힘겹게 숨을 쉬며 애를 썼다. 마침내 그의 말이 들렸다. "그녀는 어디 있지?"

그리어 한 사람만이 티프티가 무슨 말을 하고 있는 건지 이해하는 것 같았다. 그리어가 몸을 돌려 니나를 보며 말했다. "내 친구가 얘기하고 싶은 사람은 너야."

어쩌면 니나는 티프티의 그 부탁의 숨은 뜻을 이해했을 것이다. 아니면 이해 못 했거나. 아무도 알 수 없는 일이지. 니나가 티프티 옆으로 다가가 땅 가까이 몸을 낮췄다. 팔이 부들부들 떨리는데도 안간힘을 쓰며, 티프티가 자신의 남은 한 손을 들어 손끝으로 니나의 얼굴을 더듬었다. 아주 조심스럽게.

"니티아," 티프티가 속삭였다. "내 니티아."

"저는 니나예요."

"아냐, 너는 니티아야. 내 니티아." 티프티가 울먹이며 미소를 지었다. "너는…… 정말 그녀와 많이 닮았어."

"누구를 닮았다는 거예요?"

그의 눈에서 생명이 꺼져가고 있는 것이 보였다. "내가 그녀에게 약속했었어……." 그의 호흡이 멈췄다. 입에서 피가 울컥 쏟아져 나오고, 그가 고통스럽게 캑캑거리기 시작했다. "내가 그녀에게 그랬어…… 내가 너를 안전하게 지켜줄 거라고." 그러더니 그의 눈이 생기를 완전히 잃었다. 티프티가 죽었다.

아무도 말을 하지 않았다. 그들 중 한 명이 자리를 빠져나와, 어둠 속으로 사라졌다.

"이게 뭐야, 이해가 안 되는데." 알리시아가 그렇게 말하며, 다른 이들을 쳐다봤다. "티프티가 왜 니나를 그렇게 부른 거야?"

그 질문에 대답한 건 그리어였다. "그게 니나의 진짜 이름이니까." 티프티의 시체를 물끄러미 바라보던 니나가 고개를 들어 그리어를 봤다. "너는 몰랐었겠지, 그렇지?" 그가 말했다. "네가 알 도리가 없는 게 당연한 거지."

니나가 고개를 저었다.

"티프티가 너의 아빠야."

때가 되면, 모든 것이 설명될 날이 올 것이다. 픽업트럭 한 대가 필드 안으로 달려 들어왔다. 모여 있던 사람들 보는 앞에서, 세 명의 사람이 차에서 내렸다. 아니, 네 명이었다. 마이클과 홀리스, 그리고 어린아이를 품에 안고 있는 사라.

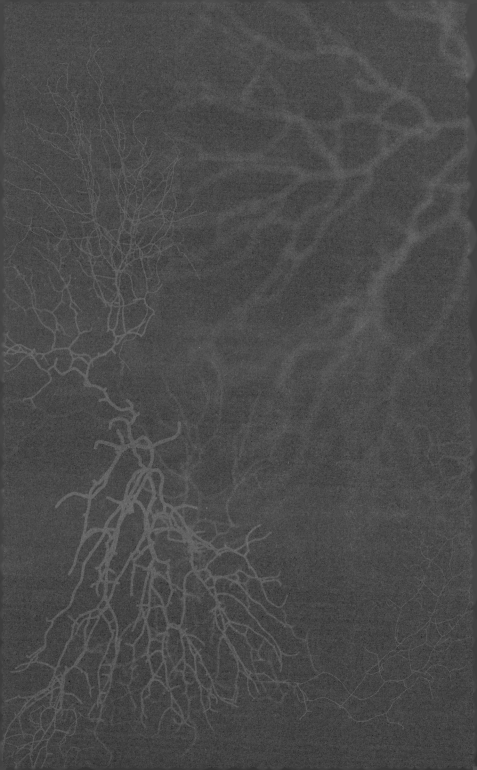

XII
키스

1월, 98 A.V.

승리를 거둔 날에는,
지쳐 쓰러지는 자가 없다.

– 아랍 속담

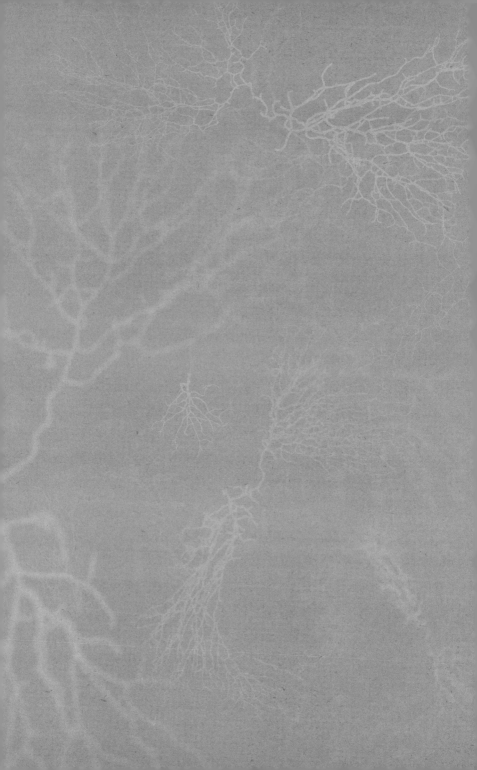

67

날씨가 속을 썩였다. 1월의 아이오와는 – 그들은 뭘 기대했던 거야? – 뼈를 에는 추운 날들이 계속되었다.

식량, 연료, 식수, 전기, 7만 명의 삶을 지탱하는 복잡한 기능들. 승리의 기쁨이 일상의 평범한 우려들에 의해 빠르게 사그라지고 있었다. 유스터스 자신의 결정에 따라 이루어졌고, 유스터스가 그런 일에 특별한 재능이 있는 것은 아니었지만, 한동안은 저항군이 도시를 통제하게 되었다. 유스터스는 하루하루를 지탱해 나가는 데에 필요한 엄청난 양의 세부 사항들에 어쩔 줄 몰라 했고, 각 막사의 대표로 임명된 이들로 서둘러 구성된 임시 정부는 그의 짐을 덜어주는 데 거의 아무 도움이 되지 못했다. 방은 사람들로 넘쳐나 산만하고 어수선하기 짝이 없었다. 방에 있는 사람들 중 반쯤은 항상 나머지 반 정도의 사람들과 옥신각신 티격태격했기에, 유스터스는 두 손 두 발을 다 들고 자신이 모든 결정을 내려야만 했다. 플랫랜드의 사람들에게 어느 정도 온순한 기질이 남아 있기는 했지만, 오래 지속되기는 어려웠다. 유스터스가 시장을 장악하기 전까지는 시장에서 약탈 행위가 계속 이어졌고, 매일 같이 새로운 보복 사건에 관한 이야기들이 들려왔다. 게다가 많은 숫자의 콜들이 기를 쓰며 자신들의 이전 신분을 숨기고 사람들 사이에 숨어들려고 했다. 하지만 그러기에 그들의 얼굴은 너무나 익숙했고 널리 알려져 있었다. 항복한 자들이나 폭동을 일으키기 전에 저항군에게 체포된 자들을 심판할 사법 체계도 없었기에, 그들을 어떻게 처리할 건지에 관한 문제도 어렵기만 했다. 강제 수용소도 이미 발 디딜 틈 없이 터져 나갈 지경에 이르렀다. 이에 유스터스가 프로젝트라고 불리던 건물을 개조해 사용하는 방법에 대한 가능성을 제기했다 - 분명 그 건물은 충분한 인원을 수용할 수 있고, 수용자들을 다른 플랫랜더들과 분리해 고립시킬수 있다는 이점도 있었다 - 하지만 그러기 위해서는 시간이 필요했고, 플랫랜더들과 함께 남쪽으로 이주를 시작하게 될 때 포로들을 어떻게처리할 것인가라는 근본적인 문제를 해결하는 데에는 도움이 되지 못하는 것이었다.

모두가 추위에 몸이 얼어붙고 있었다. 그래 그렇게 하자, 피터가 생각했다. 추우면 추운 거지 조금 추운 게 어디 있겠어?

피터는 유스터스와 아주 친밀한 우정을 쌓았다. 부분적으로는 둘이원정대의 장교로서 유대감을 공유하고 있기 때문이기도 했지만, 그게전부는 아니었다. 같이 지내는 시간이 길어지면서, 둘은 서로서로 보완해줄 수 있는 기질을 가지고 있다는 걸 알게 된 것이다. 저항군은 피터가 선발대를 이끌고 먼저 남쪽으로 가 커빌이 피난자들을 받아들일수 있도록 준비시켜야만 한다고 결정했다. 처음에는 피터가 강하게 반대했다. 자신이 먼저 출발하는 선발대 속에 끼는 것이 옳은 일 같아 보이지 않았기 때문이었다. 그러나 저항군이 그를 선택한 것은 합리적인결정이었고, 결국은 알리시아가 이 문제에 대한 논쟁을 매듭지어 버렸다. 네 조카 케일럽이 너를 기다리고 있어. 알리시아가 그걸 피터에게일깨워줬다. 가서 네가 돌봐줘야 할 아이를 챙기라고.

플랫랜더들의 홈랜드 탈출은 봄까지 기다려야만 했다. 커빌에서 충분한 숫자의 차량과 인력이 지원된다는 전제하에, 유스터스는 한 번에 5천 명씩 이주시키는 계획을 세웠다. 이주의 순서는 1회 수송 인원의 단위를 5천 명으로 하여, 제비뽑기를 통해 정하기로 했다. 커빌까지의 여정은 몹시 고될 것이다 – 게다가 노약자를 제외한 사람들은 커빌까지 도보로 걸어가야만 했다 – 그럼에도 운이 좋다면 2년 안에 모두가 홈랜드를 떠날 수 있었다. 홈랜드를 텅 비워둔 채로.

"그래도 플랫랜더 모두가 홈랜드를 떠나고 싶어 하지는 않을 거야." 유스터스가 말했다.

둘은 유스터스의 사무실인 약재상의 뒷방에 앉아, 허브차를 마시며 몸을 데우고 있었다. 마켓의 건물들은 대개 도시의 질서와 다양한 기능을 유지하기 위해 임시 정부가 사용했다. 최근에 그들이 가장 많은 시간을 들여가며 진행한 작업은 인구 조사의 결과를 집계하는 일이었다. 빨간 눈들에 관한 모든 기록은 돔의 폭발과 함께 전부 소실되었기 때문에, 빨간 눈들이 누가 누구였는지, 혹은 몇 명이나 있었는지 알 길이 없었다. 7만 명이라는 홈랜드의 인구도 일반적으로 그러리라고 추정되는 숫자였을 뿐, 사람 머릿수를 하나하나 세어보지 않는 한 정확히 알 길이 없었다.

"사람들이 여기를 떠나지 않으려고 할 이유가 있을까?"

유스터스가 어깨를 으쓱했다. 잘 안 보이는 눈으로 균형을 유지하고 있기도 했지만, 아직도 붕대가 칭칭 감겨 있는 그의 왼쪽 머리는 얼굴이 한쪽으로 기울어진 것처럼 보이게 했다. 전날 사라가 피터의 마지막 실밥을 제거했고, 피터의 가슴과 팔에도 긴 분홍색의 흉터들이 생겼다. 혼자 있을 때면, 피터는 그 흉터들을 만지며 폭탄이 터지던 순간에 정작 자신은 그 엄청난 열기 속에서 거의 아무것도 느끼지 못했다는 것 뿐만 아니라, 자신의 손으로 몸에 직접 그 흉터들을 만들었다는 사실에 스스로 놀라워하고는 했다.

"플랫랜더들이 알고 있는 건 이거야. 그들은 여기에서 태어나서 평생 이곳에서 살아왔어. 하지만 그게 이유의 전부는 아니야. 잘못된 것은 바로 잡는 것이 맞아. 나도 우리가 일단 사람들을 남쪽으로 이주시키기 시작하면 얼마나 많은 사람이 이렇게 생각할지는 모르겠어. 다만 일부의 사람들은 동의하겠지."

"그들이 어떻게 살아가게 될까?"

"나는 사람들이 항상 문제를 해결하는 방식을 염두에 두고 있어. 투표. 삶을 꾸려 나가는 거친 방식이지." 유스터스는 차를 한 모금 마셨다. "혼란스러울 거야. 전혀 통하지 않을 수도 있고. 하지만 적어도 선택은 그들이 하는 게 되겠지."

추운 바깥을 다녀온 니나가 발을 쿵쿵 굴려 부츠에 묻은 눈을 털어내며 들어왔다.

"날씨가 미쳤어, 바깥은 얼어 죽을 거 같아." 그녀가 말했다.

유스터스가 그녀에게 자신의 허브차를 건넸다. "이거, 몸을 좀 덥혀."

니나가 두 손으로 잔을 들어 차를 한 모금 마시고는, 재빨리 유스터스에게 몸을 숙여 그의 입술에 입을 맞췄다. "고마워, 신랑. 당신 정말 면도해야 해."

유스터스가 소리 내어 웃었다. "이렇게 망가진 얼굴인데? 누가 본다고?"

유스터스와 니나 둘은 부부였는데, 피터가 알고 있는 것처럼 그건 저항군의 공공연한 비밀이었다. 유스터스가 가장 먼저 한 일들 중의 하나가 플랫랜더들의 결혼을 허락하는 행정 명령을 내린 거였다. 사실 많은 경우들에 있어 그건 기술적인 절차일 뿐이었다. 사람들은 이미 수년 동안 혹은 수십 년 동안 부부의 인연을 맺어 살고 있었다. 다만 공식적인 인정을 받은 적이 없었을 뿐이었다. 현재 혼인 사실을 인정받으려고 기다리는 사람들의 명단이 수백 명에 이르렀고, 유스터스는 거리 아래쪽에 있는 가게 앞에 두 명의 치안 판사를 두어 밤낮으로 이 일을 담당하도록 했다. 그리고 유스터스와 니나는 홀리스와 사라와 함께 결혼을 인정받은 첫 번째 부부가 되었다.

"좋은 소식이 있어." 니나가 말을 꺼냈다. "나 방금 병원에서 오는 길이거든."

"그래서?"

"오늘 아침에 아기 둘이 태어났어. 모두 건강하고 산모들도 괜찮아."

"아주 멋진데." 유스터스가 피터를 보며 활짝 웃었다. "봤지, 친구, 알겠어? 가장 어두운 밤에도 세상은 굴러간다고."

피터는 마주 불어오는 매서운 겨울바람에 몸을 있는 대로 움츠리고 언덕 아래로 걸어 내려갔다. 임시 정부의 간부로서 차량을 이용할 수도 있었지만, 피터는 걷는 게 좋았다. 병원에 도착한 그는 마이클을 찾아갔다. 전력이 단지 부분적으로 복구되어 있는 상황이었지만, 그래도 병원은 가장 먼저 전기로 불을 밝힐 수 있는 건물들 중 하나였다. 병실에 있는 마이클은 아직 깨어 앉아 있었다. 그의 오른쪽 다리는 발목부터 엉덩이까지 하얀 석고로 깁스를 한 채, 45도 각도로 슬링Sling(무거운 것을 들어 올리는 장치-옮긴 이)에 매달려 있었다. 한동안 마이클은 위태롭고 불확실한 시간을 보낼 수밖에 없었고, 사라는 마이클이 다리를 잃게 될지도 모른다고 생각했었다. 하지만 그는 의지가 강한 남자였고, 3주가 지난 지금 몸이 회복되고 있는 상태였다.

로어가 침대 옆에 앉아 손으로 뜨개바늘을 움직이고 있었다. 유스터스는 그녀를 바이오디젤 공장의 책임자로 일하도록 했지만, 시간이 날 때면 로어는 언제나 병원으로 와 마이클의 곁을 지켰다.

"뭘 만들고 있는 거예요?" 피터가 로어에게 물었다.

"빌어먹을, 내가 뭘 만들고 있는지 알 수 있으면 좋겠네요. 원래는 스웨터를 만들려고 했는데, 점점 양말이 되어가고 있어요."

"자기는 할 줄 아는 것에 집중해야 해." 마이클이 말을 거들었다.

"이거 봐, 친구. 깁스를 벗어 던질 때까지만 그냥 조용히 있어. 자기에게 내가 뭘 할 수 있는지 보여줄 테니까. 자기가 절대 잊을 수 없는 거야." 로어는 피터가 자신의 농담을 이해했는지 확인하기 위해 그를 보며 짓궂게 웃었다. "어머, 미안해요, 피터. 딴 데 정신이 팔려 있었네요. 당신이 거기 있다는 걸 잊고 있었어요."

피터가 소리 내 웃고 말았다. "괜찮아요."

그녀가 뜨개바늘을 하나 쥐고 흔들며 말을 이어갔다. "아무래도 여기 있는 우리 친구의 상태가 나빠질 때를 대비해서 이 말을 해둬야 할 것 같아요. 나는 항상 피터 당신이 꽤 잘생겼다고 생각해왔어요. 게다가 당신은 전쟁 영웅이잖아요. 이쯤에서 당신이 저에게 하고 싶은 말이 있다면 기꺼이 들어드리겠어요, 중위님."

"생각 좀 해볼게요."

"물론 그러셔야죠." 로어가 뜨고 있던 실을 무릎에 내려놓았다. "마침 30분 후에 내 근무 시간이 돌아오니, 난 두 사람이 내 흉이나 보라고 그만 가볼게." 로어가 자리에서 일어나 뜨개질거리들을 가방에 챙겨 넣고, 뭔가를 하려다 말고는 마이클의 머리 정수리에 입을 맞추었다. "내가 가기 전에 뭐 필요한 거 부탁할 거 있어?"

"난 괜찮아."

"마이클, 자기 안 괜찮아. 괜찮은 거 하고는 거리가 멀다고. 자기의 무모함 때문에 내가 정말 말로 다 못 할 정도로 놀랐다고."

"미안하다고 했잖아."

"그래 좋아, 자기 계속 그 말만 해. 그러면 언젠가는 내가 자기를 믿어줄지도 모르지." 로어가 다시 마이클에게 입을 맞췄다. "그럼, 신사분들 이만 안녕."

로어가 가자 피터는 그녀가 앉아 있던 의자에 가 앉았다. "이런 꼴을 보이다니 미안해." 마이클이 말했다.

"나는 네가 왜 계속 로어에게 미안하다고 사과하는지 이해가 안 돼, 마이클. 넌 진짜 이 지구에서 가장 운이 좋은 남자라고, 내가 아는 한은." 피터가 고갯짓으로 침대를 가리키며 말했다. "그래서, 다리는 정말 어떤 거야?"

"죽을 거 같이 아프지. 이제라도 네가 와서 좋다."

"미안해, 유스터스가 계속 뭘 시켜대는 바람에." "그래, 그래서 몇 명이나 찾았어?"

피터는 마이클이 홈랜드에 끌려온 퍼스트 콜로니 사람들에 대해 묻고 있다는 걸 알았다. "우리가 들은 숫자는 56명이야. 56명 모두의 흔적을 찾고 있는 중이고. 지금까지 찾은 콜로니 사람들은 지미의 딸들, 앨리스와 에이버리. 콘스탄스 수, 러스 커티스, 페니 대럴. 그렇게 찾았어. 아이들은 찾아내는 데 좀 더 시간이 걸릴 거야. 모두 다 여기저기에 흩어져 있거든."

"좋은 소식인 거 같네." 그 이상 더는 말을 안 하고 마이클이 가만히 있었다. 너무 많은 사람이 이미 죽었다.

"홀리스가 네가 어떻게 했었는지 얘기해줬어." 피터가 말했다.

마이클이 어깨를 으쓱하고는 말았다. 마이클이 약간 당황해하는 것 같았다. 아니면 자신이 너무 자랑스러웠거나. "그때는 그렇게 해야만 할 것 같았거든."

"원정대에 들어오고 싶다면 나에게 말해. 단, 원정대가 나를 다시 원대 복귀시킬 거라는 전제하에. 우리가 다음에 만날 때, 나는 영창에 있을지도 모르거든."

"피터, 좀 진지해지자, 어? 군에서 아마 이번 일로 너를 장군으로 승진시켜줄걸. 아니면 대통령 선거에 나가달라고 부탁할걸."

"그런 말을 하다니, 너도 나처럼 군대를 잘 모르는 거야." 이렇게 말을 해놓고도, 피터는 순간적으로 '정말 그런다면 어떻게 해야 하는 거지?' 라는 생각을 하고 말았다. "너도 알겠지만, 며칠 있으면 우리 여기를 떠나게 될 거야."

"나도 그럴 거라 생각했어. 옷 두둑이 따뜻하게 입는 거 잊지 마. 커빌에 가면 나 대신 모두에게 안부 전해주고."

"다음에 사람들을 데리고 커빌로 갈 때, 너를 꼭 데려갈게. 내가 약속할게."

"글쎄, 난 잘 모르겠어, 친구. 여기 의료진 솜씨가 꽤 좋거든. 이곳도 나와 잘 맞는 것 같고. 이번에 누가 같이 가게 되는데?"

"사라와 홀리스 그리고 케이트, 그건 확실해. 그리어는 남아서 사람들 후송하는 일을 돕기로 했어. 유스터스가 지금 팀을 꾸리고 있거든."

"알리시아는?"

"만나게 되면 물어보려고. 요즘 나 알리시아를 전혀 못 봤어. 알리시아가 자기 말을 타고 계속 밖으로 돌아다니고 있거든. 자기 말을 술저라고 부르더군. 걔가 뭘 하고 다니는 건지도 모르겠어."

"너희 둘이 길이 엇갈렸나 보구나. 알리시아가 오늘 아침에 여기 왔었거든."

"알리시아가 여기에?"

"작별 인사를 하러 왔다고 하던데." 마이클이 피터를 쳐다봤다.

"왜? 그게 그렇게 이상해?"

피터가 얼굴을 찡그렸다. "그건 아니고, 알리시아 어때 보였어?"

"네 생각에 어땠을 거 같은데? 알리시아다워 보였지."

"그럼 평소와 별로 다른 게 없었다는 거네."

"응, 내가 보기에는 그랬어. 여기에 그렇게 오래 있지도 않았고. 사라의 헌혈 프로그램을 도우러 간다고 하던데."

공중 보건에 관한 임시 책임자로서, 사라는 병원으로 사용되었던 건물이 그동안 자신이 의심해왔던 대로 이름만 병원이었을 뿐이라는 걸 알게 되었다. 병원이라는 곳에 의료 장비라고 할 수 있는 것들은 거의 아무것도 없었고, 수혈할 피도 전혀 보이지를 않았다. 포위 작전에서 매우 많은 사람이 다치고, 아기들이 계속 태어나고, 다른 환자들도 발생하는 가운데, 사라는 식품 가공 처리 시설에서 냉장고 하나를 가져와 헌혈 프로그램을 시작했다.

"간호사 알리시아라니." 피터가 말을 하고는 어색하고 낯선 그 모습이 떠올라 고개를 저었다. "가서 어떻게 하고 있는지 보고 싶은데."

빨간 눈들에게 일어난 일은 완전히 이해될 수 있는 일이 아니었다. 경기장에서 죽지 않은 빨간 눈들까지도 근본적으로 존재하지 않게 되었기 때문이었다. 라일라에 대한 사라의 이야기들로부터 유추 가능한 유일한 결론은, 돔의 파괴와 소스라고 불리던 남자의 죽음이 피터와 그 일행들이 콜로라도의 산에서 목격한 뱁콕의 자손들에게 일어났던 것과 같은 연쇄 반응을 일으켰을 것이라는 거였다. 빨간 눈들의 마지막 모습을 본 사람들은 그 장면을 마치 백 년 동안 빚지고 있던 생명이 단 몇 초 사이에 무릎을 꿇고 굴복하는 것처럼, 아주 급격하게 노화가 진행된 것으로 묘사했다 – 몸의 살덩어리들이 오그라들고, 머리카락이 뭉텅뭉텅 빠지고, 얼굴의 살가죽이 말라비틀어져 가며 해골의 모습이 고스란히 드러나게 되는 과정으로. 여전히 정장을 입고 넥타이를 맨 채 그렇게 죽어간 빨간 눈들의 시체는 갈색 뼈 무더기 그 이상도 그 이하도 아니었다. 그들은 이미 수십 년 전에 죽은 것처럼 보일 뿐이었다.

떠날 날이 다가오면서, 사라는 자신이 24시간 꼬박 일하고 있다는 걸 깨달았다. 플랫랜드에 이제는 정말 치료다운 치료를 받을 수 있다는 소문이 퍼지면서, 점점 더 많은 사람이 병원을 찾아왔다. 사람들이 호소하는 증상들은 흔한 감기에서부터 영양실조 그리고 노화에 따른 자연스럽고 광범위한 신체적 불편함에 이르기까지 다양했다. 일부 몇몇은 단순히 의사라는 사람에게 진찰을 받는다는 것이 어떤 것인지 궁금한 것뿐인 것 같기도 했다. 사라는 치료할 수 있는 사람들은 치료하고, 치료가 불가능한 사람들은 위로하고 마음을 진정시켜주려 노력을 다했다. 결국, 그 둘이 그렇게 다르다고 느껴지지도 않았지만.

사라는 잠을 자거나, 가끔 식사해야 할 때만 병원을 나와 자리를 비웠다. 아니면, 홀리스가 그녀에게 식사를 가져다주고는 했다. 물론 이제는 항상 케이트와 함께 식사를 들고 사라를 보러 왔다. 그들은 도심 가장자리 단지에 있는 아파트에 머무르고 있었는데, 언제나 실내에 어스

름한 빛을 채워놓는 선팅이 된 큰 창문들이 있는 묘한 곳이었다. 이전에 빨간 눈들이 사용하던 곳이라는 것을 알았기에 좀 으스스한 기분이 들기는 했지만, 커다란 침대들과 부드러운 침구들 그리고 뜨거운 물을 쓸 수 있다는 점과 가스레인지를 사용할 수 있는 것 때문에 살기에 편리한 곳이라는 것도 사실이었다. 홀리스가 가스레인지를 사용해 수프와 스튜를 만들었는데, 사라는 그가 도대체 그 안에 뭘 집어넣고 요리하는 것인지까지는 결코 알고 싶지가 않았다. 맛있으면 그만일 뿐이라고만 생각했다. 그들은 촛불을 밝혀두고 어두운 불빛 아래에서 함께 식사한 후, 침대로 가 잠자리에 들었으며, 케이드가 깨지 않게 조용하고 부드럽게 사랑을 나눴다.

오늘 밤은 사라도 쉬기로 했다. 서 있을 힘도 없었고 배도 고팠을 뿐만 아니라, 가족들이 몹시 보고 싶었다. 그녀의 가족, 결국 정말 그런 일이 일어났다. 그 두 단어가 이렇게 놀라운 일이라니. 그 두 단어가 인류의 언어사에 있어 가장 놀라운 말인 것처럼 보였다. 돔의 정문을 뚫고 달려 들어온 홀리스를 보는 순간, 사라는 자신의 눈을 의심하지 않을 수가 없었다. 당연히 홀리스는 그녀를 구하러 온 거였다. 그가 백방으로 온갖 노력을 다해 자신을 찾으러 그곳에 와 있었다. 그렇지 않았으면 어떻게 그런 일이 일어날 수 있었겠어?

사라는 구도심을 통과해, 무너진 돔의 잔해 더미를 지나 언덕을 걸어 올라갔다. 돔의 잔해 더미에서는 새까맣게 그을린 목재들이 며칠째 연기를 내뿜으며 타고 있었다. 두려움에 떨지 않고 자유롭게 다닐 수 있다니, 그녀에게는 아직도 비현실적으로 느껴졌다. 그녀는 잠깐 약재상에 들러 안에 유스터스나 누가 있든지 간에 얼굴이라도 보고 갈까 하는 생각이 들었지만, 그녀의 발걸음이 이내 그런 충동은 무시한 채 약재상을 빠르게 지나쳐 길을 재촉했다. 사라는 기대감에 부풀어 가벼운 발걸음으로, 자신의 아파트로 이어지는 계단 여섯 개를 빠르게 올라갔다.

"엄마!"

홀리스와 케이트는 컵과 콩을 갖고 놀며 바닥에 앉아 있었다. 사라가 목에 두르고 있던 스카프를 풀기도 전에 케이트가 벌떡 일어나더니, 달려와 사라의 품으로 뛰어들었다. 아이가 부딪치며 사라의 몸이 가볍고 기분 좋게 흔들렸다. 사라는 케이트의 허리를 붙잡고 번쩍 들어 올려 아이의 눈을 바라보았다. 사라는 케이트를 필요 이상으로 혼란스럽게 만들고 싶지 않았기에 자신을 그렇게 부르라고 말하지 않았지만, 그런 건 중요한 것이 아닌 게 분명해졌다. 아이는 그냥 자신을 엄마라고 부르고 있었다. 전에는 아버지라는 존재가 있어본 적이 없었기에, 케이트가 자신의 삶에서 홀리스의 역할이 갖는 의미에 적응하는 데는 좀 더 시간이 걸리기는 했지만, 플랫랜더들의 해방 이후 일주일쯤 지난 어느 날, 케이트가 홀리스를 아빠라고 부르기 시작했다.

"우리 딸 여기 있었네." 사라가 행복한 목소리로 말했다. "오늘 어땠어? 아빠랑 재미있게 놀았어?"

케이트가 사라의 얼굴을 향해 손을 뻗어 그녀의 코를 손으로 감싸 쥐고는, 얼굴에서 떼어내 재빨리 자신의 입속으로 쏙 던져 넣는 시늉을 하고 입안에서 혀로 볼을 밀어 부풀어 올렸다. "내가 어음마 고를 머커어요."라며 입안에 음식을 한가득 물고 있는 목소리를 흉내 내며 말했다.

"안 돼, 자, 그럼 이제 다시 뺏어와야지."

케이트가 정신없이 웃어대자 금발 머리가 아이의 얼굴 주위로 마구 춤을 추고, 아이는 장난기 가득하게 머리를 이리저리 흔들며 피하기 시작했다. "안 돼, 안 돼. 엄마 코는 내 거야."

그러자, 간지럼을 태우고, 사방에서 웃음소리가 터지고, 몸을 여기저기를 떼어 먹겠다고 장난을 치고 그리고 마침내 사라의 코가 제자리로 돌아왔다. 그렇게 몸을 부대끼며 치던 장난이 끝나자, 홀리스가 둘에게 다가왔다. 케이트의 뒷머리를 감싸 쥐며 그가 사라에게 가볍게 입을 맞췄다. 그녀의 볼에 닿은 그의 턱수염마저 양털같이 따뜻하게 느껴지고, 익숙했고, 그의 냄새로 가득했다.

"배고파?"

사라가 미소를 지었다. "뭐든 먹을 수 있을 것 같아."

홀리스가 그녀 앞에 음식 한 그릇을 내놓았다. 케이트와 홀리스는 이미 저녁을 먹은 뒤였다. 그는 사라가 식사를 다 마칠 때까지 함께 앉아 있었다. 홀리스도 자백했다. 고기는 뭐 먹을 수 있는 거면 뭐든 가리지 않고 넣는다고. 하지만 당근과 감자는 그런대로 괜찮다라니. 사라는 상관하지 않았다. 지난 몇 주 동안 이렇게 맛있는 식사를 해본 적이 없었으니까. 둘은 사라의 환자들, 피터와 마이클, 그리고 친구들, 커빌과 그곳에서 기다리고 있을 일들, 이제 정말 며칠 남지 않은 남쪽으로의 여행 등에 관해 얘기를 나눴다. 홀리스는 원래 봄이 올 때까지 기다렸다 출발하고 싶어 했다. 그러면 커빌까지의 여정이 조금은 덜 고될 테니까. 하지만 사라가 그의 생각을 받아들이려 하지 않았다. 홈랜드에서 그녀에게 너무 많은 일이 일어났고, 조금이라도 지체해 머물러 있고 싶지 않다고 말했다. 나는 이제 우리가 살 곳이 어디인지 모르겠어. 하지만 우리가 선택할 수 있다면 텍사스에서 살자.

둘은 설거지하고 씻은 그릇들을 건조대에 올려놓고, 케이트를 재울 준비를 했다. 사라가 케이트의 조그만 머리 위로 잠옷으로 입히는 셔츠를 덮어씌우기도 전에, 아이는 이미 반쯤 잠들어 있었다. 사라와 홀리스는 아이를 재우고 거실로 나왔다.

"정말 병원으로 돌아가야만 하는 거야?" 홀리스가 물었다.

사라는 옷걸이에서 코트를 집어 들고 소매에 팔을 끼워 넣고 있었다. "그냥 몇 시간이면 돼. 잠도 안 자고 기다리고 그러지 마." 물론 이렇게 말해도 기어이 안 자고 기다리고 있을 홀리스였지만 그래도. 하기는 사라도 이런 경우에 마찬가지였겠지만. "이리 와."

사라가 그에게 키스했다. "꼭 그렇게 해. 기다리지 말고 자라고."

하지만 그녀가 문을 열고 나가려고 문고리에 손을 올려놓자, 홀리스가 그녀를 멈춰 세웠다.

"어떻게 알았어, 사라?"

사라는 거의, 다는 아니지만, 그가 무엇을 물어보는 건지 이해했다. "내가 뭐를 어떻게 알았느냐니?"

"우리 아기가 그 아이라는 거. 우리 아기가 케이트라는 거 말이야."

이상했다. 사라는 자신에게 이런 질문을 해본 적이 없었으니까. 니나가 약재상의 뒷방에서 가진 그녀와의 은밀한 만남에서 케이트의 정체를 확인해주기도 했지만, 사실 니나가 그럴 필요도 없는 일이었다. 사라의 마음에는 눈곱만큼의 의심도 없었으니까. 그건 아이의 얼굴이나 몸에서 닮은 구석들이 확연하게 눈에 띈다는 것 이상의 무엇이었다. 그런 혜안은 가슴 속 저 깊은 곳 어디에선가로부터 나오는 것이었다. 사라는 케이트를 보는 순간, 그 아이가 세상의 모든 아이 중 하나뿐인 자신의 아이라는 걸 깨달았다.

"엄마의 본능이라고 해두자. 그건…… 나 자신을 아는 거 그런 거야."

사라가 어깨를 으쓱해 보였다. "나도 그 이상 어떻게 더 잘 설명할 수가 없어."

"그래도 우리는 운이 좋았어."

사라는 홀리스에게 그 호일 포장에 대해서는 아무것도 말하지 않았다. 앞으로도 결코 말 안 할 거다.

"나는 이런 걸 행운이라고 부를 수 있는지 잘 모르겠어." 사라가 말했다. "내가 아는 건 우리가 여기 함께 있다는 것뿐이야."

사라가 회진을 마치고 나자 시간이 자정을 지났다. 주먹을 입에 대고 하품하는 그녀 마음은 벌써 반쯤 집을 향해 가고 있었다. 사라는 한 젊은 여성이 테이블 위에 앉아 있는 마지막 진료실로 들어섰다.

"제니?"

"안녕, 다니."

사라는 웃지 않을 수가 없었다. 오래전 꿈에 나왔을 법한 그녀의 이름뿐만 아니라 그 소녀의 존재 때문에. 사라는 제니의 모습을 보고서, 자신이 그녀가 죽었다고 지레짐작하고 있었다는 걸 깨달았다.

"어떻게 된 거야?"

제니가 소심하게 어깨를 으쓱했다. "갑자기 사라져서 미안해요. 사육장에서 일어난 일 이후로, 난 그냥 모든 게 두려워졌어요. 주방에서 일하던 사람 하나가 나를 밀가루 통에 숨겨서 배달 트럭에 태워 내보냈어요."

사라는 제니를 안심시키기 위해 미소를 지어 보였다. "그래, 너를 다시 보게 돼서 기뻐. 어디가 아파서 온 거야?"

제니가 주저하며 말했다. "아무래도 임신한 거 같아요."

사라는 제니를 진찰했다. 제니가 정말 임신한 거라 해도, 뭐라 말하기에는 너무 이른 거 같았다. 하지만 임신한 거라면, 그녀를 커빌로 가는 첫 번째 이송 인원에 포함해줄 수는 있었다. 사라는 서류 양식에 해당 사항들을 작성하여 제니에게 건네주었다.

"이걸 인구 조사실에 갖다 주고, 내가 너를 보냈다고 말하면 될 거야."

"정말요?"

"응, 정말이지."

제니가 자신의 손에 쥐어진 종이를 물끄러미 쳐다봤다. "커빌이라니, 믿을 수가 없네요. 나는 그곳에 대해 아무것도 기억하지 못하는데."

사라는 그녀의 클립보드에 이송 명령서를 베껴 쓰고 있었다. 그러던 그녀의 손이 멈췄다. "방금 뭐라고 했어?"

"믿을 수가 없다고 말한 거요?"

"아니, 그거 말고 다른 거. 기억에 대해 말한 거."

제니의 어깨가 움츠러들었다. "나 커빌에서 태어났어요. 적어도, 그런 거 같아요. 그들이 나를 여기로 데려왔을 때, 나는 아주 어렸거든요."

"제니, 왜 아무에게도 그 말을 안 한 거야?"

"했어요, 인구 조사원에게요."

맙소사, 인구 조사실이 이걸 어떻게 놓칠 수 있는 거지?

"그렇구나, 나에게 말해준 것만도 다행이지. 누군가 너를 찾는 사람이 있을지도 몰라. 네 성이 뭐야?"

"확실하지는 않아요." 제니가 말했다. "그래도, 내 기억에 아프가였던 것 같아요."

68

매서운 날씨 속에 밝은 여명과 함께 출발할 날이 찾아왔다. 선발대가 경기장에 모여들었다. 30명의 남자와 여자, 6대의 트럭, 그리고 2대의 급유차. 로어와 그리어, 그리고 유스터스와 니나가 그들이 출발하는 것을 보기 위해 왔다.

떠나는 사람들의 가족과 친구들로 이루어진 작은 규모의 군중이 모여들었다. 사라와 홀리스 그리고 케이트는 이미 전날 밤에 병원에서 마이클과 작별 인사를 했다. 얼굴이 빨개진 마이클은 어서 빨리 가라고만 했다. 어떻게 마이클이 편히 쉴 거로 생각할 수 있겠어? 그러나 케이트가 만들어 온 카드가 마이클의 마음을 풀어지게 하는 데 도움이 되었다. *마이클 삼촌 사랑해요, 빨리 건강해지세요.* 오, 이런, 마이클이 말했다. 이리 오렴, 케이트. 그러고는 작은 소녀를 품에 꼭 안고 눈물을 흘렸다.

마지막 보급품들이 트럭들에 실리고, 모두가 트럭에 올라탔다. 피터는 홀리스와 함께 선두의 픽업트럭을 타고 가기로 했다. 케이트와 사라는 뒤쪽의 큰 트럭들 중 하나를 타게 될 것이다. 피터가 픽업트럭의 시동을 걸자, 그리어가 운전석 창가로 다가왔다. 피터가 자리를 비운 동안 그리어 소령이 그를 대신해 유스터스의 부사령관직을 맡아주기로 했고, 이제 플랫랜더들의 이송에 대한 책임을 지게 되었다.

"피터, 그녀가 어디에 있는지 나도 못 찾겠어. 미안해."

피터가 그렇게 빤하게 티가 나기라도 했던 건가? 리시는 다시 한번 피터에게 퇴짜를 놓았다. "저는 단지 알리시아가 걱정이 되는 것뿐이에요. 뭔가 잘못됐어요."

"그녀는 감옥에 갇혀 있는 동안 많은 일을 겪었어. 나는 알리시아가 우리에게 자신이 겪은 일의 반도 얘기를 안 했을 거로 생각해. 그녀는 다시 회복하고 일어설 거야, 늘 그랬던 것처럼."

그 문제에 대해서는 더 할 말이 없었다. 마찬가지로, 피터와 그리어도 봉기 이후에 며칠 동안 말로 표현할 수 없는 슬픔의 무게에 시달려왔다. 에이미의 행방에 대한 그럴듯한 설명은 그녀가 폭발로 다른 바이럴들과 함께 증발해 사망했다는 거였다. 그럼에도 피터는 이를 받아들일 수가 없었다. 에이미가 자신의 보이지 않는 팔다리가 되어, 유령처럼 함께하고 있는 기분이 들었다.

두 남자는 악수했다. "조심해, 알았지?" 그리어가 말했다. "홀리스 자네도 마찬가지야. 저 바깥세상도 바뀌었겠지만, 우리는 아는 게 아무것도 없어."

피터가 고개를 끄덕였다. "경계를 늦추지 않겠습니다, 소령님."

그리어가 보기 드물게 미소를 지어 보였다. "솔직히 말하면 말이야, 난 소령님이란 그 소리가 좋아. 누가 알겠어? 어쩌면 나를 복직시켜서 제자리로 보내줄지도 모르잖아, 결국에는."

헤어질 시간이 다 되었다. 피터가 차의 기어를 바꿔 넣었다. 무거운 엔진 소리와 함께 차량 행렬이 문밖으로 빠져나갔다. 피터는 룸미러로 홈랜드의 건물들이 시야에서 점점 멀어져, 겨울의 백색 풍경 속으로 사라지는 것을 지켜봤다.

"그녀가 저기 어디 있을 게 분명해, 피터." 홀리스가 말했다.

피터는 홀리스가 누구를 의미하는 건지 궁금해졌다.

지하 배수로에 있는 그녀의 은신처에서, 알리시아는 차량 행렬이 멀어져 가는 것을 지켜보았다. 많은 날 동안 그녀는 자신을 준비시키며 이 순간을 미리 살아오고 있었다. 어떤 기분일까? 지금도 그녀는 알 수가 없었다. 마지막이야, 그게 다였다. 마지막이라고 느껴졌다. 트럭들의 행렬이 도시의 울타리를 넓게 원을 그리며 돌아 남쪽으로 향했다. 오랫동안 알리시아는 차량 행렬이 점점 작아져 가는 그 모습을 지켜봤다. 차량들의 엔진 소리도 희미해져 갔다. 트럭들이 모두 사라진 뒤에도, 그녀는 여전히 그들이 지나간 자리를 지켜봤다.

아직 할 일이 하나 남아 있었다.

알리시아는 병원에서 사라가 등을 돌리고 있을 때, 찰랑거리는 피가 들어 있는 플라스틱 주머니를 그녀가 입은 튜닉 아래에 숨겨 나왔다. 훔쳐 나온 피 주머니에 턱을 처박고 물어뜯은 후, 자신의 얼굴과 입 그리고 혀를 그 속에 감춰진 대지의 풍성함으로 채워 넣지 않으려고, 그녀는 무서운 결단력으로 안간힘을 쓰며 참아냈다. 그래도 피터와 에이미 그리고 마이클과 자신이 사랑하는 사람들을 떠올릴 때면, 기다리며 버틸 수 있는 힘이 생기고는 했었다.

그렇게 알리시아는 피 주머니를 눈 속에 묻어두고서는, 돌덩이로 그 자리를 표시해놨었다. 그러나 이제 눈 속에서 피 주머니를 다시 꺼내 들었다. 묵직한 붉은 얼음 한 덩어리가 그녀의 손에 들려 있었다. 솔저는 지하 배수로 근처에서 그녀의 모습을 지켜보고 있었다. 알리시아는 솔저를 떠나보냈어야 했겠지만, 설령 그랬다 해도 솔저는 그녀의 곁을 떠나지 않았을 것이다. 그들은 마지막 순간까지 서로를 떠날 수 없는 사이였다.

알리시아는 관목들을 모아 불을 지폈다. 불이 붙은 관목들이 탁탁 소리를 내며 불길을 일으키고, 냄비 안의 눈들이 녹아 끓어오를 때까지 기다렸다가, 김이 모락모락 피어오르는 물속에 피 주머니를 담갔다. 알리시아가 보기에 마치 차를 우려내는 것 같다는 생각이 들었다. 점점 주머니 안의 내용물이 녹으며 슬러시처럼 변했다. 얼었던 피가 완전히 녹자, 알리시아는 주머니를 꺼내고는 눈 위에 누워 따뜻한 주머니를 가슴에 대고 안았다. 그 플라스틱 주머니 안에는 그동안 미뤄놓았던 운명이 들어 있었다. 5년 전 바이럴이 그녀를 물었던 그날 이후로 그녀의 운명에 대한 깨우침이 그녀 안에 차곡차곡 쌓여왔다. 이제 그 운명을 받아들이려고 한다. 지금 알리시아는 자신의 운명을 받아들일 것이다. 그리고, 사라질 것이다.

야속하게도 구름 한 점 없는 겨울 하늘 위로 해가 떠오르고 있었다. 태양. 알리시아는 그 눈부심을 견디지 못하고 눈을 가늘게 떴다. *태양, 그녀는 생각했다. 나의 적이며, 나의 친구, 나의 마지막 구원.* 태양이 알리시아를 흔적도 없이 치워버릴 것이다. 그녀는 재가 되어 바람에 날려 흩어질 거다. *지금 바로 빨리 끝내야 해,* 알리시아는 태양을 바라보며 말했다. *하지만 너무 빨리 끝내지는 말자. 나도 내 안에서 생명이 떠나가는 것 정도는 느끼고, 알고 싶으니까.*

알리시아는 주머니를 들어 입에 대고, 색인표를 떼어내고, 피를 들이켰다.

땅거미가 질 때쯤, 차량 행렬은 100킬로미터 정도를 이동해 그리넬이라는 마을에 도착했다. 그들은 마을 언저리에 있는 버려진 가게 한 곳을 그날 밤 묵을 거처로 삼았는데, 과거에 신발을 팔던 가게였다. 진열대에 신발 상자들이 줄을 맞춰 놓여 있었다. 그러니까, 앞으로 언젠가 다시 돌아와 들러볼 만한 가치가 있는 곳이었다. 그들은 가져온 식량을 나눠 먹고, 잠자리에 누워 잠을 잤다.

아니, 잠을 자보려고 했다. 추위 때문이 아니었다 ─ 추위라면 피터도 익숙했다. 단순히 그가 너무 긴장했기 때문이었다. 경기장에서 일어난 일들은 한 번에 바로 정리해 받아들이기에는 너무나 어마어마한 일들이었다. 그는 아직도 그때의 감정들에 사로잡혀 있었고, 당시의 장면들이 그의 머릿속에서 쉴 새 없이 번쩍이며 떠올랐다.

피터는 파카를 입고, 부츠를 신고서 밖으로 나왔다. 그들은 보초 한 명을 세워두었고, 그는 가게에서 갖고 나온 접이식 철제 의자에 앉아 있었다. 피터는 보초의 소총을 받아들고는, 그를 눈이라도 붙이라고 들여보냈다. 달이 환하게 비췄고, 들이마신 공기는 얼음처럼 차가웠다. 그는 조용히 서서, 삭막할 정도로 청명한 밤하늘을 넋 놓고 바라보았다. 봉기 이후 며칠 동안, 피터는 그날 사건들의 중요성과 의미에 걸맞은 감정들에 자신의 마음을 끼워 맞춰보려고 했지만 ─ 행복, 승리 혹은 심지어 안도와 같은 ─ 그에게 느껴지는 것은 외로움뿐이었다. 피터는 그리어가 작별 인사를 하며 했던 말을 기억하고 있었다. 저 바깥세상도 바뀌었어. 피터도 그건 알았다. 단지 아직 그렇게 보이지는 않았다. 뭔가 달라진 게 있다면 오히려 세상이 좀 더 세상다워진 것처럼 느껴진다는 것이었다. 눈앞에는 얼어붙은 들판이 바람 한 점 불지 않는 광활한 바다와 같이 펼쳐졌고, 셀 수 없이 많은 별들이 빛나는 하늘, 아무도 묻지 않은 질문에 대한 답을 찾는 듯 거의 다 감긴 비뚤어진 시선으로 세상을 내려다보고 있는 달이 있었다. 모든 것이 예전 그대로였고, 그들 모두가 죽은 후에도 오랫동안 계속 변함없이 그 모습 그대로일 것이다. 그들의 이름과 기억이 지워지고, 그들의 육신이 모두 부서져 시간의 먼지가 되고 날려 없어진 후에도.

피터의 뒤에서 소리가 들렸다. 사라가 케이트를 안고 엉덩이를 토닥이며 문을 열고 나왔다. 아이는 눈을 크게 뜨고 주위를 둘러보고 있었다. 부츠를 신은 사라의 발이 눈을 밟을 때마다 바스락바스락 소리가 났고, 그녀가 피터의 옆에 와 섰다.

"잠이 안 오는 거야?" 피터가 물었다.

사라의 얼굴이 화가 나 있는 듯 보였다. "정말이지, 나는 잘 잘 수 있었다고. 트럭에서 케이트가 낮잠을 너무 오래 자게 했나 봐."

"안녕, 피터." 작은 소녀가 인사를 했다.

"안녕, 아가. 너 지금 자고 있어야 하는 거 아냐? 우리는 내일 또 긴 하루를 보내야 한다고."

케이트가 두 입술을 힘주어 앙 다물었다. "음 – 음."

"봤지?" 사라가 말했다.

"내가 잠시 케이트를 좀 봐줄까? 알지, 내가 아이를 볼 줄 안다는 거."

"뭐? 여기 바깥에서?"

피터가 어깨를 으쓱해 보였다. "신선한 공기를 좀 쐬고 나면 케이트도 괜찮아질걸. 그리고 케이트가 내 말동무가 되어줄 수도 있고." 사라가 대답하지 않고 가만히 있자 피터가 말했다. "걱정하지 마, 한눈팔지 않고 잘 볼게. 케이트 어때?"

"확실해? 괜찮겠어?" 사라가 다그쳐 물었다.

"물론이지, 내가 달리 뭘 하겠어? 케이트가 졸려하면 바로 안으로 데리고 들어갈게." 그가 소총을 건물 벽에 기대 세우고는, 두 팔을 뻗어 벌렸다. "자 어서, 케이트를 넘겨줘. 거절은 거절할게."

사라가 잠자코 케이트를 자신의 허리춤에서 피터의 팔 안으로 옮겼다. 작은 여자아이가 몸의 균형을 잡기 위해 피터의 파카 옷깃을 움켜쥐며, 자신의 두 다리를 그의 몸에 감쌌다.

사라가 한 발자국 뒤로 물러나 둘의 모습을 지켜봤다. "이건 예전에 내가 보아온 너의 모습과는 또 다른 모습인데."

피터도 자신이 슬며시 웃고 있다는 게 느껴졌다. "5년이란 시간 동안 많은 게 변할 수 있거든."

"그래, 잘 어울린다." 사라가 갑자기 하품을 했다. "정말로, 케이트가 방해되면 말이야……."

"케이트는 안 그럴 거야. 이제 좀 비켜줄래? 가서 좀 자."

사라가 둘을 남겨두고 안으로 들어갔다. 피터는 몸을 낮춰 의자에 앉으며, 케이트를 무릎으로 옮겨 앉히고, 아이가 겨울 밤하늘을 볼 수 있도록 몸을 돌려주었다. "그래, 우리 무슨 얘기를 할까?"

"모르겠어요."

"전혀 힘들지는 않은 거야?"

"아뇨, 전혀요."

"하늘의 별을 세어보는 건 어때?"

"그건 지루해요." 아이가 몸을 돌리며 자세를 편안히 고치더니, 당당히 요구했다. "이야기를 들려주세요."

"이야기? 어떤 이야기?"

"옛날-이야기-요."

아이에게 옛날이야기를 들려준 경험이 없었기에, 피터는 어떻게 해야 하는 건지 알 수가 없었다. 그럼에도 케이트를 부탁을 듣고 고민하는 사이, 지나간 기억들이 물밀 듯이 머릿속에 떠올랐다. 콜로니의 성소에서 보낸 그의 어린 시절, 다른 아이들과 같이 양반다리를 하고 둥글게 모여 앉아 있던 것이 기억났다. 그러면 달처럼 하얗고 환한 얼굴의 선생님이 피터와 친구들에게 조끼와 치마를 입을 동물들과 성에 살고 있는 왕들 그리고 보물을 찾아 바다를 건너간 배들의 이야기를 해주었다. 그러면 이야기의 나른하고 졸린 기운이 피터의 온몸에 퍼지며 그를 저 먼 세상으로 이끌어갔다. 그의 영혼이 자신의 몸을 떠나 날아오르는 것처럼. 그 이야기들은 또 다른 삶에 대한 기억들이었다. 너무 오래되었기에 역사적인 사실들이라고 느껴질 정도였다. 하지만 사라의 딸을 무릎에 앉히고 겨울의 추위 속에 앉아 있는 지금, 그 이야기들이 자신과 그렇게 다른 것 같아 보이지가 않았다. 피터는 자신의 눈을 가리고 있던 장막이 걷히는 것과, 그와 함께 후회로 가슴이 찌르듯 아픈 것을 느꼈다. 자신이 케일럽에게 옛날이야기를 들려준 적이 한 번도 없었던 것이다.

"그럼," 피터가 자기 생각들을 이리저리 조합해보며, 목청을 가다듬었다. 하지만 사실은, 그는 기억나는 이야기가 아무것도 없었다. 어린 시절 들었던 모든 이야기들이 갑자기 그의 머릿속에서 사라져버렸다. 그는 그냥 뭐든 이야기를 지어내야만 했다. "어디 보자……."

"이야기에는 여자아이가 있어야 해요." 고맙게도 케이트가 한마디 거들어줬다.

"그렇구나. 나도 막 그 얘기를 하려던 참이었어. 그래서, 아주 옛날에 작은 소녀 하나가 살고 있었단다……."

"어떻게 생긴 아이였는데요?"

"음, 글쎄, 매우 예쁜 아이였지. 사실 너와 아주 많이 닮은 아이였어."

"공주였어요?"

"케이트, 내가 옛날이야기를 하게 해줄 거야 못 하게 할 거야? 어쨌든 네가 물어봤으니까, 그래 여자아이는 공주였어. 지금까지도 세상에서 가장 예쁜 공주지. 하지만 아이는 자신이 공주라는 사실을 몰랐어. 그게 아주 흥미로운 사실이었지."

케이트가 마음에 안 들었는지, 골목대장이라도 되는 양 인상을 썼다. "그 여자아이는 그걸 왜 몰랐을까요?"

그때 뭔가 피터의 머리를 번뜩 스치고 지나갔다. 그의 마음속에 그림처럼 한 이야기의 줄거리가 그려졌다.

"아주 좋은 질문이야. 어떤 일이 벌어지고야 말았는데, 여자아이가 아주 어려서 갓난아기 정도였을 때, 아이의 엄마와 아빠인 왕과 왕비가 아기를 데리고 왕실의 숲으로 소풍을 갔어. 날씨도 해가 뜨고 맑은 날이었지. 조그만 여자아이의 이름은……."

"엘리자베스요."

"엘리자베스 공주가 나비 한 마리를 보았어. 아주 멋진 나비였는데 공주의 부모는 관심도 주지 않았지. 그런데 공주가 나비를 따라서 숲속으로 들어간 거야, 나비를 잡으려고. 하지만 사실 그건 나비가 아니었어. 그건 말이지…… 요정들의 여왕이었단다."

"정말요?"

"정말이지. 그런데 요정들에게는 문제가 있었는데, 요정들은 인간들을 믿지 않았어. 그들은 자기들끼리만 모여 살았고, 그렇게 사는 걸 좋아했지. 하지만 요정들의 여왕은 좀 달랐어. 여왕은 항상 자기에게 딸이 하나 있었으면 좋겠다고 생각했거든. 요정들은 자신들의 아기를 낳지 않았어. 그래서 여왕은 키울 여자아이가 없어서 슬퍼했는데, 엘리자베스 공주를 보게 된 거야. 여왕은 공주가 너무 예뻐서 포기할 수가 없었어. 요정들의 여왕은 공주를 숲속으로 점점 더 깊이 데리고 들어갔어. 공주는 곧 길을 잃고 울기 시작했지. 그때 여왕이 공주의 코 위에 살며시 내려앉아서, 자신의 우아한 날개로 아이의 눈물을 닦아주고 말했지. '슬퍼하지 마, 내가 너를 돌봐줄 거야. 이제 너는 나의 예쁜 딸이란다.' 여왕은 공주를 자신과 요정 신하들이 함께 살고 있는 속이 텅 빈 커다란 나무로 데려가서, 음식도 주고 앉을 식탁과 잠을 잘 수 있는 작은 침대를 주었단다. 시간이 얼마 가지 않았는데도, 엘리자베스 공주는 자신의 다른 삶에 대한 기억은 다 잊어버리고 숲속에서 요정들과 함께 살던 생활만을 기억하게 된 거야."

케이트가 이야기를 들으며 고개를 끄덕였다. "그래서 어떻게 됐어요?"

"글쎄, 아무 일도 없었지. 바로 무슨 일이 일어나지는 않았어. 한동안 그들 모두는 함께 아주 행복하게 살았지. 특히 요정들의 여왕은 매우 기뻐했어. 여왕은 자기에게 작고 귀여운 딸이 생겨서 얼마나 기뻐했는지 몰라. 하지만 엘리자베스 공주가 커가면서, 뭔가 잘못되었다는 걸 느끼게 되었지. 그게 뭔지 맞혀볼 수 있겠어?"

"공주는 요정이 아니었던 거예요, 맞나요?"

"바로 그거야, 잘했어. 그걸 알아내다니 똑똑한걸. 공주는 요정이 아니었어. 작고 어린 소녀였지. 그리고 더는 어린 소녀도 아니었지. 나는 왜 이렇게 다른 거지? 엘리자베스는 궁금해졌어. 엘리자베스가 점점 더 커지자, 요정들의 여왕도 진실을 숨기기가 점점 더 어려워졌지. 왜 내 발은 항상 침대 밖으로 삐져나오는 거죠, 공주가 물으면 여왕은 침대는 언제나 작기 때문이야, 침대란 원래 그런 거야, 하고 말하고는 했지. 내 테이블은 왜 이렇게 조그마한 거예요, 하고 엘리자베스가 묻자, 여왕이 이렇게 말했어. 미안하구나, 테이블의 잘못은 아냐, 네가 그만 커져야 해. 그건 물론 엘리자베스 공주 마음대로 할 수 없는 거였어. 엘리자베스는 자라고 또 자랐지. 그리고 얼마 안 가 더 이상은 나무 안에서 살 수 없게 되었어. 다른 요정들도 모두 불평을 했어. 그들은 엘리자베스가 그들의 식량을 다 먹어치워서 아무것도 남지 않을까 봐 걱정했어. 공주가 실수로 자신들을 발로 밟을까 봐 무섭기도 했어. 조치를 취해야만 했던 거지. 하지만 여왕은 요정들의 부탁을 거절했어. 지금까지 이야기 이해되니?"

케이트가 이야기에 푹 빠져 고개를 끄덕였다.

"그럼 이제, 엘리자베스의 부모님, 왕과 왕비는 계속 공주를 찾고 있었어. 그들은 숲과 왕국 전체를 조금도 빠진 곳 없이 샅샅이 뒤졌어. 하지만 요정들이 살던 나무가 너무 완벽하게 숨겨져 있었던 거야. 하루는 왕과 왕비가 숲에서 요정들과 함께 살고 있다는 어린 여자아이의 소문을 듣게 되었지. 우리의 딸일 수도 있을까? 둘은 궁금했어. 그리고 왕과 왕비는 둘이 생각할 수 있는 한 가지 일을 하기로 했지. 왕과 왕비는 왕실의 나무꾼들에게 나무 속에서 살고 있는 엘리자베스를 찾을 때까지 모든 나무를 베어버리라고 명령했어."

"나무를 전부요?"

피터가 고개를 끄덕였다. "하나도 남김없이 전부 다. 좋은 생각은 아니었지. 나무들은 요정들뿐만 아니라 다른 동물들과 새들의 집이기도 했으니까. 하지만 엘리자베스의 부모는 너무 절망적이었고, 둘은 딸을 되찾아오기 위해서 뭐든 할 수 있었지. 그래서 왕과 왕비가 말을 타고 공주의 이름을 부르며 돌아다니는 동안, 나무꾼들은 시키는 대로 숲의 나무들을 베어 쓰러뜨려야만 했어. '엘리자베스! 엘리자베스! 어디에 있니?' 그리고 무슨 일이 일어났는지 알겠니?"

"공주가 그 소리를 들었어요?"

"응, 공주가 그 소리를 들었어. 그런데 엘리자베스라는 이름이 공주에게는 더 이상 의미가 없었어. 공주는 이제 요정의 이름을 갖고 있었고, 공주로 살았던 기억은 모두 잃어버렸거든. 하지만 요정들의 여왕은 자신에게 들려오는 이름이 누구의 이름인지 알았고, 아주 끔찍한 기분이 들었어. 내가 어떻게 이런 끔찍한 일을 저지를 수 있었던 거지? 여왕은 그렇게 생각했지. 내가 어떻게 엘리자베스를 납치해 올 수 있었던 거야? 그러나 그녀는 나무 밖으로 날아가 엘리자베스의 부모들에게 딸이 어디에 있는지 말해줄 수가 없었어. 여왕은 엘리자베스를 너무 많이 사랑해서, 알지, 보내줄 수가 없었거든. '꼼짝하지 말아야 해,' 여왕이 엘리자베스에게 말했지. '소리를 내도 안 돼.' 나무꾼들이 점점 더 가까이 다가왔어. 나무들이 사방에 쿵쿵 쓰러지고 있었단다. 요정들이 모두 겁에 질리고 말았어. '공주를 돌려보내 줘요.' 요정들이 여왕에게 말했지. '제발 저들이 숲을 모두 없애버리기 전에 공주를 돌려주자고요.'"

"와우." 케이트의 숨이 턱 막혔다.

"그치, 굉장히 무서운 이야기지. 그만할까?"

"피터 삼촌, *제발요.*"

그가 웃었다. "알았어, 좋아. 그래서 나무꾼들이 엘리자베스와 요정들이 살고 있는 나무에까지 오게 됐어. 그 나무는 정말 웅장한 나무였어. 통도 크고 엄청나게 높이 자란 커다란 나뭇잎들이 지붕처럼 우거진 나무였어. 요정 나무였지. 그런데 나무꾼 하나가 도끼를 뒤로 젖히며 내리치려 몸을 일으켰을 때, 왕이 마음을 바꿨어. 그 나무가, 있잖아, 베어버리기에는 너무 아름다웠던 거야. 그리고 왕이 이렇게 말했지. 내가 내 딸을 걱정하는 것만큼이나 이 숲의 모든 생명들이 이 나무를 걱정하고 있겠구나, 왕이 그렇게 말했어. 내가 사랑하는 것을 잃어버렸다는 것 때문에, 이 나무를 없애버리는 건 옳은 일이 아니다. 모두 도끼를 내려놓고 집으로 돌아가라. 나와 내 아내가 다시는 보지 못할 우리의 딸을 애도할 수 있게. 너무 슬퍼서 모두가 울었어. 엘리자베스의 부모와, 나무꾼과, 심지어 이 말을 모두 들은 요정들의 여왕도 다 울었지. 왜냐하면 여왕도 엘리자베스가 결코 그녀의 진짜 딸이 될 수 없다는 걸 알고 있었거든. 여왕이 아무리 열심히 기도해도. 그래서 여왕은 엘리자베스 공주의 손을 잡고 나무 밖으로 나와서 말했어. '폐하 제발 저를 용서해주세요. 당신의 딸을 납치해 간 것은 저랍니다. 제가 너무나도 딸을 갖고 싶어서, 저도 어떻게 할 수가 없었습니다. 그러나 이제는 엘리자베스가 당신과 함께 있어야 한다는 걸 압니다. 제가 정말 정말 정말 잘못했습니다.' 그러자 왕과 왕비가 뭐라고 했는지 알아?"

"요정들의 여왕의 머리를 자르라고요?"

피터가 웃음을 참았다. "그 반대였어. 그때까지 일어난 모든 일에도 불구하고, 왕과 왕비는 딸을 찾은 게 너무 기쁘고, 요정들의 여왕이 반성한 것에 매우 감동을 받아서 여왕에게 상을 주기로 했단다. 왕과 왕비는 요정들이 평화롭게 살 수 있도록 내버려 두라고 왕명을 내렸어. 왕국의 모든 어린이는 특별한 요정 친구를 하나씩 사귀라고도 했지. 그래서 지금까지도 아이들만이 요정들을 볼 수 있게 된 거야."

케이트가 잠깐 동안 잠자코 있었다. "그래서 그게 끝이에요?"

"거의 뭐 그렇지." 피터는 약간 당황했다. "사실 옛날이야기라는 걸 해본 적이 없어, 어땠니?"

케이트가 고민을 좀 하더니 기분 좋게 고개를 끄덕이며 말했다. "마음에 들었어요. 좋은 이야기였어요. 옛날이야기 하나 더 해주세요."

"내가 해줄 얘기가 더 있는지 모르겠는데, 어쩌지. 피곤하지는 않아?"

"제발요, 피터 삼촌."

별빛이 환히 땅을 비추는 맑은 밤이었다. 사방은 고요했고 어떤 움직임이나 소리도 들리지 않았다. 피터는 케일럽 생각을 했다. 얼마나 케일럽이 보고 싶은지 또 얼마나 그 아이를 자신의 품에 안아주고 싶은지 분명하게 깨달으면서. 알리시아가 옳았다, 그리고 티프티 역시. 하지만 무엇보다도 에이미가. 알겠지만, 케일럽은 당신을 정말 사랑해요. 그 사실이 들이마신 겨울 공기처럼 그를 가득 채웠다. 피터는 집으로 돌아가 아빠가 되는 법을 배우기로 했다.

"그럼, 알았어……."

피터는 이야기를 하고 또 했다. 그는 케이트에게 자신이 아는 모든 이야기를 해주었다. 그가 이야기를 끝낼 때쯤, 케이트가 하품을 하고 있었다. 아이의 몸이 피터의 품 안에서 늘어졌다. 피터는 입고 있던 자신의 코트 지퍼를 내리고 코트 앞섶을 바짝 잡아당기며, 무릎에 앉아 있는 케이트의 몸을 꽁꽁 감싸주었다.

"우리 예쁜이 춥지?"

케이트의 목소리는 반쯤 잠겼지만 부드러웠다. "아…… 뇨."

아이가 피터에게 기대어 잠이 들었다. 잠깐만 있다, 피터는 생각했다. 그리고 자신도 눈을 감았다. 잠깐만 더, 그리고 케이트를 안으로 데려다줘야지. 그는 아이의 따뜻한 숨결이 그의 목에 와 닿는 걸 느꼈다. 자신의 가슴에 맞닿은 아이의 가슴이 편안히 뛰고 있는 것도 느낄 수 있었다. 해변에 밀려오는 긴 파도 같이, 아이의 가슴이 오르락내리락 뛰고 있었다. 하지만 1분이 지나고 또 시간은 계속 흘러갔다. 그리고, 빠르게 잠이 든 피터는 아무런 미동도 없었다.

그리어는 약재상의 화장실에서 면도를 하고 있었다.

그날 낮은, 그리고 저녁 시간 대부분은 밀려 있는 일들을 처리하느라 이미 다 지나가 버렸다. 막사 대표 위원회와의 회의에서는, 유스터스가 플랫랜더 이송 절차를 다시 설명하고 제비뽑기 시스템의 공정성을 입증하느라 애를 썼다. 그리고 인구 조사 자료를 정리하는 일은 동일인의 양식이 중복되어 여러 번 제출된 것이 발견되었다. 일부는 실수에 의한 것들이었지만, 나머지는 먼저 뽑힐 확률을 높이기 위해 계획적으로 이루어진 부정 행위였다. 또 사용하지 않는 창고에 숨어 있던, 굶어서 반쯤 죽게 된 콜 세 명이 투항하려다 강제 수용소 밖에서 벌인 소동은, 경계를 서고 있던 소수의 사람들에 의해 진압이 되고 나서야 끝이 났다. 그 외에도 치안 판사 중 한 명이 병이 나자, 그리어가 그의 역할을 대신하여 아홉 건의 결혼식을 치르게 되었다. 그리어가 해야 할 일은 카드에 적힌 4개의 문장을 읽는 것이 전부였음에도, 그 문장들을 큰 소리로 읽는다는 것이 얼마나 부담스러운 일이었는지 사뭇 깜짝 놀라지 않을 수가 없었다. 그리고 플랫랜더 이송 지원팀의 공식적인 첫 모임이 있었고, 첫 번째 이송팀의 준비를 위한 업무 분장도 마쳤다. 그 후에도 처리해야 하는 일들이 계속 이어졌다.

한 가지 일을 마치면 다른 일이 그리고 또 다른 일이 계속 이어지는 하루였다. 루시어스는 자신이 뭘 먹었는지 아니 뭘 먹기는 했는지조차 기억할 수가 없었다. 하루 종일 거의 앉아보지도 못했다. 그런데도 그는 아직 여기에 남아 있었다. 한 손에는 칼을 다른 한 손에는 가위를 들고, 거울 속에 비친 희끗희끗하게 수염이 덥수룩이 자란 자신의 얼굴을 보면서.

그가 가위질을 시작했다. 싹둑, 한 번 가위질할 때마다, 그리어의 머리카락과 수염이 우수수 떨어지며, 날개 달린 눈송이가 떠다니는 것처럼 그의 발 근처 바닥에 허연 잔해들이 쌓여갔다. 가위질을 끝내고 나자, 그는 냄비에 받아놓은 물을 뜨끈하게 데워, 헝겊을 담갔다 꺼내 물을 짜낸 후, 그것을 얼굴에 덮어 남아 있는 짧고 뻣뻣한 털들을 부드럽게 했다. 그리고 자신의 뺨에 독한 화학 약품 냄새가 나는 비누를 문질러 거품을 냈다. 그러고 나서 칼날로 남아 있는 털들을 정리하기 시작했다. 먼저 뺨부터 칼날로 천천히 슥슥 밀어내고, 그다음은 목의 긴 곡선을 따라 조심스럽게 정리하고, 마지막으로 그의 머리를 눈썹에서 정수리로 그리고 그의 두개골 밑까지 짧고 신중한 손놀림으로 칼날을 놀려 남아 있는 털들을 말끔히 밀어냈다.

그리어가 이런 식으로 처음 자신의 머리와 수염을 정리한 건 그가 원정대 선서를 하기 바로 전날 밤이었다. 그날 그는 대충 스무 군데 정도를 칼로 스스로 베고 말았다. 신병들은 늘 그랬기에, 신병인지 아닌지 알려면 입고 있는 제복이 아닌 머리를 보라는 말은 흔히 들을 수 있는 이야기였다. 하지만 그도 경험과 연습을 통해, 그의 다른 동료들과 마찬가지로 요령을 터득하게 되었고, 아직도 그 감각을 잃지 않았다는 사실이 기쁘기만 했다. 필요하다면 그리어는 어둠 속에서 두 눈을 가리고도 이발과 면도를 할 수 있었다.

하지만 그는 그렇게 많은 세월이 흘렀어도, 여전히 입대식의 긴장감을 느끼게 해주는 의식을 행하고 있는 자신의 모습을 지켜볼 수 있다는 사실에 희열을 느꼈다. 털들을 긁어내면 긁어낼수록, 말끔해진 그의 얼굴이 선명하게 드러났다. 칼질을 끝내고 나자, 그리어는 거울에 비친 자신의 얼굴을 검사하기 위해 뒤로 한 걸음 물러났다. 그리어는 다시 드러난 서늘한 분홍빛 살 위를 손으로 어루만지며, 자신이 보고 있는 모습이 마음에 드는지 고개를 끄덕였다.

그는 몸을 닦고, 칼을 씻어서 말리고, 그의 물건들을 치웠다. 제대로 잠잔 지 여러 날이 지났지만, 아직 그리어는 조금도 피곤해하지 않았다. 그는 파카를 입고 부츠를 신고, 뒷문으로 나와 골목길을 따라 내려 갔다. 거의 새벽 1시가 다 된 시간이었고, 돌아다니는 사람이 하나도 눈에 띄지 않았다. 그럼에도 그리어는 사방에서 들려오는 일종의 분자적 불안감 같은, 사람의 귀에는 잘 들리지 않는 생명의 웅성거림을 느꼈다. 그는 폐허가 된 돔을 지나, 플랫랜드를 통과해 경기장으로 갔다. 그가 경기장에 도착했을 때, 달도 이미 저물어 있었다.

그는 건물 안으로 들어가지는 않기로 했다. 대신 완전한 고요 속에서 별이 빛나는 하늘과 대조를 이루는 이 어두운 악의 흔적 전체를 기억하기로 했다. 그는 궁금했다. 역사가 이곳을 기억할까? 미래의 사람들이, 그들이 누구이든 간에, 이곳에서 일어난 일들에 걸맞은 의미 있는 이름을 붙여 후세에게도 기록하여 전할까? 아직은 설익은 희망적인 생각이었지만 해볼 만한 가치가 있었다. 그리고 루시어스 그리어는 조용히 맹세했다. 그런 미래가 온다면, 지구를 지배하기 위한 마지막 전투가 승리로 끝난다면, 그는 그 이야기를 기록하기 위해 펜을 들어 글을 쓰는 사람이 되겠다고.

그도 언제 그 전쟁이 있을지는 몰랐다. 에이미가 그에게 그걸 알려주지 않았다. 단지, 그 전쟁이 있을 거라는 것만 얘기해줬을 뿐이다.

그리고 그는 어떤 힘이 자신을 그곳으로 이끌어왔는지 이해했다. 그는 징후를 찾고 있었다. 그 징후가 어떤 모습 어떤 형태일지는 그도 몰랐다. 지금 당장 올 수도 있고, 시간이 흐른 뒤에 나타날 수도 있으며, 전혀 나타나지 않을 수도 있었다. 그건 그의 믿음에 짐이 되었다. 그는 자신의 마음을 열어놓고 기다렸다. 시간이 흘렀다. 밤, 별, 살아 움직이는 세상, 모두 축복처럼 그를 지나갔다.

그리고,

루시어스, 나의 친구, 안녕.

기적 같은 일들이 있었던 그날 밤, 신발 가게 밖에 앉아 있던 피터는 하나의 꿈이 마치 문 뒤에 다른 문 하나가 더 있는 것처럼, 자연스럽게 다른 꿈으로 이어지는 느낌에 잠에서 깨어났다. 사실, 잠이 깬 건 전혀 아니었다. 피터가 사라의 딸을 품에 안고 눈 덮인 들판의 가장자리에 앉아 있는 꿈, 까만 하늘과 겨울의 추위 그리고 늦은 시간까지 모든 게 똑같았다. 들판에 둘만 있는 게 아니었다는 것만 빼면.

그러나, 그건 꿈이 아니었다.

그녀는 그녀의 방식대로 그의 앞에 웅크리고 앉아 있었다. 그녀의 변화도 완전히 끝난 상태였다. 이제는 심지어 그녀의 윤기 나는 검은 머리카락마저 모두 사라졌다. 그럼에도 마주친 둘의 눈이 멈췄을 때, 피터의 마음속에서는 그 모습이 반짝이고 있었다. 그가 보고 있는 것은 바이럴이 아니었다. 그가 마주한 건 소녀였고, 여자였으며 그리고 동시에 그 둘 모두이기도 했다. 그녀는 문득 나타난 소녀 에이미였다. 영혼의 에이미, 트웰브의 마지막이었다. 그리고 그녀는 오직 그녀 자신일 뿐이었다. 에이미는 손바닥을 위로한 채, 피터를 향해 손을 뻗었다. 피터도 그와 똑같이 그녀를 향해 손을 뻗었다. 둘의 손가락이 맞닿자 순수한 그리움의 힘이 그의 가슴에 솟구쳤다. 그건 키스하는 것 같은 경험이었다.

두 사람이 얼마나 오랫동안 그러고 있었는지, 피터는 몰랐다. 둘 사이에는, 피터의 코트에 따뜻하게 폭 싸인 케이트가 아무것도 모른 채 깊이 잠들어 있었다. 시간이 한없이 흘러갔고, 피터와 에이미는 함께 그 시간을 따라 떠내려 갔다. 곧 아이가 깨어날 것이다. 아니면 사라가 오거나 아니면 홀리스가 오겠지. 그러면 에이미는 어디론가 사라질 것이다. 그녀는 쏟아지는 별빛 속에 뛰어올라 떠나갈 것이다. 피터는 잠자고 있는 케이트를 그녀의 잠자리에 데려다주고, 자신도 잠을 청하겠지. 적어도 잠을 자려고 해보겠지. 그리고 아침이 오면, 회색 여명 속에 그들 모두는 기지개를 켜고는 자신들의 짐을 챙기고 남쪽을 향한 긴 여정을 계속 이어가게 될 것이다. 이 순간도 다른 모든 것과 마찬가지로 기억 속으로 사라질 것이다.

다만, 아직은 아니었다.

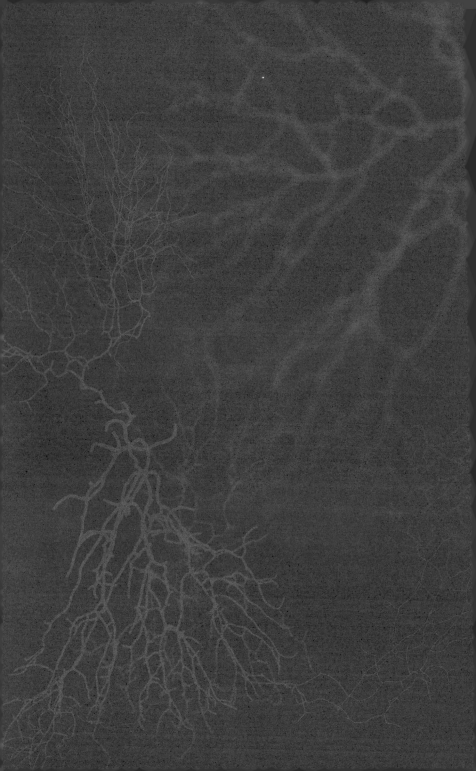

Epilogue

골든아워

그대 가슴속에 자리 잡은
나의 영혼을 외면할 수 있었다면
나 자신마저도 쉽게 떠날 수 있었으리라
그대 내 사랑의 안식처여.

– 셰익스피어, 『소네트 109』

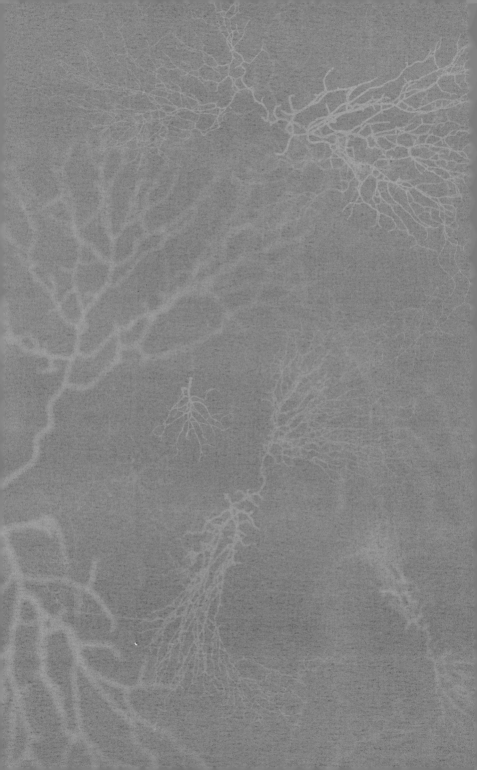

69

이번에 운전자는 여자였다. 에이미는 들고 있던 팻말을 내려놓고 차에 올라탔다. "어떻게 지내요, 에이미?" 그녀가 에이미에게 악수를 청했다. "나는 레이철 우드라고 해요." 둘은 악수를 했다. 잠시 에이미는 레이철 의 미모에 사로잡혀 말문이 막히고 말았다. 최고의 도구로 깎아놓은 듯 잘 빚어진 이목구비의 얼굴은 우아했고, 젊고 건강한 피부는 빛이 났으며, 날씬하고 탄탄한 몸매의 군살 없는 근육들로 이루어진 두 팔 을 가진 여자였다. 얼굴에서부터 뒤로 팽팽하게 당겨 묶은 그녀의 머리 카락은 군데군데 정말 환한 금발이 섞여 있는 금발이었다. 레이철은 에 이미가 알기로는 테니스복이라고 하는 옷을 입고 있었다. 테니스복이 라는 생각이 든 건 그럴 만한 이유가 있었겠지만, 테니스라는 운동이 떠오른 건 영문을 알 수가 없는 일이었다. 테에 작은 보석들이 박혀 있 는 선글라스가 그녀의 머리 위에 올려져 있었다.

"전에는 내가 데리러 오지 못해서 미안해요." 레이철은 계속 말을 이 어갔다. "앤서니가 처음에는 낯익은 얼굴을 당신이 편하게 생각할 거라 고 했거든요."

"당신을 만나게 돼서 기뻐요." 에이미가 말했다.

"그렇게 얘기해주다니, 고마워요." 그녀가 작고 고르며 하얀 치열을 드러내 보이며 웃었다.

둘이 탄 차는 고가 교차로를 미끄러지듯 빠져나갔다. 모든 게 지난 번과 똑같았다 – 같은 집들과 가게들 그리고 주차장들, 변함없이 타오르는 것 같은 여름의 햇빛, 똑같이 바쁜 세상이 지나쳐가고 있었다. 에이미는 자신이 욕조 안에서 떠다니고 있는 것 같았다. 커다란 차를 운전하고 있는 레이철도 아주 편안해 보였다. 교통 체증으로 붐비는 차들 사이를 자신만만하게 헤치고 나가면서, 작은 소리로 알아들을 수 없는 곡조를 흥얼거리기까지 했다. 대형 픽업트럭 한 대가 그들 앞에서 브레이크를 밟으며 차선을 막고 서자, 레이철이 깜박이를 켜고 능숙하게 방향을 틀어 피해 갔다.

"세상에나," 그녀가 한숨을 내쉬었다. "저런 사람들은 어디서 운전을 배우는 걸까요?" 그녀가 급히 에이미를 살펴보고는 다시 도로 위로 시선을 돌렸다.

"있잖아요, 제가 상상했던 거와는 매우 다르세요. 제가 봤을 때는요."

"그래요? 달라요?"

"아 아뇨, 나쁘게 말고요." 에이미가 레이철이 오해하지 않게 설명했다. "제 말은 그런 게 아니었고요. 솔직히, 그림처럼 예쁘세요. 저도 그런 피부를 가졌으면 좋겠어요."

"그럼 어떻게 다른 거예요?"

에이미가 조심스럽게 어휘를 고르며 망설였다. "저는 당신이, 있잖아요, 좀 더 젊은 분인 줄 알았어요."

둘이 탄 차는 계속 앞으로 나아갔다. 에이미도 이곳에 갑자기 오게 되었기에 의식이 약간 혼미하고 감정도 가라앉은 상태였다. 하지만 몇 분 정도가 흐르고 나자, 주변 상황들도 분명하게 보이기 시작했고, 주위의 모습들과 그것들에 대한 자신의 반응도 점점 더 뚜렷해졌다. 이 모든 게 얼마나 놀라운지 모르겠어, 에이미가 생각했다. 너무너무 놀라워. 그들은 배 안에 있었다, 쉐브론 마리너호. 그러나 에이미는 이 사실을 물리적으로 인식하고 있지 못했다. 예전과 같이, 올가스트와 함께 보고 있는 장면들의 모든 구체적인 모습들은 정말로 현실과 똑같은 모습이었다. 어쩌면 그건 또 다른 의미에서 현실이라고 할 수 있었다. 그래서 어쨌든, 현실이라는 게 뭔데?

"바로 저기가 나와 그가 처음으로 갔던 곳이에요." 레이철이 손짓으로 가게들이 늘어서 있는 창밖의 블록 한 곳을 가리켰다. "왠지 모르겠는데, 그가 도넛을 좋아할지도 모른다는 생각이 들었어요. 도넛이라니, 상상이 가요?" 에이미가 미처 어떤 반응을 보이기도 전에, 그녀는 쉬지도 않고 계속 말을 했다. "그래도 안내하는 내 얘기를 들어줘요. 당신도 그 일에 대해 다 알고 있을 것으로 생각해요. 그리고 그렇게 먼 길을 왔으니, 당신 지금 분명히 피곤하겠죠."

"괜찮아요," 에이미가 말했다. "저는 상관없어요."

"오, 그는 정말 가관이었어요." 레이철이 안타깝다는 듯 고개를 저었다. "남자가 너무 불쌍해 보였죠. 그만 가엾다는 생각이 들고 만 거예요. 레이철, 네가 저 남자를 도와야만 해. 길지도 않은 삶을 살면서 한 번은 정신 차리고 제대로 살아야지라고 생각한 거죠. 하지만 사실 내가 정말 걱정하고 있던 건 나 자신이었죠. 언제나 늘 그랬던 것처럼요. 그게 문제였어요. 그 문제 때문에 백 년 동안 끊임없이 몹시 후회하고 힘들어하고 있죠. 나는 전혀 그의 사랑을 받을 자격이 없었어요, 눈곱만큼도요."

"그는 그렇게 생각하지 않을 거예요."

레이철이 주택가로 들어서며 차의 속도를 줄였다. "있잖아요, 정말 대단해요. 당신이 하고 있는 일 말이에요. 그는 너무나도 오랫동안 혼자였어요."

얼마 안 가 둘이 타고 있는 차가 그 집 앞에서 멈춰 섰다. "자, 이제 도착했네요." 레이철이 기분 좋은 목소리로 말했다. 그녀가 차를 멈춰 세우기는 했지만, 엔진은 끄지 않고 계속 돌아가게 놔두었다. 울가스트가 그랬던 것과 똑같이. "마침내 당신을 만나게 돼서 기뻤어요, 에이미. 내릴 때 발 조심해요."

"같이 들어가요, 그가 당신을 보고 싶어 할 텐데요."

"아, 아니에요." 그녀가 말했다. "물어봐줘서 고마워요, 하지만 그럴 수가 없을 것 같아요. 그건 규칙을 어기는 것이거든요."

"무슨 규칙요?"

"그냥…… 규칙요."

에이미는 좀 더 기다려 보았지만, 달라질 건 없었다. 차에서 내리는 것 말고는 다른 방도가 없었다. 문을 열고 내린 후, 돌아서서 운전대를 잡고 있는 레이철을 봤다. 우거진 초록 나뭇잎 아래의 공기는 무겁고 따뜻했다. 음을 조율하고 있는 오케스트라의 선명하고 어지러운 소리처럼, 벌레들이 사방에서 울어대고 있었다.

"내가 그 사람 생각하고 있다고 전해줘요, 해줄 거죠? 레이철이 안부 전한다고도요."

"이해가 안 돼요. 그냥 나와 같이 가요."

레이철이 앞 유리창 너머로 그 집을 쳐다봤다. 에이미가 보기에 그녀의 눈은 뭔가를 찾고 있는 것처럼 보였다. 그 집의 많은 창문을 하나하나 살펴보던 그녀의 눈이 갑자기 몰려든 슬픔에 흐려지더니, 이윽고 그녀의 눈가에 눈물이 고였다.

"아무 의미가 없기 때문에 그럴 수 없어요, 알잖아요."

"왜 아무 의미가 없다는 거예요?"

"왜냐하면, 에이미," 레이철이 말했다. "나는 이미 그곳에 있으니까요."

그는 화단에 무릎을 꿇고 앉아 흙을 묻히며 일하는 중이었다. 그의 근처에 외바퀴 손수레 하나가 놓여 있는 것이 눈에 띄었다. 화단들 사이사이에는 짙은 흙냄새를 풍기는 뿌리 덮개용 검은 부엽토들이 흩어져 있었다. 에이미가 다가가자 그가 일어나서, 그의 챙이 넓은 밀짚모자와 장갑을 벗어 들었다.

"에이미 양, 시간을 딱 맞춰 왔군요. 나는 막 잔디밭을 손보려고 준비하던 참이었는데, 시간이 좀 걸릴 것 같아요." 카터가 그의 밀짚모자를 든 손으로 찻잔이 놓여 있는 파티오 쪽을 가리켰다. "가서 앉죠."

그들은 테이블로 가서 앉았다. 에이미는 고개를 들어 나무 꼭대기를 쳐다봤고, 따뜻한 햇볕이 그녀를 가득 채웠다. 잔디와 꽃들의 향기가 그녀의 코끝을 기분 좋게 간지럽혔다.

"이렇게 하는 게 당신에게 더 편할 것 같아서요." 카터가 말했다. "우리 둘이 얘기를 나누고, 그렇게 시간을 보내며 며칠을 보낼 수 있을 것 같아서요."

"당신은 그가 그곳에 올 거라는 걸 알고 있었죠, 그렇죠?"

카터가 헝겊으로 자신의 이마를 닦았다. "내게, 내가 그를 그곳으로 불러들인 것이 아니냐고 묻는 거라면, 아뇨. 나는 그를 그곳으로 보내지 않았습니다. 울가스트 자신이 결정하고, 자신의 방식대로 한 일이었습니다. 그가 일단 결정하고 나면 그만두게 할 방법이 없었습니다."

"하지만 어떻게 다른 바이럴들이 그가 누군지 모를 수 있었던 거죠? 그럴 수는 없잖아요. 그들이 그를 죽일 수도 있었어요."

카터가 고개를 저었다. "그들 무리는 어떻게 하더라도 내 마음을 읽을 수가 없어요. 연락이 끊긴 지가 좀 되었다고 할 수도 있죠. 그건 양방향 2차선 도로 같은 건데, 나는 처음부터 그들에게 아무것도 회신을 보낸 것이 없었어요." 카터가 의자에 앉은 채 몸을 일으켜 세우더니, 뒷주머니에 헝겊을 다시 꽂아 넣었다. "당신은 옳은 일을 한 겁니다, 에이미 양. 울가스트도 마찬가지고요. 힘들고 끔찍한 일이었다는 걸 나도 압니다."

에이미는 갑자기 갈증을 느꼈다. 혀에 맑고 산뜻한 레몬 향을 남기며 목으로 넘어가는 차는 시원하고 달콤했다. 카터는 밀짚모자로 얼굴에 부채질하며 그녀를 조용히 지켜봤다.

"그러면 제로는요?"

"아직은 시간이 있는 것 같아요. 하지만 우리에게 복수하러 오겠죠. 이제 개인적인 문제가 됐어요. 제로는 분명 그들 중 최악의 존재죠. 그들 모두가 힘을 모았지만, 그래도 제로 하나를 잡지 못했어요. 때가 되면 생각을 해봐야겠죠."

"그때까지 우리는 여기에 머물게 되는 건가요?"

카터가 참을성 있게 고개를 끄덕였다. "네, 에이미 양, 우리는 여기에서 기다릴 겁니다."

함께 앉아 있는 둘은 조용히 앞으로 벌어지게 될지도 모르는 일들에 대해 생각했다.

"저는 정원을 가꾸어본 적이 한 번도 없어요." 에이미가 입을 열었다. "가르쳐주시겠어요?"

"항상 해야 할 일들이 넘쳐나죠. 내가 도움이 되겠어요. 하지만 잔디 깎는 기계를 다루는 일은 힘든 일이에요."

"그래도 저는 배울 수 있을 거예요."

"그래요, 나도 당신이 배울 수 있을 거라고 생각해요." 그가 웃으며 말했다. "정말 그럴 것 같아요."

에이미가 레이철에게 한 약속을 기억해냈다. "레이철이 안부를 전해 달라고 했어요."

"아, 그녀가 그랬군요. 나도 그냥 그녀 생각이 났는데. 당신 보기에 그녀는 어땠어요?"

"아름다웠어요, 정말. 저는 그녀를 가까이에서 볼 기회가 전혀 없었잖아요. 하지만 슬퍼 보이기도 했어요. 레이철이 집을 쳐다보고 있었는데, 꼭 그녀가 원하는 뭔가가 있는 것 같아 보였거든요."

카터가 놀란 것 같았다. "이런, 그녀의 아기들요. 에이미 양, 나는 당신이 알고 있는 줄 알았어요."

에이미가 고개를 저었다.

"헤일리와 갓난아기예요. 그녀가 있는 곳에서는 아이들을 보거나 만질 수가 없어요. 그녀가 항상 그렇게 보고 싶어 하는 건, 그녀의 아이들이에요. 그녀에게 그게 가장 끔찍한 고통이죠."

마침내 에이미도 이해가 되었다. 레이철은 스스로 물에 빠져 죽은 거였다, 자신의 아이들을 뒤로 한 채. "레이철이 아이들을 다시 볼 수 있을까요?"

"나도 레이철이 준비되었을 때, 그럴 수 있기를 바라요. 그녀가 용서해야 하는 건 그녀 자신이에요. 아이들을 그렇게 남겨두고 떠난 거에 대해서 말이죠."

그의 말은 소리뿐만이 아니라, 형태가 있는 실체로서 공중을 맴도는 것 같았다. 기온이 내려가고 나뭇잎들이 떨어지기 시작했다.

"에이미 양, 그녀만 그런 게 아니에요. 어떤 사람들은 그들 자신의 길을 찾지 못해요. 그런 사람들에게 그건 마음속에 남아 있는 안 좋은 감정이고요, 다른 이들은 놓아버리지 못하는 거죠. 그들은 사랑을 너무 열심히 하는 사람들이에요."

수영장에서 레이철 우드의 몸이 천천히 떠올라 수면 위를 떠다니기 시작했다. 에이미는 테이블을 내려다보았다. 그녀는 카터가 자신에게 뭐라고 말할지 알고 있었다. 나는 매일 잔디를 깎고, 그녀는 매일 물 위로 떠오르죠.

"당신은 그에게 가야만 합니다." 카터가 말했다. "가서 그에게 길을 가르쳐주세요."

"나는 그냥……," 에이미는 그의 두 눈이 자신의 얼굴을 뚫어지게 바라보고 있는 걸 느꼈다. "방법을 모르겠어요."

카터가 테이블 위로 두 손을 뻗어 에이미의 턱을 받쳐 위로 들어 올렸다. "나는 당신을 알아요, 에이미 양. 마치 내 평생 당신이 내 안에 들어와 있었던 것 같아요. 당신은 이 세상을 바로잡기 위해 만들어진 존재예요. 하지만 울가스트는 그냥 사람일 뿐입니다. 이제 그의 시간입니다. 당신이 그에게 돌려줘야만 합니다."

에이미가 울먹였다. "하지만 그가 없으면 내가 뭘 할 수 있겠어요?"

"지금껏 해온 것처럼 하면 돼요." 앤서니 카터가 그녀에게 웃어 보이며 말했다. "당신이 지금 하고 있는 것처럼요. 에이미 당신답게요."

70

그가 마지막으로 그녀를 찾아왔다. 아니, 그를 찾아간 건 그녀였다. 그들은 서로를 찾아갔다. 마지막 작별 인사를 하기 위해.

울가스트에게 그건 추상적인 느낌의 움직임으로 시작되었다. 시공간의 한계가 분명해지면서 조금씩 주위의 모습이 선명해지기는 했지만, 무한한 공간 속을 떠다니고 있는 그는 그 어느 곳에도 없었다. 그리고 그는 하필이면 자신이 자전거를 타고 있다는 걸 알게 되었다. 자전거! 그래, 이상한 일이었다. 내가 왜 자전거를 타고 있는 거지? 그는 오랫동안 자전거를 타지 않았다. 그래도 어렸을 때는 자전거 타는 걸 좋아하기는 했다. 완전한 자유로움과 회전 운동에 고무된 느낌, 그리고 그를 바람과 하나가 되게 하는 이 놀라운 기계를 통해 자신의 몸에 넘쳐흐르는 에너지를 사랑했었다.

울가스트는 자전거를 타고 먼지가 날리는 시골길을 따라 달렸다. 그리고 에이미는 그녀의 자전거를 타고 그와 나란히 달리고 있었다. 이 장면에 대한 한가지의 사실이 그 어떤 것보다도 그를 깜짝 놀라도록 만들었는데, 그건 단순하게도 에이미가 어린 소녀인 동시에 다 자란 여자이기도 했다는 것 때문이었다. 한동안 둘은 아무 말도 하지 않고 같이 나란히 자전거를 탔다. 시간이라는 개념 자체가 이상하게 느껴지기는 했지만 말이다. 시간이라는 게 뭐였지? 우리는 얼마나 오랫동안 이렇게 자전거를 타고 있는 거지? 아마도 몇 시간, 아니면 며칠째. 그런데도 주위의 빛은 변화 없이 언제나 같았다 – 주위의 모든 것을 황금빛으로 물들이는 계속되는 묘한 분위기의 황혼, 들판과 나무들, 그의 자전거 바퀴 밑에서 일어나는 먼지, 멀리 보이는 작은 하얀색 집들의 형체까지도 그 빛에 물들었다. 모든 게 아주 가까이 있는 것처럼 느껴졌지만, 모든 건 아주 멀리에 있었다.

"우리는 어디로 가고 있는 거니?" 울가스트가 물었다.

에이미가 웃으며 말했다. "네, 멀지 않아요. 거의 다 왔어요."

"여기가…… 어딘데?"

에이미는 더 이상 아무 말도 하지 않았다. 둘은 자전거를 타고 계속 가던 길을 갔다. 자신이 다시 어린 소년이 된 듯, 울가스트의 가슴이 따뜻한 만족감으로 차올랐다. 자신을 집으로 데려갈 이름 부르는 소리를 기다리며, 황혼에 자전거를 타고 있는 소년.

"피곤하세요?" 에이미가 물었다.

"전혀, 기분이 아주 좋은데."

"다음 언덕 꼭대기에서 멈추는 거 어때세요?"

둘은 페달을 밟지 않고 속도를 줄여 천천히 자전거를 멈춰 세웠다. 그들 아래로 풀이 우거진 계곡이 펼쳐졌다. 멀리 나무들로 둘러싸인 집 하나가 보였다. 다른 집들과 마찬가지로 현관과 검은 덧문이 있는 작고 하얀 집이었다. 에이미와 울가스트는 바닥에 자전거를 눕히고 둘이 같이 조용히 서 있었다. 바람도 전혀 불지 않았다.

"대단한 풍경인데." 울가스트가 말했다. 그리고 "내가 어디에 와 있는지 알 거 같구나."

에이미가 고개를 끄덕였다.

"이상해." 울가스트가 숨을 크게 들이마시고는 천천히 내뱉었다. "정말 어떻게 그런 일이 일어나게 된 건지 기억이 안 나. 하지만 나는 그게 최선이었다고 생각한다. 항상 이런 거겠지?"

"잘 모르겠어요. 가끔 그럴 거라 생각은 하지만요."

"용감해져야겠다고 생각했던 건 기억이 난다."

"그러셨어요. 제가 본 가장 용감한 남자이셨어요."

울가스트가 그녀의 말을 곰곰이 생각해보는 듯했다. "그래, 그거 좋구나. 네가 그렇게 말해주니 기쁜데. 결국, 사람에게 필요한 건 그게 전부인 거야." 그가 눈을 돌려 다시 계곡을 쳐다봤다.

"저 집. 내가 저곳으로 가야 하는 거지, 그렇지?"

"네, 그런 거 같아요."

그가 돌아서 에이미를 봤다. 몇 초가 지났을까, 그가 뭔가 알아차리고 웃음을 터뜨렸다.

"잠깐만, 너 누군가를 사랑하고 있구나. 네 얼굴에 그렇게 쓰여 있어."

"음, 네 그런 거 같아요."

울가스트가 놀랍다는 듯 고개를 저었다. "이거 놀라운데. 멋진 일이야. 나의 작은 소녀 에이미가 다 자라서 사랑에 빠지다니. 그럼 그 남자도 너를 사랑하니?"

"그런 것 같아요." 그녀가 대답했다. "그러기를 바라고 있어요."

"그래, 그 남자가 너를 사랑하지 않는다면 세상에 둘도 없는 바보인 거지. 그 녀석에게 내가 그렇게 말하더라고 전해도 괜찮아."

잠시 동안 누구도 말을 하지 않았다. 에이미는 기다렸다.

"그럼," 울가스트가 먼저 입을 열었다. 감정에 북받친 그의 목소리는 잠겨 있었다. "이 세상에서 내가 할 일은 다 끝난 거구나. 이런 날이 올 거라는 건 언제나 알고 있었지. 네가 많이 보고 싶을 거야, 에이미."

"저도 아빠가 많이 보고 싶을 거예요."

"네가 보고 싶다는 거, 그게 항상 가장 힘든 일이었어. 그래서 내가 차마 떠나지 못하고 있었던 것 같아. 항상 그렇게 생각했거든. 내가 없으면 에이미가 뭘 할 수 있을까? 우습지, 결국에는 그 반대였으니까. 아마 모든 부모들도 그렇게 생각할 거야. 하지만 그게 너라면 다르지." 그가 목메어 말을 잇지 못했다. "그래, 빨리 끝내도록 하자."

에이미가 두 팔로 울가스트를 끌어안았다. 그녀 역시 울고 있었다. 하지만 슬픔 때문은 아니었다. 아니 어쩌면 조금은 슬펐는지도. "괜찮으실 거예요, 확실해요."

"어떻게 아니?"

계곡의 먼 저 끝 들판의 가장자리에, 집으로 들어가는 문이 이미 열려 있었다.

"왜냐하면 저곳이 천국이라는 곳이거든요." 에이미가 대답했다. "황혼에 집의 문을 열고 들어가면, 그곳에 아빠가 사랑하는 사람 모두가 기다리고 있을 거예요." 에이미가 울가스트를 꽉 끌어안았다. "이제 집으로 가실 시간이에요, 아빠. 저는 가능한 끝까지 아빠가 가시는 모습을 지켜보겠지만, 아빠는 지금 가셔야만 해요. 사람들이 아빠를 기다리고 있어요."

"누가 기다리고 있는지 알고 있니, 에이미?"

집 현관에 두 팔로 아기를 안고 있는 여자가 모습을 드러냈다. 에이미가 뒤로 물러나 눈물범벅이 된 울가스트의 뺨을 어루만졌다.

"가서 보세요." 에이미가 말했다.

71

그녀가 추위에 떨며 깨어나자 별들이 보였다. 수백, 수천, 수백만 개의 별들. 별들이 느린 속도로 그녀의 얼굴 위에서 빙그르 돌아가고 있었고, 그중에는 떨어지고 있는 별들도 보였다. 알리시아는 초를 재어가며 떨어지는 별들을 보았다. 하나 천, 둘 천, 셋 천. 그녀는 별들이 하늘을 가로질러 떨어지는 시간을 계산했고, 그러는 동안 그녀는 아직 자신이 떠났다고 생각했던 세상에 있으며, 게다가 살아 있다는 것을 깨달았다.

내가 어떻게 살아 있을 수 있는 거지?

알리시아는 몸을 일으켜 세웠다. 지금 몇 시인지 누가 알겠어. 달마저 저물어 하늘이 캄캄했다. 그리고, 변한 게 아무것도 없었다. 그녀 자신도 모습이 변한 건 없었다.

그렇지만.

알리시아, 내게 와.

그녀의 이름을 부르는 소리가 바람을 타고 속삭이듯 들려왔다.

내게 오라고, 알리시아. 다른 놈들이 모두 죽어버렸어, 너는 내 것이 되어야 해. 내게 오라고 내게 와 내게 오란 말이야…….

알리시아는 그 목소리가 누구의 것인지 알았다.

그녀는 배수로 위로 올라갔다. 17미터 정도 떨어진 곳에서, 솔저가 서리가 내린 잡초밭에서 풀을 뜯어 먹는 중이었다. 그녀의 인기척에 녀석이 머리를 들어 올렸다. 아하, 거기 있었군요. 그렇지 않아도 궁금해지기 시작했는데. 녀석이 당당한 걸음걸이로 그녀를 향해 걸어오자, 녀석의 큰 발굽에 흰 눈덩이들이 채여 날렸다.

이런 착한 녀석 같으니라고, 알리시아가 말했다. 그녀는 솔저의 입마개를 어루만졌고, 흙냄새가 물씬 나는 입김이 그녀의 손바닥에 가득 묻어났다. 정말 멋지고 귀한 녀석이구나, 너. 너는 대체 나를 얼마나 속속들이 알고 있는 거야. 어쨌든 우리 둘은 아직 끝나지 않은 거네.

그녀의 짐은 배수로에 던져져 있었다. 알리시아에게 총은 없었지만, 칼집에 칼들이 꽂힌 채 탄약대는 아직 그대로였다. 그녀는 가죽끈을 가슴 위로 잡아당겨, 칼들이 꽂혀 있는 탄약대를 몸에 단단히 고정시켰다. 알리시아는 안장도 없는 솔저의 등에 올라타, 혀를 차 찰칵찰칵 소리를 내며 동쪽으로 말을 몰았다.

내게 와, 알리시아. 내게 오라고 내게 와야 해 내게 오란 말이야······.

이런 미친 새끼, 네 말이 맞아, 나 너를 보러 갈 거야, 알리시아는 생각했다. 그녀는 곧 몸을 앞으로 숙인 채 솔저의 커다란 갈기를 손으로 움켜쥐고서, 말을 빠른 걸음으로 그리고 보통 뛰는 속도로, 마침내는 눈 속을 거칠게 질주하도록 몰아갔다.

이 개새끼야, 여기 내가 간다. 딱 기다리고 있어. 도망치지 말고.

트웰브2

1판 1쇄 인쇄 2022년 4월 11일
1판 1쇄 발행 2022년 4월 28일

지은이 저스틴 크로닌 **옮긴이** 박한진
펴낸이 김영곤
펴낸곳 ㈜북이십일 아르테
문학팀 장현주 임정우 김연수 원보람 최은아
출판마케팅영업본부 본부장 민안기
마케팅2팀 나은경 정유진 박보미
출판영업팀 이광호 최명열
해외기획팀 최연순 이윤경 **제작팀** 이영민 권경민

ISBN 978-89-509-0030-4 04840
        978-89-509-0031-1 (세트)

출판등록 2000년 5월 6일 제406-2003-061호
주소 (우10881) 경기도 파주시 회동길 201(문발동)
대표전화 031-955-2100 **팩스** 031-955-2151 **이메일** book21@book21.co.kr